一路劫尘

邓乐荫　著

加拿大国际出版社

书名：一路劫尘

作者：邓乐荫

出版：加拿大国际出版社 www. intlpressca. com

Email: service@intlpressca. com

2024 年 6 月加拿大第一版

2024 年 6 月第一次印刷

印刷版国际书号 ISBN: 978-1-990872-66-2

电子版国际书号 ISBN: 978-1-990872-67-9

Title: Dusts Along the Road (First Half)

Author: Leyin Deng

Published by: Canada International Press, www.intlpressca.com

Email: service@intlpressca.com

First Edition in Canada, Jun 2024

First Printing, Jun 2024

Printed Edition ISBN: 978-1-990872-66-2

E-Book ISBN: 978-1-990872-67-9

作者简介

邓乐荫，本名邓安邦，湖南祁东人，热爱文学，当过农民，干过水泥工。1986 年调入河南省义马市文联。自 1981 年发表小说以来，在多家报刊发表文学作品。创作有《邓乐荫中短篇小说选》、《邓乐荫散文集》、《冰雪集》（诗歌集），长篇小说《虚空》及《陪护日记》等，共约四百万字。河南省作家协会会员。

一路劫尘

自序

　　现如今文坛出现了一种较普遍的现象，无论什么人出书，总要千方百计找一个名人作依傍，请名人题字或作序，差不多成了一种时尚和风气。似乎名人一出场，所出的书就显得不一般，无形中提高了规格和档次。而我对此却不以为然，如果文章写得不怎么样，即便请名人写篇序又能怎样？就好像一只秃尾巴鸡，拔几根孔雀毛插身上装饰一下，看似华丽而炫目，可一阵雨下来，难免不成为落汤鸡。因了这个原故，我便不甘丑陋，大起胆子自己给自己的长篇作序，学一次卖瓜的老王，自我"吹嘘"一回。

　　我出生在湘南的一个山村里，村子叫鸟塘冲。那是一个风景如画的小山村。在我的印象里，一想起家乡，我的脑海就会出现满山遍野的映山红，雪白的油茶花，香气浓郁的刺玫和火红的枫叶。我是在山花的陪伴中长大的，对山花情有独钟。山花开得自然、质朴，无拘无束，轰轰烈烈，具有天然的野性美。我曾在好几篇散文里描写过家乡的山花。如今，虽已年近髦耋，但我只要一闭上眼睛，眼前就会出现五颜六色的山花，仿佛能听见林中那悦耳的鸟叫声，闻见那浓郁的花香。

　　也许这钟灵的山水和山花，给了我文学的秉赋。加上我奶奶又很会讲故事，一到晚上，我就躺在奶奶的臂弯里入迷地听奶奶讲故事。这无疑给我插上了想象的翅膀。上学后，我便酷爱上读书，热爱上了文学。

　　然而，时运不济，年少时家道中落，上完初中我便失了学。小小年纪便离乡背井外出谋生。命运让我当了一名水泥工，活又脏又累。后来有了一个改变命运的机会，我有幸被推选到警卫队（经济警察），因家庭出身的原因而遭到退警处理，重又回原班组干水泥工出苦力。但我没向命运低头，业余时间仍发愤读书学习，在文学上渐渐有了点小收获。不禁飘飘然做起了作家梦，似乎缪斯女神已微笑着向我招手。

那场突如其来的文化大革命惊破了我的作家梦，把我卷入了灾难的深渊，开始在文革的漩涡里挣扎。《一路劫尘》讲述的就是我和我的朋友刘景和与杨春明在文革中所遭受残酷迫害的故事。这部作品其实是我和我的朋友及亲属在文革的劫难中所受磨难的全程纪录。很少虚构的成分，情节基本上是在真实的基础上进行了艺术加工。现今文坛上兴起一种非虚构写作，我的这部长篇在某种程度上也可算非虚构写作，只不过本书采用的是小说的表现形式而已。

说起来没人相信，中国封建社会的"血统论"和"株连"政策，在上个世纪的中国竟还那么顽强，猖獗，在文革中体现得更加淋漓尽致变本加厉，上演了一场令人闻风丧胆的惨剧。我和我的朋友就是这政策的牺牲品，书籍被查抄，人被批斗，爱情遭到摧折，回想起来至今还心有余悸。

文革的浩劫在中国肆虐了十多年，而全面反映和描述这场浩劫的文学作品却很少，有的文学作品虽然也涉及和反映了文革，但只不过是个别的场景和某个片段，《一路劫尘》则涉及文革的全过程，从文革初期的"破四旧"到"清队"，及"一打三反""批判右倾翻案风"等等，都在这部长篇全方位多角度一一得到了展现。

读过本书的读者，也许会对本书的情节故事产生怀疑，不相信我和我的朋友在过去的那个年代竟会有如此曲折离奇的遭遇。的的确确，不亲身经历那个年代的人是很难理解那个年代所发生的事，不理解那个时代难以置信的疯狂，变态和灭绝人性。

文革已经过去了五十多年，由于某种原因，文革题材仍是禁区，文革的真相已被历史的烟尘逐渐淹没。现在的年轻人对于文革的历史已十分模糊。以至于社会上出现了许多为文革翻案的声音，这些声音还甚嚣尘上，大有借尸还魂之势。凤凰网历史频道一个关于文革的在线调查，结果令人震惊：支持文革的网友多达 58%，反对文革的仅 42%。一场给中华民族带来巨大灾难的浩劫，已被彻底否定扫进历史垃圾堆的运动，现在的支持率居然过半，这不得不让人深思，令人恐惧！我很难理解为什么会出现这种现象，为什么伤痛才过去不几年，就有人为文革大唱赞歌？我认为最重要的原因是我们对于文革的批判与反思很不到位，很不得力，很不彻底。五十年来对文革的反人类、反科学、反文化的罪行没有进行彻底的揭露和清算，没有对产生文革的根源进行深入的揭露和批判。所以，亲身经历的人已经淡忘了那场灾难，或者不愿意再提起往事。没有经历文革的人根本不知道那场灾难对中国人民的祸害程度。为文革唱赞歌的人，我猜想不是文革时期的打砸抢者，既得利益者，就是别有用心的坏人！他们不想看见中国的繁荣昌盛，不想让中国人民过太平安稳的日子，不愿意中国人民跟随人类前进的步伐走向世界文明，才大肆鼓吹文革为文革洗地。必须还历史以真相，让后人了解十年浩劫带给全国人民的深重灾难，防止这类悲剧在中国重演。

几年前，我观看了美国电影《肖申克的救赎》，长篇里的刘景和，比肖申克更具有传奇性。肖申克只是越狱一次，而我的朋友却曾四次从牢狱（包括监狱，劳教所和收容所）中逃脱。其情状惊险无比，令人惊心动魄，与肖申克有过之而无不及。

《一路劫尘》并不只是简单地讲述有关文革的故事，而是突出表现了文革时期（包括文革前期）社会底层人的政治生态和生活。真实地还原了那个时代的思想精神风貌，再现了那个特殊年代的历史生活真实。本书对于全面认识文革了解文革有着非常重要的史料价值和认识意义。作品以浓重的笔墨和较长的篇幅抒写了人性的回归及对人性的呼唤。即便在阶阶斗争火药味极浓人人自危的清况下，人们的良心并未泯灭。

王名江的临难托命，张小虎的寒夜探访，董英明的不避嫌弃，谭东林的仗义庇护，张方杰的秉公行事……更令人感佩的是邓钟文和刘景和杨春明之间贯穿小说始终的矢志不渝的友谊。

小说采取复线叙述的方式，尽管篇幅较长，内容丰富事件纷繁，但全书结构严整布局错落有致，叙事收放自如。加之情节跌宕起伏，故事曲折离奇，悬念迭起，具有极强的阅读性。本书生活场景广阔，从农村到城市从内地到边疆，人物活动的范围涉及大半个中国，作者以自己丰富的生活阅历和敏锐的观察，对其中的风土人情和人文环境进行了精到的描述。小说中的一些人物也刻画得栩栩如生。

邓乐荫

2024 年 1 月 8 日

小说是一个民族的秘史。

——巴尔扎克

目　录

上　册

第一章　离乡

初中生

　　齐云桥是一个风景秀美的湘南小镇。南北两面是山，山不高，连绵逶迤几十里，山上长着碧青的树，有灌木丛，也有比较高大挺拔的乔木，如松、杉、樟、油桐之类。有些地方还种有油茶树，油茶树开花的季节，山坡上一片雪白，花丛中采花的蜜蜂响起一片嗡嗡的声音。而山下则是宽阔肥沃的田溪甸。一条由东而西的小江蜿蜒流过，碧清的江水如一条柔美的飘带在阳光下闪烁着粼粼的波光。江水灌溉着两岸的农田，哺育着两岸的人民。这里田土肥沃，物产丰饶，人民富足安逸，生活显得很有韵味。

　　走进小镇，中间是光滑的青石板路，镇街两边差不多都是木板铺面的商铺。铺面的木板差不多是杉木的，由于风吹日晒，木板早已褪色，大多变成黑褐色，只有小数新开张的铺子的门板是崭新的，显出耀眼的金黄色。铺子的门板每天早上都要卸下来，天黑打烊时再装上。平常时候，镇街很少行人，齐云桥悄无声息，安安静静就像一个文静的少女，商铺大多生意清淡，老板和伙计们无事可做，趴在柜台上打瞌睡。或伸长脖颈木呆呆地望着屋檐上飞来飞去觅食的麻雀，几只一会儿扑楞着翅膀纠缠在一起，一会儿又"哄"的一声飞散了，没了踪影。而到一、四、七逢圩的日子，那就热闹了。铺面的门板早早拆卸下来，店门敞开，店主和伙计们打叠起精神，面带笑容，使出浑身解数招揽前来光顾的客人。十里八乡的农人生意人抑或手工匠人，手提肩挑各色农副产品手工制品，成群结队络绎不绝从四面八方来到圩场，镇街被挤得水泄不通，真个是人山人海，摩肩接踵，响声如雷。

小镇之所以叫齐云桥，是因为横跨江面的大石桥高大耸峙而得名，所谓"齐云"。石桥其实没有那么高，带有很大的夸张成分。也许在大桥落成之际，在欢庆大桥竣工的宴席上，某个有点文才的官员在酒醉耳热之时，灵感突现的神来之思。小江也沾了大石桥的光，有了齐云桥江这个具有浪漫色彩而又响亮的名字，小镇便随之得名。

石桥共有三孔，都是大青石砌成。大桥究竟修建于何时？谁也说不清楚。据传，有一年，小镇西北边的虎应山上来了一个妖怪，开始在江上兴妖作怪，致使洪水泛滥江水横溢，淹死了两岸的人畜，淹没了两岸的农田，粮食绝收，人们四处逃荒，流离失所，简直苦不堪言。后来，一个武功高强叫猛子的后生带着一帮人进山把妖怪射杀了。那位叫猛子的年轻后生也在和妖怪的角斗中英勇牺牲。人们为了纪念这位为民除害的英雄，在镇子的江边，按他生前所使用的雕弓形状建造了一座石桥，按他羽箭的样子在石桥旁边修建了一座宝塔。

这颇带传奇色彩古香古色的小镇，在大跃进的形势下，陆续发生了一些变化，增加了一些红砖砌成与镇街原先的建筑风格完全迥异的新建筑，如供销社，汽车站。尤为显眼的是在镇街后边靠近山脚的齐云桥完小后边，开辟了一片新校园。老师带领学生齐努力，烧红砖，砍木头，挑砖和泥，在几个大师傅的指导下，矗立起了几排与原先老式教室完全不同风格的新式教室。新教室全是红砖砌成的，建得方方正正窗户还安有玻璃，显得宽敞而明亮，学校门口的牌子也在完小后面增加了"附中"两字。

这会儿，全民大炼钢铁已经停止，学校拆除了砌在礼堂的炼铁炉，疲惫不堪的学生不再疲于奔命搞劳动，开始回到教室上课。

在齐云桥完小附中上学的除了小数镇里的孩子外，大多是附近农村的子弟。学生们绝大多数读寄宿，在学校的食堂用餐。他们的粮食关系都在农村，每个月回家从生产队的大食堂背一次米交到学校的伙房。开饭的时候，钟声一响，就到学校的伙房领钵子饭吃。学生们吃菜学校是不管的，他们只好从家里带咸菜，每星期回去拿一次，或是家里人在逢圩的日子顺便捎给他们。

这正是三年大饥荒的第二年，大家都在饿肚子，学生们感觉肚子总是填不满，瘪沓沓的难受。不到开饭时候，肚子便咕咕直叫唤。饿得实在难受的时候，为了哄肚子，许多学生想出了一个法子——往开水里放点盐，咕嘟嘟喝下去把肚子灌饱。可要不了多久，一泡尿下去，肚子便又空空如也。这愚蠢的做法差点使人患了浮肿病，但学生们仍乐此不疲。好不容易盼到开饭时候，从伙房端到的那一小钵米饭，三下五除二就扒拉到嘴里，哪还要什么下饭的菜？所以，这些初中生一个个营养不良显得黄皮柳色，就像干巴精瘦的病猴子。

这天正是齐云桥赶圩的日子。圩场早失去了往日的热闹和繁华，街上冷冷清清毫无声息，赶圩的人稀稀落落的，很少见到卖东西的。偶尔有手提少量农产品来卖的农民，也都缩头探脑做贼似的，生怕被人发现，在巷子角落躲闪着。

将近半晌午，学校陆续来了几个给学生送菜的家长。在通往中间一排教室的走廊上，走着一个扎着两条小辫十四岁的小姑娘。她也许来过多次了，轻车熟路来到中七班教室门口就停下了脚步。小姑娘有点害羞，生怕人看见似的低下头，隔着窗户朝里面看了一下，见教室里没有老师，便大着胆子在窗玻璃上敲了几下，然后轻轻叫了声"哥哥"。

坐在靠窗子座位的一个学生听见声音，用手向旁边的同桌捅了捅："邓钟文，你妹子给你送菜来了。"

那叫邓钟文的学生抬头朝窗外看了看，惊喜地连忙从座位上站起身，轻轻地穿过几个课桌，从教室门口走出来，高兴地叫道："俏妹，你怎么来了？"

俏妹有一张鸭蛋形的脸，白白的整齐的牙齿，笑的时候很好看。"哥哥，给你，妈妈给你做的菜。"

"什么菜？这么香？呀！炒虾米！"

"哥哥，这炒虾米是青子在塘里给你吊的呢！不舍得吃，妈妈把虾米烘干了，炒了给你送来了！"

钟文知道，八岁的青子还够不上劳动力，不必在生产队出工。为了给家里人补充点营养，母亲就交给青子几副筝，要青子每天到塘边起虾米。积少成多，渐渐的青子起的虾米就可以够全家吃一顿。有时，母亲把虾米烘干炒好了就让俏妹送给钟文。钟文接了虾米，对俏妹说："给青子吃嘛，给我送来干什么……"

正说着，下课铃响了，一群学生争先恐后从教室走出来，叫道："邓钟文，你妹子给你送菜来了？"

"送的什么好菜？这么远我都闻见香味了！"

"邓钟文，你妹子的个子和你差不多高哩……"

听到这话，邓钟文有点不好意思，俏妹的脸也羞得红红的。兄妹俩避开那些七嘴八舌的学生，来到寝室。

　　寝室里放着六张床，全是用简陋的木头做的，分上下铺，钟文睡在上铺。床没有油漆，时间久了，床上的木头成了黑褐色，有些地方还涂着墨迹刻着刀痕，看起来脏兮兮的。床铺把寝室挤满了，只有中间留了条走人的通道。靠门口的地方用砖头支起一块长木板，用来摆放学生的脸盆。兄妹俩多日不见，分外亲热，两人站在床边说了一会话。钟文看见和自己差不多高的妹妹，心里顿生愧意，俏妹本应该跟他一样上学的，可家里太穷，为了他能够上学，便放弃了上学读书的机会，一天学都没有上，一直在家挣工分。

　　这时上课铃突然响了，容不得多说话，钟文简单问了问家里的情况，准备去上课。兄妹俩走出寝室，俏妹准备回去，对哥哥说："你去上课吧，我回去了！"没走几步，俏妹忽然才想起来似的赶紧回过头叫住钟文，眨着两只黑亮的眼睛很难过地对钟文说："哥哥，我给你说个事，你听了不要难过。"

　　"什么事？你说吧，这么神神秘秘的。"

　　"我听亲爹和妈妈在一起嘀咕说，你上完初中，就不要你读书了，要你回家种地哩！"

　　钟文猛一听，心里怔了一下，轻轻皱了皱眉，但很快就平静下来，早有思想准备似的，说："我猜想到了。"

中落而困顿的家庭

　　邓钟文看起来完全不像一个初中生，脸上一点没有通常孩子应有的那种稚气和娇气，稳重得像一个成熟的高中生。他的年纪虽不大，却经受了他那个年龄所不能承受的太多的痛苦和不幸。他原来的家在镇子北边的乌塘冲邓家大院，离镇子二里路。乌塘邓家大院在这一带颇为有名。邓家大院曾是一个无比豪华典雅的大宅院，庭院深深，院落重重。宅院建有两重大青石槽门，大槽门左右两边的大石柱上镌刻着一幅气派的对联：绩树云台恩惠遥承东汉；派分新野家声远溯南阳。从对联的内容可以看出这所宅院深厚的历史渊源和家族的根脉，显耀着不同凡响的气度。整个大院共有大小厅堂十来间，大小天井十来个，房屋近一百间，还有一座后花园。花园里有水池假山，园里种有多种名贵的花木，走进花园便会听见唧唧啾啾的鸟叫声。在大半个祁阳县找不出第二座，陌生人走进这个院子会晕头转向找不着出来的路。下雨天，从大门走进院子的任何角落都不会踩湿脚，建筑之豪华和考究可见一斑。

土改后，邓家大院的房子大多数分给了当地没房住的贫雇农。到公社化时，大院分成了三个生产队，可见宅院之大。据说这所宅院是邓家的先祖从四川找来的图纸，结合本地的特点加以修改而建造成的。

因为修建这座宅院时耗资巨大，到钟文祖父这一代，家产基本破败殆尽，田土所剩无几，邓家大院徒有其名。但瘦死的骆驼比马大，余钱余粮虽然不多，但生活还是可以的。钟文是奶奶的长孙，一出生便成了奶奶的掌上明珠，请来算命先生给小钟文算了"八字"。

算命先生是一个五十多岁的瞎子，据说瞎子看八字很准，在这一带被人称做"活神仙"。瞎子穿一身青布长衫，戴一顶黑缎瓜皮帽。令人稀奇的是他左手的小指甲有半寸长。看人的时候，白眼珠一翻一翻的，让人有点害怕。平时只在齐云桥街上摆摊算命，一般人是请不动他的，这次邓家大院人请他，他才答应前往。瞎子由一个半大孩子牵着进了大槽门，那孩子一进大槽门就怯怯的，一双眼紧张地四处张望。这时从大槽门的偏房出来一个人，领着他们走过小天井的过道，上了台阶，进了二槽门，走过大天井的石板路，便来到了大厅。大厅墙上挂满了木质金字条屏，头顶的天花板上成人字形安放着两块巨大的金字匾额。瞎子被安排在大厅一张八仙桌前落座后，招呼的人赶紧端起茶水递过去，谦恭地说："请先生喝茶。"

瞎子摆摆手，牵他进来的孩子乖巧地从背袋里拿出一把晶亮的白铜水烟袋递到瞎子手里，瞎子嚯嚯啦啦吸了一阵水烟，过足了烟瘾，"卟"的一声吹掉烟屎，把水烟袋递给旁边等候的孩子，翻起白眼珠，四处看了看。

这时，奶奶已抱着小钟文来到大厅，赶紧向算命瞎子打招呼："老神仙，可把你请来了！"

瞎子说："你邓家大院的人请我，还敢不来吗？"

奶奶说："那是你看得起我们老邓家。"

奶奶和瞎子又聊了几句，奶奶便说："今天请你来想要你好好看看我孙子的八字。"

瞎子说："老夫人，恭喜您家添了骐麟子。"说着便伸手先摸钟文的头再摸脸，小钟文被瞎子的怪模样"哇"一声吓哭了。身子挣扎着往后缩，奶奶哄了好一会，小钟文才止了哭。奶奶抱着小钟文往瞎子跟前挪了挪，瞎子握住小钟文的双手捏了捏，然后用手指掐了掐，便扬起脸，在奶奶面前把钟文的"八字"一顿神吹："啊呀呀，您这孙子了不得，我看了这么多八字，没见过有你孙子的八字这么好，这么珍贵的！不瞒你说，你孙子的八字盖了齐云桥一条河水，命里有十合米！我看过的好八字不少，有带官运的，有带福禄的，你孙子不光命里带着官运，还带着官威，将来肯定是考状元当大官的料……

说到这里，旁边听的人扑哧一声笑了："大清朝早倒台了，现在是民国了，哪还考什么状元？你老莫乱讲啰！"

瞎子反驳说："我从不褒奖奉承的，说话一是一二是二，信不信由你。"瞎子转过身继续对奶奶灌迷魂汤："老人家，你孙子确实是

点状元的命，长大了肯定有大出息，为你邓家争光添彩光宗耀
祖……"

　　但凡人都喜欢听好听的，算命先生这番恭维话，把奶奶哄得心
花怒放晕晕乎乎五迷三道的，乐得合不拢嘴，转身大大方方厚赏了
瞎子。但瞎子前脚走，小钟文就开始生病，不是发烧就是咳嗽抑或
是拉稀，大人天天往药铺跑，小钟文几乎成了药罐子。一到吃药的
时候，就张着喉咙哭喊："我不吃！我不吃！"人小声音倒不少，差
点把屋瓦都掀翻，闹得四邻不安，觉都睡不好，屋子里整天飘荡着
一股中药味。渐渐地小钟文瘦成了皮包骨，只剩下两只眼睛会軲辘，
再没有力气哭闹。奶奶又急又怕，生怕宝贝孙子有什么不虞，只好
再找瞎子求法子，瞎子半闭双眼，伸出半寸长的指甲掐了掐，白眼
珠望着屋顶翻了几翻，口里念念有词说："哎呀，怪不得呢，你孙子
撞了煞！"

　　奶奶着急地问："老先生，您老快说说，有什么好法子破呀？"

　　瞎子翻着白眼珠沉吟了一会儿，才说："要破这个煞也容易，须
得让你孙子舍给一只公鸡作干儿子，方保消灾无虞长命百岁！但是，
你孙子的名字也得改改。"

　　奶奶问："改个什么名呢？"

　　瞎子用手指掐了掐："我给您老算好了，就叫'鸡公'！"

　　听了瞎子的话，奶奶哪敢不依从："就按你老说的办！"

　　一家人赶紧改口叫"鸡公"。这名字听起来虽然不雅，倒也管用，
说也奇怪，从那以后，他再没生过病。

　　钟文从记事起，土改运动就如火如荼地开始了。

　　邓家大院成了土改的重点，斗地主的台子就搭在大厅里，这里
过去是邓家族人议事待客的荣耀之地，如今却成了他们失魂落魄闻
风丧胆的伤心处。农会积极分子高吭的口号声，被斗争的地主的哀

嚎声，在大厅上空振荡。

奶奶也成了斗争对象，

土改工作队领着农会的人对奶奶家进行了全面搜查，原以为能够搜出许多珍贵的东西，可是结果令他们大失所望，奶奶家什么值钱的东西都没有，连一件金银首饰也没有搜到。农会的人大感疑惑。这是怎么回事？平时奶奶家那么风光，讨亲嫁女那么讲究，张灯结彩，红毯铺地，大讲排场，大宴宾客……

他们以为奶奶也像别的地主一样，把财产藏匿起来或转移到了别处。

农会的人个个都是火眼金睛，挖空心思想要挖出藏匿的财物，不惜采用刑讯逼供。有将人吊在梁上用皮带抽的，有在碎磁片上罚跪的，还有往女地主裤管里放蛇的……

不过对奶奶采取的方式还算温和——"风车灌水"。大冷的冬天，在大厅中间放一个脚盆，脚盆里放满冷水，脚盆两边再搬来两架风车。几个年轻人喝令奶奶把身上的棉衣脱了，奶奶只剩下了身上的单衣。

"磨蹭什么？赶快坐到脚盆里！"两个年轻人指着放满冷水的脚盆喝叫道。

奶奶身子哆哆索索迈动两腿往前移步的时候，两只棕子似的小脚一下没站稳，差点跌倒在地。两个年轻人便架起奶奶的胳膊，把奶奶强按在放满冷水的脚盆里。奶奶在脚盆刚坐下，左右两边的风车便一齐摇动，另两个青年农民各举着放满水的水桶开始往风车的斗里倒水，被煽起的冷风裹挟着水珠直往奶奶单薄的身上飘落，身上的单衣很快被水花湿透，奶奶被冻得嘴唇乌青浑身打颤。

"快点交代，你的贵重东西藏在哪里？"

奶奶冷得瑟瑟发抖，牙齿得得，颤抖着声音说："我哪有那些东西？"

"谁相信你的鬼话，休想糊弄我们！"

"快说，你的金银首饰藏在哪里了？赶紧交出来！"

问起这，奶奶感到后悔不已，金银手饰原先倒是有过的。刚嫁到邓家时，娘家倒是为她买过金戒子金耳环，还有一只翡翠手镯。但后来奶奶嫁女儿时，不舍得变卖田产，便把那些首饰陪给了女儿。想起这事，奶奶觉得对不起儿子！她生了三个儿子，大儿子读书不行，早早地在家务农。二儿子三儿子学习很好，心心念念想考大学，可她硬是不准，为了留下祖上那几亩田产，忍痛要他们失了学。当农会的人摇着风车，灌着冷水往奶奶身上浇淋的时候，奶奶哭着说："你们别摇风车了……我要冷死了，受不了了。原先倒……是有，有过，我……嫁了三个女儿，东西都陪给女儿了……你们可以去调查的！"

"你不要在我们面前哭穷，谁不知道，你讨亲嫁女的时候，搞那么大排场，没有钱，怎么办得那么风光？"

见农会人提起这，奶奶感到心里疼了一下，她觉得这辈子过得实在憋屈。这个地主当得太不值！男人走后，祖上留下的田产已经不多，只有区区十多亩田土而已，她把这些田土看成了命根子。为了给儿孙留下安身立命的根基，再苦再难也不舍得卖田卖地。日子过得紧把紧抠的。吃没有吃，穿没穿。别人天天有鱼有肉。她们一家，别说鱼肉，冬天连蔬菜都不舍得买，要吃一冬的腌萝卜，吃得直反酸水。上年还要吃几个月的红薯渣。只有逢年过节或来客的时候，才有白米饭吃，才买些鸡鸭鱼肉，让家里人打打牙祭！她暗恨自己太爱面子，太慕虚荣。日子过得连一般农民都不如。而在外面却偏要打肿脸充胖子，总要装出家境富有的样子……

奶奶说："我那是装出来的，生怕别人看不起，受别人欺负。你们也知道，我男人死得早，最少的儿子永瑜才三岁。在那兵荒马乱的年月，我一个妇道人家，要把三男三女抚养大，多么不容易……"奶奶说到这里，便伤心地哭起来。

"你不要在我们面前耍花招！赶紧把东西交出来，不老实就继续煽风灌水！"

"没有……真的没有，我说的是实话，把我冻死……你们说的那些东西我也拿不出来……"

农会的人眼看奶奶的身子快要冻僵了，看来确实没有那些东西，便停止摇风车，让奶奶拖着湿漉漉的身子回到家。

在家焦急等候的母亲看见奶奶索索发抖淋得落汤鸡似的身子，心疼得眼泪都出来了，赶紧找来干衣服给奶奶换上，又架起柴火在屋中间把火烧得旺旺的，让奶奶烤热身子……

土改结束，划定了成份，邓家大院的人大多数被划成了地主，也有被划为别的成份如富农、小土地出租的。他这一家被划了三个成份——奶奶是地主，大叔划了小出租，他家则成了富农。

从此，不幸便接踵而至。

土改不久，父亲因病去世，家里没了干农活的劳力，田土种不转，母亲一个女人家要养活一家人，要填满五张嘴谈何容易？饥寒从此便开始与他们为伴。

一天，奶奶对母亲说："你走吧，你还年轻，人也长得不错，找个人家走吧！"

母亲惊诧地说："娘，你怎么说这样的话？我是那样的人吗？我不嫁人，要死，我们全家死在一起！"

奶奶说，"你怎么这么傻？我们家没有男劳力，田种不转，收成这样差，交了公粮和统销粮，还差半年口粮，这样下去，会饿死的，你找个好人家，说不定会有力量帮助我们哩！"

母亲听了奶奶的话，觉得奶奶说的有理，便依了奶奶，决定改嫁——为家里寻一个干农活的劳动力。经人介绍，母亲带着三岁的弟弟青子离开乌塘改嫁到十里外的平塘。钟文和小他一岁多的妹子俏妹相依为命跟着奶奶生活。

哪知事与愿违。继父并不是一个好劳力！继父身体很单薄，表面看起来不错，却患有哮喘病。不发病时还能干活，稍受点凉干点重活，就气喘嘘嘘拉风箱，躺在床上不能动。

生米已煮成熟饭，母亲只好吞下这个苦果，咬牙过下去。

好不容易熬到 1960 年，钟文已在齐云桥上初一，他在学校读寄宿，只有俏妹跟在奶奶身边。奶奶常说她头疼头晕，也不知道什么原因，只好忍着熬着。

那天早上，奶奶醒来，像往常一样叫俏妹起来放牛："俏妹子！还睡呀，还不快起来放牛！"

俏妹听见奶奶的喊声，翻身起床，刚穿好衣服，突然看见奶奶的身子歪倒在床上，再也说不出话，嘴里只有进气没有出气的。两只眼珠直愣愣地望着她，喉咙里只发出呜呜啦啦的声音。俏妹吓坏了："奶奶！奶奶！"可是，没有用，奶奶的嘴在动，却说不出话。俏妹慌了神，对奶奶说："奶奶，你不着急，我去叫哥哥，叫妈妈！"说完，起急慌忙出了门，跑到学校叫回了哥哥，没敢停留又打飞脚跑到了平塘来到继父家，将奶奶生病的消息告诉了妈妈。

钟文飞跑着赶到家，看见奶奶歪倒在床上，真是吓坏了。扑倒在奶奶身上，一边摇着奶奶一边哭喊："奶奶！奶奶！你说话呀，我是你的孙子钟文啊！"

任他怎么哭喊，可疼他爱他的奶奶再也说不出话。只好眼睁睁看着躺在床上的奶奶慢慢合上了眼。

天立即塌下来，钟文哭哑了喉咙哭红了眼，抱着奶奶不肯松手，他不相信奶奶会离他而去，可他再伤心也叫不应奶奶，叫不回奶奶！奶奶还是撒手而去了，离开了这个苦难的世界！

母亲和继父赶来了，想法弄了一副薄棺木，含着泪把奶奶草草下了葬。

从此，他和俏妹便成了无依无靠的孤儿。

儿女连着母亲的心，钟文和俏妹两个幼小的孩子放在乌塘岂能放心？母亲和继父商量之后，便把他和俏妹接到了继父家，随后把兄妹俩的户口也迁了过去。俏妹在继父的生产队挣工分，而他则继续在齐云桥附中读书……

钟文知道，像他这样的条件，本来他是一天学也上不起的。直拖到九岁，俏妹也到了该上学的年龄，他还像野孩子似的待在家里，再不上学就要耽搁了。母亲和奶奶非常着急，商量来商量去，也没有一个好主意。最后决定：两人只能供一个，放弃俏妹，砸锅卖铁无论怎样也要钟文上学识几个字。可学费呢？哪去找那一元钱的学费？婆媳俩连连叹息。母亲的目光无奈地在房里扫来扫去，没有一样值钱能够变卖的东西。最后母亲的目光落在房里的楼板上，母亲对奶奶说："把楼板卖了吧！"

奶奶吃了一惊："你疯了！楼板撬了，冬天怎么挡风，人不冷死呀？"

"那又怎样？我的娘，去哪弄钱啊？"

奶奶不做声了。

最后还是咬咬牙，把楼上镶得整齐光洁的杉木楼板撬起来卖了些钱。

钟文高高兴兴背着母亲做的书包走进了学校。他在学习上有较高的悟性。书本上的内容，老师一讲就会，还嫌老师在课堂讲得慢，总希望老师多讲些内容；没认多少字，就喜欢上了课外书，尤其图文并茂的小人书，常常看得着迷。一有时间就往学校的图书室跑。上课的时候，爱向老师提一些奇怪的问题，让老师无法回答。期末考试，轻轻松松考了两个一百分。

老师便对他刮目相看，不但给他把土得掉渣常被人取笑的奶名"鸡公"改了，另起名叫"钟文"，还免了他上学的学杂费。不用掏钱白上学，这当然是天大的好事——这在他们这一带是没有过的。他越加珍惜这来之不易的上学的机会，学习越发上心，年年受到免费上学的奖励。

高小毕业，该上初中的时候，邓钟文又碰上了好运气，赶上了总路线三面红旗大跃进人民公社。吃饭不要钱，读书当然也不要钱。不花一分钱，就成了齐云桥附中的一名学生。他是解放后乌塘大队的第一个初中生，这让多少乌塘人眼珠子发绿。

但是，好事并不是永远都有，随着 1960 年那场全国性的大饥荒的到来，人们饥肠辘辘，"一平二调"的共产风寿终正寝。老百姓吃饭不要钱，读书不要钱便成为历史。学校开始向学生收取学费。学费虽然不多，一学期不过十多元钱而已，却难倒了邓钟文。他到哪去弄这些学费呢？唯一的指望是向继父要。可他清楚继父的家境：继父身体不好，患有哮喘病，挣的工分自然比别家少。年底一算账，除去口粮钱便所剩无几，买油盐的钱都找不来。正当钟文为学费发愁的时候，了解他家庭情况的班主任，不想让这位读书入迷成绩优异的中学生中途失学。便和学校商量，采取勤工俭学的方式，安排他利用暑假时间为学校的基建队干活，挣点钱让他交学费。他才得以在学校继续读他的书。

还有一学期就要初中毕业，他是多么希望继续上高中。上学是他头脑里挥之不去的梦。他知道，梦毕竟是梦，上高中是不可能的。上高中得去县城，花费可比不得齐云桥。不算学费光生活费一学期就要几十元钱。如今家里连上初中的十多元钱都拿不出，哪来那么多钱供他上高中？因此，他思想上早就做好了回家务农的准备。当他听到俏妹告诉他，准备要他回家种地的消息时，他一点也不感到突然，反过来，说是要他上高中倒奇怪了！

快要期末考试，在他一次回家的时候，母亲终于向他宣布了家里的决定。"崽呀，上完初中，你就回来吧！不要上学了！"

钟文低着头答应一声："妈妈，我知道了！"

母亲看着儿子痛苦的脸，难过地说："钟文，别怪你妈妈，也别怪你亲爹，家里实在没有能力供你上高中……"

意外的喜讯

期末考试结束，临近年关的时候，钟文意想不到地接到了一封信，信是他那远在河南的满叔邓永瑜寄来的。满叔在信上告诉他说，他准备回湖南过春节！

读完信，钟文高兴得差点跳起来，这真是太好了！这对他和他们一家来说，简直是天大的喜讯！多少年了，满叔是他们全家的希望和梦想，是他们一家精神上的寄托和安慰。在最艰难的岁月，在最贫困的日子，全家人头顶上空布满乌云，看不见一丝亮光，在走投无路的时候，只要一想到在外边做事的满叔，眼前就洒满阳光充满光明心里就有了盼头。多少个日日夜夜，全家人想他盼他等他回来。可是，天天想月月盼年年等，太阳落了又升，星星隐了又现，月亮圆了又缺，一天又一天，一月又一月，一年又一年，整整十年才等来这一天——满叔就要回家来了！

满叔是土改时出去的。

那会儿钟文还小，对满叔的印象早已模糊。只隐约记得满叔个子不高，白白净净的四方脸，长着姑娘似的有点弯曲的眉。满叔的性格也像小姑娘，说话的声音轻轻的，从不起高腔。小时候，满叔非常喜欢钟文，常带他玩儿，他也很喜欢跟着满叔。满叔去哪儿他跟到哪儿，就像跟屁虫似的。满叔去地里打鱼草他也要跟去。到了地里他很想帮着扯鱼草，可鱼不吃的草他也扯了放进淤箩里。满叔说："你扯的什么呀，尽添乱。你还是老老实实坐那边玩吧！"他听了很不高兴，噘着嘴只好跑一边自个儿捉蚂蚱逮蛐蛐儿。

后来不知怎么的，突然不见了满叔，不知满叔去了哪里？到处找也找不见。他哭着闹着要满叔，母亲告诉他说，满叔外出做事去了。钟文等了好几天，不见满叔回来，着急得不行，仰着脸问母亲："满叔呢？何解还不回来？"

母亲说："好孩子，你满叔去了很远很远的地方，一下子回不来，等你长大了就回来了！"钟文转动着小眼睛，对母亲的话很不理解。

后来大些了，钟文才断断续续知道了一些关于满叔的事，原来满叔是不得已才出去的。满叔出去全凭了母亲的帮助，当时是冒了很大风险的！

母亲说，那会儿，开始土改了，齐云桥镇上驻扎了土改工作队，土改运动搞得轰轰烈烈。邓家大院成了土改的重点。民兵们举着亮闪闪的红缨枪在村外站岗放哨，日夜对邓家大院实行封锁，不准成年男子私自外出，不准将财产物品转移，形势紧张得不得了，空气中都充满着火药味。

在这突如其来的社会大变革到来的时候，邓家大院的成年人——男人和女人，一个个成了惊弓之鸟惶惶不可终日。一些和满叔年纪相仿头脑灵活有文化的叔伯兄弟感觉不对劲，想方设法先后悄悄离开了家，纷纷出外或参加了解放军或参加了别的工作，惟独满叔迟迟拿不定主意，仍待在家里没有出去。

满叔性格内向，不大爱说话，也不爱和人交往，做什么事都优柔寡断。高中毕业后很想上大学，可家里没有钱，奶奶又不想变卖田产，只好断了上大学的念想。从学校回来就一直闷闷不乐，像大姑娘似的天天宅在家里。母亲对这个大门不出二门不迈绣花女似的小叔子看在眼里急在心里。照这样下去如何是好？一肚子书算是白读了！于是，再三开导说："永瑜呀，你一直坐在家里怎么行啊！你是男人，眼光看远点，心胸放大点。人常说，好男儿志在四方！别人都离开家远走高飞了，你守着这个家有什么出息呀？看这形势，这个家快保不住了，这一点你还看不透吗？你怕什么呀，快走吧，奔你的前程去吧。你有文化有知识，到外边好歹找个事干，也比窝在家里强！如果再不出去，继续耽搁下去，到时候你想出去都出不去了，必将后悔一辈子！"

满叔听了母亲入情入理的话，犹如从睡梦中猛然惊醒，对母亲暗自佩服。想不到不识一字的嫂子会有如此的见识："嫂子，你说得对，我出去！"

可是当他下决心离开邓家大院的时候，又未免有点胆怯："嫂子。怎么出去呀？人家都站着岗放着哨呢！"

母亲说："你只要决心走，我想法子送你出去！"

满叔看母亲对他这样关心，不再说别的："嫂子，我听你的！"

可事到临头，他又动摇了！

那是一个漆黑的夜晚。

母亲为满叔准备了盘缠，打点好了行囊，可临出发的时候，满叔却又畏缩了，小孩似地望着母亲，心里直扑通："嫂子，我好怕……"

"你怎么这样？"母亲颇为生气，"你怕什么呀？胆子怎么这么小？"

满叔眉头皱成一团，低着头不吭声——唉！怎么不怕呢？各个路口都有站岗放哨的民兵，他们端着枪，拿着磨得雪亮的梭标，白晃晃的手电光在夜空乱射，进出的人都要盘查，一旦被他们发现就完了！他还怕走夜路。他生来胆子小，怕黑，从没有一个人在晚上走过山路。他想着自己一个人要走那么远的山路头皮都发麻。山上长满茂密的树，树丛中隐藏着野兽，万一碰上野兽，遇上狼或者别的什么……想想心里都发虚！

"你这人呀？让我怎么说你！"

母亲看见小叔子这样胆小，有点作难，心里非常着急，时间一点点过去，母亲想了想，说："走，我送你！"

母亲说完，帮着满叔背起行囊，趁没人注意的时候，小心地把后门开开，摸着黑，领着满叔小心翼翼地穿过屋后的山岭，又走了五六里山路，把满叔送到黄泥塘大路边才分手。

满叔从那里步行二十多里，到了黎家坪，又从黎家坪走到了冷水滩。好巧，正碰上零陵卫校在冷水滩招生，满叔报了名，考上了零陵卫校……

满叔自打出去就没有回来，只是隔一段时间写一封信寄回家，告知他在外边的一些情况。给满叔的回信都是钟文写的。开始的时候，钟文识字不多，不会写信，都是奶奶说一句，钟文写一句。有许多字钟文不会写，他就空在那里，让满叔猜谜填空。钟文逐渐识字多了，能把奶奶说的话全写下来。后来，钟文不要奶奶口述，也能给满叔写回信，把家里人要说的话要写的事都写出来。他的作文好，应该与写信有关系。

满叔在零陵卫校毕业后被保送到河南医学院继续深造，1959 年满叔从医学院毕业，被分在一家国营大型煤矿当医生。奶奶在世时，为盼满叔回来，梦里不知哭醒了多少回！想儿子想得实在无法排解时，就叫钟文写信。在信上千叮咛万嘱咐，要他无论如何回来一趟，让奶奶看看。可是，信写了一封又一封，奶奶临死都没有见上他一面！想不到奶奶去世一年多，满叔竟然回来了！

满叔先到乌塘大叔家。两天后，才找到了在齐云桥附中上学的钟文，由钟文领着来到了米塘继父家。

母亲在家着急地等待着小叔子的到来。见着小叔子的那一刻，激动得心口怦怦直跳，有许多话一齐涌向心头，一时却又不知从哪说起，说什么好？嘴唇哆嗦着，眼泪抑制不住一个劲儿地涌出来。母亲使劲忍住泪水，用衣袖把眼泪抹了抹，哽咽着说："永瑜呀，你怎么才回来，娘想你想得好苦！你上学年年有寒假暑假，为什么不回来看看她老人家……"说着，又想起了娘，想起了伤心的往事，眼泪又忍不住往外流，终于泣不成声。

看得出来，满叔内心也滚动着汹涌的波涛，声音哽咽地说："嫂子，我也想你们啊，你当我不想吗？我是铁石心肠吗？我是人啊！可我……也有难处啊，天天搞运动，好害怕人，天天做噩梦……"他的声音有点战栗，脸上的肌肉绷得很紧，话说了一半又咽了回去。

永瑜的话母亲虽然不完全理解，多少也明白了小叔子心中的苦楚。永瑜回来毕竟是一件喜兴的事儿，母亲撩起围裙擦干眼泪："不说了，回来就好，回来就好！看见你就高兴！"说着，连忙为他烧火做饭，永瑜就坐在旁边的烧火凳上和母亲说话。

"嫂嫂，家里的情况我都知道，钟文都告诉我了，知道你们不容易，娘全靠你照顾，我对不起娘啊……"

母亲不知说什么好，只"唉"了一声，眼泪又要往外溢出来。

"土改以后，家里什么也没留下，连蚊帐都被弄走了，夏天任凭蚊虫叮咬。钟文俏妹被咬得全身都是红点，只好天天傍晚叫他见妹俩去山上割艾草燃烧烟气来驱蚊！最要命的是家里没有男劳力，留下的那点田种不转，收下的稻谷还得交公粮和统销粮，余下的粮食只够一家人吃大半年的。日子没法过啊……哎，我和娘商量了好久，才不得已带着青子改嫁。起先，钟文兄妹俩跟着奶奶过，让他兄妹俩照顾着奶奶。奶奶老了以后，我才把他俩接过来。永瑜啊，你知道我们过的什么日子啊，平常点灯的油都没有，盐都吃不起啊！"

永瑜感叹地说："嫂嫂，我想得到的，知道你们艰难，娘受苦了！你受苦了！看你的样子，变多了……"

"变老了，是吧？你想想，过的什么日子啊！"

是啊！那时，嫂子可是邓家大院数得着的漂亮女人，高高的个子，苗条的身材，白白的皮肤，而今脸色却变得青黄，脸形也变长了。圆润的脸有了棱角，皮肤也变粗糙了……

而永瑜何尝没有变化呢？十年前，他还是一个未黯世事的高中毕业生，一个懵懂的小青年。而现在，眼角上竟然出现了细细的鱼尾纹，他才三十啊，本来身上就缺少年轻人那种蓬勃的朝气，这会儿看起来有点老气横秋。母亲往灶膛里添着柴草，望着熊熊燃烧的火焰和从灶口冒出的缕缕轻烟，许许多多的往事浮上心头，是啊，世事沧桑，变化太大了！

母亲问："你在外面也吃了不少苦，受了不少罪吧？全家人真想你啊！尤其娘，她老人家临走前嘴里还一直念叨着你，听说大学里年年也放暑假和寒假，那么长时间你在学校干吗？你怎么就不回来看看呢……"

永瑜不知怎么回答好？听到嫂子这样说，感到一阵羞愧，心里立即翻滚起一阵阵汹涌的波涛，是啊！他也身不由已啊，他也难啊！解放后，政治运动一个接着一个，肃反，三反五反，反胡风，紧接着又反右，阶级斗争的弦越绷越紧……稍有不慎就会万劫不复，多少像他这种出身不好的知识分子，因一句话说不好就被打成了右派，被关进了监狱或被送到边远地区进行劳动改造。而他正因为胆小，说话谨慎，又能和自己的剥悄阶级家庭彻底决裂。才躲过了一个又一个危机……这些，他能向嫂子说吗，这些事说出来，她能理解吗？只好把这些难言之痛埋在心里。

他抬起头望了一眼嫂子，心情沉痛地说："嫂子，这些我都知道，我怎么不知道呢？钟文在信里都给我说了，娘多亏了你了！我对不起娘，娘临终我都没有回来，我心里一直带愧啊！有时只好在梦里哭啊，醒来的时候枕头都是湿的……"

母亲用袖子揩了揩眼泪："说那些干吗？算了，不说了！我也没能力照顾好娘……大家都不容易，不说这些了……"

母亲说着，眼泪又要流出来。她怕引起满叔伤心，便把话题岔开："听说你在河南吃不到大米饭，天天吃杂粮，能吃惯吗？"

"时间长了就习惯了，唉！这年月，哪还有什么吃不惯的呀？"

"你在那里不会也挨饿吧？"

永瑜说："嫂子，全国都一样啊！"

母亲听永瑜这一说，颇感吃惊！接着说："现在怎么会这样呢？听说不少地方还饿死人哩！"

"是啊，河南的饥荒更严重，饿死的人很多……"永瑜话说出口，立即意识到这个问题比较敏感，他一向谨慎，不便说下去，刹住了话头，突然想起钟文继父，便转换话题，对母亲说："钟文继父呢？他人怎样，他对你和孩子们都还好吧？"

母亲见问起这，便叹了口气，把继父的情况对永瑜简单作了介绍，说："唉，人哪，怎么说呢？一个人的命好像是前世注定的！我嫁到邓家，遇到你哥那样的人，依靠不住；嫁到这里还得靠我自己。他继父人倒是好人，直脾气，就是身体不好，有些事还是指靠不上，我还得拼死拼活地干活。凑合着过吧，反正孩子们都逐渐大了……"

母亲突然想起永瑜的婚事，转过脸望着永瑜："你快三十了，谈好对象了吗？”

永瑜回答说：“还没有呢！”

“你在外面怎么不找呢？”

“河南那边人思想保守，不大愿意和外地人成家，再说我工作的单位是煤矿。女工本来少，就耽搁了。”

母亲说：“你的婚姻大事是该解决了！不能再拖了！”说完，望着永瑜：“你愿意在家找吗？”

永瑜回答说：“有合适的，在家乡找一个自然好。”

母亲说：“过几天我托人说说，看能不能给你介绍个妹子。”

说着话，钟文继父回来了。他早知道满叔要来家的消息，刚才在外面院里的人就把消息告诉他了。见了永瑜，很热情地和永瑜打了招呼，两人坐在烧火凳上说话。永瑜语言木讷，又是面对钟文继父，免不了有点拘谨。继父看出了这一点，担心慢待了客人，主动和满叔拉话。继父是见过世面的人，不像一般的挖土农民，对国家大事及政策懂得不少，渐渐地和满叔谈得很融洽。

永瑜带来了一些礼物——给母亲买了条围巾，送给钟文继父的是一顶栽绒老头帽。继父的支气管炎一到冬天就怕冷怕风，这老头帽正适合他，戴在头上一点不进风，暖乎乎的，老头子打皱的脸笑成了一朵花。给钟文的礼物是他在医学院上学时穿的一件灰颜色的立领旧学生服。衣服虽旧却很干净，钟文穿身上一试，正合身。他长这么大，还从未穿过这么好看式样新颖的衣服呢。他穿着衣服走在院子的时候，生产队的婶婶大娘们看见了都羡慕不已，纷纷说钟文有福气，有一个好叔叔。尤其令继父高兴的满叔给家拿了 30 元钱。这可不是小数目，等于他们这一家一年的工分值，算是重礼了。

继父对永瑜的到来，热情备至，就像自己阔别多年的亲兄弟远道归来一样，吩咐母亲倾其家里所有，尽情款待。尽管那场全国性的饥荒正在全国肆虐，但他们这里，由于上边及时停办了公共食堂，归还了农民的自留地，允许农民自由开垦小片荒地，他们才没有像别地方那样饿死人。到了这个冬天，饥饿的局面已基本扭转。继父所在的生产队，稻谷产量虽然增加不多，而红薯却获得了前所未有的丰收。生产队分的，加上自留地和小片荒地挖的，家家户户的屋地上床底下都堆满了红薯。有的还挖了窖，把剩余的红薯放进窖里，白米饭虽不能满足要求，而红薯却可以放开肚皮吃。冬天，生产队还偷偷地熬了些橙子糖分给社员们——这可是好几年没有见过的珍贵东西了！

永瑜到家之前，母亲又东挪西凑搞了些糯米，煮了点糯米酒，加上橙子糖，这些东西便被当作上品端了出来。在这饥肠辘辘的灾荒之年，能吃到久违的家乡土特产，这在永瑜来说，是没有想到的。更不用说甜甜的糯米酒橙子糖，香喷喷的炒花生，母亲所做的一菜一汤，永瑜吃了都胜似美味佳肴赞不绝口。永瑜完全消除了原先的生分，就像回到了自己的家一样。

永瑜的到来，在生产队也引起了轰动。那时医生很少，医学院毕业的医生更是凤毛麟角，在缺医少药的农村人眼里，简直就是华陀降世。街坊邻居，都纷纷前来找他看病。永瑜也早有这方面的准备，特意带回了听诊器和一些常用药品，对那些前来看病就医的人热情接待，细心地一一给以诊断。人们一致称赞满叔人好，说话和气，医术高明。听了人们对永瑜的赞扬话，母亲的脸上也有了光彩。

母亲趁机向几个邻居和熟人提起给满叔介绍妹子的事。母亲人缘好，人们一听说这事，都很热情。找亲戚，托朋友，人托人，在周围团转撒开了一张征婚网。忙乎了几天，所网罗的妹子倒不少，也都见了面，可没有一个合适的。这些妹子大多没文化，读书少，初中毕业已是高学历。乡下妹子大多结婚早，二十几岁就有了孩子。

没嫁人的又太小，和满叔的年龄相差太大。高不成低不就，直到满叔假期快到了，才勉强遇上一个对上眼的妹子。其实说妹子并不合适，是个离异的二十多岁的女子，人长得不错，高高的个子，两只圆溜溜妩媚的眼睛，文化程度也不低，高中毕业，两人见了面，都表示没意见，愿意处朋友。先通信联系，彼此了解以后再结婚。

满叔在家的时间已经不多，探亲假快要过完，就要返回单位。钟文的心也开始躁动——自满叔回来以后，他就怀着心事，想着自己还有半年就要初中毕业，上高中没有指望，又不想一辈子在继父家做"寄崽"。心心念念想着去外边闯荡世界，想要满叔在外头为他找点事干。他是个腼腆的小伙子，自己羞于开口，一直催促母亲把这事向满叔说说。母亲心里也早有盘算，对钟文说："崽呀，这事我会考虑的。"

可母亲一直没有和满叔说他的事，钟文就像热锅上的蚂蚁，心急火燎坐卧不宁，催了母亲几次。直到满叔临走的那个晚上，母亲把准备给满叔带走的东西包装好，全家人吃过晚饭之后，就着昏黄的煤油灯光，母亲才把这事郑重其事地向他提出来。

母亲对满叔说："永瑜，你要走了，我没别的事求你，无论怎样，你得想办法把钟文弄走。你也看见了，我没有能力供他上高中，他在农村是变不出人来的。你好歹给钟文找个事干。"

永瑜听了母亲的话，眉头微微皱了皱，这事确实有点难。他只不过是一个医生，无职无权，要解决侄儿的工作问题谈何容易？可是面对这位恩重如山如同慈母般的长嫂，又不忍心使她太过失望，望着桌上莹莹的煤油灯光，侄儿在灯光下企盼的眼神，迟疑了一会儿，便答应说："行，你说的我记住了，我一定尽力想办法。"

第二天，永瑜走了，带着全家的期望，带着钟文美好的梦……

继父

　　这是一条小小的垅坑，叫米塘冲。垅坑上下有两口灌田的水塘，叫米塘——垅坑上边的叫上米塘，下边的叫下米塘，村子因而得名——塘里都是米啊！想来这个村的先祖是非常富足的。

　　垅坑不算大，有二里多长，上窄下宽——祁东西部除了为数不多像齐云桥那样的大垅坑之外，差不多都是这种小垅坑。垅坑中间是大大小小像梳子似的梯田，两边是一个连着一个的小山岭，山下是随山势开垦出来的旱土。山上原都生长着茂密的树林，由于人们长期砍伐，不多的树木在 1958 年的大炼钢铁中被砍伐殆尽，渐渐成了荒山秃岭，稀稀拉拉长着些茅草和一些不起眼的小杂树。而岭下却呈现出勃勃生机。勤劳的农民用汗水把贫瘠土地上的庄稼侍弄得绿森森的。这会儿，水稻长势喜人，开始吐穗；红薯藤蔓将地面铺满；一人多高的高粱棵子正在拔节，黄花也即将出箭，密集的箭头开始分岔，露出淡黄色花苞，很快就可以采摘黄花——那是生产队的摇钱树啊，社员们的经济主要靠黄花。

　　村民们靠山而居，差不多都是本家，勤劳而实诚，除了作务农活，没有别的爱好，上年纪的个个都是种田里手，勤劳吃苦是他们的本色，人总是闲不住，干完生产队的活就钉在自留地里，把自留地的庄稼侍弄得绿油油的。

　　钟文的继父就生活在这个山冲。

　　继父姓谭名久阳，在这个小山冲算得上一个人物。他当过程潜手下的兵，土改时还干过农会主席。

　　继父弟兄二人，因他头脑聪明，又是家中的老小，自然为父母所溺爱，干什么都惯着宠着。父母都是贫苦农民，吃够了睁眼瞎的亏，总想让久阳认几个字。可他们这样的家庭吃了上顿没有下顿，哪有钱请先生？谭姓族里倒有一个私塾，请了本族一个先生教着二十几个孩子。办学的经费一部分是由族里的公田出资，另外一部分由读书的孩子家拿出来。可那不多的几斗米他家也拿不出。看着久阳一天天长大，爹妈心里只是干着急。想不到也有时来运转的时候，久阳竟然不花一分钱就进了私塾当起了学生。

那天，私塾里一位老先生来米塘冲有点事。院里的几只狗见有生人来了，对着老先生张牙舞爪乱扑乱咬一阵狂吠，吓得老先生面如土色站在路边浑身筛糠魂都掉了。这时，正在院子里和别的孩子玩耍的久阳，看见了这一幕，随手拿起地上一根干树枝跑过去冲着狗一阵乱舞，吠叫的狗被吓跑了。老先生如获救星似地望着久阳，见他一副机灵可爱的样子，便摸着他的头，问道："你是谁家孩子？"

久阳回答说："元兴家的。"

先生又问："你多大了？"

"十二。"

"想读书吗？"

"想也有用！"

老先生问："怎么的？"

久阳抬起头，说："读不起，家里冇得钱！"

老先生一听笑了："一会我去你家找你爹，要你爹让你读书，好不好？"

听了老先生的话，久阳转动着一双黑眼睛，奇怪地看着眼前这个留着山羊胡的老头，不明白他说的什么？

老先生事情办完之后，果然去了久阳家，给他爹说了让久阳上私塾的事。久阳爹听了，惊愕了好半天，世上哪有这样的好事，这无疑是天上掉下了一个馅饼，竟让他遇上了。

"这何要得！这何要得！"

久阳爹带着疑惑的目光望着老先生，有点激动。

老先生说："那有什么，只几斗米的事，你家拿不出米。给你免了算了，我给族长说说，只不过多个把学生，没关系的！"

听老先生这样一说，久阳爹打消了顾虑，连连打拱作揖，说着感谢的话。第二天便让久阳去了学堂。但久阳玩性未改，在学堂书不好好读，调皮捣蛋却有份，总变着法儿生事。弄得那些学生鬼喊鬼叫，把学堂闹得沸反盈天，老先生气得胡子一撅一撅的。将久阳狠狠训斥了一顿。久阳稍稍收敛了一些，但他学习仍不上心，在私塾混了两年，老先生便打发他回了家。

久阳逐渐长大，个子已和他爹差不多高，但在家仍像以往一样，吊儿郎当不好好干农活。和老实巴交只知埋头种田的哥哥简直判若两人。爹妈要他干活时，总想法子偷懒耍滑，能躲过去就躲过去。平时还喜欢打麻将，推牌九。手里没有银钱，只好小打小闹。家里的活儿反正有哥哥顶着，爹妈也不强迫他。家里有什么出头露面的事，倒不用爹妈操心，他可以找人摆平。长到二十岁，除了帮家里干一些简单的农活，犁田耙田什么也不会，他也不想学。父母为了使他收心，东挪西借为他讨了老婆。老婆人长得周正，也很贤慧，日子虽然贫苦，小两口感情还不错。

那一年，家里喂了一头肥猪，临近年关，爹妈听说宝庆的猪价比本地高不少，想把那口肥猪抬到宝庆去卖。爹妈本想叫久阳哥哥去，可爹妈考虑老大人太老实，去宝庆卖猪有点不放心，决定还是让久阳去。

他爹把久阳叫过来，吩咐说："听说宝庆的猪价比齐云桥高很多，你和老三把猪抬到宝庆卖吧。"

久阳听他爹说完，本想拒绝，可他转而一想，宝庆可是个大地方，他还没有去过呢，他早就想去见识见识，何况有老三和他一起去。老三是久阳的叔伯哥，他和老三关系很好，常在一起玩儿。正好利用这个机会去宝庆玩玩。便说："好呀，我去。"

两人抬着百多斤的肥猪吭哧吭哧紧赶慢赶把猪抬到了宝庆，久阳累得差点瘫倒在地，他一辈子没有出过这么大的力。倒还不错，来到猪行，很顺当地就把那头猪卖掉了，价钱卖得不错。久阳喜孜孜从猪贩子手里接过白花花的银元，将钱装进布袋的时候，忘记了劳累和浑身的酸痛，感觉身子有点飘。

久阳对老三说："三哥，你对宝庆熟，哪里有好玩的地方，我们去看看吧。"

老三好长时间没来过宝庆了，也想去玩玩，便说："那去沿邵街吧，那里是宝庆最热闹好玩的地方。"

于是两人便向前走去。

他俩走走看看来到沿邵街，澄碧的邵水在冬阳下平静地向前流淌，满载货物的船只张着风帆在河道上缓慢航行。宽阔而平坦的马路旁，商铺一家挨着一家，铺子里陈列着各色物品，大多是些红红绿绿的年货。有些卖年货的商家为了招徕顾客，还把年货从门口摆到了路边。街上来往的行人像赶集一样拥挤。行人中有戴博士帽挂文明棍的，有头戴斗笠脚穿草鞋的，有涂脂抹粉穿着丝绸衣服扭着屁股的妖冶女人。有抬轿子的，拉黄包车的，还有骑高头大马的……真有点目不暇接，眼花缭乱，久阳被眼前的情景迷住了。

两个乡下青皮后生，猛来到城市，满眼都是新奇有趣的东西，久阳似乎听见了布袋里不多的银元在发出"当郎"的声音，不由心旌摇动。

他俩走到一家铺子门口，突然听见从里面传出掷骰子压大压小的叫喊声。叔伯哥知道里面是赌场，探头往里看的时候，从门里走出一个穿马褂的中年人，笑眯着眼对他俩说："两位进来吵，碰碰手气，发个财过年哒！"

老三本就好赌，家里的几亩田土就是被他赌光的，现在只好租种别人的田土，再靠打点临工过日子。见了赌场便走不动路，对久阳说："那，我们进去看看吧"

老三的话正对久阳的心思，两人便走了进去。进到赌场还会有他们的好？口袋里的钱不弄光不会让出来。

赌场里热闹非凡，烟雾弥漫，灯光迷蒙，赌徒们激昂亢奋的押注声像要把屋顶掀翻过来。久阳站在旁边看了一会，禁不住有点跃跃欲试。开始，他还谨慎，只从布袋里摸出一块银元下了注。运气不错，竟然赢了。又押了几注，想不到又赢了！白花花的银元放在面前，发出当啷啷好听而迷人的声音，他兴奋得一颗心都在怦怦地跳。激起了更大的兴头。赌注又加大了一倍，想不到又赢了！面前堆着白花花的银元，耳边响起赌徒们亢奋的叫喊声，他抑制不住内心的激动。进一步激起了他的豪兴，一股热血直往上冲。脑海里突然产生一个念头，他今天的手气不错，何不趁势把全部银洋押上去，再赌一把大的，好好赚他一票！他向旁边看得神情激昂的老三看了一眼。老三早被赌场的气氛弄得五迷三道，看得手直痒痒，恨不能从久阳手里借几块银元赌一赌，见久阳把目光投向他，心领神会，毫不迟疑地对他说："下注吧，趁着你眼下的好手气！"

久阳听了老三这句话，脑子轰轰直响，牙一咬，把全部银元押了上去！

现宝的时候，他傻眼了！面色立即变得苍白！卖猪的钱，连同刚才赢的，输了个精光！他差点跌坐在地。当久阳昏昏沉沉从赌场走出来的时候，大梦初醒似的明白过来，口袋已空空如也，不明一文！爹妈还等着卖猪的钱回去还账过年呢！这样空手回去，怎么向父母交待？还不被父亲打死！望着街上熙熙攘攘的行人和吹来的寒风，他后悔不已，真想跳进滚滚的邵水中！

"三哥，怎么办呢？我回不去了！"

"唉！"老三也知道惹了大祸，后悔不已，怨自己不该让久阳最后赌那么一把！看着久阳愁苦的面容，不知怎么好？只是唉声叹息。

"招兵了！招兵了！"

正当久阳和老三失魂落魄地在大街上踯躅时，忽听见有人套着喇叭筒在向过路的行人叫喊。久阳抬头一看，只见一张红布横幅上写着"招兵处"，一张桌子旁边坐着两个穿军装的军人。当他走到跟前的时候，拿喇叭筒的军人对他俩说："想当兵吗？"

久阳猛然一愣："当兵？"立即回过神儿来，说："对！我当兵！"

于是他报了自己的名字，年龄。他也深知"好男不当兵"的古训，可他已没脸回家，只好心一横报了名。老三看久阳当兵的决心一定，对他交待了几句便自个儿回米塘冲去了。

时间荏苒，一晃三年过去了。

1950 年，程潜和陈明仁举兵起义，湖南和平解放。吃了三年军粮没放一枪的久阳，没等改编为解放军，归心似箭的他就领了路费回到了家乡——他惦记着家中的父母和妻子。

离家越来越近，当他满含愧意侷促不安地踏上米塘冲那条从小走过的石板路，忽听见从他家的方向传来燃放鞭炮和吹奏唢呐的声音。他以为村里谁家在办喜事娶亲呢。渐渐离家近了，发现鞭炮的燃放声和唢呐的吹奏声是从他那间破房子传过来的，便加快脚步走了过去。只见家门口的禾坪上正围着一些看热闹的人，这是怎么回事？出了什么状况？正在这时，哥哥从门里走了出来。

他连忙走过去叫了一声："哥哥！"

哥哥看了久阳一眼，惊吓得像是见了鬼一样没敢回答，转身跑进屋里，语不连句地对屋里的人说："妈……妈……久阳……回来了！"

"他在哪？在哪？"母亲吃惊地瞪着双眼，不等回答，便锥着小脚从门口走出来。看见了站在门口张着嘴呆若木鸡的久阳！

"久阳啊！"母亲哭喊着："你这个鬼崽崽，你个杀千刀的，你没有死啊，我以为你早被红炮子打死了！你个没良心的，还有脸回来呀，你晚回来一步就见不到你老婆了！花轿马上就要把她抬走了！"

"怎么回事？我老婆怎么了？"

"你还问哩！你个败家子啊！你都干的什么事啊？一走三年，我们都当你不在人世了。你晓得吧？你老婆在家过的什么日子啊，我看她还年轻，不想耽搁她，经过商量，就让她改嫁了！"

久阳一听，血立即冲上脑门，两眼冒出火星："谁要她改嫁的？我还没死哩！"说完将两手一插腰，一副要和人拼命的架式！

哥哥在旁边提醒母亲说："聘礼都收过了，不嫁行吗？"

久阳说："我在这里站着哩，我不同意，今天看谁敢把她抬走？"

正在这时，远处的大路上响起鞭炮声，一队迎亲的队伍向这边走来，中间抬着一顶花轿，后边跟着一个披红挂彩的中年男子！

早有人跑过去向新郎报告了情况，新郎也不含糊，并没停下来，带着迎亲的队伍缓缓来到了久阳门口的禾坪："我是明媒正娶下了聘礼的，谁敢阻拦！"

久阳两眼一瞪："下了聘礼有卵子用，我人还没死哩！我倒要看看，今天谁胆敢把我老婆接走？"

新郎望着久阳两手插腰的样子，在气势上就输了一头，但他觉得自己并不输理，不能这样认输："怎么？没有王法了，想霸蛮，难道哪个怕你？"

久阳听了这话，两眼直喷出烈火："啊嗬！哪里来的混账东西，到我家抢老婆，还有理了？你要是再往前走一步，我就打断你的狗腿！要你爬着回去！"

　　接亲的新郎被久阳的话吓住了，哪敢上前？这里毕竟是人家的屋门口，向他的人多，如果来硬的肯定会吃亏，一张脸便耷拉下来，转过身子，看了看旁边的媒婆："五婶子，你何解给我做的媒？你说句话哟。"

　　媒婆听见新郎问他，见久阳那副吃人的架式，心里也有些发怵，感到很为难。是啊，人家男人回来了，哪肯眼睁睁看着自己的婆娘被别人抬走？走遍天下也说不过去！怎么这么巧？早不回，晚不回，恰在这一刻他回来了！也许命中注定这女人不能嫁人，是他谭久阳的老婆！天命不可违！媒婆只好叹口气，换上一副缓和的口气，对久阳说："久阳老弟，你拦着不让你老婆走，我理解你的心情，可你妈接了人家的聘礼哟，何解说哒？"

　　久阳瞅了一眼新郎，又看了看媒婆，明白了媒婆的意思，便爽快地回答："谁希罕他的聘礼？一点不少给他退回去！"

　　久阳的话使媒婆吃了定心丸，赶紧走过去对新郎赔笑说："既然人家男人回来了，硬拦着不让走，僵持下去也不是办法，我看这事就算了哟，人不能在一棵树上吊死，以后给你介绍个好的！你刚才也听见了，他家把聘礼退还你，不叫你吃亏！"

　　新郎听了媒婆的话，不好再说什么，便顺坡下驴，吆喝着一干人调头回去了。

　　久阳这才松了口气，他突然觉得有点不对劲儿——这么长时间不见父亲出来，连忙问母亲："我爹爹呢？怎么没看见我爹爹？"

　　母亲见儿子问起老头子，眼泪汪汪地说："你个鬼崽崽还问哩！要你到宝庆卖猪，你把卖猪的钱输得吊蛋精光，家里年都过不成，你爹一气之下，生了大病，不多久就撒手走了……"

　　听到这话，久阳真想一头在墙上碰死："我算什么人啊……"

　　说完，急火攻心，一口气上不来，呼呼地张着嘴大声喘气，他的哮喘病又犯了——在当兵的三年时间里，风餐露宿，别的什么也没有捞着，却落下了哮喘病！

　　久阳老老实实在家将养了几天，渐渐不喘了。

　　这时，他迎来了人生的一个重要机遇——

　　齐云桥也跟湖南所有的地方一样，这时正进行着热火朝天的土改。一个操着北方口音的瘦个子来到米塘冲访贫问苦，他就是这个区的土改工作队长。他在村头正好遇见了久阳。问道："你是这个村的吗？"

　　"是呀！你有什么事？"

　　"我是齐云桥区政府派来的，姓李，你叫我老李吧，现在湖南正在进行土改，斗地主，分田地，你知道吗？"

　　久阳说："听说过这事。"

　　"你对土改有什么看法？"

　　久阳从长沙回来的路上，就听人说起过土改，他对土改虽说不上有什么深刻的认识，但他对土改是欢迎的。便回答说："土改当然好啊，地主的田土种不完，而我们这些贫苦农民却没有田土种，把地主多余的田土分些给我们这些没有田土的农民，当然是好事啊！我举双手赞成！"

　　李队长这些日子带领工作队员一直在平塘这一片深入农户作农民的工作，发动群众和地主阶级作斗争。但他们的工作成效不大，许多农民对土改很不理解，存在着一些糊涂观念。他们认为地主的田土是他们自己用钱置买的，或是他们的祖上留下的，随便把人家的田土拿出来分给别人。和土匪抢东西有什么区别？没想到，面前的这个年轻人，竟然有这么高的觉悟，对土改有这么清醒的认识，自然感到高兴。问他家里多少田，多少房子，久阳回答说："我家哪有田，哪有房子？过去都是租种别人家的田！房子也是四面透风的草棚子！"

队长听了非常满意。后来，李队长通过了解，听说久阳还上过两年私塾，这在农村是不多见的，便引起他对久阳的重视。

李队长心想，新中国刚成立，农村急需干部，土改工作更需要贫苦农民出身的积极分子参加。久阳出身贫苦，脑子灵活，又有文化，正是我们培养的对象。便有心提携他，推举他当了那一带的农会主席。

被土改工作队所看重，久阳觉得很有面子，对土改怀着极大的热情。如果土改成功，分得一些田土，有了自己的土地，就不必租种地主的土地，这是多么好的事啊！这样的好事做梦都没有想过的，于是立马参加了土改工作队的工作。斗地主分田地，减租减息，表现得非常积极。像他这样的土改积极分子，许多人后来都被转成了脱产干部，而久阳却一事无成，这得怪他的脾气太梗，太讲义气，说话好直来直去，得罪了李队长——后来的区长。

导致他落魄的直接原因有两件事——

土改结束之后，全国开展肃清反革命运动。想不到，久阳的叔伯哥，和他要好的老三竟也成了反革命！原来，老三好赌，好和人拉扯，结识了几个与旧政权有瓜葛的人，他的名字被人写进了一个称作 XX 社的反革命组织的名册里。政府便按图索骏，照着缴获的名册一一抓捕归案。

那天，县公安局两个公安来到米塘冲，进了叔伯哥的家。叔伯哥在外劳动，恰听见了动静，没敢回去，悄悄躲进了久阳家。

久阳大吃一惊："三哥，他们到处捉拿你哩，你怎么跑到我家来了！"

"久阳，你相信哥是反革命吗？"

"无风不起浪，到底是怎么回事？你对我说实话！"

老三说："一次在齐云桥镇上和几个朋友喝酒，说要参加什么社，他们要我也加入，就把我的名字写上了。天地良心，我什么活动也没有参加！"

久阳相信老三没骗他，他对这个叔伯哥还是了解的。

"你在区里说话很响，和区长关系很铁，你去给我说说吧。"老三苦着脸向久阳央求说。

这是人命关天的大事，久阳不得不管，况又是他信赖的三哥。第二天，他便去找了李区长——以前的土改工作队李队长，谁知，话刚说完，就被李区长一顿训斥："糊涂！你站在哪个阶级立场说话？你那个叔伯哥是上了反革命名册的，他就是反革命！已经铁定了，你还帮他辩护！你怎么这样糊涂？"

久阳还要解释时，区长向他挥了挥了手："别再说了，你回去吧！好好反省反省你的思想！"

久阳闷闷不乐地回到家，第二天，他眼睁睁看着老三在眼皮底下被公安人员绑走。不几天，老三和那批人一起被处决。他那年老背驼得如一张弯犁的大伯把老三的尸体拉了回来。他见了那个惨状，差点落泪，弄不明白怎么会这样？觉得很对不起大伯，心被揪着一样疼。

又一次，区里民兵紧急集合，说上级布置了重要任务，所有人不能因任何理由不参加。偏偏不巧，那几天老婆突发了心脏病。他觉得自己当兵三年，老婆一个人在家太苦太累，自己对她亏欠太多。如今病成这样，奄奄一息躺在床上，他不能不管，便把紧急集合忘到了脑后。请郎中看病，去药铺抓药，煎药喂药，忙得晕头转向，最后老婆没有救活，一命归天。等他埋葬了老婆，到区政府见李区长的时候，又挨了李区长一顿严厉的训斥："谭久阳，我看你是糊不上墙的烂泥，关键时候，你就掉链子！怪不得人家说，现在有一种人，革命胜利以后，安于现状，不思进取，沉醉于老婆孩子热炕头的小康生活，革命意志开始消沉！你是不是也有这样的想法？"

沉浸在丧妻痛苦中的久阳听了区长的话，再也抑制不住内心的悲伤，生气地冲着区长说："我有卵子想法……"

区长被久阳这一冲撞，就像脸上挨了一巴掌，火冒三丈！这还了得，一个什么也不是的农民，竟敢这样怼他，好半天都说不出话来，铁青着脸，从嘴里挤出一句火气很冲的话："你，你，给我滚……"

紧接着，久阳的身体又出现了状况——连着几天几夜熬夜，为乡里的事来回奔波折腾，加上夜里受了凉，他的哮喘病又犯了，上气不接下气，气喘嘘嘘拉开了风箱。偏偏区里又通知开会，他怕区长剋他，带病来到区里，李区长看他一副病恹恹的样子，心里十分厌恶，紧皱着眉头对他说："谭久阳，看看你，都成什么了，这次开会你就不要参加了！"

从此，他开始受到冷落，而他又是那种耿直的个性，在上级面前不会说好话，不会阿谀逢迎，他觉得与其像狗一样低头哈腰受这样的窝囊气，还不如干脆在家当农民。从那以后，他便不参加区乡布置的任何会议。而他的地位从此便一落千丈，没有人把他当回事，成立高级社，没有安排他当干部，成立人民公社，他仍被晾在一边。

他只好窝在家当他的半吊子农民。久阳也知道，除上面所说的原因外，他那段在国民党部队当兵的经历，在那个时代也是个污点。

悠悠慈母心

邓钟文初中毕业之后，怀着十分复杂的心情，背起简单的行李迈着沉甸甸的脚步，从学校来到继父家。

继父家他来过多次，以前不过是临时住一天或几天。而这一次，却要长期住在这里，在继父家当"寄崽"，米塘冲将是他以后安身立命的家，但在内心深处他并不认同。他觉得只有乌塘才是他的家，他是邓家的孩子，他的根在那里，无论走到哪里，都不会忘记乌塘，他的爷爷奶奶和父亲都埋在那里。

钟文对继父说不上好感，也说不上厌弃，总觉得那个叫"继父"的男人有点陌生，如果母亲不在这里，他是无论怎么也不会来的。

他记得第一次见到继父是在齐云桥街上的米粉店，那时他十岁。

母亲走了一个月，他天天想母亲，想母亲时总想哭，奶奶哄也哄不住。

有一天，奶奶说："钟文，今天齐云桥逢圩，我带你和妹妹去圩上见你妈妈！"听了奶奶的话，钟文裂开嘴笑了。

奶奶带着他和俏妹来到了齐云桥圩上，走进了一家米粉店。奶奶说："你妈妈约好在这家米粉店见面的，我们进去看看。"

想不到母亲早来了，正在这时，母亲从店里走出来，激动地喊着钟文和俏妹的名字，把兄妹俩搂在怀里，眼眶里溢满了泪水。这时，一个三十多岁全身穿着黑士林布身材单薄，面孔清瘦的男人从里面走出来，笑着和奶奶打了招呼。母亲连忙拉着钟文和俏妹的手，说：这是你们的亲爹，快叫'亲爹'！"

俏妹听话地叫了一声"亲爹"，而钟文却不叫，转动着眼睛，望着面前这个陌生男人，有点不知所措，嘴嗫嚅着。

"叫呀，钟文，叫亲爹呀！"奶奶也在旁边催促着，钟文眼不错珠地望着"亲爹"，人看着倒是一副和善的样子，他使足劲终于从嘴里挤出了"亲爹"两个字，声音像蚊子哼。

亲爹倒不在意，笑着说："你们到桌边坐吧。"说完，便对米粉店老板说："来五碗米粉！"

米粉店老板答应一声，不一会儿热腾腾的米粉便端过来了。继父说："吃吧！没什么好东西！"

母亲看钟文端着米粉碗发呆的样子，疼爱地说："崽呀，吃吧！"

钟文这才低下头吃起来。味道真好，香喷喷的，好久没有吃到这样的美味了。

过年的时候，他和俏妹去给继父和母亲拜年，去了继父家。

那会儿，继父还住在雷公堂，雷公堂原是一个不大的尼姑庵，离米塘冲二里路，翻过一个小山岭走不远就到了。土改后，政府破除迷信，尼姑们还了俗，多余的房子分给了没房住的贫农。继父也在雷公堂分到了"胜利果实"——两间斋房。

他清晰地记得，雷公堂的大殿里供奉着雷公菩萨金身，雷公菩萨坐像有几丈高，金光闪闪的，看起来非常威严和威武，龇牙咧嘴的样子令人恐怖。雷公堂比较偏僻，除了孤零零的尼姑庵里住着几户人家，四周没有人家，两个小垅坑被小山岭所包围，偶尔听见鸡鸭的叫声和狗吠声。晚上，庵子里寂静得可怕，给人一种阴森恐怖的感觉。天一黑，钟文便待在房里不敢出来。继父的房子进出要经过大殿。他每次出来，都有点毛骨悚然，两只眼睛不敢往大殿四下里瞅，生怕有什么鬼怪从大殿钻出来，总是打着飞脚从大殿跑过去。

尽管如此，有母亲在那里，想母亲的时候，他就和俏妹一起去看母亲。

继父搬到米塘冲老家这边居住是两年前的事。1958 年大炼钢铁的时候，雷公堂厚实的砖瓦和木料是大炼钢铁稀缺的材料。公社领导一声令下，一夜之间，雷公堂便被拆毁，成了一片废墟。砌墙的青砖运走砌了炼铁炉。粗大结实的木头拉去烧了木炭。继父的房子没了，只好搬进一个去云南支边的本家侄的房子居住，本家侄的房子空在那里，正好让他栖身。

钟文从学校来到米塘冲继父家，开始在生产队挣工分。继父身体单薄，时不时发病，家里平添了一个劳动力，继父自然高兴得没法说。

不知为什么，自来到继父家，尽管继父对他不错，钟文心里仍感到别扭，对继父怯怯的，感到一股无形的压力。情感上无法和继父融合在一起，两人面对面相处的时候总感到无话可说。尤其当他叫"亲爹"的时候，感觉这两个字有点拗口，叫出来的声音听起来怪怪的。他尽可能避免叫亲爹。这情景被母亲看出来了，母亲说："崽呀，妈知道你心里怎么想的，还是委屈一下吧，习惯了就好了！"

母亲看着心事重重的钟文，又轻声说："崽呀，别那么不开心，你不想想，我们娘儿几个总算在一起了！"

母亲说的何尝不是呢？家里五口人，继父没有儿女，除继父外，全是自己的亲人，妹妹，弟弟，还有母亲。总算在一起团聚了，天天都能相见。他和妹妹在乌塘时，母亲带着弟弟青子在米塘，一家人分成两处。那时，他是多么想念母亲和弟弟啊！而今，能天天见到母亲，见到弟弟，得到母亲的爱，全家人亲亲热热的，再也不要为见不到母亲和弟弟而伤心！还有什么不满意的呢？

钟文有时也想，继父一生够曲折的，年轻时当兵，土改当过农会主席。继父当兵的情景怎样，他想象不出，当农会主席时一定非常威风。他见过乌塘的农会干部，无论说话做事总是威风凛凛趾高气扬的。不知继父那时是怎样一种派头？可如今由于身体的原因，在生产队只干一些轻便活，挣妇女稍多一点的工分，很明显有一种落架的凤凰不如鸡的失落感。

不过继父在生产队说话还是有一定影响的，谁家有什么红白喜事，必请他主持。他会写一手不错的毛笔字，社员们写个帖子，过年写对子什么的差不多都会找他。继父还会"扯痧"，这是他的绝活。生产队谁有个头疼脑热伤风感冒或拉肚子的，便会找他"扯痧"。"扯痧"是流行在祁东祁阳一带常见的一种治病的土法子——把食指和中指弯成钳子样，粘上水，在病人的脖子上使劲扯，就会扯出一道道整齐的紫红色的血印，叫扯痧。往往扯完痧身体就舒服了。

继父说，扯出的痧颜色越黑病越重，反之，病轻。大多数扯痧是扯脖子，只有肚子不舒服扯痧才扯在小肚子上。

钟文也因身体不适让继父扯过痧，脖子上的皮肤生生被中指和食指的骨节夹出黑红黑红的印记，当然很疼。但他怕继父说他怕疼，只好忍着，再疼也强忍着不吭声。说也怪，痧一扯完，病真的轻了，感觉全身通泰，浑身舒服。

尤其令钟文无法理解的是继父还常给别人"起数"。

比方谁家丢了牛，或走失了猪，抑或鸡找不见了，甚至谁家丢了什么东西，都会找到他，要他指点迷津。继父将眼睛微闭，手指一掐，便有了结果，告诉失主猪在何方，鸡在哪里，丢失的东西别人捡去没有？继父给别人起数的场景，钟文见过几回。有时灵，有时不灵。无论帮人"扯痧"，还是对于前来找他"起数"的人，都不收分文，也不要礼物，纯是尽义务，继父总乐此不疲。

对于继父的所谓"起数"，这种有点神神道道的把戏，钟文从心里产生怀疑，觉得这是一种迷信，毫无科学根据，但他又不好对继父说什么。

钟文来到继父家，增添了人手，原先的农具不够用，老头子趁齐云桥赶圩的时候，给钟文买了把锄头和扁担，又买了一担淤箩。

钟文对继父新买的锄头很满意，是镔铁打的，使起来很轻巧，挖在石头上不崩口。只是扁担他觉得不如意。扁担太硬没有弹性，担子再重扁担也压不弯。他想办法弄了一截竹子，自己削了根竹扁担，上工的时候他就使用这根竹扁担，担起担子来晃晃悠悠的，感觉舒服多了。

但还有令他苦恼的事——他在学校学过的农业知识在生产实践上完全用不上。比方种红薯，书上说红薯不宁翻藤，翻藤会损伤藤蔓，影响红薯生长。每次翻藤的时候，时不时将藤蔓扯断，他感到可惜而又心疼。可农村人一定要翻藤，说不翻藤就光长叶子不长红薯。究竟谁说得对？他当然相信书上的，那是科学。他把道理对继父说了说，却遭到了继父的嘲笑："你懂什么？这是老祖宗总结的经验，会有错呀？你别信那些歪点子！"

他觉得很不理解，翻藤不光损伤红薯生长还耗费时间，真是愚蠢，死脑筋！他有点不甘心，在生产队跟几个和自己年龄差不多比较要好的同伴翻红薯藤时，也说了自己的想法，可没有一个人能理解他。他为此感到很郁闷。是呀，不光这里人种红薯要翻藤，他在乌塘的时候，种红薯同样也要翻藤。怎么会这样呢？他知道这些人的传统观念根深蒂固，是不容易改变的，自己人微言轻，既然没人接受，便不再多说，随大家去。

他是个自尊心极强的孩子，知道这里人看不起"懒人"，他不想让别人说闲话，在生产队干活不惜力气。谁有什么事需要帮忙，他立马跑去相帮。但他的内心总感到很孤独，下工后，就待在自己家里，不想和人多说话。母亲说："崽呀，你老坐在家，不说话不结交人不行呀！"在母亲的指点下，他开始尝试着去别人家坐坐，说说话。渐渐地博得了叔伯弟兄大婶大娘的喜欢，在生产队开始有了口碑。上工不久，生产队就给他记了七分半工，只比全劳力少半分。除了犁田耙田少数复杂有技术含量的农活不会干之外，别的农活样样拿得起。一个月后，队长、会计、生产队干部一致提议给钟文记全劳力工分，这让钟文有了一点小小的成就感。

钟文当然不甘于当一辈子出苦力的农民，一辈子在继父家做"寄崽"。在别人家做"寄崽"是很让人瞧不起的。也有一些男孩年龄小不能自立的时候，不得已跟着母亲改嫁去做寄崽的，可他们一长大成人，就会离开继父家，回去成家立业独立门户。他这么大了，完全能够独立生活，却还在这里做"寄崽"，他为此感到很苦闷。可是，不在这里，他又去哪里呢？乌塘他是回不去了。提起乌塘，他心里就五味杂陈，说不出是什么滋味。他对乌塘总是难以忘怀。那里毕竟是他的出生地，他在那里度过了童年和少年时光。门前的池塘，屋后的青山，到处都留有他的脚印。摸鱼捉虾打水仗，在山上放牛拾柴禾捡菌子……他的根已深深地扎在那块土地！但他知道，那里已不属于他，他再也回不了乌塘，现在只好委屈地寄人篱下，寄居在继父这里，在他的潜意识里，米塘虽然收留了他，但他觉得他不是米塘人……

他的灵魂总不安宁，头脑里总是潜藏着一个朦胧的希冀。他的希冀在远方，感觉自己仿佛一只困在笼里鸟，总想展翅高飞，不能在这里待一辈子！如果那样的话，他会憋屈死的！希望有一天，满叔把他从这里迁出去！

失学一直是他内心深处的隐痛，尽管亲爹和母亲不让他读书，他也理解，但他仍念念不忘念书。每逢他去齐云桥赶圩，经过学校门口，看见那些学生在校园里活动的身影，听见从教室里传出朗朗的读书声，就兴起无比的向往，心里不由酸酸的。

他在学校就喜欢阅读一些文学书籍，如《烈火金刚》、《红旗谱》、《我们在地下作战》等，他对读书从来就着迷。上小学时为了从同学手里弄到一本小人书，宁愿饿着肚子，常把自己当中饭吃的烤红薯或麦子粑拿去换同学手里的书。而今虽然离开了学校，他对看书仍然着迷，书简直就是他的最爱。无论多么劳累，每天都要找出书来读。觉得读书是世上最幸福美妙的事，只要有书看要他干什么都行。但在农村找书看很不容易！只有"遇"，遇见了就会忘乎所以。

大多数时间，他找不来书看，无聊时他便翻看自己的旧书，或是背诵课本上曾学过的诗词和古文。《岳阳楼记》、《捕蛇者说》等学过的古文他已背得滚瓜烂熟。他犹如一个饥不择食的饿汉，不管什么食物，只要能填饱肚子，拿过来就要狼吞虎咽往嘴里填塞。有时偶尔也会从别人家里找到几本书。那对他来说，比吃什么美味佳肴还要开心。

为了不耽搁白天挣工分，他看书大多在晚上。农村没有电灯，只好点煤油灯，豆样的灯光一闪一闪的，他常常忘了时间。

母亲为儿子的掇学感到十分愧疚，每当看见儿子在煤油灯下埋头读书的情景，心里就不是滋味。儿子这么喜欢读书，却没有能力供他上高中。像针扎似的，眼里不由浮出泪花，感到深深的自责。每当这时，便会轻轻地走到钟文身边，小声地说："崽呀，歇歇吧，别太晚了……"

钟文理解母亲的心情，听了母亲的话，便听话地答应一声："嗯，妈妈，我不累。"

母亲也为儿子的前途而忧心，把全部希望寄托在永瑜身上，希望永瑜能在矿上想到办法。永瑜回去之后也来过几封信，谈过为钟文找工作的事儿，永瑜的口气总是模棱两可：说他正在努力，但得等待机会，这让母亲和钟文非常焦急。

就在钟文一家苦苦等待期盼永瑜消息的时候，9 月下旬的一天，终于传来了喜讯！邮递员突然在村口高声叫道："邓钟文，你的电报！"

钟文在家里就听见了邮递员的声音，激动得胸口怦怦直跳！没有别人给他拍电报，一定是满叔拍来的！奔跑过去接了邮递员手里的电报，迫不及待地撕开电报读起来，果然是满叔拍来的！电文只有几个字："速办好迁移手续来渑邑。"

多么喜兴的事啊！满叔为他找到了工作，叫他赶快去呢！他感觉他的一颗心顿时飞了起来，变成了一只在空中飞翔的鸟儿。盼呀盼，终于盼来了这一天！马上就要离开这个狭窄偏僻而落后的山村，再也不用和泥土打交道，出死力，流红汗！他将成为城里人，就要出去工作了，上班，拿工资……

家里人也喜出望外，继父喜笑颜开地拿着电报看了又看，看来是真的。

这时，笼罩在母亲头上的阴霾也为之一扫，仿佛看到了晴朗的天空。不敢耽搁，于是全家上下都开始为钟文的远行忙碌起来。准备钟文在路上吃的东西，为钟文拆洗衣服被褥。母亲无力为儿子置办新的行装，都是钟文在学校读书时用过的旧铺盖，衣服也是平常的旧衣服，棉衣既小又薄，母亲拿着钟文的旧棉衣看了又看，不住地摇头叹息。

在家的日子屈指可数，母亲的心情十分复杂。她不想让儿子窝在家里当一辈子土里刨食的农民，千盼万盼，急盼着满叔把儿子带出去。如今这想法变成现实，当然打心眼里感到高兴。然而，她又充满对儿子的牵挂。"儿行千里母担忧"。儿子长这么大，还从没有出过远门，连县城都没有去过。而今却要一下子跑到天远地远的河南，儿子摸得着吗？河南的冬天远比湖南寒冷，雪下得很厚，到处结着冰凌，儿子的被子那么单薄，棉衣那么小，冬天受得了那里的寒冷吗？河南不产大米，吃的是杂粮面食，吃得下吗？能习惯吗？人受得了吗？还有，她还牵挂着永瑜给儿子找的工作，具体干什么呢？是不是下井挖煤，听说下井挖煤非常危险，经常发生事故……

如此等等，七七八八的念头在她的头脑里闪来闪去，使得她心神不宁。

而钟文此刻和母亲的心情恰恰相反，犹如即将飞出樊笼的鸟儿，脱去羁绊的小马驹儿，怀着一种奔向新天地开始新生活的激动和兴奋。一颗心早飞到了外面的世界，眼前尽是美好的远景。儿子看见母亲忧郁的面孔，极力安慰母亲说："妈妈，你是怎么啦，天天盼着满叔把我弄出去，如今我就要出去了，你又难过起来，这是多好的事啊！看你，你为我担心什么！妈妈，你是怕我走丢失呀！哈，我这么大的人，走到哪都不怕。再说了，我是去外面工作呀，等我上了班，挣了钱，就给你寄回来，给家里盖房子！新房的地基都挖好了，不是缺钱不能动工吗？"

母亲被钟文的一席话逗笑了！看见儿子自信满满的样子，心中的忧虑便有所消解。

出井之蛙

家乡距河南渑邑两千多里，须先从齐云桥坐汽车到白地市。再从白地市坐火车到衡阳再转京广铁路的车。尽管满叔在信里画了一张乘车路线图，每个换乘车站标得很清楚，钟文早成竹在胸，而母亲仍放心不下，生怕钟文出现什么闪失。

母亲考虑来考虑去，最后决定要俏妹送钟文去白地市。

——去年永瑜探亲假结束返回河南的时候，母亲担心他粮食不够吃，给他弄了不少吃的东西让他带走。如晒干的红薯片，炒花生等土特产，装了满满一麻袋。母亲怕他拿不动，便指派俏妹相帮着送到了白地市，上了火车才回来。俏妹听母亲这次又要她送哥哥，自然很高兴，得意地说："哥哥，我送你，我知道怎样坐火车！"

钟文从没出过远门，没坐过汽车，更不必说坐火车，火车什么样子也是从电影上看见的。对他来说，无异于井底之蛙，没出窝的雏鸟！嘴里说不害怕，心里还是怯怯的，听母亲说要俏妹送他，便点头答应。

兄妹二人从齐云桥坐汽车来到了白地市。一下汽车，便挑着行李随着下车的人赶往火车站，还好，离火车到站还有一个多小时。

白地市是湘桂线上的一个四等小站，一间三四十多平米的候车室，摆放了两排连椅。钟文看见那些候车的人差不多都穿着得体的衣服，很有派头见过世面的样子。说的话也很好听，不像他说话那么土。钟文对这一切都感到很新奇，傻瓜似的一双眼这里看看那里瞅瞅。忽然发现卖票窗口上方的粉墙上贴着发往各站的价目表，就走过去看看是否有渑邑的？寻来寻去没有找着渑邑站，未免着急，额上沁出了汗珠。好一会儿，他才闹明白，原来只有湘桂线的车站才写着站名，别的线路上的小站一概没标出来。

正在这时，候车室一阵骚动，人们纷纷走向卖票窗口。紧闭的小木窗打开了，露出售票员的脸——开始卖票了。钟文生怕买不到火车票似的心里一阵紧张，他让俏妹看着行李，自己连忙去排队买票。轮到他时，售票员问他去哪？他回答说去渑邑。可渑邑实在太小，售票员不知渑邑在哪里，一脸茫然地望着他。钟文忙提醒说："渑邑在河南省，在郑州西边，离洛阳不远。"

售票员听钟文这一说，才恍然大悟，赶忙拿出一本厚厚的本子（全国铁路各站价目总编）翻了翻，才找到了渑邑，收了钟文手里递过去的钱，给了他一张印着字的纸片！钟文拿着纸片看了看，虽然上面也印着到站——渑邑，却和别人买的车票有点不一样。别人的车票是一张比饼干还小的硬纸片，而他的则是一张印有无数站名的长方形纸条，心里有点诧异，他生怕出错，想问售票员时，却被后边买票的人挤了出来。旁边一位穿着得体的买票男子看他一副没出过门的生瓜样儿，笑着给他解释说："没错的，你买的是通票，中途还要转车，当然和短途票不一样！"钟文这才放心。

钟文回到连椅上坐下，着急地等待着火车的到来。忽然，"呜"的一声长鸣，从候车室的大玻璃窗看见站台前边的铁道上，一条长龙似的铁家伙喷吐着白雾轰响着开了过来。他以为火车来了，生怕来不及坐上火车，掂起行李就往检票处走，着急地朝俏妹喊："来了！来了！"

坐在一旁的俏妹知道是怎么回事，看哥哥急成这样，连忙止住说："哥哥，那是运货物的材料车，客车还没来呢！"

一旁候车的人见钟文这副傻帽样儿，觉得好玩，"哄"一下笑了，钟文被臊得满脸通红。

过了不一会儿，车站工作人员从房间里走出来，拿着一个铁皮喇叭筒套在嘴上，大声喊："检票！检票了！"

随之，人们一下子从坐位上站起来，扛着各自的行李朝检票口拥去。钟文相信这回是真的，手忙脚乱用扁担担起行李排队检票。俏妹紧跟其后，却被检票员拦住，不让她进站。俏妹忙解释说："我不坐车，我是送我哥哥的，我哥哥拿的行李多。"检票员听俏妹说完，挥挥手让她进去了。

钟文担着行李，俏妹拿着零碎东西来到站台，钟文望着喷着热气隆隆开过来的火车，心里有点恐慌，一颗心通通直跳。俏妹帮着把行李理好，对钟文说："哥哥，你别着急，拿好车票，不要弄丢了，来得及的，到了河南，记得写信回来！"

钟文答应着，只听见"呜"的一声长鸣，长龙似的绿皮列车在站台缓缓停下来。

钟文口里说不慌，还是紧张得心里直扑腾，赶紧担着行李，磕磕碰碰上了火车。

　　一小时后，火车开到了衡阳。

　　钟文从出站口走出来，已是暮色苍茫，只见满眼都是闪烁的灯光，街上到处都是匆忙的行人，来往奔跑的汽车。他是第一次走进城市。眼前的一切使他感到那么陌生。映进眼帘的全是五彩夺目的灯光，耳边是喧闹的声音。这种景象过去只在电影里看见过，而今竟然身临其境，置身其中。仿佛做梦一样，精神不禁有点迷乱，分不清东西南北。担着行李，高一脚低一脚跟着下车的旅客沿着通道向前走着。但他的脑子还是清醒的，他得赶紧去售票大厅转签至郑州的快车票。

　　来到了售票大厅。买票、签证的旅客人来人往，人声嘈杂，大大小小的水银灯把大厅照耀得明晃晃的如同白昼。他想不明白，这里的电灯怎么那么明亮？灯光那么耀眼？他记得，大跃进的时候，他们学校也曾尝试过使用电灯。教室里电线都扯上了，电灯泡也安装好了。老师说，大家等着吧，教室里的电灯马上就要亮了。同学们在教室里欢呼雀跃起来，瞪大眼睛满怀希望等待着电灯亮起来。可是等了许久，电灯泡像鬼火似的闪了几下红光，就再没有亮过，于是教室里的电灯便成了摆设……

　　钟文两只眼四下寻找着签证的地方。他发现，在大厅中间的位置，一个亭子样的小房子的窗玻璃上用红油漆写着"问讯处"三个醒目的字。他准备到那里问问。担着行李小跑过去，已是满头大汗。他顾不上擦汗，把行李放在地上，这时有几个人也朝这边走过来，他拦住一个人问了问，原来问讯处就是办签证的地方。他从兜里掏出车票，递给了窗口里的服务员："我去渑邑！"

　　也许渑邑太小，加上钟文说一口土得掉渣的祁东西部方言，连着说了好几遍，服务员也没听懂，在里面直摇头："你究竟去哪里？"

　　而服务员说的衡阳普通话，钟文也稀里糊涂听不明白。这会儿，他简直成了一只土鳖！一个白痴！这也难怪他，从小学到初中，长这么大，他最远只到过舅家的黄土铺（即衡宝战役主战场），不过二十多里。初中毕业后，天天在继父生产队上工，起早贪黑干活，和外界接触极少。在学校时，老师大多说的本地土话，衡阳普通话他听起来怪怪的，发音也和他那里人不一样，压根听不懂。他着急得心里直冒火——祁东离衡阳只 50 多公里，又属衡阳地区管辖，语言尚且不通，到河南数千里之外，那可怎么得了？

　　钟文头上的汗珠又涔涔地冒出来，连说带比划，可服务员仍不明白。后边等待签证的人很多，容不得他一个人长久占着窗口不动，着急得直嚷嚷："你是怎么回事？快点哟！"

　　服务员再也没有耐心，毫不客气地将钟文的车票扔了出来。

　　这时，幸好一位穿着黄色军人制服的人帮了钟文的忙。尽管那位穿黄制服的家不在祁东，却能听懂钟文的话，很可能他和祁东西部的人接触过。在他的热心帮助下，钟文才办好了转签手续，坐上了北去的 6 次特快。

　　车厢人不多，很空旷，他找了个靠窗的位置，把行李在行李架上放好，便在座位上坐下来。经过这一番折腾，钟文离家时的好心情这会儿便荡然无存，他对外面谜一样的世界充满了疑惑和胆怯。

　　列车在茫茫夜色中飞速行进，尽管夜已深沉，钟文却毫无睡意，坐在车窗前两眼望着窗外呆呆地出神。车窗外夜色朦胧，远处的山、农田、房屋都笼罩在灰色的夜幕中，影影绰绰的，飞速地在眼前闪过。有时眼前一亮，无数灯光在远处闪烁；有时耳边猛然一声呼啸，一列火车擦窗而过，隆隆的声音渐渐消失在身后……

　　这时，他心里说不出是什么滋味，一颗心如行进中的列车晃晃荡荡难以平静。在家未出门时，他是那么激动和兴奋，盼望着早点离家，开始新的生活。而此刻，却忐忑不安起来。不知今后的前途究竟如何？有什么样的命运在前面等着他？随着列车轮子有节奏地敲打着钢轨，发出"咣当咣当"的声音，不知怎的，钟文的内心不由产生了一种莫名的恐慌和忧虑。他意识到，从此离开了家乡，离开了亲人，成了离家的游子！他突然特别想家想母亲。母亲在做什么呢，该休息了吧？一定在牵挂他吧？俏妹是否坐上汽车回到家？这时他又想起了弟弟青子。青子才十岁，刚上小学三年级。弟弟聪明可爱，学习成绩门门都很优秀。平时最听他的话儿，得知他要去河南的消息，青子便依偎在他的身边问道："哥哥，河南离这里远吗？"

"远。"

"那么远，你回得来吧？"

"怎么回不来，可以坐火车呀！"

"火车什么样子？"

"火车像长龙，里面有饭堂，有厕所……"其实，他也不知道火车什么样子，他是从书上和从电影看见的。

青子惊奇地睁大了两眼，说："哥哥，我也想坐火车，将来你带我坐火车！"

"好，哥哥答应你，你好好读书，将来考上了大学就可以坐火车去上学！"

"真的？"

"当然真的。考上北京的大学还能到北京上学哩！"

"哥哥，北京好吗？"

钟文回答说："北京当然好，北京是中国首都……"

青子依偎在他的身边，说："哥哥，你走了，我会想你的。"

"不要紧，我会经常回来看你。"

"嗯……"

他抚摸着青子的头，"在家要听妈妈的话，要好好读书。"青子听话地点点头……

青了，我一定挣钱供你上学，上完高中上大学，不会像哥哥似的连高中都上不起……

钟文望着窗外黑沉沉的夜幕，喃喃地说。

正当钟文沉浸在无边的思绪中，一个身穿白色铁路制服，胸前印有铁路标志的列车员，提着一把装有开水的白铁壶，挨个给旅客冲茶水来了。他起先不知道面前茶几上放着的这些白磁茶杯是谁放的，用来干什么的？提着白铁壶的列车员来到了跟前，将茶几上的茶杯盖子掀开，在茶杯里一一放了一小袋茶叶，然后再续上开水。钟文这才知道茶几上的茶水也有他一杯。他大感诧异，城市人真会享受，坐火车还有茶喝。他们乡下连开水都没有的，无论大人小孩，炎夏寒冬，口渴了都是喝的井水，操起一个大竹水瓜，从水缸里舀起一瓢水，仰起脖子，咕碌碌一阵猛喝。冬天喝冷水的滋味真不好受，冷水浸得牙根冰凉冰凉的……

这会儿，感觉真有点口渴了，等列车员离开之后，他便端起茶几上余下的那杯茶，掀开盖子，呀，一阵香气扑鼻而来！他试探着喝了一口，真香。他长这么大，这还是第一次喝茶，感觉茶水香喷喷的，心头立即有了一丝暖意……

荒凉的"东工地"

列车在京广线上奔驰。

夜里，钟文一直没能入睡，快天亮的时候，才勉强打了个盹，他到底年轻，尽管没有好好休息，但一点不感觉疲倦，仍神清气爽。见有人拿着毛巾从过道走过，知道天亮了。他站起身准备去厕所，谁知他竟闹了个笑话！他进去的时候，不会把厕所门插上，只把门带上。当他快解完手，厕所门"嘭"一下被人推开，有人走了进来。他闹了个大红脸，尴尬地低下头慌慌地系着裤带。

从厕所出来，看见旁边的洗漱间有人正在洗漱。他没带毛巾，也没带牙具，只好在水龙下用手掬起水，在脸上擦了擦。

回到坐位上，他向车窗外看了看，这时，车窗外显现出一片朦胧的亮色。雨还在下，窗玻璃上是一片雨幕，一条条水线往下流淌。他用手擦了擦玻璃，车窗外的一切便历历在目。他饶有兴趣地观赏着车窗外的风景。从站台标出的地名，看出是信阳，驻马店……他知道列车已进入河南地界。这里地势好平啊，全是无边无际的大平原，一眼望不到尽头，他老家哪有这么平坦的土地？差不多都是丘陵，随处都是高高低低的山岭和大大小小的河川。他在读初中时，对地理很感兴趣，我国几大河流，几大山脉，几大平原，他都了然于心，这大概就是地理书上所说的华北平原。

列车向前驰进，沿途是一片凋蔽的秋景，出现在眼帘的全是裸露的褐色的土地。在收割完的庄稼地上，间或出现一些低矮的村落，没看见一处瓦房，全是那种用泥巴糊起来的茅草屋，每一间茅屋下还挂着一条小木船。这是干什么用的？他感到费解。后来，他才听说，那些小木船是农民逃生用的。原来淮河就在附近，淮河经常泛滥，容易发洪水。这里一马平川，洪水一来，就无可阻挡，一切淹没在泽国中，房倒屋塌，挂在茅舍下的小木船就是农民逃生的工具。

列车开过了许昌，在朦胧的烟雨中，眼帘出现了一片片整齐的果园，果树上的叶子已经凋零，光秃秃的，枝头上却挂满红色的果子。红色果子一片鲜红，像灯笼似的耀眼。他不知是什么果树？列车渐渐开近了，原来那无边的果林是柿子树，那挂满枝头的小红灯笼是柿子！好美！好好看！怎么会有那么多柿子树！列车朝北开去，柿子树仍连绵不断，他感到无比惊奇！

火车向北开行，平坦的土地连绵不断。直到过了郑州，火车往西的时候，车窗外才出现高低不平的山川。

在绵绵秋雨中，列车终于开到了渑邑站，邓钟文在渑邑车站下了车。

雨还在下，雨倒不大，像纷纭的牛毛从空中散落下来。钟文走出车站，抬头看了看天，天空灰蒙蒙的，有细碎的雨丝打在他扬起的额头上，冰凉冰凉的。他急于见到满叔，这样的雨并不影响他赶路，决定冒雨前行。他向一个和他一起下车的旅客问了问满叔工作单位的住地，那人很热情地告诉他说："矿务局在东工地。"那人用手指着东边的一个高坡说："看见了吧，就在那里。"

钟文顺着那人指的方向看去，果然隐隐约约看见东北方向的一个高坡上散落着一片红色的矮房子，在朦胧的烟雨中若隐若现，好像云雨中的仙山琼阁。旁边矗立着一个同样用红砖砌成的水塔，看起来格外醒目。

钟文谢了那人，就担着行李出发了。冒着纷纷扬扬的细雨，沿着一条通向高坡的路向前走去。路倒宽敞，只是路面没有硬化，路上一片泥泞，脚下全是和着煤灰的烂泥浆，他深一脚浅一脚地走着，黄褐色泥浆沾满了裤脚，走起来很费劲，不一会儿就走出了一头热汗……

担着沉重的行李（里面有吃的东西，如红薯片之类），带着两脚泥浆，终于来到那人指给他的那个高坡上。眼前出现了一片红砖砌起来的平房，平房错落有致地分布在半山坡上，他约摸着满叔的住处就在这里。

满叔所在的保健室在哪一排呢？

他心里思忖着，走了一会儿，看见有人从一排红砖平房走出来。他赶紧走过去，操着一口难懂的祁东话拦住问了问，人家没有听懂他问的话，向他摇摇头。他有点着急，连着问了好几个人，好不容易才找到了满叔的住处，见到了满叔。

叔侄相见，自然说不出来的亲热。满叔仍是一年前那个样子，只是眼角的鱼尾纹显得深了些，下巴和脸上胡髭拉茬的。满脸含笑地问了问钟文路上的情况，坐车是否顺利？又问了问家里的事儿，钟文都一一回答了。钟文急于想知道他的工作。

"满叔，你发电报要我速来，我一点没敢耽搁就来了，我的工作怎样？"

满叔见钟文问起这，面有难色，眉轻轻皱了皱，没有立即回答，从桌上的烟盒里抽出一支烟，用火柴点燃吸起来。钟文记得，满叔上次回家时，只偶尔吸一支烟，这会儿，钟文发现满叔的手指竟然被烟熏黄了。满叔把手里的烟放嘴里吸了一会，吐出了一串烟雾，才声音沉闷地说："事情起了些变化，你先住下再说吧。"

钟文觉得有点不妙，他的心仿佛一下子被撕扯了一下！怎么回事呢？他看满叔有点作难的样子，便没有再问，心里有点惴惴的。

原先说得好好的怎么突然变卦了呢？

他哪里知道，原来，那场全国性的大饥荒袭来时，煤矿工人同样受到了饥饿的威胁。尤其那些井下采煤工人，本来劳动强度大食量也大，那仅有的口粮自然填不饱肚子，常常饿得浑身无力头昏眼花。为了保命，不经矿里批准，一些人便私自溜回了农村老家——农村有自留地种有小片荒地开，填饱肚子总比矿里容易。这一来煤矿大量减员，国家下达的采煤任务便无法完成。为了补充流失的矿工，经上级批准，煤矿采取了特殊措施，允许家在农村的职工子弟前来"顶替"。满叔因不善交际，信息不灵通，等他在老家过罢春节回到矿上得知这一消息时，这项工作已接近尾声。但他想起嫂子的嘱托，还是厚着脸皮，趁着给一位领导看病的机会，说了侄儿想来参加工作的事儿，得到了那位领导的应允。但形势变化得太快，和1960年相比，这会儿饥饿的形势已经得到缓解。当工人拿工资毕竟具有很大的诱惑力，流失职工的名额很快就被顶满。当钟文满怀希望紧赶慢赶从湖南来到渑邑时，黄花菜都凉了，招工已经结束。

钟文没有想到，满怀希望而来，竟然会是这样的结果！他的心凉了半截。

通过几天的观察，渑邑在他的心目中落差实在太大。在家时他对渑邑进行过无数次的想象——渑邑虽不会像城市那样繁华，但起码有街道，有商店，有马路，有电影院……

可出现在眼前的渑邑实际上却是一个大荒坡！

四周见到的尽是那种赤褐色的土地和高高低低的山坡。沟壑纵横，荒草丛生，乱石满岗。这里见不到一幢楼房，没有一条硬化的道路。站在高坡上放眼望去，下边是一个狭长的河谷，人们叫南涧河。河水断断续续，有的地方露出干涸的浅滩。沿河谷的山脚下升腾起一缕缕灰色的雾霾，空气中飘荡着浓烈的煤焦气味。晴朗天气，可以望见南边连绵不断的山岭。那是渑池地界。这是什么鬼地方？比他继父所在的米塘冲还落后！惟一显现出活力的是运煤小火车不时喷吐着白气，从南边的山脚下开出来，发出一阵吼鸣，隆隆地轰响着开往车站的煤场。

作为统领数个煤矿的渑邑矿务局，就坐落在离车站二四里的这个高坡上，人们称之为"东工地"。"东工地"是前几年被叫起来的。那时，渑邑矿务局还驻扎在火车站附近的几幢简易民房里。局领导布置在东边的高坡修公路建房子，作为浥邑矿务局的大本营。这里一时成为了繁忙的工地。"东工地"便被叫起来了。

东工地的建筑全是一些红砖砌墙大红方瓦盖顶的简易平房。

偌大一个局机关全都挤在这些平房办公，局长书记也不例外。只不过领导们的办公室稍宽敞些而已。平房前面铺上红砖算是通道。晴天还行，而到雨天，车碾人踩出门便是泥泞和糟浆，叫人无法下脚。好在无论局长和书记抑或是普通工作人员，人人都配有长统雨靴和雨衣，穿着雨靴在泥地行走倒也畅通无阻。

东工地没有一个商店，更没有电影院，只有一个卖牙刷肥皂笔记本之类的小卖部。寄封信也要跑到车站旁边的新义街邮局。看电影好办，映幕往电线杆上一拉，放映机一支就成了临时露天影院。局机关的职工家属和孩子们还没吃晚饭，就兴高采烈争先恐后搬着椅子和板凳，大呼小叫你唤我应老早就去抢占地盘。浥邑秋季多风，风呼呼乱刮，尽管映幕被风刮得凹凸变形，银幕上的人东倒西歪，观众仍稳如磐石般坐在那里看得津津有味。看戏看文艺演出则要到车站附近的职工俱乐部，都是凭票进场，虽步行几里，观众仍十分踊跃，票往往抢不到手。

俱乐部虽小，倒常有省和中央组织的文艺下乡队前来演出节目。

一次，中央乐团组织的文艺下乡演出队来到浥邑慰问，著名歌唱家郭兰英也来了。东工地男女老幼顿时欢腾起来，都嚷嚷着要看郭兰英演出。还不错，满叔多弄了一张票，钟文也有幸得以观看了郭兰英的演唱。郭兰英演唱了好几首歌曲，《绣金匾》、《南泥湾》、电影插曲《歌唱祖国》，人们听得如痴似醉，掌声雷动，钟文目睹了郭兰英的丰姿，非常激动，真是开了眼界。

满叔的工作单位是浥邑矿务局机关保健室。门诊室药房加上处置室共三大间，还有几间房子供医生护士住宿，共占了一排房子。

房子的屋地上铺的也是红砖。保健室除满叔外还有一个女医生，一个司药，两个打针的护士。满叔是保健室负责人兼主治医师。满叔住着紧靠门诊室的一个套间。钟文来了之后，被安排在门诊室为病人检查身体的一张木床上就寝。睡觉时把铺盖摊开，起床后把铺盖一卷送进满叔的卧室。这对钟文来说不算什么，他年轻瞌睡大，一躺在床上，头沾着枕头就会进入梦乡。

满叔平时吃食堂，钟文来了之后，也在机关大食堂搭伙。吃的东西也不全是钟文在老家时所想象的白面馒头。口粮中还搭配百分之三十的粗粮。粗粮以玉米面为主，还杂以红薯面。白面馒头倒也好吃，刚出笼的馒头有一股香味，吃进嘴里就像老家用大米粉做的"斋粑"，嚼起来甜丝丝的。玉米和红薯面大多做成窝窝头———一种半圆中空形似钢盔帽的食品，人们戏称为"将军帽"。

钟文对"窝窝头"这名字并不陌生。反映北方生活的小说中常常看见这样的食品，只是具体形状怎样，以前怎么也想象不出来，这回总算见识了。玉米面除做"窝窝头"，还可作"糊糊"，也就是稀饭。经过 1960 年的大饥饿的历炼，他在湖南老家曾吃过干红薯叶榆树皮，还有什么东西不能吃呢？玉米和红薯面"窝窝头"和玉米面"糊糊"自然不在话下。

而令邓钟文最为失望和感到头疼的是他的工作，已是遥遥无期！

黑人黑户

钟文的工作没有着落，随之户口落户也成了问题！钟文以前系农业户口，而渑邑矿区管辖的则是非农业人口，在这里落户须"农转非"。那会儿，农业户口和非农业户口之间无异于隔着一堵高墙一道鸿沟。渑邑是新建的煤炭基地，"农转非"不像别处那样卡得很死，但要越过这道鸿沟也非轻而易举！那得瞅机会，什么时候才有机会？没有日子！这对钟文来说，无疑是一种没有日期的苦熬和苦盼。他感到进退两难，过去在家时，所设想的那些美好的愿景全都成了泡影！

钟文突然想起他过去看过的一本叫《鲁宾森飘流记》的连环画，感到自己仿佛被海浪冲到了荒岛的鲁宾森，要离开这个孤岛，只有等待偶尔路过的船只，才能得到搭救。没有路过的船只，只有在这里死守苦等，什么时候才有船只经过呢？只有天知道，他几乎陷入绝望。

满叔看他紧皱眉头满腹心事，安慰他说："世上什么事不是想象的那么容易，千万不要着急，耐心等吧，会有机会的！"

有什么办法呢，只有等了，就这样，钟文便成了"黑人黑户"。

凡从那个年代过来的人都知道，"黑人黑户"是没有口粮的。但人不能把嘴封上，总要吃饭。为了填饱肚子，他们只好到黑市买"高价粮"吃。

那个年代，国家明文禁止粮食进行私人交易，黑市买卖粮食是犯法的，所安的罪名是"投机倒把"。这罪名听起来挺吓人的。钟文曾在齐云桥镇上亲眼见过一个被民兵押着游街的"投机倒把分子"。那是一个身材干瘦的乡下农民，为了换点钱给孩子添置衣服，偷偷地将自己分得的一些粮食拿去街上变卖，正当他和买粮食的人讨价还价的时候，不想被公社的一个什么人发现了，他见势不妙拔腿就跑。"站住！往哪跑！"那人在后边撵，没跑多远，最终那人还是被抓住了。粮食被没收不说，一根绳子五花大绑把那人捆住，押在街上游街示众。押解的民兵让那人一边走一边喊口号："我是投机倒把分子！各位社员，你们不要学我……"

尽管政府对"投机倒把"的行为实行如此严厉的处罚，但黑市交易仍屡禁不止。"打枪的不要！"只好暗地里进行，全国差不多都存在着地下黑市。黑市交易除买卖粮食之外，还买卖粮票——买了粮票再到粮店买米买面。

而令钟文大惑不解的是别地方的粮食黑市交易，都担惊受怕风声鹤唳，而在这里买卖高价粮却明目张胆正大光明！

局机关职工食堂竟然有现成的"高价粮"供应——吃高价粮无须承担任何风险，也不费事儿。开饭的时候，食堂开着一个专卖高价粮的窗口。食堂管理员负责这事，要买高价粮的拿着钱到窗口对管理员说一声，买多少都可以。人家按当时高价粮的价格，根据交的钱数，会递给你多少饭票。买饭的时候，只需掏饭票就行，想买多少买多少，不受任何限制，这倒是新鲜事！

他问满叔，怎么会这样？满叔说：这是专为定量不够的人准备的。满叔当然不知道其中的内幕，那是国家财经遇到了困难，为了回笼钞票，不得已采取的一项临时措施。

所谓高价粮，顾名思义，粮食价格高出国家规定的许多倍。钟文天天在食堂买高价粮吃，无疑给满叔增加了经济上的负担。满叔那时一月的工资是62元。钟文正是青春发育期能"吃"的年龄，饭量很大。可他是个自制力很强很理解人的孩子，他看满叔给他买高价饭花了不少钱，便不敢放开肚皮吃，常常吃个半饱就放下了碗，不到开饭时候就饥肠辘辘，肚里难受得像猫抓一样。好在他从小就经过了这方面的磨练，小时候饿肚子是常事。

钟文感到比吃不饱更难受的是闲得无聊，没有事情做！

他是个闲不住的人，身体好端端的，每天坐着吃闲饭，什么事都不做。别说挣钱寄给母亲，连自己都不能养活，实在无聊透顶，和坐牢差不多，着急得丢了魂儿似的坐立不宁，简直愁苦万状！

满叔也为他的事感到焦心。

满叔性格孤僻内向，不大和人交往，加之婚姻上的不顺，一直郁郁寡欢。春节期间母亲在湖南老家帮他介绍的那个对象嫌河南太远，生活不习惯，通了几封信便再没有下文，看样子八成要黄。这会儿，满叔由于心里烦闷，越发少言寡语面带愁容，只要一坐下来，就不停地拽脸上的胡子，下巴被拽得光光的；或者默默地一根接一根地抽烟，手指被烟火熏得焦黄，屋里充溢着一股浓浓的烟味；有时，也有一些和满叔一起刚分到矿务局各处室的大学生拉他去跳舞——满叔的舞跳得不错，是上大学时学的。可煤矿大多是男性，没有女性舞伴，跳不了一会儿，便兴趣索然，几曲终了，大家便各自散去。

满叔还常拉小提琴，满叔的小提琴刚学不久，拉得十分蹩脚，声音吱吱咕咕不成调子。又总是那几个曲调，叫人听了越发心烦……

钟文理解满叔的心情，他这是在排遣自己思想上的苦恼和郁闷。钟文想起自己给满叔带来的麻烦，就感到难过和不安，他真想回湖南算了，何必待在这里受这份罪呢？他实在不习惯这种清闲的日子！可他这样回去，别人问起他，怎么对别人说呢？他心里清楚，全家的希望都寄托在他身上。尤其母亲，假如他这样半途而废无功而返，有何面目见"江东父老"？而更重要的，从此他将一辈子待在农村"戳牛屁股"，再也不能出来！从此寄人篱下，在那个小山冲里当一辈子"寄崽"！那对他未免太残酷，他实在于心不甘！

满叔也劝他耐心地等下去，安慰他说："钟文，你不要着急啊，机会总会有的，等一段时间再说吧。"

这话不无道理，可等到什么时候才是头呢？

一个大小伙子，游手好闲，整天无所事事，多难受啊！东工地就这么大，又没有一个说话的人，心里的苦闷无人诉说，他常常一个人坐在满叔的房里发呆；有时实在闲得无聊的时候，就跑到北边的荒坡上待上一会儿，坐在石头上望着南边的山岭出神。那是一片荒坡野岭，听说是渑池地界。极目远眺，云雾缭绕，白云悠悠。白云后边是他的家乡吗？家里人在干什么呢……

就在这时，钟文找到了排遣寂寞消磨时光的良方——看书。

那是满叔的一个病人来找满叔看病，满叔出去了，钟文见那人手里拿着一本书。他从小就对图书痴迷，看见书就特别敏感，他一眼瞅见那人手里拿的是一本《苦菜花》。

他早听说过这本书："哇，《苦菜花》！"他惊叹地说。

他顾不得礼貌，随手就从人家手里把书拿过来，突然发现书的扉页上印着"渑邑矿务局机关图书室"的红印。

他不禁惊喜有加！

等满叔看完病回来，就迫不及待地向满叔央求说："满叔，我想看书，你这里有图书室，帮我借书看吧.."

对钟文的要求，满叔很是理解。第二天，满叔抽空给他借来了一本巴金的《家》。

钟文如获至宝，一口气看下去，不到两天，就将一本厚厚的《家》看完了，他要满叔再帮他借《春》。满叔帮钟文借了几次，觉得实在麻烦，当钟文再要他帮他借书的时候，满叔便把借书证从抽斗拿出来，说："你自己去借吧。"

钟文从满叔手里接了借书证，满心欢喜："好！我自己去借。"

钟文看书有点不求甚解，速度很快，不几天就能看完一本，渐渐地便和图书室的管理员熟悉了。图书室管理员是个女的，对这个说话不好懂的南方小青年很感兴趣，钟文来借书的时候，便要和他说一会话，允许他到书库里自己随意挑。图书室书不多，不过几千册书而已，但对于刚刚初中毕业的钟文来说已经足够了。钟文犹如一个绝粮多日的饿汉，猛然闯进了摆满各种吃食的厨房，那种惊喜是无法以言语表达的，他一头扎进书里，如饥似渴地读起书来。

钟文读书的内容有点杂，历史、文学什么都读，只要有意思就行。三四十年代作家的书他借来看，有时还读一些唐诗宋词。以他那时的古文功力和历史知识，对诗词的理解十分肤浅，只觉得读着很美，却说不出美在哪里。还读一些外国小说，外国小说人名很长又难记，内容也不好理解。他借的一本美国作家的小说《白鲸》，云里雾里读半天不知所云。他最感兴趣的还是解放以后新出版的以革命斗争为题材的长篇小说，如《林海雪原》、《红日》、《青春之歌》等，读起来如痴似迷，内心充满对革命英雄的崇拜和渴望。

盼来了一个挣钱机会

天气一天天转凉，树叶由深绿渐渐变成浅黄，几场秋霜过后，便扑竦竦随风飘落。南去的大雁一会儿排着"人"字，一会儿排着"一"字在天空飞过。"吭——吭"的叫声，听起来那么凄婉。望着头上南飞的大雁，听着大雁悲吭的声音，更增添了钟文的离愁。离开家乡不觉就是两个月了。家里情况怎样？他没有一天不想母亲，不想弟弟妹妹，更牵挂着家里建房的事儿。

这会儿，一家人正为修建新房而日夜忙碌，而他却闲在这里一点忙都帮不上。他感到无聊极了。除了应付一日三餐从食堂打回饭菜，隔几天帮满叔洗洗衣服便无所事事。这寂寞无聊的生活实在过得够够的。看书也容易分神，常常捧着书本看半天不知书里说了什么？这样的日子何时是个头呢？他很想找点事做，哪怕干临时工也行，再苦再累他都不怕。他身体好，有力气，可现在，而这身力气却没处使，他感觉自己好像成了一具行尸走肉！

正在这万分苦恼的时候，满叔给钟文带来一个好消息——基建处停工已久的东工地道路硬化工程，接到了复工的批示。筑路需要大量石子，附近没有采石场，无现成的石料可购，基建处决定就地取材，发动民众砸石子解决石料。于是在各路口显眼处，张贴了收购石料的启事。

憋了许久闲得发慌的钟文，听到这消息，心里乐开了花！这是一个多么好的挣钱机会，怎么能错过这个机会！

"满叔，我要去砸石子！"

满叔看了看他，似乎对钟文去干砸石子的活有点怀疑："你行吗？砸石子的活很累人的！"

钟文生怕满叔不相信似地连忙说："咋不行？你放心，再累的活我在家都干过，我打过石头！继父家盖房子，石头都是我抬的。我上初中的时候，县里修杨家台水库，我去修过水库，也打过石头！"

满叔听侄儿说得信心满满，当然感到欣喜。

砸石子得先要把石头从山坡弄到公路边，需要运石头的板车，满叔想到这里未免有点为难。

"到哪里去借运石头的板车呢？"满叔皱起了眉头。

钟文说："要什么板车呀？只要有扁担淤箩就行。"他想用肩膀担石头。

满叔满口答应说："这个好办，我去给你弄淤箩。只是……"

满叔还是有点担心，侄儿毕竟才十八呀，身子看起来还很单薄，打石头打得动吗？钟文看出满叔心里的疑窦，口气坚定地说："满叔，你放心，我行的，你只要把砸石头的工具给我弄来。"

满叔听钟文这样说，便打消了心中的疑虑，他给附近农村陈家洼的一些农民看过病，和那里人熟悉，很快从那里借来了一副勾担两个箩头，钟文一试正好合适。满叔又托人借来了锤子，还从基建处了解了一些具体事项，对钟文交待了一番，钟文便像出征的战士，摽着劲，埋头开始干起来。

别人用架子车运石头，钟文便用勾担和箩头担，两种干活方式形成了鲜明有趣的对比。

那些人看见钟文担石头的样子，觉得很可笑："哈哈！你瞧，那娃儿用箩头担石头哩！"

"这个小蛮子，看他干的还挺欢势哩！"

虽然离得很远，钟文还是听见了别人的取笑声，便用刚学来的当地话小声说："行不行，骑驴看唱本，咱走着瞧！"

过了几天，那些人见钟文担石头的效果一点不比他们慢，便都另眼相看，竖起大拇指，称赞说："这南蛮子还怪中哩！"

其实，挑担子对钟文来说，算是家常便饭，从小锻练出来的童子功。湖南多丘陵，多水田，道路狭窄且高低不平，种田不适宜用车子，运什么东西都是肩挑人担，一般妇女和十多岁的孩子，挑起百十斤的担子走山路如走平地。钟文在读初中时，为了赚学费，暑假期间在学校勤工俭学参加基建就挑过红砖，百多斤一担的红砖一挑就是一个多月。初中毕业后，在继父家生产队劳动，也没少担担子，早就训练有素。

石头不难找，山坡上到处都是大大小小的石头，有青石，有花岗石。有的半截埋在地下，有的裸露在地面。他找了一个离公路较近石头又多的山坡，把石头先捡到一起。几天下来就归拢了一大堆，估计有好几立方，钟文暗自高兴，越干越有劲儿。随着近处的石头被他捡完，远处的石头须用箩头担，功效慢了些，但他毫不松懈。一担一担把石头从山坡上担下来，渐渐地公路边堆放石头的地方出现了一座突兀的小石头山。

运来石头只不过完成了工序的一半，还须用锤子把石头砸成核桃大小的碎石子。把大石头砸成小碎石，得先把大石头破开。这活儿一点不比担石头轻松。破开大石头需要大锤，可钟文只有一把小锤。小锤砸在大石头上纹丝不动，就像人挠痒痒。他只好央求满叔帮他再弄一把大锤。第二天，满叔给他弄了把十二磅人锤，钟文拿在手里掂了掂，觉得轻飘飘的，砸在石头上只有一个白点，这怎么行？

"满叔，锤子还是太轻，这样的锤子哪能砸大石头！"他记得在家打石头用过十八磅大锤，一锤下去，再大再坚硬的石头都能破开。

当满叔听说要他借十八磅大锤时，有点吃惊，带着怀疑的眼光望着钟文："你行吗？"

钟文回答说："满叔，我行的，你放心，我以前使过的！"

满叔一听钟文坚定的口气，只好依他，帮他借来了十八磅大锤，大锤沉甸甸的，满叔掂起来都非常吃力，可他看着钟文轻松拿在手里的时候，感觉侄儿真的长成大小伙子了！

挥舞十八磅大锤砸石头，可不是轻松活，需要很大的力气，好在钟文在家已干过这种活儿，大锤挥舞起来呼呼有声。一块大石头，只有三两下，石头就在大锤打击下四分五裂。不过，这毕竟是重体力活，石头是那种坚硬的花岗石或大青石，大锤砸到石头上，火星直冒，虎口振动两臂酸麻。几天下来，钟文的双手崩开了一道道口子，冒出鲜红的血丝，动一下就疼痛难忍。钟文只有咬牙坚持。想到这些石头马上就要变成一张张钞票，将钞票寄到家里，妈妈会多么开心！一想到这，他就浑身来了劲儿。抢起大锤一阵猛砸，石头便被砸裂开来。一块块坚硬的石头在他的大锤下碎裂……

天气逐渐变得寒冷，还刮起了西北风。河南的冬天和湖南的冬天到底不一样。在老家，哪怕天气再冷，只要太阳一出来就会寒气顿消暖意融融。而这里，尽管碧空万里艳阳高照，却丝毫感觉不出太阳光的威力。恰恰相反，有时天气越是晴朗，气温越是很低。这是因为这里的天气受西北气流控制的缘故。

局机关各处室早已生起了煤炉。煤矿有的是煤，大汽车将煤拉过来，哗啦啦倾倒在路边，各处室齐心协力把煤块弄到各自的办公室，任怎样烧也不受限制。人们把炉子烧得通红，房间里温暖如春。尽管穿得单薄，也感觉不出一丝寒意。而走到室外就不一样了，就像没穿棉衣一样，寒冷刺骨。刚洗完的衣服，从盆里拿出来搭在外边的绳子上晾晒，不一会儿就冻成一张硬梆梆的牛皮，敲起来咚咚作响。渑邑的冬季多风，一阵阵西北风呜呜地呼叫着掠地而来，卷起漫天沙尘，打在人的脸上火辣辣的……

好在钟文干的是力气活，再冷的天气再大的风都挡不住他砸石子。他光着脑袋在野地干活，连顶帽子也没有，头发被风一吹，乱蓬蓬的。但一抡起大锤，身上的寒冷就一扫而光，禁不住全身冒汗。唯一难受的是他的双手裂开了口子，脸被寒风刮得红红的开始皲裂。晚上洗过脸泡过脚之后，手和脸皲裂得像刀割似的疼。尽管满叔给了他一盒凡士林，每天晚上用热水洗过以后，在手上脸上抹了抹也不起多大作用。不过这点疼痛在钟文来说，根本不算什么，毫不影响他干活。他记得，在三官小学读初小的时候，在寒风刺骨零上二三度的隆冬天气，还赤着脚上学——因为家里太穷，买不起雨鞋，他又怕鞋袜被雨水浸湿，只好打赤脚，走到学校才将鞋袜换上。光脚走在冰冷的泥水里，那是什么滋味？刚踩进泥水的那一刻，就像双脚踩在刀锋上一样，割得脚生疼。到了学校，一双脚冻得红红的像红萝卜。下午放学了，他还得再冒着寒冷，赤脚走回家。

如今比那时好多了，毕竟穿了鞋袜。他坐在寒风中，挥动锤子砸石子的样子，活像一尊雕像。

终于，砸石子的活儿接近尾声，路边的那座峥嵘的小石山变成了一堆碎石堆。

钟文按照基建处的要求，块儿稍大的石子再砸小一点就可以验收。他捡块大的石子再砸了砸，经过几天的努力，终于顺利地通过了验收，想不到竟有 20 多方！这简直难以置信！按照既定的价钱，钟文初步估算了一下，应是一笔不少的数目，钟文犹如打了胜仗斩获颇丰的将军！

经过几天焦急的等待，盼来了发工钱的日子，他来到基建处会计那里，女会计算盘珠子噼噼啪啪一拨拉，共计 160 多元！

工钱终于领到了手，厚厚的一摞！这么多钱，他高兴得眼珠子都有点发亮！这对钟文来说，真是一笔巨额财富！打工挣钱虽不是头一回，他还在十一二岁的时候，为了帮家里挣一点买油盐的钱，就和俏妹当过挑伕。跟着院子里的大人，往返三四十里，帮供销社挑盐及别的日杂百货，两腿走得生疼，两肩压得红肿，一天不过挣几毛钱；上初中的时候，又进行过无数次勤工俭学，最多也只挣十多元而已。而这一次，一个多月的时间，竟然挣了这么多钱，相当于一个四级工四个多月的工资！他一生中第一次拥有这么多的财富，身子腾云驾雾似的差点飘起来。觉得自己简直成了一个富翁！有钱的感觉真好啊！那一摞钞票装在衣兜里，好像怀里揣着一只小鹿，让他很不安生。又仿佛一块烙铁，烫得他心里发慌，走路都轻飘飘的。

钟文盘算着这笔钱的用途，他首先想到的是母亲，是家里建房的事儿。母亲为筹措建新房的钱，东挪西借愁眉不展的样子深深地刻进他的脑际。离家时，他答应过母亲，要挣钱给家里建房，这笔钱来得正是时候，如今终于实现了自己的诺言！把这些钱寄回去，便可以打发家里所欠的债务和建房的工钱！他想象着母亲接到汇款单时的高兴神情，继父拿着汇款单到齐云桥邮局取到钱时的兴奋劲儿，院子里婶婶大娘听说这消息之后赞叹的眼神，这时，他像吃了蜜似的心里甜甜的……

一点不能耽搁，当天下午，钟文就冒着刺骨的寒风跑到新义街邮局，向邮递员要了汇款单，用钢笔填好汇款单，当他从口袋里把厚厚的一摞钞票交到邮递员手里，就像完成一项伟业似地感到一种自豪和陶醉！往家寄钱的感觉真好！

妈妈，我挣了钱了！儿子没有食言！他在心里说。

钟文心里美滋滋从邮局出来，冷风迎面扑来，不由打了一个寒颤。他这才发现，阴沉的天空竟然飘洒起了点点雪花，看样子要下雪！他赶紧拐进了邻近的一家百货商店，想买点东西。可他突然发现，手里只剩下不足十元钱的零头！他不知拿这点钱买些什么，在商店看来看去也没有拿定主意。他现在最迫切需要的是一件御寒衣服。他身上穿的这件棉衣还是从湖南带来的，实在太小太单薄。有的地方还脱了线露出棉絮，根本抵挡不住这里冬天的寒冷。

他的目光在商店的货架上巡视着。忽然，一件枣红色毛线衣引起了他的注意，多么漂亮的毛衣，大小长短正合适，穿在身上一定既漂亮又暖和！可他一问价钱，竟然要十二元钱，不由一阵失望——手里的钱明显不够。他只好把目光移向别处，发现货架上挂着一件粗羊毛背心，向售货员问了问价钱，竟那么凑巧，余下的钱正够买一件粗毛线背心。他要售货员把毛线背心拿过来看了看，这是那种用土法捻成的粗羊毛线织成的。毛线看起来虽然粗糙，没有染色，而手摸上去却很厚实，毛绒绒的，多少还有点扎手，但却非常暖和。钟文一咬牙就将背心买下了，把那几元钱递给了营业员。立即把身上的棉衣脱了，套上了粗羊毛背心，顿时身上暖烘烘的，好舒服！

在走回东工地的路上，钟文这才突然想起，应该用自己挣的工钱给满叔买点东西！可他一摸口袋，只剩下几角钱，感到一阵不安。

忙拐进一家卖香烟的小商店，用剩下的钱买了几盒大前门香烟。

"满叔，对不起，我把钱都寄家了。"他红着脸，不好意思地从兜里掏出香烟，结结巴巴地对满叔说，"没给你买没什么东西，只有这几盒烟……"

满叔接了烟，笑着说："你挣了钱，首先想到你妈，这很好，你作得对，我不怪你！"

听了满叔的话，钟文感到心里热热的。

真诚所至，金石为开

砸石子的活儿结束之后，钟文又闲下来，除了看书，便没有别的事做，生活又恢复了往日的沉闷和单调，简直无聊透顶！

一天，满叔从外边回来，对钟文说："钟文，你陈叔说，他那个生产队有不少荒地，你反正没有事，去开荒种地吧。"

陈叔是陈家洼的农民，满叔给他看过病，钟文也见过他，他砸石子的箩头和其他工具就是他那里借来的。钟文猛听见满叔这样的话，有点不能接受，他说："要种地还不如回湖南呢！"

满叔说："可不敢有这样的想法，你回去的话，落户就更没有了希望，你在这里住着，我可以找领导催着点。现在先给你找点事做，免得你闲着无聊心里着急。"

钟文想了想觉得满叔说得也对。是啊，为了他的工作和以后的前途，满叔真为他操够了心。几个月来，一直吃满叔买的高价粮，增加了他的经济负担。虽然满叔毫无怨言，但他心里却很不是滋味。他也有一双手，又有浑身的力气，闲着也是闲着，多少找点事干也是好的，开荒种地就开荒种地吧，收获些粮食便可以减轻满叔的负担。他对满叔说："开荒得要工具呀？"

满叔说："这个你不用担心，我给你找。"

不几天，满叔从陈叔那里借了一把三齿耙和一把铁锹。陈叔也来了，很热心地把他领到生产队的地头，陈叔指了指眼前的一片荒坡，说："就这里，这一片地都是我们生产队的，旁边的那块荒地你情挖了，只要你有力气！"

钟文顺着陈叔手指的方向看去，那是一片稍有点坡度的庄稼地，地里还留有庄稼的根茬，看得出地里种的是红薯或玉米。干枯变黑的红薯藤和玉米棵子还堆在地边。陈叔所指的那片荒地，紧挨着生产队庄稼地的地边，坡度不大，长满了乱草。因为是冬季，乱草已经枯萎。刚下过雪，雪已经融化，地里还很潮湿。他举起铁耙试着挖了挖，土质疏松，很好挖。这样的土质挖出来不必休耕，当年就可以种庄稼。令他满意的这片荒地离东工地不远，便于他管理。

他便脱了衣服，挥起铁钯开起荒来。

开荒种地钟文并不陌生，在家早干过，他有的是力气，不几天就开出了一小片荒地，够他种的了。但种庄稼要肥料，种地不上粪，等于瞎胡混。去哪弄粪呢？看来只有去东工地公厕去掏粪了。满叔又从陈叔那里帮他借了一副勾担两个粪桶（其实是两只油漆桶），钟文便开始担起茅粪来。

担茅粪对钟文来说，却没有开荒那么轻松。倒不是怕担子沉，也不是怕闻臭气，而是觉得难为情，面子上抹不开！这么大个小伙子，拿着粪构在厕所刮那臭烘烘的茅粪，觉得不光彩。尤其令他难堪的，当他担着臭烘烘的茅粪在人前经过的时候，就好像脸上有毛毛虫爬一样很不自在。他第一次去厕所担茅粪的时候，就像作贼一样，生怕被人瞧见。不过，担过了第一次，第二次他便不怎么在乎了，渐渐如入无人之境。

东工地虽有好几个公厕，茅粪却并不好掏，附近农民也在盯着厕所里的茅粪呢！粪坑里稍有点粪水，就被人家刮走了。不过钟文毕竟比农民占据着地理优势，农民要从大老远的农村来这里，而钟文却住在公厕附近，路要近得多，只不过举步之劳。没事的时候他就去厕所瞄瞄，见厕所有一点茅粪便赶紧用粪杓把茅粪挖出来，终于很快就掏够了那块荒地所需的肥料。春天天气暖和的时候，在陈叔的帮助下，他在地里栽上了红薯苗。

他在家也种过红薯，那时他还小，才十二岁，母亲改嫁之后，他和俏妹跟着奶奶。一天，母亲从继父家回来的时候，把他叫到身边，语重心长地对他说："崽呀，妈妈走了，你也慢慢长大了，从今往后，地里有些活你得带着妹妹学着干！"

从那以后，他便和俏妹开始学种庄稼。第一次是种红薯，从育红薯种到扦插红薯苗，到中耕施肥以及到挖红薯。都是他和俏妹完成的。那年的红薯意想不到获得了好收成，挖出来的红薯没处放，他还和俏妹一起挖了个红薯窖，把吃不完的红薯存放到红薯窖里。

想不到，来到河南他竟也种起红薯来了！

河南种红薯和湖南差不多，只是两地的红薯苗不同而已！当他从陈叔那里拿到红薯苗，发现红薯苗是从种薯的块根上掰下来的红薯新芽；而老家的红薯苗则是从种薯长的藤蔓剪下来的一节一节的红薯藤和叶。陈叔给他的红薯苗晴天也可以种，把土培上浇上水就行；而湖南扦插红薯苗则要在雨天。无须培土，只需把红薯长藤上剪下的一节一节的红薯藤扦插到地里就行。既然在这里种红薯，就入乡随俗吧。按照陈叔说的方式栽种起红薯苗来。经过一天的努力，红薯苗栽种好了，浇了几次水，红薯苗成活了。不多久，就长出了绿油油的嫩叶……

就在钟文为开荒种地感到得意的时候，满叔突然告诉了他一个振奋人心的消息——悬挂了半年的户口终于尘埃落定，他的"农转非"得以解决！并且从即日起，粮店开始给他供应城市人的口粮！

听到这消息，钟文简直没法用语言来形容他内心的激动和兴奋。他觉得，这是他人生的一大转折，是他改变命运的第一步！从此，他由农民变成了城里人！这无异是一个脱胎换骨的变化！这一天是公元 1963 年 5 月 6 日！他牢记着这个值得纪念的日子！

他真想大喊一声，向全世界宣布：他终于吃上了商品粮，有了城市户口，变成了城里人！过去，他对那些吃商品粮的人多么羡慕和景仰。在他的眼里，那些吃商品粮的城里人好像属于另一个世界的人！吃商品粮，成为城里人，对他来说简直是一个可望而不可及的梦，如今这个梦想终于变成现实，多么美妙啊！他怎能抑制住内心的激动和兴奋？

赶紧写信把这个好消息告诉母亲，让家里人也分享他的快乐，他满怀激情地把信寄了回去。

满叔告诉他说，这次他能够农转非，全靠杨书记的帮助，才使悬挂了这么久的难题得以解决。是啊，解决这样的大事，只有杨书记才有这个能力。

那次杨书记来看病的时候，看见钟文坐在房里看书。他让满叔给他测完血压之后，随口问了一句："你侄儿的户口解决了吗？"

满叔说："还没有呢！户口一直挂在那里。"

杨书记颇感诧异："哦？问题搁这么久还没解决？你这人哪，咋不对我说呢？"

满叔笑笑说："你那么忙，咋好意思为这事打扰你！"

"你这人真是书生意气！"

杨书记说完就走了，没过几天，就传来了这大好消息。

谢谢你，杨书记，你是我生命中的贵人！钟文在心里默默念叨着。

钟文从他一来到渑邑就认识杨书记。他从小就爱读一些革命题材的小说，对小说里的英雄人物充满敬意，杨书记就是这样一位充满革命传奇的英雄人物。

杨书记叫杨和堂，是渑邑矿务局书记兼局长。身为党的高级干部，看起来却极其普通，没有一点官架子。平时一点也不讲究，穿着打扮和农民差不多。冬天是一件褪了色的旧军棉衣，夏天穿一件圆领"老头"汗衫，也许汗衫穿得时间长了，被汗渍所浸染，白汗衫变成了黄白色，松垮垮地穿在身上，不管上班下班都是这身打扮。杨书记算得上是一个老革命，抗战爆发，十六岁的他就参加了共产党领导的游击队，不久当上了游击队长。解放战争时期，他所在的游击队改编为解放军。到地方工作后，他还保留着部队的作风，风风火火雷厉风行。

杨书记见了钟文总是亲昵地叫他小鬼，有时还摸摸他的头。他外表看起来大大咧咧的，但从骨子里却透出一股威严，使钟文不敢轻易接近。

钟文的户口解决之后，一月有 26 斤口粮供应，多少减轻了满叔为他买高价粮吃的压力。

钟文是个急性子，未免有点得陇望蜀，对自己的工作问题又着急起来。他开垦的那片荒地只种了些红薯，平时不用多费事。一天到晚没有事干，很想找点活干。心想，有个工作多好啊，能够挣钱，不但减轻了满叔的负担，还可以积攒点钱寄回家去。因此他天天催促满叔找杨书记说说，让杨书记给他介绍个工作干，哪怕临时工也行。可满叔每次给杨书记看完病却不提钟文工作的事儿。

满叔是那种老实本份之人，他觉得钟文的"农转非"已经让杨书记费心，工作问题怎好再找他的麻烦？实在不好意思再开口。因而钟文的工作问题便耽搁下来。

　　眼看着闷热的夏天将要过去，秋天又到了，天气一天天转凉。钟文的工作仍搁在那里没有着落，他着急万分。指望满叔向杨书记说情找工作，怕要等到猴年马月，他实在等不及了，决定自己找机会试试看。

　　杨书记患有高血压病，每隔几天就来保健室测一次血压。每次来，总看见钟文抱着本书在看，觉得好奇："小鬼，看什么书？"

　　钟文见杨书记问起，连忙抬起头，把书递给杨书记，杨书记并不接他的书，只用眼瞅了瞅。他很想趁这机会，向杨书记说说找工作的事，可钟文却不知怎么开口。他是那种在山沟里长大的孩子，从小自卑，嘴也有点笨，憋了半天没说出一句话，眼看着杨书记离开了，心里感到非常懊悔，心里说，等下次吧，下次一定对杨书记说这事！

　　那天杨书记又来找满叔看病，见钟文仍在看书，向他走了过来："喝！你这小鬼，还挺爱学习的嘛！"

　　"杨书记，你别光叫我小鬼，我不小了。"

　　"哦？"杨书记惊奇地望了他一眼。

　　他觉得这会儿向杨书记提工作的事正是大好机会。可他有点紧张，心不由突突地跳，再不说，杨书记就走了。他便按捺住心跳，冲口而出说："我早应该上班干活了。"说完这句话，他感觉心跳平缓了一些，便鼓起勇气对杨书记说："杨书记，你给我介绍个工作吧……"

　　杨书记睁大眼睛打量着面前这个脸孔显得有点幼稚的孩子，好一会儿没有说话，觉得有点奇怪，心里嘀咕着：这孩子怎么敢向他提出这样的要求？他一时有点作难，便故意装作没听懂的样子，打着哈哈说！"小鬼，你说啥子？我听不懂……"于是笑着走了。

　　钟文茫然地望着杨书记渐渐远去的背影，有点落寞。

　　不过，有了第一次和杨书记说话的经历，钟文便多少有了点自信，他不甘失败，想了想决定改变方式——准备给杨书记写信。那时，钟文已阅读了不少文学作品，写作水平有了一定的提高，信写得热情洋溢富丁感染力。他瞅准机会把信亲自交到了杨书记手里，杨书记当即把信打开大致看了看。这次他不好回避，对钟文说："小鬼，你才多大？"

　　"我都十八了！"

　　"十八？还小着哩！"

　　"你十六岁就参加游击队扛枪打仗了，我比你还大两岁呢，却还坐在这里吃闲饭，什么事都不干……"

　　"哦？"他以诧异的眼神瞅了瞅钟文。

　　"我说得不对吗？"

　　杨书记说："你这小鬼，还蛮难缠哩！"说罢又是哈哈一笑，大步离开了医务室。

　　钟文反正是缠上了，不达目的决不罢休，继续给杨书记写信，接连写了三封信。真诚所至金石为开，杨书记终于被钟文锲而不舍的精神所感动，满足了他的要求，让他到前进矿福利科干临时工——杨书记到前进矿检查工作的时候，吩咐郑矿长给钟文找个活儿。局长亲自开口，郑矿长哪有不答应的。

　　这消息是满叔告诉他的。

　　钟文给杨书记写信的事，钟文没对满叔说，满叔被蒙在鼓里。那天，杨书记到医务室找满叔打针的时候，才向满叔说了钟文给他写信的事儿。

　　杨书记对满叔说："你侄儿不简单哩，是个有胆量的孩子！"

　　满叔连忙向杨书记表示歉意："孩子不懂事，给你添麻烦了！"

　　杨书记却平和地说："你侄儿说的也是，一个大小伙子在家闲着，任谁也受不了，这样吧，先让他干临时工吧，我已经给前进矿说好了。"

满叔听了杨书记的话也颇感意外，这是多大的面子啊！从内心感激杨书记的关照，连忙说："杨书记，总给你添麻烦，真不知怎么感激你！"

"不要谢，你是个老实人，你有困难咋不给我说呢？"

钟文很快就要上班，满叔对他交待说："你终于有事做了，你要好好珍惜来之不易的机会！要对得起杨书记！"

钟文点头答应。

第二章　朋友

家属工

钟文去前进矿是个大晴天。

钟文扛着行李和满叔打了声招呼，高高兴兴出发了。满叔本想送他去前进矿，但钟文看满叔很忙，信心满满地说："满叔，送什么呀？不要你送，我一个人行的！"满叔也就由他去。

这会儿天气还不冷，棉衣暂时穿不着，先放满叔那里。他只带着从湖南带来的那个铺盖卷儿。

一路上，钟文的心情很好，也很激动，想到马上就有活干了，每个月都能领到工资，心里感到美滋滋的。一路走一路观赏着沿途的风景。正是早上七八点太阳刚升起的时候，满天的彩霞把天空映照得一片灿烂，霞光万道；阵阵秋风拂过，让人感到浑身的凉爽和舒适。沿途长势旺盛的秋庄稼呈现一片深绿色。玉米枝叶在微风下发出沙沙的声音。站在高坡上放眼望去，满眼都是一片碧绿，这种铺天盖地的绿从半山坡一直铺展到山下的河沟里。陇海铁路像一条灰色的带子从绿海中穿过。钟文过去读小说的时候，对"青纱帐"有点模糊，如今身临其境，才知道用这个词来比喻北方广阔田野里生长的庄稼是多么形象和恰切！

他走的是一条小土路，这是人们为了抄近路而踩踏出来的。他想起鲁迅说的那句名言："世上本没有路，走的人多了也便成了路。"先生的话多么真切而深刻！这条小路他虽没有走过，但他知道前进矿的方向，去前进矿走这条小路要近得多，不然要绕到车站，沿着铁道绕行。

也许刚下过雨没多久，小路被踩踏得非常光洁，低洼的地方还是软泥。路边的地里爬满了一种粉红色的小花，这种花当地人叫"打碗花"，颜色粉红形状很像喇叭，只不过花柄没有喇叭花长。这会儿，打碗花开得正旺，空气中飘荡着一股好闻的香气。他掐了一朵放鼻子下闻了闻，香味浓郁直冲鼻子。走不多远，是一个沟坎，眼前出现了一丛丛的狗尾巴草，这种狗尾草老家也有，生命力极强，无论哪里都会生长。吸足水分长势肥嫩的狗尾巴草在微风中摇摆着青色的穗头，仿佛在向钟文轻轻地招手。几只喜鹊在远处的庄稼地飞来飞去，不时发出喳喳的欢叫……

前进矿在东工地的西南边，紧靠陇海铁路。斜穿过土坡，来到坡下的平地，老远老远，就望见了前进矿高耸的井架和山一样黑色的煤碴堆。走不多远，前进矿到了。

钟文走进前进矿大门。

他停下脚步打量了一下，大门一侧一块白色匾牌上写着"前进煤矿"几个黑色大字，进了大门便是前进矿的办公大楼，大楼共有三层。抬眼一看，到处都是黑灰色的煤灰。办公楼外边的墙也被煤灰粘染得斑斑点点，有点像煤矿工人刚从井下上来时的脸。就连楼前花圃里的花草和冬青树也落满了煤尘。

　　他上到二楼，根据办公室门口上方的牌子找到了福利科。办公室门开着，一个面皮白净个子矮小的男人坐在办公桌前写着什么，他就是曹科长。曹科长转过头，看见带着铺盖卷的钟文，似乎已清楚他的身份，但还是问了句："你找谁？"声音带着东北口音。

　　钟文立即向曹科长作了自我介绍："我叫邓钟文，杨书记介绍我来的，他让我找曹科长。"

　　曹科长听了钟文的介绍，对钟文显得十分客气和热情。立即起身从暖水瓶里给钟文倒了一杯开水，端到钟文面前，对钟文说："昨天就知道你要来，工作已给你安排好了！"

　　然后把工作情况对他作了简单的介绍，说："小邓，你先在福利科干吧！福利科活儿不多，也不重，打打杂而已。"

　　钟文表示了感谢。曹科长又和他简单交谈了几句，随后就叫来了科室一个年轻人，吩咐说："你领小邓到工人村去吧，让他先住在老李的宿舍。"回过头又对钟文说："小邓，你有啥困难可以随时找我。"

　　钟文答应一声，扛着行李卷，年轻人帮钟文拿着装脸盆的网斗，一前一后下了楼。从矿里去工人村要经过一个长长的坡。虽然是水泥路，但经不住载重汽车的碾压，有些地方已经破裂，坑坑洼洼的。终于来到了前进矿职工们居住的工人村。工人村看起来比东工地热闹，房子多人也多。工人村前边也是一条水泥路，有些地段同样被汽车碾压得破碎，深坑处还汪着水。路上来往的人穿梭不断，大多是刚下班的煤矿工人。钟文看见，沿途还有一个商店，正中靠路边还有一个工人俱乐部。

　　钟文被领进工人村的一个单职工宿舍，这些职工宿舍，跟东工地一样，也是一排排的红砖平房。年轻人对他交代几句便离开了。

　　钟文开始铺床，宿舍里有两张床，除他之外，还有一个叫李师傅的工人——准确点说，是一对年轻夫妻。后来钟文才知道，李师傅原是采煤工。一次井下冒顶，左腿被砸成骨折，伤痊愈之后，已不能适应井下工作，便被调到福利科看管澡堂。李师傅看起来其貌不扬，走起路来一瘸一瘸的，却取了个年轻漂亮的媳妇。女人长着一张红红的瓜子脸，一双扑闪闪的大眼睛，看起来人满清秀的。两人结婚不到半年，如胶似膝分不开，丈夫便把妻子接到矿上住。矿里住房紧张，没法安排单职工住处。他就自己想办法，找来几片苇席和几根木条，在他住的宿舍用苇席把床搭成一个帐子样的小席棚，小席棚中间挂着一个花布门帘。一到晚上，不管三七二十一，夫妻俩往棚里一钻就算天下大吉，毫无顾忌地和他那年轻的妻子在里面共度良宵……

——这也是煤矿单职工宿舍的一大特色。

钟文初来乍到，自然感到惊讶，也有些别扭。每到半夜，对面的棚子里就会发生战争，仿佛两人在相互厮打，床板吱咽乱响，席棚扑簌簌摇晃，女人发出尖利的叫喊声。不知里面的人在干什么？好在钟文年轻，不谙"人事"，瞌睡劲儿又大，很快便进入梦乡。

钟文吃饭被安排在前进矿大食堂，离住宿的地方很近，非常方便。食堂的伙食跟局机关食堂大同小异，只是他的口粮总是不够吃。临时工的口粮标准仍跟家属一样，一月 26 斤。他现在上班干活，增加了劳动强度，饭量大增，平常两个馒头加一碗稀饭可以吃饱，如今再加一个馒头吃下去也不是太饱。领到的一个月的饭票放开肚皮让他吃，恐怕只够吃半月的。

这时，钟文想起他在陈家洼开荒种的红薯。

来前进矿之前，他曾去红薯地看过一次，红薯长得不错，这会儿正是收红薯的季节，他准备抽空把地里的红薯挖出来。星期天，他来到地里挖红薯。出他意外，有一棵红薯竟有好几斤！全挖出来大约有几百斤。钟文一时有些作难，这些红薯既没地方存放，又没有锅子自己煮着吃。怎么办呢？突然他脑子一转有了主意，他想起了陈家洼的陈叔。何不把这些红薯存放到陈叔家，让陈婶捎带煮煮。他红薯先不挖了，快步跑到了陈家洼，红着脸对陈叔说："陈叔，我有事想麻烦你！"

陈叔对这个满口湖南腔的娃子一向很喜欢，尤其喜欢他的勤快，和吃苦耐劳的品性。陈叔好奇地瞧着钟文涨红的脸，好半天才听明白钟文说的意思，便满口答应："这娃子，这有什么，情放心吧，把红薯放我这里，什么时候想吃红薯了，我叫她婶给你蒸熟，你来拿就是！"

钟文高兴地谢了陈叔。从那以后，隔几天去拿一些煮熟的红薯，多少可以贴补一下饭票的不足，另外再买一小部分高价粮。他不必为节省口粮而饿肚子。

这时，他突然发现了新大陆——每当开饭时候，通往食堂的路口，总有几个老太婆或小姑娘扠着篮子蹲在那里卖什么东西。钟文近前一看，所卖的是一种尚未变红的青柿子。他觉得奇怪，湖南老家也有柿子，只有红柿能吃，青柿味道苦涩是不能吃的。他走上前问道："青柿子那么涩怎么吃呀？"

卖柿子的回答说："这不是青柿是'蓝柿'，可好吃啦，甜着哩！你尝尝。"说着，卖柿子的递了一个给钟文。

钟文将信将疑，轻轻咬了一口，果然一点不涩，味道脆脆的甜甜的十分爽口。忙问价钱，非常便宜，大的两分钱一个，小的一分一个。钟文当即买了两个吃起来。进食堂买饭时，两个柿子吃完，肚子已经半饱了，这顿饭他少买了一个馒头。

钟文哪里知道，'蓝柿'是豫西的特产。他从湖南坐火车来渑邑的路上，看见广阔的田野上种着大量的柿子，感到十分惊奇。其实，豫西也盛产柿子，田边地头道路两旁，或是半山坡上，到处长着柿子树。秋天柿子长熟之后，像小红灯笼似的挂满枝头。当地人除了吃熟透变软的红柿外，还把摘下的柿子用开水"蓝蓝"，去掉涩味，吃脆甜可口的"蓝柿"。一些社员从生产队分了柿子，不舍得吃就偷偷拿到矿上卖几个油盐钱。

钟文的工作是在福利科杂工班干活，正如曹科长说的，活儿不重。上班没几个工人，除他之外，大多是井下工伤事故中受了伤不适应井下作业的伤残人员——他们不是腿不利索就是腰有问题，或别的什么毛病。杂工班的工作范围很广，几乎什么都干，看澡堂，烧茶炉，浇花，种树，平整场地，职工宿舍及家属房安装调换玻璃也归他们管。

钟文在农村长大，又是第一次上班，对什么事都感到新奇。上班不久就闹出了一个笑话。

他看别人都穿着工作服，很是羡慕，很想领一套工作服，便问干活的师傅："你们的工作服是发的吗？"

那些人看他样子可爱，又说一口不好懂的南方话，觉得很好玩，故意逗他说："我们的工作服都是在劳保仓库领的。"

"我可以领吗？"

"可以，你也可以去领呀。"

他不知真假，兴冲冲跑到劳保仓库，站在窗口外面，对里面的人说："师傅，我要领工作服！给我发工作服！"

仓库保管员隔着窗口，打量他半天，看着很陌生，便问他："你是那个班组的？"

钟文回答说："福利科杂工班。"

"你叫什么名字？"

"我叫邓钟文。"

仓库保管员拿出花名册翻了翻，没有这个名字，估摸着他是一个刚上班的临时工，当然不给他发。

他便脸红脖子粗地和仓库人吵起来："人家都说能发，你为什么不发给我……"

"谁说的？"仓库保管员瞪大眼睛打量他，说："你这娃子，花名册上没有你的名字，我怎么发给你！"

"我是刚上班的，花名册哪有我的名字？"

"那就不能发，你去把你班长叫来。"

他回头向班长———一个四十多岁的小个子，眉毛很粗重的男人招招手，大声叫喊说："班长你过来……"

班长听见钟文在叫他，只当不听见，远远地抿着嘴笑呢！

钟文只得空手而归。

下午，上班的时候，突然小个子班长对他说："小邓，你赶快去仓库领工作服吧。"他睁大吃惊的眼睛望着班长，不知怎么回事？以为班长又在逗他玩呢！

"我不去，你们老捣人！"他学着他的腔调说。

"真的不捣你，刚才管仓库的老董对我说的！让你去领工作服哩。"

他将信将疑，来到仓库，真的领到了他所想要的劳保用品。

——原来，上午他和仓库保管争吵的消息很快传到福利科，曹科长立即指示仓库保管给他发了工作服、手套、胶鞋和一应劳保用品。

钟文当然不知道福利科对钟文的这些优待，全是因为他是杨书记推荐的原因。曹科长不知钟文的根底，以为他来头一定不少，便给了他格外的待遇。

多发的工资

钟文真是实诚，憨厚得既可爱而又可笑！

他时刻想念母亲，记挂着弟弟妹妹。他在福利科上班之后，心里盘算着：等领了工资，一定给家里寄点钱回去；他还想买件衣服，他从湖南带来的裤子已经磨破了两个洞。满叔给他的几元钱生活费已快用完，只剩下买饭票的一元钱，掰着指头着急地等待着发工资。

好不容易等来了发工资的　天，班长从财务科领回了全班人的工资。

班长拿着工资表和厚厚一摞钞票，满脸带笑地来到杂工班干活的地方，吆喊一声："发工资了！"

大家立即围拢过去，班长坐在一块光滑的石头上，按工资表上的钱数，把钱一一发到每个人手里，念一个名字发一个。钟文这是平生第一次领工资，一个月多少钱心里早就有数，在一旁等待着班长叫他的名字。

"邓钟文，你的。"

班长终于叫到了他，他答应一声，高兴地从班长手里接过钞票，数了数，他觉得有点不对！他来福利科才上半个月班，按天数，应该发给他半月工资，怎么发他一个月工资呢？明显是弄错了！他对班长说："我的工资弄错了吧！"

班长看都没看，十分肯定地回答说："错不了！"

"班长，真的错了！"

"不会错，按工资表上的数目发的，你工资表上就是这些钱！"

钟文说："班长，我的工资真的弄错了！"

班长这才回过头，拧着粗重的眉毛望着钟文，有点不高兴地板着脸冲他说："咋了，给你少发了？"

钟文认真地说："不是少了，是发多了！"

"哦？"班长这才回过神来。

钟文认真地说："我来福利科上班，只干了半个月，怎么发我一个月工资呢！"

班长瞪大吃惊的眼睛望着眼前这个说话有点"蛮"的小伙子，像是不认识似的："你这娃子！"口气有点赞赏的意味。

说完，班长想了想，对钟文说："我是按工资表发的，这你得问福利科去！"班长说完把工资表往兜里一揣，不再理睬钟文，领着大家干活去了。

钟文哪里知道，这多出的半个月工资，是曹科长特意关照他的。福利科其他人都是按日工资计算，惟独钟文却按月工资计算。哪怕只上一天班，也得发他一个月工资。不光如此，工资还按一级工标准。比矿里别的家属工每月多了一元钱。

曹科长不知钟文和杨书记什么关系，这些天他心里一直在嘀咕：一个堂堂矿务局书记兼局长，亲自来矿上安排钟文的工作（尽管是干临时工），这要多大的面子，多深的情份呀！这个邓钟文肯定和杨书记的关系非同一般。如果对钟文照顾不周，万一传到杨书耳朵里，他这个小科长的前途可就完了！他正指望着往上升一升呢！

这一切钟文当然蒙在鼓里。

钟文领了工资，整个一下午，心里像煮沸的开水，再也不平静！他觉得他不该多拿这半个月的钱，不该拿的钱自己拿了，和小偷有什么区别？这关系到一个人的道德品质。在家时，母亲总是告诫他说，做人要有志气，哪怕再穷，也要行得正，坐得稳，不是自己的东西不能要。这会儿，他感到怀里揣的不是钱，而是发烫发臭的毒物！老实说，他目前确实缺钱，需要钱，母亲急等着他寄钱回去，自己还急着想买件衣服。半个月的工资够多的，十五元呀，够他一个半月的生活费了！不行！他觉得这钱不能要！哪怕再缺钱，再没有钱用，也不能沾公家的便宜，他得把钱退回去！

他向班长说了一声，要去福利科有点事很快就回来。班长知道他要干什么，以好奇的眼光看了看他，说了声："你去吧。"

钟文来到福利科，一脚跨进办公室，曹科长正在办公桌前翻看着《河南日报》。钟文走得有点急，加上心情激动，满脸通红，说话时气有点喘。曹科长不知钟文找他什么事？十分热情地请他坐，并从暖水瓶里给他倒了一杯水，满脸带笑地对他说："小邓，你来了，请坐呀！"

钟文却不坐，手足无措地站在那里，一只手从衣袋里摸索着，把一摞钞票掏了出来，然后递给曹科长。曹科长有点懵，不知钟文是何意："怎么？"

钟文由于激动，加上嘴笨，在领导面前未免有点紧张，满口的祁东土话使曹科长如坠五里雾中，钟文吭哧半天，曹科长才把话听明白。

曹科长听钟文说完，脸上顿时失去了刚才的笑容，表情十分复杂，脸色渐渐变得阴冷，他打量着钟文，犹豫了一下，阴沉着脸还是伸手接住了钟文递过来的钱。什么也没有说，转身把钱放进了办公桌的抽斗。钟文感觉奇怪，他原以为他这样做会得到曹科长的肯定，会夸他几句，没想到曹科长的脸竟拉得老长，好像不高兴的样子。钟文没趣地走出了办公室。

钟文哪里知道，他干了一件蠢事！

先不说他退还的钱曹科长能否如实交到财务科，单单不领曹科长的情把钱退回去，这无异于打了曹科长的脸！好心当作驴肝肺，多给你开点工资都不要，这娃子有点不够数！真是不知好歹的青瓜蛋子，以后有你的好果子吃！曹科长从此便对他有了看法。

钟文来班组后的这一连串举动，自然引起了班组人的好奇，一些人颇感兴趣地向他探问："你和矿务局杨书记啥关系？"

在中国，人脉关系是极为重要的，人脉就是一个人的资本，某种程度上决定着一个人的前途命运和成败得失。社会上许多人，很会利用人际关系。和某位有身份的人稍有一点瓜葛，甚至八杆子打不着，也会想方设法拉关系。抑或冒充或拉扯着和某位领导的关系而招摇撞骗，谋取好处。而钟文却对这些人情世故和社会上的潜规则一点儿都不懂，他的思想单纯得如同一张白纸。丝毫没有意识到自个儿与别人有什么特殊？他和杨书记的关系有什么利用价值？满叔也不知道这些，不但没提醒过他，还要他在岗位上踏踏实实干活，别给杨书记脸上抹黑。在钟文看来，杨书记介绍他来前进矿干临时工，是领导对下属的关心。他如今干上临时工已经心满意足非常开心，内心充满了感激之情！别的他从没有想过，从没有想过利用杨书记的关系为自己谋点什么好处。因此，他对那些人的探问一点都不藏着掖着，人家问什么他一点都不隐瞒。一些人终于摸清了钟文的底细，觉得他也没有什么了不起的，便不把他放在眼里。曹科长自然很快也知道了这一情况，钟文在他眼里自然掉了身价，对他不再重视，在工作上对他也不再照顾。而钟文却不自知也毫不介意，该怎么还怎么。在他看来，这里的活再苦再累也没有在家干农活累。干这样的活简直玩儿，他不需要别人照顾。

钟文先在福利科干了三个月的杂工，种树，浇花，安玻璃，感到很满意。

这时，福利科一个烧茶炉的工人因家里有事请假回家去了，一时找不来烧茶炉的人，杂工班长找到曹科长，说了这一情况。曹科长想了想，一时有点为难。谁都知道茶炉房烧开水不是什么轻松活，比杂工班的活要累得多。

工人村就一个茶炉房。那会儿，烧开水没有小锅炉，烧水用的是那种半人高的大铁锅。要供应工人村所有职工及家属一千多人的开水，是很累人的。

派谁去烧茶炉呢？曹科长突然想起邓钟文，对杂工班长吩咐说："让邓钟文去烧茶炉吧！"

杂工班长听了曹科长的话，立即赞成说："好，这娃子身体不错，能干，派他去中！"

班长立即找到钟文，向他宣布了曹科长的这一决定。

钟文听了班长的分派，并没有多想，以为自己被调去烧茶炉没有什么不正常，完全是工作需要。尽管他也清楚，烧茶炉比杂工班的活累得多，但他毫不在乎。唯一让他担心的他从没有烧个煤，万一煤烧不着，会耽搁人们的开水供应。他对班长说："班长，我从没有烧过煤炉，万一水烧不开怎么办？"

班长说："没事的，你肯定行，适应两天就会了！"

钟文不好再拒绝，点头答应。杂工班长便将他带到了工人村茶炉房，给他交待了一下，钟文便开始烧起茶炉来。

果然如此，烧茶炉的活不好干！刚开始几天，钟文没摸着头绪，有点手忙脚乱。他在家时只烧过柴草，烧煤和烧柴草毕竟不一样。煤总是烧不旺，他用铁钩想把煤火捅旺，却将煤炉的煤捅得哗啦啦往炉膛下边掉落。煤火总烧不旺，半死不活的，水很难烧开，他被弄得满头大汗一脸煤灰。好不容易把一锅水烧开了，他还得马不停蹄把开水起到水箱里，再继续放水烧下一锅水。从大铁锅起开水用的是一把两米长的大水杓，从大清早开始，就不停地烧水，水开了便举起大水杓往水箱舀水。然后放水烧水起水，大水箱有几米见方，要烧好几大锅的水才能把水箱装满。这时候，他才能消停，才可以坐下歇歇。

往水箱里起水还充满危险——茶炉房水雾弥漫热气蒸腾，眼睛都睁不开。起水时人得站在横搭在锅台的一块木踏板上，须格外小心。脚下是沸腾的开水，旁边是滚烫的水箱，稍不注意，开水浇到脚上或是一脚踩空，人掉进开水锅里，那可不是闹着玩的。

钟文生来要强，不管做什么事遇到多大的困难，都不会轻易服输而打退堂鼓，不想让别人说三道四小看自己。他抖擞精神，一锅开水接一锅开水地烧。水烧开了，再一大杓一大杓把开水起到储存开水的水箱里，直忙到下班也不能休息。

经过几天紧张的忙乱之后，通过不断地琢磨和总结经验，终于摸索到了烧水的规律，一上班就开足马力，把煤火烧得旺旺的，开水烧得足足的，满足了前进矿工人村上千职工的开水供应。

刘景和

世上许多事往往是说不清的，好像冥冥之中有一种安排，一个人和某一个人相遇相识有一种定数。有些人因为和某个人相识相交，而飞黄腾达，取得极大的成功。有些人因为某个人相识相交，而从此厄运连连，坠入黑暗的深渊！命运捉弄人似的，和邓钟文开了一个天大的玩笑，这时他认识了刘景和，他以后的命运便因此受尽了捉弄和磨难。

其实，他认识刘景和也有点偶然。

那天下午，钟文在茶炉房烧水，他把大铁锅加满水，煤火捅旺，在等待水烧开的间隙里，拿着本书在读（读书已成了他的嗜好）。这时，一个年轻人走了进来，见钟文在聚精会神地看书，说了句："怪用功哩！"

钟文听见说话声，将目光从书页上移开。抬眼一看，进来的是个年轻小伙子，大约二十岁左右，长着一张长方形的脸，白皙光洁的皮肤，两道漆黑的眉，一双有神的眼睛。如果不是个子略显低一些，简直可以用"英俊"来形容。钟文见他手里拎着两只暖水瓶，显然是刚下班来打开水的。小伙子似乎对钟文颇感兴趣，并未急于去接开水，把水瓶放下就和钟文攀谈起来。

"你是新来的吧？我以前怎么没有见过你？"

钟文说："是呀，我以前在福利科干杂活，烧茶炉的师傅有事回家了，我替他的。"

"哦，这样呀。"转而又说："听你口音，你不是河南人吧？"

"不错，我老家在湖南。"

"哦，湖南啊，那可是好地方，鱼米之乡，尽出大人物，毛主席家乡！你离韶山多远？"

"远着哩，我老家在湘南。"

"湖南吃大米，在这里可吃不到大米，还习惯吧？"

"还行，早习惯了……"

正说着，锅里的水翻滚起来，该起水了，钟文便跳上锅台，操起大水杓站在木踏板上开始起水，小伙子见钟文忙乎，便提了开水瓶走出了茶炉房。

接连几天，小伙子每天下班来接开水的时候，总要拐进茶炉房逗留一会儿，和钟文说说话，两人谈得很投机。

钟文一个人在前进矿，离家千里迢迢举目无亲，未免感到寂寞和孤独。

如今有人主动和他说话，当然很高兴。小伙子每次来茶炉房，都要热情地和钟文说一会儿话。小伙子很健谈，知道的东西也多，天南地北见识很广。钟文对他的话颇感兴趣。原来小伙子姓刘，叫景和，虽然文化不高，没看过多少书。但他性格热情开朗，待人诚恳直率，很对钟文的脾气。两人认识时间不长，便成了很谈得来的朋友。景和多次要钟文去他家玩儿，那天下班之后，钟文被景和叫到了家里，在他家吃了晚饭。见到了他爹妈，还见到了他几个妹妹。家里人对他的到来很热情，他妈对他非常客气，临走的时候，还要他常来家玩。

钟文后来才知道，原来景和也有着不同寻常的身世和遭遇。

他的亲生父亲解放前曾当过临汝县的团防司令，手底下有几百号人几百条枪，还拥有一个大煤矿，是那一带呼风唤雨的人物。解放军打过来的时候，临汝县城被解放军所包围，城里城外枪声不断，他们一家每天处在惶惶不安之中。

那时他才六岁，懵懵懂懂的，每天和母亲生活在一起，母亲比父亲小十多岁。除母亲外，他还有一个大娘。父亲喜欢母亲，从外边回来总和母亲在一起。但父亲太忙，十天半月也见不着他的面。母亲在大院里非常孤独，虽然吃穿不愁，有人侍候着，但心情却非常压抑，母亲什么事都要听大娘的。

那天夜里，城里枪声四起，母亲神经紧绷害怕得不行，搂着年幼的他恐惧地望着窗外，盼着父亲回来，可是父亲直到天快亮才回来。父亲的军装上染满血迹，他把染着血迹的衣服脱下来换了件干净的便衣，对母亲吩咐几句，拿了点东西就走了。从那以后父亲再没回来。不几天，听下人说，父亲被打死了！

过了些日子，他原来那个很气派的家没有了，人也走光了，母亲带着他来到了一个新家。新家的房子矮小而破旧，光线很暗，屋里什么东西都是黑黝黝的。年幼的景和很不适应，感到很纳闷，母亲怎么带他到这样的破地方？正在疑惑的时候，从门外进来一个皮肤黝黑的陌生男人。母亲拉着他的手说：“快叫爸！这是你继父！”

那人看起来虽然比父亲年轻，样子也很和善，可他很不情愿。他有爸呀，怎么管别人叫爸？母亲看他不叫，生气地按着他的头非要他叫不可：“叫爸呀，你这孩子！快叫呀！”可他怎么也叫不出来，昂着头站在那里，眼睛望着继父，倔强地嚷着说：“我有爸，他不是我爸！”

那人见他梗着脖子不肯叫，笑着说：“算了，孩子太小，不难为他了。”

从那以后，母亲便带着他和继父生活在一起，继父姓刘，上学的时候他改姓了继父的姓。

继父是他父亲原先那个煤矿的井下工人，老实得三棍子打不出一个闷屁。因为家里太穷娶不起媳妇，三十岁了还是光棍一人，天天在井下出死力挖煤。工会人看他人老实，便将母亲介绍给他。继父早听人说起过母亲，在他眼里，母亲仿佛天上的月亮，像王后娘娘一样高贵，他只不过是个下窑的苦命人。能娶到这样的女人做老婆，真是上辈子烧了高香。犹如天上掉下了一朵花让他捡到了。和母亲结婚之后，继父对婚后的生活非常满足，感觉有了女人，才有了归宿，生活才安逸舒畅。继父对母亲非常疼爱和体贴，什么都听母亲的。继父性格随和，少言寡语，平时总是闷着个头，除了吸烟，没有别的爱好。别的矿工好喝酒，常喝得醉醺醺的在家闹事，可继父却滴酒不沾。平时说话轻言细语的，从没见他发过脾气。景和再调皮，继父也没有骂过他。继父天天下井挖煤，母亲在家做家务。继父每月一开工资，总是一分不少交给母亲，由母亲安排生活。一家人的生活过得平平淡淡但也安安稳稳。

几年之后，母亲又给他生了两个妹妹，小景和也逐渐长大。

不久，渑邑开始兴建煤矿，继父同煤矿的一些矿工被调到了渑邑。他们便在前进矿工人村安了家，景和开始在前进矿小学上学，他上学比较晚，比同班同学年龄都要大。自尊心很强的景和，不愿意再上学，初中未毕业就上了渑邑煤炭技工学校，学起了钳工，一心一意想把钳工技术学到手。他学习很努力，以较优异的成绩毕了业，被分配在渑邑矿务局机修厂当了一名车工。他心心念念想干钳工，虽然对厂领导指派他做车工不很满意，但他还是服从了分配，虚心地跟着张师傅学习，很快掌握了车工技术，开始独立操作车床。

那正是一天等于二十年的大跃进年代，赶美超英放卫星。车间到处悬挂着巨幅横标："鼓足干劲，力争上游，多快好省地建设社会主义！"

"大干二十天，争取放卫星！"

人们被大跃进的形势所鼓舞，满怀豪情，干劲倍增，劲头摽得很足，都想为超英赶美出一份力。年轻的景和也深受鼓舞，热血沸腾，憋着一股劲，天天跟着师傅在车间加班加点赶切工件，连轴转几天几夜没有休息。但他毕竟年轻身体弱，那几天他患了感冒，咳嗽不止。为了配合车间放卫星，仍带病坚持上班没有休息，可他到底抗不过疾病的袭击，终于病倒了！

他记得——

那天，车间里一片轰隆隆的机器声，车床前堆放着急需加工的工件毛坯。景和患风寒感冒已经几天，浑身酸痛，不停地咳嗽，但他仍然坚持操作着车床，聚精会神盯着飞速旋转的工件。可他咳嗽越来越厉害，"咳！咳！"头痛也在加剧，全身软沓沓的，没有一点力气。感觉有点支持不下去，他很想停下车床歇息。看到其他的师傅都在为了放卫星而努力，他不想落后，想再坚持一下车完这个工件再说。就在这时，头开始旋转，身子一软便歪倒在地。

"小刘，小刘！"正在旁边车床忙乎的张师傅急忙走过来，用力扶起歪倒在地的刘景和。张师傅的手挨住了景和的身体，感觉他身上烧得火炭似的，又用手在他额头上摸了一下，立即惊叫道："小刘，你怎么？身上好烫！你发烧了！"

"我不知道，只感觉难受，咳得厉害，咳咳……"一边说着一边又咳了几声。

张师傅明白了，景和一定是劳累过度，感冒加重了。他才十六岁呀，哪经得起这样天天加班加点的熬夜！

张师傅立即用茶杯弄来一些开水，疼爱地给景和喝下去。然后，帮他关了机床，把景和送到了厂医院。医生一测体温，吓了一跳，高烧39·4C！医生立即给他打了退烧针，可是，烧退不下来反而上升到40C，还伴随着剧烈的咳嗽。医生用听诊器听了听，说了声"肺炎"，便吩咐往局医院送。

景和被送进局医院，经过几天的打针吃药，病情有了缓解，不过身体康复还得一段时间，医生建议景和回家休息。回到家，母亲才知道景和生了病，心疼得不行，吩咐儿子在家安心养病。

景和身体康复以后，去车间上班的时候，他万没想到，厂领导黑丧着脸，把他叫进了办公室，火气十足地对他说："刘景和，你这些天干吗去了？无故旷工不上班！"

景和丈二和尚摸不着头脑："厂长，我咋是无故旷工？我生病了，你不知道吗？"

厂长说："嘿嘿！生病了，说得老美！大家都在加班加点为赶美超英出力，厂里组织职工放卫星。你倒好，躲在家不上班！你这是啥思想？啥行为？"

"我咋是无故旷工？我生病了，医生让我回家休息的！"景和觉得冤枉，梗着脖子和厂领导吵起来。

"生病？你有病假条吗？医生给你开的病假条呢？"

领导的话使他傻眼了："我没向医生要病假条。"

他从没有生过病，也怨他年龄太小，不知道生病休息是要医生开病假条的，他暗自后悔自己的无知。

"没有病假条，私自在家休息就是无故旷工，你还蛮有理哩！"

景和连忙去医院找医生开病假条，可医生却不认账："你当时干啥吃的，你回去以后一直没来医院，谁知道你病好了没有？病假条不能补给你！"

年青的景和非常无奈，只得回到厂里，和领导通融，可任他怎么解释，厂领导非按旷工处理不可。他脑子一热又和厂领导争吵起来："我不是旷工，我没有旷工！我病了才休息的，你们这是故意整我，给我小鞋穿……"

厂领导见他这个态度，非常生气："你想咋的？你当现在还是过去你爸横行霸道的时代吗？这里由得着你大喊大叫吗？你回家好好歇着去吧！"

一句话便把他开销了。

就这样，景和就被剥夺了公职。他气得浑身颤抖，虽然据理力争，几次找厂领导通融，最终还是被机修厂除了名。景和心里清楚，机修厂开销他的原因，当然不是这次他生病没上班，也不是他和领导顶嘴，主要还是因为他那死去的有罪的父亲。尽管时过境迁，可是，由于前进矿的许多工人差不多都来自他父亲生前所开的煤矿。有些工人还当上了这里的领导，他们对景和生父的往事记忆犹新。没忘记无辜的母亲，也没忘记年轻的他。

无可奈何，他只得卷铺盖回了家。继父见他卷铺盖回来了，不知怎么回事？"你咋了？"老矿工黑着脸问道。

"我被厂里除名了，那些天，我生病在家休息，他们硬说我无故旷工！"

继父摇摇头："他们现在手里有权，你和他们吵啥吵？你能吵过他们？"

景和委屈地说："我没有和他们吵，是他们不讲理，我才和他们吵的，兔子急了还蹦三蹦哩！"

"你不知道那几个人是啥人？个个都是溜光皮！"

继父是个只知埋头干活的采煤工，平常不问世事，在家里也不多说话，景和没想到，继父今天却没有责怪他，还为他说了这样的话，心里充满了感激。

景和便在家赋闲下来。一个年轻人，本来有工作，突然无缘无故被开了。看见人家上班下班，就他一个人待在家什么也不干，那是什么滋味？尤其人们看他的那副眼神，他感觉自己仿佛成了坏人，一颗心就像放在火上烤一样地疼。

熬到 1962 年，趁着矿上职工子弟"顶替"的机会，他又一次参加了工作——当上了前进矿的采煤工。尽管采煤工很苦很累，但景和十分珍惜来之不易的工作，每天和继父一起在狭窄低矮的掌子面弯腰撬煤，在巷道里爬进爬出，不惜力气，每天一身臭汗，一身煤灰。可景和又一次突发了肺炎，反反复复犯了好几次。

医生对他说："矿井里煤尘太大，像你这样的身体状况，最好调离井下工作，不能再干采煤工。"

景和便根据医生的建议，试着写了个请调报告，想换个地面工作，将报告递交给了采煤队。他没有想到，请调报告出乎意外很快得到批准，劳资科通知他到前进矿支架厂上班。他高高兴兴来到支架厂，踏踏实实在那里干了一个月。然而开工资的时候，他只领了家属工一样的工资！他这才知道：前进矿领导给他耍了个"大阳谋"——他又一次被除名！

他哪甘受此冤屈？气愤地跑到劳资科追问原因。劳资科长口气淡然地对他说："你被下放了！"

景和一听懵了，愣怔着两眼半天不知怎么回事："我什么时候被下放了？这事我咋不知道？"

劳资科长说："上个月的事！"

"凭什么把我下放？"

劳资科长自知这事做得不利道，不想和他多说："你去问矿领导吧！"

景和只好找到矿党委田书记。

田书记坐在办公桌前，望着面前的景和，似乎知道了他的来意，听他说完，端起茶杯喝了一口茶，不耐烦地对他说："下放了就下放了！下放是国家政策！"

"我被下放了，当初为什么没有人告诉我！"

"那你去问劳资科！"

景和又跑去问劳资科，劳资科当然说不出他被下放的理由。便推诿说："这是矿领导决定的，你去找矿领导吧！"

皮球被踢了回去！这算咋回事啊？他又来回跑了几趟，结果仍是无果而返。他知道事情已无法挽回，再说也是无用，只好忍气吞声回支架厂干活。

过了几天，他通过一个同学的帮助，了解了中央有关下放文件的精神。原来前进矿领导的作法竟然和中央文件精神完全不符。他家在矿上，属城镇职工。根据中央文件的规定，城镇居民不属于下放对象，他不应该被下放。田书记也深知这种作法违背上边的政策，怕下放名单报上去挨上级的剋，连下放手续也没给他办，把他往支架厂一推，让他干临时工算完事儿。

景和知道了事情真相，实在咽不下这口气，共产党的天下难道允许这种违背政策的事存在吗？他气冲冲找到田书记，田书记是何等样人，对他早有成见，见他说话的态度如此傲然粗野，冷冷地对他说："刘景和，你想干啥？"

"我不想干啥，我想问问，像我这样的条件，够不够下放条件，是不是下放对象？"

田书记轻蔑地看了看他，一脸不屑地对他说："对你们这种人，就得这样！"

景和的火爆脾气上来了，不顾一切地和田书记吵起来："你这是整人！是对我的迫害！"

田书记哪容他如此放肆，不由火冒三丈："放肆！你不服气是不是？我们就整你了，你想咋样？"

他也不相让："你手里有权，就可以不讲政策……"

"什么？政策？笑话！把你下放就是政策！你去告吧！"

"你欺负人……"

刘景和气得许久说不出话，还想争辩，却被办公室的人推了出去。

景和懵懵懂懂走回家去，气得两眼冒烟。回到家，铁青着脸坐在那里，不说一句话。母亲看他这个样子，问他怎么回事？他像没听见似的，木怔怔地发呆。想到自己今后的前途，以后怎么办呢？所有的人把他当成了眼中钉，他不管做什么都不行，连咳声嗽放个屁都是错的！渑邑还有他的活路吗……

过了几天，母亲才搞明白是怎么回事，怕儿子有什么意外，尽力对他开导，胳膊扭不过大腿，人在矮檐下不得不低头。继父上着班，家里不愁柴米，干临时工就干临时工吧。

景和又奔走了几天，没有任何结果，他只得认命，老老实实回到支架厂干他的临时工……

换作别人，这一连串的打击早被摧垮了意志，对生活失去了信念和信心。好在他是那种拿得起放得下的人，很快便平静下来。没有表现出丝毫的消沉和颓废，仍保持着与命运抗争的积极态度和在逆境中奋起的乐观精神。以至于钟文在前进矿和他交往的那段时间里，感觉不出他内心有什么异样，看不出他曾遭遇过如此多的挫折和打击，该玩玩该笑笑，身上充满阳光……

杨春明

不久，邓钟文通过刘景和又认识了一个新朋友——杨春明。

那天晚上，景和来找钟文玩儿，推开门见钟文正坐在床边记日记。

"喝，正用功哩！"

钟文见是景和，高兴地说："快进来，"他连忙站起身，一边整理着杂乱的床铺，　边招呼景和："床边坐吧！"

景和惊讶地说："你这么多书，床上也堆着书。"

钟文不好意思地说："你看我，床上好乱。"钟文一边合着手里的日记本，一边把床上的书拢到一起，说："我喜欢看书，没有事闲着无聊，看看书，记点日记。"

景和说："看书好呀。可以从书本学到许多知识，提高人的修养，我也想看书，可我静不下心来，看不进去。"

说着，景和突然想起来似的对钟文说："对了，你这么喜欢看书，我有一个朋友也喜欢看书，介绍给你认识吧。"

钟文高兴地说："好呀，他在哪里？"

"他是我的邻居，我俩从小就在一起玩儿。明天就把他叫来和你认识。"

第二天下班以后，景和果然领着一个年轻人来到了钟文的宿舍。

景和说："钟文，我跟你说的爱看书的朋友来了！"

说着，回头对跟在后边的青年说："春明，进来吧，这就是我跟你说的邓钟文，你俩都喜欢看书，都是秀才，一定能谈到一块！"春明没有说话，笑眯着眼，跟景和进了钟文宿舍。

钟文一看，年轻人细高个儿，长着一张清秀的脸，给人一种斯文拘谨的感觉。不知怎的，虽是初次见面，钟文却感觉面前的这个年轻人就像神交了多年的老朋友似的，还没说话，就打心眼里喜欢上了他。钟文走前一步握住了春明的手："来，都床边坐吧。"

春明笑眯着两眼对钟文说："认识你很高兴！"说着，忽然看见钟文放在床头的书，有一本《子夜》，随之拿在手里，很高兴地说："《子夜》，不错，这本书我也看过，茅盾的代表作。"

钟文说："我是昨天才借来的。"

春明一边拿起书，一边问："你读过巴金的书吗？"

"读过，他的激流三部曲很有教育意义，对于我们年轻人认识了解过去的封建家庭很有帮助。"

春明说："你看过不少书哩。"

"哪里？平时想看书总找不来书看。"

景和说："看看，你们两个秀才碰在一起谈的都是学问，我都插不上嘴了！"

钟文说："什么学问呀，我读的书不多，什么都不懂。"

景和说："哈哈，你谦虚啥呀！"说完三个人都笑起来，房间里充满活泼热烈的气氛。

就这样，钟文跟春明认识了。

从此三个人的命运便紧紧连结在了一起。

通过一段时间的交往，钟文才知道，春明的童年也很悲惨，有点不堪回首。春明幼年丧父，母亲改嫁，他被伯父收养。后来伯父恰又病故，年幼的他便成了无依无靠的孤儿，饥一顿饱一顿过着乞讨的生活。像一棵小草任寒风摧折，任雨雪飘淋。

村里一个双目失明的算卦老人，想要找一个引路的，旁人给他引荐了春明，算卦老人收留了他，他便当起了盲人老汉的拐扙。每天缩着瘦猴似的身子，迈着细如麻杆似的小腿，牵着算卦老人从这个村走到那个村。靠瞎子给人算命讨些钱买些粮食勉强活命。拉着算命老人算命途中，遇到村里有恶狗，他会心惊胆颤吓得半死！当那些恶狗对着他狂吠，张牙舞爪扑向他的时候，他不由魂飞魄散腿肚子发软，哇哇直哭……

机缘巧合，那一天，他领着瞎子踩着泥路，深一脚浅一脚来到一个村子。天下着濛濛细雨，头发被雨水打湿，衣衫单薄的他冷得嘴唇乌青，裹着索索发抖的身子，忍着饿得咕咕直叫的肚子，蹲在房檐下木然地望着算卦老人张合的嘴，看见瞎子稀疏的几根胡须随着嘴的张合在微微抖动，他的眼前好像出现了娘的形象，娘手里还拿着一个刚出笼的又虚又暄的白蒸馍，口水汩汩地流出来。

"算卦的，你算得灵吗？"就在这时，突然一个熟悉的声音传进了他的耳里。他转过头来，发现走过来的妇女正是他日思夜想的娘！娘怎么在这里？好巧！刚想娘，就听见了娘的声音！他以为是在做梦，急忙揉揉眼睛，没错，是娘！他颤抖着身子猛扑过去，紧紧抱住娘的两条腿再不丢手。

"娘！娘！"他哭得泪人似的呼叫着。这突如其来的动作，使娘吃了一惊，低头一看，又黑又瘦抱着她双腿不放的竟是自己的儿子，不禁又惊又喜，母子俩抱在一起哭作一团。

娘停止了哭泣，望着怀里又黑又瘦索索发抖的儿子，疑惑地问道："春明，我问你，你怎么来到这里了？你伯呢？"

春明哽咽着说："我伯生了一场大病，死了，伯娘不要我了，把我赶了出来。娘，我好怕！你咋不回来看我，我好想你，你咋不要我了？"

娘听到这里，眼泪不由自主地又唰唰地流下来，儿子的话像锥子似的扎在她的心上，好疼！

"孩啊，娘咋不要你呢，娘每时每刻都想着我的孩啊！你不知道，娘也有难处啊！唉，不管怎样，是娘的错，娘对不起我孩，让孩受罪了。从今往后，你就跟着娘，咱娘儿俩再不分开，走，跟着娘去家！"

娘含着眼泪把春明领到家，继父见春明娘领着一个面黄肌瘦衣衫滥缕的孩子回来，非常吃惊："这是谁呀？"

春明妈悲伤地说："这就是我那可怜的孩，我给你说过的。当初我把他给了他伯，谁知，他伯前不久病故了！孩便成了孤儿，无依无靠四处流浪。今天跟着一个算命瞎子来到了咱村，孩忽然看见了我，抱着我的双腿楞是不丢啊，我才认出是他。你看孩的可怜样儿……"娘说着泪又流出来，泣不成声。

继父想了想，说："那就让孩留下吧！"

从此春明便在继父家生活下来。后来继父被招工当上了煤矿工人，他跟着继父来到渑邑，开始在前进矿小学读书。几年之后，几个弟弟妹妹相继出生，继父家的生活负担越来越重，春明初中没念完便掇了学，继父便要他在前进矿机修厂干起了临时工，小小年纪便开始自食其力……

钟文认识春明之后，简直如鱼得水。两人都喜欢文学，每次见面总有说不完的话题，前进矿图书馆成了他俩常光顾的地方。没认识春明之前，钟文总是一个人看书，没人交流。自打认识春明，就有了交流的对象。每看一本书，有什么心得感受，两人常常在一起交谈讨论，从书的内容到主人公的命运以及自己的个人理想、前途和人生追求，海阔天空，汪洋恣肆，谈得十分融洽十分开心。

一次，春明找到了奥斯特洛夫斯基的小说《钢铁是怎样炼成的》，读完之后深受感动，深深为主人翁的顽强意志所吸引，他把这本书介绍给了钟文。钟文早听说过这本书，他的语文老师曾给他们讲过这本书的故事，如今这本书放在面前，怎不令他高兴？于是他兴致勃勃地读起来。尽管书里的人名很长聱牙难记，但是保尔·柯察金的英雄形象仍深深刻进了他的脑海，禁不住心潮澎湃难以平静。尤其作者那几句名言："人的生命是世界上最可宝贵的，而生命属于人只有一次。一个人的生命应该是这样度过的：当他回首往事，不以碌碌无为而羞耻，不以虚度年华而悔恨……"这在他的内心产生了一种深深的震撼。

钟文同千千万万个保尔·柯察金的崇拜者一样，怀着虔诚的心情，把这句名言恭恭敬敬抄写到他日记本的扉页上，作为早晚遵循的座佑铭。

春明除看小说之外，还喜欢诗，喜欢诗朗诵。他平时说的是味儿很浓的豫西话，而他朗诵起诗歌来，却是一口标准的普通话，男中音带着磁性。这使钟文钦羡不已。春明有那样好的嗓音，歌自然唱得好，唱起歌来富于感染力，使人不由产生一种深深的共鸣想跟着他唱。钟文的嗓子虽不怎么好，但他平时也喜欢唱歌，常一个人在房里哼唱。这会儿有了伴儿就不再寂寞，没事的时候，三个人就相约出去玩儿。

工人村后边是一个山坡，坡下是一个狭长的山沟，沟底有一片碧波荡漾的水库，湛蓝的湖水像宝石似地镶嵌在蓝天下。高高低低的树和绿色的庄稼布满整个山坡。放眼望去，满眼是一片青绿。鸟儿在树上歌唱，阳光在树叶上闪烁。靠近水库的半坡上有一片高大繁茂的柿子树。这会儿，柿树已结满了青色的柿子。景和说，经霜之后，树上的柿子会逐渐变红，柿树上就会挂满红灯笼！这是他们常去光顾的地方，下班之后，他们常结伴去那里游玩。在柿树下唱歌，站在水库边比赛用石头打水漂儿，看谁打的水漂儿多。打水漂是钟文的长项。他那里水塘多，小时候去塘里游泳捉鱼虾，常在水塘边用石子打水漂玩儿。他一次能打起一串串的水漂。这招式景和春明当然不是对手，他乐得哈哈大笑。

前进矿职工业余文化生活开展得很活跃。除图书馆外，还办有职工夜校。冬季正是职工夜校开学的时间。钟文去食堂吃饭的时候，见食堂门口贴着一张夜校开学通知，立即被吸引住了——他心心念念盼着上学读书，常为不能上学而惆怅不已，想不到而今实现这梦想的机会来了。尽管是工人夜校，也不能错过机会。他找到景和，约他上夜校。谁知景和对上夜校没有兴趣，说不想上。他只好去找春明，春明对上夜校的兴致很高，晚上就和钟文一道去夜校报了名，他俩报的是高中班。

给他们上语文课的老师姓袁，一个三十多岁，长得白白胖胖高高大大的青年，看起来很帅气。袁老师给他们上的第一堂语文课是布置写作文。作文题是《给远方朋友的一封信》，意在考察学生的写作水平。

钟文上初中时，作文就是强项，作文常被老师当作范文拿在课堂念读。袁老师布置的作文题正合他的心意。来河南后，他和老家谭东林几个初中同学还保持着书信联系。钟文看了几本小说，不知天高地厚竟然模仿着写起了小小说，还自鸣得意地将小说寄给了东林。没想到眼高手低的东林不但不对他进行鼓励，还自以为是地把他的小说批得一无是处一沓糊涂，钟文心里不服便自吹自擂地和他进行了辩驳。钟文将写给东林的信稍加修改，誊写到作文本上便交给了袁老师。

钟文那篇小说写得究竟怎样？袁老师不得而知，而这封信确写出了一定的水平，没有一定的文学功力是写不出来的，便对他特别上心，记住了他的名字。第二天上语文课的时候，袁老师在课堂上讲评了钟文的作文，使得钟文找到了以前当学生时上课的感觉。下课之后，袁老师叫住钟文，和他单独交谈了好长时间。从那以后，钟文和春明常去袁老师那里坐坐，说说话，就像好朋友似的，没有一点拘束。袁老师也喜欢和他俩交谈，袁老师很健谈，懂得也多，常常谈笑风生。

由于认识了景和春明和袁老师，钟文消除了离乡背井的孤独感，生活得充实而又开心，在前进矿愉快地度过了 1964 年的春节。

渴望下井

过完春节，一场春雪之后，天气暖和起来，茶炉房前边的水坑枯黄的小草冒出了嫩芽，形成了一片浅绿。路边的柳枝也开始发青，渐渐吐出嫩黄的柳丝。太阳照在人身上，感觉暖烘烘的。钟文早脱了棉衣，只穿着那件粗羊毛背心在茶炉房忙碌着。

下午，当钟文把一锅开水起到水箱，从锅台上下来，小个子班长走了进来，小眼睛往茶炉房扫了扫，叫了钟文一声："小邓，情况有了变化，明天你就不要来茶炉房烧水了。"

钟文不知何意，疑惑地望着班长，班长说："老王回来了，曹科长安排他继续烧茶炉。"

钟文不安地问："我呢？我干什么？"

"曹科长说，要你去支架厂上班。明天你就去支架厂报到吧！"

他对支架厂不陌生，景和就在那里上班。

煤矿需要大量的水泥支架作矿井的支撑。从别处采购既花钱又不方便，加工钢筋水泥支架又没有多少技术含量，前进矿便自力更生建立了支架厂，自己加工钢筋水泥支架。

钟文听了班长的话，觉得曹科长对他分派的活有点突然，他刚刚熟悉烧茶炉，正干得得心应手，却要他换别的活，这是怎么回事？

这明显是曹科长设的套路，可心灵纯净的钟文一点也没有意识到这一点。

自曹科长得知他和杨书记并没有什么特殊关系之后，便彻底改变了对钟文的态度。而钟文偏不识相，把多发的半个月的工资交还给了曹科长，这无疑办了曹科长的难看。

"这个二球娃子！真不知好歹！"那天，等钟文走出办公室，曹科长嘴里骂了一声。

这次将他支派到支架厂，无疑又是给他穿了小鞋。但钟文对此却全然不知，尽管他对曹科长支派他去支架厂有过短暂的疑惑，但他很快就释然了。心想，人家烧茶炉的人回来了，当然不能再待在这里。这是工作需要，他被派去支架厂是顺理成章的事，便没有往别处多想。第二天上班的时候，他准时来到了支架厂。

钟文先来到厂长办公室报到，厂长显然已知他的身份，以审视的目光将他上下打量了一下，似乎比较满意，对他说了句："你去水泥班吧。"

前进矿支架厂共有四十多名职工。分钢筋班和水泥班，钢筋班管钢筋断料和绑扎支架上的钢筋笼，水泥班负责捣浇混凝土支架。

其实，所谓支架厂只不过是一个不大的工场。钢筋班的工人们在工棚干活。工棚是用木头搭成的棚子，上边盖着油毡。水泥班干活的地方是一个宽阔的预制场，旁边堆着黄沙石子，边上还堆放着一些水泥支架。钢筋班女工居多，断钢筋的，绑扎钢筋笼的，工人们都低头忙乎着；水泥班全是男同胞，几个人急匆匆地用铁锹铲起混凝土往木模里倒，一个人拉动着一台笨重的平板振动机在木模上轰隆隆地振动，振动机的声音听起来格外刺耳，活儿显然不轻。

景和在钢筋班干活，正在断钢筋，猛抬头看见了钟文，觉得有点诧异，停下手里的话叫了钟文一声："你怎么被分派到支架厂来了？"

钟文见景和叫他，一脸惊喜："你干的钢筋工呀？"他似乎对派到支架厂上班并不怎么在意："烧茶炉的人回来了，福利科不需要人了，要我来支架厂，我就来了……"

听了钟文的解释，景和还是有点生疑："怎么把你分到水泥班呢？"

"我也不知道，厂长刚才说，只有水泥班需要人手！"

"这里的水泥活很累人的……"

钟文没有听出景和话里的意思，况景和也在这里，从内心感到欣慰，对景和说："想不到，咱们今后在一起上班了！真好！真开心！"

景和看钟文心情不错，不想扫他的兴，没有再说什么。

于是，钟文就在水泥班干起活来。

水泥班捣浇水泥支架全是人工操作，都是和水泥石子沙子打交道，活又脏又累。

班长是一个高大魁梧四十多岁的黑脸汉子，复姓上官，他看钟文身体单薄，皮肤白净，担心他干不了这样的重活，未免带着挑剔的目光。经过几轮水泥支架的翻转，看钟文拿铁锹铲沙石麻利的动作，倒水泥也不怕脏，赞许地点了点头。

水泥班为赶任务，上官师傅把活撵得很紧。整个班组的人不知疲倦似的，从上班干到下班，中间没有休息。钟文在家经过艰苦的劳动训练，不怕出力，水泥班的活再累，他也能顶下来。

通过几天的劳动，对水泥班的人大致有了了解。水泥班都是矿上的正式工，个顶个的壮劳力。临时工除他之外，还有一个和他年龄相仿姓侯的小青年。小侯个子和他差不多高，脸红朴朴的，有一身力气。钟文一到水泥班，小侯便和钟文较上了劲，说话牛逼烘烘的，不把钟文放在眼里。钟文也是不服输的个性，虽然活很重很累，见人家干得那么欢势，他也不能示弱。心想，我邓钟文也不是草包，难道还怵你不成？于是两人暗中较开了劲儿。通过一段时间的劳动，小侯便对钟文另眼相看，上官师傅也向他竖起了大拇指："这娃子中！"

想不到，邓钟文在支架厂干了不到一个月，不知触动了哪根神经，竟打起了退堂鼓，一门心思想要下矿井挖煤！

他不是嫌水泥班的活太苦太累，而是听了小侯的一番话。

那天，下班的时候，几个人说起下井的事，他问小侯："你下过井吗？"

小侯不以为然地向他翻了翻眼："在煤矿上班，谁没有下过井呀。"听他说话的口气，在矿里下过井就获得了一种资格，好像士兵上过战场才算是真正的士兵。

然后小侯又对钟文说了井下工人享受的优厚待遇，钟文一听顿时睁大了两眼——这正是他所期盼的！钟文为之兴奋不已。从此，钟文便升起了下井的念头。每当上下班的时候，看见那些戴着柳藤帽，头顶大矿灯脚穿长筒胶鞋满脸染着煤灰的矿工从井口上来，就引起他对矿井无比的好奇和无限的想象，不知井下是一个怎样的世界？

他知道景和下过井干过采煤工，便向景和了解井下的情况。景和详细向他介绍说，井下有主巷道有掌子面。主巷道很宽很长，坐一个多小时的矿车才能到达掌子面。掌子面低矮狭窄，人要弯着腰才能进到里面。运煤的传输带直通到掌子面，采煤工得用铁锨把掌子面的煤攉到传送皮带上，再运送到矿车上，然后由大绞车拉出矿井。

钟文听了景和对矿井的叙述，仍一头雾水。

景和为了动摇钟文下井的决心，把井下掌子面采煤的环境描述得非常可怕："你没下过井，不知道井下的情况，不知道掌子面咋样？更不知在井下攉煤是啥感觉？才想着下井。只要你下过井，想起下井就头皮发麻。告诉你吧，掌子面窄着哩！人在那里干活受罪着哩！有些地方，人只能像狗一样爬进爬出，弯着腰低着头才能攉煤。掌子面空气糟得很，空气中全是煤尘，人干活的时候，气都喘不过来，煤尘吸到嘴里上井好几天，吐出的痰都是黑的。这还不算，井下采煤不光又脏又累，还很危险，有句话怎么说来着：说是煤矿工人是三块石头夹个人，死了没埋！井下不知什么时候会发生冒顶事故！死人是常有事。你见过的，工人村那些缺胳膊少腿的人是怎么来的？都是在井下干活的时候发生事故，被砸折胳膊压断腿，不适应掌子面的环境才被调上来的！"

钟文说："看你说的，井下那么吓人！就没人下井了？采煤队那么多人不是天天下井！"

景和再怎么劝说也不起作用，一时间下井便成了钟文头脑中挥之不去的念想。钟文之所以念念不忘下井，根本原因是在井下工作优厚的福利待遇给了他极大的诱惑！

井下工人粮食标准非常高，一级工只要下到采煤一线上班，粮食标准每月就有六十斤。更吸引人的是井下津贴，一级工能享受四级工的工资待遇！这对钟文来说是最需要的！他现在最缺钱用。家里新房是建好了，他砸石子寄回的钱为建新房解决了大问题。但弟弟要上学，继父的哮喘病经常犯，吃药也要花钱。他还想着让家人改善生活。他曾对母亲许诺过，他出去工作以后，一定要让母亲过上好日子。如今他干家属工，虽有了工资，可工资实在太低。尽管他不吸烟不喝酒，不买别的东西，为了能挤点钱寄给家里，只有在伙食上抠。在食堂吃饭，只买最便宜的萝卜白菜吃，肉菜及稍贵一点的菜从不敢问津。如果能够下到采煤第一线，他的经济状况就会有所改观，有较多的钱寄回家去。这是多好的事啊！想到这里，他的心便飞到了井下。

这才是他内心的真实想法，尽管他和景和是朋友，可他碍于面子，不好意思向景和说出自己的难处，只好塞搪着说："看你说的，哪有那么悬乎？我不信！"

"你不信，你当我是骗你呀？我不明白，你怎么那么想下井？你没有病吧？"

钟文说："我哪有病，好着呢！"

景和说："既然脑子没毛病，还那么急着下井，你当下井是好玩吗？我曾对你说过的，井下苦着哩，光在井下穿的工作衣就让你受不了！在井下挖煤要出大力气，巷道狭窄，又闷又热，汗流浃背，加上煤灰污染，一班干下来，刚洗干净的工作衣就会变得又脏又潮。一到冬天，工作衣冷冰冰的，贴在身上就像贴身穿着冰冷的铠甲；而夏天工作衣就像发臭发粘的臭牛皮，那个滋味想起来都令人恶心！掌子面空气污浊，全是呛人的煤尘，攉煤的时候煤尘飞扬，又热又闷，人连气都喘不过来。一些人便光着身子干活……"

听了景和的话，钟文想起曾看过的一些宣传教育片，讲的是解放前煤矿工人的苦难史，那时在井下挖煤，煤矿工人简直就是卖命，工人在井下干活都是赤条条的光着身子。

他问景和："难道现在还赤裸着身子干活？"

景和说："可不是，在井下的工作面，差不多都是这样的！最多穿一条短裤！"尽管景和把井下的环境描述得如此恐怖，但是钟文不怕。他想，世上的活都是人干的，只要能挣到钱，危险怕什么？累点脏点算得了什么？别人能干的他也能干！

于是钟文四处打探着去井下工作的门路。

景和看劝不动他，只好摇摇头，告诉他说："这事归矿上劳资科管，要经劳资科同意才可以下井。"

钟文听了，不知天高地厚十分可笑地真的去找了劳资科。

劳资科人听他吭吭哧哧把话说完，明白了他的意思，问道："你要下井？"

"是呀，我想下井。"回答得一本正经。

"你在支架厂工作得好好的，为啥想要下井？"

"不为啥，就是想下井。"他当然不能说他想下井是为了多挣钱，那是不光彩的事。

劳资科人莫名其妙打量他好一会儿，听他说一口疙里疙瘩的南方话，觉得很好玩，可看他那副认真的样子，只好极力忍住笑，耐心地劝说道："下井是有一定规定的，不是谁想下就能下的。再说，你是临时工，不适合下井。你的想法是好的，应该得到肯定，先在支架干着，以后有的是下井的机会。"

他回到厂里，第二天又傻乎乎地找到了支架厂厂长，要厂长帮他到劳资科说说，不用说，他碰了一鼻子灰！

怎么办呢？一门心思迷着想要下井的钟文正在犯难的时候，突然想出了一个大胆的主意——找郑矿长。

可郑矿长不好找！他找了好几次，不是郑矿长不在办公室，就是郑矿长外出开会，高低见不着人。情急之中，钟文又玩起了过去的老把戏——写信。可是，给郑矿长的这封信不好写。这会儿突出政治的口号已在全国叫得很响。钟文不能直言不讳在信上说自己家庭经济有困难，他想下井是为了多挣钱。为了多挣钱而要求下井明显就是金钱挂帅，显然是不行的。能够站得住脚的理由只有按照当时报纸广播上的提法，强调自己有力气不怕苦不怕累，要求到最艰苦的地方去工作。豪言壮语，态度坚决，很明显是一派言不由衷的假话和套话。

信发出之后，自然是泥牛入海。

就在这时，前进矿发生了一起矿难！

钟文上班的时候，刚走到半路，忽然听见从矿区传来一阵惊心动魄的警报声，随之，一辆救护车呜哇呜哇呼啸而至，和他擦肩而过，掀起的风差点将他带倒。

"矿里又出事故了！"他听见有人惊慌地说。

这时，走在路上正上早班的工人加快脚步向矿井的方向赶去。钟文也跟着人们匆匆的脚步往前走。来到高耸的井架旁，只见井口四周用绳索围了起来，一些人在旁边守护着，不让人靠近。钟文和那些矿工只好立在旁边，怀着紧张不安的心情望着井口，紧绷着神经连大气都不敢出一声。不一会儿，吊笼从井口升上来了，人们七手八脚从吊笼上抬出两个黑乎乎沾满煤灰的人，看不清被抬者的脸，不知是死是活？几个家属闻讯从工人村赶了过来，哭喊声一片。看见从井下抬上来的人，便扑过去辨认，却被守护的人拉开了。不一会儿又从井口抬上来两个同样的矿工，他们被送上救护车，呼啸着往医院的方向开去。

矿井发生事故毫不为奇，人们最怕瓦斯爆炸和透水。一旦发生这样的事故，死伤情况就特别严重。前进矿是个新煤矿，透水事故可能性极少，怕的是瓦斯爆炸。前几年就发生了一次严重的瓦斯爆炸，死伤了十几个人，事故惊动了中央。事故原因是瓦斯检测员在井下瞌睡，瓦斯浓度过高没有发觉，引起了瓦斯爆炸。矿长受到处分，瓦斯检测员被判刑。

今天的事故不算很大，只是个别工作面冒顶，冒顶的是修复队的一个小组，他们在回收支架的时候，顶棚塌落下来，石头纷纷往下掉落，下面工作的两个矿工来不及躲避，正好砸在身上，当即毙命。另两个矿工也被掉落的石头砸伤了腿。

机会

就在这时，传来了渑池县银行系统来矿上招收会计的消息。

钟文去夜校上课时，看见夜校墙上也张贴着招工启事。凡年龄在十八——二十五周岁初中或高中毕业非农业户口的社会青年都可以报考。所考课目：语文、代数。

这无疑是个激动人心的好消息！

人们议论纷纷：在银行工作，比起煤矿工人下井挖煤当煤黑子简直是天上地下！当银行会计多美！可以穿着干净衣服坐在办公室，不晒太阳，不出力流汗，雨淋不到风刮不着，多舒服，多美气，多风光！

景和春明看了通知，抑制不住内心的激动，晚上，两人相约来找钟文，向钟文报告了这一大好消息。想要钟文和他们一起报名。钟文听了，似乎并不怎么动心，说："你俩都想去呀？"

春明说："是呀，这是一个多么难得的机会，咱们千万不要轻易错过了！"

钟文却没有接他的话茬，脸上是一副无所谓的表情。两人都感到惊讶。

景和说："咋的？你不想去？"

是的，钟文对报考银行会计不感兴趣。他们虽是无话不谈的朋友，但他俩并不懂钟文此刻的心思。对钟文来说，他渴望的是充满激情的工作，向往着火热的生活。他不怕辛苦，不怕流汗出力。支架厂当然不是理想之地，在支架厂干活只是权宜之计，但他从没有想过要干会计。老实说，真要他干一辈子会计，要他和枯燥无味的数字打一辈子交道，四平八稳天天坐在办公室里拨拉算盘珠子，那是多么无趣！他会窝憋死的！说出来也许荒唐，也许没有人相信，让他心仪已久，心心念念向往的工作是驾驶挖掘机，当一个驾驶挖掘机的司机！

这想法由来已久。

钟文刚来浥邑的时候，一次从大露天矿经过时，就被大露天矿剥岩工地的磅礴气势和排山倒海的挖掘场面所震撼——几台巨型挖掘机依次排开，一条条钢铁巨臂来回挥动。操纵挖掘机的师傅稳坐在驾驶室里，操纵杆轻轻一拉，一个小山似的土堆就被巨大的钢铁挖斗铲起。然后倾倒在旁边的运土小火车上！整个矿山工地，挖掘机轰鸣，小火车来回穿梭……

钟文第一次感受到了工业化大生产雄伟壮阔的场面和工人阶级战天斗地的伟大力量。从那一刻起，他就产生了当一名驾驶挖掘机工人的念头。在他看来，驾驶挖掘机的师傅真是了不起！干这种活真是过瘾，他们才是天底下最棒最有价值最值得自豪的人！然而理想毕竟是理想，他现在还是一个家属工，离现实是那么遥远而飘渺，就像镜里花水中月可望而不可及。钟文只好把它埋藏在内心深处，对谁都没有提起过。

报考银行会计的事儿迫在眉睫，容不得钟文犹豫，架不住春明景和一股劲地劝说："你在支架厂干这临时工要干到啥时候？难道你就不想离开支架厂？银行会计多好，工作又轻巧又舒服，多么令人羡慕……"

他的心开始动摇。

袁老师也鼓励他去报考会计，说："银行会计不错呀，你应该去报考，凭你的水平准能考上！"

这样一来，钟文便决定报考银行会计。促使钟文决心报考会计的主要原因则是考上会计，就有了一份正式工作，这是比什么都重要的。干家属工毕竟不是长久之计，而况支架厂水泥工的活确实累人。

报考银行会计的地点在渑池县南大街城关小学。

那会儿渑邑到渑池没通汽车，钟文、景和、春明三人是沿着陇海铁路步行去的。

他们起了个大早，相跟着来到了铁路边。一路开心地说着话，沿着铁道踩着枕木走着。他们的心情很好，走得很轻松。

极目所视，两条笔直的铁轨奔向远方。铁道两边是麦田。麦苗开始返青，吸足阳光水分的麦苗正在蓬勃生长，看起来嫩生生的，呈现一片碧绿。太阳刚刚升起，万道霞光把整个河谷照耀得金光闪闪，满目生辉。弯弯曲曲的南涧河时而宽阔时而狭窄，一缕缕灰蓝色的雾岚逐渐氤氲在河道上空。铁道两边整齐的防护林刚刚绽出嫩芽，鹅黄嫩绿的春色一直延伸到视线的尽头。九九杨落地，长长的杨穗吊挂在树枝上，就像一条条毛毛虫，空中飘荡着细碎的白色杨絮，在他们的眼前飞来飞去。

钟文突然想起一句唐诗：杨花榆荚无才思，惟解漫天作雪飞！

自到前进矿干临时工以来，除了和春明景和到工人村后边的水库边去过之外，还没有走过这么远的路，欣赏过这么美的风景，心情有点激动。

忽然，一列火车开了过来，车头喷吐着一股黑色浓烟，发出一声震耳的嘀鸣。隆隆轰响的火车带着巨大的气浪，开到了他们跟前，他们赶紧退到路基边躲避。开过去的火车在他们面前掀起一阵强风，吹得人东倒西歪！

火车开过去，三个年轻人重又回到铁道上，像跨栏运动员一样步伐轻盈，一步就跨过两根枕木，慢慢地他们出了一头热汗。一阵西北风顺着河谷刮来，吹走了身上的燥热，感到无比的轻松。一路上他们说说笑笑，二十来里路没费多大劲儿就走到了。

钟文是第一次来渑池，他从历史书上早知道秦赵渑池会盟的故事。可到了渑池，不禁使他大失所望。渑池的街道破旧狭窄，只有一条东西走向的街——南大街，街道两边的店铺也零零星星冷冷清清的，店铺中间还夹杂着低矮的土坯房子。在钟文眼里，还没有齐云桥繁华热闹。

城关小学在南大街。

景和春明曾来过渑池，轻车熟路很快找到了城关小学。负责报名的工作人员早等在那里。他们各自把介绍信拿出来，工作人员让他们填了表，很快报上了名。

考试是在一星期后，也是星期天。报名的时候，没见多少人，而考试的时候，人却很多，来来往往热闹非凡，足有一百多人！

——好几年了，国家处在困难时期，对各行各业采取调整政策，没招过工，城镇青年失业严重，猛一碰见招工的机会，岂能轻易错过？负责报考的工作人员把参加考试的人按报名序号分成四个考场，钟文、景和、春明三人被分在第四考场。

第一场考语文。钟文和春明显得很自信，轻松地坐在课桌上等待监考老师发卷子。卷子终于发到手，钟文大致浏览了一遍，语文常识题十分简单，作文题是《记一件有意义的事》。钟文成竹在胸，只20几分钟就把语文常识题做完了，开始构思作文。作文是他的强项，不一会儿就进入状态，写得非常顺手，自我感觉良好。检查了一遍，就第一个交了卷，离结束考试还有十多分钟。不久春明也早早交了卷。只有景和还留在考场，对作文题抓耳挠腮，直到响铃才走出教室。

接下来考代数，试题大多是初中学过的内容，也掺杂着少量高中低年级试题。钟文对试卷虽不像作语文题那样得心应手，但数学题仍做得非常顺利。这几年，他虽偏重自学文学，但高中数学也没有完全放弃。所以，那几道高中试题也全做了下来。走出考场不久，春明、景和也跟了出来。他们的表情却不太妙。返回渑邑的时候，一路上说着考试的事儿，前进矿同来的几个人无不抱怨试题太难，考砸了！

回到渑邑，钟文一边在支架厂上班，一边等待着录取的消息。时间不知不觉过去，参加渑池县银行招工考试已一个多月，却没有一点音讯，他问春明和景和。

春明说："谁知道呢？"

景和说："据我了解，前进矿参加考试的人都未接到录取通知。"

钟文心想：试卷应该早已经改好，录取名单也应该确定，之所以他们没有接到录取通知，说明他们没有考好没有被录取。可他在失望之中未免有点疑惑，他考得不错呀，题都会作，怎么没被录取呢？好在他原本对银行会计不是看得太重，便不去多想这事儿。

时间又过去了半个月，当钟文回到渑邑矿务局机关看望满叔的时候，他才知道，在这次渑池县银行系统招收会计的考试中，他以较高的分数被银行录取！

——原来，钟文在前进矿干家属工，报名开证明的单位是前进矿支架厂，而他的户口却留在局机关所在地。录取通知书按户籍送到了局机关。他报考会计的事又没有给满叔通气，满叔被蒙在鼓里。邮递员把录取通知书送到局机关收发室，负责收发的人不知道邓钟文是谁？录取通知书在收发室存放了好几天，管收发的找不着这个人，又没见人去认领，无奈之下，便把录取通知书退了回去。

过了好几天，满叔偶然间从别人嘴里才听说了这事。如果这时进行补救，马上和渑池县银行联系，也许还来得及。但满叔人太老实，又没有处事经验，没作任何补救，致使钟文轻易地丧失了这个难得的机会。钟文听说了这事，也同样抱着无所谓的态度，错过了就错过了，不去拉倒。就像听别人说一件轶闻逸事一样。后来，他才知道，他的名额被局机关的一个比他大几岁的高中生所取代，他和那位高中生还说过话，提起过这事。

不过钟文并不后悔。

桎梏

随着饥饿的远去，国家的形势在逐渐好转，经济开始恢复，各行各业出现了转机。各用工单位都感觉人手不够，出现了用工不足的困难，前来矿上招工的单位便接踵而至。

紧接银行系统招考会计不久，灵宝一家军工企业来渑邑矿区招收军工的消息又传到矿上。

人们无不为之振奋。原来，这次招工不像上次招收银行会计，不进行文化考试，只要体检合格就能录用；待遇也很优厚，所招军工属军队编制，除上班拿工资之外，还发给军装，享受军人同等待遇。

解放军是年轻人心中的偶像，无不对解放军充满景仰和崇敬。一人参军全家光荣！如今有此天赐良机，哪有不动心的？听到这个消息，那些没有正式工作的年轻人不由心里痒痒的！于是纷纷摩拳擦掌跃跃欲试，钟文春明景和他们三人都相约着准备去报名。

仍是在渑池县报名，不过这次报名的地点不在学校，而是人武部。报名之后就进行体检，就像参军入伍一样，体检的每一个环节都检查得详细而又认真。

偏偏不巧，钟文有点不走运，那两天他有点上火，眼睛不舒服，结着眵模糊，眼角布满红丝。前来体检的路上，又碰上迎头刮着西北风。风里裹着煤尘直往眼睛里落，眼睛磨得生疼，两眼看起来红红的。他一边接受检查，一边心里直打鼓。检查到眼睛的时候，果然出了问题，医生在体检表眼睛一栏上，写上了 II 期沙眼四个字，钟文知道要坏菜。春明虽在体检中没出问题，但他那过于瘦削单薄的身体让他缺乏自信。

那天，最惹眼的应是景和。他穿一身蓝卡机制服，里面是一件白衬衫，露出雪白的衬领。他的皮肤本来白皙，加上这一身得体的衣服，越加显得容光焕发干净利落，浑身上下透露出青年男子的朝气。他在整个体检进程中，可说是畅通无阻一路绿灯。很快就有了结果，钟文被淘汰掉。遭淘汰的不光他一个，春明及前进矿的十来个人也同样遭到了淘汰的命运。全渑邑只有三个人体检完全合格，这其中就有景和。景和又是技校毕业学过钳工干过车工，这更为招工单位所青睐。他不由心花怒放忘乎所以，以为被部队招收去做军工是板上钉钉的事，不顾钟文春明低落的情绪，约他俩去他家喝酒。两人虽为自己没被招上军工而难过，但不能不为朋友的幸运而感到欣慰，钟文生平第一次喝了酒，尽管是甜酒，也喝得红头涨脸的。

然而，景和未免高兴得太早，他怎么也没有想到，在政审的时候却卡了壳！前进矿党办不给他出具政审证明。当他兴冲冲走进党委办公室，把自己体检合格，准备去灵宝当军工的情况一说完，办公室主任李三新打量着他，然后冷冰冰地说："不行，矿里不能给你开这个证明。"

听到这话，他感到自己的头被人冷不防打了一棍似的，差点懵了！他问道："为什么？"

"你自己应该清楚。"

"啥子我清楚？"

李三新说着，望了景和一眼，说："对你这种人不能开证明！"

景和听了这话，愣了愣。无须明言，他已心知肚明，他"这种人"无非指他有一个早已死去了的有罪的亲生父亲。可是，这能怨他吗？出生在什么家庭能由他选择吗？他的生父被政府处决的时候，他只有六岁，他什么也不知道，他还是一个不谙世事的孩子！可是人们却硬要把这一切记到他的头上。自他从学校出来踏入社会的那一刻起，就受到种种歧视。多少年了，父亲的阴影仍时时刻刻笼罩在他的头上，怎么也摆脱不掉，仿佛进入了一个无法跳出的魔圈。他常常梦想着有朝一日能够远走高飞离开渑邑，离开那些人为的桎梏。如今，终于有了这难得的机会，他是多么高兴。仿佛一只将要飞出樊笼冲向蓝天的鸟儿，谁能料想到，竟被前进矿拦住……

他十分无奈地望了李三新一眼，迈着沉甸甸的脚步从党办出来，扶着墙壁，木头人似的在走廊上迈着沉重的步子。他在心里不断地嘶喊着：这是为什么？为什么？回想自己几年来在渑邑的遭遇，景和想哭！他在这里工作不让工作，想走又不让他走，分明是想把他困在这里，拿软刀子慢慢割他，折磨他……

他抱着最后的希望，想去找田书记说说，哪怕向他恳求，但他走到田书记办公室门口，抬起手就要敲门的时候，却又改变了主意，想起往常田书记看他的眼神，对他说话的口气，抬起的手便又无力地垂下来。他在办公楼的走廊上徘徊了几个来回，最终没有敲门。

招工的最后期限一天天逼近，景和仍没有开到政审证明——这是那个年代单位招工时不可或缺的手续。

无奈之下，景和只得横下心去找田书记，可是毫无用处，除了碰一鼻子灰，没任何结果。人家不给开就是不给开。

景和又找到灵宝部队负责招工的同志，说了自己的家庭情况，说："没有政审证明行吗？"

负责招工的同志尽管很想把他招走，却也爱莫能助："没有政审证明是不行的，这是手续，至于政审证明上写的内容，我们可以适当考虑。"

话说到这里，景和心里除了感激还能说什么呢？景和不得不硬着头皮，怀着最后一线希望，又找到矿党办主任李三新，几乎央求着说："我是矿上的，你们总得为我负责，无论怎样，得给我开个证明，如果你们认为我表现不好，哪怕在证明上写上也行，总不能不写一个字……"

可是，任他怎么说，哪怕跪下来乞求也无济于事。李三新最后说的那句话，像钢针似的扎在他的心上："你也不掂量掂量自己，你有什么资格参军？"

景和的倔性子爆发了，和他大吵了一阵，脑子昏昏沉沉回到了家里……

景和感到了绝望！他对渑邑已经伤透了心！

他十分清楚，渑邑已没有他的容身之地，他不能在渑邑继续待下去！他还年轻，今后还有很长的路要走，他不能太软弱，甘当一只羔羊，在这里任人宰割！他要寻找自己的活路！此地不留爷，自有留爷处！他萌生了远走高飞逃离渑邑的念头。树挪死人挪活，偌大个中国不可能没有他的容身之地，只要肯下力气能吃苦，不愁找不到吃饭的地方！

头脑里突然萌生了去新疆的念头。

他记得，一个偶然的机会，曾听人说起新疆，说那里土地广袤地域辽阔，人口却十分稀少，许多内地人在家混不下去的时候，就去了那里，在那里总能找到事做，许多人还在那里安了家，结婚生子，生活得很不错……

我为何非在一棵树上吊死，不去新疆呢？

景和把这打算首先告诉了春明，接着也对钟文说了自己的想法。钟文对景和的痛苦感同身受，他在乌塘老家，也曾有过同样切肤的经历，受够了冷眼和歧视。可对他除了同情也毫无办法。对于景和去新疆的事儿，钟文和春明一样拿不定主意。说实在的，新疆对他们来说，只不过是一个地理名词，除了知道那里有渺无人烟的戈壁沙漠，还盛产葡萄哈密瓜之外，可说是一无所知。尽管有一首民歌《我们新疆是个好地方》把新疆说得很美很美，但那毕竟是遥不可及虚无飘渺的事儿。

开始，钟文以为景和只不过随便说说而已，谁知竟是真的，景和已下定了去新疆的决心。

　　"不能不走吗？你在新疆只身一人举目无亲，万一找不来事做怎么办？"钟文对景和的远别有点恋恋不舍，也不无担忧。虽然相识时间不长，却像难舍难分的兄弟。

　　景和说："不去新疆，又怎么办呢？你都看见了，我在渑邑还能混下去吗？他们非要把我圈在这里，用钝刀子慢慢割我，把我整死！"

　　为了怕朋友担心，他又充满自信地笑着说："放心吧，车到山前必有路，新疆那么大，总能找到吃饭的地方的！"

　　看着景和年轻白皙却又充满坚毅的脸，钟文心里充满了对朋友的敬佩。

　　景和和他说完话没几天，钟文就没见景和来支架厂上班。他正犯嘀咕的时候，那天晚上，春明神色黯然地来找钟文，说："小邓，你知道吗？景和已经走了。"

　　钟文大感诧异："他怎么说走就走了，连声招呼都不打。我们也好送送他呀！"

　　"景和是独自一人从渑邑火车站走的，他怕别人难过，谁也没有告诉，就一个人悄悄地走了。"

　　春明又说："今天早上，我遇见了他的二妹，他二妹告诉我的。"

　　钟文听了，心里顿感到一阵凄然。许久没有说话，像丢失了什么东西似的空落落的不是滋味。他不禁联想到了自己，一种同命相怜的感觉涌上心头。

第三章　远走新疆

火车上

　　列车在晃晃荡荡地行进，耳边不停地响起火车轮子撞击铁轨发出的单调而有节奏的声音，刘景和望着车窗外一闪而过的景物，心情沉重眉头紧锁。从义马上车后，他就郁闷地坐在座位上，没说一句话。天气已经热起来，车厢的电扇还没有开，他感到有点闷热。车窗外的阳光透过窗玻璃洒到他的脸上，很是刺眼。他将窗帘布拉了拉，遮住一点照进来的阳光，可窗帘布又挡住了窗外吹进来的风。他将衣领扣子解开，露出了里面白色的衬衫，衬出了他年青帅气而又忧愁的脸。

　　此刻，他的心如一团乱麻，理不出一点头绪，他无奈地将头靠在车窗的车厢板上，闭上眼睛想睡一会儿，可是怎么也睡不着，头脑里乱糟糟的。许许多多的往事如电影镜头在眼前不断出现。

　　这次远行，他最不放心最为牵挂的是母亲。自踏入社会以来，他遭遇的每一件糟心事，经历过的每一个坎坷，都让母亲跟着为他揪心，为他担惊受怕。因而母亲常常失眠，有时整夜整夜睡不着觉。这几年母亲明显地老了，鬓角出现了几丝白发，脸上有了细细的皱纹。母亲年轻时，可是那一带有名的俊俏女人。这次他出走新疆，母亲得知这个消息的那一刻，差点懵了，实在无法接受，一把鼻子一把眼泪拉着他的手说："孩子，你一个人去那么远的地方，人生地不熟，去哪里落脚呢，有地方收留你吗？妈实在不放心啊！"

景和只好尽力对母亲予以安慰，装出胸有成竹的样子，口气坚定地说："妈，情把心放到肚子里吧，新疆那么大，还怕找不到工作？即便一时找不来工作，新疆建设兵团也可以去呀。他们那里需要的人多哩！"

母亲还是不舍得让他走："景和，你是妈的希望，妈就你一个儿子，你爸是那种老实疙瘩，只管上他的班，家里什么事都不操心。你妹子还小，妈想你的时候，你在遥远的天边，回又回不来，叫也叫不应！那怎么办呀？你再考虑考虑，能不能不去？"

面对母亲的担忧，景和只有强装笑容，坚定地说："妈，别想得那么多，有啥不放心的？你儿子已经二十一了，是顶天立地的男子汉！经历了那么多事，儿子什么都不怕！新疆那么大，工作好找得很。再说，我如果不走，继续留在义马，我还有希望吗？何必在这里受他们的窝囊气！还不如远走高飞，离开这些人远远的。妈，我找到了工作，安下了身，就回来看你！放心吧！"

是啊，儿子说的母亲心里何尝不清楚呢？硬留着儿子在自己身边也不是办法。从他十多岁开始，因为他亲爸的原因，在矿里就一直受着打压和挤兑。儿子稍有不对，就把他往死里整。干了几个工作，说不让干就不让干，一句话就把人开了，谁受得了哇？这些人分明是不想给他留活路啊，走吧，走吧！走了也好。母亲看儿子表现出十足的信心，终于含着泪答应他远行……

景和还惦记着妹妹。大妹小学还没毕业，二妹刚上小学，小妹才三岁，小妹十分可爱，她还不怎么懂事。平时下班之后，小妹总要他带着她玩儿，小麻雀似的在他身边唧唧喳喳说过不停。昨天，看着他默默地收拾行李，不知哥哥要干什么，便站在他的身边，两只小眼睛轱碌碌望着他，当她看见哥哥拧着眉一副愁苦的样子，母亲又抽抽答答泪痕满脸，知道家里发生了不好的事儿。不敢像平时那样缠他，用稚嫩的声音怯怯地叫他："哥哥……"接着小嘴一撇，眼泪便滚了出来。

他这一去，不知何时才能和家人见面？在家时决心那么大，在母亲面前充满自信。可此刻，他对自己的行为不免又彷徨起来，充满了痛苦和茫然。这次他远走新疆，确实有点盲人骑瞎马带着赌的成分。他从没去过新疆，对新疆毫无了解，也没有看过有关新疆的任何资料，只是在和别人聊天闲谈的时候，听人说故事似的向他说起过新疆，凭着一股勇气和满腔热血就奔新疆来了。可新疆幅员那么辽阔广大，人烟稀少，他举目无亲，先到哪里落脚？怎样才能找到活干呢？难道他的决定错了么？可是不去新疆又去哪儿呢？想到自己在渑邑的种种遭遇，便不寒而慄。人们常说车到山前必有路。不管怎样，既然已经决定了，已经出来了，就不能打退堂鼓，是刀山火海也要往前闯了——他不是那种优柔寡断的人……

他曾听过一些人在解放前闯关东的故事，那些闯关东的人拖家带口冒着各种危险不顾一切地前往关东，这些人当时是一种怎样的心情？难道也和他是同样的处境，在家过不下去了，才不得已而为之？既然他们能行，我刘景和孤身一人无挂无牵有什么怕的？

在家时曾设想过到新疆找工作的途径，新疆生产建设兵团最需要人，当然成为他的首选。可他怎么才能找到生产建设兵团呢？看来只有到乌鲁木齐再说了，生产建设兵团那么大，在乌鲁木齐一定能打听到的，这趟列车的终点站就是乌鲁木齐，他买了到乌鲁木齐的车票……

列车一路向西艰难地行进着，景和坐在座位上，头脑里转动着无边的思绪。

　　列车过了兰州，过了嘉裕关，又开过了玉门，戈壁沙漠遥遥在望，沿途的景色越来越荒凉和萧索，闪入眼帘的尽是漫漫黄沙和砂石，看不到一点生机，怪不得古人有"春风不度玉门关"的感慨呢。

　　出于没有好好休息，加上长途坐车，毫无胃口，嘴里发苦，喉咙发干，不想吃东西，只不停地喝水。从家带来的干粮——母亲给他烙的馍，他一点没动，掰一点放嘴里味同嚼蜡无法下咽。坐了这么长时间的车，感觉浑身困乏，两腿酸胀。他从座位上站起来，伸了伸懒腰。背靠窗玻璃，抬眼往车厢看了看。整个车厢人坐得满满的，去新疆的人还真不少呢！车厢的旅客差不多都带着一副倦容，有的靠在座位上打瞌睡，有的在打呵欠，有几个正大呼小叫颇有兴致地打扑克。他对面座位上坐着一高一矮两个妇女，低着头趴在茶几上睡得正香哩。两人穿着同样的黑粗布上衣，裤腿用布条扎着，头上包着一块黑褐色头巾，这是河南农村妇女的打扮。景和一上车就瞧见她俩坐在那里了，显出一副疲惫的样子。她俩很少说话，似乎不认识似的，她们去新疆干嘛呢？也许是投亲靠友吧？

　　景和站了一会，觉得腿有点累了，便又坐到座位上，闭上眼睛想眯一会儿，一阵疲困袭来——几天来他都没有好好睡觉，便靠在列车的茶几上打起盹来。

　　也不知睡了多久，在朦朦胧胧的瞌睡中，听见坐在他旁边座位上一高一低两个妇女在低声地说话：

　　"你老家在哪里？"

　　"俺家在永城。"

　　"哦，俺是夏邑的。"

　　"咱还是河南老乡哩！"

　　"你也是去新疆生产建设兵团呀？"

　　"是呀，你哩？"

　　"我也是去那里的。我那口子在农七师。"

"哦，你那口子在农七师几团？"

"孩他爸在三五八团。"

"咋这巧哩，俺那口子也在农七师三五八团哩。"

俩妇女在车上遇上了老乡，越说越近，自然非常高兴，就像遇见亲人似的，客气地各自把带的干粮拿出来让对方吃。其实两人带的不是什么足贵东西，差不多都是同样质地的红薯面馍。所不同的矮个子女人所带的是红薯面烙饼，而高个子妇女带的是黑窝窝头。她俩异口同声地笑着说："哈哈！都一样！"

瞌睡中的景和听到"农七师"这几个字，猛然一愣，瞌睡顿然跑没了影儿。他正打算去新疆生产建设兵团，担心人生地不熟，摸不着门儿呢，想不到在车上竟然遇上了去生产建设兵团的河南老乡，他不由得暗自高兴，仄起耳朵听她俩对话。

两个妇女见景和醒了，个子较高的妇女对他说："小兄弟，你甭只顾瞌睡，吃点东西吧，一路上不吃不喝可不中。"

低个子妇女也说"是哩，路还远着哩，得吃点东西，不吃东西哪顶得住！"说着，两人十分热情地把自己带的干粮递给景和。景和不好意思接她们的干粮，便谢绝了。其实，母亲给他烙的油馍就放在行李架上。只是他没有一点胃口，听了两个老乡的话，来了点精神，多少有了点食欲，便从行李架上把兜里的馍拿出来，就着开水慢慢吃起来。

一边吃一边和她俩说话。原来，这两位河南老乡的丈夫是新疆生产建设兵团的农工，她们是去投奔他们的丈夫的。景和连忙打探那里的情况。

"我听你俩说话，你俩的爱人都是生产建设兵团的农工，他们那里怎样？"

高个女人热情地回答说："俺那口子来信说，他那里好着哩。生产的粮食吃不完，还有大量的粮食卖给国家，他们尽吃白面，哪像咱在家里，天天吃的都是这种黑老包！他们每月都拿工资，跟当工人一样样的。"

"是哩，俺那口子也是这样说的。他那里好着哩，哪像俺们家那个鬼地方，十年九旱，粮食总是不够吃，野菜都剜光了，饿死了人，俺一家也差点完蛋，是俺那口子从新疆带回来一点粮食，才救了一家人的命！我早想去那里哩，可生产队不允许，直到最近队长才松口，赶紧给俺那口子写信，俺那口子接了信可高兴了，叫俺赶紧去哩，俺就坐车来了！"

景和又问："别的人他们要不要呢？"

"要哩！要哩！"高个子女人抢过话头："俺那口子说，新疆地方大着哩，土地多着哩，怎么种也种不过来，需要大量劳力，等我安置好之后，还想把俺兄弟带去哩。"

高个子妇女说到这里停下了，看了看景和，问道："呃，小兄弟，你是去哪里？"

景和说："不瞒两位老乡，我也是准备去那里哩。可是，我不像你们有亲人在那里，而我却是人生地不熟，全靠老乡帮忙哩。"

"嗨，那有什么，小兄弟，一点不用担心，有我俩在，保管有地点让你吃饭，饿不着你。"

另一个也说："你就跟着俺俩走妥了。"

听到这话，景和心头一块石头算是落了地。心里的阴霾为之一扫，心情立即开朗起来。一路上和老乡打着扑克，说说笑笑到了乌鲁木齐。

热心的老苏

火车到达乌鲁木齐的时候，天色尚早，红通通的太阳刚刚从东方升起，千万道彩霞从东边天空照进车窗，到处一片金黄，满眼亮闪闪的。景和伸了伸懒腰，揉了揉枕得生疼的手臂。从座位上站起身，向车厢望了望。人们似乎都从睡梦中醒过来，打呵欠，伸懒腰，整理行李准备下车……

晚上景和伏在茶几上睡得不错，一觉醒来就到了终点站，他显得精神饱满，心情开朗。听着列车员清脆而悦耳的播音声，更增添了他振奋的情绪。

新疆，我来了！他差点喊出声！

新疆在他面前，完全是一个未知的世界。这个未知的世界，将很快在他眼前展开，他就要扑进她的怀里。这个世界到底什么样儿呢？迎接他的又是什么呢？他是个乐观不知忧愁的人，他不去多想，也不愿多想。他觉得这个世界应该是美好的，宽容的，已经向他展开了阔大的胸怀……

广播员播送着列车到站的消息，列车隆隆轰响着在站台停下来。景和连忙招呼着那两个商丘老乡收拾行李准备下车。因为意外地遇上了老乡，来新疆有了落脚之处，像卸去了压在身上的一块石头，变得轻松……

三个人提着各自的行李相跟着走出车站，来到车站前面的广场上。满天灿烂的朝霞正映照在广场上空，天地间呈现出一片橙红色。城市的建筑物沐浴在一片金黄色的霞光里。景和立在那里四下观看了一下，感觉乌鲁木齐很美，地方真大，广场非常宽阔，四周还挺立着亭亭如盖的云杉和高大挺拔的杨树，杨树已绽放出嫩黄的幼芽。广场上空响起女高音歌唱家马玉涛高亢的歌声："马儿啊，你慢些走啊，慢些走啊……"

景和最喜欢听马玉涛的歌，她演唱的这首《草原晨曲》，声音优美动听，感情奔放，充满豪迈的激情。他和春明钟文在工人村后边的柿树下玩的时候就常喜欢唱这首歌。这时，优美动听的歌声在城市上空回荡，给人以心胸开阔精神振奋的感觉。

一行三人准备穿过马路，骑自行车上班的人如潮水似的在马路上流淌，他们小心地躲避着匆匆忙忙的车流和人流。在路边等了好一会儿，才出现一个空隙，三个人赶紧过了马路。景和发现，街道上的行人除了像他们一样穿普通衣服的汉人，还有穿民族服装的少数民族同胞。穿花长裙留长辫的，不用说是维族姑娘，而留着胡子戴着小花帽的则是维族男人。还有别的小数民族人，但景和说不上来是哪个民族的。

一高一矮两个河南老乡只想早点见到他们的丈夫，生怕耽搁了坐汽车，不敢多停留，催促景和赶往汽车站买汽车票。

景和拦住街上一个看起来是内地打扮的人，"请问：汽车站怎么走？"

那人用手指着对面不远的一排建筑说："看见了吧，走过去就是。"

原来汽车站就在火车站附近，很快就到了。他们在汽车站售票窗口买了汽车票，马不停蹄，就坐上了乌鲁木齐去农七师的长途汽车。

农七师的驻地在伊犁自治州的奎屯，离乌鲁木齐有一天多的车程。

不来新疆不知道新疆地方之大，在内地一个公社方圆不过几十公里。而在新疆，一路上，有时汽车开半天也见不到一个村落。一眼望去广阔无垠，公路两边的土地尽是绿油油的麦苗和玉蜀黍。还有大片大片的棉田。像碧绿的海面向前伸展，看起来无边无沿。时候正是夏天，内地的麦子已经成熟，正开镰收割。而这里，麦子才长一尺多高，玉蜀黍也才半人深。一望无际的庄稼地见不到一个干活的人。天空瓦蓝瓦蓝的，朵朵白云在天边浮动，看起来那么轻盈。笔直的公路箭一样射向远方，仿佛没有尽头。汽车飞快地行驶在平坦光滑的柏油路上，人坐在汽车上晃晃荡荡就像航船在大海上颠簸。开始，人们对窗外的景物还饶有兴趣，渐渐地感到了疲困，打起了呵欠。几天几夜的火车旅途劳顿，加上又坐了一路的汽车，刘景和的身子如同散了架，感到浑身酸痛，又累又困，便在汽车上打起瞌睡来。

直到太阳西沉，天将黑的时候，汽车才摇摇晃晃地开到农七师的所在地——奎屯。景和累得腰都伸不直了，感觉两条腿有点发沉。原来坐车时间太长血流不通，下肢浮肿得越加厉害。他用手按了按，脚上竟显现一个小窝。两个老乡也疲惫不堪，好半天都伸不直腰。嘴里直嚷嚷：

"俺的娘吔，俺快累趴了！"

"可不是，咋恁远哩！"

景和问那两个商丘老乡："农七师到了，你们的丈夫会来接吗。"

老乡回答说："哪儿呀，他们离奎屯还远着哩！"

原来他们的丈夫是农工，住地离师部还要坐一天的汽车才能到达，晚上要在农七师招待所住一夜呢。

汽车终于在停车场停下来。又饥又渴疲惫不堪的旅客们拖着酸痛的身子把各自的行李从车上卸下，寻找住宿的旅社——好在农七师招待所就在旁边。

景和领着老乡很快找到了农七师招待所。招待所有的是客房，价钱也不贵，块把钱一个床位。景和便和那几个老乡在招待所各登记了一个房间。景和又饥又渴，把行李在房里安放好，赶紧叫老乡去食堂吃饭："走吧，食堂正开饭哩，咱去买点饭吃吧！"

可那两个老乡都不去，向他摆摆手说："我们带有干粮哩，随便吃点算了，小兄弟，你去吃吧。"

景和知道她俩为了省钱，他从家出来的时候，母亲给了一些钱，便慷慨地说："那咋行？坐了这么远的车，光吃点干粮咋受得了，得喝点热汤！"

商丘老乡向他直摆手，横竖不去，说："小兄弟，不要紧，不要管我们。"

"你去吧，我们喝点开水就行！"

景和只好独个儿来到食堂。走进食堂一看，除了刚下车的旅客，没几个用餐的人，食堂的饭菜跟内地差不多，有馍有汤也有菜，他买了一碗汤两个馍和一个素菜便吃起来。有了东西下肚，感到稍稍有了精神，恢复了一点体力。景和回到那两个老乡的房间，和她们说了一会儿话，看见她们呵欠连天，疲惫不堪的样子，不便打扰，自己也有点累了，赶紧告辞出来，回自己房里准备睡觉。

刚进屋，景和发现对面床铺上一个人在整理东西。那人见景和进来，站起来很热情地向景和打招呼："吃过了？"

和景和打招呼的是一个高个子男人，穿一身蓝色工作服，高高的个子，宽宽的四方脸，看年纪大约三十多岁。景和刚才进房间的时候还没看见这个人，很可能是他去食堂吃饭时进来的。

景和回答说："我吃过了，呃，你吃过了吗？"

问话的人明显听出了景和说话的口音。

"看样子你刚下车吧？"

景和回答说："是的，刚从河南来。"

那人连忙又问："河南啥地方？"

景和说："洛阳。"

景和一说完，那人立马来了精神："咱是老乡哩，我老家是嵩县的。"

"我是渑邑哩。"

"渑邑，我知道，我有亲戚在煤矿里。"

能够在数千里之外的他乡遇到家乡人，自然感到说不出来的亲切，那人就像见到亲人似的立即和景和热乎起来，景和当然也很高兴，瞌睡顿时消失得无影无踪，两人便热情地交谈起来。

从谈话中得知，这位嵩县老乡姓苏，来新疆生产建设兵团好几年了，现在农七师下属的一个叫龙口水库上班。他是来奎屯师部办事的，可他要找的人不在，只好在这里等那人回来。通过简短的交谈，景和对老苏留下了很好的印象，觉得他是个可交心人。

老苏又问了景和老家的情况，景和简要地作了回答，老苏又关切地对景和说："兄弟，你这是到哪去哩？"

景和也不隐瞒，对他实情相告："我是出来找活干的。我在火车上听几个商丘老乡说，这里的活很好找，不知是真是假？"

"说的没错，活是很好找。不过，你想去哪里？"

景和听出了老苏话里的意思，便说："我初来乍到，两眼一抹黑，什么情况都不了解，还得请老乡给我指点迷津哩！"

老苏说："你是打算去农七师还是去公社？有没有具体目标？"

景和原打算去建设兵团的，听了老苏的话，感觉这里面似乎还有讲究，忙问："哦？这话咋说？去农七师咋样？去公社咋样？"

老苏思考了一会儿，回答说："我看恁不是外人，叫我说呀，恁别去农七师，干脆去芦苇滩算了。"

"哦？"景和不解地问："为啥？"

老苏说："农七师不如芦苇滩。芦苇滩的火箭公社在伊犁远近闻名。论收入，芦苇滩的收入比农七师高许多。芦苇滩一个劳动日可分好几块钱哩，而农七师一个劳动日就没有那么多；芦苇滩的环境气候也比较温和，适合咱内地人生活。还有哩，农七师是半军事化管理，纪律相对比较严格。而芦苇滩是公社，你知道的，当社员比当兵自由得多……咱俩是老乡，我看恁人不错，才给你说这些哩，主意当然得你自己拿。"

景和听了老苏的这番话，顿时心里热乎乎的，这个时候能够得到如此确切的信息，是拿钱都买不来的！他从内心对这位真诚的老乡充满了感激之情。几天来，一直盘据在他心头难以除去的阴影便无形中消失。他们又说了一会儿话，再也抵挡不了瞌睡的袭击，便慢慢地睡着了。

景和睡到第二天上午十点钟才起床，吃了饭去找那两位商丘老乡，她们高兴地告诉他说，她们刚才给自己的丈夫挂了长途电话，和丈夫取得了联系，很快就来接她们哩！随后，她们关心地问景和打算咋办？是跟她们走还是咋的？景和便把昨天晚上老苏的话给她们说了说，她俩听了也说不出个所以然。

"小兄弟，我们也是初来乍到，对情况不很了解，究竟去哪好？我们也不知道。你自己拿主意！"

景和心想，这事反正急不得，多看看多问问没坏处，老苏还不走，打算等老苏办完事和他一起走，便在农七师待下来。有老苏和他做伴说话，倒也不觉得寂寞。趁空他又打听了别的人，证实了嵩县老乡的话，便拿定了去芦苇滩的主意。

然而就在这时，一个意想不到的消息像一盆冷水浇在头上，景和感到一阵透心凉！

——原来，公安部门在奎屯设立了边境检查站，去伊宁的旅客须持有单位证明方能放行。景和是私自出来的，哪有证明？这事叫景和作了难。从外边办完事回来的老苏看见景和耷拉着脸闷闷不乐的神情，便问道："老乡，你是咋哩？身上不舒服？"

景和也不和他绕弯子，直捷了当地说出了自己的担心，老苏听罢哈哈大笑起来。

景和说："我都愁死了，你还笑哩！"

老苏止住笑，望着景和愁闷的脸，说："这有什么？看把你愁的，我当什么大不了的事哩！"

景和说："这事还不大吗？"

"这事在外地人来说确是难事，没有证明休想过去，但对我们当地人来说只不过小菜一碟。你情放心好了，这事包在我老苏身上。你只管把心放到心腔子里，我包你过去。"说完，老苏啪啪拍了拍胸脯。但景和仍是将信将疑，说："老乡，你先别卖关子，你到底有啥法子，快说给我听听，要不然我心里不踏实！"

老苏就像多年的老朋友似的对景和说："小兄弟，有啥不放心的？告诉你吧，奎屯设有检查站，咱不从奎屯上车不就结了。"

"那从啥地方上车？"

"下一站！"

"下一站？"

老苏说："你不知道吧，下一站是乌苏。我所在的龙口水库离乌苏很近，今晚先到我家住一晚，明天清早我送你到乌苏上汽车。"

听了老苏的话，景和这才打消了顾虑，笼罩在头上的乌云顿然消散。望着眼前这位身材高大比他大十多岁的古道热肠的汉子，心里不禁充满了感激，他和他素昧平生，竟然对他如此友好，这是一种什么样的情义？景和不知说什么好！只觉得眼睛有点发涩！

第二天，老苏办好了事，天色还早，老苏准备回龙口水库。老苏就像一位仁厚的兄长对待自己的弟弟一样，领着景和向龙口水库走去。一路上，老苏指点着沿途的庄稼和景物，热心地向景和讲解着。景和听了，大长了见识。

他们步行了大约十来里，就来到了老苏上班的龙口水库。好大的一个水库，平如明镜的水面望不到尽头。高大雄伟的水库坝基旁边座落着一排简易房子。

老苏指着房子说："那就是我家！"

景和在那里住了一夜，第二天，在老苏家吃了早饭便出发去乌苏。景和跟着老苏走了十几里赶到了乌苏，在这位侠义心肠老乡的热心帮助下顺利地坐上了去伊宁的汽车。

卖钢笔的人

出乎意外的顺利，景和高兴得差点飘起来。一路上，兴趣勃勃地欣赏着沿途的风景。感觉自己不是去陌生地闯荡，去讨生活，而是去旅游观光。从乌苏坐上汽车，出现在眼帘的仍是一望无际的庄稼，就像绿色的大海，在他眼前延伸着，天空也显得特别高特别蓝，不时飘过朵朵白云，像弹好的棉絮，又仿佛是一卷素丝。

他似乎很有人缘，在乌苏上车不久，又结识了农七师食品厂的两个女青年。一个略胖，皮肤白白的。一个苗条，苗条的姑娘戴一副近视眼镜，看起来非常秀气。因为座位靠得很近，说话方便，两位姑娘很热情地和他说话。两位姑娘说的都是普通话，声音很好听。原来，她俩是农七师食品厂的工人，农七师正在伊犁举办农副产品展览，她俩是去当解说员的。上车没多久相互间说上了话，不一会儿就熟悉起来，话越说越投机。尽管一路上汽车颠簸旅途劳顿，但他们的精神很轻松，一点也不感到疲倦。

快下车的时候，戴眼镜的姑娘还十分热情地把她的地址写给了景和，要他以后有空就去找她玩儿。看得出来，姑娘对他产生了好感。景和从姑娘手里接过写有地址的笔记本的时候，发现姑娘藏在镜片里的眼睛闪动着一股不易觉察的羞色，他的心微微悸动了一下，但很快恢复了平静。

太阳渐渐西沉，天将黑的时候，客车开进了三台——这是农七师的一个兵站。人们坐了一天的汽车早已人困马乏，需要在这里打尖休息。农七师在这里设有招待所，吃住都很方便。景和随同农七师的两个姑娘，下了车便来到招待所登记了床位，稍休息了一会，喝了点水，两位姑娘便站在客房门口热情地叫喊景和去饭堂吃饭。

"吃饭啰，吃饭啰！"

景和应声从房里走出来，三个人相跟着向饭堂走去。

下车吃饭的人很多，饭堂闹嘈嘈的排着队，景和便站在队伍的后边，好不容易挨着了，便掏出钱买了饭菜，和那两个年轻姑娘找了张桌子坐下吃起来。

正在这时，一个个子矮小面容清瘦的老头脚步迟缓地来到饭堂，他没有马上进饭堂，而是站在门口探头向里观望了一会，然后从口袋里摸出一支钢笔，向景和所坐的餐桌走来。景和座位正对着饭堂门口，感觉老头似乎有点面熟。他忽然想起来了，老头是和他一起从奎屯坐汽车来的。老头一路上没说一句话，没精打采像瘟鸡似的坐在座位上低头打瞌睡。景和重又看了老头一眼，只见他脸色蜡黄，神色萎靡，一副有气无力的样子。手里颤巍巍地拿着一支钢笔。

他这是怎么啦？拿钢笔干什么？

老头走到景和餐桌前停下了，看了看正吃饭的三个人，不知向谁开口好？迟疑了一会，便将脸转向坐在一旁吃饭的胖女孩："你们要钢笔吗？"

老头连说了两遍。

稍胖的姑娘用眼扫了老头手里的钢笔，便将脸转向一边。戴眼镜的女孩却装作没听见似的只顾吃饭，连头也没抬。

景和觉得好奇，忍不住对老头说："什么钢笔？"

老头把钢笔递给了景和，景和接过来一看，只不过是一支极普通的旧钢笔，在文具店几元钱一支。

老头干涩的眼里露出了希望之光："你要吧？"

景和问："你为啥要卖钢笔呢？"

"我……我……"老头觉得有些难以启齿，吱唔了几声还是把实情说了出来："我没钱吃饭，饿了一天了，想换点钱买饭吃……"

原来，老头从家里出来时，所带不多的几个盘缠早已花完，身无分文，已经两顿没吃东西了。饿得头昏眼花肚子绞痛，无奈之下，想着把身边这支钢笔多少卖些钱买些吃的填充肚子。景和看他不像说假话，对老头说："这样吧，你的钢笔不要卖了，晚饭我给你买吧。"

景和说完，便走到卖饭窗口，给老头买了一份饭菜递到老头手里。老头像遇到了活菩萨似的连着作了两个揖，说着感激的话。也许他饥饿已极，拿起一个馒头大口大口地吃起来。由于吃得太猛，中间噎了几回，他上气不接下气，憋得两眼直翻白。

景和说："慢点！慢点！喝点汤再吃！"

老头咽下嘴里的馒头，端起稀饭喝了几口，老头这才缓过气来。老头吃完饭有了精神，就和景和说起话来。

晚上睡觉的时候，老头又悄悄溜进了景和的房间，坐在景和的床边迟迟不走，景和知道老头的意思，他是没钱买床位，便说："今晚咱俩一个铺上挤一挤吧。"

老头感激地说："我遇着好人了。"

但是，晚上还是意想不到地出现了麻烦——

他们躺下不久，听见门锁响了一下，随之门开了，负责登记的年轻女服务员走了进来——原来她是来查铺的。女服务员拿着住宿登记簿，对着房里的床铺挨着看了看，忽然发现景和床铺上多出了一个人，两条辫子一甩，圆睁两眼对景和发问道："这是怎么回事？你登记的是一个人的铺位，怎么睡两个人？"

服务员嗓门又粗又人，说话的声音很冲。

景和向服务员说："他没有钱买铺位，我看他可怜让他挤在我铺上，让他睡一晚。"

服务员以为老头和景和是一起的。她常遇见一些蹭铺的人，为省下床铺钱，就一个床铺两个人伙着睡。

"谁相信你说的！有些人嘴上说得可美！"

景和说："你怎么不相信人呢？老人确实没有钱，晚饭还是我给他买的呢。"

"那也不行，下来！你下来！"姑娘说着就伸手拉老头，老头只好慢吞吞从床上下来，可怜巴巴地望着女服务员。女服务员一点不客气，要把老头推出去："走，你赶快出去！"

景和实在过意不去，对姑娘说："新疆的晚上这么冷，他这么大把年纪了，你把他撵到外面，非冻出毛病不可。"

服务员用眼瞥了一下猥猥琐琐站在床边垂着头一声不吭的老头，仍坚持要他买票，口气严厉不容商量："那也不行，这是所里的规定！"

旁边铺上的一个旅客这时也赶紧帮着景和说话，证明老头不是一个地方的，他俩是萍水相逢。女服务员听他这么一说，态度才缓和下来。

景和想了想，不想和女服务员争执，说："实在不行，那这样吧，我出钱给他买个铺位，你看行不行？"

服务员看景和说得诚恳，又问了问老吴的情况，听出老吴说的话确实和景和不是一个地方的口音，知道景和是在作好事，被景和助人为乐的精神所感动，便顺水推舟也作起了好人，不让老头挤在景和一张铺上，大方地给老头另弄了一个铺——只要半价，收了景和五角钱。

问题解决了，老头自然说不出的高兴和感激。

睡在床上，景和和老头交谈起来。从谈话中景和才知道，老头姓吴，叫吴林生，老吴实际年龄并不老，只不过四十多岁，他是湖南醴陵人。老吴说的湖南话很难懂，说得慢还行，景和幸好在渑邑时和邓钟文有过交往，听过湖南话，对老吴说的湖南话听起来虽然吃力，但还是勉强能听懂。老吴说，他这次是专从老家来新疆找事做的。他的目的地也是伊宁县的火箭公社。老吴说，他有一个姓王的湖南老乡在火箭公社当书记。这个老乡是他一个大队的，找到他什么问题都会解决。

老吴真情地对景和说："我看你是个好人，到火箭公社的事放在我身上，你一点也不要操心。"

景和十分高兴，他突然想起了那句老话：与人方便自己方便，这话看来不错。

"湖南老乡"

第二天天刚蒙蒙亮，刘景和和吴林生就起了床，在食堂买了些吃的胡乱填饱了肚子，就来到汽车站坐上了去伊宁的汽车。这时老吴完全消去了刚认识景和时的那种拘谨。两个人就像老朋友一样，一路上说着话看着窗外的风景，心情很轻松。

汽车开始下坡，这是天山的西坡，公路在缓慢地下降，坡度逐渐变得平缓。汽车在公路上奔驰，呈现在眼前的是一幅辽阔壮观的高原牧场景色。天空碧蓝如洗，偶尔飘过一团白云，变幻着各种形状。绿色的草原地毯似的向天边漫延过去。前面渐渐开始出现高低不平的山峦，山坡低凹处长满了牧草，间或点缀着茂密的森林，其间还滚动着白色的羊群，好像在眼前展现的一幅美丽的油画……

汽车往前开行了一会，忽然，一条蓝色闪烁的光带出现在眼前。光带似一抹淡淡的雾岚若隐若无，在天边飘忽闪烁。随着汽车的开进，光带越来越清晰明亮。汽车渐渐驶近了，景和这才看清，原来是一个浩瀚的湖泊！清澈透明的湖水，如一块若大无比的碧玉镶嵌在天幕下，通透灵秀，宛如人间仙景！汽车开始沿着湖岸绕行。湖畔全是辽阔无垠的牧草，高高低低的牧草如绿绒毯似的向远方铺展开去，间杂着各种颜色的野花。微风吹动，花随之起伏。白色珍珠般的羊群在牧草间滚动。景和抬头向远处一看，山坡的高处，长满茂密的树林，他只认出云杉和杨树。汽车离湖岸越来越近，湖水似在眼底，放眼一看，湖水清冽得让人惊叹令人心醉！碧蓝的湖水，镜子似地在太阳的照射下闪闪烁烁，波光粼粼，湖面呈现出山和树的倒影……

正当景和陶醉在如画的美景中，汽车司机提醒车里的旅客说："你们看呀，多美的赛里木湖！"

原来，这就是新疆著名的赛里木湖。没想到新疆的风景这么美，这么迷人。

汽车开行了一个多小时，赛里木湖才渐渐被抛在身后。

汽车到达伊宁县的时间恰好是中午。景和对老吴说："肚子早饿了，咱俩找个饭店吃点东西吧。"

老吴没有接腔，他觉得一路上都吃景和的，让景和破费了不少，从心里感到有些亏欠。他的老乡——火箭公社王书记就在伊宁县城，找到了老乡家，还怕不给饭吃？老吴对景和说："还是先找老乡吧，找到了老乡，我心里才安稳。"

景和只好依他，还好，景和兜里还有一块吃剩的干馍，他掏出来掰了一半递给老吴，老吴也不嫌弃，放嘴里啃咬起来。馍是白面油馍，景和母亲专为他做的，加了些葱花，味道不错。只是放得时间长了，太干，又没有水，馍在嘴里无法下咽。他们走进一家门店，讨了点水两人喝了，肚子的饥饿才得以缓解。景和便跟着老吴，按照信封上的地址，在街上寻找着王书记的家。

伊宁说起来是县城，却荒凉破败行人稀少，房子也不多。一眼看去，只有一条马路铺着水泥。也许年久失修，道路又窄又破凹凸不平，街道两旁的房屋稀稀落落的。连内地那样的红砖楼房也看不见，出现在眼里的全是那种干打垒式的土坯平顶房。屋顶刀削似的一律呈斜面样式，整个县城呈现出一片萧索的大漠景象。找了好一会儿，问了好几个人，两人终于找到了王书记的家。这是一个看起来极普通的院落，外墙也是那种干打垒式的建筑。大门很高大，门上钉着门钉，稍显出了一点气派。老吴用手使劲拍了拍门，好一会儿门开了。出来开门的是一个三十多岁中等身材的妇女，鸭蛋形的脸，白皙的皮肤。景和猜想，这女的一定是这家的女主人。那妇女打量了一下老吴，又看看景和，觉得面生，疑惑地问：“你们找哪个？”

话语带着清悦的湖南口音。老吴连忙回答说：“这是王书记家吗？我找王书记。”

她可能已经听出了老吴的醴陵口音，随后问：“你是王书记什么人？”

“我是从他老家醴陵来的。”

老吴说着，连忙从怀里掏出一封揉得皱巴巴的信递给那妇女。妇女接过信，大致看了看，又听老吴说的一口醴陵话，猜出了来人的身份，脸上立即露出了笑容，十分客气地把老吴和景和让进屋里。

房子外面看起来是那种厚实的土墙，灰灰的不怎么起眼，而走进去却别有洞天，里面是一个宽敞的院子。院里砌着花圃，还搭着一个花架，花圃里种着一些红的黄的绿的叫不出名儿的花。花架上爬满了葡萄藤，结着一串串葡萄。靠左侧的围墙边竟然还有一个马厩，里面一头棕色大马正在吃料呢。

“怎么院里还养着马？”景和顿生疑惑。

他当然不知道这是县里配给王书记家的交通工具。这时，王书记妻子客气地把他俩让进屋里。

　　屋里宽敞亮堂，墙壁上全都镶着厚实的护墙板，地上也铺着光洁的木地板，地板的颜色是那种棕黄色，看起来很舒服。家具虽不多，却被女主人收拾得干净明亮，光可鉴人。

　　女主人忙不迭招呼客人坐。她也是醴陵人，说一口普通话，但仔细一听，普通话中仍带着澧陵话的尾音。她现在是伊宁县直机关一个部门的负责人。见来人是丈夫一个大队的人，又多少沾点亲，自然不敢怠慢，简短地和老吴说了几句话，听说他们还没有吃午饭，便忙着为他们做饭。

　　做好饭，趁老吴景和吃饭的当儿，女主人出去了。不一会儿，女主人回来了，后边跟着一个年轻人，看样子是她的通讯员。她对通讯员交待了几句，年轻人解开拴在马厩里的那匹棕色马，走出了大门——大约帮女主人叫丈夫去了。

　　女主人和老吴拉了一会儿家常，问了一些家乡的情况，丈夫便回来了。景和打量这位火箭公社的王书记，大约三十多岁，中等往上的个子，长着一张南方人特点的狭长脸，两眼很有神，浑身带着儒雅的书生气质。要不是漠北的干燥气候风吹日晒，一定十分帅气。王书记对他们看起来不像妻子那样亲切热情，冷峻的脸上不带笑容，和老吴没说几句话，看了看老吴从老家捎来的信，确认了老吴的老乡身份，便把脸转向景和："你是……"

　　老吴一听，不等景和回答，老吴连忙说："他也是湖南来的，是我们湖南老乡，他也想在这里找点事做。"

　　景和明白老吴的意思，他说一口河南话，一出声准要露馅，老吴便赶紧代他作了回答。景和便不再吱声。

　　王书记也没有再说什么，立即吩咐和他一起从公社来的一个年轻的工作人员说："你把他们带到三大队去吧！"

伊犁河畔新社员

　　三大队在芦苇滩，正是老苏所说的地儿。

　　伊犁河两岸地势平坦田土广袤，土质肥沃，雨量丰沛，气候适宜，是新疆重要的粮棉产地。芦苇滩是伊犁河的一条小小的支流。弯弯曲曲的河水如一条飘带，飘向远方，最后缓慢地流向伊犁河。近几年来，芦苇滩这条小河，已变成了几条分岔的涓涓细流，形成了小溪。溪水潺潺，清沏的溪水在太阳下闪闪发光。溪流低凹处，便是新开垦出来的庄稼地。这些庄稼地上种的差不多全是小麦棉花和玉米。这里之所以叫芦苇滩，顾名思义，过去，这一带土地肥沃是一块辽阔的湿地。因人口稀少，无人开垦，长满了茂盛的芦苇，人们便称之为芦苇滩。直至生产建设兵团开发伊宁，芦苇滩才组建了火箭公社。那高高低低的山坡和宽阔的河滩便开垦成了平坦的耕地，种上了庄稼。而溪沟两边连绵逶迤坡度不大的山坡，侧是哈萨克人绿草如茵的牧场。山的低凹处长满了一路上常见的那种云杉和杨树。远远望去，牛羊如珍珠段地散落在草原上，马儿也在撒着欢儿在草地上奔跑。

　　一路之上，景和老吴所看见的都是一望无际的庄稼地。庄稼长势喜人，无论小麦玉米或棉花，都是绿油油的，微风一吹掀起一阵阵的涟漪，一派丰收在望的景象。他俩想到自己马上就要在这里落户，成为这里的农民，不禁心潮起伏。这里的农民都什么样呢？他们是怎样生活的呢？这里的庄稼又是怎么种出来的？两人心里都充满了好奇。但具体内容他们实在想象不出。只有一样他们是明确的，生活在这里的社员粮食一定够吃，在这里不会挨饿！

　　他们跟着年轻人走了一段路，奇怪的一路上却没有发现村落和人家，也没有看见什么人在地里干活。难道这里人不用干活，全用机械？他们一路走，一路嘀咕。终于见到了一些房子，是一些平顶房，跟县城见到的房子差不多，这些房子并没有连成一片，稀稀落落的。散落在半山坡上。

　　这辽阔的土地使老吴尤其感到惊奇：这地方真是太大了！他老家和这儿简直没法比。他们那里差不多都是丘陵，山地，只有山下的垅坑才有那么一小块一小块的稻田和旱地。田土金贵得很，巴掌大的岩石缝里都要开垦出来种上庄稼，哪有这样的一马平川？这里农民种的粮食哪吃得完啊，在这里当农民真的很不错……

两人到达三人队时已经六点，内地这个时候，已近黄昏，天将黑下来。而这里，太阳还高高地悬挂在半空中呢，明晃晃的耀人眼睛。原来，伊宁比内地有两小时时差，所以天黑得晚。

领老吴来的年轻人轻车熟路，径直把他俩带进了三大队的大队部，找到了大队干部，可能是大队长。大队长和年轻人彼此认识，见他带来了一老一少两个人，明白是怎么回事，便陪着笑脸很恭敬地给年轻人让了烟。年轻人接了烟，便把他俩介绍给了大队长："他俩是公社王书记老家一个大队的，来这里找事做，王书记特地安排到你们三大队，你们给安排一下吧。"

大队长听了年轻人的介绍，哪敢怠慢？连声答应说："好！好！我马上安排！"

大队长转过身，立即叫来了一个人，吩咐说："你领着他们去一小队，把他俩妥善安插一下。"

那人连忙答应，屁颠屁颠地招呼着老吴和景和，领着他俩往一小队走去。不一会儿，一小队到了。小队干部听了那人的话，粗声大嗓地叫来了几个社员，要他们把队里的一间闲置房腾出来，吩咐把一些零杂东西搬走。那两人点头答应，房里的杂物很快弄走了。两人又打了一桶水在地上洒了洒，用扫帚扫了扫，便叫老吴景和把自己的行李搬进去："好了，你们可以进去了。"

两人走进去一看，房子也是那种干打垒的斜坡平顶房。门窗的木头十分粗糙，也许久不住人，木门裂开了缝隙，窗户还有些破损。土墙上斑剥的泥土呈现灰褐色，堆积着厚厚的灰尘。墙皮上，一些灰尘的吊挂还没有弄干净。屋里除了用石头和砖块支起的床，空荡荡的什么也家具也没有。

房里的尘土很厚，刚打扫过的屋地上露出一道道扫帚扫过的痕迹。这会儿，灰尘还未完全散尽，屋里飘荡着一股土腥气，直呛鼻子，景和不由打了一个喷嚏。不过不要紧，两人并不嫌弃，这已经不错了。尤其景和非常满意，这么快就有了一个容身之地，这是他没有想到的。反正是夏天，天气不冷，有一个挡风避雨的窝就行了。老吴的心情也很激动，在弯腰打开行李的时候，不妨对景和开着玩笑说："小刘，看你细皮嫩肉的样子，这样的条件，受得了吗？"

景和笑着说："说哪里话？你知道吗？我以前下过煤窑哩！这里的环境比下煤窑强多了，也干净多了！你是没见过煤矿工人，从井下上来，那是什么样子，人都会变成黑老包，你不被吓一跳才怪哩！"

景和的一席话把老吴说愣住了："真的？你还下过煤窑？"

"那当然。"

"真是想不到，下煤窑不是好耍的！"景和的话引起了他的兴趣，接着又问道："你不会是嫌下煤窑的活不好才跑到新疆来的吧？"

"不是……你瞎猜什么……"

"那为什么哒？"

他被老吴的话问住了，不知怎么回答，一时语咽，便搪塞着说："这事一下子说不清，以后慢慢告诉你吧。"

老吴望着景和年轻而凝重的脸，似有所悟："唉！"深深地叹息了一声。

王书记老家来了老乡的消息不胫而走。不一会儿，许多社员都听说了，一些人便跑过来打探。老吴在房里听见门外有许多人在说话，从房里走出来，向人打着招呼。听见和他说话的人竟有湖南口音，颇感诧异，疑惑地对那几个说湖南话的说："听你们说话，好像也是湖南的！"

那人说："我是平江的哕。"

另一个则说："我是浏阳咯！"

老吴高兴地说："那我们是老乡哒！"

于是便和那几位湖南老乡交谈起来。

从湖南老乡的口中老吴才知道，原来这火箭公社三大队一小队，除少数当地维族、哈萨克族社员之外，绝大多数都是湖南人。那些从湖南来新疆讨生活找出路的盲流，打听到火箭公社的王书记是他们的老乡，倍感亲切。"老乡见老乡，两眼泪汪汪"，纷纷前来投奔他。王书记倒也开明，英雄不问出处。只要肯来找他，不管什么人，他都予以收留。新疆土地宽广辽阔，有种不完的地，需要大量劳动力。有老乡来投奔他，何乐而不为呢？王书记是来者不拒，多多益善，把他们统统安排在三大队一小队。就这样，滚雪球似的三大队一小队就成了湖南人的天下。老吴听说之后自然非常高兴。景和这才明白王书记把他俩安排到三大队而不是别的大队的用意。

天渐渐黑下来，到了吃晚饭的时候，肚子早饿了，肚子发出咕咕叫唤的声音。老吴和景和站在苍茫的暮色里，未免有点发愁。他们既无粮食又无做饭的傢什，连碗筷都没有，怎么办呢？这一晚咋度过呢？怕要挨一顿饿了！但是他们的担心是多余的，大队干部早为他们做了安排，打算让他们到社员家吃"派饭"。

来叫老吴吃饭的是生产队长，他咚咚来到门口，对着门口喊道："吃饭了，你们出来吃饭吧！"

两人连忙从屋里走出来，见是队长叫他去吃饭，自然非常高兴。老吴客气地说："那何要得，太麻烦了！"

队长说："天太晚了，来不及通知别的社员，今天晚上先去我家吃吧！过两天，再去别家吃饭！"

——那个年代过来的人都知道吃"派饭"是怎么回事——凡公家人或临时下乡的政府工作人员，或是在人口稀少的乡村学校教学的老师，个人无法开伙，用餐不方便的时候，都由生产队指定某个社员为那些公家人做饭吃，用餐者付给社员适当的钱粮。

那些湖南老乡，听大队干部介绍说老吴是王书记老家一个大队的，还是王书记的远房亲戚，对老吴和景和便格外热情，有意想要巴结他俩。于是，把请他们去家里吃饭看成是和王书记拉近乎的绝佳机会，尽其所有热情款待。

湖南人好吃大米，那会儿新疆还不生产大米，家里做的都是面食，倒也很对景和口味。新疆跟南方一样，蔬菜花色品种很多，有茄子、辣椒、豆角、青菜、西红柿等。湖南人好吃辣椒真是名不虚传，顿顿离不开辣椒。好在景和在家多少也吃点辣椒，吃饭时才不至于辣得直咂嘴。菜辣是辣，不过湖南人做的菜味道很好吃，带有湘菜的风味，很是开胃，饭也多吃了一些。

不管怎样，老吴景和两人都很满意。老吴吃了饭又和老乡拉了一会儿家常，向老乡介绍了家乡新近的一些情况，两人觉得累了，才回到了住处。

难兄难弟

天已经黑下来，两人摸着黑进了新家。门虚掩着没有上锁（没有锁，也没必要上锁），门一推吱呃一声就开了。房里黑洞洞的，伸手不见五指，什么也看不见。老吴从口袋里摸出一个压瘪的火柴盒，摸索着划着了一根火柴，眼前顿时亮起来。一只手举着火柴棒照着明，在微弱的亮光中，屋里除了那张刚搭好的床，连条坐下来休息的板凳也没有。他们走了一天的路，很想坐下歇歇酸痛发胀的脚。看来只好坐在床边了，可屁股刚一坐下，床板就一阵摇晃。所谓的"床"是用几块木板在砖头石块上搭起来的一个活动架子，上面架上几块拼凑成的木板。木板粗糙，又宽窄不一高低不平，好在上面铺了一条旧苇席，把坑凹不平的床板盖住了。他俩怕把床弄塌了，不敢太用劲，只好用两条腿支撑着坐在那里。两人对望着苦笑了笑，出门在外哪有那么讲究？只好将就吧，总比在野外露宿强。一阵睏倦袭来，不由呵欠连天。

老吴说："睡吧！"

可怎么睡呢？刘景和一阵犯难，他离家时除了几件换洗衣服，什么也没带，好在老吴随身带着铺盖卷。

老吴说："我们两个挤一挤吧。"

也只好这样了。

老吴把火柴盒交给景和，让他划着了一根火柴，老吴趁着短暂的亮光，把床上的铺盖整了整。两人便各据一头小心地躺下去，床铺摇摇晃晃发出吱扭的声音。他俩不敢乱动，僵硬地躺着。没有枕头，景和只好把自己的衣服放在脑袋下垫着当枕头，一只胳膊支在后脑勺上。忽然，他从墙缝的一个破洞里望见了天空的几颗闪烁的星星，调皮地朝他眨着眼。

他随即来了兴趣，睡意全无，叫了一声："老吴，你快看，星星！好亮的星星！"

但老吴没有应声，从那头传来一阵鼾声。原来，老吴睡着了——离家十多天来，一路颠沛流离，忍饥挨饿担惊受怕，像一条丧家狗似的。如今终于很顺利地得到了安置，有了落脚之地。还意外地受到了如此热情的招待，这确是出乎他意料之外的，又怎能不满足呢？一颗悬着的心放下来，自然入睡得快。

好景无人分享，便索然乏味，景和不由呵欠连连，两眼发粘，不一会儿也鼾声大作——他们实在太累了！

从此，景和和老吴便成了伊宁河畔的新社员，两人如同一对形影不离的难兄难弟，白天一起上工干活，晚上一道回家休息。景和又用家里带来的钱，买了些生活用品，把床又进行了加固。

通过一段时间的接触，景和才知道，老吴也是个苦命人！因为成份不好，在村里备受岐视，没有人看得起他，常遭到呵斥。在大队和生产队上工，不管男的女的，都可以对他发号施令。稍有点差池，就会遭到别人的训斥，连个媳妇都找不到，四十多岁的人了还是光棍一人。

在湖南，农民种水稻是很辛苦的。他由于身材瘦小，挑担子还挑不过半劳力的妇女，生产队给他记的工分比妇女还低。辛辛苦苦劳动一年，所挣的工分连买自己的口粮都不够。分得的粮食自然很少，常常吃不饱肚子，日子过得苦逼！他的远房亲戚有一个兄弟在新疆。在一次交谈中，他从亲戚嘴里听说新疆不错，农民种的粮食吃不完。他又打听到了有一个远房亲戚在那里一个公社当书记，又惊又喜，便萌生了来新疆的念头。他来到那个远房亲戚家，求他给王书记写了封信，便抱着试试看的想法找来了。为了筹措来新疆的盘缠，几乎变卖了家里所有值钱的东西，才免强凑了点路费。谁知到乌鲁木齐的时候，他所带的盘缠就用完了。翻遍了所有的口袋，买了伊宁的汽车票，连吃饭的钱都没有剩下一分。没有办法，只得饿着肚子。坐了一天的汽车没吃一点东西，他被饿得头昏眼花四肢无力。汽车开到奎屯的时候，实在支撑不住了，很想向别人讨点吃的，可湖南人从来都很硬气，宁愿饿死也不讨米！他实在拉不下脸面，张不开口。正在作难之际，突然想起身上还带着一支钢笔，才想起应该拿钢笔换点吃的。恰在这时，碰到了景和，给他买了饭让他吃，还给他解决了住宿，救了他的危难。这种慷慨仗义助人为乐的精神让他铭记心腑。从那时起，他便把景和看成了自己的患难兄弟。景和对老吴也不生分，像对待自己的大哥似的，处处予以照顾。

接连几天，景和老吴都是在湖南老乡家吃"派饭"，不用自己做饭，不用自己涮碗，吃完饭碗一扔回自己宿舍，倒也痛快。但时间一长，他俩感觉长久在老乡家吃"派饭"也不是个事儿，人家都有他们的生活，自己有脚有手，每次都要麻烦人家，人家嘴里不说，自己心里也有点过意不去。

老吴对景说："我们自己做饭吃吧！"

景和也觉得长期吃派饭确实不美，便说："是呀，确实够麻烦人的。"

"那就自己开伙。"

景和想了想，说："老吴，自己开伙好是好，但我不会做饭呀！"

老吴说："不要紧，我多少会一点，我在家不是自己做吗？"

"那就照你说的办吧！"

第二天，老吴瞅了个机会，向生产队长说了自己要单独开伙的想法。

"队长，还是我们自己开伙做饭吧，天天给人家添麻烦，真不方便！以后的日子长着哩！不能老是这样呀！"

队长巴不得他们自己开伙——那些安排做派饭的人家，早已经做得够够的了，感到腻烦透了，多次向他诉苦："队长，这不是法子呀！长此以往，怎么行呀，他们自己怎么不开伙哩？"

队长也很无奈，他只是碍于王书记的面子，不好对老吴说。只得腆着脸对那些做派饭的人家陪笑脸说好话，对他们进行安抚："再坚持些日子吧，我会找机会和他们说的。"如今他俩自己提出不想再吃派饭，队长自然高兴得没法说："好！好！"连声答应着，"我举双手赞成！自己开伙多好，想吃什么自己做什么。这才像长久过日子的样子嘛！"

"队长，你真理解人呀！那，什么时候开始呀？"

"那明天你们就自己开伙吧！"

队长生怕他俩反悔似的连忙吩咐保管给他们称了粮食，又预支了一点钱，还给他们弄了口铁锅。他俩抽空跑到伊宁买了点碗筷，自己动手钉了个吃饭桌子和两个小木凳，又从山上弄了点柴草背回来，便像模像样地过起日子来。

刚开始开伙，自然不太顺利。

景和年轻，在家很少进厨房，平常在家，母亲做好饭端起碗就吃的，从没有想过有一天要自己动手做饭。因而他对做饭的事儿简直摸不着门儿，手忙脚乱不知所以。好在有老吴在，老吴便担当了做饭的角色。景和倒也自觉，不能老吃现成的。老吴和面，他洗菜，老吴做饭他烧火。景和在家时，烧的是煤，从没有烧过柴草。烧柴草自有烧柴草的窍门，所谓人要实火要虚。景和不谙此道，把灶膛总填得满当当的，柴草只冒烟不出火，常常弄得屋里狼烟滚滚，呛得人泪水直流咳嗽不止。老吴强忍着呛人的浓烟，把柴草烧着，浓烟才慢慢散去……

老吴也有狼狈的时候，做米饭内行，做面食如馒头面条之类却摸不着北。新疆大米很少，吃的都以面食为主，他们只好凑合着。最简单的办法是吃"漏面鱼"——就是把面加水和成稀糊糊，然后用调羹把稀面糊挖到开水锅里煮熟——湖南叫"麦子粑粑"。开始几天还可以，但顿顿都是漏面鱼就吃得胃里直反酸水。

一天，一个老乡对他们说："你们天天这样吃，那咋行呀？"

老吴说："我们不会做馒头。不这样吃何解办啰？"

那位老乡说；"不远处有一个换面条的地方。可以换面条哒！"

他们端着面找到了那家换面条的店，用面换了些面条回来。老吴便下起面条来。可当景和端起老吴煮好的面条要吃的时候，才发现面条竟还是生的！

可怜老吴长到五十岁，竟从没有煮过面条，连面条生熟都不知道！景和只好把碗里的面条倒进锅里重煮。他们把煮熟的面条再捞到碗里的时候，面条已煮成了面糊。实在难以下咽！这一老一少，一边吃着碗里的面糊，一边开心地哈哈大笑。从那以后，想吃面条的时候，景和就摸索着煮，渐渐地就把煮面条的手艺掌握了。

当地维族老乡会做一种叫"馕"的面饼，能放较长时间。他们得知这情况后，有时也拿面送到维族老乡那里，捎带着让他们给做一些馕。馕就像河南的烧饼，吃起来很香味道不错，还能存放较长时间。

新疆虽然地处偏远，生活无法和内地相比，但新疆也有内地所没有的优越性。那时，全国粮食普遍紧张，新疆的粮食供应还是较为宽松的。在河南，国家按标准供应给每个人的口粮，还要按比例搭配相应的粗粮。粗粮有红薯面玉米面还有高粱面等等。而在新疆，社员们吃的都是白面细粮，一点粗粮都没有，这里的粮食充足，吃多吃少不受限制。景和每次去生产队去领粮食的时候，领到的都是白面。这是内地人无法比拟的。

他感到了一种满足！

并非湖南人

这里的农活并不怎么辛苦，种庄稼差不多都使用机械，只有拖拉机开不进的小块土地和拖拉机耕不到的地边角落，才由社员们用一种叫砍土镘的农具把土翻过来，补上种子。平时社员们只不过进行一些田间管理，看看庄稼苗给庄稼浇浇水而已。和湖南种水稻的活儿相比，在这里干活简直是休养，"好耍得很"！哪像湖南农民，头上晒着红炮子日头，肩上担着死沉的担子，肩膀和腰被压得酸痛，腿肚子直抽筋。与河南的农活相比也轻松得多。这里土壤疏松，土质肥沃，且没有病虫害，无须使用农药，种子种到地里就有收获。

老吴跟景和初来乍到，况又有王书记的面子，队长只让他俩和妇女一起，干一些轻便的农活。老吴自然非常满意。突然发生的一件事又让他露了脸，用湖南话说他意外地走了"狗屎运"。

那天，老吴刚下工，听见有人在惊慌地喊："快去看啦，那头黑骡子不行了！"

老吴正好路过那里，听见叫声，转身一看，见一堆人正围着一头骡子在议论。他不知怎么回事？便凑过去看究竟。队长向那个黑脸饲养员不满地说："这头大黑骡子前几天还去伊宁拉了货，怎么突然这样了？"

饲养员苦着脸说："我也不知道怎么回事，昨天就开始拉稀，今天就这样了，躺在地上起不来！"

老吴走过去："我看看。"说着，蹲下身子看了看黑骡子的粪便，用手指抓起一点粪便放鼻子下闻闻，对队长说："黑骡子是急性痢疾！"

队长以诧异的眼神看了看老吴："哦？你懂兽医？敢确定吗？"

"是的，没错。"队长看老吴说得那么肯定，以期待的眼神望着他："你有法子治吗？"

老吴胸有成竹地说："得给黑骡子喂点土霉素。"

队长说："现在这里哪有那玩儿？"

"伊宁县兽医站肯定有卖的！"

队长对老吴的话似信非信，想了想也没有别的法子，死马当作活马医吧。他站起来，对老吴说："现在就派人开着拖拉机送你去伊宁买药！"

老吴点头答应："行，行，我去！"

拖拉机很快开过来了，老吴坐上拖拉机到了县城。找到兽医站，说了情况，买来了土霉素，喂给黑骡子吃下，黑骡子很快好了。但身体还是很虚，站起来不一会儿又躺下了。

队长把老吴叫了去，问他原因，老吴说："黑骡子体力没有恢复，多给黑骡子喂点豆饼，补充营养，最好找几个鸡蛋喂给他吃。"

队长听说要给骡子喂鸡蛋，瞪大了两眼，旁边的社员插嘴说："人还吃不到鸡蛋哩！"

老吴解释说："要想黑骡子好得快，给他喂鸡蛋是最好的法子！"

队长想了想，便买了几个鸡蛋拿来，让饲养员喂给黑骡子吃了。没两天，黑骡子果然活蹦乱跳的。

队长见老吴给牲口治好了病，便对他刮目相看："这个老吴，真是真人不露相，真有他的！"他便成了生产队的香饽饽。

其实，老吴在家就懂一点兽医，生产队牛羊有一些小毛病，就会叫他医治，积累了一定的经验。治好黑骡子的消息很快传到大队。三大队各小队都养了许多牲口，正愁找不来兽医呢。踏破铁鞋无觅处，得来全不费功夫，有现成的兽医在这里，赶紧把他叫来！老吴没种几天庄稼，大队头儿便把他抽调到大队，让他当了专职兽医。老吴脑子好使，性格随和，从此便如鱼得水。

他见邻近大队没有兽医，脑子一转，去伊宁县买药的时候，多进购了一些兽药。没事的时候，就背着兽药到邻近一些没兽医的大队去转转，牲口有个什么毛病，帮着治治，多少也能得一些报酬。这一来，不光人们对他高看一眼，手头也逐渐活泛起来。为"新家"添置了一些日常用品，如铺盖、锅、铲、瓢、盆之类。他没忘了景和，从外边回来，时不时买些牛羊肉拿到家，和景和一起改善生活，两人吃得非常开心。

而刘景和却没有老吴顺当。

他说的一口河南话，和湖南话明显不同。时间一长，和他一起干活的那些湖南人，对刘景和这个冒牌的"湖南老乡"产生了怀疑："你哪是湖南人啰？说的话和我们都不一样哒！"

景和是那种从不会说假话的直性子，只得对他们实情相告："你们说的不错，我压根就不是湖南人，我是地道的河南人。我老家在河南临汝。"

家乡观念很强的湖南老乡，便把景和看成了另类。

对景和歧视的主要原因是他干农活不行。景和从没干过农活，在这里干农活对他来说是大姑娘上轿头一回。就像豫剧《朝阳沟》的银环，干活时出了不少洋相，不是麦苗韭菜分不清就是把庄稼苗当杂草。湖南人干活从来都有一股蛮劲儿，不论男女干起活来就像玩命，挑起百多斤的担子健步如飞。在这里虽不用挑担子，但有些活还是很累人的。景和自然不能和湖南的男劳力相比，即便比妇女也相差甚远。这在崇尚力的世界里，一个干活连妇女都不如的男人，自然不被认可，会被人看不起，免不了受到一些人的嘲笑。一些人常常当着他的面挖苦他，说他是怂包，草包，"猪血李"好看不好吃。景和好要面子自尊心极强，那受得了这样的奚落和嘲笑？自然非常生气，难免不和人发生口角，有时还闹到剑拔弩张的地步。

那一天又发生了争吵。

一小队有一块不大不小的蔬菜地，种着萝卜、白菜、茄子、辣椒之类的蔬菜，隔一段时间，生产队就将蔬菜分给社员吃。种蔬菜需要水和肥。最好的肥料是有机肥，有机肥最好的是人粪尿。一小队有两个厕所，这是生产队的宝贝。

那几天下了一场雨，雨水把厕所灌得满满的。生产队长把粪水当成了宝物，粗起嗓子吆喝着社员赶紧把粪水担到蔬菜地的粪坑里。社员们在队长的带领下开始忙乎起来，可景和却迟迟不动。他最怕担茅粪，听说担粪水就紧张。担子把肩膀压得生疼不说，那股臭气让他闻见就恶心。他钻进厕所掏粪的时候，总用手掩着鼻子，看见粪池里飘着的那一段段黄色的屎橛子就直呕吐。还有满地乱爬的咀虫，他一瞧见就头皮发麻。饭都吃不下。但他又不得不去。忍着恶心好不容易起了一担粪水，晃晃荡荡一路上还是泼洒了不少。

别人看他这个样子便哈哈大笑："你这是干嘛哟？怕闻臭气还当农民哟？"

"懒婆娘挑水，走一路洒一路！"

景和很不服气，回怼道："你能，就你能！"

"我说错了吗？你看看你这样子，像干活吗！"

说着便吵开了，差点动手干架。

景和为此感到非常苦恼，一时情绪很低落。老吴知道了这个情况，专门赶了回来，对景和进行了劝导，说："凡是开头难，你没干过庄稼活，慢慢习惯了就好了。遇到事情你先忍忍。有什么事对我说，别和那些人一般见识，他们都是土包子！蛮汉！"

同时老吴也给生产队长做工作："大家出门在外不容易，别动不动骂人家怂包，人都是有脸的人，换成你怎样？你受得了？人家在家从没干过农活，能干成这样就不错了！"

一些湖南老乡看老吴对景和那么友好和关心，实在不理解，仍时不时在老吴面前说景和的损话："他人看起来不错，可太懒了。"

"他又不是湖南老乡，你做么子对他那样好哒？"

老吴不理他们的茬，我行我素，说："你们呀，老鼠眼睛只看一寸远，小刘这人，你们不晓得有几好哒！"

老吴真是走运，是因为王书记的关照还是火箭公社急需医务人员，老吴从景和这里走后不久，竟被公社抽去三大队当了赤脚医生。

这对老吴来说，这简直是天大的好事！当赤脚医生，在他醴陵老家可不是一般人能够干得上的。不是有家庭背景，就是在大队有头有脸说话很响的人，最起码也是贫下中农，像他这样的出身想都别想！如今这份美差竟然落到他的头上，他做梦都没有想到过，兴奋得就像吃蜜，好几晚上都没睡着觉，真应了那句老话——自己的祖坟冒烟了！

老吴第一时间把这好消息告诉了景和。在他心里，他早把景和当成了自家兄弟，那天，他还特意买了牛肉，破天荒买了些酒，早早回到了一小队，和景和对饮起来。

其实，他不喝酒，在老家时连饭都吃不饱，哪有喝酒的条件？在他有限的一生中，除了年轻时过年过节或者待客时喝过酒，多少年了，他基本与酒无缘！他觉得这些年来，自己像条虫似的活在这个世上，蜷曲着身子，不敢乱动一下。而今终于活得像个人了，当上人人羡慕的赤脚医生，确实高兴！他觉得应该为自己好好庆祝庆祝，祝贺自己从此时来运转，吉祥如意！

景和也为老吴能当上赤脚医生而感到由衷的高兴！跟老吴一样，他的酒量也不大——河南人都会喝酒，煤矿工人更能喝，喝起酒来不要命似的，一杯一杯喝凉开水一样往嘴里灌。而他却不行，稍喝一点酒便脸红。因而酒场上他总是甘拜下风。躲一边不吭声——这也是他在矿里不受人待见的原因之一。人家都说他和人不一样，不合群。但今天，他反正是豁上了，放量喝起来。两人就像酒徒似的，来了个一醉方休。不一会，两人就喝得东倒西歪，舌头发直，说话不当家起来。

老吴端起那碗刚倒上的酒，对景和说："喝，小刘……你是我的好，好兄弟！要不是你……我到不了伊宁，早饿死了，我，我敬你！"

老吴端起碗就要喝，景和回答说："你，你，快别那样说……咱俩有有缘，有缘千里来相会……"

景和说着，端起酒和老吴碰了碰，然后两人仰脖子喝了。

老吴嘴里呼呼地喷着酒气："有缘，确实有缘……我们相同的命运，你的遭遇，我，完全理解……"

景和说："老吴……你的情况我也，理解，你也……不容易！我问，问你，人活在世上，咋这样，难……"

"命不好……"然而老吴话还没说完，身子就歪倒了。

景和眯缝着两眼："你，你咋，不说话……喝……"

说着也歪倒在地，鼻子里发出鼾声。

第二天早上，两人醒来，看见房里一片狼藉，才知晚上都喝醉了。

第二天上午，老吴就要离开一小队。

临走的时候，老吴恋恋不舍地对景和说："小刘，我就要去大队了，我实在不舍得离开你，我没有想到我会被抽去当赤脚医生。"

景和说："老吴，你去当医生，这是好事，我为你感到高兴。你不要担心我，你也要注意自己的身体！"

老吴说："你有什么难事尽管来找我，好在大队部离这不远，你有空就去我那里玩儿。"

老吴临走的时候给景和撇下了一条褥子，景和再三推让，老吴硬是不拿走，说："你没有被子，有这条褥子垫在下边，晚上就暖和多了。"

景和便不再推让。

老吴一走，景和没了说话的人，便陷入寂寞和孤独之中，像是丢失了什么东西似的，感到心里空落落的。尤其做饭的时候，什么都得自己一个人干，冷冷清清的很不是滋味。

从农四师跑出来的年轻人

　　就像老天特意安排似的，在景和感到孤独沮丧的时候，一小队又来了一个小青年。那天上午，吃了早饭，在生产队上工的时候，景和看见上工的人群里出现了一个小伙子。个子比他稍高些，脸孔看起来像一个刚出校门的学生娃。他觉得小伙子很陌生，从没有见过他，看样子是新来的。正在他打量他的时候，小伙子也一眼看见了景和，发现景和的皮肤白白净净的，和那些干活的人明显不一样，见景和在注视他，竟然一点不生分，便提着手里的砍土镘主动走过来和景和打招呼：

　　"看你干活的样儿，也是刚来不久吧？"

　　景和说："你倒怪眼尖嘛！"

　　"你说的话也和他们不一样。"

　　"和你差不多吧？"景和笑着打趣说，其实，他说的是豫西话，小青年说的是普通话。

　　小青年像个顽皮的孩子似的凑近景和的耳朵说："我一看见你就喜欢上了你，觉得咱俩很投缘的，一定会成为好朋友！"

　　景和不经心地回答说："是吗？"

　　小青年仍然很热情："可不是，我觉得人的第一印象第一感觉是最重要的，你信不信？"

　　景和对面前的小青年有了兴趣："好啊，你挺逗的，多大了？"

　　"我快二十了。"

　　景和故意逗他说："还是个毛孩子嘛！"

　　小青年说："别小看人，你比我也大不了多少，我猜你最多比我大两岁！"

　　景和说："哈哈，你倒怪会猜的。"

　　小青年亲热地说"哈哈，怎样？我猜的不错吧？你比我大，那我该叫你哥，你姓刘，叫你刘哥⋯⋯”

听了小伙子的话，景和感到很有趣。两人便一边干活一边交谈起来。

“你是打哪来？”

小青年歪着脑袋说：“你猜！”

“我猜不着，你反正不是新疆人！”

“我家就在新疆，想不到吧？”

小青年的回答确有点出乎意外：“哦？”景和有点不解。他见小伙子不愿多说，也就不想多问，便开始干起活来。

通过一上午的接触，景和才知道，小伙子叫京红学，头脑灵活，爱说话，性格热情爽朗，是个见面熟。除此之外，小伙子给景和的印象人似乎还有点油滑，但他爽朗的性格景和还是满喜欢的。而况在这一小队，和他谈得来的不多，有他和他作伴说话，便不感到寂寞。干活的时候，两人总是凑在一起，说说笑笑的很投机，也很开心。不多久，就成了谈得来的朋友。

几天后，小京觉得一个人住着很孤单，就腆着脸对景和说：“你是一个人住，我也一个人住，干脆咱俩合伙，我搬到你那里住吧？”

景和想了想，两人在一起住倒是个不错的主意，但他并没有立即答应：“那咋行？”

小京并不死心，继续缠着景和要求和他住一起：“刘哥，怎么不行？咱俩住一起多好啊，两个人可以说话。一个人住一间屋，连个说话的人都没有，多难受，多无聊哇。”

景和觉得搬到一起住别的倒没什么，只是担心吃饭不好办！他不是怕别的，他不是那种小气的人。只不过多一个人吃饭，做饭就会多费一个人的事。小京见景和没有出声。似乎猜透了景和的心思，说：“刘哥，你是怕做饭吧？”

“你小子倒满会猜的啊，像钻进我肚子里的蛔虫呀！”

"哈哈！"小京开心地笑起来。他对景和说："刘哥，你不知道，我在家经常做饭，样样都能干的。"

景和有点不相信地望着他："就凭你？"

"刘哥，"小京说，"不要以这样的眼神看我，我说的是真的，我是家里的老大，爸妈每天都忙，从小干惯了的，做饭炒菜，不比你差！"

景和听他这样一说，自然很满意，但他仍然板着脸不松口，故意激他说："你会做又咋的？就怕你有一身懒筋！"

"哈哈，你咋这样小看人哩！"

傍晚，天快黑的时候，小京不等景和答应，竟然挟着被子过来了。景和不好再说什么，他正愁晚上没有被子，如同想瞌睡的人正好有人递来了一个枕头，但他嘴里却说："你这人，真拿你没办法！我丑话说到头里，你得实现你的承诺，不然，你立马给我搬走！"。

小京涎着脸说："刘哥，放心吧！"

从此，两人住到一起，伙盖着小京带来的被子，做饭也合在一起。小京没有食言，他不光很勤快，做饭做菜也很利索。

他俩很快就成了关系很铁的朋友。

一天晚上，睡下之后，两人坐在床上交谈的时候，小京神秘地告诉景和说："你曾问过我从哪来的？"

"是呀，你是哪来的？"

"告诉你吧，我是从农四师跑出来的，我爹妈都在农四师。"

景和听了大感诧异："你爹妈在农四师，全家人生活在一起多好啊！为什么不跟爹妈在一起，要跑到这里来呢？"

小京小声地回答说："你哪知道，农四师苦得很，又管得严，白天干活，有时晚上还要政治学习，学毛著，读报。人在那里就像劳改犯似的，没有一点自由，谁愿意在那里干呀？"

建设兵团管得严，这话他也听老苏说过，但哪会像小京说的那样呢？

"看你说的！"

"是真的，一点不捣你！要不好好的，我跑到这干吗？我有病呀？"

"那你爹妈能让你离开呀？"

小京说："我来这里，我爸我妈不知道，我是偷跑出来的。"

景和心想，这傢伙年纪不大，倒挺有心机的。

"你偷跑着出来，你爸妈不知你去了哪里，心里不定有多着急哩。"

"可不是嘛，我就是担心我妈着急……"

过了几天，吃过晚饭，两人闲谈的时候，小京告诉景和说，他爸历史上有问题，解放前曾当过国民党的军需官。因为这，他爸便成了"历史反革命"，在单位总是抬不起头。他自然成了历史反革命的子女，再也摆脱不掉父亲的阴影。他很想进步，很早就想加入共青团，为了能够入团，积极参加团支部组织的活动，摽着劲儿干活，以获得团组织的信任，可结果令他失望，那些人对他总是带着有色眼镜，他表现再好干得再起劲也没用！干了几年了，团支部那些人根本不把他放眼里！

"我向团支部递了好几个入团申请，都他妈石沉大海没有音信！你说气人不气人？"说着，便叹了口气："我算是看透了，像我这种出身的人，在国营农场上班，再怎么努力也是白搭，一辈子也不会有什么出路，你说，我还待在那里干嘛，那不是傻鸟吗，出来当社员多自由……"

景和猜想这大概是小京从农四师跑出来的真正原因。

小京说完自己的事，转过脸盯着景和，问："你是因为什么问题才从大老远的河南跑到新疆来的？"

景和心里一怔，这小子肚子里的花花肠子倒怪多的，便装作生气的样子说："你咋说这样的话？非要有问题才跑到新疆来呀？"

小京并不在意，诡秘地眨了眨眼，盯着他的脸审视了好一会儿，才说："别瞒我了，刘哥！你当我是'八郎子'？你看这三大队，从内地来的是不少，可他们百分之百是农村人，有几个是从城镇来的？有几个是吃国家粮的？凡自个儿从内地来的城镇人，我敢说百分之百有问题……"

景和暗自后悔，不该把自己过去的一些事告诉他，但他仍不想承认："你咋说得那么肯定？"

景和睁大眼睛望着小京，他发现他那白嫩的脸上还留着几分稚气，嘴唇上刚长出一圈细绒毛，不想他竟这么世故，这么老练。

小京接着又说："老实给你说吧，我见你头一面，就觉得你不是农村人，你和他们不一样，看你细皮嫩肉的，绝非一般人。喂，你到底为什么来新疆？"

景和笑了："你小子年纪不大，眼睛倒怪毒的！"

景和便不再隐瞒，把自己的遭遇简单给小京说了说。说完之后，景和对小京叮嘱说："这些话千万不要对外人说，在这里，我只对老吴说过，任何人都不知道，你要是说出去我可不依你！"

小京连声说："知道，知道，放心吧，刘哥，打死我也不会说出去的！你忘了，咱俩是同命相怜啊！"

从那以后，两人便成了无话不谈的朋友。

一天，小京对景和说："我从家出来这么些天了，家里人还不知道我在哪儿，我妈不知道多着急哩。"

景和说："你回去给你妈说一声不就行了。"

"那不行，我一回去农场人肯定拦住我不让我走了。"

"那写封信也行呀！"

小京眨巴着眼说："写信也不行，农场人看见我信上的地址，说不定会找到这里，会把我弄回去的！"

景和听了，暗自吃惊，想不到这小子这么有心机，对事情想得这么深远。京红学看景和不出声，望着景和，似乎有什么话想说又不好说出来，好一会儿才说："刘哥……"话刚说出口，就把下边的话咽下去了，一副迟迟疑疑的表情。景和猜想他有事要求他，说："你小子有话就说嘛，别吞吞吐吐的！”

　　小京犹豫着，欲说又止，景和是那种痛快之人，便说：“就你那点花花肠子，我还不知道吗？你是不是想要我到你家里走一趟，给你爸妈捎个信？”

　　“刘哥，你真懂我，真理解我。真被你说着了，我出来好多天了，我天天作梦，梦见我爸妈呢。”

　　“那你痛快地说出来不就行了。”

　　小京难为情地说：“这里离农四师我家住的地方太远，有四五十里呢，往返百十里，这么远的路，又不通汽车，全靠步行，一天都走不到的，来回得好几天时间，所以我一直不好意思向你开口。”

　　景和说：“你这就显得外气了，咱俩谁是谁？再说，出门在外谁还不碰到个难事儿？”

　　过了几天，景和真的趁生产队农活不忙的时候，帮京红学去了一趟农四师，见到了小京的爹妈，把小京在五大队的情况告诉了他爹妈。他爹妈听了，对景和真是千恩万谢。

马肉的香味

　　老吴开始在三大队干起了赤脚医生。

　　他心里清楚，边疆医疗条件差，找不来医生，只好瘸子里头拔将军，才选上他的。他只好小心谨慎认真对待每一个病人。他虽不怎么懂医术，毕竟过去给牛马治过病，牛马发生腹泻，是消化不好肠胃有问题；牛羊没有精神，咳嗽、打喷嚏或发烧，明显是感冒了。人也常有这样的毛病，只是用药量多少有些差异而已。他爱动脑筋，常弄些医书看看，又在公社经过了一段时间的赤脚医生培训，当赤脚医生也能凑合。

　　干赤脚医生不光不用出力，还受人尊敬。不管走到哪里，社员们都对他笑脸相迎，主动向他打招呼，向他问好！有时一些人还讨好他。给人看好了病，人家偶尔还会送他点礼物——吃的或用的。想起在老家的时候，活得人不像人，像条狗一样被人吆三喝四。人人都对他带着鄙夷的眼光，稍有点差池，就会遭到呵斥或辱骂。每天都要看别人的脸色，有时连他自己都看不起自己。而如今，竟然受到人们的尊敬，这是多么不可思议的事啊！人的命运真是难以捉摸。

老吴没有忘记景和，仍惦记着景和，一直想着景和的处境。他觉得他应该换个地方。通过这些日子在三大队帮社员看病，对三大队的几个小队的情况有了一些了解，他觉得景和去二小队比较合适。二小队百分之九十以上是哈萨克人，哈萨克人为人淳朴实在，且又以放牧为主，劳动强度比专搞农业生产的一小队还要轻松。哈萨克人对汉族同胞十分友好，景和去那里再好不过。不过他还没有征求景和的意见，不知他是怎么想的？为此老吴特地抽空回了一趟一小队。

景和看见老吴回来，就像自己的兄长回来一样，一把握住老吴的手不丢。虽然分开没几天，但景和觉得好像离开很久似的。老吴打量着景和，见他眉宇间打着结，深藏着着一股忧郁，便关心地对景和说："最近怎样？"

"还能怎样？凑合着过呗。"

老吴说："既然在这里不痛快，我看你干脆换个地方算了。"

景和说："我能去哪里？"

"我看中了一个地方，不知你想不想去？"

"啥地方？"

老吴说："二小队，离这儿不远，只有十多里路。"

于是老吴把二小队的情况给景和说了说，景和听了，激动得不知说什么好，他和老吴只不过萍水相逢，却得到他如此的关照。

景和说："这事就按你说的办，只是去二小队怎么去？通过谁？"

"这事你不用管，我和大队长关系不错，给大队长说一声就行。"

不几天，老吴就把景和去二小队的事给办好了。

将要离开一小队的前两天，他把去二小队的消息告诉了小京，小京瞪大眼睛吃惊地望着他："刘哥，你消息封锁得好紧呀，我一点都不知道。"

景和说："有什么大惊小怪的，事情没办成我咋告诉你？现在不是告诉你了吗？是老吴帮忙弄的。"

"哦，老吴对你真好！"

"嗯，这次全靠了老吴帮忙！"

"刘哥，你不走吧！"他实在不愿意景和离开，"咱俩这一段在一起相处得多好啊，真不舍得你离开。"

"嗨！这有什么？二小队离这不远，你可以去我那儿玩呀！"

第二天，是景和离开一小队的日子，老吴老早就来了，他要陪景和一起去二小队。他帮景和整着行李，见景和新置办了被子，说："你这被子不错，新疆长绒棉做的！"

景和说："你送我的褥子还能用，再用几年吧。"

一切准备停当，老吴景和一起到一小队队长家走了一趟，算是向他告别。在景和的印象里，队长对他不错，挺照顾的。再说，他在一小队上工的工分还没结算完呢！

出发的时候，小京也要和老吴一起送景和去二小队，景和不要他送，但他坚持要送，帮景和拿着行李，送了好远。在景和的再三催促下，他才转身返回。走了几步，景和回过头对小京说："过几天你来玩呀！"

二小队在芦苇滩的西南边，地势比一小队稍高些，属于这条河谷的上游。沿山势缓慢向上延伸过去。河谷低洼处种着绿油油的庄稼。种的庄稼也跟一小队一样，主要有麦子、棉花、玉蜀黍，还有其他一些农作物如大豆等。麦子正在灌浆，玉米已经抽穗，棉花也开始挂铃，一派丰收在望的景象。河沟往上的山坡是天然牧场，绿色的牧草长势旺盛。景和踮起脚尖抬眼往远处一看，绿茵茵的牧草沿着山坡漫延至天边。蓝天白云之下，白色的羊群像串串珍珠在绿色的山坡上滚动。近处还能看见草丛中盛开着五颜六色的小花——后来他才知道，那是格桑花。一阵微风刮过，格桑花和牧草在低低地舞动。山坡上还点缀着一些牛群和马儿，间或奔跑着几只小牛犊和小马驹。这些小傢伙在草地上欢蹦乱跳地跟在母亲身边撒着欢儿……

有老吴陪着去二小队，景和心情舒畅，消除了去一个生地方生活的陌生感。两人一路走一路说着话，很快来到了二小队。

二小队的队长是个高个子哈萨克族男子，四十多岁，高鼻梁，深陷的眼睛，留着一脸乱扎扎的黑胡须，看起来很威严的样子，而对人却非常和善，爱笑，笑起来嘴里露出白白的牙齿，胡须往两边撅起。

小队长见老吴亲自陪着刘景和来了，景和又是一个年青帅气的小伙自然非常喜欢。听了老吴的介绍后，张开双臂，作出欢迎的手势："欢迎你，年轻人！"。

他说一口新疆普通话，像维族人说话一样，声音宏亮而浑厚。景和能听懂他说的话，景和说的话他也能听明白。

队长给景和安排了住处，也是生产队一间闲置房。景和原以为哈萨克人住的是电影上看见的那种毡包。其实不然，跟一小队湖南人住的房子差不多，都是那种干打垒的土房。他们的衣着倒和电影里看见的差不多，男人穿长袍也有穿汉人穿的那种制服的，女人大多穿长裙，看起来很飘逸，也很漂亮，尤其那些没结婚的小姑娘，大多身材苗条，而生了孩子或上年纪的妇女大多肥胖臃肿。

哈萨克社员对景和友善而客气，像对待客人一样，凡事都照顾他。大胡子队长问他想干什么？景和觉得放羊放马很有意思，想要队长安排他去牧业组，可以骑着大马到处跑。可队长看了看他，笑着说："刘，放马放羊你不行！你不会骑马嘛！"

景和说："不会骑马不会学呀？"

　　队长看他执意想去牧业组，就把他带到了牧场，招手叫来一个社员，吩咐说："把那匹枣红马牵过来让小刘骑！"

　　枣红马牵过来了，好漂亮的马！景和站在枣红马面前，马背和他差不多高。油亮的皮毛。鬃毛长长的披散在脖子的一边，马儿轻轻地打着响鼻。大胡子队长怕他不会骑马，特地为他挑了一匹性情温顺好骑的马。景和兴致很高地抓住马鞍就想骑上去。可骑马哪有那么容易？他抓着马鞍踩踏马镫的时候，马镫太高，他费尽浑身力气也攀不上去。马也没有那么老实，见是生人，身子便往后退，弄得他差点摔下来，几次都失败了。队长叫那人牵着马缰绳，队长亲自搀扶着景和上了马背，马便哒哒地迈步走动起来。牵马的社员丢了缰绳，马便加快了速度。马背上的景和有点紧张，战战兢兢的不敢直起腰，生怕马跑快了人从马背上摔下来。身子东倒西歪在马上坐不稳。马也有点欺生，竟快步跑起来，没几下，景和便从马背上滑了下来，屁股摔得生疼，好在牧场的牧草很深，没有摔伤。

　　大胡子队长赶紧跑过来，笑呵呵地对他说："刘，马不好骑的嘛，你还是去农业组吧！"

　　景和不好再说什么，只好听从队长的安排。农业组活儿不重，每天的活是和妇女一起在庄稼地里拔拔草，进行田间管理。景和来二小队之后，无拘无束地生活着，再没有在一小队那种压抑感，过得很开心。

　　新疆少数民族大都能歌善舞，哈萨克人也是如此。只要天气不错，每天晚上吃过晚饭之后，他们都会来到野外唱歌跳舞。找一块平地，架起柴草在那里燃起篝火，人们围坐一圈就开始唱起来。差不多都是全家出动，男的女的手拉手，弹起冬不拉，打起手鼓，欢快地又唱又跳。新疆民歌很好听，内容大多是歌唱爱情的。社员们唱的歌词景和大多数听不懂，但他觉得这些民歌都很好听，旋律很美。其中一首《阿娜木罕》是牧民们最喜欢唱的民歌，听起来非常优美。起先，他听不懂其中的歌词，但听的多了，又问了问旁边的人，便明白了歌词的意思：

　　“阿娜木罕怎么样？

　　身段不胖也不瘦，

　　她的眉毛像弯月，

　　她的腰身像绵柳

　　······

　　歌声在夜空回荡，篝火把夜空照亮，燃烧起来的柴草发出哔啪的声音。红色的火苗仿佛受到舞步的感染，也在暗夜中欢乐地跳动。四周的夜色被映照得红通通的，显得壮观而又美妙。这是最激动人心的时刻，男女老幼踏着节拍扭动脖颈热烈欢快地跳着舞唱着歌。唱着跳着，忘乎所以，人们似乎陷入梦幻之中，尽情地狂欢。一曲终了又接着一曲：

　　达坂城的石路硬又平，西瓜大又甜。

　　这里有位姑娘辫子长，

　　两只眼睛真漂亮。

　　你要是嫁人不要嫁给别人，

　　一定嫁给我······

　　人们心情激奋，唱着跳着欢笑着，这情景让景和感到新奇，他不由受到了感染，心情也为之激动和振奋。一些人便热情地上前拉他加入他们的狂欢，要他也去跳舞。但景和不会跳舞，大多数时候他都是坐在一旁当看客。

　　“刘，光坐着干啥子嘛，走，跳舞！”大胡子队长走过来拉住他，在他面前扭动着身子抖着肩膀挥动手臂，景和只好跟着队长的节拍摆着手，扭动着身子忘乎所以地跟着跳起来，嘻嘻哈哈感到很开心。

　　大胡子队长见他这样，非常高兴：“刘，这才对了嘛，不跳舞不喝酒嘛，不是男人！”

　　是呀，老想着那些不愉快的事干嘛呢？该高兴时应该高兴，他被晚会热烈的气氛所感染，也会自动加入到载歌载舞的队列里。不管会不会跳，跟着他们手舞足蹈乱蹦乱跳起来。只有这时他才忘乎所以，消去了心中的抑郁，郁闷的情绪得到了宣泄和释放……

但喝酒，他怎么也学不会，喝不了酒，喝一点酒就头疼，脸变成一块红布，也许他的体质就是这样，对酒精有点过敏，他只能看着大胡子大碗喝酒。大胡子见他端着酒不喝。便嘲笑他说："刘，你不行嘛，你是小女人嘛……"

在二小队，生活上景和也感到比一小队要好，经常有肉吃。

哈萨克人以放牧为主，吃肉是他们的习惯，牛羊肉差不多是他们的主食。间隔不了多久，生产队就会杀牛宰羊，社员们就会分到一些牛羊肉或马肉。景和在渑邑时只吃过牛羊肉从没吃过马肉。中原地区也养马，但养的马很少，大多是作为耕地和跑运输的牲口喂养的。看得非常珍贵，人们对马普遍怀着一种敬畏之心。以前他只从电影上看过吃马肉喝马血，但那都是人在极端恶劣的状况下，为了活命，万般无奈才不得已而为之。刚开始分到马肉的时候，不知如何摆弄。景和把马肉拿回家，坐在屋里看着那些刚分回来带着鲜红血丝的马肉，头皮都会有点发炸。

他只好向别人请教。他见大胡子队长把肉放在火上烧烤，或将肉放在锅里炖煮。他试着烧烤了一次，烤得不得法还是怎么的？烤出来的肉黑糊糊半生不熟的，牙齿使劲咬都咬不动。再一次分肉的时候，他便采用河南老家的方式，把马肉放在铁锅里像炖牛肉一样炖煮。渐渐地，随着马肉被炖熟，锅里飘出了一股香气。他用筷子捡起一块放嘴里尝了尝，就跟牛肉的味道差不多，还怪香哩。为了把肉炖烂，又炖了一会儿，终于将马肉炖得稀烂。景和大吃起来，但不知怎么的，吃完之后总感觉有点腥味。他问旁人，人家告诉他说，肉之所以有腥味，是因为没有放去腥的佐料。他设法弄了些佐料，炖出来的肉香喷喷的，真是大快朵颐。

滴水之恩当涌泉相报，何况这一切都是老吴帮他得到的，没有老吴，他怎会有这个口福？在他大块吃肉的时候，自然忘不了老吴，常常给老吴留下一些肉，抽空跑很远的路给老吴捎去，他还要老吴到伊宁给他弄些炖肉的佐料。

有时也把京红学叫来吃。

——景和来到二小队，尽管和小京分开了，不在一起干活，但他们相隔不远，仍相互往来，经常见面，几天不见就想得慌。小京见景和这里有肉吃，当然特别开心。他吃过几次肉之后似乎吃上了瘾，隔不多久，估摸着二小队该分肉了，就会赶来，要景和分他一杯羹。

拒绝诱惑

那天，景和在生产队又分了些肉——不过这次分的不是马肉，而是牛肉。他把牛肉洗干净，切成块放进锅里，又把不久前老吴给他弄的花椒、生姜、八角、桂皮抓了些放进去炖起来。把火烧得旺旺的，一会儿锅里的水便开了，牛肉在锅里不停地翻滚。他从灶里抽出了一些柴火，火小了，锅里的牛肉翻滚得慢起来。又炖了一会，牛肉的香气便从锅里冒出来。他开始改用小火。牛肉放了足够的佐料到底不一样，锅里飘出的香气越来越浓，诱人的香气在房里飘荡着，惹得他流出了口水。景和揭开锅盖，试着用筷子插了插，筷子很轻松地插进肉里。"熟了。"他自言自语嘀咕说，便用筷子捡起一小块牛肉准备尝尝。不想这时，听见门外响起一阵脚步声和人的说话的声音。

"好香呀！什么肉这么香？"

人未到声先到，景和朝门外一瞧，听出是小京的声音。果然，小京出现在门口。

"你能掐会算呀，刚在生产队分了牛肉你就赶来了！"

"来得早不如来得巧嘛。今天是牛肉呀，好！牛肉好，牛肉香，怪不得呢！我老远就闻到了一股香气！"

景和瞪了他一眼："你是狗鼻子呀！"

说完，两人便哈哈大笑起来。这时，景和向门外一看，发现门外还站着一个年轻人。景和扫视了来人一眼，觉得来人很陌生，好像从来没有见过。小京看他一脸疑惑的样子，忙给他介绍说："刘哥，这是我给你带来的一位新朋友……"

不等小京说完，年轻人就主动向景和走过来热情地自我介绍说："我叫李建波，早听小京说起过你。"

景和是个爱交朋友的人，见那人热情地和他说话，自然很高兴，使劲握住了对方的手。

自称李建波的年轻人说一口江浙一带的普通话，声音很好听。景和稍打量了一下对方，只见他瘦高个子，白皙的皮肤，一双晶亮的眼睛，整个人透露出一种精明强干的内蕴。景和为人直率爽朗，是那种爱交朋友的人，不管是谁，来了就是客，况他是小京的朋友，一点不外气，连声说着"欢迎欢迎"，很热情招待着。回过头，便把炖好的牛肉从锅里铲出来，装了两大碗端到了小木桌上，说："来来！吃牛肉！"

小京早馋涎欲滴，毫不客气，还没等景和落座，就迫不及待地用筷子捡起一块牛肉放进嘴里大嚼起来，嘴里还咕噜噜地说："好吃，炖得很烂！"

而李建波却久不下筷，他在等着景和。景和说："吃，吃呀，不要客气！"

李建波初到这里，看起来很洒脱，而吃肉的样子却显得很斯文。等景和下筷之后，他才挟起一块牛肉放嘴里，细嚼慢咽，听不见咀嚼的声音，和小京大吃大嚼截然不同，吃得极有节制。

吃完了，他们便坐在一起说话。景和从谈话中看出这人见识很广，懂得很多，谈天说地，无所不知，景和对他颇感兴趣，他们玩得非常开心。

从那以后，李建波便常来找景和玩儿。有时和小京一起来，有时他独个儿来，见到景和毫不拘束，一点不把自己当外人，一副无比亲热的样子。每次来总要带点好吃的，葡萄干、核桃、或是哈密瓜之类。一边吃一边和景和说话。从谈话中，他似乎对苏联的事知道得比较多，说得也多。苏联的科学如何发达，苏联的武器怎样先进和厉害。但他从不说他住在哪，在哪工作？景和问起他，他也避而不谈。来的次数多了，景和心里直嘀咕：这个李建波到底是什么人呢？他只好问小京。他从小京嘴里才知道，原来李建波是上海人。他是作为上海支边青年来到新疆的。李建波有文化，脑子灵活又能干，很快受到组织的重视而作为重点培养对象。来新疆第二年就提了干，因成绩突出，年轻轻的便当上了霍城县团委书记。正当他干得有声有色春风得意的时候，却意想不到地犯了错误，他从团委书记的位置上被撸了下来。本应该把他送去劳改，但组织上念他年轻，把他下到了霍城县的一个公社劳动，以观后效。从此他便当起了社员。

"他究竟犯了什么错误？"

小京说："我也不太清楚，可能是两性关系吧，听说他和霍城县团委的一个有夫之妇勾搭成奸。"

景和觉得小京说的很有可能，这事关系到一个人的道德品质，共产党对犯这类错误的干部的处理往往是很严厉的。

通过和李建波几次接触，景和觉得这个人怪怪的，非常神秘，他现在既不是机关干部，又不是生产建设兵团的农工。说是社员吧，也有点不像，似乎不用在生产队出工。问他在哪，住在哪，他总不肯说。没有固定的住所，来无踪，去无影。而他的穿着打扮看起来很普通，却极讲究。好像很有钱，衣袋里总装着大把钞票。上海人大都很精明，工于算计，而他却出手阔绰大方，似乎不把钱当回事儿，时不时慷慨地给景和撂下几张十元的票子。景和生来不想占人便宜，更不想平白无故拿人家的钱，推来推去怎么也不接受。李建波显得很不高兴，说"怎么啦，你这人看起来很洒脱的，却这么拘谨！我不能总在你这里白吃白喝呀！"

"吃点喝点有啥？给钱就太外气了！你不也常捎着东西来呀？"

听了这话，李建波生气地从衣袋里把一摞崭新的票子拿出来在景和面前晃晃说：“你太不够意思，我把你当朋友，来你这里吃肉什么的都很随便，给你点钱你却不接！什么意思？你以为我没有钱是不是？告诉你吧，我有的是钱，这点钱算什么？小儿科……”口气很大。

刘景和非常纳闷：他的钱是哪来的？他到底是干什么的？刘景和对他的身份产生了怀疑。新疆地处边境临近苏联，这里政治形势十分复杂。这会儿中苏关系已经闹得很僵，简直到了水火不容剑拔弩张的地步，充满了浓浓的火药味！苏联向中国派遣了许多间谍来新疆活动，搜集情报，万一李建波是这样的人，和他接触须小心谨慎！这些年来，刘景和对政治格外敏感，他一辈子清清白白人家都不容他，千方百计找他的茬将他往死里整，万一不小心在政治上犯错误，有什么把柄落在人家手里，还不把他枪毙？他得多长个心眼才是，他不想在这方面栽跟头！

他向小京进一步打听李建波的情况，小京回答说：“我和他也是刚认识不久，我也说不清楚。谁知道他到底是干什么的？”

可景和从种种迹象感觉到小京是知道李建波底细的。刘景和见他不说实话，十分生气：“你不知道？你不知道就把什么人往我这儿领？你想干吗？你想坑我呀？”

小京见景和恼了，才向他透露了一个情况：“李建波确曾去过苏联！”

“啊？”听到这话，景和吃惊不少，想起以往李建波在和他交谈的时候，常和他吹嘘苏联，说苏联的科技如何先进，军事实力如何强大。他估摸着李建波十有八九有苏特嫌疑。说不定就是个特务！他瞪着两眼，气恼地用手指着京红学说：“你小子老实交待，你干没干坏事？你和他是不是一伙的？”

小京看景和急了，连忙分辩说：“刘哥，你别用那种眼光看我，我害怕！实话对你说吧，他倒是劝过我跟着他干，但我没有答应！刘哥，我向你保证，我可不是特务！我哪会跟他一伙呢？你想呀，我爸妈弟妹都在这里。我如果跟他当间谍，万一出事，还不牵涉到我的家人吗？借我十个胆我也不会跟他干的，请你相信我！”

　　刘景和红着脸像审问犯人一样对他继续逼问说：“你小子回答我，你说的可都是真话？”

　　小京说：“我要是说半句假话，出门让我喂了狼！”

　　刘景和板着张脸继续追问：“你都向他说了我一些什么？”

　　“没说什么。”

　　刘景和虎着脸说：“你还想懵我？你当我是傻子！你那点花花肠子我还不知道有几道弯！”

　　京红学只得老实交待：“他向我了解你的情况，我把你在老家受到不公正待遇的事都给他说了。”

　　小京说得不错，李建波正是从他那里听说了景和的情况之后，才开始对景和加以关注的。李建波确实盘算着企图将景和拉过去，他不相信像刘景和这样家庭背景而本人又多次受过如此不公正待遇的人，立场会那样坚定，会经得住他的劝诱不跟着他走！景和终于明白了：怪不得呢，那小子像苍蝇似地叮着我呢。但是他想错了！如果他把我看成他那样的人，就算是瞎了他的眼！

　　刘景和板着张脸生气地说：“你小子怎么能这样，要不是我警惕性高，识破他的诡计，差点把我送入火坑！”

　　小京并不在乎景和的严厉态度，油着脸向他笑了笑，说：“刘哥，看把你急的，你说的什么话，事情哪有那么严重？你把握住自己，不加入他们的组织不就得了。”

　　“看你说的那样轻巧，特务是无孔不入的！”

　　过了几天，李建波独个儿又来到了景和所在的二小队。也许他已经从小京那里听说了刘景和已经怀疑他的身份，准备最后和景和摊牌。当景和问起李建波真实身份的时候，李建波虽然没有当面承认，但话语中已经明显暗示出他与国外某个间谍组织有联系。他看景和一时没有吱声，胆子便大起来，继续对景和进行劝诱："小刘，不瞒你说，我非常看好你！你脑子灵活，又有胆量，跟着我干不会错的。你想想，像你这样出身的人，你再怎么努力，共产党也不会相信你！他们重用的是穷苦出身的人，哪怕你对共产党再怎么赤胆忠心，表现得再怎么积极，他们都不会用你，你在这里是没有前途的！你们这种人永远都是无产阶级专政的对象！这方面不必我多说，你自己就多次亲身经历过他们的迫害。何必再为他们卖命？干脆跟着我干吧，你跟着我，咱俩一定会干出一番大事业，将来前途无量，一定会让你扬眉吐气……"

李建波的这番话一时在景和心里引起了共鸣。他说的何尝不是事实？回想起往事，心里未免有点酸酸的。刘建波看景和没有出声，以为他开始动摇，继续劝说道："你不愿跟着我在新疆干，想出国也行。只要你愿意离开这里，我随时都可以帮助你，你可以得到一笔数目可观的经济上的资助。"

李建波的这些话，景和的头脑在瞬间产生了一种莫明其妙的恍忽。想起自己在前进矿接二连三所受到的打击和冤屈，不由百感交集，是啊！自他步入社会，的确受够了歧视和压迫，受够了别人的窝囊气。这里虽是他的祖国，可他并没有感受到温暖，时时处处都是对他的打压和排挤。的确没什么可值得留恋的，真想跟这个人一走了之。似乎有点点火花在眼前闪耀，照亮了他情感的樊篱；又仿佛自己驾起一叶扁舟在风浪中起伏。抬头看了看李建波油光白嫩的脸，心想，这人给的条件是够优厚的，跟着他是不错。但头脑中闪烁的火花一刹那就熄灭了，那个念头转瞬间便被他否定！并为自己刚才出现在头脑中的想法而感到羞愧。尽管他出身不好，对前进矿充满怨恨，但他从没有忘记自己是炎黄子孙，对祖国的爱，他不能去干那种出卖祖宗的事儿！如果他真的跟李建波过去，那无疑是一条不归路，不光自己将跌入万丈深渊万劫不复，还要连累母亲和家人！他想起自己的三个妹妹。眼前立即出现了她们可爱而稚气的面影。

李建波看他久不做声，以为同意了他的想法，继续给他打气："小刘，你考虑得怎样？别犹豫了！"

景和看了看他，终于以坚定的口气回答说："我和你不一样，你不要再说了，你走吧，我不用考虑，我不会干这种事的！请你以后不要再来找我！"

李建波坐了一会，看看没戏，只好没趣地走了。

第四章　新工人

招工

刘景和离开渑邑远走新疆不到两个月，先后又有两家企业来到矿上招工。

先到的是洛阳玻璃厂，他们急需一批熔炉和切装车间的工人。消息传来，那些没有正式工作的矿工子弟，无不奔走相告：好消息，招工了！洛阳来矿上招工了！快去报名啊！

邓钟文杨春明听了这个消息自然高兴不已，他们天天巴望着成为正式工，千等万等终于等来了招工的机会！钟文赶紧找到春明和他商量报名的事，春明一拍即合："去呀，咋不去？咱俩一起去！"于是，两人厮跟着来到招工处报了名。

春明报完名回到家，赶紧把这消息告诉家人。然而他的话一说完，就像做了一件错事似的遭到继父一顿责备："你这娃子，这么大事也不给家人说一声，就自作主张报了名！你对玻璃厂了解多少？"

"咋哩？"春明非常委屈。

继父说："你们知道啥子？玻璃厂有啥好？值得你们那么眼热！洛阳玻璃厂名头听起来不错，那是啥子好单位？听说这次招收的差不多都是熔炉车间和切装车间的工人。你知道熔炉车间是干啥的？就是熔化玻璃原料的炉子！车间里热着哩，平常温度都有 40 多度，在那里干活谁受得了那样的高温？去那里烤肉哩！切装车间是干啥的？你还不明白吗？就是用玻璃刀切玻璃，然后将玻璃装箱运走……"

继父的话犹如在春明发热的头上浇了一盆冷水，睁大疑惑的眼睛望着继父："哦？原来这样啊！可那么多人都想去哩，都争着报名哩！"

"你们都是一些傻蛋啊！"

春明一听，头都大了！继父的话是够吓人的！怎么会这样呢？说实在的，他跟那些在山沟长大，生长在煤矿的年轻人一样，什么都不懂。平时他们心心念念向往着洛阳，向往着城市。看见那些在洛阳上班的人回到矿上，羡慕得眼睛都会发亮。如今好不容易盼着洛阳玻璃厂来招工了，他将成为洛阳的工人，这是多么美气的事啊！可谁知竟是这样！就像泄了气的皮球，那股劲瘪塌下来。

继父说的情况钟文还不知道呢，得赶紧把这事告诉钟文！

晚上，春明把继父所说的话告诉了钟文。钟文一听哈哈笑了："什么呀？哪有你继父说的那么悬乎？湖南的夏天，气温最高时不也有四十度吗？也没见谁被烤成肉干呀？"

他反正决心一定，哪管这些，他什么都不怕，他对春明说："真像你继父说的，车间里的人不都变成肉干了？"

听了钟文的话，春明暗暗佩服钟文的决心和勇气。

事情真难预料，形势瞬息万变！

当钟文在洛阳玻璃厂招工处报名没两天，第二拨招工的人马又来到了矿区。第二拨招工的是中南一公司。两家单位为了完成各自的招工指标，无形中展开了兢争，唱开了对台戏。

中南一公司看玻璃厂已占了先机，便别出心裁另辟蹊径，发动了宣传攻势。招工处一位叫老戴的瘦高个儿，不知从哪儿弄来了一个绿铁皮的喇叭筒，张大喉咙把中南一公司的好处和优势向围观的人一阵猛吹："想参加工作的年轻人，快来中南一公司吧，中南一公司好啊！最适合年轻人实现自己远大的理想和抱负！"

有人动心了，纷纷走过去了解情况，瘦高个老戴便鼓动如簧之舌把公司的情况一顿神吹："我们公司在上海成立，直属建工部领导，到过北京、西安、武汉、和广州，专在大城市搞建设。建过第一拖拉机厂、长江大桥、人民大会堂……有志气的青年们，请赶紧来中南一公司建功立业啊……"

乖乖，简直天花乱坠，了不得！

瘦高个老戴尽管普通话说得蹩脚，呜哩哇啦的还夹杂着一些上海话，但大体意思大家还是听明白了。一帮出生在"煤黑子"家，山窝窝长大，没见过世面的初中毕业未毕业的半大孩子或家属工们，犹如井底之蛙猛然间看见了头上的天，愣怔着眼张大着嘴，一个个被他们的宣传攻势吸引住了，不由得神情激奋热血沸腾。

"啧啧！人家是建工部哩……"

"哇！他们建过长江大桥，人民大会堂哩！"

"好厉害……"

"咱都去中南一公司，去玻璃厂干球！"

中南一公司的待遇也比玻璃厂要好——他们从上海搬迁出来，仍保留着上海地区的工资标准，同是一级工，却比玻璃厂高出六元钱！这可是不少的钱啦，六元钱在那时差不多够一个人大半月的伙食费。招工的条件也放得极宽，无须体检，也不要求文化程度，只要负责招工的看上去身体可以就被通过。

"想要参加工作的年轻小伙和姑娘们，那还等什么，还不赶快报名？

过了这个村就没有那个店了！"

于是前进矿、陇南矿的一些矿工子弟都争先恐后报了名。钟文架不住中南一公司的鼓噪宣传，心早已痒痒的了！去玻璃厂的主意便发生动摇。心想：中南一公司都是在大城市搞建设，建的都是大工程，在那里工作多过瘾多带劲儿！这太对他的心思和脾气，太富于诱惑力。湖南也属于中南地区，说不定有一天公司会调到湖南他的家乡工作呢！

于是他下定了去中南一公司的决心，便在中南一公司招工处又让老戴写上了他的名字。

钟文报名之后，心里惦记着春明，他父母不要他去洛阳玻璃厂当"肉干"，去中南一公司不至于也反对吧？

谁知，真被钟文猜对了，春明想去中南一公司春明继父也反对。

大人们见多识广，考虑得深远，继父听了春明的述说，"嘿嘿"笑着说："中南一公司？啥子好单位！听起来名字怪大，怪吓人的，还不是和玻璃厂一球样！你们咋迷得恁很哩！人家一吹，你们就信哩！这次来咱矿区招工的两个单位都不是什么好单位！所招的工种都是没人干的苦力活！你们这些娃子，咋这憨哩，你们知道吗？这些单位在城市里招不来人，才跑到矿上招你们这些没见过世面的'傻蛋'哩！他们一哄你们，你们就信了！"

晚上，春明来找钟文。钟文为去中南一公司的事，也正想找春明商量呢，见了春明，便直捷了当地问："春明，你来得正好，你是咋弄？啥打算？"

春明望着钟文，苦着脸诉说道："家里人不同意我去玻璃厂，去中南一公司也不让哩！"

"哦？"这倒有点出乎钟文的意外："为啥？"

春明说:."我爸说，中南一公司比玻璃厂也好不到哪儿，常午在野外作业，夏天烈日晒风雨淋，冬天雪花飘冰霜冻；他还说，建筑工人像野兽似地四处乱窜，连个固定的窝都没有，将来找媳妇都难哩……"

听了这些话，头脑发热的钟文就像突然遇到了迎面吹来的一阵冷风，一下子清醒了不少。是呀，春明父亲说的何尝不是事实呢？以前只顾着高兴，只顾着想中南一公司的种种好处和优势，从没有想过短处。这时，他心里就像一锅煮沸的开水，又好像十五个提桶打水，一时没了主意……

究竟怎么办呢？经过一番思想斗争，他觉得无论如何，这次他非走不可！再不能在这里等下去，一直傻傻地在这里干这出大力流大汗的临时工。只要能当上正式工，工作再苦再累也不怕！人家能干，他为什么不能干？究竟去中南一公司还是去洛阳玻璃厂呢？一向处事果断有主见的他，一时竟没了主意。这时，他想起了满叔，在这悠关人生前途命运的关键时刻，有必要征求一下满叔的意见。

钟文抽空来到东工地，找到了满叔。

满叔不久前已经结婚。满婶是河南医学院一个比他晚几届的同学，在孟津县医院妇产科当医生。只是两人暂时调不到一起，牛郎织女似地两地分居。好在渑邑离孟津不太远，两地往来倒也方便。

满叔的精神状态看起来比过去有了很大改变，脸上有了红润，也有了笑容。他也听说了两家单位来矿区招工的消息，正想和钟文联系呢，不想钟文自个儿来了。听了钟文的话，没有立即回答。满叔一边抽烟，一边沉思，袅袅轻烟在指缝间缭绕着。过了好一会儿，才开口说："这两家单位都差不多，工作环境都很艰苦，选择去哪儿都是一样。"

满叔说的是实话，可钟文听了却不满意，他希望满叔能给他一个明确的答案，在这两个单位中指定一个单位。

他便把自己的想法告诉了满叔："中南一公司是大公司，我想去中南一公司。"

满叔说："既然你决定去中南一公司，那就去吧，只是以后不要后悔。"

其实，这话跟没说一样。何去何从，还得他自己拿主意，经过再三考虑，钟文还是决定去中南一公司。

来到洛阳

一星期后，在渑邑招收的这批新工人一共 70 多人，在招工负责人老戴和他的助手带领下来到了洛阳，他们都分在中南一公司第一工程处。

钟文是第一次来洛阳，他感到无比的自豪和兴奋，有一种踏入新天地开始新生活的感觉。

他在历史课本上就已经知道洛阳。洛阳太有名了，中国人没有不知道洛阳的。洛阳不光是九朝古都，历史文化底蕴深厚。洛阳还有牡丹，洛阳牧丹也在全国闻名，有"洛阳牡丹甲天下"的美誉。他在上小学时，曾看过一副《攻克洛阳》的油画。至今他还对那副油画留有印象———一群解放军战士冒着枪林弹雨向据守在城墙上的守敌发起了猛烈的进攻，城墙的一处被炸开了一处缺口，攻上城墙的解放军战士前仆后继拥向城墙的缺口，扑向守敌，城头上红旗招展，硝烟弥漫，杀声震天……

想不到自己竟然来到洛阳，成了洛阳人，并且还要在洛阳工作！这是多么不可思议的事啊！当他从火车上下来的时候，便抑制不住内心的激动。对眼前的一切都感到新奇和有趣，一双眼简直不够使。火车站真大，广场好宽，马路好平坦！马路两边还长着修剪得整齐的花草和高大的梧桐树，花圃里种着鲜艳的月季，红的黄的紫的分外绚目。

走出广场不远就是通往百货楼的公共汽车站。一辆公共汽车刚刚开走，又一辆公共汽车开来了。他长这么大，还没有坐过公共汽车呢！很想坐上公共汽车感受一下，他猜想大约也跟坐长途客车差不多吧？不过，城市的路这么平这么宽这么光滑，坐在公共汽车上的感觉一定非常舒服！这时，一辆公共汽车正好从对面开了过来。他和那些新工人都齐刷刷扭过头去观看。司机看这么多人站在路当中，一时不知所措，一个劲乱打方向盘，摁喇叭。这些新工人傻哩叭几张着嘴瞪着眼，也不知道避让。穿白色警服戴白色大盖帽的交警急匆匆从岗亭走出来，朝他们喊："让开！快让开！"。

　　老戴也向他们挥舞着双臂叫喊道："大家都往路边走！走行人道！别影响交通！"他们才赶紧躲开汽车走到马路边。老戴又叫喊着说："大家不要拥挤，排好队依次走。"

　　钟文原以为老戴会带他们坐公共汽车的——可令他失望的是老戴却领着他们步行去工地——原来一处的住地离车站不远，他们的工地在洛阳玻璃厂。只有两站路，没必要坐公共汽车——这么多人，又都带着笨重的铺盖卷，挤公共汽车不方便，恐怕挤也挤不上，老戴才要他们走着去。

　　在老戴的带领下，大家挤挤挨挨走了一阵，就来到了玻璃厂所在的唐宫路。头上的太阳当空照着，感觉很热，身上冒出了涔涔的汗珠。这时，一股浓郁的香气扑进鼻子，哪来的香气？香气似乎是从前边的林荫道上传过来的。他抬眼一看，前边林荫道上出现了绿荫如盖的树。他们赶紧往林荫道上走，往树阴下钻。浓密的树叶将火辣辣的太阳光遮挡住，立马感到了阴凉。钟文抬头看了看头上的树，羽状的碎叶，细长的枝干，枝叶间开着金黄和粉色的绒花，原来香气是从树上的花发出来的，多么好闻的香气！钟文浑身来了精神，他不知道这是什么树？他觉得有点像小说里写的金合欢，他还没有见过这种树呢。莫不就是金合欢树？书上说，这种树像含羞草一样，只要用手轻轻碰一下，叶片就会收缩。他正想试试，但手里拿着东西，稍一停留，后边的人就推着他走。他不敢分神，赶紧跟着队伍朝前走。

　　很快就来到了玻璃厂大门，两个穿绿色警服的人在厂门口站岗。队伍只好停下来，老戴走过去和穿警服的门卫交涉了一下，他们才按着次序一个一个往里走。

　　钟文朝厂区望了望，连绵的厂房和高耸的烟囱依稀可见。灰色的烟尘像长龙似的从烟囱里冒出来，盘旋着在空中慢慢飘散。车间轰隆的机器声远远地传进耳里。他们一行人在老戴的带领下往右拐，没多远就是高大的切装车间的厂房。

他们被安置在这个尚未完全竣工的车间的二层。

走进车间，有点令人咋舌！厂房高大宽敞。放眼望去，车间深广无垠，满眼尽是一根根混凝土大方柱，人走在里面就像走进了一个大森林。偌大的车间下方用苇席分割开，搭成了一间间或大或小的隔间。有些隔间已经住了人。他们带着好奇的眼光在席棚打量着，只见每一个席棚摆放着一些用木板钉成的双层床——很显然这是给他们准备的。

老戴交代了一些具体事宜就走了。他们这些新工人便把各自的行李卷解开，开始铺床铺。

一个大隔间安放了四张床，上下两层共住八个人。钟文和陇南矿来的一个"苦瓜脸"及一个脸色红红的叫"法螺"的被安排住在一起。在这些新面孔中，"苦瓜脸"有点特别，这样的大热天，别人都光着头，唯独他戴着一顶帽子，帽子脏兮兮的，后脑勺下边浸出了黄色的油腻。钟文心想：这人咋搞的？这大热的天还戴着帽子！不怕热么？

就在准备铺床的时候，发生了一件有趣的事。

大家闹哄哄地争抢着睡下铺，谁都不愿睡上铺——睡上铺爬上爬下当然不方便。钟文不和他们争，他好看书，睡上铺安静，没人打扰正合他的心意。

"苦瓜脸"也想要睡下铺，而红脸"法螺"偏不让他，两人便争起来。说："你凭啥睡下铺？你老特殊？"

"法螺"说着向其他几个人做个鬼脸，说时迟那时快，"法螺"一把掀下了"苦瓜脸"头上的帽子，真相大白——原来"苦瓜脸"是一个癞痢头！头上没长几根头发，就像贫瘠土地上长出的茅草，稀稀拉拉的！

"'泡子'！'泡子'！"一阵乱叫。

"苦瓜脸"着急地去抓帽了，可是，帽了被人像篮球似的在空中传递着，从这个人的手传到那个人的手，"泡子"老是扑空，帽子没抢着，累得吭哧吭哧的，光着头在那里吹气。

钟文觉得很好玩，在一旁默不做声看热闹。

钟文哪里知道，这是一帮从小在煤矿长大，天不管地不收的野孩子。平时，他们打闹惯了的。正混闹时，车间突然响起一阵脚步声，夹杂着说话声、铁锨、瓦刀之类的碰撞声，仿佛整个车间都在振动，一下子走进了千军万马一样。原来，这是工地干活的工人们下班吃午饭了。

突然传来一个人的吆喊声："开饭了！开饭了！"

随着喊声，一些人拿着碗筷叮叮当当敲打着从席棚走出来。

钟文这时也感到了饥饿，拿着刚刚领到手的饭菜票，端上从渑邑带来的碗筷，和"泡子"、"法螺"们一起下了楼，跟着吃饭的人群朝外走。食堂就建在前边不远处的空地上，是用毛竹和苇席搭成的一个大棚子。

正是开午饭时候，吃饭的工人手拿碗筷从工地四面八方蜂拥而来。走进饭堂，放眼一看，饭堂偌大无朋，前边是伙房，后边是餐厅。靠近伙房的那一面墙，也是苇席搭起来的。并排开着六七个窗口，每个窗口的前边都排着长队，大家不急不躁有条不紊地向前移动。碗筷的敲打声说话声汇成巨大的声浪。这些新工人哪见过这场面？就像刘姥姥第一次走进大观园，睁着惊奇的眼神看着眼前的一切。

虽是工地食堂，菜的花色品种却十分丰富，卖饭菜的窗口上方挂着一块小黑板样的菜牌。菜牌上写着五花八门的菜。除素菜外，还有荤菜。荤菜的菜名看起来有点怪，什么狮子头、古老肉、凤凰肉丝、红烧里脊……这些菜名钟文只是在小说里见识过，从没吃过。一看价钱有点贵，便不敢问津。便宜的自然是白菜、萝卜。有一种红烧肉皮，也很便宜，看起来油汪汪的，很好吃的样子，他买了一份。他挟一块放嘴里，味道很不错。食堂里的大师傅手艺确实高明，即便是高粱米红薯面做出来的东西也很好吃，矿里的食堂和这简直没法比。钟文后来才知道，原来食堂的大师傅大多是上海人，有几个还曾经是在上海国际饭店干过的大厨。解放后，大老板及有钱人被打倒，那些大饭店无人光顾，生意萧条，厨师都失了业，他们中的一些人便被招到了中南一公司。

钟文买了饭，便坐在木板钉成的长条饭桌前吃起来。

正吃着饭，一个身材如弓的小伙子端着买好的饭菜朝这边走过来，一边眨巴着眼一边问："你们从哪来的？"小伙子问话的时候露出两个发黄的长门牙。

钟文回答说："渑邑。"

"眨巴眼"没等钟文发问，便自我介绍说："我是渑池来的。"

"你来这多长时间了？"

"我们来了一个月了。"

坐在旁边吃饭的"法螺"突然插上去问："你觉得中南一公司怎么样？"

"眨巴眼"没有立即回答，只是非常诡秘地向四周看看，怕人发现似的，眨巴了一下眼，这才放低声音说："你们上当了！"

"法螺"待要详细询问时，"眨巴眼"女人似地扭着腰走了。大家的心仿佛一下子掉进了冷水里。

一切听从党安排

接下来是新工人培训，70 多个人共分五个组，钟文、"法螺"、"泡子"几个分在一个组。原来"泡子"叫张二亭，"法螺"叫潘大奇。钟文刚开始不知道"法螺"是啥意思？直到这时才弄明白"法螺"是哪两个字，原来法螺是和尚作法事用的螺号，吹"法螺"指和尚吹法器，河南话把吹法螺引伸为吹牛。其实，钟文并没有发现"法螺"怎么会吹，也许"法螺"在他们那一伙人面前才吹吧？而让人发怵的倒是他的蛮力。潘大奇个子不是很高，一米七零的个子，却长得很壮实，有一身腱子肉，大腿粗壮得像木柱，就像足球运动员。在这伙人中，他想摆治谁就摆治谁，再加上他脑子灵活，在矿上来的那一帮小兄弟中很有威信，大家都听他的，俨然是他们的头儿。而张二亭尽管年纪比潘大奇大好几岁，可他没有正形，脑子有点木，偏又好瞎逞能，话往往说不到正地，在人前常说掉底的话，便很让人瞧不起。潘大奇时不时拿他开涮寻开心，取他的帽子当篮球抛，让他"漏蛋"是寻常事。

培训学习前，每组要选一个组长，劳资处老戴提议钟文当组长。钟文考虑"法螺"那几个都在这个小组，"法螺"在那几个中很有影响力，钟文便提了"法螺"："我不行，我觉得潘大奇当组长比较合适！"

那几个立即赞成说："同意！同意'法螺'当组长！"

"我赞成'法螺'当组长！就'法螺'当！"

于是"法螺"便成了学习小组的组长。"法螺"当了组长觉得露脸，劲头很足，小组学习倒也负责。那几个全看他的眼色行事，他规规矩矩的，别人便不敢吊儿郎当调皮捣蛋。听报告、学习、讨论什么的还算认真。

给新工人作报告的是李文秀——一处二队的党支部书记。报告的内容是国际国内形势，以及建筑工人的光荣使命。李书记穿一件白府绸短衬衫，很斯文的样子，看起来像一个白面书生。他说话的声音很亲切随和，普通话中略带一点安徽腔。如同老师给学生讲课一样，丝毫没有教训人的味道。大家听得很带劲儿，会场上一点声音也没有。钟文后来才听说，李书记年纪不大，资格却很老，十多岁上中学的时候就是党的地下交通员，解放后还参加过农村土改工作队，算得上一个"老革命"。

接下来便是安全生产教育以及在工地上班的注意事项。

培训快结束的时候，便是老师傅忆苦思甜。

给大家忆苦思甜的师傅大多是南方人。说的差不多都是江浙一带的南方话，呜呜哇哇的听起来很费劲。只有一个苏北口音的老师傅说的话大家能听懂。他说他十三岁就流落到上海，开始在马路边帮人擦皮鞋，捡过垃圾，还拉过黄包车。上海解放后，才进中南一公司当上了工人，过上了幸福的生活。他说他挨过日本兵的打骂，受过资本家的剥削，说到伤心处，声泪俱下泣不成声……

于是会场上就有人大声呼口号："不忘阶级苦！牢记血泪仇！"

"誓作革命接班人！"

激昂的口号声在会场上空回响。大家受到了感染和鼓舞，情绪被摽得高高的，纷纷表决心订保证。

"一切听从党安排，一切听从党召唤，党叫干啥就干啥！"

"到最艰苦的岗位去！到最需要的地方去！"

"甘当革命螺丝钉！"

于是决定新工人命运的时刻——分工种开始了。

劳资处老戴把这批新工人召集到一起，给每个人发了一张表让大家填。老戴把公司的工种情况重又说了一遍："主要工种是水泥工、瓦工、木工、粉刷工，此外还有几个辅助工种，如电工、电焊工、机械工等。辅助工要的人不多，只有女同志才可以报。希望大家勇挑重担，发扬风格拣主要工种报……"

大家心里清楚，这几个主要工种还是有区别的，论技术，木工最高，瓦工粉刷工都差不多，水泥工最没技术，活还重。在决定个人前途命运的关键时刻，大家都盘算着究竟干啥合适？这时老戴又补充说，"瓦工、木工、粉刷工有三年学徒期，水泥工没有学徒期，一上班就领一级工工资，口粮标准也高于别的工种。瓦工、木工、粉刷工都是 36 斤，而水泥工每月有 48 斤。"

话一完，立即响起叽叽喳喳的议论声，许多人被水泥工如许的优惠条件所吸引，内心打开了小九九。钟文原打算学木工，而此刻听到这个消息，心里便犹豫起来，心里七上八下拿不定主意。

"苦瓜脸"的表填得最快，他已二十七岁，在老家农村结了婚有了孩子，要养家糊口，别的工种有三年学徒期，学徒期间没有工资，他觉得干水泥最合适。而"法螺"几个就不如"苦瓜脸"来得干脆，拿在手里的笔凝住了似的久久落不下。几个人在那里商量着，一会说填瓦工，一会又说干木工。

"苦瓜脸"早早把表交给了老戴，回头见"法螺"几个还没决定下来，便在旁边催促说："磨蹭啥哩？胡球填一个算球！我看干水泥工就不错，一上班就是一级工，多美气！"

"泡子"的话坚定了"法螺"的决心，回头对那几个说："就照张二亭说的办，学瓦工木工做球！一个月 18 元津贴中球用！"

那几个听"法螺"这一说，就刷刷地把水泥工填上了。

他们的选择无疑影响了钟文。是呀！别的工种有三年学徒期，钟文想起了母亲和弟弟妹妹。如果当学徒，每月 18 元津贴刚够自己的生活费，哪有钱寄回家？于是便在表上写上了"水泥工"，写的时候他感到自己拿笔的手颤抖得很厉害，水泥工三个字写得歪歪斜斜的……

"原来就干这鸡巴活"

第二天，新工人便被领到了各自的班组。钟文、"法螺"、"泡子"几个分在了一个班。班长叫沈远明，中等以上的个子，有一张赤黑的脸，脸的两边看起来有点不对称，似乎一边大一边小。沈师傅说话的声音很洪亮，像歌唱演员一样带着喉音，嗡嗡的。他穿着一件打着补丁沾满水泥浆的工作服，年纪约摸四十岁。看外表就是一个善良朴实只知埋头干活的老实人。

给钟文印象较深的还有一个叫韩一青的老师傅，他是班里的政治宣传员，个子比沈师傅高许多，鼻子红红的，是人们常说的那种酒糟鼻。韩师傅也是苏南人，说话不好懂。此外，还有一个姓凌的师傅，就数他个子小，嘴里镶着白色的银牙。

整个班组的师傅们穿的全都是补丁摞补丁的工作服，脸色看起来也差不多。由于紫外线长期直射的原因，呈现出烟火色，像是抹上了一层赤褐色桐油，黑不溜瞅地泛着光，这些人坐在一起仿佛一群青铜雕像。

班长对新工人非常热情，连声说着"欢迎！欢迎"，还和大家一一握手。他的手很大，手劲也大，钟文被他握住的一刹，感觉他的手好像被挤在一个粗糙坚硬的钢槽里，钟文疼得吸溜了一下，简直有点受不了——这是常年拉车搬水泥操纵振动棒练成的。

班长把班里其他人一一作了介绍，头天晚上在食堂吃饭时碰见的那个渑池青年也在这个班。他姓苗，因他说话走路的样子像女人，有人给他起了个外号叫"苗大嫂"。

班长说："水泥工没有什么技术，只要肯吃苦肯出力就能干好。"

钟文、"法螺"他们立即回答说："我们能吃苦，什么都不怕。"

这时"泡子"的能劲上来了，走上去"啪"地一声向班长行了个礼，又握住班长的手，说："放心吧，班长，我们要发扬一不怕死二不怕苦愚公移山的精神……"

这是毛主席两段不同的语录，"泡子"却把它混在一起，大家憋不住想笑，"法螺"轻蔑地瞪他一眼，转过身禁不住骂了句："漏蛋！"

这天上午，沈师傅没有分配新工人工作，说是让他们先到工地看看，熟悉熟悉环境，下午再说工作的事儿。

这些新工人跟着师傅们来到工地，放眼一看，工地真是热闹非凡，人来车往，一片繁忙。脚手架上平地上未竣工的厂房上，人影晃动，塔吊挥舞，机器轰鸣。八月的天气正是热得叫劲的时候，地上建筑物被晒得像在冒烟，钢筋摸上去烫手，蒸腾的热浪烧灼得人身上大汗淋淋。干活的工人们大多光着膀子赤着脊梁，全身差不多像是被桐油涂抹过一样亮闪闪的。油汗就从黝黑的皮肤上冒出来，全身水洗一般，汗水一会儿又被太阳晒干，衣服上析出了白色的盐渍，和煤矿的井下工人没有什么区别。其实，下井工人洗过澡皮肤并不黑，而建筑工人浑身像是涂上了一层釉彩，洗也洗不掉。

在混凝土捣浇现场，除了混凝土由搅拌机搅拌，别的活全是人工操作。搅拌机隆隆地轰响着，光脊梁的工人们推着一辆辆装满混凝土的"元宝车"（形状像元宝的铁车）拉到基槽。然后将元宝车里的混凝土往几米深的基槽倒下去，溅起的水泥浆崩出几米高。负责振捣的师傅们站在基槽里，脸上身上被混凝土溅得泥迹斑斑，一个个都成了水泥人！他们头带柳藤安全帽，脚穿长统胶靴，站在齐膝深的混凝土里，从高处倒下的混凝土击起的水泥浆就像炸弹爆炸一般呈扇形爆开来。干活的人没处躲避，只好护住眼睛任水泥浆迸射到身上，全身差不多被水泥浆糊住，只有眼睛和牙齿露出一点白。班长的工作服全敞开，青灰色的水泥浆在衣服上敷了一层又一层，就像贴着一层厚厚的铠甲！由于接二连三进进水泥浆，眼被磨得赤红，脖子上的青筋又粗又高地鼓胀着，像有无数条蚯蚓在蠕动……

看见这情景，钟文的心猛地从高空跌落下来，头脑里的美好愿望一下子被摔得粉碎！从师傅们的身上看见了自己的未来。决心再大思想再好，想到自己一辈子就干这种重活脏活，出这种苦力，整个人生就要耗费在这没完没了粗重而简单的劳动里，顿时感到心里酸酸的不是滋味……

"法螺"、"泡子"几个的脸色也十分难看，嘴里不停地嘀咕：

"原来就干这鸡巴活！"

"这哪是人干的！"

"干这屌活做球？还不如下煤窑哩……"

"来这屌公司倒了八辈子霉！"

怪活牢骚话渐渐演变成相互间的埋怨和指责，大家憋了一肚子气没处发，最后问题归结到"泡子"头上。"泡子"便成了大伙的出气筒！他们填报工种的时候，是因为"泡子"瞎逞能，怂恿他们干水泥工。"泡子"对他们的指责自然不服气，晃着脑袋回怼道："你们当时干啥吃的，我拉你们手了？你们的脑袋当时让驴踢了？咋怪我哩？"

法螺说："不怨你怨谁，不是你瞎逞能，说要我们报水泥工的吗……"

另一个也跟着说："怨你！就怨你！就是听了你'泡子'出的馊主意，我们才下的决心！"

说着说着，"法螺"火气就上来了，对"泡子"动起手来，三两下就把"泡子"放倒在地上。一伙人一轰而上。七手八脚，拉胳膊的拉胳膊，抬腿的抬腿，在"法螺"的吆喊下，嘻嘻哈哈的打起"泡子"的肉夯来。他们尽管闹腾得很凶，但对"泡子"并没有动真格的——他们平时混闹惯了，这会儿正好借机发泄一下心中的闷气。

工地高低不平坑坑洼洼的，到处都是砖头石块和钉子，很容易出事儿。正混闹得起劲时，远处干活的班长沈师傅看见了这一幕，担心他们闹出什么事来，赶忙走过来制止了他们，他们的闹腾才算结束。

下午，钟文他们这些新工人不再当看客，开始干活。尽管他们对分配的工种不满意，带着思想情绪，但他们还是听从了沈师傅的安排，跟着沈师傅来到工地。沈师傅对新工人有意照顾，要他们统统都到搅拌机后台配料——装石子和河沙。

搅拌机后面的平地上堆着高高的石子山和沙子山。

沈师傅发给新工人一人一辆架子车一把铁锨，他们便推着车子，来到沙石山前开始用新领到的铁锨往车子里装起石子沙子来。然后按配合比过了磅再倒进搅拌机。两台搅拌机并排摆放着，搅拌机已经启动。隆隆的机器声就像开战前摧人心魂的战鼓。年轻人大都争强好胜，见人家不说什么，也不好装孬种泛软蛋，而况这些人大多是从煤矿出来的，自小背煤捡煤碴拉车子，有的还下过井，苦活脏活都经见过。大家抖擞精神个顶个真刀真枪干起活来。"法螺"几个凭着身体棒有力气，全然不把别人放眼里，一人一辆车紧追前边的人不放松。

钟文当然不甘落后，他在支架厂早干过，装起石子来铁锨铲得哗哗响。而"苗大嫂"渐渐有点撑不过，累得满头大汗吭哧吭哧喘着粗气，不停地向"法螺"翻白眼，尖起女人腔骂"死鬼"。

　　年轻人干活没有持久性，随着时间延长，后劲没有了，而况手掌已渐渐磨出了泡，生疼生疼的，感觉沙石一锨比一锨难铲，车子一车比一车沉重，两条腿酸溜溜的，巴望着混凝土捣浇早点结束。隔不多久就探问一下前边拉"元宝车"运送混凝土的工人："啥时才结束呀？"

　　"怎么还没完？"

　　可每次得到的回答都差不多："早着哩，急什么？"

　　隆隆轰响的搅拌机像是一只大怪兽，沙石水泥倒进去很快就变成混凝土被吐出来，然后再把过了磅的石沙倒进去，一车又一车，滚筒永远也填不满，活永远也干不完……

　　不知过了多久，大家累得晕头转向筋疲力尽的时候，终于从前边基槽里传来沈师傅叫停机的声音。大家这才吁了一口气，虚脱似地瘫坐在沙堆上不想起来……

"咱们不干了"

　　接连好几天都是这种活，钟文手上磨出了几个泡。"法螺"几个也累得不轻，一个个垂头丧气苦着脸嘴里说着怪话发着牢骚。

　　下班之后，这些新工人碰在一起交流着彼此的情况，才知道别的工种的活儿也不轻松。分到瓦工班的那些年纪小的学徒娃也叫苦不迭，他们纷纷诉苦说，学徒工简直就是小工，哪受得了呀！一到工地，就不停地帮师傅们搬砖头拌沙浆。工地没有吊车和卷扬机，全靠人拼。从一楼到四楼凭两只胳膊把砖头举上去。就像杂技演员一样，站在晃悠悠的脚手板上，把砖举过头传给站在头顶上的人，头顶上的人再传给头顶上的人……初干这样的活别说传砖，光站在空中的跳板上，也会头重脚轻晕乎乎的。师傅们怕新工人出事，照顾他们在平地传砖。但平地传砖并不省劲，四块砖传到你手里少拿一块也不行，半天下来，胳膊便肿成红萝卜！

粉刷工的学徒娃是帮师傅供沙浆。也没有机械，沙浆桶全靠人用麻绳吊到脚手架上。一个人在下边往桶里装沙浆，一个人站在高处吊沙浆桶。一桶沙浆四十多斤，不停歇地吊了一桶又一桶，手掌被绳子勒出了一个个大血泡，血泡又被磨破，露出粉红色的肉，不住地流清水……

大家沮丧的心情可想而知。虽然天气很闷热，席棚像蒸笼，大家却无心外出趁凉，苦着脸在棚子里唉声叹气：

"我的娘，胳膊快折了，疼得碗都不能端！"

"看，我手上打了多少泡！"

正在这时候，"法螺"几个走过来了。

"呜呜……"几个年纪小的看见"法螺"走进来，好像有了主心骨，还没说话竟先哭起来。

法螺便对他们一顿日嘛："哭球哭！哭能解决问题？"

那几个停了抽泣，说："那咋办？这活儿我们实在受不了！"

"法螺"说："不能干咱都回矿上去！"

那几个立即抹了眼泪，问道："不干能行吗？"

"泡子"两眼一瞪，大咧咧地说："咋不行？卖给他们了？"

"法螺"也给那几个打气说："甭怕，咱都到劳资科去闹，要公司放我们回去，我们要求退工！"

这话立即得到响应："对对！咱都不干了！要求回矿上去！"大家七嘴八舌，席棚里立时乱成了一锅粥。

这时钟文也很郁闷，心里犹如纠结着一团乱麻，想到自己年纪轻轻的就要和石沙水泥打一辈子交道，理想遭到破灭似的仿佛天地间突然塌下来，眼前黑漆漆的一片，看不见前面的路！他埋怨自己原先想得太简单太理想主义——蓝天，白云，高高的脚手架……那么浪漫，那么富有诗情画意。然而理想是一回事，现实是一回事！每天面临不堪重负的体力劳动，像牛马似的出苦力！要是干几天几个月哪怕几年倒还能够坚持，这可是要干一辈子啊！想想心里都有点发怵！在前进矿支架厂干水泥活，尽管也很累，可那是临时的，还有盼头。如今却是定了终生！那会儿下了班没有人管，时间由自个儿支配，他还有时间和精力看书。而来到中南一公司，下了班累得浑身散了架，一星期还有三个晚上的政治学习，看书的时间便大打折扣。命运为什么对他如此不公？难道他注定就是这样的苦命？他真想和"法螺"们一起回矿上，然而理智却阻止他不能任性。他清楚，他和"法螺"们毕竟不一样！"法螺"们的爸妈都在矿上，回去可以靠爸妈。而他呢？就像一片浮萍，没有依托，回去靠谁呢？想想几年来，自己从老家出来找工作的经历，多么艰难曲折，多么不容易。给满叔带来多大的生活负担和压力！假如他打退堂鼓，回去怎么对满叔说？他想起临来中南一公司之前，找满叔拿主意，满叔对他说的话："你以后不要后悔……"

想不到，现在真的后悔了！

不在这里干又能去哪？又去干什么呢……

开弓没有回头箭！他已别无选择，前边只有这一条路可走，看来只有咬紧牙关在中南一公司干下去，哪怕前边是悬崖峭壁是火坑也只有跳了！师傅们不都是这样过来的吗？他们不是人吗？这样一想，心里的烦恼稍稍缓解了一些。

"法螺"们带着一帮人吵吵嚷嚷出去了，席棚安静下来。钟文很想找本书来看，可拿起书在手里翻了几页，脑子乱糟糟的，看不下去。他感觉很憋闷，丢下手里的书走出了工棚。外面许多老工人在那里乘凉，有的坐在小马扎上，有的坐在沙堆上。有的打着赤膊还摇着扇子，有几个在聊闲话……

钟文在一个没有人的沙堆上坐下来，不远处传来车间隆隆的马达声。无数明亮的灯光从车间的窗户透射出来，在他眼前闪闪烁烁。那里怎样呢？真有烘肉干一样的高温吗？

淡淡的月光从高处洒下来，地上是一片银白。他仰起头突然看见头上的月亮被四周的云彩所包围，渐渐地月亮没入厚厚的云层里，光线顿时暗下来，高处的脚手架变成了一片黑黝黝的剪影……

他的思路如脱缰的野马……

"小邓，怎么？你一个人坐在这里？"

这时，一个声音传过来，打断了他纷乱的思绪。原来是沈师傅冲完凉，从席棚出来乘凉来了。远远看见钟文独自坐在那里，便向他走过来。钟文起身回答说："棚子里太热了，沈师傅，你也出来乘凉呀。"

沈师傅放下小马扎在钟文旁边坐下来，对钟文说："听说小潘他们闹着想退工，不想在这里干了？"

"嗯，他们嫌建筑公司的活太重，太累人！"

沈师傅说："建筑单位机械化程度低，干活全靠人力，活是有点累人，但慢慢习惯了就好了！"沈师傅看了看钟文："小邓，你怎么想的？"

钟文不知怎么回答好，稍犹豫了一下，但他不想撒谎，只好实话相告："我和他们不一样，他们回去有家在那里。"

"哦？你浥邑都有谁？"

"我浥邑只有一个叔叔！"

沈师傅惊奇地望着钟文说："你老家是哪里？"

"老家湖南，我是跟着我叔叔出来的。"

"哦，真不容易！干吧，干什么都一样，什么活不是人干的？只要肯干，什么工作都有前途，都能干出成绩来的，你看报纸上登的，北京的一个掏粪工人还受到刘主席的接见呢！"

这个新闻，钟文从广播里听说了，但这哪是哪呀，他哪想那么远？

沉默了一会，沈师傅又说："小潘他们这样闹没有用的，公司有的是办法，这样闹对他们没有好处……"

沈师傅说得不错，一帮新工人在"法螺"的带领下，来到劳资处闹了一会儿，但他们没有闹出什么结果！

劳资处的人先是给他们做工作，见无效果，口气便强硬起来："你们这些人还有点组织纪律性没有？社会主义企业，哪有那么随便，想来就来想走就走，参加工作是过家家闹着玩儿的吗？你们是三岁孩子呀？简直是胡闹！"

"活儿太重，我们受不了！"'

"受不了？你们忘了毛主席的教导了吗？毛主席教导我们要发扬'一不怕苦二不怕死的精神'，活稍重一点，你们就打退堂鼓，那怎么行？回去吧，别闹了。"

"法螺"几个仍不服气，说："咋？公司招不来人，到矿上把我们骗来了，还不让我们走？"

矮个子处长板着脸严肃地说："你说说，我们是怎么骗你们的？"

"泡子"挥动着两手，走上去说："你们到矿上招工的时候，把公司吹得天花乱转，美得不得了。什么到过上海，北京，西安，广州……什么专在大城市转，什么建过拖厂，长江大桥，人民大会堂……说的比唱的还美！"

劳资处长一听乐了："哈哈！我当他们是怎么骗你的呢，原来这样呀，不错！一点不假！我们中南一公司打上海成立，是去过那些地方，是建过那些工程，譬如现在扩建的洛阳玻璃厂就是亚洲最大的玻璃厂，将来建成了，也有你的一分功劳呢……"

大家没词了，你看看我我看看你，没精打彩地回到住处。第二天，"法螺"几个商量了一阵还是回矿上去了。

第五章　春燕展翅

杨春明还是来了玻璃厂

　　"法螺"几个走后，钟文感到了一种说不出来的寂寞和孤独。虽然一起从矿上来的新工人大部分没有走，可他和他们不熟悉，对苗大嫂也没有什么好感，除上班在一起干活之外，和他无话可说。他仿佛迷失在一个茫茫的森林里，四周是密不透风的林海，一个人被密密的林木所包围，他不知怎么走出去。他十分怀念在前进矿的日子，不由想起了景和和春明。景和自离开渑邑，远走新疆再也没有音讯，不知他在新疆怎样？在那里安插下了没有？还有春明，他还在渑邑，这会儿在干什么呢？还在机修厂干临时工吗？人和人的相识真是奇怪，彼此分开之后，有的还能重逢，有的却一生难得相见，他和他俩还能见面吗……

　　星期天到了，大家都不上班，利用这难得的休息时间各干各的事儿。洗衣服的洗衣服，出去逛街的逛街。钟文的衣服昨天下班以后就洗好了。他是个爱清洁的人，穿脏的衣服不想放太久，再忙也要抽时间洗干净。来洛阳已经几天了，他还没逛过百货大楼。听说百货大楼是洛阳最大的商店，也是洛阳最高的建筑，里面的东西又多又好又齐全。何不去看看呢？他正想买点牙膏肥皂之类的小东西。

下了楼，走到离玻璃厂大门没多远，看见几个年轻人向这边走过来，其中一个人的身影是那么熟悉，他不由感到一阵心跳——那人瘦高的个子，浓密的头发，走路的姿势多么像春明！离得近了，钟文简直不敢相信自己的眼睛，真的是春明！他怎么会出现在这里？赶紧往前快走几步迎了过去，果然是他！春明也发现了钟文，快步朝钟文走过来，于是两人紧紧地抱在了一起！

原来，春明父母尽管不想让春明到洛阳玻璃厂，也不想要他去中南一公司，可又担心过了这个村没了那个店，错过了招工的机会，在渑邑干家属工终久不是事儿！春明也急着参加工作，他虽然不像别的孩子那样在爸妈跟前又吵又闹，但他绷着脸皱着眉，几天不说一句话，一副心事重重的样子。他妈心疼得不得了，怕孩子憋出毛病，便和继父商量，继父想来想去，最后还是同意春明来了玻璃厂。

春明说，他来玻璃厂已经几天了。他听说在玻璃厂搞扩建施工的是中南一公司，估摸着钟文就在这个工地干活。

"这么巧，竟然在厂门口遇见你！"

"是呀，小邓，好高兴！万没想到，我们在这里相逢！你离开渑邑后，我好几个晚上做梦都梦见你！"

"是呀，我也好想你，今天是什么日子？真像小说里写的一样，我们两人竟在这里相逢！"

两位好友不期而遇，无疑是喜从天降！

钟文问道："你住在哪？"

春明回答说："我住在玻璃厂职工宿舍，我在平板车间上班。你呢？"

钟文说："我就住在你那个车间的二层——"钟文用手指了指。

春明说："真的？我就在三楼上班呢！"

"哦？那太好了！"

春明说："我有空就去找你！"

钟文说，"我那里人太多，全是大棚子，乱糟糟的，不好找，还是我去找你吧。"

"好呀，走，这会儿我就领你去我宿舍，先摸摸门。"

一拍即合，两人说着笑着，就像多日未见的情人。春明领着钟文，从厂大门出来，穿过一条马路，就来到了玻璃厂生活区。他们走在一条光洁的水泥路上，路两边种着高大的梧桐树和杨树，有些地方还种着冬青和花草，生活区的环境很优美。不一会儿就来到单职工宿舍楼。春明的宿舍楼在左边，宿舍楼有四层，春明住在三层。从一个门洞进去，很快就来到春明的宿舍。到底是工厂，单职工宿舍条件比建筑单位好得多，房里有三张床。两张床上铺着铺盖，另一张木床空在那里。

钟文羡慕地说："你这房间只住两个人呀？"

春明说："是呀，宿舍本来住三个人，有一个人常年不在宿舍住。"

钟文发现，靠窗的地方还摆放着一张三斗桌，还有椅子，可以用来看书写字什么的。

"真美！"钟文不由得赞叹说，"我住的地方就没有这样的条件，写信写东西都是爬在床边。"

春明"哦"了一声，又关切地问："你的工作咋样？干的啥工种？"

钟文叹了一声："春明，好像命中注定似的，你知道吗？我仍干的水泥工。"

"你怎么不选个好点的工种呢？"

钟文说："其他工种都有三年学徒期，学徒期满才有工资，只有水泥工一上班就领一级工工资，我便报了水泥工。"

"我也是一级工。不过工资没有你那么多，跟渑邑的一级工一样样。"

　　两人又说了些别的，春明也想到百货楼买点东西，两人便厮跟着从宿舍走出来，出了厂大门，往百货楼走去。

　　过了几天，钟文想去春明上班的地方看看，抽空来到春明上班的三楼，果然看见春明坐在那里切玻璃！原以为春明工作的车间温度很高，可是，钟文走进去感觉一点都不热。原来平板车间是常温，只有熔炉车间的温度在四十度以上。

　　春明每天的工作是用玻璃刀裁玻璃，将生产出来的大块玻璃用玻璃刀划成一定规格的小块玻璃，然后装箱。大玻璃有几米见方，通过传动带从熔炉车间传送到切装车间三楼。大玻璃刚从熔炉车间出来的时候还是红的，慢慢冷却了，到了切装车间，玻璃完全冷却下来，颜色变蓝。坐在传输带顶端的工人，戴着手套用切割刀将传送到跟前的玻璃按一定的尺寸一块一块划开，然后将划开的玻璃放在旁边。活倒不重，但切割玻璃不敢分神，必须精神高度集中，眼明手快。假若来不及切割，下一块大玻璃又紧挨着传送过来，前边没划完的大玻璃就会自动掉下去砸碎报废！一天下来也是很累人的。但比钟文所干的水泥工，却轻松得多，也干净得多，钟文真有点后悔当初的选择。

　　两个好朋友又能够在一起了，毕竟是件开心的事儿，其他的不愉快，很快就被抛到了脑后……

　　洛阳是历史名城，有许多名胜古迹，可供游览的地方很多。门票非常便宜，只不过几分钱而已。一到星期天两人就相约着出去玩儿。龙门、关林、白马寺、王城公园……都留下了他们的足迹。

　　他们去得最多的地方则是洛阳图书馆。

　　洛阳图书馆在百货楼后边的凯旋路中段，离玻璃厂很近，步行十几分钟即到。当初，钟文以为前进矿图书馆很大，待他来到洛阳图书馆，眼前顿然一亮！洛阳图书馆占据着一座大楼！感觉自己就像童话传说中的那个穷汉被仙鸟带到了金光闪闪满眼尽是金银珠宝的太阳山一样，简直令他眼花缭乱目不暇接。一排排高耸的书架排满了整个书库，书架的正反两面都插满了图书。图书都按类编了号，借书得查卡片。

图书馆图书太多，他一时不知借什么书好？好在他那时对中国现代作家的书已经有所涉猎，知道鲁迅、茅盾、郭沫若，还有巴金、老舍、曹禺、叶圣陶等现代作家。而对外国文学，凭他那时的文学知识，除了苏联的一些作家如高尔基、法捷耶夫等作家的书读过一点外，别的如西欧作家的书他涉及很少，只好根据书本前边的内容简介决定取舍。因而，他看书的重点便首先放在中国现当代文学大师的著作上。《鲁迅全集》、《茅盾文集》、《沫若文集》、《巴金文集》……一本一本借来读，也不管读懂读不懂，理解不理解，拾到篮子都是菜。春明阅读文学作品也和钟文一样，两人互相交流互相促进。

建筑工人并不是样样都不好，也有其他行业所没有的优越条件，逢上下雨天便可以歇雨工——这算得上是工人们的节假日，这是非常开心的事儿。工人们在宿舍或打扑克或下棋，或干别的事，钟文当然是看书。

秋天正是河南的雨季，绵绵秋雨把工地泡成糟浆，工地无法施工，歇雨工的时间就多。这正中钟文下怀，巴不得多下雨歇雨工。他就像一个半工半读的学生，把时间看得非常珍贵，抓紧一切业余时间看书学习。平时他总嫌时间不够用，下雨天算是帮了他的忙，他便尽情地在书海中徜徉。当然，并不是所有的下雨天都休息，有时为了抢施工进度，还要冒雨施工，他也只好参加，有时雨天不上班，还要布置政治学习，这也是不能缺课的。

学雷锋做好事

这时，全国正兴起学毛著学雷锋的热潮——中南一公司也不例外。

班组的工人们学"毛著"主要学"老三篇"，即《为人民服务》、《愚公移山》、《纪念白求恩》。

　　钟文所在班组的政治学习通常由韩师傅负责。韩师傅是班组唯一的中共党员，"共产党员"在人们的心目中，是一个非常光荣而神圣的称呼。通过一段时间的接触，钟文发现，全班七八个老工人，个个思想觉悟都很高，干活全力一赴，从不叫苦叫累，相互间非常团结，从没有听见师傅们在背后议论谁。在钟文眼里，这些老师傅人人都很优秀，看不出韩师傅与别人有什么不同。有时他傻傻地想：为什么别人都入不了党，只有韩师傅是党员？有点不可思议。

　　听老师傅说，韩师傅原本不识字，50 年代初全国开展扫盲教育，上级要求所有的人都参加扫盲班学习，别的老工人学不会，惟独韩师傅领会快，识字多，还能自己读报，不久他便入了党。

　　政治学习读"老三篇"的时候，大多数时间都是韩师傅自己读，有时他也指定新工人代他读，这种机会钟文得到的最多，那些新工人对此很羡慕，把这看成一种荣耀。

　　老工人大多在旧社会吃过苦受过罪，班组讨论的时候，他们的发言总要忆苦思甜。不过天天说天天讲，总是重复那些事儿，就有点像祥林嫂说"阿毛"，让人听了感到枯燥无味。新工人因为没有老工人那样的经历和感受，加上嘴笨，不知怎么开口，扭扭捏捏言不成句，勉强说几句，充其量不过表表决心而已。

　　施工队党支部规定班组一个星期有三个晚上的政治学习，每次学习两小时，钟文看书的时间被挤占，不免有点心疼，可这是没办法的事儿。钟文只好把读书的时间进行调整，睡觉时间尽量往后推迟。等班组学习结束再看文学书籍，他看书差不多要看到十一点。

　　班组里的师傅大多不识字，当然不知钟文看的什么书？人们看他稳稳当当的，"法螺"几个闹着回家之后，他丝毫不受影响，仍埋头在工地踏踏实实上班。师傅们便觉得他和别人不一样，说他这是认真学习"毛著"的结果，能"带着问题学，活学活用。"

钟文听了师傅们的表扬，心里有点发虚。凭心而论，他并没有把学习"毛著"放在十分重要的位置。他迷恋的是文学，念念不忘的是小说和诗；他看大家学"毛著"，他不能不学。有人说："毛主席的书，革命战士最爱读。"他为什么没有这个感觉？他觉得很惭愧！他无数次对自己进行反思，是不是自己的阶级感情和阶级立场有问题？仔细想想，觉得又不是。为此他感到很苦恼……

他打算买一套《毛泽东选集》来读，自学肯定比集体学习收效快。可那时普通人要想弄一套《毛泽东选集》并非易事，书店早已脱销。他不知就里，一连跑了好几天的书店，洛阳的新华书店都跑遍了也没有买到这套书，最后只好买了一套《毛主席著作选读》（甲种本）。这虽不是毛主席的全部著作，却囊括了"毛著"的精华。钟文静下心来，一篇一篇读下去，读得津津有味。

随着学"毛著"、"学雷锋"活动在工地深入开展，工地的"好人好事"层出不穷。早上班晚下班，带病坚持工作，星期天不休息，帮别人洗衣服，到食堂帮厨……钟文每天都要受到感动，内心燃烧着火一样的热情，逐渐坚定了干一辈子水泥工的决心。干起活来劲头十足。他还响应团支部的号召，满腔热情地参加义务劳动。可他对学"毛著"的效果仍不满意，心想，这都是集体行动，大家都在干，他个人没有什么突出的成绩。

怎样才能在话学话用中做出突出贡献呢？

钟文异想天开地产生了一个奇怪的念头，他盼望自己生一场病。那样的话，医生肯定给他开病假条让他休息，他就会把病假条往兜里一塞然后去工地上班。可他身体结实得像一头小牛犊，连咳嗽感冒也没有发生。他转而又想着学习别班的新工人，清早起来帮师傅们打洗脸水或者给师傅们买饭。可他晚上看书睡得太晚，等他起来时，人家连早饭都吃过了。反过来师傅们倒给他把暖水瓶灌好了，弄得他很不好意思。有几天，他有意早早睡下，以便第二天早些起床，可等他起来一看，师傅们比他起来的更早，人家已经拿着碗筷上食堂吃早饭了。

在这方面他永远也比不过那些上年纪的师傅们。

一天，他突然从雷锋给战友家寄钱的事得到了启发，想起继父生产队的一个五保户，无依无靠孤苦伶仃。他在家时，经过他的家门口，老人总要从屋里搬出小凳子给他坐，然后笑眯眯地和他说话。老人无依无靠，够可怜的，何不给他寄点钱去呢？于是钟文立马跑到邮局，按照继父生产队的地址给寄去了 15 元钱。当他从邮局出来的时候，感到浑身有说不出的自豪和轻松，原来做好事的感觉这么美好！送人玫瑰手留余香！这话一点不错。过了几天他又想起他的初中同学谭东林，东林的父亲患有哮喘病，弟妹年纪又小，他便悄悄寄去了十元钱。

不久，钟文终于在班组发现了一个做好事的机会——给不识字的老工人写家信。老工人把家里的来信让他先看看，然后他再根据信的内容写回信。这些家信大多干巴巴的没有一点趣味。无非是告知寄回的钱收到了，或是家人对他说些保重之类的话。

只有两个师傅的家信有点特别，一个是朱师傅。朱师傅的家在上海虹口老街，他很得意地让钟文看过他老婆的照片。他老婆穿着时髦的长裙子，头上烫着波浪形的卷发，很有上海女人的韵味。从朱师傅的眼神看出来，他对老婆很爱。说起他老婆的时候两眼放光，每个月发了工资都会按时把钱寄回去。他老婆自己会写信，也许识字不多，字写得歪歪扭扭的，钟文费好大劲才看明白。朱师傅说："我老婆比我强，她会写信，我却一个字都不识！"

还有一个师傅姓张，老家在济源，年纪大约三十四五岁，人们有时称他"大老张"。

大老张可不简单，他曾去过苏联。

——五十年代初，中苏友好，我们称苏联为"老大哥"。"老大哥"给我们派专家送技术，我们就给人家出劳力。大老张就是这时参加援苏建筑公司去了苏联。五十年代末，中苏关系破裂，他们撤回了专家和技术，我们也召回了那些劳动力。

大老张身材高大魁梧，脸色红润，当年是个人见人爱的帅哥。尽管他不识字，可脑子聪明，出国一年多便学会了一口流利的俄语。他趁回国休假的机会，和一个比他少十来岁初中毕业的本村姑娘结了婚。他爱人随张师傅去苏联生活了一段时间，学得很有情调。且又是二十多岁青春焕发的年龄，给丈夫的信便写得情意绵绵很有意思。

钟文给大老张念信的时候，大老张听得神情激荡十分陶醉。然而这毕竟是个人隐私，又当着第三者的面，未免有点难堪。便自我解嘲说："都老夫老妻了，还写这些干啥？"

钟文代写回信时，把大老张的话加以适当的艺术处理，又加进一些缠绵的词句，这一来，便产生了互动效应。这边的信越缠绵，那边的回信愈情浓……

学"毛著"积极分子

"法螺"几个回来了。

傍晚下班时，先一步从工地回到家的"苗大嫂"提着水壶去打开水，在楼梯拐弯处碰见了邓钟文，眼皮一眨一眨的，把那张露着黄牙的嘴拱到他脸上，神秘兮兮地说："知道吗？'法螺'们回来了。"

钟文一听高兴地问："真？"

"那会有假？"说完，嘴一撇，"哼，亏他们还有脸回来！"

钟文本想刺他一句：当初你不是也在闹着要走吗？但又懒得搭理，便进了席棚。"法螺"几个果然在那里整行李呢！钟文便向他们打招呼："回来了？"

"法螺"的脸色很灰暗，冲钟文苦笑笑说："不回来咋办哩？"

　　随后，那几个便气咻咻骂起来："娘那脚，人家不愿干死赖着人家干，硬卡着户口不让迁，谁有日天本事也不中！"

　　原来，他们指望着回矿上待些日子，想办法把户口迁回去，可他们是集体户口，迁户口得公司开证明。他们的爸妈都是老实巴交的老矿工，能有什么法子？那时又不兴送礼走后门，干什么都相信领导相信组织。他们的爸妈原为他们不听话，不想要他们去建筑公司而他们执意要去，正生着他们的气呢，当然没有好脸色给他们看。"法螺"几个在家待了一段时间，觉得待在家闲着也不是个事儿，只好硬着头皮回来了。

　　施工队领导对"法螺"们的归队当然很欢迎，指示班组召开了欢迎会。李书记还亲自参加了欢迎会，还讲了话。李书记的话说得很实在很感人，好像和老朋友谈心。还引用了毛主席的两段语录，其中一段是：我们的同志在困难的时候，要看到成绩要看到光明，要提高我们的勇气。语录用得恰如其分，不光"法螺"们受感动，其他人也感到很亲切。"法螺"几个没想到领导和师傅们对他们这样关心。人心都是肉长的，一个个发言表决心：今后一定要好好干，决不调皮捣蛋给班组抹黑。党支部抓住这一契机，开展对新工人谈心，"一帮一一对红"活动。于是，工地掀起你追我赶活学活用毛主席著作的新热潮。

　　各施工队都有学"毛著"的先进典型涌现，班组看钟文表现很出色，便向党支部推荐了钟文。李书记最终没有同意钟文——他的事迹太平淡。他向五保户和同学家寄钱的事迹虽然突出，但他自己没说出来，党支部也不掌握。支部会一研究，一致同意推荐司慧梅作为施工队学毛著的典型。立即布置整司慧梅学"毛著"的先进事迹的材料。李书记看钟文喜欢写写画画，便决定发挥他的专长，司慧梅活学活用毛主席著作的材料由钟文来写。

　　李书记把钟文叫进了办公室。

　　"小邓，你来了！"李书记说着，给钟文倒了一杯水，又拉出椅子让他坐：“组织上交给你一个重要的任务。”

“什么任务？”

钟文未免有点诧异，他是头一次进支部办公室和李书记面对面说话，有点紧张，一颗心禁不住突突地跳。忙端起茶杯喝水，水太烫，舌头烫了一下，水差点洒在桌子上，汗顺着额头沁出来。见此情景，李书记笑了，并不急于回答他的问题。一边看他喝水，一边问他一些情况，上过什么学，老家在哪里，家里还有什么人，工作累不累，平时喜欢看什么书？渐渐地钟文的情绪平静下来，心情放松了，对李书记的问话一一作了回答。李书记微笑地听着，听钟文说完了，便鼓励他说：“不错，不错，你有文化，好好干吧。”

李书记说完，突然向钟文提起司慧梅：“咱们队司慧梅你熟悉吧？”

钟文点点头，“嗯”了一声，“我们一起从渑邑来的。”

李书记这才提起要钟文整司慧梅活学活用毛主席著作先进事迹材料的事儿。

钟文听了，内心非常矛盾，既有点兴奋，又有点不安。

他早就认识司慧梅。

她长得中等往上的个子，椭圆型的脸，两只秀气的眼睛。平常言语不多，说话的声音不高，却很悦耳，无论新老工人都很喜欢她。后来分工种，她分在机工班。司慧梅的父亲在渑邑矿务局给领导开小车，母亲是家庭妇女。钟文虽也在渑邑矿务局机关生活过一段时间，但那时，司慧梅还是局初中的一个中学生，局机关放露天电影的时候，只偶尔见过她，没有说过话。彼此熟悉，是来中南一公司之后。

从认识她的那一刻起，钟文就对这位文文静静腼腆的姑娘产生了好感，很想和她接近。可是不知为什么，单独见到司慧梅就不由自土地紧张，显得笨嘴笨舌，明明心里想和她说话，可又张不开口，也不知说什么好？有时司慧梅向他打声招呼，他红着脸答应一声，不敢直视她的眼睛。司慧梅在工作上任劳任怨。早上班晚下班，不怕苦不怕累，总把混凝土搅拌机保养得干干净净的，深得师傅的好评。而今，支部要将她树为活学活用毛主席著作的先进典型，钟文一点也不奇怪，从内心为她高兴。只是李书记要他写司慧梅的材料，倒有点出乎他的意料。他感到既惊喜又有点为难，生怕材料整不好有负使命。

　　"李书记，我怕我不行，我还从没有写过这一类材料呢！"

　　李书记鼓励他说："你不要怕，你能写好，我相信你。"

　　钟文不好再推却，便点头答应了。

　　班里师傅看李书记把这么重要的任务交给钟文，无不对钟文刮目相看，好像大秀才来到面前，不由得欣然起敬。

　　钟文不敢懈怠赶紧行动。李书记给他提供的材料十分有限，要他自己下去采访，采访还不能占用工作时间。钟文便利用下班后的业余时间进行。他在女工宿舍找到了司慧梅。

　　平时，他见到司慧梅就脸红，说不出成句的话，而这次他却十分坦然。

　　看得出来，司慧梅对钟文前来采访她也颇感惊讶。她只知道钟文爱看书好学习，看过他写在墙报上的一些诗。没想到，他还会写文章。面对钟文的提问，本就腼腆的她，越发显得不好意思，脸成了红布。钟文要她谈谈学习毛著的心得体会，怎么做到活学活用的？

　　她说："我学习毛主席著作还差得很远呢，哪谈得上活学活用？你别逗我了！"

　　钟文说："你太谦虚了，有什么不好意思的？事实求是有什么说什么嘛。"

　　司慧梅说："我确实没什么可谈的。我做那些工作都是我份内的事，都是我应该做的。"

　　钟文启发她说："咋没有什么可谈的，比方，你感冒发烧也不休息，带病坚持上班，是什么力量支配你这样做的？"

司慧梅笑了，说："嗨，这有什么呀？当时班组缺人手，我不上班，搅拌机就没人开，水泥班捣浇混凝土的工作就要停下来，我当时什么也没有多想就上班了。"

钟文又问："你管的那台搅拌机保养得那么好，干干净净，连一点水泥星子都没有，没有出过故障，你是怎么做到的？"

司慧梅回答说："那是我份内的事呀，就像战士手中的枪，你们混凝土班的铁锹，不保养好咋好使呀。"

再问别的什么，司慧梅怎么也不说了，钟文只好去了解机工班其他人。通过几个晚上的努力，终于对司慧梅学习"毛著"的典型事迹有了基本的了解，文章的构思有了一个大致的轮廓。只花一天时间就把初稿写了出来。晚上加班把材料进行了文字润色，工工整整誊写了一遍。上班的时候，他兴冲冲走进了支部办公室。

李书记用惊奇的目光打量了一下钟文，没想到材料写得这么快，翻开看了看，称赞说："满好!满好!好像写小说，你还真有点文才呢……"

听到这话，钟文自然有说不出的高兴，李书记又说："作为材料，理论性不太强，深度不够，活学活用毛主席著作的内涵不突出，你先放这儿吧，我抽空适当再改改。"尽管如此，钟文从李书记那里出来，心里仍感到美美的，仿佛开着一朵灿烂的花。

司慧梅活学活用毛主席著作的材料经过李书记修改后报到了工程处，工程处又报到了公司。一星期后，《中南工程》报来了一位年轻的记者，找到了钟文，和他说了一会儿话，问了问关于司慧梅材料的事，向他提了几个问题就走了。记者回去不几天，《中南工程》发表了钟文采写的那篇关于司慧梅活学活用"毛著"的文章，标题为《春燕展翅》，不过文章署名却不是钟文，而是那位记者，钟文感到有点纳闷。

不管怎样，文章还是产生了轰动效应，全公司都知道一处二队出了一个叫司慧梅的姑娘，小小年纪便如何有志气，活学活用毛主席著作不放松，带病坚持工作，不怕苦不怕累……

于是远学雷锋近学司慧梅，在工地掀起热潮……

诗歌的狂热

就在《春燕展翅》在《中南工程》刊登没几天，钟文在工地碰见了司慧梅，她的脸好似开着的一朵玫瑰花，美丽而又可爱，她看钟文的眼神充满惊奇。趁没人注意的时候，走过来小声说："小邓，我知道那篇文章是你写的。我哪有你写的那样好？"话语里，带着几分柔情。

钟文脸一红，有点不好意思地说："你本来就好嘛！"

"是你的文章写得好，你真有文才……"说完她的脸也红了，回头看了他一眼，就匆匆离开了。

钟文听了司慧梅的这句话，心里非常受用，一整天都在回味着，仿佛有一根鸡毛在撩拨他的心，感到甜甜的。

水泥工不是每天的话儿都很辛苦，不捣浇混凝土便可以干一些较轻的活儿，如清理木模板，起起木模板上的钉子，打打杂。那天下午，钟文和班组的人在搅拌机后台清理现场。搅拌机没有开，司慧梅也不忙，她在给搅拌机保养加油。司慧梅不停地向钟文这边张望，看神情似乎有什么话要对钟文说。钟文也瞧见了，他很想走过去和她说话，但班组的人都在，那么多双眼睛看着呢，单独和一个女孩说话，这多难为情。他不明白他为什么会这样？暗恨自己没出息，连和人家女孩子说句话的胆量都没有！过去他对那些像牛皮糖似的粘在女孩子身边的人总有点不屑，而这会儿，倒羡慕起来了，多么佩服他们的勇气。

正在他这样胡思乱想的时候，司慧梅终于走过来叫住了钟文，说："小邓，劳你的大驾，你过来一下。"

钟文答应一声，只好走了过去，感觉自己的一颗心在不安地怦怦乱跳。

司慧梅说："你给我把住操纵杆，搅拌机里面有一块水泥铲不干净，我一个人弄不成。"

钟文呼出一口长气，慢慢平静下来，按照司慧梅的吩咐把住了操纵杆，司慧梅拿着小铁铲半个身子探进了搅拌机滚筒，苗条有致的身子像条鱼似的柔软，一只手把着搅拌机滚筒作支撑，一只手伸到叶片里吱吱地铲起来。等把里边叶片上粘着的水泥铲干净，她才从搅拌机滚筒抽身出来。脸色微红地站在钟文面前，一边望着他，一边喘气，说："好了。"

钟文说："你的搅拌机保养得真好，真干净！一点水泥星都不放过！"

"哪里呀，师傅们都是这样做的。"

接下来他不知说什么好，没话找话地问："小司，你最近回渑邑了没有？"

司慧梅笑着说："回了呀，我经常回去，洛阳离渑邑这么近，星期天没有事都回去。"她转而问钟文："你回去了吗？我每次坐火车咋没见到你？"

"我回去的少。"

司慧梅又问："离家这么近你咋不回去呢？"

钟文不好意思地说："平时没时间看书，我想利用星期天的时间多看看书。"

听到这话，司慧梅充满钦佩地说："你爱学习，那么用功，真好！呃，听说你那里有许多书哩，是吗？"

钟文笑笑说："哪里呀，有些书是借来的。"

"你不知道吧，我也喜欢看小说哩。"说到这里，司慧梅深深地看了钟文一眼，钟文似乎从司慧梅的眼神里捕捉到了一点什么，顿感到脸上热辣辣的。

钟文望着她，"哦"了一声，"你读过高尔基的小说吗？"

"还没读过呢，高尔基的名字倒是听说过的，他是苏联著名作家。你那里有他的书吗？有的话借我一本吧。"

钟文说，"我从图书馆借了一本，刚看完。借你看吧。"

"好呀，谢谢你！"

接着，又说了一些别的话，约好下班后两人在阅览室见面，两人便离开了。

下班之后，钟文给司慧梅拿了那本高尔基的《我的童年》，用报纸包了包便来到施工队临时阅览室。这是用胶合板搭建的简易房子，共两间。里面一间放着几个书架，书架上放着一些图书和杂志，报架上夹着几份报纸。外边一间是阅览室，摆着一个长条桌几条长板凳。说是阅览室，并没有多少书，只不过让职工们下班之后有个读书看报的地方而已。

钟文站在门口往里一看，原来司慧梅早来了，在阅览室里边的桌子旁翻看报纸呢。

钟文走过去对她说："早来了？"

"刚来。"司慧梅看了看钟文："哎，你把书给我带来了吗？"

"带来了，不知你喜欢不喜欢？"钟文把书递给了她。

司慧梅惊喜地说："这本书我早听说了！"

"真的？我也喜欢高尔基的书！他的三部曲《在人间》写得真好……"

两人又说了一会话，便各自看起报纸来。过了一会儿，司慧梅忽然尖起声音惊喜地对钟文说："小邓，小邓，快来看，《中南工程》刊登了你一首诗哩！"她把报纸放在他眼前，用手指点副刊上的诗，那副高兴的样子就像她自己的诗被发表一样！

钟文不敢相信自己的耳朵，忙从司慧梅手里接过报纸一看，果然在文艺副刊上登载着他那首《蓝色的弧光》。

钟文有点纳闷：他从没有向《中南工程》投过稿，《中南工程》编辑部远在广州，人家怎么会知道他这首诗，还把它刊登出来呢？可这首诗的标题下边明明署着他邓钟文的名字。

这到底是怎么回事呢？他大惑不解。难道还有一个人也叫他一样的名字？但这首诗明明白白是他写的，不会错！这就是他那首刊登在墙报上的诗呀！

不管怎样，这毕竟是值得高兴的事。自进中南一公司以来，他不知不觉喜欢上了诗歌，不时有诗兴涌动。往往这时，他用笔把内心的感受写下来，施工队办墙报黑板报的时候，他便把自己平时写的所谓的诗挑了几首满意的给了他们。随着时间的推移，他的诗越写越多，一发不可收。并且在心里对自己有了更高的要求，梦想着自己写的东西有朝一日能够变成铅字，那该多好啊！而今梦想竟然意外地变成了现实！他怎能不为之激动兴奋呢？以致于司慧梅向他还说了些什么，他都没有听见，就那么愣愣地望着那张报纸出神……

过了几天，钟文接到了《中南工程》编辑部寄来的稿费。从稿费单的留言上才知道，原来，那位年轻记者来工地采访的时候，发现了钟文墙报上的诗，觉得不错就摘抄了几首带了回去，帮他在《中南工程》发表了。

钟文怀着感恩的心情，向《中南工程》编辑部和那位记者写了一封热情洋溢的感谢信，又将自己平时所写的诗挑选了几首自认为满意的，向《中南工程》寄了去。想不到，没多久，这些诗又陆续在副刊上刊登出来了。

这无疑给邓钟文向着文学道路迈进增加了助力，极大地激发了他的创作热情。不久，他又迷恋上了外国诗歌，如拜伦、唐璜、裴多菲、普希金的诗。他如饥似渴地阅读着这些伟大诗人的诗，尽管他对这些外国诗人所处的历史年代时代背景不甚了解，对他们的诗理解不深，但他仍读得津津有味。他还专门从百货楼买了一个笔记本，把普希金和裴多菲的一些诗摘抄在笔记本上。他最欣赏的是马雅可夫斯基的梯形诗，觉得他的诗像战鼓在擂，号角在吹，非常适合他的口味。当然钟文读得最多的还是现当代中国诗人的诗，如臧克家、袁水拍、闻捷、郭小川……他最崇拜的诗人是贺敬之。贺敬之的诗深受马雅可夫斯基的影响，富有时代精神，极富音乐节奏感和韵味。不多久，报纸上先后发表了贺敬之的《雷锋之歌》和《祖国颂》，钟文读过之后，简直如痴如醉，很快就把《祖国颂》背下来，还和春明一起朗诵……

诗读多了就找到了诗的感觉，产生了写诗的冲动，他几乎每天都要写诗。也不管他写出来的是不是诗，有没有艺术性？他觉得有一种要写出来的强烈欲望和冲动，不写出来心里就憋得难受。不多久，他就写下了厚厚的一本。《中南工程》虽不时刊登他的诗作，但工程处施工队的墙报黑板报仍是他发表诗作的主要园地。

钟文每写一首诗必拿给春明先读，春明是他诗歌的第一读者，也是他诗歌的评论者。春明虽然热爱文学，读了许多文学作品，但诗写得很少，只不过偶尔为之。他对钟文极为推崇，对他的诗总给以鼓励和支持。这一来，钟文越发自我感觉良好，写诗的热情越发高涨。不久，他又和《洛阳日报》取得了联系，开始向《洛阳日报》投稿，发表了几首诗和一些通讯，成了《洛阳日报》特约通讯员。

钟文的名字很快就在全工程处传开，连公司领导也听说了钟文的名儿。而他自己对这些倒不怎么在意。他现在满脑子都是文学——诗和小说，别的他一概不放在心上，不去理会。他天真地以为，文学的圣殿已经在望，缪斯女神在向他亲切地招手呢！这会儿，他的精神生活达到了人生的高峰，尽管他每天仍干着又脏又累的水泥活儿，手上结着厚茧，身上满是泥灰，但他忘记了苦和累，一天到晚乐呵呵的。他感到有生以来从没有这么快乐、充实……

第六章　可爱的警服

好事来扣门

不久，邓钟文又遇到了一件幸运事，有了一个脱离水泥工，改变命运的机会。

公司准备在各工程处组建警卫队（经济警察），警卫队成员从各施工队优秀青年中进行挑选，钟文恰被二队的党支部所选中。

年轻人谁不羡慕解放军和民警？能够参军当民警，穿上军服扛上枪，那是多么光荣和自豪的事儿！钟文当然打心眼里感到高兴——这是他多年的夙愿，他对警察向往已久，当他从湖南来渑邑，途经武汉车站，站台上一个二十岁左右比他大不了几岁非常帅气的年轻人，深深吸引了他的眼球！年轻人穿一身合身的警服，头戴一顶缀着鲜红警徽的大盖帽，脚下是一双擦得锃亮的警靴，腰上扎着崭新的武装带，一支套着棕色皮套的手枪挎在腰间，浑身上下洋溢着青春的英武和豪气。

"大丈夫当如是也！"刘邦看见秦始皇巡游时所说的那句名言完全代

表了他那时的心声。他对那位年轻的民警简直佩服得五体投地。在那一瞬间，他就被那位英俊的民警所折服，成了他心中的偶像。

这是藏在他心中的秘密，对谁也没有说起过，想不到，可望而不可求的理想竟然不期而遇！

可是此刻，他心中却有点忐忑，一方面他为自己被挑选到警卫队打心眼里高兴。又不能不为自己的家庭出身而充满忧虑。尽管他的户口簿上家庭成份填写的是贫农，可他心里清楚现在的这个贫农成份毕竟不是堂堂正正通过组织改过来的，完全是一种侥倖。这是他从湖南迁往浥邑时改的！他至今对自己家庭成份的改变说不清究竟是怎么回事？心中充满疑惑。

他记得，当他接到满叔的电报去办户口的时候，继父拦住他说："还是我去吧，我和公社秘书熟悉，我去办迁移证不费什么事儿。"

果然，继父很快就从公社把户口迁移证办回来了。他高兴地从继父手里接过迁移证看了看，不由惊喜万分，眼睛都直了！只见家庭成份一栏上，赫然写着"贫农"二字！钟文以往在学校填表，家庭成份一栏都是填的"富农"，怎么突然变成贫农了呢？他以为看错了，重又仔细看了看，一点没错，迁移证上清晰地写着"贫农"二字，后边还盖着大红公章，散发着油墨香味。

"这是怎么回事？家庭成份怎么改了？"他大惑不解地问继父。

继父也说不出原因："公社秘书听我说了情况，什么也没问，就刷刷地写上了。"

难道因为秘书不知道钟文的情况？不会！秘书既然和继父认识，就一定知道钟文的家庭，而况钟文从乌塘迁到继父家的时候，落户手续就是这个秘书给办的。秘书对钟文老家那边的家庭出身是清楚的。那为什么迁移证上还写成贫农呢？也许因为秘书和继父是熟人，土改时共过事，也许秘书看钟文年轻，应该随继父的成分，也许……

这是一个无法猜透的谜……

继父看钟文疑虑重重的样子，不解地对钟文说："这不是好事吗？你还担心什么？不要想那么多，又不是自己改的，是公社改的，贫农多好啊，再也不受那种窝囊气，更关系着你将来的前途！"

钟文觉得继父说的也是，他自来到这个山上，因了这让人诅咒的家庭出身，身上就像打上了耻辱的烙印，在人前他总抬不起头来，每当人家问起他的家庭成份，他的回答便没有底气，总感到自己低人一等。他为此受了多少委屈，吃了多少苦头？想不到皇天有眼，无意中改变了身份，这是多么美好而梦寐以求的事啊！只不过这种天大的好事似乎有点出乎意料，就好像一个穷人走在路上突然间拾到了一个钱袋，悄没声儿把它放进了自己的口袋据为己有一样。尽管算不上偷，毕竟不是正大光明的事。如今，阶级斗争的口号喊得振天响，他对家庭出身的事儿逐渐感到了一股潜在的压力。接到党支部的通知，他犹豫好久也拿不定主意，怀着矛盾的心情来警卫队报了到。

接待他的是一个穿着褪色旧军装，三十多岁中等个儿的中年人，他就是警卫队长陈维德。陈队长说一口浓重的苏北话。钟文对他并不陌生，以前也曾和他见过面，只不过不熟悉而已。他原在工程处保卫股工作。是从部队复员回来的，在部队当过排长。干保卫工作的人一般都表情严肃，不苟言笑。而陈队长却是慈眉善目和蔼可亲。

陈队长见钟文来了，热情地和他打了招呼，一把接过钟文的行李把钟文往房间里引。这时，闻声从房里走出来一个年轻人，争抢着帮钟文拿行李，他和那青年目光相遇的一刹，彼此不禁愣了愣，随即会心地笑了。

原来，帮钟文拿行李的年轻人钟文认识，叫万胜生。小万长着一张四方脸，白皙的皮肤，说话的声音不高，表情很沉稳。他是和"苗大嫂"一起从渑池来的。在这一批新工人中，他的文化程度最高，是唯一的高中生。加上他进单位前就是共青团员，因而在施工队颇受重视。钟文过去和他在同一个施工队，虽没有说过话，却对他非常好感。小万也听说过钟文的大名，看过他写在墙报上的诗，而今碰在一起自然有说不出的喜欢。陈队长看他俩是从一个施工队来的，彼此熟悉，就安排他俩住一个宿舍。

通过一段时间的接触，钟文才知道，小万也爱好文学，喜欢看书，偶尔也写一些东西，如散文之类。不过小万写东西很神秘，不想被人瞧见，好长时间连钟文也被蒙在鼓里。一个星期天，钟文从外边回到宿舍，见小万趴在床边写什么，有人进来了，像是做了见不得人的事似的，赶紧把稿纸塞进被子里。钟文以为他在写日记，日记是个人隐私，当然不愿让人瞧见，也就不怎么在意。但时间一长，钟文起了疑心，发现小万不是写日记，非闹着要看不可。

"你写什么呀？"

"没什么，写着玩呢！"

"不对，看你那个神秘样儿，八成是写情书吧？快告诉我，你女朋友是哪里的？"

小万经不住诈，腼腆得脸都红了："啥子情书？我哪有女朋友……"

"那你藏什么？"

小万没辙了，只好把他写的东西拿出来递给钟文："你看吧。"

钟文接过来一看，原来小万趴在床边写的是一篇散文。散文写得很粗糙，句子读起来很生硬缺少韵味，确实不怎么样。

"哈哈，这有什么？还保密呢！"

"不是怕你笑话吗？"

两人说说笑笑十分开心。

钟文脾气急躁，遇事好冲动。而小万却恰恰相反，做什么事都不慌不忙慢腾腾的，说话从不起高腔，弄得急性子的钟文没有了脾气。两人在一起的时候，小万总喜欢冷不防向钟文提出一些刁钻古怪难以回答的问题，例如：俗语为什么叫不三不四？十二生肖为什么没有猫？回复姓氏为什么要说免贵？诸如此类的问题。钟文常被弄得张口结舌一脸茫然，处于尴尬的境地。每当这时，小万就会发出得意而开心的笑。不过，他笑得十分克制，绝不是那种开怀大笑，所谓"笑不露齿"。性格差异如此之大，但并不影响他们之间的友谊。

心中的鬼影

警卫队加上老陈一共六个人。

人到齐之后，便开始军训。最初的训练课目是操练步法和队列。带领他们操练的是陈队长。他是转业老兵，带领几个年青人操练不过小菜一碟。这些人都是从各施工队挑选出来的精英，除个别人动作有点笨拙，大家操练的都很认真，领会得也快，很快队列训练就像模像样整齐划一，有了军人气派。

年轻人进警卫队最大的愿望是早日穿上警服挎上枪。每个人的警服尺寸量过多时了，可警服却迟迟发不下来。也没有听见发枪的消息，大家未免着急。全队只有陈队长一把盒子枪，是电影里八路军首长常用的那种"驳壳枪"，有一个很大很厚的木壳。陈队长的"驳壳枪"便成了警卫队年轻人眼里的宝贝，大家"手馋"得不得了。没事的时候，总想摸摸，想方设法缠住陈队长把驳壳枪拿过来看看，或者对着目标瞄瞄。陈队长的枪尽管不放子弹，他也不愿意大家摸他的枪。但他极宽厚随和，像一个兄长对待自己顽皮的弟弟，每当大伙缠着要看他的枪时，经不住年轻人死皮赖脸的纠缠，总要满足一下大家的好奇心，便把枪从枪套里取出来，让大家摸一摸过一下枪瘾。

队列训练结束之后，下一步的科目是练习瞄准射击。练习瞄准射击没有枪是不行的。大家围着陈队长，嚷嚷着说："陈队长，快给我们发枪吧，没有枪咋瞄准？"

陈队长说："发枪哪有那么简单，得上级批呢！"

“陈队长，那你赶紧去上面催催呀！”

“你们别急，我心里记着呢！”

经过陈队长的努力，终于弄来了一支“三八”大盖。枪尽管老旧，但警卫队的小伙子还是非常惊喜。你争我夺，争相拿过来摆弄着，枪栓拉得哗啦啦响。训练的时候，大家兴致很高，按照陈队长讲述的三点一线的要令认真瞄准，谁也不甘落后。

终于传来了好消息：大家期盼已久的枪终于发下来了！

然而，等到枪送到警卫队，大家兴高采烈地跑过去一看，不禁大失所望！漫说没有陈队长所使用的那种驳壳枪，连一支新枪都没有。全是一些老掉牙的旧长枪，还是杂牌货，五支枪竟然有三个型号。一支就是很早拿来让大家进行练习射击的三八大盖，三支 53 式，还有一支苏式冲锋枪。53 式步枪倒还不错，轻巧玲珑，带着三棱刺刀。而“三八”大盖却老旧不堪，又笨又重，像一个人老珠黄的丑妇，没有谁能看上眼。

邓钟文领到了那支苏式冲锋枪，分给小万的是 53 式步枪。而一个叫姚长柱的小伙子分到了那支“三八”大盖。小姚起先不同意，嘴撅得能拴一头毛驴。好在大家平时不常用枪，只有训练或上工地巡逻时才扛着枪。陈队长对小姚又进行了安抚，小姚也不好再说什么。

盼望已久的警服也在“5·1”前夕发下来了，警卫队就像过节一样欢腾热闹。

“发警服了！快去领啊！”

大家来到警卫室，兴高采烈地挑选着——其实也没有什么挑选的，各人早先报了自己所穿警服的尺寸号码。钟文报的中号，他拿了中号警服。回到自己房间立即穿起来，真不错，不胖不瘦正合身。是那种四个兜的草绿警服，红色领章上镶着金色的国徽，裤子是海军蓝，裤腿两边还镶着红色边线，所不同的他们领的帽子不是民警戴的那种大盖帽，而是解放军一样的解放帽，这多少有点遗憾。

　　此外，每人还发了一条武装带，漂亮的黑色牛皮警靴。钟文穿上警服，戴上警帽，扎上武装带，穿上锃亮的皮靴，对着镜子看了看，脸孔红扑扑的，两只微微外突的大眼睛炯炯有神，整个人显得雄姿勃发英武挺拔。其他人也一样，军装一穿，仿佛一个个变得年轻威武。

　　钟文和小万到西工区小街照相馆照了像，特地加印了好几张，赶紧给母亲寄了张回去，给几个要好的朋友也各寄了一张。还特地找到春明，要春明和他一起分享他的快乐和幸福。当钟文穿着警服出现在春明面前的时候，春明一时竟认不出来了，愣了好一会才认出是他。

　　春明羡慕得不得了，伸出大拇指，称赞着："钟文，你穿上这身警服，真漂亮，真英俊！"

　　他非要试穿一下钟文的警服不可，钟文只得把警服脱下让春明穿了穿。春明的个子比钟文稍高，但比钟文要瘦，警服穿在身上也很合身，平添了几分英武之气。

　　钟文不由想起了司慧梅——自进警卫队以来，一有空的时候，不知怎的，眼前时常出现司慧梅的影子。想起那天在工地司慧梅对他说的话，心里便感到热乎乎的。来警卫队几个月了，还没回过工地，没见过司慧梅，他只好把这份思念藏在心里。他很想穿着这身漂亮的警服找个机会回施工队一趟，见见司慧梅，可他又不敢。他脸皮太薄，又害羞，平时找她说句话都会脸红，见了她又说些什么呢？平白无故去找一个女孩子算怎么回事呢？别人会怎么看他呢？他表面看起来似乎洒脱，其实思想却放不开，头脑里有许许多多禁锢。犹豫了好几天，始终没有那股勇气。

　　正在这时候，意想不到司慧梅竟然到警卫队找他来了！

　　当司慧梅出现在钟文面前的时候，他惊喜得连呼吸都差点窒息，好一会儿才平息了心脏的急跳。紧张而激动地望着司慧梅不知说什么好？嘴里巴咂了几下才说："你怎么来了……"话一说出口，他觉得自己有点愚蠢。

　　司慧梅似乎也有点紧张，以至于钟文问她的话，她也没有在意，绯红着脸说："小邓，借你的书很久了，一直没空还你。"说着从包里把书拿出来。其实，她多日不见钟文，也想见见他，给他还书只不过是个借口。

钟文接了司慧梅递过来的书，随意翻了翻，紧张的情绪稍稍平静了些："看你，着什么急呀？这本书是我自己的，我已看过了，放你那里没关系的……"

司慧梅打量了一下钟文的警服，说："小邓，你们发警服了？你穿着警服真帅！"

钟文听了这句话，脸一下子红了，笨拙地回答说："哪里……"

"好羡慕你啊，警服跟军服一样，好漂亮的！"

"是吗？"

钟文突然想起似的，对司慧梅说："进宿舍说话吧！站在这里不累吗？"

司慧梅说："不了，就在外边吧，我和队里几个女孩一起来的，他们一会儿来找我哩！"

钟文只好由她，两人来到了院子外边的空地上，不远处的树下有一片凉荫，浓密的枝叶伞盖似的遮挡着头上赤热的阳光。

司慧梅说："你来警卫队这么长时间了，咋不回去看看呢？"说完，两只手相互绞在一起，羞红着脸望着钟文。

"我很想回去看看，可……"说到这里，停顿了一下，随即换了口气："哪有空呀，每天要训练，陈队长抓得特紧！"

"好香！"

这时一阵馥郁的香气扑进鼻子，司慧梅说着，便转头观察着。

这是金合欢花的香气，楼前及马路边种着无数棵金合欢树，羽状的枝叶间点缀着金色的绒花。

"什么花！这么香！"

钟文说："金合欢！现在正是金合欢花盛开的季节。"说着，抬起头，指了头上开花的金合欢树。

"哦？这种树就是金合欢？"

"是呀，金合欢。"

"好像从书上看见过这个花名，原来是这样呀？真美！"

"这种花是很漂亮！"钟文指着头顶上的金合欢树铙有兴致地介绍说："金合欢树又叫绒花树，花又香又好看，树也很美。你看，树冠如一把大凉伞，把炎热的太阳光遮挡得严严的，给人带来荫凉。满树的绒花，色彩丰富绚丽。你可能没有注意，这种花早上舒展开来，傍晚开始收缩，看起来非常恬静，蕴藏着一股祥瑞之气。"

小司痴迷听他说着，深深受到了感染，说："看你说得真美，就像做诗似的。"

钟文越发得意，望着司慧梅："绒花树，又叫鬼树，这名字不好听吧。"

"是呀，怪吓人的。"

"你知道为什么叫鬼树吗？"

小司摇了摇头，钟文说："相传舜帝南巡，病死在九嶷山，他的两个妃子娥皇、女英两人相誓在江湄投江，她们的幽魂在一条枝上结成双花，追寻江湄的波涛，合在一起繁衍，两妃日夜悲伤而啼哭，血泣尽而死，就变成了合欢树！"

司慧梅睁大两眼简直听入了迷，说："真的吗？这故事好凄美好感人！小邓，你咋懂得这么多？啥都知道！"

"哪里呀，我书读得也不多，还差得远呢！"

他望着司慧梅好看的脸，说："你可能不知道吧，金合欢树叶很害羞的，怕人触碰它，你用手轻轻触一下试试！"

"真的呀？"

"是呀。"钟文说着便用于指轻轻触了一下悬挂下来的一枝叶片，细碎的叶片慢慢收缩起来。司慧梅也伸出手，学着钟文的样子，轻轻在叶片上碰了碰。果然，一会儿，叶片便卷起来了。

　　"哈哈，真的，它卷了，卷了，真神了！"司慧梅高兴得像孩子似的。拍手笑着，叫着。

　　正说得高兴，这时，一个声音从不远处传来，似乎是叫"小司！"小司回过头看见几个女孩在向她招手呢，她答应一声。便对钟文说："她们在叫呢，我还准备去百货楼买点东西，不敢和你多说话了。"

　　钟文朝司慧梅手指的方向看去，不远处确有几个姑娘在向这边张望。还听见有人叫司慧梅的名字。

　　司慧梅对钟文说："他们等急了，在叫我呢，我走了……"

　　"那你走吧！"其实，他多么想和司慧梅单独再待一会儿，再说一会儿话啊！恋恋不舍地说："你有空还来玩吧！"

　　司慧梅红着脸点点头："嗯，那我走了！"

　　钟文目送着司慧梅苗条的身影消失在梧桐树的浓荫里，感到心里甜甜的……

　　回到宿舍，他耳边还回响着司慧梅刚才赞美他穿警服的话："你穿上这身警服，真漂亮！"

　　想到这，他心里不由感到了一阵隐痛。这些天来，他并没有因为穿上警服而忘乎所以，生父的成份时时刻刻萦绕在他的脑际，魔鬼似的附在他的身上，时不时钻出来作祟，搅得他心绪不宁，搅得他寝食难安神魂颠倒六神无主！他清楚，身上这套警服不属于他，迟早会脱下来的！

　　在警卫队跟在生产班组一样，天天都要政治学习，天天读报听广播学文件。随着对党的政策和阶级路线的认识一步步加深，钟文心里的那份忧虑和不安也在不断地加深。尤其在夜深人静之后，更有一种说不出来的烦躁和恐慌搅扰他，压迫着他。纸包不住火，万一有一天东窗事发，这事暴露出来，那就什么都完了！一想到这儿，像有一股熊熊烈火在他心上炙烤，烧灼得他全身发疼，五脏六腑都在滴油……

　　怎么办呢？钟文担心的事终于来了。

一天，陈队长把大家召集一起，交给警卫队年轻人一人一张履历表要大家填。这种表钟文刚进中南一公司的时候就已经填写过了。

他就怕填这种表，一见这种表心就发怵！表里总有家庭成份一栏，这是最让他感到头痛的事。仿佛里面藏着一个鬼影，随时都要钻出来害人。又仿佛埋藏着一颗定时炸弹，随时都会爆炸，炸得他血肉横飞！

他拿着陈队长发的那张表，不知怎么填写好？这虽是一张薄薄的纸，拿在手里却感到那张纸沉甸甸的仿佛重如千斤！

为什么又要填表呢？原来，发了警服发了枪算是正式警察，加入警籍当然要填表。

陈队长提醒大家说："大家一定要对党忠诚老实，一定要事实求是地填。不能弄虚作假，不能有任何隐瞒。"

陈队长的话不过就事论事泛泛而谈，口气很随和也很淡然，是这种场合必说的一种套话。而在钟文听来，好像专门对他说的一样，神经立即绷紧，心脏随之一阵咚咚地跳动，脸色也像生了病似的变得非常难看，头上的虚汗刷刷地冒出来，那只拿笔的手在微微颤抖……

家庭成份再不能填写贫农！他在心里对自己说。再填贫农就是欺骗组织，这是非常可怕的事儿。随着阶级斗争的弦在人们心目中日益绷紧，"阶级斗争要年年讲，月月讲，天天讲"，已成为人们每天的功课。隐瞒成份，就是混进革命队伍内部的阶级异己分子！就是阶级敌人！这类事时不时被揭露出来，报纸广播常有这方面的消息报道……

钟文想到这里，就感到一阵恐惧，不由得心惊胆颤！他恨不能立即跑到陈队长办公室，痛痛快快说出家庭出身的真相，可他又下不了这个决心。他知道，一旦说出真相，他这辈子算是完了，又将成为地富子女，身上将被打上耻辱的烙印！没有人能看得起他，不但要脱下这身心爱的警服，连今后的人生道路也会变得狭窄崎岖。可是，如果不向组织如实说出真相，一旦被组织发现，那就是欺骗组织，尽管算不上阶级异己分子，但也非同小可，自己这一辈子的政治生命算是完了！一时间，紧张，焦虑，烦躁，再加上恐惧，一直在钟文的头脑里翻搅，一向睡眠很好的钟文，这天晚上失眠了……

脱下了警服

谁知到后半夜，钟文竟发起烧来。感觉身上越来越冷，像是睡在冰窖一样，他的身子虫儿似地蜷缩着，把被子往身上裹紧。还不行，还是冷得受不了，像没盖被子一样浑身发抖，牙齿格格打颤，头也昏昏沉沉的。像是掉进了一个冰洞里，感觉四周黑漆漆的，没有一丝光亮。他想挣扎着爬起来，可没有一点力气，全身瘫痪了一样翻个身都难。昏昏沉沉不知过了多久，他稍清醒了一些，睁开眼睛朝窗外看了看，四周一片寂静，路灯光从窗外照进来，房里一片朦胧，对面床上正在酣睡中的小万发出轻轻的鼻息声。梧桐树婆娑的枝叶在地上投下一堆凌乱的阴影，像一群鬼魅在面前起舞。钟文一阵惊悸，朦朦胧胧他好像来到了一座山林，是那么熟悉，像是小时候上学路上的那个山岭。茂密的林子显得阴森可怕，不时从林子深处传来什么动物可怕的声音，他不知那是一种什么动物？他在狭小的山道上走着，路边长着及腰深的杂树和叶片肥厚的茅草，碰着他的手割着他的脸，他忍着疼痛继续走着。突然看见面前游动着一条菜花蛇——小时候他别的不怕，就怕蛇！那条菜花蛇向他撵过来，他拼命地跑呀跑！总算逃脱了那条菜花蛇，却找不到回家的路！他不知往哪里走？四周是茫茫的山野。他仔细辨别着方向，摸索着走了一会儿。来到了一个山崖，上边是高耸的绝壁，下边是万丈深渊。他怎么来到这里，这是什么地方？怎么走出去呢？惶恐中突然发现了一条捷径。他开始往上爬，可是爬呀爬，爬不下上去，他想退回原路，却下不来了。他害怕极了，感到自己孤立无援，想大声叫喊，可又喊不出声。心里一急，手没抓牢，身子忽然飘忽起来往下掉落。

下边怎么是一片茫茫大海，他怎么来到了海边？他似乎掉进了海里，身子在大海上飘浮，滔天的大浪把他的身子一下子托起，一下子又沉到海底……

天亮的时候，睡在一个宿舍的万胜生发现钟文在低低地呻吟，走过去用手摸摸额头，感觉有点烫手，不由吓了一跳，忙把陈队长叫来。

"小邓，你怎么？生病了？"

陈队长就像仁厚的兄长，来到钟文床边，用手摸摸他的额头，关爱地问道："小邓，你哪里不舒服？你好好躺着，我去给你叫医生。"

一会儿工程处医务室一个年青的医生被叫来了。医生给钟文量了量体温，又用听诊器在胸部听了听，然后说："感冒了，不要紧，吃点药休息几天就会好的。"

陈队长亲自到食堂弄来了热乎乎的稀饭，扶起钟文吃了，又倒来开水，拿出医生给开的药，一片片喂他吃了，然后搀扶他躺下。吩咐他好好休息，说："小邓，想吃什么，我去买。"钟文忽然感到心里一热，眼里浮出了泪花，尽力克制着没使自己哭出声。

几天之后，钟文终于把隐藏在自己心中的秘密向陈队长说了出来……结局是早就预料到的。

一个月之后，钟文结束了他短暂的警卫队生活，回到了原先的施工队。从调到警卫队到从警卫队出来，正好六个月。

那天早上，他恋恋不舍地脱下了那身可爱的警服，换上了自己原先的工装。他把那套洗过几水的警服叠得整整齐齐地放在陈队长的办公桌上。

"陈队长，我走了，谢谢几个月来你对我的关心和帮助。"

陈队长说："小邓，这几个月你表现很好，我也不舍得你走，可有些事我们也没有办法。你走吧，回班组好好干，别想那么多……"

陈队长对他还说了一些安慰的话，对他的离去从内心感到惋惜。钟文感激地望着陈队长，半年来，他像兄长似地关心他爱护他，他将永远牢记心中。

钟文的退警是工程处保卫股翟股长找他谈的话。

翟股长是安徽人，三十多岁，长着一脸络腮胡须，给人一副威严的感觉。他的办公室就在警卫队隔壁，经常见面，但他总是不苟言笑，表情严肃，不大和人多说话。见钟文进来，翟股长神色严肃而又凝重，他说："你坐吧。"钟文便在他对面的椅子上坐下，翟股长打量了钟文一眼，便说："经过研究，组织上认为你已经不适合在警卫队工作，仍回你的原班组去吧。你也不要多想。"

说完之后，又说了些勉励他的话，要他回去以后继续努力工作，用毛泽东思想武装头脑。他说："你还年轻，不要背思想包袱，只要努力，还是很有前途的。"

至于他的家庭成份到底属于什么，翟股长没有明确告诉他，他也没有多问，其实何须再问呢？这是明摆着的事儿。

钟文回工地的那天是一个火爆的晴天，太阳火球似的挂在天边。钟文的行李很简单，仍是来时那点东西，所不同的是多了几本书和笔记本。他所在的 102 队已经完成玻璃厂的施工任务，搬迁到了新的工地，新工地在史家屯。临走的时候，他本想找万胜生说说话，可他觉得无颜以对。胜生似乎有什么话想对他说，可最后也没有说什么。从眼神看出来，他的内心也很复杂，钟文明白其中的含义。

钟文将退警的消息告诉了春明，他本不想告诉他的，犹豫再三，最终还是告诉了他。就像做了对不起朋友的事儿似的，心里十分愧疚，简直有点无法启齿。没想到，春明对他十分理解，对他说了许多安慰和开导的话。

"小邓，你永远是我的朋友，无论你是什么出身，我都不在乎，我看重的是咱俩的友谊！"

听到春明这样贴心的话，他感觉心里暖暖的，这才是真正的朋友！

春明还反复叮嘱钟文，回班组以后不要放弃写作："小邓，你有写作的天赋和潜力，坚持下去，一定会成功的！"钟文满怀感激的望着春明，点头答应。

春明说："过几天我来看你！"

钟义回到班组的当天上午，就被李书记叫进了办公室。

李书记仍像过去一样，对他非常和气，面带微笑，亲切地对钟文说："组织上叫你从警卫队回原班组工作，你在思想上不要想不通，也不要背什么包袱。出身不好的人，只要能够背叛自己的家庭，照样为党的事业做贡献。我党的阶级政策从来就是'有成份论，不是唯成份论，重在表现'。小邓，你要正确对待自己，你进单位以来，各方面的表现还是不错的，我们都看在眼里，希望你继续努力，多向老工人学习，认真改造世界观……"

李书记的话使钟文十分感动，他的心情轻松了不少。

用汗水洗涤灵魂

邓钟文因家庭成份被退警的事儿，保卫股和警卫队都在一定范围内替他保着密，施工队除李书记外很少有人知道。

那时，钟文的文学创作正在热头之上，在《中南工程》和《洛阳日报》又发表了一些诗、小小说和散文。许多人还以为他回工地是组织上特意安排他到班组体验生活的呢。所以，钟文的不期而归并没有在施工队引起多少意外，新老工人，都对他十分友好和热情，尤其"苗大嫂"围在他身边转来转去献着殷勤，又是找由头和他说话，又是帮他打水。不管怎样，钟文感到了一种温暖，心里的郁闷渐渐得到了缓解。

想起陈队长和李书记对他说的那些鼓励的话，心情就无比熨贴，心里重又升起了希望，增添了力量。这点挫折算得了什么？人生的路还长呢，出身不好的人照样为社会主义作贡献！他要让别人看看，他不是怂包，不是软蛋，在哪里跌倒就从哪里爬起来。他抖擞精神，每天都以满腔的热情和积极的态度忘我地工作着，脏活重活抢着干。

就像那个时代所有的热血青年一样，对团组织怀着无比的信赖和向往，成为一个光荣的共青团员是钟文心中热切而崇高的愿望。刚进中南一公司的时候，他就积极地向团组织靠拢，怀着无比虔诚的心情写了入团申请。团支部书记唐之宫曾找他谈过话，对他的思想和行动给与了肯定，鼓励他好好工作，继续接受团组织的考验，早日成为一名共青团员。

这次回来，他觉得应该再向团支部递交一份入团申请。

可入团申请还没写好，唐之宫便把钟文叫进了办公室。

钟文心想，他刚从警卫队回到工地，思想上背着包袱，唐之宫找他谈话，是想了解他的思想情况。他觉得这是正常的事，一定会像李书记那样对他进行鼓励。

然而，远不像钟文想象的那样美好。唐之宫苍白的脸上表情严肃，薄嘴唇往两边撇着，两只小眼骨碌碌盯着钟文，目光在他脸上扫来扫去，看得钟文心里直发毛。过了好一会儿，他才发问："你在警卫队干得好好的，怎么不干了，要回到班组呢？"

钟文是那种没有城府，心里从不设防的人，对谁都坦诚相待。何况是团支部书记找他谈话，向他了解思想情况，当然不能隐瞒，老老实实竹筒倒豆子一五一十将自己亲生父亲及继父的家庭情况向唐之宫详细说了出来。唐之宫听完，便皱起眉头，嘴角向两边撇了撇，冰冷的脸上透出一股凉气，不满地说："你怎么能这样？这事你早应该说出来，参加工作那会你怎么不向组织说清楚，这个时候才坦白交待出来？你这是隐瞒家庭成份，对组织不忠诚！"

“隐瞒家庭成份”，这在当时来说，是严重的政治问题。钟文的心一紧，就像冷不防被人在他头上浇了一盆冷水。这次从警卫队出来，还从没有一个人以这样的态度对待他，他那颗火热的心顿时凉了半截，他不知怎么回答好，唐之宫后来对他说了什么，他茫然不知，头懵懵的，脚步沉重地走了出来。

自唐之宫和他谈话以后，钟文发现，一些人看他的目光便变得有些异样。班里的“苗大嫂”再也不对他巴结，包打听似的，扭着腰从这个宿舍走到那个宿舍，凑在人的耳朵跟前小声地嘀咕什么。看见钟文来了不再说话，不停地眨巴着两眼。很明显，他很可能已知道了他被退警的原因，又将这事告诉了别人……

其实，钟文对此早有心理准备。从他决心向组织说出自己家庭真相的那一刻起，就估计到了将要出现的种种情况，甚至更为严重的后果，但他并不后悔。他觉得，人活在世上，就得实实在在堂堂正正做人，任何艰难困苦，挫折和失败都动摇不了他热爱祖国，热爱社会主义的决心。他已经作好了承受各种压力的思想准备。

上班的时候，他拼命地干活，力图在劳动中，改造自己头脑中的非无产阶级思想，用汗水洗涤自己的灵魂。

一天傍晚，钟文路过木料烘干房时，发现从窗口冒出一股股浓烟。

“不好！”

他敏感地意识到烘干房着火了！

在警卫队他听陈队长讲过失火救火的事，立即大声呼叫起来：“失火了，大家快来救火啊！”

他一边叫喊着，一边寻找着灭火器。在烘干房大门外边，他瞅来瞅去终于找着了挂在墙上的灭火器。可烘干房的门关闭得紧紧的，钥匙在木工班那里，门无法打开。火势已经很猛，向窗口漫延出来，听得见里面木头燃烧的噼啪声。他想从窗口进去，可窗户也关闭得很死，怎么也推不开，他着急得心里直冒火。他细心察看了一下，惟一的办法只有破窗而入！他顾不得多想，搬起一块石头向窗口一阵猛砸，终于把烘干房的窗户砸开了。他提着灭火器一阵猛射，随后又重新提了一个灭火器跳了进去。里面烟气太冲，人在浓烟里睁不开眼，呛得喘不过气。温度太高热气熏人。他不顾被烫伤的危险，掂着灭火器对着里面的着火点又一阵猛扫。但不起多大作用，烟火太大，浓烟滚滚热气灼人。灭火器泡沫很快喷完了，他有点束手无策，火还未扑灭，真急人！因为房里进了空气，火燃得更旺，温度越来越高。他抵挡不了呛人的浓烟和灼人的高温，感到呼吸更加窒息，头脑开始发晕，身子有点踉跄，差点跌倒在地！就在这时，闻讯赶来救火的工人，纷纷掂着水桶从窗户跳了进去，把他从烟火中扶起来，赶紧把他弄到外边。幸好，他除了烧掉了一些头发，脸上手上起了几个燎泡。其他都安然无恙……

事后，他得到了施工队的表扬，李书记在职工大会上表扬了钟文冒着危险抢险救火的英勇行为。这样一来，他的情绪又高涨起来，无疑又激发了他忘我工作的热情。

时候正是盛夏，骄阳似火，暑热蒸人，钟文在工地干活挥汗如雨也不停下来休息，仿佛一架不知疲倦的机器。身上的汗湿了干干了湿，工作服上析出了一层白花花的盐渍，脸被晒得红红的。幸亏他的皮肤好，再怎么晒，脸也晒不黑，不像别的工人那样全身呈现一种古铜色。一个月下来，他瘦了不少，身上掉了几斤肉。

钟文用自己的实际行动又一次赢得了班组师傅们的肯定。班长沈师傅看他干活就像玩命似的，十分心疼，生怕他年轻轻的被累垮了身体。对他说："小邓，干活悠着点，着什么急呀！"

给班组同志分派活时，有意对钟文予以照顾，让他干一些较轻便的活，这使钟文十分感动。

最可珍贵的慰籍

　　这次重返工地，钟文最不敢面对的一个人就是司慧梅。觉得自己身上已刻上了耻辱的印记，成了低人一等的贱民。唐之宫的话在他心里产生的阴影再也无法抹去。不知她是怎么想呢？怎么看他呢？觉得在她面前已经矮了一截，内心充满惆怅和痛苦。在工地上班时尽可能躲着她走不和她照面，实在躲不过，偶尔迎面碰见了，便羞红着脸低着头悄没声儿赶紧走过去。

　　对钟文的被退警，司慧梅起先也颇感吃惊，怎么会这样呢？在这阶级社会里，家庭出身决定一切，家庭出身不好，无疑对钟文的前程将产生极大的影响。她从心里为他感到难过和惋惜。他知道钟文是那种思想单纯，自尊心极强的人，猛然受到这样的打击，一定受不了，痛苦和沮丧的心情可想而知。从内心对他产生了同情，生怕他想不通。很想找个机会和他说说话，对他进行安慰和开导。可这个邓钟文，总是躲着她，不想理她。越是这样，心里越是不安，越是牵挂。为什么会这样，她自己也觉得奇怪，自己也说不清是何原因？她和他并没有什么关系呀？可她在心里怎么这般不是滋味呢？她在心里叩问着自己。

　　一天下班之后，钟文在食堂吃完饭，准备回宿舍的时候，在半路上两人不期而遇。钟文又要溜走，司慧梅叫住了他："小邓，你等等。"

　　钟文回头望了她一眼，无奈地停下了脚步。司慧梅说："我是老虎，能吃人？怎么见了我就躲呀？"

　　钟文嗫嚅着说："不是……我……"

　　司慧梅说："啥子不是？"随后又转换口气说："我有事找你，走吧，去我宿舍。"

　　钟文不好意思拒绝，跟着司慧梅到了她的宿舍。

　　建筑工地的女宿舍尽管简陋，也是姑娘们的闺房，在男职工眼里便是禁地，是不好随便涉足的。

一年前，在玻璃厂工地，钟文因采写司慧梅活学活用毛主席著作先进事迹的材料，曾去过她的宿舍，脑海里至今还留着美好的记忆。他跟着司慧梅来到了她的房间，就跟玻璃厂工地他第一次进女宿舍看见的一样，新的女宿舍尽管空间不大，显得狭窄，但和乱七八糟充满脚臭汗味烟气的男宿舍截然不同。屋里的东西摆放得井然有序，屋地打扫得干干净净。站在房里，还闻得出一股淡淡肥皂的香味。

司慧梅看钟文傻傻地像根木桩似的站在那里，便笑着说："别傻站着呀！坐吧！"

钟文这才不好意思地在床边的一条小木凳上坐下，侷促不安地一双手不知往哪放好。司慧梅扑哧笑出了声，说："你紧张啥子呀！"然后搬了一条小木凳坐在他的对面，望着钟文轻声地说："小邓，你别那么紧张嘛！咱俩好好说一会话。"

他的心这才稍稍平静了一些。

接着，司慧梅又倒了一杯水递给钟文："喝点水吧。"

钟文接了水，喝了一口，笨拙地说说："你太客气了。"

司慧梅用她的秀目看了他一眼，说："你的事我听说了，那有什么呀？看你心事重重的样子，这样下去咋行哩？家庭出身不好的人多了去了，人家都不像你那样，人家都活得好好的。小邓，洒脱点嘛……"

这轻言细语的声音，贴心的话语，犹如一道春风化开了他心中的寒冰，温暖了他的心田，钟文十分感动，没想到，她对他如此关心，如此理解。心里顿感到一股暖流在心中荡漾，他不知说对他说什么好？嘴里嗫嚅了一下："谢谢你的理解！"说完突然感到心里酸酸的。

司慧梅翻他一眼："谢啥子！"接着又说："毛主席说：风物长宜放眼量，你眼光应该看远点，我觉得你还是很有前途的！"

钟文说："你别嘲笑我了！我有什么前途？"

司慧梅真诚地看着他的眼睛："小邓，你太悲观了，你喜欢看书，喜欢写作，并且有了一定的基础，这就是你的前途！咱们公司几千职工，有几个有你这样的水平，我觉得你应该振作起来，继续你的文学创作。你知道吗，我可喜欢看你写的东西啦，尤其喜欢你写的诗！我觉得你的诗很贴近现实，贴近火热的生活，富有浓郁的生活气息！"

听到这话，钟文像找到了知音似的，立即来了精神，两眼发光："真的？"

"那当然，我说的是实话。"

"你都看过我哪些诗？"

司慧梅说："你刊登在墙报上的诗我都读过。你发表在《中南工程》上的小小说我每篇也都读过，都很喜欢。一些工人师傅读了也反映很好，说你的诗和小说比较客观真实地反映了咱们建筑工人的生活……"

想不到，她对他那些不像样的东西竟然评价得这么高，这么到位，他满怀感激地望着她。突然发现她今天看起来特别美，那双眼睛会说话似的，清澈透明，仿佛能穿透人的心灵。除了那次采访，他还从没有和司慧梅单独呆过这么长时间，这么近距离地仔细看过她。那次，她到警卫队给他还书，也只和她说了几句话。今天她看起来特别可爱。虽然穿一身工地常见的那种深蓝劳动布工作服。这种工作服一般女孩子穿在身上总显得臃肿肥大，在人堆里分不出男女。可她穿的工作服却非常合体，很明显是重新修剪过的，不胖不瘦显现出了她那苗条有致的身段。司慧梅头发也与众不同，额头上是一绺卷曲的留海，头发自然卷曲着，略带弯曲的眉毛下，闪动着一双晶亮的眼睛，那双眼睛里透露出一股柔情，如秋水柔波，他心里一热，莫名其妙地产生一种说不清道不明的感情，但这种念头在他脑海中只是那么一闪便立即熄灭了，他禁不住又想起了自己的家庭出身……

"我知道自己有几斤几两，你是在鼓励我……"

"真的，小邓，你不应该如此沮丧，自暴自弃。你在文学上应该继续努力，坚持下去，你肯定行的，相信你一定能成为一位优秀的工人作家！"

钟文听到这话，心里顿感到一阵振奋。司慧梅的这番话说到了钟文心灵深处的内核，深深地触到了他的灵魂！他心里确曾有过这样的念头，不止一次作过作家梦！那时上海工人作家胡万春在全国很红，影响很大。钟文读过他许多作品，他的短篇小说《一点红在空中》，给他留下了很深的印象，他对他佩服得简直五体投地。曾暗下决心，一定要发奋努力，多读书，勤观察，勤写作，创作出满意的作品。经司慧梅这一说，心中的火焰又燃烧起来了。但他还保持着矜持，不好意思地说："哪里呀，我哪有那水平？"

"我说的是真心话，我觉得你行的。你有这方面的潜力，怎么不尝试一下向一些刊物投稿呢？"

钟文说："我也想过投稿，可我看了人家的作品，我写的东西和他们一比，感觉水平太次，离大刊发表的要求还差得远呢！"

不过话是这么说，经司慧梅这一说，犹如一堆干柴落上了火星，冒出了点点火花。火苗在干柴上燃烧起来了。

接着，两人又从诗谈了一些别的事儿。司慧梅的声音很好听，柔和悦耳，她从来没有和他说过如此多的话。记得去年采访她的时候，她还那么害羞，未说话脸先红，嘴笨拙得要命。而今天却那么能说，句句都能入到他的内心，娓娓动听。

更令钟文感动的，司慧梅大胆地向钟文坦露了她的身世。原来她在某些方面和钟文有点相似，也有一个不同寻常的家庭。她的老家在孟津。她现在渑邑矿务局为领导开小车的父亲并不是她的亲生父亲。

他坐在那里，惊奇地望着她，听她说下去。

"我听母亲说，我亲生父亲长得个子高大，人很帅气，还读过几年私塾，父亲对母亲很好，两人非常恩爱。在我两岁的时候，父亲参加了邙山游击队，父亲常常半夜才回来，天不明便出去……"

她说，有一天，在她家附近发生了一场激烈的战斗，半夜时分，听见远处响起爆豆般的枪声和手榴弹的爆炸声。母亲非常害怕，心惊胆颤地抱着年幼的她毂簌在被窝里，盼着父亲早点回来。可是，直到天亮，枪声渐渐稀疏，归于寂静，父亲却没有回来。母亲着急得直哭，找人四处打听父亲的消息。听人说，在这次战斗中，邙山游击队被敌人包围，游击队在突围中死了许多人，父亲很可能在这次战斗中牺牲了。母亲听了这个消息，悲痛欲绝。母亲去找过父亲，可是没有找着父亲的尸体，也没见父亲回来，父亲一直下落不明。母亲天天抱着年幼的她伤心流泪，眼睛都哭红肿了。人们都说他父亲早不在人世了，但母亲不相信这样的话，没见着父亲的尸体，说明父亲没死，总有一天父亲会回来的。母亲便一直守着，等着父亲回来。但一个女人家带着孩子，怎么活下去呀？母亲太难了。解放了，虽然进行了土改，分了田地，但没有劳动力，土地没法种，收的粮食不够吃，年幼的她饿得哇哇直哭。为了生活，别人劝她改嫁算了，母亲便带着她改嫁了她现在的继父。她从小就很听话，是父母的乖女儿。继父对她就像自己的亲生女儿一样疼爱，没让她受一点委屈……

听了小司的讲述，钟文非常感动，想不到年轻柔弱的她还有这么痛苦的经历。一个女孩子能够如此坦诚地向他说出自己的身世，这对他是一种多么大的信赖！他的内心受到震动，在心灵上也得到了抚慰。

从那以后，钟文似乎更有了明确的奋斗目标，在文学的道路上努力拼搏。利用一切业余时间看书学习，不断写诗写小说。他不光向《中南工程》投稿，还继续向《洛阳日报》投稿。他写的关于工地的好人好事小故事很受《洛阳日报》欢迎，去警卫队之前他就是《洛阳日报》的特约通讯员。这会儿，他更加注意搜集和采写工地的模范人物和先进事迹的稿子。每当看见他采写的通讯在报纸上发表，他就特别开心。工人们也对他另眼相看，他又受到施工队领导的欢迎和工人们的尊敬。

困惑

　　春明没有食言，没过几天，那天清早，钟文刚从食堂吃早饭回来，春明笑眯着眼来到了他的宿舍。

　　"春明，这么早你咋来了，你咋摸到这里的？"

　　"我按照你给我说的方位，找到了你们工地，我问了看门的，他告诉我你住的地方，我就找到了！"

　　"这么早，吃过早饭了吗？没吃的话我给你买去。"

　　春明说："吃过了，我是吃了早饭来的。今天我特地起了个大早，有一个好消息，要告诉你！"

　　"快说，什么好消息？"

　　"有一个讲座，你去听吗？"

　　"什么讲座？"

　　"关于毛主席诗词的文学讲座。"

　　"哦？真的？我去，怎么不去？讲座在哪里？"

　　春明说："洛阳图书馆举办的！"

　　钟文急于提高自己的文学素养，有这样的机会，怎能错过？他突然想起王名江，说："我还有一个朋友，也爱好文学，喜欢诗词，我想叫上他一起去！"

　　"好呀，你叫他吧。"

　　说曹操曹操就到，正说着，外面有人叫："小邓，小邓。"

　　钟文一听，叫他的正是王名江。

　　王名江是钟文新结识的朋友，他是武汉人，比钟文少一岁，是一处三队的木工学徒，天生一头乌黑的头发，挺直的鼻子，是那种让人一见就知道是在城市里长大头脑聪明机灵的小青年。

　　名江跟钟文一样，也有着不幸的童年和曲折坎坷的经历。他的原籍在湖北黄冈。在上世纪 50 年代初的那场翻天覆地的政治变革中，父母相继去世，年幼的名江只好跟着在武汉国棉二厂当工人的二哥生活。初中未毕业就因贫困而失学。小小年纪，就开始在汉正街一家餐馆刷盘子，靠自己的双手养活自己。

名江对文学有着极高的悟性，尽管上学不多，却喜欢阅读文学及历史书籍。渐渐有了一定的感悟，时不时诌几首类似旧体诗一样的诗拿给钟文看。钟文对旧体诗也很喜爱，读了名江的诗感觉不错，也把自己所写的诗拿出来和名江交流，两人越来越投缘，就像找到了知音。两人的交往便越加密切起来。

名江是大城市长大的，见多识广，对什么事都有自己独特的见解，这让钟文十分佩服，有点相见恨晚的感觉。名江听说了钟文被退警的事，怕钟文思想上苦闷，就跑来安慰他："这有什么？不让干拉倒，回班组干活也一样！你有文学天赋，坚持你的文学创作，一定会有收获的！"

名江来到宿舍，看见了春明，觉得有点陌生，正疑惑时，钟文连忙给名江介绍说："名江，这就是我对你说过的我最要好的朋友杨春明，他在玻璃厂上班，我俩都是从渑邑来的。"

然后，钟文又把名江介绍给了春明："春明，这是王名江。我的朋友，大城市人，他的诗词写得很好！"

听了钟文的介绍，春明立即握住名江的手，很客气地说着："幸会！幸会！"

名江也很热情地说："听钟文多次说起过你，认识你真高兴！"

春明说："今天上午十点，洛阳图书馆有一个讲解毛主席诗词的文学讲座，我是特地叫钟文去参加讲座的，钟文想要叫上你，不知你去不去？"

名江说："文学讲座呀，好，好！我去，这种文学讲座太难得了！怎么不去？"

他转过身对钟文说："这么巧？今天星期天不上班，我本想叫你和我一起去图书馆还书的，想不到遇上了这样的好机会！"

钟文说："你吃过早饭了没有？"

名江回答说："吃过了，我刚从食堂吃了饭来的。"

钟文说："那这样，我正好也要去还书，咱们先去图书馆还书。然后再去图书馆听讲座，一举两得！"

名江说："好！这办法好！"

一行三人，说说笑笑，一起向洛阳图书馆走去。来到图书馆，他们先到借阅处还了书，名江和钟文又各借了一本书。然后，来到二楼会议室听讲座。听讲座的已来了不少人，座位快坐满了，钟文他们赶紧找座位坐下。不一会儿，讲座开始。讲座主持人对主讲人作了简单介绍，主讲人清清喉咙便讲解起来。原来，主讲人是从洛阳师专中文系请来的老师，有很高的文学造诣。老师主讲的是毛主席诗词《沁园春·雪》，讲得非常精彩，听众听得十分认真，会场鸦雀无声。听了主讲老师的讲解，钟文对毛主席这首词有了较深的领会。《沁园春·雪》不仅是一首优美的诗词作品，更是毛主席对历史和时代的思考与呼唤。钟文听得如痴似迷，脑洞大开，加深了对毛主席诗词的欣赏和理解。回来的路上，三个年轻人意犹未尽，一边走一边热烈讨论着各自对《沁园春·雪》听讲后的心得。可惜的是，走到百货大楼的时候，春明要回玻璃厂，他只得和钟文、名江挥手告别。名江兴奋地对春明说："下次有这样的讲座别忘记叫我们。"

春明答应一声，便大步走了。

为了让钟文开心，春明除拉钟文参加图书馆的文学讲座之外，还时不时拉他参加玻璃厂举办的诗歌朗诵会。

春明的诗歌朗诵比在渑邑时又有了进步，声音宏亮，普通话也越加纯正，语言的节奏感把握得很好，声音富于感染力。厂里或车间的文艺晚会都少不了他的诗朗诵节目。他最喜欢朗诵的是贺敬之的《雷锋之歌》和《祖国颂》。

参加诗歌朗诵会之前是春明最得意的时候，他总要认真地把自己收拾一番，去理发店把头发吹吹。来洛阳之后，他理成了那种大背头，头发向后梳拢着，换上特意去百货楼买来的一件白衬衫和一条蓝卡机布裤子，穿上黑皮鞋。这　来，更显得英俊潇洒，很有文艺范儿……

朗诵结束，人们常常报以热烈的掌声。

钟文所在的工程处每逢节庆也有晚会，也有诗朗诵节目。他很想把自己写的一些诗拿到晚会上朗诵，但他的普通话说得不好，发音不准。从家出来几年了，仍顽固地保持着老家的口音。湖南话比普通话少了十二个语音，卷舌音尤其难以掌握，他不敢上台朗诵，怕别人笑话。

春明理解朋友的心情，他觉得钟文的诗写得不错，富有节奏感，很适合朗诵，春明有时便拿着钟文写的诗在晚会上进行朗诵，取得了不错的效果。

经过一段时间的心理调整，钟文重又鼓起了生活的勇气，扬起了生活的风帆，焕发出青春的热情。他对文学的痴心不改，坚持读书，坚持写诗。时不时向《中南工程》、《洛阳日报》投稿，每当看见自己的文字在报纸上发表出来，他就忘了自己的不幸，觉得自己的心血没有白费。

想起司慧梅说的话，渐渐地他的头脑开始发热，有了更大的野心，他不再满足于在这些小刊小报上小打小闹，有了更大的目标，满怀踌躇地向更高的目标发起了冲击。挑选了一些自认为比较满意的诗作满怀希望地寄给了中国诗歌界最高最权威的刊物——《诗刊》。

文学的道路哪有那么容易？

诗稿寄走之后，他焦急地等待了两个月，盼来的却是一封冷冰冰的退稿信。他不服气，过了些日子，又挑了些诗寄去，结果仍是一样，收到的仍是退稿信！这无疑给他诗歌的狂热浇了一盆冷水。

这样也好，他终于冷静下来，对自己所谓的诗进行了全面的审视。他觉得写诗光有热情和生活是不够的，还得有技巧，比方意境、构思和语言。

他发现，他过去写的那些自以为不错的所谓诗，实在层次太低，语言太粗糙。重读之后，感觉就像白开水似的，淡然无味，毫无艺术性可言，可以说狗屁也不是！只不过是一些分行排列的句子而已。他为之焦虑和苦恼，感到自己就像一个匆匆忙忙的行路者，来到了一个三叉路口，不知往哪个方向走？茫无目的地在那里徘徊踯躅。多么希望有一个老师给他指导一下，有一个引路人引他走出困境！可他四顾茫然，所接触的多是大老粗，不是文盲就是半文盲，哪去找这样的老师?名江和春明也和他差不多的水平，都处在同一起跑线上。

他静下心进行了认真的思考，终于有了答案：他觉得自己还是书读得太少，文学艺术造诣太浅，唯一的途径是多读书。

他很想报考函授中文专业，可没有门路。他问了名江，名江也跟他一样。又向春明打听，春明也不知所以然。他只好从新华书店买了一套北大中文系教授游国恩、萧涤非等编写的《中国文学史》进行自学，又买了一套《欧洲文学史》，按照两本文学史所提到的书目，尽可能找来阅读……

然而，钟文逐渐感觉政治形势越来越紧张！

自己追求文学的狂热和文艺界的客观现实完全相悖，简直有点格格不入。明显感觉到文艺界的政治形势日趋严峻，作家的处境越来越不妙！文坛的空气充满了浓浓的火药味。刀光剑影，杀气腾腾。

文艺批评的方向一变再变，锋芒所指，风声鹤唳。继"有鬼无害论"，"时代精神汇合论"，"写中间人物论"被批判之后，"现实主义深化论"也遭到了批判和声讨，电影《李慧娘》、《北国江南》、《早春二月》、《林家铺子》也相继被打成了毒草。

遭到批判的电影有许多钟文以前没有看过，不知其所以然，但他对《林家铺子》却印象极深，他在阅读《茅盾文集》时就读过这篇小说。这是茅盾短篇小说极有艺术价值的名篇，是左翼作家文学创作成果的代表作，电影《林家铺子》基本遵循了原著的精神，反映了三十年代，风雨飘摇中的旧中国民族资本家走向破产的悲惨命运。他记得，看过电影之后，心灵又一次受到了震撼和冲击。他不明白这么好的电影，竟然是宣扬"阶级斗争调和论"的大毒草！这究竟是怎么回事呢？他百思不得其解。作为一个基层业余文学爱好者，对上层其极复杂的政治背景下的义艺形势，自然无法理解。只能睁大吃惊的眼睛关注着形势的发展，人云亦云无所适从，处在焦躁苦闷之中。

1965 年年底的时候，文艺界爆炸了一颗原子弹——姚文元在《文汇报》发表了《评新编历史剧——海瑞罢官》。一场史无前例的全国性的政治运动——无产阶级文化大革命即将拉开帷幕。

山雨欲来风满楼……

第七章　天山挖药人

二小队来了过冬的盲流

新疆的冬天来得早，雪下得也早，"胡天八月即飞雪"。还没过"十·一"，就刮起了卷地风。天看起来好好的，晴空万里，可天气说变就变，突然平地卷着一阵灰沙，慢慢形成一道幕墙，把天空笼罩在昏黄的大幕里，无边无沿铺天盖地，呼啸着轰响着，以惊人的速度向前推进，真所谓摧枯拉朽飞沙走石。走在路上，行人和牲口碰上这样的沙尘无处躲藏，便会葬身沙海。

大风过后，气温开始下降，寒风凛冽，寒冷刺骨，人冷得索索发抖。天空开始飘起雪花，风夹着飞雪漫天而来，纷纷扬扬，上下飞舞，起伏不平的牧场上，收获后的庄稼地里，一切裸露的荒原、山谷、河滩、道路上都积起了厚厚的冰雪。到处悬挂着冰凌冰柱，天寒地冻滴水成冰。不下雪也少有不刮风的天气，鬼哭狼嗥，卷起满天的烟尘，天地间昏蒙蒙的，整个世界仿佛笼罩在一片无边灰暗的天幕里。走在外边，冷风刮在脸上，就像刀子割一样生疼，胡子眉毛都要结成冰霜……

社员们已经收割完了庄稼，晾晒好了粮食，把牛羊从山上赶下来，把马棚牛棚羊圈扎牢扎结实，把牲口圈好，将过冬的牧草和饲料备足，开始猫着腰在家过冬。

二小队从十月份开始，陆陆续续来了一些衣衫不整满脸黧黑头发蓬乱浑身肮脏的男人。他们操着各地方言吵吵嚷嚷寻找着住处——原来他们是一些盲流。这些盲流来自祖国的四面八方，有河北人、山东人、甘肃人，大多数是四川人，他们是从天山挖药回来的。天山上生长着许多种中草药，尤其有一种叫贝母的中药材很名贵。能治伤风咳嗽，每斤卖到一二十元。那时的二十元可不是现在的二十元。一斤羊肉卖三角六分，一斤面卖八分。有如此之高的收益，人们便趋之若鹜。许多内地来新疆的盲流，或孤身一人，或拖家带口，纷纷来天山淘金。他们大多在春天天气暖和的时候上山，在山上干到十月份。天气开始寒冷，那些来新疆讨生活的外地人和盲流，受不了严寒的袭击，在野外实在不能存身，便纷纷撤退，不得不回到山下寻找栖身之处猫冬。等寒冬一过，这些人就像候鸟一样，就又离开这里，成群结队上山继续他们的营生。

尽管这些人平时是天不管地不收的所谓盲流，但他们毕竟是中国的老百姓。当地政府，担心这些盲流在极端严寒恶劣的天气里，露宿野外被冻饿而死。本着人道主义原则，指示各公社对那些从天山上下来猫冬的盲流予以收留。生产队总要腾出一些闲置房子让他们安身。

入冬之后，刘景和也跟当地社员一样，在家猫起冬来。天气实在太冷，他带的衣服不多，冻得手脚麻木，索索发抖，实在抵御不了严寒的天气，他便利用年终分红的钱到伊宁购置了一些新铺盖，还买了一件厚实的棉大衣，棉大衣穿在身上暖和多了。大雪封门，灰沙漫天，除了对付一口三餐便没有事干，漫长的日子实在让他感到无聊透顶。哈萨克人尽管对他不错，但他总感到和他们融合不到一起，和那些社员建立不起很深的感情，内心深处的想法无法和他们诉说。好在京红学离他不远，常到他这儿玩，和他说话，几乎是他的常客。有时，他不想回去，两人就伙睡一张床上。景和不忘老吴，常跑老远的路去找老吴，给他送些肉去。

当那些在天山挖药的盲流来到他们生产队猫冬的时候，寂寞中的景和自然对他们发生了兴趣，常去和他们交谈，了解一些情况。通过一个冬天和这些挖药人的相处，逐渐和他们熟悉起来。其中一个叫柱子的高个子山东青年很对他的脾气，和他很谈得来，什么事都对他讲。景和对他们上山挖药感到好奇，时常向他打听一些山上挖药的事。

柱子不像那些四川人对什么事都藏着掖着，柱子说话非常爽快。见景和问起他在山上的事，毫不隐瞒十分坦诚地向景和说了自己上山挖药的情况，景和听得一愣一愣的。

景和问柱子："你们在山上感觉怎样？一定很苦吧？受得了吗？"

柱子说："上山挖药能不苦吗？说不苦是假的，是骗人。但我觉得，在山上挖药苦是苦点，其实也挺美的，山上有许多平地见不到的美景，而且特自由，想怎么就怎么，自个儿当家自个儿做主！在中国，无论你在哪里都有人管着你，叫你干啥你干啥，你不干还不行。可我们这些人就天不管地不收。哈哈！我说得对吧？"

无拘无束自由自在天马行空的生活，这正是景和所向往的，景和喜欢的就是这种自由自在的生活环境，他对上山挖药产生了浓厚的兴趣。

景和问起他们上山挖药的收入情况，柱子也毫不隐瞒地对他说："只要不怕苦，运气好的话，一年嫌个两千块不成问题。"

景和听了有点错腭，嘴张得溜圆："哦！这么多啊！"他差点叫出了声。这太不可思议了，简直叫人不敢相信！他继父在黑咕隆咚的井下挖煤，累死累活干一年，还挣不到一千元钱。他们这些人上山一年，够煤矿工人干两年的了！多么诱人的事啊！

不过，柱子又说："刘哥，你甭以为在山上挖药很赚钱，很舒坦，你知道吗？但那钱也不好挣哩，说句实话，这些钱是我们拿命换来的！你不知道，在山上挖药还是很苦很累的，有时还会遇到危险，弄不好连命都搭在那里！"

"看你说的，哪有那么悬？"

柱子认真地说："一点不夸张，我说的是真的！"

说完，又转换口气说："不过话又说回来，世上干什么不危险呀？坐在家里最好，可那能挣钱吗？"

听了山东人的话，景和不由得萌生了来年开春和他们一起上山挖药的念头。

京红学来二小队找景和玩的时候，景和便把他要上山挖药的想法对他说了说，除了征求他的意见之外，还希望他能够和他作伴，一起上山挖药。

"小京，明年我想跟他们一起上山挖药，你去不去？"

不想京红学一听，却极力反对，漂亮的脸上表现了短暂的惊愕，然后把嘴撇了撇，不屑地对景和说："我才不去呢！你呀，你以为上山挖药是游山玩水哩！看你说得那么轻松，挣钱哪有那么容易？你是闲得没事干了，还是想钱想疯了？咋动起这个念头呀？看见人家挣钱多心就痒痒的了，是吧？刘哥，我劝你趁早打消这个主意，那钱不是你挣的！真的……"

接着，小京好像自己亲身经历过上山挖药似的，向景和绘声绘色地描述了上山挖药的种种危险和艰辛："他们看起来挣了不少钱，你以为容易呀，可那些钱都是用命换来的。你不知道，上山挖药每年都有从悬崖上掉下去摔死的，有同伙打架斗殴死伤的，有见财起意而被谋财害命的，还有在森林里迷了路或遇上猛兽比方狼，再也没有回来的，你问问那些人，是不是这样……"

说得令人毛骨悚然，令人后脊背发凉。

景和暗自吃惊，这小子，人不大，怎么知道得这么多？

但景和却不怕，他喜欢这种冒险。煤矿工人不也同样充满危险吗？在井下，时不时出现冒顶塌方和瓦斯爆炸事故，矿里断胳膊少腿的工人比比皆是。在几千米的地底下挖煤，本身就带有赌的成分，矿工还被人称作"埋了没死的人"。景和是那种不安份的人，此刻，他的内心充满着一种渴望，希望过一过那种富有刺激性的冒险生活。他丝毫没有被柱子的话所吓倒，相反倒产生了一种跃跃欲试的冲动。他已下定决心，京红学不去他就独个儿去，他偏要去闯一闯，试一试。

然而当他对那几个四川人说起这事，要求和他们一起上山挖药的时候，四川人以为他是说着玩儿，审视他半天然后却摇了摇头。说："你不行哟。"

景和十分纳闷，不明白他们为什么说他不行。

"我为啥不行？"

四川人笑着说："小刘，不是我小看你，你不是上山挖药的材料哟。你看你，细皮嫩肉的样子，哪吃得上山挖药的苦啰？"

景和说"这你就小看人了。我十多岁就下井挖煤，什么样的阵势我没经见过。你放心，我上山决不会拖累你们。"

那几个四川人看景和人不错，说得也恳切，柱子又极力从中说合，便只好答应了。

和他们一起上了天山

他们是四月初上的天山。上山之前进行了准备。首先是挖药必备的工具——铁铲和背篓。这些东西景和只得现买，好在杂货店随处都有卖的，价钱也不贵。常年吃住在山上，还要带上衣服铺盖。景和想将去年冬天新购置的那套新铺盖带上山去。那几个四川人拖着腔嘲弄他说："朗个要带那些东西哟？你当是上山旅游看景啰！"

景和说："那带啥子？"

柱子对景和解释说："上山要带粮食，不能带那么多行李，带一件大衣就行了。粮食带得越多越好，可我们没有那么大力气，不可能一次带太多，一人六七十斤面是非带不可的。”

景和听了，便知趣地把铺盖卷放回了住处。

那几个人看景和是第一次上山，多少给了他一些照顾，炊具没要他背，只要他背自己的那一份面。好在面并不是一开始就背，他们走到离上山最近的粮店才买的，这一来自然省却了不少力气。

他们一行七人，三个四川人，一个甘肃人，一个河北人，还有山东人柱子，再就是景和。四川人多，他们又是从一个地方来的，心很齐，凡事爱抱团，加上他们上山挖药的次数多，有经验，自然就有了支配其他人的话语权。有什么事，比方往哪个方向走，什么时候吃饭，基本上是那几个四川人说了算。景和是初来乍到，对什么都很陌生，当然听他们的。四川人能吃苦是出了名的，尽管他们个子矮小，背篓里背着上百斤的东西，爬山越岭却很利索，一点不比大个子柱子慢。景和跟在后边就感觉有点吃力，没走多远就出了一头热汗，他解开了衣服扣子，还是汗流不止。尽管走得很累，背篓压在身上沉甸甸的，累得哼哧哼哧直喘粗气。他怕四川人说他，也不敢吭声，一步不落地跟在后边，不使自己掉队。好在越上山气温越低，身上的汗渐渐消下去了。

如果在内地，这个时候早已是春暖花开阳光明媚，一片姹紫嫣红的春天景色。而在这天山上，除了雪山松，别的树木却只爆出一点点嫩芽，野草还没有返青，满眼还是一片萧条的隆冬季节。

他们是从赛里木湖边的小路上的山。沿着一条小径，小径越走越窄，渐渐消失在野草丛林之中。没有了路，只好在草地上行走。草棵子很深，草全都枯萎，脚走在上面软绵绵的。终于要上山了，山势开始还比较平缓，坡度不是很大，走在绵软长满牧草的山坡上，不怎么费劲，就好像走在地毯上一样。走了一会儿，渐渐地山势便陡峭起来，树木也越加稠密，山上常年积聚的落叶和枯草太厚，一脚踩下去虚虚的，脚不能着地踩实，脚步虚飘飘的好像跳舞。每走一步都很困难，人累得气喘嘘嘘汗水直往外淌。途中坐下来休息了两次，喝了点水吃了点馕。到了下午，终于赶到了第一个宿营地。这时，景和全身的骨头散了架似的，两条腿也有点酸痛，躺在地上再也不想起来。

这是一片原始森林，抬头四顾，密密的林子里长着差不多都是天山上常见的那种松树和杨树，还有别的杂树。天山松也叫云杉，隆冬季节树叶不落。如今正是树枝萌发的时候，隐隐约约可以瞅见深绿的老枝顶端的叶尖上绽出一点嫩绿的新芽。云杉高大粗壮，树皮呈暗褐色，大枝平展，小枝下垂，树冠呈圆柱形或尖塔形，树大的几个人抱不住，小的也有一人合抱那么粗。树底下落了一层厚厚的松针。人走在上面好似踩在棉花垛上，塌陷下去一个深坑，躺上去就像躺在沙发床上一样。简直是上天给他们造的沙发床！景和瘫软似地倒在柔软的松针上，伸开四肢，闭上了眼睛，多么舒服呀！

同伴们也找了几棵枝叶浓密的松树，把地上的干松针归拢到一处，便成了厚厚的沙发床。那几个四川人看大伙也累了，又是半下午时候，不便去远处挖药，便找了个平坦的地方架锅做饭。

锅是大家带上山的钢精锅。大家一齐动手，烧火的烧火，拾柴的拾柴，拌面的拌面。带的馕还没有吃完，他们只烧了一锅面疙瘩汤。不一会儿，面疙瘩汤就烧好了。大家围过来用茶缸盛了，一边就着咸菜疙瘩吃馕，一边嚯啦啦喝着面汤，身上顿时热乎起来。

吃完饭，大家说了一会儿话，那几个四川人看景和躺在那里，闭着两眼不说话，一副疲惫不堪的样子，开玩笑说："小刘，嘭个样啊？看你累成这个样子，受不了了吧，如果不行，明天你下山算了哟！"

景和说："你们不要小看人，这有啥子？我吃过的苦比这多得多哩！"

"好！好！"

柱子也凑热闹说："下定决心，不怕牺牲，排队万难，去争取胜利！"

"我们要发扬一不怕苦，二不怕死的精神！"

"哈哈！"山坡上响起了人们苦中作乐的笑声！

天渐渐暗下来，四周一片漆黑，万籁俱寂，惟有耳边听见呼呼的风声，风在远处发出尖利的呼啸，四周的树梢似乎也在摇动。而身上倒没有刮风的感觉——他们挑选休息的这个地段很不错，比较背风，四周浓密的树林像围墙似的把这里遮挡得严严实实的，风刮不进来。景和把带来的大衣往身上一盖，感觉暖暖的。偶尔有一阵乱风掠过来，带来一阵刺骨的寒冷，只好将大衣裹紧。他们也累了，谁也不想说话，都早早睡下了。

天快亮的时候，朦胧的睡梦中，景和突然感到一阵阵刺骨的寒气向他袭来，好像自己赤身裸体睡在雪地一样，裹紧大衣也无济于事，冷！冷！他被冻醒了！

睁开眼，森林里还是一片朦胧的夜色，眼里尽是那种青灰色粗壮的树杆。尽管时令已是阳春四月，想不到天山上还是春寒料峭，早晚的气温相差如此之大。这么冷，简直让人受不了。他身上裹着的棉大衣尽管很厚实，可他感觉如同一层薄纸，抵挡不了凌晨寒气的袭击。他只好像虾米似的把身子缩成一团，以减少热量的散失，可毫无用处，仿佛有一股冷风往脖子和脊背里钻……

他们呢，他们不冷吗？景和稍稍抬起头瞅了瞅那几个同伴，和他一同睡在这棵松树底下的是柱子，另几个睡在附近的几棵松树下。这会儿，一个个睡得像死猪似的，有的还发出了响亮的呼噜声。

他反正也睡不着，干脆不睡了，倚靠着那棵云杉树根部坐了起来。这是一道山坡的凹地，他和柱子睡觉的这棵树干挺拔，树枝浓密，像一把巨大的伞把他俩遮挡住。杂乱的枝叶把头上的天空分割成各种不规则的图案。渐渐地曙色从林子间透出来，开始是铅灰色，越来越明，光线越来越亮。他就那么痴呆呆地坐着，思绪如脱缰的野马……

多少年了，他的心都不安宁，像一只被追逐的兔子。无论走到哪里，都会遭到别人的围猎。他想起在前进矿的日子，从他踏入社会的那一刻起，似乎有一条有形无形的绳索把他套牢捆紧，想摆脱也摆脱不了，一直处在那个看不见的罗网里……

他来新疆转眼快一年了，基本上已经适应了这里的生活，但和这几个上山挖药的同伴相比，他简直还只是学徒，还没有入门呢！这些人常年像野狼似的到处窜来窜去，风里雨里，居无定所，风餐露宿。可从他们身上根本看不出有什么焦虑、烦恼和忧愁，每天总是乐呵呵的。

他们都是些什么样的人呢？为什么放着好端端的家庭生活不过，甘愿出来流浪受苦，当盲流？都有着怎样的人生故事呢？这是一个猜不透的谜！

也许真像京红学说的，凡从内地跑到新疆来的人百分之百有问题？这些人在一起的时候尽管很随便，说说笑笑打打闹闹，看不出有什么不快。但对于他们个人的身世，都讳莫如深，从不向别人提起，他们也不打听别人的情况。只有个别相好的人才相互透露一鳞半爪的消息。他过去总是埋怨自己出身不好才遭此厄运，而实际上并非都是如此，出身贫农的柱子，也有着不堪回首的往事，也同样受到命运的捉弄！柱子曾对景和说过，在1960年的那场大饥饿中，他一家四口被饿死了三口。要不是他从大队逃出来当了盲流，也许他也早被饿死在家乡！在那段饥饿的日子，景和一家虽没有像柱子家那样饿死人，但也感受过饥饿的滋味，他和矿里的孩子一道在地里挖过野菜，摘过树叶，有过饿得两眼发花的经历。他曾亲眼听说过一个家在信阳的矿工和他谈起家乡的饥荒，心情沉痛地说，他们那个大队，饿死的人多了去了，有好几户人家都成了绝户。那人告诉他说，好在那一次，他及时从矿里带了些粮食赶回去。当他推开门进家的时候，父母都没有说话的力气，弟弟躺在母亲的怀里，骨碌着两只眼睛，已奄奄一息。他赶紧从面袋里挖了点面，拌了点面汤，给家里人喂到嘴里。他们才缓过劲儿，父母才有了说话的神气。要是晚回去一天，他一家准会饿死……

其实全国六亿多人，有多少人又能掌握自己个人的命运？覆巢之下，安有完卵？

　　天渐渐亮了，头上狭窄的天空终于露出赤红色，树上传来一阵悦耳的鸟叫声。毕竟是春天了，天山的春天尽管来得迟缓，但林鸟还是感知了春天的气息。那几个同伴也醒来了，一边揉眼一边嘴里嚷着说："真冷，昨晚上把我冷死了！"

　　"龟儿子，这个时候了，朗个还这样冷哟！"

巧遇马鹿

　　大家忽隆隆从地上爬起来，七手八脚开始做早饭，仍跟昨晚一样，大家用钢精锅拌了点面疙瘩汤，就着馕和咸菜胡乱填饱了肚子。

　　今天得进山挖药了，为了能够多挖药，不能一起走。七个人分成三起，三个四川人一起，甘肃人和河北人一起，景和和柱子一起。各自带着各自的背篓家什及中午的干粮就分头出发了。

　　他们在密林中穿行，高大的云杉、杨树和别的树把天空遮挡住，太阳从树隙间漏射下来，林子间斑斑驳驳直晃眼睛。脚底下都是铺得厚厚的枯枝败叶，人踩上去软软的滑溜溜的。没有路，在稠密的林子里行走，杂乱的松针和乱树棵子有点烦人，往人的脸上和眼睛上乱碰乱刺，割得人的脸生疼。人走过去，须用手把树枝拨开或低下头才可以通过。柱子也许在林子里钻惯了，左躲右闪，走得很快。而景和却有点笨拙，他的脸上被刺了几下，划了好几道口子，生疼生疼的。渐渐跟不上柱子的脚步，柱子在前边呼喊着景和快点跟上，别掉队。景和加快脚步紧走一阵，终于撵上了。柱子一边走一边细心地向景和介绍着寻找贝母所要注意的事项。

　　正说着，一棵又粗又大的贝母棵子出现在柱子的视线里。柱子高兴地对景和说："看那，贝母！"山东人说着，立即跑过去，用小铲将那棵贝母铲了起来。

景和快步跟了过去，他是第一次见到山上的贝母，对柱子说："我看看。"

柱子拿着贝母，对他详细讲解着贝母的特征。景和从柱子手里接过贝母仔细辨认着，然后还给了柱子——他已经熟悉了。

柱子的运气不错，除他刚才看到的那一棵，在旁边还找到了好几棵，他显得有点兴奋。景和也为柱子的情绪所感染，说："不错呀！"

往前走了不多远，景和也发现了几棵贝母，心情顿时振奋起来。柱子的兴头也上来了，对景和说："咱分头挖，你朝东我朝西。"

景和点头答应："行行！"

柱子没走几步，忽然想起景和是头一次上山挖药，缺乏经验，在这漫无边际的森林，极容易迷失方向，他便回过头来对景和吩咐说："你要记住这片林子，就在这一带挖，千万别跑得太远。"

景和答应一声："知道了！"

不一会，柱子便消失在密林里。

景和头一次一个人在森林里行动，记着柱子吩咐他的话，生怕走远了走迷了方向。认真看了看四周，留意着有特征的树木和地形。恰好旁边有一棵高大粗壮的云杉，下边有一根粗大的折断了的树枝，他便把这个断了枝的云杉作为参照物。心里有了底，然后才开始一心一意寻找起贝母来。他低头仔细地巡视着四周，好一会儿，都没有发现贝母的踪影，心里未免有点沮丧和着急。正在这时，他猛一抬头，发现前头不远处的树丛中，什么东西忽闪了一下，他心里蓦然一惊！

莫非是狼？天山上经常有狼出没，天山狼是很凶猛的。完了，今天如果碰上狼小命就完了！他惊恐地睁大眼睛朝前看去，只见一个庞然大物出现在他的眼前。不是狼！狼没有牠的个头大。这个庞然大物头上长着一对鹿一样的犄角，像马一样褐色的身躯。他的心禁不住一阵狂跳，生怕那个大傢伙向他猛扑过来。但是他的担心完全多余，那只庞然大物瞪着两眼，只默默地向着他对望，没有向他发起进攻的意思。牠的眼睛看起来那么随和和友善，没有露出半点吓人的凶光，倒闪动着一种柔顺。

景和定了定神，瞪大眼又仔细看了看，这才把面前这个庞然大物看清楚——原来是一只马鹿！他过去虽没有见过马鹿，这是他平生第一次遇见马鹿，但他听那几个挖药的盲流说起过马鹿。天山上生长着不少马鹿，马鹿的身子和马差不多，头上长着犄角。马鹿是食草动物，性子温顺，从不主动对人进行攻击。景和放下心来，他好奇地打量着眼前这只马鹿。令他奇怪的这只马鹿并没有立即离开他的意思，而是站在那里一动不动。也许，这只马鹿见景和没有伤害牠的意思，竟然对景和表现出一种友善，扬起头向他张望着——似乎对于撞入牠领地的不速之客大惑不解而感到吃惊。景和觉得有趣，便向那头马鹿轻轻地走过去。眼看再走几步伸手就要触摸着的时候，马鹿却拔腿跑了。景和感到十分惋惜，立在那里望着马鹿远去的身影发愣。然而令他意外的是那只马鹿看他停住了脚步，竟也停下了脚步，带着十分友好的眼神望着景和。景和试探着向马鹿靠近，跟上次一样，眼看就要伸手可及的时候，牠又转身跑了。景和站住，牠也站住，不让景和靠近，只允许和牠保持一定的距离，不远也不近，不即亦不离。只要稍一靠近，牠转身就走。

景和被这只马鹿奇怪的举动所吸引，完全忘记了挖贝母的事儿。跟着那只马鹿离开了那片树林。来到了一个山坳。待他寻找马鹿的时候，那只马鹿却消失得无影无踪。他这才想起挖药的事儿。除了刚开始和柱子在一起挖的那几棵贝母，他的背篓还是空空的。他忽然感到又饥又渴，心里一阵阵发慌。心想，不管三七二十一，先把肚子填饱再说。连忙从背篓取出馕和水，坐在山坡上吃起来。

当他吃饱喝足，站起身来的时候，突然发现，就在附近的林子里，竟然出现了成片的上等贝母棵子！刚才怎么没有看见？他揉了揉眼睛，仔细辨认了一下，真的是贝母！不由得又惊又喜。立即从背篓里取出小铁铲弯下腰挖起来。他将挖出来的贝母棵子拿在手里看了看，好大的鳞茎呀，比柱子挖的那棵大的还粗。贝母的药用价值就是它的球茎。柱子告诉过他，球茎越大卖的价钱越贵。这些贝母大约生长好几年了，没有人来挖过。真好！景和喜不自禁，当他用小铲将一棵贝母铲出来的时候，发现贝母的根茎竟然被小铲铲破了，他没想到这棵贝母的地下根茎长得这么粗壮！他再挖的时候，尽可能小心地将整个鳞茎挖出来，不损伤贝母的根茎。一棵又一棵，他挖得十分过瘾。不一会儿，挖出的贝母就装满半背篓！莫不是那头马鹿把他引到这儿的？这头马鹿帮他找到了贝母！多么神奇的事啊！这么多贝母，这就是钱啊！

不一会儿，景和就把背篓装满了。他还想继续挖，然而他发现太阳已经西沉，红色的晚霞把林子染成橙红色。他这是第一次上山，不敢多耽搁。背起背篓朝来的方向走去。可是走着走着，他竟走迷了方向。刚才来的时候，只顾着逗马鹿玩，忘记留记号，如今一点印象也没有了，满眼都是茫茫森林，一样高大的树木，他心里着急起来。越着急脑子越糊涂，越发辨不清方向，头脑发出一阵轰响……

眼看天色已经暗下来，额头上急出了滚滚的汗珠。他定了定神，还是辨不清方向，头脑晕晕乎乎的。他慌乱地站到一个土坡的石头上，张大喉咙不顾一切地大喊起来："啊——啊——"呼喊声在山林里回荡着。他感到了一种恐慌。他继续喊："啊——啊——"没有人答应。他停止呼喊，稍稍冷静了一下头脑，就着林子里的微光，仔细辨认着附近的树木。他忽然一阵惊喜，看见了他发现马鹿的那棵几人合抱的大云杉，一颗悬着的心这才放下。这时，他似乎听到了一阵呼叫声，声音就在附近，他听出是柱子的声音。是的，是柱子在找他，他连忙回应了一声："我在这里！我在这里！"

"小刘！小刘！"果然是柱子在叫他。

原来柱子看看天色将晚，到了该会合的时候，却迟迟不见景和回来，生怕他迷了路，便着急地寻找起来。

景和见了柱子，惊恐地说："吓死我了，刚才我差点迷路，怎么也找不到原来咱俩分手的地方！"‘

"可不敢这样，下次一定注意记住方位，迷了路可了不得！这么大的山哪去找你？"柱子忽然发现景和挖了满满一背篓贝母，十分惊奇，说："挖了这么多，你怎么挖的？"

景和便把自己遇见马鹿的事给柱子说了说，柱子毫不为意，说："这有什么稀罕的？这天山上的野物多着哩，有时还碰上狼哩。"

两人回到住地，大家看了看各自所挖的药，想不到景和挖得最多，贝母个头也最大，他竟拔了头筹，那几个四川人都暗自称奇。

林中遇险

新疆的春天多风沙，戈壁滩的风沙更是大得吓人，刮起大风的时候能把火车掀翻。天山上的风沙虽没有戈壁滩厉害，但沙尘暴刮起来的时候，也会天昏地暗飞沙走石，连人呼吸都感到困难。这些挖药人为了在天山挖到药材，每天早出晚归翻山越岭不辞辛劳，备受沙尘的折磨，几天下来，就被朔风吹刮得一个个蓬头秽面变了人形，脸上乱七八糟地附着一层厚厚的灰粉。用手一抹，就是一大把灰土泥秽……

景和原就比别人面皮细嫩，经这铺天盖地的大风一刮，脸被刮得红通通的，嘴角裂开了口子，渐渐地口子结成了血痂，皮肤变得粗糙，倒也不感到疼痛了。白天不停地东奔西跑爬山涉水，晚上回到营地，因为太累，什么也不去想，吃过饭倒头就睡，一觉睡到天亮。所谓日出而作，日入而息。

上山挖药，就像放牧一样，一片山林的药挖过了，过几天就得转换一块山林。

他们在第一个宿营地待了一星期，看看附近山林的药挖得差不多了，就想换一个地方再挖。住宿的地方好找，在向阳背风的松树底下，把干燥的松针拢到一起就是床铺，躺下来就可以睡觉。但人得吃饭喝水。粮食暂时不成问题，带上山的粮食够吃一阵子的，而水却不好找。接连好几天，大家一边挖药一边寻找水源，找到有水的地方才能安营扎寨。

那天，大家分头行动，一边挖药一边找水。景和和柱子翻过几个山岭，来到一个山崖，走着走着，景和不知怎么的和柱子走散了。这时，他突然远远地听见了潺潺的流水声。他扒开草丛往下一看，原来山崖下有一条弯弯曲曲的溪流，碧清的溪水冲在石头上泛着白色的浪花，在树枝空隙投下的光影里闪烁着银色的光沫。景和又惊又喜，连忙喊叫柱子："有水啦！找到水啦！"

柱子可能走远了，没听见柱子的应答，景和也顾不得寻找柱子，便兴奋地一边喊一边飞跑过去。来到了山崖旁边便停下了脚步——溪流在山谷底部。景和想要下去，可山崖太陡，人下不去。景和站在那里观察着四周的地形，就顺着山崖的陡坡，手脚并用慢慢地往下爬。下边的溪流太深，崖又高，崖上铺满落叶，土质疏松，每爬一步都格外小心，生怕一步不慎整个人会掉到山崖下的溪流里！就在他探索着往下走的时候，惊喜地发现，不远处的半坡上，溪流的下方竟横跨着一座独木桥！在这高山深谷哪来的独木桥？显然不是人搭成的，仔细一看，原来是一整棵树倒下去形成的。不知这棵大树是因为刮风还是下雪或别的什么原因自己倒下去的，又粗又大的树身正好横在溪流上，树身并没有脱离根部，弯曲着连接在山坡上。树枝已不可见，只剩下弯曲横跨在溪流上的粗大的树杆。怎么下去呢？景和爬在崖坡上，观察好一会儿，都没有找到好的途径，看来只有从这棵树上走过去。

他慢慢地向树身爬去。这棵倒下去的树真大呀，从树皮的形状看出，很可能是一棵云杉，什么时候倒下去的很难作出判断。因为发现了水，景和只顾着高兴，也没有多想，终于爬到了大树根部，他便站直身子，两脚踩在树身上，准备沿着弯曲的树杆走到对边的溪流。

可他在树身上没走几步，觉着有点不对劲儿，脚下的树皮已经糟朽得如同棉絮，软绵绵的，经他两脚用力一踩，树身开始摇晃，木渣纷纷往下掉落。这时，他应该返回，但他没有经验，也有点大意。心想，这么大的树还载不动我一个人么？因而他便继续踩着树身往下走，脚步也在加快，冲击力自然更大更猛。树已糟朽不堪，哪经得起如此猛烈的重压？眼看着树身在重力作用下变成了一张弯弓，摇摇晃晃就要断裂！景和感到不妙，想转身回头已来不及，只听得哗啦一声，树身断了，连人带树一起掉了下去！景和叫了声"糟了"！从这么高的地方摔下去，必死无疑！

景和的运气还算不错，身子正好掉在沟下的溪水里！他先是感到脑子懵懵的，以为这下完了，本能地闭上了眼睛，等待死神来临。渐渐地他感觉身上疼痛——意识到自己还有知觉，没有被摔死。他连忙活动了一下身子，还好，手脚也灵活自如，自己没有受伤。只是身上的疼痛还在继续，针扎似的，疼入骨髓。身上怎么这么疼？这疼痛哪来的？他受的什么伤？随之他晃然明白过来——他的整个身子被浸泡在溪水里。溪水是天山冰峰上的冰雪消融后流下来的，当然寒冷刺骨。这针扎似的疼痛是溪水太冷的缘故。他连忙从溪边爬到岸上，站起来活动了一下身子，手脚终于暖和起来，疼痛才渐渐消解。

这时他站在那里朝刚才摔下来的地方瞅了瞅，不由倒吸一口冷气——他发现，在他落水不远处紧挨着一块突出水面的大石头，石头露出棱角，如果人摔下去，头碰在石头上，他也许早就一命呜呼！

他从石头上站起来，惊魂甫定，猛抬头，差点又被吓晕过去！

就在离他不远处的那块山崖上，立着一只灰色的动物，两只闪光的眼睛正虎视眈眈地望着他！他睁眼一看，分明是一只大灰狼！那只灰狼也可能是来溪边找水喝的。这会儿正向他这边张望着，拖着长长的血红的舌头，两只眼睛闪烁着蓝幽幽的亮光！他心想，这下完了，小命要在这里交代了！

天山的狼凶残无比，若是向他猛扑过来，还不把他撕成碎片！今天是怎么了，他怎么这么倒霉？什么事都让他摊上了！自己这么年轻什么也没干，就这样喂了狼，实在太亏了！他颤抖着身子一步步往后退缩，想寻找一块石头作最后的抵抗。谁知他退到了石头的边沿，脚下一滑，身子一歪，扑通一声，整个人又掉进了溪水里，水花四溅！那只大灰狼听见扑嗵嗵的声音，又见高高溅起的水花，也吓了一跳，不敢轻易造次，回头望了望，赶紧夹起尾巴，顺着山坡跑了。

景和这才松了口气，全身瘫痪似的跌坐在大石头上，木呆呆地发了一会儿怔，慢慢清醒过来。感觉口渴难忍，喉咙里直冒青烟，双手捧着溪水喝起来——溪水冰凉冰凉的，有点浸牙，水一喝进嘴里，像无数根钢针往嘴里刺，满嘴麻木僵硬。

他坐在石头上休息了一会儿，慢慢恢复了一点神气，便站起身来准备离开。

他找到水了！这是他一个人找到的，那么多人几天都没有找到水，而他找到了！这是比什么都值得自豪的事儿。他回到营地，柱子回来了，那几个也空手而归。柱子埋怨说："你去哪了，我一转眼就不见了你，让我好找！"

景和说："你还说呢，我也找你好久！"景和抑制不住内心的兴奋，说："告诉你好消息，我找到水了！"

柱子惊讶地问："真的？"

那几个连忙问："在哪儿找到的！"

"翻过两座山，在那边，"他对柱子说："离和你分手不远的地方！水可多啦！"

他不由得产生了一股豪气！

第二天，他们几个就把营地安到了这里。

你相信石头上能烙饼吗

在山上时间一长，吃饭就成了问题。上山时他们带的馕只吃了一个多星期，渐渐地馕便吃完了。尽管还有面粉，但上山所带的炊具有限，只一个钢精锅和一个装水的桶，不能做馕做馒头，他们只能天天吃漏面鱼。漏面鱼名字好听，做起来也简单，把面粉和成稀糊状，用勺子挖起往滚水里一放，一会儿就煮熟了。连汤带面疙瘩捞到茶缸里就能吃。四川人吃这东西，也不觉得有什么不适，胃口很好，吃得津津有味。而那几个北方人却很不习惯，天天吃这东西，吃得人直反胃。

一天晚上，睡觉的时候，他们躺在树底下的地铺上说着闲话，说着在家时曾经吃过的美食，说得香气扑鼻，口水直溅。进行着精神会餐。

柱子说："你们吃过山东的大葱卷大饼吗？再蘸上大酱，那才叫美哩！"

四川人把嘴一撇："那有啥子吃嘛？你去四川吵，好吃的东西多得很哟！"

一个黑瘦脸四川人接着说："四川的抄手，麻婆豆腐那才好吃哟！还有火锅……"

陕西人也不甘落后，坐起身也说起了他家乡的羊肉汤泡馍："你们吃过陕西的羊肉汤吗？那香气，那滋味，嘿嘿！让你哈拉子流出来！"

河北人做出一副苦相说："咱们天天吃面疙瘩汤，烦死了，能不能想办法换换花样？"

听见这话，柱子连忙接着他的话头说，"呃，你还别说，我曾听一个挖药的盲流说过，在山上没有鏊子也可以烙饼！"

河北人不解地问："真的？没有鏊子没有锅咋个烙呢？"

柱子回答说："听说他们用石头当鏊子。"

景和想了想说："那得找一块光滑的石头吧。"

柱子说："是呀，先把石头烧热，然后把和好的面饼贴上去。"

甘肃人一听乐了，说："咱们为啥不试试？"

河北人也表示赞同："对呀，咱们也可试试呀，吃漏面鱼实在吃够了。"

但是那三个四川人却在一旁直撇嘴，黑瘦脸四川人不冷不热地说："癞蛤蟆想吃天鹅肉，尽想好事哟。"

柱子也是火爆脾气，一听这阴阳怪气的话，火便腾地一下上来了："你说谁哩？"

"人都喜欢在路上捡钱的，没听说过还有愿意捡骂哟！"

"看你那吊样！"

黑瘦脸也不是良善之辈，把眼一瞪："龟儿子!你今儿想咋的哟？"

柱子"嚯"地一下站起身，火气十足地瞪着对方："奶奶个熊，再骂，小心老子擂你！"他仗着自己个子大，有力气，说话也很冲。

那三个四川人一听这话，也忽地一下子从地上站起来："格老子，想打架哟？格老子的拳头早痒了唦！"

"龟儿子，活得不耐烦了，想找打哟!"

打架斗殴即将发生。

这些来自不同地方，离乡背井抛家别亲亡命新疆的盲流，大都没有上过多少学，缺少文化，性格粗鲁，命运使他们聚到了一起，他们各自有着不同的家庭背景和生活习俗，他们走向盲流这条路，有着多种原因和各自人生的坎坷和不顺，都是不得已而为之。他们长期与家人分离，在这种极端艰难恶劣的环境里讨生活。得不到丝毫的温暖和抚慰，过的是风餐露宿，饥寒交迫的生活。在颠沛流离中，程度不同地存在着一些性格缺陷和心理障碍。加上长年奔走在高山密林，不与社会接触，几乎与世隔绝，人性难免被压抑扭曲而变得烦燥和乖戾。况他们又是青春焕发荷尔蒙极其旺盛的年龄，说话做事稍不合心意，往往一句话就会把人惹翻，一点小小的火星就会引起爆炸，一点小矛盾就会爆发冲突。轻者口角，重则拳脚相加，吵架打架如同游戏似的成了家常便饭。不过事情过后，彼此倒并不计较，再大的怨气也会烟消云散风平浪静，什么事都没发生一样，在一起仍会友好相处。他们是一个特殊群体，在这残酷的环境里，他们谁也离不开谁，彼此间只有相互帮衬相互依赖，才能生存。他们的命运早已紧密相连不可分开……

景和是初来乍到，对这些人毫不了解也不习惯。他见几个人由小不然的几句话竟闹得剑拔弩张的地步，非常着急。眼看就要动武，连忙从铺上站起来，走过去把他们分开。说："看你们，咋个火气都那么大呢？都消消气吧。大家萍水相逢，聚到一起多么不容易，有话为什么不好好说，动不动就想动拳头？这多不好！伤了谁都不会好受！"

柱子本来就和景和要好，听到这话，自觉地退到了一边，四川人见柱子退回去，又觉得景和说的在理，也慢慢坐回到自己铺上。

景和看看大家的气都消下去了，便走到那几个四川人的跟前，对那个黑瘦脸说："大家吃漏面鱼吃得反胃，都腻烦透了，想换换口味吃点饼馍，我看柱子说的办法兴许能行，要不，咱不妨试试，你们觉得咋样？"

黑瘦脸看景和平时挺仗义的，这会儿又主动找他商量，挣足了面子，火气便消下去，于是对景和的意见没有再反对。

第二天清早，大家在山上找到了一块光洁的石头，挑了个光滑平坦的地方。找来一大堆干树枝，用火柴点着了柴火，柴火噼噼啪啪着起来了，石头在熊熊的烈火中逐渐变得烫手。大家连忙把柴火拨开，柱子趁机把和好的湿面饼贴到了烧热的石头上，石头上的面饼立即冒着热气发出了"吱吱"的声音。

"烤焦了！"

"翻过来！翻过来！"

旁边的人一阵乱叫。

柱子手忙脚乱，把面饼翻了个儿将生的一面贴上去。烤了一会，石头的温度冷下去了，他们架起柴火再烧，等把石头烧烫了，重又把面饼贴上，面饼在石头上发出滋滋的声音。一会儿，石头又凉下去了，他们又架起柴草重烧。柱子手忙脚乱，手被火焰烤得生疼，脸也被火烤得热辣辣的。他把手放在嘴边吹吹气，才把揭下的面饼重新贴在石头上。他被烟火熏得满头大汗，脸孔菲红。大家高声叫喊着，在一边嘻嘻哈哈指挥着。柱子被一旁的恬噪声弄得耳朵疼，因为手上拿着面饼，要不停地翻转，顾不上回怼他们，只顾低头忙着烤面饼。

面饼终于烤熟了，柱子把面饼从石头上揭下来，给每个人掰了一块。因为是头一次干这事，缺乏经验，面饼有些部分烤得好，有些部分没烤好，烤得好的部分看起来焦黄焦黄的，吃起来很香。没烤好的地方半生不熟的，吃起来有点发粘，烤过了的部分非常难看，黑炭似的，吃到嘴里发苦。那两个四川人一边吃一边把吃进嘴里发苦的面饼呸呸地吐出来。

柱子望着那三个四川人的恶心样子，火气轰一下差点冒上来，但他还是忍住了。

过了几天，在陕西人的提议下，又烤起了一次面饼，由于吸取了上次的经验，这次烤出的面饼有了很大进步，又黄又焦，吃起来很香。

从那以后，他们隔几天就要柱子用石头贴一次面饼。随着饼子贴的次数越多，贴饼子贴出了经验，烤出的饼子越来越好，黄灿灿的发出很好闻的香气。大家一边吃一边夸赞说："真香！真香！"黑瘦脸和那两个四川人也吃得津津有味："好吃！好吃！"

第八章　恋情

因为虱子刘景和下了山

刘景和跟那几个挖药的同伴在天山一待就是四个月，天天起早贪黑，顶风冒寒，像野狼似的在崇山峻岭蹿来蹿去。天气渐渐暖和起来，山上的树叶由浅绿变成了翠绿，各种野花随之开放，尽情地绽放出生命的绚丽和活力；鸟儿不甘寂寞，以特有的方式迎接春天的到来，在树枝上发出各种不同的叫声；一些小动物也在树林里乱蹿，寻找食物，林子间到处呈现出勃勃生机……

景和他们开始感知太阳带来的温热，早已脱掉了厚重的棉衣，换上了单衣。

几个月下来风餐雨宿栉风沐雨，药材已经挖了不少，他们等待时机将药材出售。

挖药人出售药材一般有两个途径：一是拿到山下卖给药材收购站，二是等待药贩子上山收购。山下的药材收购站价格比较高，但收购站离山下较远，下一次山很不容易，总不能为卖一点药材跑老远的路而耽搁挖药。他们只好把挖来的药积攒起来，等攒够了一定的数量，然后再拿到山下的药材收购店出售。山上没有专门贮藏药材的地方，他们便把挖的药材隐藏在林子里——找一个树林稠密之处，把挖好的药材往树丛里一放，再标上记号，等卖的时候再拿出来。这里地旷人稀，药材存放在林子里不必担心被人拿走；再加上这里气候干燥，很少下雨，也不怕药材被雨淋湿变质。

这个时期候，一些做药材生意的药贩子应时而动，开始活跃起来，纷纷上山收购挖药人手里的药材。这些药贩子掌握了挖药人的基本活动规律，知道挖药人在哪里活动。天气转暖的时候，他们便不辞辛劳来到天山收药，再把收来的药材卖给较大的药材收购站。来山上收药的价钱比山下收购站的要低，他们只不过赚取其中的差价，赚点辛苦钱而已。挖药人因为省却了把药材背下山的时间和力气，都愿意把药材卖给药材贩子，这对双方都有利。时间长了，有的药贩子和挖药人有了交情，便和挖药人成了老相识，收购他们手中的药便比较容易。

景和他们在山上已和药材贩子做了几次交易，分了几次钱，大家都很满意，但景和却产生了下山的念头。

原因是因为虱子，他实在受不了虱子的袭扰。

已经好几天了，他总觉得身上痒痒，常用手去挠。起先，他不怎么在意。有一天闲下来的时候，感觉身上又痒痒起来，似乎有什么东西在身上爬，伸手一摸，便摸着了一些小东西，拿在手里看了看，不禁大吃一惊——原来是虱子！

当他继续往棉衣里翻看的时候，里面成群结队的虱子使他头皮发麻："虱子！虱子！"大声惊叫起来。

而那几个则对虱子习以为常，看见景和如此大惊小怪，便呵呵笑了："虱子有什么希罕，谁身上没有虱子？"说着便伸手往衣领里摸了摸，探囊取物似地摸出了一只虱子，然后往嘴里一咬，嘎嘣一声，一点血丝从嘴角挤出来。

确实，挖药人身上长虱子，如家常便饭，一点也不稀奇。人在山上待久了，长久没有洗澡，洗脸也是有一搭没一搭的，有时几天也不会洗一回。加上经常出汗，衣服湿了干，干了湿，也没有干净衣服替换，里面臭烘烘的，一个个成了"野人"。说野人一点不错，许久没有理发，又没有地方洗，头发蓬散胡须拉茬面目黧黑。整个人身上里里外外肮脏不堪，浑身散发出一股酸臭气。这自然为一些小动物提供了丰富的营养和良好的繁殖环境，成了它们成长的乐园……

其他几个人对身上的虱子毫不在意，有句老话怎么说来着——虱子多了不觉痒，大约就是指的这。而景和却不行。自他发现虱子之后，总觉得身上不自在，浑身痒痒。晚上，他被虱子搅扰得再也睡不着，奇痒难忍。不由自主地总想用手去身上挠，挠得身上的皮肤全是横一道竖一道的血印。他恨不能一把火把衣服烧了，可烧了衣服拿什么穿呢？只好咬牙忍耐着，任虱子在他身上横行肆虐。直等到天气热起来，他才急不可耐地脱掉了厚重的棉衣，在太阳下逮起虱子来。一个又一个肥大的虱子被他从衣服缝隙逮出来消灭掉。他不像别人那样，把虱子放嘴里咬死不让血白白浪费，他总是用手指把虱子挤死，"噼噼叭叭"的声音就像放鞭似的，听了真是过瘾。认真扫荡了好几天，他以为把虱子扫荡干净了，把内衣拿到溪水里洗了洗。可他发现，要把衣服里的虱子扫除干净还真不容易！明明衣服里没有了虱子，可隔不了几天，从衣服里又钻出几只讨厌的小东西，在他身上乱爬乱钻。原来衣服里的虱子尽管没有了，而虮子却逮不干净。他咬牙切齿想把虮子也来个赶尽杀绝，可虮子实在太狡猾，把虮子深深地藏在衣服的线缝里，虮子不声不响在里面成长，等变成虱子以后，又开始在他身上兴风作浪，四处活动。

景和感到十分烦躁和窝火，于是便萌生了下山的念头。上山挖药尽管赚钱，却实在太苦太累太危险，野狼似的终不是长久之计，他觉得还是在火箭公社当社员靠谱。打算下山之后，准备回河南把户口迁来，安安稳稳在新疆当一辈子农民。新疆虽然偏远，但土地宽广肥沃，庄稼种上就有收成，有吃不完的粮食。哪像内地，土地狭窄，种的粮食总是不够吃，饿肚子是常事！促使他想迁户口的另一个原因，他通过这些时间的了解，新疆人口稀少人才匮乏，每年都有许多招工招干的机会。像他这样有文化学过钳工的人，在新疆是很有前途的，有许多内地所没有的机会。可是，没有新疆户口，干多少年也是盲流，不能享受新疆人所应该享有的种种待遇。如果有了新疆户口，即便招不上干当不了工人，到公社汽车队开个汽车不成问题，最不济也能到公社机耕队开拖拉机……

景和突然想起，他犯了一个错误——他上天山挖药，还没有跟大胡子生产队长说呢！这么长时间了，他不在生产队，队长怎么看他呢？他暗自着急，怪自己年轻，考虑不周，他以为挖一阵子药就会下山。谁知这一待就好几个月！不行，他得赶紧下山去！可他这会儿还不能走，半路打退堂鼓回去，那几个伙伴肯定要笑话他，更主要的他们几个挖的药大部分都还没有卖呢，都存放在山上。

他只好坚持干下去。

又过去了一些日子，景和他们在山上又挖了一些药。经过商量，他们这次准备把挖到的药材背到山下的药材收购站出售，因为山上的粮食也快吃完了，下山卖药的时候顺带买些粮食背上山。

景和看看下山的机会来了。

当他们把药材卖完，买好粮食，准备上山的时候，景和向他们提出了分手，说他不打算再上山了。那几个挖药人听他说完都愣住了，包括柱子。大家都很吃惊，用刻毒的眼睛望着他，好像不认识似的。

"小刘，你怎么？半道上打起了退堂鼓！"

景和内心很不安，可他又不能不在这个时候抽身，他感到对不起似的，诚恳地对那几个说："哥们，谢谢你们带我上山挖药，这几个月，得到了你们的照顾！"

"小刘，你太不够意思哟！朗个半途走了咹？"

"不是，我也想跟你们再上山，可我出来挖药这么大的事，没有跟队长打招呼，队长肯定会怪死我了，会把我除名的！"

那几个也不愿意景和这时离去，嚷嚷着对他挽留了好一会儿："说那个做啥子哟？不行，你还跟我们一起挖药咹！"

"朗个就走了哟！不走咹！和我们一起干到十月咹！"

尤其山东人柱子，不希望景和离开，几个月来，他和景和结成了很深的友谊，他的离去，使他恋恋不舍，再三劝他留下，他说："小刘，真不舍得你离开，咱俩在一起搭档惯了，像亲兄弟似的，你咋突然要走了呢，你一走我心里可不美！"

可景和去意一决，他安慰柱子说："柱子，别难过，我还在新疆，还在火箭公社，你挖药回来还去那里，我们还能见面，咱们还是兄弟！"

那些人见留不住他，也不好再说什么。

刘景和便回到了三大队。

在回三大队之前，他要做的第一件事就是赶紧到伊宁的理发店理个发，再到澡堂洗个澡。瞧他目前这副模样，走到街上不把人吓跑才怪呢！果不其然，他一走进伊宁，就像一个怪物来到大街一样，吸引了无数人的眼球。街上的行人纷纷向两边躲避。他走进理发店，理发店的人也被他的模样吓了一跳，以为从什么地方来了个疯子！一个坐在椅子上头被理了一半的男子，脸孔吓得刹白；还有一个漂亮的女理发员也发出一阵尖叫！见此情景，景和连连向他们摆手说："别怕！别怕！我是好人，我刚从天山上下来，是来理发的，半年没理发没洗澡了！"

人们听见他的声音，不像神经错乱的人，惊魂未定地站在那里，直到听了他的解释，说明了原因，理发员才明白是怎么回事，过去，也有一些这样的人前来理发店理发的。虽然消去了惊恐，却仍呆立着不愿给他理发

——他身上的气味太大，熏人的酸臭气直冲鼻子。尤其那个漂亮的女理发员，捂着鼻子，身子躲得远远的不肯过来。景和只好好言好语对另一个男理发员说："师傅，你看，你们理发室墙上不是写着为人民服务吗？怎么到跟前就忘记了？"景和说着，用手指了指墙上用红漆写的标语，这句话很起作用，理发员被说得脸都红了。他又转换口气说："求求你，你不给我理发，这个样子让我怎么见人？"

那个男理发员仍有点犹豫，景和又说："这样吧，你给我理发，我给你双倍的钱，"说完，他又半开玩笑地说："中午请你们吃饭！"

理发员不好再说什么，戴上口罩，示意他坐到椅子上。景和会意。那人飞快地推动着推子，只想早些结束，总算把头给他弄好了，又忍着恶心给他洗头，挖了一坨洗发膏抹在他的头发上，搓了搓却不见泡沫，用水一冲，冲出的水成了黑水。理发员连着抹了几次洗发膏，洗了几遍，才把头发洗干净。景和理完发，看了看对面墙上的镜子，才感觉镜子里的他恢复了正常男人的模样。脸红扑扑的，两眼炯炯有神……

从理发室出来，又去澡堂洗了个热水澡。当他从澡堂换上干净衣服，从澡堂出来的时候，觉得身上像是蜕了一层壳，不光全身轻松了许多，镜子里的他又恢复了他往日的青春容颜，变得年轻英俊容光焕发。

景和兴致勃勃地回到了三大队。

果如他意料的那样，大胡子生产队长对他不声不响离开生产队上天山挖药的事大为光火，大发雷霆！一气之下，把他从生产队除了名！

新疆的冬天天气寒冷，种不成庄稼，社员们没有什么事干，可以自由自在在家猫冬。而到春天，天气暖和以后，就大忙起来，开始春耕生产，牧场的牲口开始产仔，生产队正缺人手，忙得不可开交，而他却偏偏指望不上。不忙的时候倒回来了，这种人留着他还有什么用？于是二小队便不再承认刘景和是他们小队的社员。那个大胡子哈萨克族队长十分生气，撅着大胡子，用生硬的汉语对他说："我这里不需要你，刘，你回来干啥子嘛？

你还是上山去挖你的药，在山上很好很好的嘛，挣钱很多很多的……"

景和站在那里不知对队长说什么好？他本想向队长解释一下，他并不是故意的，他本来想上山挖些日子药就下山的。现在他回来了，从此以后一定在二小队踏踏实实地干，再不上山去挖药。但大胡子队长正在气头之上，无论他说什么，人家未必能够听进去，等队长的火气消下去之后再说吧。

老吴的心事

二小队不肯收留刘景和，但二小队倒没有叫他立即搬家，他原先住的那间土屋还继续让他居住。有住处就好办，有了落脚之地，别的问题就不难解决，况他这会儿口袋里鼓鼓的，这些钱足够他生活一些日子的。他感到很安心，这些钱是他自己用血汗换来的，用力气和辛劳挣的，非常干净，和李建波手里的钱完全不同，他尽可以花得心安理得开开心心。他抽空买了些面和日常用品，开始过起他的小日子。

景和下山的消息传得很快，第二天，京红学就知道了他回来的消息，立即赶来和景和见面。小京说："刘哥，你真行，真不简单，说上山就上山了。怎样？快说说你们在山上的情况！"

景和说："看你这样子，莫不是也想上山挖药吧？"

小京说："我哪行呀，你就别损我了。快说说你上山挖药的事，一定很有意思吧……"

景和为了吊小京的胃口，故意不接他的茬，翻起两眼望着小京漂亮的脸蛋："你呢，这段时间在一小队过得咋样？"

"还不是那样，混日子罢了！刘哥，别卖关子了，你快说说你在山上的情况！"

景和咽了口吐沫，这才开始向小京详细地讲述他在山上挖药的经历以及他在山上的几次冒险故事，还有生虱子的事，京红学听得愣着眼张着嘴。

“刘哥，看不出来，像你这样细皮嫩肉的，还能上山挖药吃那样的苦！你真有胆量！真让我佩服！你真行，说走就走，说干就干，我可不行！我缺乏的就是你这种吃苦耐劳和冒险精神！”

景和故意刺地一句：“你还不勇敢呀，不声不响从农七师来到火箭公社，连你妈都不知道！谁比得过你……”

小京噘着嘴说：“刘哥，你说啥子嘛？那算啥呀！”

景和笑了：“和你说着玩呢。”

景和忽然想起自己被二小队除名的事，对小京说：“你还说呢，我都被二小队开除了。我原以为去山上挖几天药就回来，没想到，上了山就走不了。”

京红学说：“除名怕啥子？你发啥子愁呀，吴老头现在在大队说话可管用了，你找吴老头说一声，要他到大队帮你说说，还不是小菜一碟，完全不用担心！”

其实景和也想到了这点，便问：“老吴呢，你最近见着老吴没有？”

小京立马拍着额头说：“哎呀，光顾着和你说话了，我差点忘了，自你走后，老吴一直在打听你的消息，说你上山挖药这样的大事，也不给他打声招呼，说走就走了。最近几天，他见了我还问你回来没有？他对我说，看见你回来一定要我给你捎个话，叫你无论怎样到他那里走一趟！”

景和颇感诧异：老吴这么急着找他，一定有什么重要事。他望着小京，问道：“他没说什么事吗？”

小京仰起脸望着他：“没有。我问他什么事，他不说。”说完，又补充说：“看样子好像有什么关紧的事。”

“哦？”景和感到很纳闷。

什么事呢？

原来，老吴醴陵老家有一个侄女，是他本家哥的女儿，名字叫吴业嫱，在县城上高中。侄女不光人长得漂亮，而且聪明可爱。老吴没有结婚，无儿无女，从心里把侄女当作自己的女儿，时时关心她照顾她。业嫱学习很好，一直是班上的尖子生。如果出身在贫下中农家庭，考大学十拿九稳。可是随着"千万不要忘记阶级斗争"的口号喊得越来越响，阶级斗争的弦越绷越紧，阶级斗争的阴云在中国大地越来越浓。阶级路线贯彻得越来越严厉，像她这样家庭出身的孩子，大学门早已对他们关死。有些地方，地富子女连高中都不准读的，她因为成绩优秀，学校才破例让她上了高中。哪会再给她上大学的机会？

马上就要高考了，学校倒没有阻止她参加高考，她随同学们一起参加了高考，并且感觉考得不错，试卷做得很顺利，估分也很高，她对自己的高考成绩充满了信心。可是，却迟迟收不到录取通知。那几个平时比她学习差的同学都已经收到了录取通知。而她仍杳无音讯。

怎么回事呢？

有人要她去教育局问问，可她没去，她早已心知肚明，她之所以没有接到录取通知，肯定在政审上卡了壳！政审是考生上大学的一大关口，家庭出身不好的考生，无论高考成绩如何出色，政审时都会被刷掉。被刷掉了也不向考生告知，让你在家里死等。收不到录取通知就是没有考上。看来，她名落孙山就是这个原因，有什么办法呢？她只有把自己的希望寄托在叔叔身上。

老吴来新疆的时候，见到了业嫱，问起她以后的打算，业嫱说，她当然希望自己能上大学，可那只不过是她一个不可实现的梦。她心里非常清楚，回家务农是迟早的事。

老吴到新疆后就想过，待他在新疆站住脚，只要条件允许，一定把侄女也办到新疆来，再帮她物色一个可靠的后生给她成个家，将来老了也好有个依靠。来新疆认识景和之后，他对景和留下了很好的印象，觉得景和是个百里挑一的好后生。他不光人长得英俊，年纪也和侄女相当。尤其难能可贵的是这后生思想纯正为人仗义，这一点是比什么都重要的。他曾在和景和的交谈中，从侧面了解了景和的情况，知道这后生还没有女朋友，他在心里就产生了把业嫱介绍给景和的念头。只是侄女那时尚未毕业，当然不能提此事。

十月的一天，老吴收到了业嫱的信，业嫱在信上告诉他说，她如今已经高中毕业，尽管自己在高考中各科试题答得都很轻松，对过答案之后，觉得没有多少错题，但她最后还是名落孙山。侄女在信上说，她的理想已经破灭，看不到一丝光明和前途，她现在苦闷极了，在家一天也不想待下去，再这样下去，她会憋闷死的。希望叔叔给她帮个忙，看在新疆能不能帮她找点事做？还说她干什么都行，即使再苦再累的活她也不怕。

老吴读了业嫱的信，很为侄女的遭遇感到同情和心疼。真想立即把侄女接到新疆，但考虑冬天即将到了，女孩子家的初来乍到，承受不了新疆这寒冷恶劣的气候。于是便给侄女写了封信，在信上尽量给业嫱以安慰，说他对她非常关心和同情，一定会帮她想办法的，要她不要着急，等过罢春节天气暖和了再来。

谁知过完春节，业嫱准备停当，就要出发来新疆的时候，偏偏母亲这时生了场大病，她只得在家侍候母亲。等母亲病体痊愈，她便急不可耐地来到了新疆。业嫱风尘仆仆赶到三大队的时候，已是阳春四月。不巧这时景和已经上了天山，正和那几个盲流在天山的某个角落挖药呢。

老吴一边为业嫱找事做，一边等候景和从山上回来。因为有火箭公社王书记的关系，再加侄女是高中生，找个事做并不难，只是须等待合适的机会。

这些情况，景和当然不知。

一见倾心

第二天，景和便出发了。走在路上，他的心情很好，目光所及全是一望无际的青纱帐，连绵透迤数十里，就像碧波荡漾一望无际的大海，望不见尽头。满眼全是绿色，绿得耀眼，绿得令人心醉，让人心胸开阔，心情舒畅。玉米已经长成一人多高，有些玉米棵子上已结了肥硕的穗子。玉米穗子被青色的外壳紧紧包裹着，只有顶端吐着娇嫩的紫色红樱，显得格外喜人。太阳在头上照着，天空瓦蓝瓦蓝的，只有少数几缕浮云在太阳周边飘荡。在沿着河谷的洼地上蒸腾着一股热气。渐渐地他走得热了，额头上脸上冒出了涔涔的汗珠，他索性将上衣脱了，只穿一件背心，露出一身壮实的腱子肉，大踏步向前走着……

老吴所在的三大队大队部，他曾多次来过这里，给老吴送过肉，离二小队有十多里。通过这几个月在山上挖药的磨炼，他的体力明显得到了提升，走起路来健步如飞呼呼生风。十多里路没怎么费劲就赶到了。很快找到了老吴的住所。这一排全是大队部的房子，卫生室共有两间，靠东边就是卫生室。景和走过去一看，门开着，里面传出说话的声音——看来老吴在家。景和心里暗自高兴，他就怕老吴出诊不在家，大老远跑来，见不着人岂不是扫兴？

他站在门口没敢贸然进去，探头用眼睛朝里扫了扫，见里面坐着一个年轻的姑娘，还有两个小伙子，那姑娘正在听两个年轻人说话，因说了什么有趣的事儿高兴得抿着嘴在笑。

姑娘猛抬头看见了站在门口的景和，问道："你找哪个？"姑娘带着浓厚的湖南口音，声音悦耳动听。

景和回答说："我找老吴。"

姑娘说："他出诊去了。"

景和不禁有点失望："你知道他什么时候回来？"

"今天可能回不来。"

景和听了，不由愣在那里，不知是进屋还是拔腿立马就走？姑娘看景和一副着急而又沮丧落寞的样子，连忙问："你是哪里来的？"

景和看着姑娘的脸回答说："我是从二小队赶来的。"

"你姓么子？"

"我姓刘。"

"你叫……"

"我叫刘景和。"

姑娘听到这里，脸上立即露出惊喜的笑容，站起身来，很热情地对景和说："快请进……"很显然，姑娘早从老吴嘴里听说了刘景和的名字，并了解他的情况。

她含笑地对景和说："我听我叔说起过你。"

景和"哦"了一声，原来他就是老吴的侄女，老吴曾在他面前提起过她，便高兴地进了屋，他不知对姑娘说什么好？站在姑娘面前显得有点拘束。姑娘把景和重又打量了一下，面前的这位小伙子，浓眉大眼，英姿勃勃，要不是个子稍低一些，简直就是一个帅哥，这不正是她心目中的白马王子吗？一种爱慕之情油然而生，生怕景和因老吴不在转身离去，对景和非常热情："站着做么子？你坐呀！"说着弯腰拿起一个小马扎递到了景和手里。

景和被姑娘的热情所感动，很快扫去了刚进屋没见着老吴而产生的失落。他虽不了解面前的这位湖南姑娘的情况，但漂亮的姑娘总会使一个青年男子产生好感和留恋，何况她对他表现出的那种溢于言表的热情和友好，更不容拒绝，便接过姑娘递过来的小马扎在姑娘面前坐下来。

两人相距很近，能听见彼此的呼吸，景和暗中打量了姑娘一下，景和在心里也暗自惊叹：姑娘真漂亮！她有一张椭圆形的脸，尖尖的下巴，两道弯弯的细眉，白皙的皮肤，带有南方女子特有的清秀和青春的妩媚。姑娘说一口声音很悦耳的湖南普通话，景和听起来并不费劲，两人很热情地交谈起来。渐渐地他俩谈得十分投缘，那两个先来的年轻人总是插不上话，自觉无趣，搭讪了几句便告辞了。

景和急于知道老吴捎信叫他前来究竟有什么事？便对姑娘说："老吴托人捎信叫我过来，有什么事儿吗？"

听景和这　问，姑娘一时有点不好意思——对于他俩的关系，景和还蒙在鼓里，而姑娘心里却清如明镜，愣了愣，一时不知回答什么好，脸刷地红了一下，颇带羞涩地说："我不知道，我叔叔回来……你问他……"

景和对姑娘脸上的反常表情感到有点莫明其妙，这是怎么回事？他又不好问，便把话头转到了别的方面。

"你老家是湖南，湖南好地方哦，鱼米之乡，气候温和，四季常青，和这里完全不一样。"

"你去过湖南？"

"没有，我有一个朋友是湖南人，我听他说过。"

"哦。"姑娘看了景和一眼，又说："不过，湖南夏天很热的，我觉得新疆也不错哟！"

"新疆是不错，地广人稀，土地肥沃，但气候不如内地。在这里过夏天倒是很舒服的，而冬天就不一样了，非常冷，又多风沙！"

"哦，冬天很冷吗？"姑娘用那双好看的眼睛望着景和。

景和回答说："冷，冷着哩！石头都会冻裂。不光冷，还常刮大风，刮起风来天昏地暗，石头都会刮跑！"

"呀！真的吗？看你说的那么吓人！"

"哈哈，到时候你就知道了！"

谈了一会新疆的天气，话题又转到了别的方面。业嫱提起了景和为他叔叔慷慨解囊的事，无可掩饰地对景和助人为乐的精神大加称赞。

"我叔叔对我说，他刚来新疆的时候，遇到了困难，是你帮助了他，纾解了他的危难。我叔叔多次在我面前提起你，你真是助人为乐的好人！"

"什么呀？这事都过去了，不值一提，谁碰见了都会去做的！"景和不习惯别人当面说他的好话，他被说得有点难为情，脸红红的很不自在，像有蝇子在爬，便岔开话头对姑娘说："你在湖南吃的是大米，而这里吃的是面食，习惯吗？"

姑娘说："习惯，慢慢就习惯了。其实，在湖南并不是天天都有大米饭吃，除大米之外还有杂粮，比方红薯、麦子什么的……"姑娘热情而爽朗，给景和留下了美好的印象。

两人谈得十分开心，话说不完似的，她又问了景和在天山挖药的事儿，景和颇有兴趣地把他在天山上的情况绘声绘色说故事一样向业嫱说了说，业嫱听得瞪着黑亮的眼睛，表露出钦佩的神情。

说话间，吃中午饭的时间到了。景和早上吃过饭赶了这么远的路，肚子早饿了。

业嫱说："看，我俩只顾着说话，连吃饭都忘记了。"于是站起身准备做饭，回头对景和说，"你坐着，别起来，随便吃点，我去做，一会儿就好！"

景和听说要留他吃饭，觉得有点贸然，他和她才刚认识呀，怎么好意思呢？他想拒绝，可这会儿，他确实饿了，肚子咕咕直叫唤，站起身犹豫了一下，便又坐下来。说："怎么好意思要你做饭？"

业嫱笑着随意地说："那有什么？又不费事，况你是我叔叔的客人，你饿着肚子走了，叔叔回来会责怪我的！"

屋里有现成的新疆人常吃的那种馕，业嫱又洗了点菜，架起锅炒起来。一会儿屋里就飘出了炒辣椒的香气。

"没么子菜，凑和着吃点，你莫见怪哒！"姑娘说着就将菜端了上来。菜只不过是茄子辣椒之类常吃的蔬菜。

姑娘突然想起什么似的，对景说："对了，我忘记问你了，北方人有些不吃辣椒的，你吃辣椒吗？"

景和平时也多少吃点辣椒，但太辣他是吃不了的，但今天有点不同，这么漂亮的姑娘亲自为他掌勺，是多么幸运的事啊！他当然十分开心，连声回答说："我也吃辣椒的！"

景和捡了点辣椒放嘴里尝了尝，味道很不错，不由得连声称赞："好吃，不辣，真香！"

景和一边吃饭，一边心想："姑娘的厨艺是她在家就会的，还是来新疆后学的呢？"

两个人就像认识多年的老朋友似的，毫不拘束，吃得津津有味。

吃完饭，又说了一会儿话，看看时候已经不早，太阳开始西沉，天色开始暗下来，景和想到还要赶那么远的路，准备和姑娘告辞。业嫱心里早就对景和属意，这时，由对景和的好感钦佩而产生倾慕，打心眼里喜欢上了面前这位年轻的后生。天这么晚了，还要走那么远的路，她实在有点担心，便对景和说："天不早了，你赶到家都什么时候了？我看你不走了，我叔叔明天肯定会回来！你在这里住一宿算了。"

她怕景和误会，又特地解释说："我叔叔那间屋的床空着呢……"说完脸红了。

景和听了姑娘的话，先是一惊，他简直不相信自己的耳朵，先前留他吃饭，尚能理解，从道理上也说得过去。而目下，竟要他留在这里过夜，这不能不使他感到惊讶。可她明明是那样说的，这分明超出了一般关系，她对他表达了一种超乎寻常的感情。他从内心深切地感觉到了姑娘对他的盛情，心猛然一阵怦怦乱跳！全身的热血在奔涌，一股成熟的青年男子的那种亢奋在身体里冲撞，脸上一阵发烧，气都有点喘不过来，他有生以来，从没有碰见一个异性对他这样好过关心过……

从一见面开始，从内心说，他已经喜欢上了面前这位湖南姑娘。她是那么漂亮、文静，说话轻轻的，声音那么悦耳——他早已到了恋爱的年龄，时常萌动着一种男孩子常有的那种渴望和冲动。这会儿他也很想留下来和她说说话，等明天老吴回来，省得再来回跑路，但理智还是止住了他。他觉得留下来不太合适。他俩相识的时间毕竟太短，他和她毕竟才见了一面呀！以他的秉性，虽不至于有什么事儿，这点自信他还是有的。但男女有别，别人知道了会怎么想呢？人家怎么看待呢？老吴和他关系又那么铁，老吴会怎么看待他呢？想到这些，他激荡澎湃的心渐渐平稳下来，呼吸变得正常。

他感激地望着姑娘，说："不……不了，我得回去。你放心，我走得快，很快就走到家，没有事的……"

其实，业嫱的思想也非常单纯，想的也很简单，留他在这里过夜，也没有别的意思。只不过她有点心疼景和，天已经晚了，还要走那么远的路，怕他受累，见景和这样说，也不好再说什么，便恋恋不舍地把景和送了出来，相跟着走了一会儿，才和景和分手……

只隔着一层窗户纸

刘景和再一次到三大队是一星期之后。

老吴这次没有出诊。两人相见，自然有说不出的高兴。景和说："老吴，你知道吗，我被二小队除名了！"

老吴看了看他，责怪说："你还说呢，活该你被除名，你也太不像话了，一点组织纪律性都没有！你上山挖药，这么大的事也不给队长说说，抬起脚就走了！"

"我当时也没有多想，只听说上山挖药能挣大钱，准备跟着他们上山干一阵子，挣点钱就回来，才跟着那些人上了山。我这么做，确实不对。"

"那你打算怎么办？"

"我也不知道。我想求你到三大队说说这事……"

老吴说："我帮你说说，在二小队继续当社员问题倒不大。"

说到这里，老吴停了停，若有所思地对景和说："小刘，你年纪轻轻，有没有想过今后怎么办？你有什么打算没有？"

景和说："咋没想过？这些天我一直在琢磨这事。你不是外人，正要和你商量呢！我有一个想法，觉得老是这样流来流去也不是长法，打算回河南把户粮关系转过来，在这里安安生生当农民，你觉得怎样？"

老吴转动眼睛望着景和，疑惑地说："你是城镇户口，吃的国家粮，把户口转到新疆农村来，你舍得吗？"

"有什么不舍得的？"景和说："我在渑邑的情况你不是不知道，我对你说过的，那里哪还有我的活路呢？那些人处处为难我，给我小鞋穿，不想要我好好过下去，我早对前进煤矿腻歪透了！早就不想留在那里了，想起来就寒心！惹不起我还躲不起吗？我已经下了决心了！"

老吴对景和的话感同身受，叹了口气，说："唉！是啊，我理解。可是，你父母舍得你一直留在新疆吗？你父母可是你一个儿子哒！"

景和说："我爸妈没事的，他们会想通的，我还有三个妹子呢！"景和说完，看老吴仍有点将信将疑的样子，又说："老吴，我对你说的可是真心话！"

老吴看景和不像说着玩儿，高兴地说："你既然决心一定，愿意把户口迁来，我完全赞成。那我们一起扎根新疆，在新疆干一辈子！"

说到这里，景和想起京红学昨天说的话，问老吴说："听小京说，你有事找我？啥事呀？"

老吴笑了笑，说："也没有什么事，只不过想和你说说话。"说完，他将口气一转："呃，你昨天见了我侄女，我问你，你觉得我那侄女怎样？"

景和见老吴问起这，觉得有点诧异，不知什么意思？便照实回答说："那还用说，不光人长得漂亮，也很聪明，还挺能干的！"

老吴看着景和的脸说："人家对你的印象也不错哟！"

话说到这儿，事情已经再明白不过了。

景和联想到那天两人相见之后，业嫱热情的态度，尤其最后姑娘异乎寻常要他留宿的话，他一直萦绕于心。听老吴这样一说，便恍然明白过来

——原来姑娘早知道这个事儿，并且对他已经中意。因为担心他走夜路不安全，才大胆挽留他的！景和顿感到一股暖流流过全身，像有无数只蚂蚁在心上爬，有一种说不出来的亢奋，但他毕竟是头一次遇见这事，有点不好意思，红着脸说："我有什么好？你说得好罢了……"

说到这，业嫱正在不远处朝他偷偷地看呢。他正好把目光投过去，望见了业嫱，四目相对的一刹，就像触电一样，不由发出了束束火花。景和心里一热，脸顿然红了……

景和的到来，令业嫱十分开心。尽管她和景和只不过第二次见面，但景和在她心里早已深深地扎根。但姑娘家特有的羞涩和矜持，加上叔叔在跟前，她不好意思对景和表示过分的亲昵和热情，和景和打过招呼之后，就由叔叔陪着景和说话，她自己便在房间里做她自个儿的事。

这是新疆农村常见的那种用干土打墙垒起来的平顶房。四面墙壁刷了白灰，有的地方还用旧报纸糊了糊，房顶用芦苇杆吊了吊顶，也糊着报纸，看起来很干净。外面一间是卫生室，靠墙支着一张给病人检查身体的木床。里间是卧室，卧室很可能是她叔叔晚上休息的地方。她睡哪里呢？很可能卫生室那张木床就是她睡觉的地方。这时，业嫱在房里没有什么事可做，一副心不在焉的样子，在房里这里整整那里抹抹。过了一会儿又开始洗菜弄饭。不过她的两只手虽在做事，两只耳朵却在注意听两人谈话，眼睛时不时向景和投去热辣辣的一瞥……

说话间，就到了吃中午饭的时间。业嫱一边端菜一边欢快地说："开饭喽！开饭喽！"

老吴随手把一只木板钉的小木桌拉过来摆好，对景和说："没什么菜，随便吃点吧。"

于是饭菜便端了上来，主食仍是那种面粉做的馕。菜除蔬菜外，还有牛肉。

业嫱对景和说："我叔叔知道你要来，特意叫我买了点五香牛肉。"

老吴说："去年冬天，没少到你那里吃牛羊肉和马肉。"

"今年冬天你还去吃吧。"

"一定！一定！"

说着笑着，三个人便围着小桌吃起来。

下午，老吴有意要侄女单独和景和说话，还是他真要到别的生产队出诊，和景和说了几句话，向侄女交待了一下，就背着出诊箱走了。

房间里只剩下了两个年轻人。四目相对，谁也没有说话，房里寂静得没有一点声音，连针掉到地上都能听到，气氛显得凝重而紧张，两人都不由自主地有点惶然和不安。

如果说，业嫱此前还多少有点思想准备的话，而景和的头脑中却是一片空白。在他进门之前什么都不知道，还被蒙在鼓里。刚才从老吴口里才得知实情（虽然没有明确表态，但意思已经十分明显）。此刻，他的内心非常复杂，一种从未有过的兴奋情绪像蚂蚁似地在他的心上爬，简直无法遏止！他感觉自己仿佛不意中被彩球砸中，这样天大的好事美事怎么会落在他的头上?这好事似乎来得太突然，简直让人不可思议！他已经二十三岁，同那个年纪的青年一样，他也曾做过不少青春的梦，渴望得到一个姑娘的爱。但是家庭出身的包袱像一块巨石，一直重重地压在他的身上，使他喘不过气来；接二连三的打击和挫折，他差点被逼上绝路，容不得他去思考这事。有时，在不安的青春躁动中，他采取的办法是压抑，毫不留情地把那些不安份的想法和念头掐断，不允许这些想法和念头有一丝一毫的萌芽。当他猛听到老吴的话，又见业嫱看他的时候含情脉脉的眼神，他几乎晕乎起来，飘飘荡荡犹如升到了半空中!脑子恍恍忽忽的……

这是真的吗?他何德何能？有什么资格得到这么漂亮姑娘的爱?他只不过是一个盲流，一个一无所有的流浪汉。连一个安身之处都没有，拿什么给爱人以庇护？他反复地问着自己。感觉自己是在做一个春梦！做梦娶媳妇，尽想好事！但他头脑又很清醒，觉得不是梦，姑娘就坐在面前呢！

他又偷偷地打量了业嫱一眼，人确实不错，亭亭玉立，不光人长得漂亮文静，还有那么高的文化，言行举止优雅大方，这是打着灯笼都找不到的好女子，不能不使他动心，他感到心脏在怦怦地跳……

业嫱看景和那副傻呆呆发愣的样子，卟哧一声笑了："小刘，想什么呢？"

景和从沉思中猛省过来，不好意思地笑了："没想什么……"

业嫱笑着说："我们都别傻坐在屋里了，天气这么好，咱们到外头走走吧！"

于是两人走出房间，一前一后相跟着来到了外边。

外边是一片青纱帐，阳光明媚，空气新鲜。眼前是高低起伏一眼望不到头的庄稼地，地里长满了一人多高的玉蜀黍，粗壮的玉米棵子上已经长出尺把长的玉米穗子，肥嫩粗壮的穗子被青色包衣裹得紧紧的，穗子尖头正吐着紫红色的缨须。缕缕阳光洒在阔大肥厚的叶片上，斑斑驳驳直晃人眼睛。四周无人，空旷得没有一点声音，他们顺着一条平坦的机耕道一边说话一边慢慢向前走着。绿色的庄稼无边无沿，顺着机耕道笔直地伸向远方，好像没有尽头。

走了一会，眼前出现了一条水渠。清凌凌的水汩汩流淌着，不时溅起朵朵白色的浪花，阳光落在水上，闪耀着五彩的波光。来到一个浇灌的岔口，那里的水看起来特别清澈。业嫱蹲下身子，饶有兴趣地用手掬起水玩起水来。她撩起一捧水抛向旁边的玉米棵子上，水花四溅，有几滴落到脸上，凉浸浸的，真舒服。景和也学着她的样子，弯下腰捧着水，抛洒了一会儿。业嫱觉得腿有点酸，便在水渠的堤堰上坐下。

她望了一眼旁边的景和，见景站在那里，对他说："站着干吗？坐下呀！"说着，向他招招手示意在她旁边坐下。

景和听话地靠近她身边坐下来。因为离得太近，可以清楚地听得见彼此急促的呼吸和心脏的跳动。业嫱的两只手不安地仍掬起一捧水抛洒着，两只眼却火辣辣地不时在景和脸上瞅一下。景和只装着没看见，但他的内心却被对方瞅得一阵阵发慌。景和也扫视了一下业嫱细白的脸，就在业嫱低下头掬水的时候，衣领下露出了半圆的白光，他心里一惊！目光不由自主地移到她那一起一伏丰满的胸脯上，浑身一阵躁热，呼吸急促，心脏擂鼓似地咚咚的跳动起来。他不敢往那里再看，赶紧把目光移开，低下头去。呼吸稍稍得到平息。

青年男女的感情真是奇妙，明明心里有许多话想说，却又不知道怎样开口，昨天他俩第一次见面，话说得那么投机，而今天，彼此倒拘谨起来了，还是业嫱找到了话头，打破了难堪的沉默，她望了景和一眼，说："听我叔说，你老家是河南，你那里是煤矿，你曾经当过煤矿工人，是吗？"

"是呀，我还下过井挖过煤呢！"

业嫱好奇地望着景和："井下情况怎样？很有意思吧？"

景和的兴趣来了，哈哈笑着说："有意思？你去井下看看就知道了！你当参观访问呀！"

"哦？干煤矿工人很苦呀？"

"是呀，不光苦，还很危险！"于是，景和便把下井挖煤在掌子面的情况向她说了说，业嫱听了张着嘴，发出惊讶的声音："原来那样呀，有女工下井的吗"

景和说："也有，但很少，女工在井下只是干一些轻便活，比方开电溜子。别的活，女工干不了。"

"看你这个斯文样子，谁相信你还挖过煤哒！"

景和说："哈哈，我斯文吗？我可不斯文。人常说，人不可貌相，我不光下井挖煤，我还上天山挖过药哩！"

"哈哈！"景和的这句话把业嫱逗笑了，她笑的样子十分可爱。

接着两人又谈到了别的事，景和也问了业嫱的情况，她说："我心心念念想上大学，可理想归理想，现实是另一回事。"说完，不禁叹了口气，刹住话题，转而问景和："你准备回河南办理迁移证，想把户口迁到新疆来，是吗？"

景和回答说："是的，过几天就走。"

"你在家是非农业户口，迁到这里就是农业户口了。迁到新疆来不可惜呀？"

"可惜什么？我觉得新疆挺好的，你老家湖南，是有名的鱼米之乡，那你怎么也来新疆呀？"

业嫱不由得又被景和的这句话逗乐了。"哈哈！你这个人说话满有趣的嘛！"

"哎呀！"业嫱惊叫一声。刚才她笑的时候，身子没有坐稳，身子歪了一下，失去了平衡，脚下一滑，差点滑倒水渠里，景和眼疾手快，用劲一把拉住了她，业嫱的身子便倒在景和身上。景和顺势将她抱住，随后又松了手。两人发出一阵开怀大笑……

刘景和的心事

从那以后，景和一有空就往老吴那里跑，去找业嫱说话，反正他也没有什么事儿。他在三大队已经待不住，一走进房里就感到憋闷，掉了魂儿似的坐立不安，只有见了业嫱他才舒心，哪怕路再远，跑得再累，他也乐意。

说实在的，他从内心已喜欢上了那个湘妹子，她的形象已深深印进了他的心里，再也挥之不去。

那天，景和又去了三大队。

上一次，他带去了两件在天山挖药时被树枝挂破了的旧衣服，他要老吴帮他补补，他知道老吴会补衣服，以前老吴曾帮他补过。老吴接过衣服，说："先放这儿吧，等我有空了替你补好，过几天你来拿吧。"

已经好几天了，他想着老吴可能把他的衣服补好了。特地赶了个早，不到十一点就来到了大队部，远远望见了大队部的卫生室，想到就要见到业嫱，兴奋得一颗心怦怦直跳。

敲门，业嫱开门迎了出来，两人相见，自然非常高兴。景和就在业嫱旁边的小凳子上坐下。房间里只有他们两人，非常安静，正好给他俩提供了说话的空间。业嫱羞红着脸，火辣辣的目光不住地投向景和，目光里表现出一种期待，景和的内心也仿佛有一只小鹿，似乎有许多话想说，却又不知说什么好？过了一会儿，才傻傻地问："你叔叔呢？"

业嫱扑哧笑了："我叔叔出诊去了！"

"你在家干啥呢？"景和没话找话，一说完，就意识到自己的问话有点傻。

业嫱岔开了他的话头："你是来拿衣服的吧，衣服给你补好了！"她瞥了景和一眼，回转身从纸箱里拿出叠得整整齐齐的衣服："这是你的衣服。"

景和听出了业嫱的话音，对着她不好意思地嘿嘿傻笑了笑："哪里呀？主要是看你哩！"说完这句话脸便飞红了！业嫱也被他这句话弄得羞红着脸，低下了头！

景和接过业嫱递过来的衣服，把衣服放在床上很随意地将衬衫抖开看了看，顿时被吸引住了——一时竟找不见补过的痕迹！仔细找了找才看出补丁，补丁整整齐齐，针脚细密匀称，就像没有补过一样，不仔细看是看不出来的——这显然不是老吴补的。以往老吴补的补丁针脚又粗又大。而这次却补得如此精细，分明出自一个巧手女人之手。给他补衣服的人究竟是谁呢？这里除了老吴只有业嫱，可他不相信业嫱会补衣服。"湘女"虽然以手巧闻名，但一个才走出校门的高中生，哪会把补丁补得这么平贴？

就在他疑惑的时候，业嫱明白了他的心思，便走过来笑着说："我叔叔忙，没顾上给你补，我随便给你补了补……"

业嫱的话说得十分平淡而得体，但在景和心里却引起了振动，除了感受到面前的这位湘妹子有一双巧手之外，还从这小小的补丁上感受到了她对他的深情。心里顿时甜甜的，暖暖的，望着她美丽的双目，心中有一股火在燃烧，笑着说："想不到你还会补衣服！你的手真巧，不仔细看还真看不出来是补的呢！"

"哪里？让你见笑哒。"

"呃，你们湖南的湘绣很有名，看样子你在家绣过花吧？"

业嫱说："你倒猜着了，我是绣过花，我母亲教过我绣花，只是绣不好哒。"

"你母亲会绣花呀！"

"我母亲绣花绣得好好的，她绣的荷花鲤鱼活灵活现，周围团转的人都晓得。在母亲的影响下，我也喜欢上了绣花哒，我上初中的时候，有一次学校搞手工劳动，我绣的门帘还得过奖的！"

"怪不得哩，你手那么巧！"

"我手巧么子哟，你才厉害哒。"她把话头一转："你都敢上天山挖药。"

景和笑了："上山挖药有啥子呀？靠出笨力气，是男人都行。"

业嫱问道："么子呀，看你说得多么轻巧，哪有你说的那么简单。呃，我听说天山上有狼哒，你碰见过狼吗？"

景和回答说："碰见过狼，我在山上找水的时候，掉进了一个水溪里。我从水里爬上来的时候，发现一只狼也来溪边找水喝，我在水溪底下，狼就在水溪上边，我回头一看，狼正望着我呢，狼的两只眼睛像灯笼闪着光，好吓人！我生怕狼扑向我，差点把我吓晕过去！"

"真的？好险！那你以后就别再去了。"

他随口答应一声："嗯……"

一时沉默下来，景和看着业嫱白皙的脸，随口问道："呃，你有这么高的文化，以后想干什么呢？"

业嫱说："有文化有么子用？还不是当农民？唉！"

景和说："不会的，文化人新疆很缺的，你叔叔和公社王书记是亲戚，他会找王书记想办法的。"

"我叔叔倒是给我说过这事，他希望我去学校当代课老师。我现在很迷茫，也不晓得干什么好？"

景和听了非常高兴，说："不错呀，老师这职业不错，女孩子当教师再好不过。"

"八字还没有一撇呢！"

"你叔叔去找王书记说说准行！"

说着话，就快到吃中午饭的时候了，业嫱起身去做饭，她专门为景和做了他爱吃的羊肉包子。景和见她揉面包包子的动作，虽然不很熟练有点生疏，但包好的一个个包子还是有模有样的。景和大感诧异："真看不出来，你这个湖南妹子还会包包子？"

业嫱嘿嘿笑了："哪里呀，做包子的技术我是前不久刚从你一个河南老乡那里学来的。包得不好，你别见笑哒！我猜想你要来，特地抽空上街买了羊肉，想包羊肉包子，知道你爱吃羊肉包子。"

景和听了业嫱的话，感动得不知说什么好？"真难为你了！"

"难为什么？我叔叔也喜欢吃哒！"

包子出笼的时候，腾腾上升的蒸汽，就像一团朦胧的纱幕，在房间里弥漫。业嫱美丽的面容在飘渺的纱幕里若隐若现，像一个美丽的仙女，景和十分感动，简直看入了神。业嫱把笼盖揭开，待热腾腾缭绕的雾气消散以后，笼里露出白白的虚松的包子。业嫱把手放冷水里浸了一下，便从笼锅里把包子一个一个拿了出来。景和闻见了一股扑鼻的香气。他有点饿了，闻到了羊肉包子的香味，口水都差点流出来。站在锅灶边，饥不可耐地等待着。笼屉里的包子全都拿了出来，堆放在面板上。业嫱拿着一个包子，用手把包子分成两半，满含深意地望景和一眼，把那一半包子递给景和："你尝尝，香不香……"

景和伸出手要接包子的时候，没想到业嫱怕包子太烫，将那半个包子用嘴吹吹气，含笑地看着他说："张开嘴……"

这一连串亲昵的动作使他愣了一下，一股热流随着传遍全身，他稍迟疑了一会儿，还是顺从地把嘴张开，将业嫱递到嘴边的包子含住，轻轻地咬了一口。这是多么深切的情意！只有相亲相爱的两口子才会有这样的举动！他没有想到，业嫱会如此多情！他简直有点受宠若惊。这绝不是单单喂他吃包子，而是一个姑娘向他传递她真挚的爱意和深深的柔情！他望着业嫱不知说什么好？嘴已被堵着，只"唔，唔……"地咬着包子说不出成句的话……

业嫱看他这副样子，觉得十分可爱，在旁边差点笑弯了腰。吃完饭，喝了点水，两人便坐在一起说话。

业嫱突然想起来似的问景和："你真的要回河南迁户口？"

景和回答说："当然是真的。"

"你什么时候走？"

景和说："过几天就走。"

时间在不知不觉中过去，太阳又开始西沉，景和看了一眼从窗口照进来的夕阳，说："你叔叔怎么还不回来呀？时间不早了，我该走了！"

业嫱也不挽留他，知道挽留也挽留不住，便体贴地说："你走吧，还要走那么远的路呢！我不留你了！"

业嫱把补好的衣服用报纸包好，装进了景和的挎包里，又递到他的手上。温柔地嘱咐说："路上小心……"

景和听着这温馨体己的话，内心有一股热流在涌动，真想把她抱在怀里，但他很快冷静下来，将伸过去的手缩了回来。此刻，业嫱心里也充满了爱恋，看着景和手足失措的样子，明白了他的意思，似乎很想抱她又没有勇气。就在这一瞬间，她心里一热，不由自主地将身子贴了过去。景和随后便抱住了业嫱的身子。他顿感到自己的心在咚咚地跳，头脑晕晕的。

怀里的她身体那么柔软，皮肤那么滑，从她身上还闻见一股姑娘身上特有的香气。突然，一条软滑温热的舌头伸进了他张开的嘴里，他也将自己的舌头伸了过去，立即被对方的嘴含住，两条舌头纠缠在一起相互翻搅着。他觉得身了飘忽起来，热血开始身上奔涌，轰然作响。业嫱也呼吸急促，身子贴紧在他的身上，把他越抱越紧。景和也是热血沸腾，感觉她软软的头发触碰在他的脸上，热气吹进了他的鼻孔。他受不了这样的刺激，还想进一步动作，但他猛然从狂热中清醒过来。将手抽了回去，将业嫱往外一推，然后，扭转身子大步走了出去……

从业嫱那里回来，景和失眠了。躺在床上翻来覆去睡不着，床被弄得"嘎吱，嘎吱"直响，他现在的床跟他在一小队的那张床一样，也是用木板搭起来的，木板凹凸不平，身子被硬硬的木头硌得生疼。在床上翻腾了一会，仍没有睡意，他索性睁开眼睛不睡了，望着黑暗中的屋顶和墙角露着朦胧亮光的窗洞呆呆地出神……

糊在窗洞上的报纸已经被风吹刮得破烂不堪，漏洞百出。刚从山上下来还没来得及拾掇。本想要老吴给他弄点旧报纸，把破烂的窗户窟窿堵上，再将土墙糊糊，可他近来却有点心猿意马，静不下心。这会儿，从窗洞里可以望见外面迷蒙的夜空，无数星星在向他眨眼，月儿在云彩里钻来钻去……

接连几天，他的眼前总是出现了业嫱的面影：那淡淡的眉毛，那明亮的眼睛，那对他含情脉脉的表情，他抱住她身子时的美好的感觉和姑娘特有的气息，那是他平生第一次和一个女孩子这么亲热……

他不得不承认，他从内心深处已经爱上了这个漂亮的湘妹子。可他又不知怎么办好？整个人就像生了一场大病，变得没有一点精神，失魂落魄似的，吃饭也没有滋味，总想跑去找业嫱说话，向她表达出自己对她的爱意。可见了业嫱，却又不知怎么开口。去了好几次，都无功而返。业嫱看他这样，也捉摸不透他的心思，对他的态度也淡然了许多，这让景和非常难受……

为什么不敢明明白白地表达对她的爱？他心里十分清楚：是因为他的自卑心理。自踏入社会的那一天起，他受到的都是歧视，他无论做什么都是错的，都会受到限制。更别说得到过一个姑娘的爱，而况又是这么可爱的姑娘！他做梦都没有想到他会有这么好的运气！当他第一次感受到她的爱的时候，他以为是在做梦。自己只不过是一个盲流，有什么资格得到她的爱？他能给他什么呢？

明白了这一点，景和便暗下决心：一定要开创出一块自己的天地，混出个人样来，到时候再大大方方地对她说出那三个字："我爱你！"

这样一想，回河南迁户粮关系便成了当务之急。只有把户口迁来，他在新疆才有立脚的根基。不为别的，单单为了业嫱，也要争取有个美好的前途……

注销了户口

几天几夜的火车，把景和颠簸得仿佛散了架，浑身酸痛，两腿僵硬，脚踝处胀肿得用手一按就出现一个小坑。他只好站起身来伸了伸酸困的腰肢，伸了伸腿。抬起头凝视着窗外，列车过了三门峡，渑邑已遥遥在望。他把头伸出窗外，随之吹来一阵凉风，昏沉的脑袋稍稍清醒了一些。快要到家了，离渑邑越来越近，他似乎有点激动，目不转睛地望着向后移动的景物，心里无法平静。那连绵不断熟悉的山岭，那弯弯曲曲的南涧河，那高耸的井架，还有那黑色的煤台和矸石山……

离开这里一晃就是一年多了。一年多以前，他带着一颗破碎的心离开了渑邑去了新疆。当他重又踏上渑邑这块土地，不由百感交集。老实说，渑邑虽是他的伤心地，但在他内心深处，对渑邑还是充满感情的。他毕竟在这里工作生活了十五六年。刚来渑邑时，他还是一个懵懵懂懂不谙世事的孩子。生父的印象在他的脑海已变模糊，眼前只有继父。继父家没有男孩，他是家里唯一的男孩，他体谅父母的艰辛，为了减轻家里的负担，从小就和其他煤矿工人的孩子一起，扛着箩头，到矸石山捡煤核，供家里烧锅做饭使用，以省下买煤的钱。

在矸石山捡煤块是很危险的。当巨型绞车把矿车拉到矸石山顶上，将煤矸石倒下的时候，矸石里夹杂的一些碎煤也会随着煤矸石滚滚而下。捡煤核就得冒着被滚木礌石般的煤矸石砸伤的危险，把散落的煤核捡到箩头里。捡煤块的孩子很多，除了矿山里像他似的矿工子弟还有附近农村的孩子，等矿车里的煤矸石一倒下，往往都是一哄而上——生怕动作慢了落在别人后边而捡不到煤核，只有不顾一切抢在前边才能有所收获。

他记得，每次去捡煤核，他都是穿着继父宽大的胶鞋，争先恐后地往前冲，捡的煤都比别人多。有一次，当煤矸石滚落下来的时候，他来不及躲避，被滚下的煤矸石砸伤了腿，流了许多血。母亲疼爱地劝他别去了，但他没有吭声，伤好之后，继续和别的孩子一起上了矸石山，继续捡煤核。

可以说，他的少年时代基本上还是无忧无虑的，靠着继父的工资，吃穿不愁。继父有着极好的脾气，在工人村是有名的老实疙瘩，从来都是少言寡语，平时只知在井下埋头干活，不多说一句话。下班之后，就待在家里，除了听听豫剧，吸烟，没有其他的爱好，煤矿工人喝酒是出了名的，喜欢豪饮，几个人聚在一起不喝醉不行，醉熏熏回到家总要吵闹生事。继父不喝酒，滴酒不沾，而吸烟却是他最大的享受。继父什么事都由着母亲，对待他就像对待自己的亲生孩子一样，从没骂过他一句，更没有动手打他一下。他不听话的时候，也从不对他大呼小叫，恶声恶气。景和快快乐乐地在这里上完了小学和初中，后来又上了三年技校。只是到了成年参加工作之后，他才开始遭遇坎坷，噩运随之而来……

列车到站了，咣当一声，在站台上停下来。

刘景和提着简单的行李随着熙熙攘攘的旅客下了车。像往常一样，为了抄近路，他从车上下来，没有进站，而是远远的从站台北边拐下去，顺着一条小路走去，很快便走到了前进矿的运煤铁道上。然后沿着运煤铁道再走一会儿就看见了前进矿。

通往工人村的水泥路上，人们仍像往常一样急急忙忙上班下班，他已经一年多没走过这条路了，他的精神有点恍忽。

前面就是支架厂了，他突然想起好友邓钟文和杨春明，钟文是否还在支架厂上班呢？春明还在矿上吗？一年多没有和他们通过音信，不知他们怎么样？这两年工矿企业招工的很多，他们也许离开了渑邑……

先回家再说吧。

于是，他加快了脚下的步伐，很快来到了工人村。工人村还是老样子，下班的工人或站在路边说闲话，或蹲在那里下棋，一副闲适安然的样子。

就在这时，学校放学了。三三两两的学生从学校门口走出来。其中的一个女孩，他认出是他的大妹。大妹也看见了他，飞快地朝他跑过来，一边跑一边喊："哥！哥！"

不远处还跟着他的二妹，二妹也跑过来了，两条小辫一甩一甩的。因跑得急，脸红红的，额头上沁出了汗珠，景和伸开双手一把抱住二妹。一年多未见，大妹二妹都长高不少了。她俩一个上四年级一个上二年级——母亲和继父结婚后，生了三个女孩，除大妹二妹外，还有一个三岁的三妹，虽是同母异父的兄妹，但妹妹都听他的话，对他很亲。猛然看见哥哥回来，姐妹俩自然说不出的高兴，两个小姑娘各拉着哥哥的一只手，说说笑笑，很快就走到了家。

二妹离家老远就大声喊："妈，哥回来了！"

母亲冷不丁见景和回来，自然又惊又喜，不住地用手抹眼泪，絮叨着对景和埋怨说："你这孩子，看你，你还知道回来呀，还记着这个家，记着你爸妈呀！你一走就是一年多，也不写封信回来，叫我们担心死了！天天念叨你，天天牵挂你，不知你咋样？你在啥地方？找到事做了没有？天天晚上睡不着，老是作噩梦……"母亲啰哩啰嗦说了一大堆。

景和笑着安慰母亲说："妈，你是瞎操心，你担心啥呀，我这么大个人，还会弄丢呀？会跑到天上吗？你看看，我这不是回来了吗？我不是好好的吗？"几句话把母亲逗笑了。

景和往里屋瞅了瞅，没见继父，便问："我爸呢？"

妈回答说："你爸还没有下班哩，他是三班倒，今儿上的是白班，也快回来了。"

不一会，听见外边脚步响，继父回来了，他的脸又黑又瘦，抬头纹特别明显，看起来显老了不少。继父猛一看见景和，仍像以往一样，对他的不意而归没有表现出惊讶和惊喜，只淡淡地对景和笑了笑，说了声："回来了？"算是打了招呼。然后便坐在小木凳上"吧哒吧哒"抽起烟来。灰色的烟雾在他脸前缭绕，一股难闻的烟气扑进鼻子，景和被呛得差点咳起来。继父吸的是那种自制烟卷。烟丝是从商店买来的细烟丝，卷烟纸是用旧报纸裁成一寸宽两寸长的纸片儿，抓一点细烟丝放在裁好的纸片上，然后捲成一头大一头小的喇叭筒，用口水一沾就成了。

井下禁止吸烟，憋了一天的老矿工，坐在那里过足了烟瘾，这才抬眼看一下景和，对他说："这一年多你都去了哪里？也不见你捎封信回来。"声音听起来仍是那么平淡和平和。

"爸，我在新疆。"

老矿工突然抬起脸看着他，闷声闷气地问："这会儿，你回来干啥子？"

景和感觉继父的话有点怪怪的，回答说："我是回来办户粮关系的。"

母亲说："你办啥子户粮关系？你的户粮关系已经被矿上注销了！"

景和一愣，以为听错了："你说啥？我的户粮关系被注销了？"

母亲说："可不是！"

"他们为啥注销我的户粮关系？"

母亲说："矿里说，你不在家，不能让你吃双份口粮！"

“他们啥时候注销我户粮关系的？”

母亲说：“你走后半年就停止了你的口粮供应。”

老矿工恨恨地说：“他们恶啊！”

景和一下子懵了。

这是怎么回事啊？没有户口，这可是了不得的大事，天塌下来一样！失去户粮关系和失去公职有所不同，没有正式工作还可以干临时工，或找一些别的活干，而户粮关系则是一个人的命根子。这好比一个人的生命线和生存的根。一棵树靠了根须才能吸收养分，树木才能存活生长，没有了户粮关系，如同树根被砍断，吸收不了养分和水分，要不了几天这棵树就会枯死。在中国，不管城市或是农村，每一个人都有一个户口，随同户口便是粮食关系。不管走到哪里，这两样东西都如影随形，不能须臾分开，直到这个人生命的终结。即便十恶不赦被判了死刑的罪犯，在给他吃枪子之前也不能把他的户粮关系注销掉。直到死刑犯执行死刑后，才注销他的户口和粮食关系，表示他的生命已经终结，无须再吃粮食，世上再没有这个人。前进矿为什么竟敢冒天下之大不韪？对他采取了如此卑劣狠毒的行径？他人还没有死呢，还活在这个世界上，就注销了他的户口？剥夺了他的口粮？他们分明不要他活啊！他到底犯了什么罪？他们怎么这么恨他，必欲置他于死地而后快……

他实在弄不明白！弄不明白！他的户口被注销，就意味着他被开除了国藉和球藉，失去了做人的权利，成了活着的死人。他听钟文说过一本叫《死魂灵》的小说，他如今就是一个活着的死人。他将到哪里去？他将怎样生活？今后怎么办？他将往何处安身？他还年轻，今年才二十三岁。难道那些人要把他逐出人类？要把他变成山上的野兽？他要是山上的野兽倒也好了，可以自由自在地活动。可是，他不是山上的野兽，他是人，他还生活在这个世界上，存在于这个社会，他要吃饭，更让他扎心的是那个可爱的姑娘在等着他，等着他把户粮关系迁过去呢……

景和简直绝望了！他恨不立即跑到矿上问个究竟，可是天色已晚，办公室人早已下班，只好等到明天了……

又一个阳谋

刘景和一晚上都没有睡好，天不亮就醒来了，躺在床上翻来覆去都在想这事儿，他感到脑袋瓜生疼，昏昏沉沉的。母亲已做好了饭，叫他起来吃早饭，他答应一声，但他毫无食欲，胡乱就着拌黄瓜喝了点稀饭，准备到矿里找有关人员探问一下他的户粮关系无端被注销的事儿。

根据以往的经验，他觉得这事已无法挽回。人家已经做出来了，绝不会轻易改变！但他还得去矿上问个究竟，为什么要注销他的户口取消他的粮食关系？这样做的理由是什么？中央有这样的政策规定吗？

走在路上，他越想越生气，有一股火在内心燃烧，这些人怎么能这样？怎么如此缺德，干出这种丧尽天良的事？他想骂人，想和人干架！但他突然意识到发火不行。既然找他们说事，就不能冲动，冲动是魔鬼，一定要冷静，冷静，再冷静！千万不能像过去那样，遇到人家不讲理的事就忍不住犯倔。必须把心中的火气压下去。无论人家以什么态度对你，也得忍着，不能着急发火！

然而，他哪里知道，他已经失去了和人家对话的权利。保卫科的人还没等他把话说完，就冷冰冰地对他说："你的户口不在这里。"

景和愣了愣："不在这里，那在哪里？"

"我怎么知道？"

景和被呛在那里，他很想冲口而出："我的户口原来就在这里，你怎么不知道？你们是干啥吃的？拿国家的钱不干事吗？"但他还是按捺住心中怒火，转换成一种和缓的口气："户口不是由你们管的吗？"

另一个人看他一副可怜巴巴的样子，起了恻隐之心，说："你的户粮关系被注销了！”

“你们为什么注销我的户口？”

“这事你得去问矿党办，是他们要我们注销的！”

听到这话，景和不再和那几个人多费唇舌，他们不过是奉命行事，犯不着和他们较劲。他径直来到了矿党办，准备找田书记——这事找别人都是枉然，起主要作用的应是田书记。刚走进办公室，党办主任李三新一眼就瞅见了刘景和，李三新看见刘景和的一刹，颇感诧异，见景和要往田书记办公室进，便迎上来拦住他，脸拉得老长，以不屑的口气对他说：“你来干什么？”

景和说：“我找田书记。”

“田书记不在！”口气冷冷的。

景和说：“田书记不在找你也行。”

“你有啥事？”

“你们为啥注销我的户粮关系？”

李三新听景和说起这，瞪着两眼，怪声怪调地说：“我们正想要找你呢，你自己倒来了。”

景和听完，心里有点诧异，暗自嘀咕：前进矿找我为啥？

李三新打量了他一下，板着一张长脸，冷冰冰问道：“我问你，这一年多，你跑到哪去了？”

景和说：“我去了新疆。”

“哦？”

“你为啥要去新疆？”

“我在前进矿干不成，只好去新疆。”

“谁说你在前进矿干不成？你不能在支架厂干吗？”

“那是临时工，临时工在哪干不一样？”

李三新一时语塞，很快便反守为攻：“看你说的怪美！刘景和，你说说，你在新疆都搞了啥活动？"

景和愣怔着眼，有点懵："我搞了啥活动？"

"你别装糊涂，问你哩！没听明白吗？"话说到这儿，李三新换成了一副居高临下审讯犯人的口气。

"你偷偷摸摸跑到新疆究竟搞了啥子活动？赶快向我们交待出来。"

直到这时，景和脑子还有点迷盹，思想还没拐过弯来，不明白李三新为什么用这样的口气和他说话？还赶快交待？他犯了什么罪？要他赶快交待！他回怼了李三新一句："你要我交待啥？我搞了啥活动？"

李三新阴沉着脸："你别装糊涂！你在新疆搞了啥子活动？你自己清楚，赶快坦白出来！"

景和终于听明白了，受到侮辱似的差点脱口骂出一句粗话："放你娘的狗屁！"但他还是强迫自己把心中的怒火压下去，回答的口气仍有点冲："我到底搞了啥活动我清楚？你叫我坦白啥子？"

说完，怒火中烧地望着李三新。刘景和突然发现那张冬瓜脸拉得很长，看起来那么丑陋。闭紧的嘴猛一张开变成了一个深洞，突然从那个深洞吐出一串恶毒的声音："你在新疆参加了反革命组织！进行了反革命活动！还要我给你点明吗？"

犹如一阵闷雷在头上炸响，景和被这莫须有的罪名吓了一跳，眼前一阵发黑，手指发颤，在胸中冲撞已久的那股恶气终于爆发了！颤抖着手指着李三新反问道："我参加了啥反革命组织？进行了啥反革命活动？你给我说清楚！你不说清楚我不依你！"

李三新看他气成这个样子，以嘲弄的口气说："嘿嘿！害怕了吧？你不依我？你想咋的？你想翻天？白日做梦！"

"你们这是造谣，这是污蔑！你们才是反革命！"

"啥啥？你再说一遍！"

"你无凭无据说我参加了反革命组织，进行反革命活动，你这是血口喷人，是对我的污蔑！"

"放肆！你竟敢说我们是反革命！你不想活了，想死呀？"

"你们无中生有，血口喷人……"

景和在办公室混吵了一场，被人推了出去。

景和拖着沉甸甸的步子回到家，躺在床上回想着刚才李三新的话，觉得问题并不简单，李三新说的绝非空穴来风。必定事出有因，不像是他信口胡说出来的，谅他区区一个党办主任，也不敢明目张胆对他如此口出狂言，乱扣帽子，这件事想必背后有比他更大的推手！

不过，他心里仍十分坦然，为人不做亏心事，半夜不怕鬼敲门！

景和猜想的不错，就在他离开渑邑去新疆不久，田书记在一次全矿干部大会上，讲到阶级斗争的复杂性残酷性的时候，竟然当着与会者的面，公开说了上面那番话。其实，田书记说这话并没有事实依据，完全是兴致所致，根据他自己的主观臆断随心所欲随口说出来的。依照田书记惯有的思维逻辑，像他刘景和这样家庭出身的人，一定对共产党怀着刻骨的仇恨，一定心心念念想要推翻共产党的领导和无产阶级专政。刘景和跑到新疆一定不会干什么好事！一定会进行反革命活动！于是在全矿干部会议上向大家说了这一番话。党委书记发了话，下边的人哪敢不配合？李三新立即布置落实。于是，保卫科便注销了他的户口，粮店停止了他的口粮供应……

过了两天，他终于弄清了这一内幕，他觉得这不过是他们玩弄的一个"阳谋"！田书记想要对他加害，找不到正当理由，便无中生有硬给他编造了这样一个罪名。欲加之罪何患无辞？景和知道，他们对他的迫害从来不需要理由和事实的。他们说是便是！说非就是非！就像那次他在机修厂被剥夺公职，还不是凭厂长一句话，说除名就将他除了名。把他下放在支架厂干临时工，也是一样。根据中央文件精神，他明明不够下放条件，可最后还是把他作了下放处理。这次为了达到注销他户粮关系的目的，他们又不惜挖空心思，凭空捏造出这莫须有的罪名！

别的都可以忍受，唯独注销户粮关系的事，不能接受！这是与他性命悠关的事，没有户口和粮食关系，他以后怎么办？怎么生活啊？一定要找田书记讨个说法！

他怕田书记出去，第二天，上班的时候，他早早来到了办公室门口，等待田书记到来。田书记终于来了，手挟一个公文包在楼道里走过来。景和走过去，叫了一声："田书记。我有事找你。"田书记见是刘景和，立即拧起眉头："你不是跑到新疆去了吗？回来干啥？"

"我是回来办理户口迁移手续的，我准备把户口迁到新疆，可是我的户口和粮食关系被矿上注销了！"

"谁注销你的户口你去找谁吧。"田书记说完，不再理他，便转身走进办公室。景和要跟进去。但李三新正好走过来把他挡住。

"刘景和，你想干什么？我叫人把你抓起来！你信不信？你参加反革命的事还没说清呢！你还不在家老老实实待着！"

火山终于爆发了："你这是血口喷人！栽赃！陷害！你们说我参加反革命组织，有什么依据？你们为什么这样对待我，先是剥夺我的公职，而后又不准我外出参加工作，如今又注销了我的户口！你们为什么一而再再而三，一步步地把我往绝路上逼？我到底犯有什么错？到底犯有什么罪？为什么把我往死里整！你们还讲理不讲理？你们还有没有王法……你们有什么理由和权利注销我的户口？停发我的口粮？难道我人死了吗？你们既然认定我是反革命，你们干脆把我抓起来判刑，把我枪毙好了……"

这样吵闹的结果是可以想见的。人为鱼肉，我为刀俎！无产阶级专政不是吃素的，他差点被保卫科的人给弄起来。

偏要活得好好的

　　刘景和从前进矿办公大楼出来，感到头上的天空突然塌下来，太阳失去了光辉，走在返回工人村的路上，脑子懵懵的一片嗡嗡的声音，水泥路边参差不齐的洋槐树枝叶把头顶的阳光遮住，一缕缕斑驳陆离的光点从树缝间漏下来，变幻着各种图形在眼底下晃动。他着了魔症似的，眼前尽是一些飘忽不定的幻影，脑子里在轰隆作响，胸口也在隐隐作痛。一阵秋风索索地在面前扫过，卷起路上的煤尘，使他无法睁开眼睛，打在脸上也不觉得疼。路边的梧桐树叶随之扑瑟瑟掉落下来，飞旋着砸在他的头上。他的脑子有点晕乎，好几次和迎面而来的汽车和自行车相遇，他都视而不见，遭到司机的破口大骂，他挥动拳头差点冲上去要干架。司机看他这个样子，以为遇上了神经病，赶紧加大油门把车子开走了，后边扬起一阵冲天的灰尘……

　　他踉跄着身子，就像大病一场似的，脸色苍白呼吸急促，两脚犹如坠上了沙袋，从矿区到工人村短短二里路，他走得十分艰难，他不知是怎么回到家的。一进家门，就像一条面布袋似地重重地倒在床上。他感到喉咙发干，嗓子眼里像要冒出火来。他想大喊大叫，或者痛哭一场，可是他喊不出声，欲哭无泪……

　　倒不是害怕那些吓人的罪名，身正不怕影子斜，那些加在他头上虚妄的罪名，与他毫不相干，毫无关系！而他感到痛苦和绝望的是他被无端注销了户口！没有户口他怎么迁往新疆？怎么在新疆落户？怎么面对业嫱？他想起心里对业嫱的许诺，像有一把尖刀在身上割在心里扎。在新疆流浪的那些日子，他对自己的前途命运并没有抱太大的奢望，以为找个落脚的地方找点活干混口饭吃就不错了。因为那个可爱的姑娘，使他重又燃起青春的热情，感受到了生活的甜蜜，兴起了新的希望，对生活产生了美好的憧憬。他曾在心里发誓，把户口迁到新疆以后，一定要好好干，为心爱的姑娘创造一个美好的生活条件，成家立业，结婚生子，安心边疆，在新疆生活一辈子。可谁能承想，人家不想让他好好地活着，偏要置他于死地，无缘无故注销了他的户口，打破了他心中的五彩梦！想到这儿，他的心就一阵发疼，往外汩汩地流血……

母亲看到儿子从矿里回来之后那副痛苦不堪的样子，已经猜出儿子找矿领导的结果，于是轻轻地走进了儿子的房间。景和看见母亲进来，赶紧从床上坐起身。景和体谅母亲此刻的心情，母亲为他操碎了心。自他进入社会以来，母亲从没有过一天省心的日子。每一次出现问题，母亲总要为他担惊受怕锥心锥肺，尤其在他离家出走新疆一年多的时间里，母亲因为得不着他的音讯，不知哭过多少回，流了多少眼泪？他暗暗责怪自己，他在新疆安顿下来之后，为什么不给母亲写封信报个平安呢？

这会儿看见母亲充满忧戚地站在他面前，立时清醒过来，再不能让母亲为他担惊受怕。为了不使母亲牵挂，景和以极大的忍耐力抑制住内心的痛苦，平静地对母亲说："妈。你不必为我操心，没有户口我照样过下去。我这一年多在新疆不是过得好好的吗？你知道吗？新疆地方太大了，你想象不到有多大！那地方好着哩！在那里挣钱很容易。我在新疆挣的钱比咱这儿下井工人挣的还多哩。妈，我挣了好些钱哩！"

母亲以为儿子在宽慰她，苦着脸满面忧愁地望着儿子，不相信地摇摇头。

景和看母亲疑惑不解的样子，说："怎么？你不相信我说的？妈，我说的是真的，一点不诳你！"说着，从内衣口袋掏出一摞钞票递到母亲手里。"妈，这些钱是我给家里的，你拿着吧。"

母亲接过那一摞钞票，摸了摸，看了看，紧皱的眉稍舒展了不少，她知道儿子在外头确实挣到了钱。但她还是感到有点困惑："你哪里挣这么多钱哩？"

景和看出了母亲心里的疑惑："妈，这些钱确实是我出力挣来的，你放心！请相信你儿子，钱来得光明正大。在新疆，只要肯下力气，挣钱比内地容易！"

　　母亲终于高兴地笑了，但她并没有接儿子手里的钞票，她知道儿子在宽她的心。儿子在外头需要钱，在家千般好，出门一时难，穷家富路，家里再难也好对付，于是把钱又塞到儿子手里。在母亲心里，儿子永远是第一位的，只要儿子在外头过得好比什么都重要……

　　景和是那种天塌下来不弯腰地陷进去不皱眉的个性。通过一年多在新疆的摸爬滚打，他再不是那个刚刚离开渑邑去新疆讨生活的小青年，他已经变得坚强、坚毅和自信。他不相信，天下之大，没有户口就找不到吃饭的地？就会饿死？他偏要让前进矿那些陷害他的人看看，他们注销了他的户口仍奈何不了他。他们不想让他活下去，而他偏要活得好好的，他一定要争这口气！

　　在家过了几天，景和的心便开始释然，几天来笼罩在景和心中的阴影便慢慢消散。他心里惦记着钟文和春明，一定要趁着这次回来的机会见见他俩。经过打听，终于从熟人那里，知道他俩已被招工去了洛阳。

　　几天后，景和在洛阳见到了钟文、春明。好友重逢，自然有说不出的开心，他们在一起畅叙了别后之情。为免他们担心，景和没把自己在前进矿被吊销户口的事儿告诉他俩。

　　巧的是，这次在洛阳，景和还意外地见到了钟文的妹子——俏妹。俏妹已长成了一个亭亭玉立的大姑娘，她正巧来洛阳探望哥哥。跟钟文一样，俏妹也热情开朗，爱笑。他和钟文春明一起兴致勃勃去龙门玩的时候，俏妹也去了。俏妹对景和一点不生分，两人谈得非常投缘。

　　景和又趁着这次到洛阳的机会，到洛阳国泰服装店定做了几件衣服——洛阳国泰服装店是上海人在洛阳开的服装店，做衣服的师傅都是上海人，手艺很好，做的衣服都是上海式样，很上档次。景和兜里有钱，准备做两件像样的衣服，他要让那些人看看，他们不叫他好过，而他偏要活得好好的！当他准备返回渑邑的时候，在国泰定做的衣服已经做好了。衣服做得十分得体，穿在身上平添了几分潇洒和帅气。

当他穿着那身笔挺的毛料衣服，怡然自得地出现在前进矿工人村的时候，消息很快就传到了矿上，那几个整他的人眼睛都被气绿了。但生气归生气，他们手中掌握的权利这时已经使用到了极限，他们也知道捏造出的那些罪名，见不得阳光，拿景和也没有别的办法。

不过，景和到底年轻，这种只顾痛快一时，不计后果的张扬作法，给他的未来埋下更深的祸根——那是后话了。

凄凄满别情

景和在家陪着母亲又待了些日子，返回新疆的时候，已是春节以后了。大地回春，柳树发芽，冰河解冻，到处是一片新绿。他回到了三大队，仍住在哈萨克人那个生产队的小屋里，既没有去看业嫱，也不去见老吴。此刻，他的内心充满了矛盾。他时时刻刻都在想着业嫱，可又怕见到业嫱。户口没有迁成，前程已经无望，对爱情便心灰意冷。他知道，在这个世界上，他已经失去了生活的根基，今后连生存都困难，还有什么资格谈恋爱？如果不顾现实硬要和业嫱恋爱，那岂不是害她吗？他决不干这种昧良心的事。尽管他内心对业嫱有着深沉的爱，也只好硬着心肠把这段情丝掐断，用无情的刀斧把埋藏在内心深处的情愫砍去！于是他有意延宕下来，在家的几个月里，连封信都没有给业嫱写，想要业嫱把他忘记，把他从心上抹去……

回到二小队，他安置了一下自己的生活，买了些生活必须品，大胡子队长对他不错，并没有让他搬走。但他总高兴不起来，他焦心地在思考着今后的出路。今后怎么办？心情越发烦闷，简直有点度日如年。那间土屋因许久无人居住，更显得破败。土墙上糊的报纸有的已经脱落，斑斑驳驳，临窗的那个破洞越加大了。一到晚上，有一股风呼呼地从缝隙里钻进来，他也无心拾掇。每天就那样六神无主似的度着日子。思来想去，他觉得无论怎样，得和业嫱见上一面，当面和她把话说清楚，作一个了断。这样躲着人家也不是法子，以后见了老吴，也好有个交待。于是迟迟挨挨，直到四月上旬的时候，他才跑去见业嫱。

这时，业嫱的情况也已发生了变化。

她叔叔已经给她找好了工作，她如愿以偿地在火箭公社小学当上了代课教师。她是高中毕业的高材生，凭她的水平，当小学老师绰绰有余。他叔说，她先干着，有机会再让她教中学。

景和是在火箭公社小学见到业嫱的。她比景和离开时，稍胖了些，气色也有了改观，脸上洋溢着青春的光泽，看起来似乎更漂亮，更有女人味。从他的感觉中，业嫱对他的感情明显冷淡了，态度不冷不热的，仿佛和陌生人说话一样，言语中充满了对他的怨气。他知道这是为什么，但他没有解释他为什么迟迟不回来的原因，也没有向她说起户口被注销的事儿。这种事除了在前进矿做得出来，在中国别的任何地方，任何单位恐怕也不会发生，把这事向她说了，她也许不会相信，还以为这是他为不迁户口而寻找的借口。

这样也好，这个结果他在家就预料到了，如果是那种撕心裂肺的难舍难分，反叫他更为揪心。景和有一搭没一搭地和她说了一会儿话，业嫱便从床铺上的一本书里拿出一封信递给他，冷冷地说："你的信。"

景和接过信。信已经拆开了，看信封上的地址，信是从湖南祁东寄来的。他感到有点诧异！仔细一看，信封上的字写得歪歪斜斜的，像小学生写的。

他终于想起来了，这是俏妹给他写的。

去年他去洛阳找钟文的时候，俏妹也在洛阳看她哥哥，他和钟文春明一起游览龙门的时候，俏妹也去了，一路上两人进行了交谈。俏妹向他诉说了她的苦恼——因为家庭出身的原因，她在家总受到别人的岐视，对前途感到迷茫，觉得在家待下去实在没有出路。俏妹听景和说了新疆的情景，他在那里过得不错，便萌生了去新疆的想法，并把她这个意愿告诉了景和：

"景和哥，你和我哥哥关系这么好，我也把你当成我的哥哥，我想跟你去新疆，你看行吗？你回去一定要给我帮这个忙，给我联系一下。"

景和面有难色，但还是答应回新疆以后帮她联系。随后，俏妹要了他在新疆的地址，准备回去以后给他写信。那会儿，景和已被二小队除名，只好把业嬙的地址写给了俏妹，说有什么事，就按这个地址与他联系。由于那时他和业嬙的关系没有确定，不便把他和业嬙的关系告诉俏妹。

俏妹从河南回到湖南之后，思前想后，觉得景和人不错，又是哥哥的朋友，从心里对景和产生了好感和信赖，于是就按照景和留给她的地址写了这封信。信的内容虽然只是说了她想来新疆找事做，请他帮忙联系的事儿，但写信的口气却很亲妮，字里行间明显流露出了一种超乎寻常的感情。业嬙当时并没有在意，不知信的内容。她看景和在河南延宕许久没有回来，竟然连一封信都不给她写，心里未免疑惑和着急。回想起他在新疆时对她模棱两可的态度，以为他对她产生了二心，回家找对象去了。一气之下，就把俏妹写给他的信拆开看了。看完信，业嬙更加坚信了自己的想法，这个刘景和，果然在外头谈了女朋友！一种上当受骗的感觉攫住了她的心，使她陷入极端的痛苦之中。

这时她的心情简直坏到了极点，前途迷茫，万念俱灰。好在这时她叔叔通过王书记的帮助，给她找到了工作，当上了代课教师，她内心的痛苦才稍稍有了些缓解……

当景和读完俏妹的信，什么都明白了，业嬙对她产生了天大的误会！为了消除其中的误会，他把认识俏妹的经过对业嬙讲了讲，他说："我要是和她谈恋爱，我会把你的地址告诉她，要她往你这儿写信吗？"

但是毫无作用，业嬙积怨难消，气愤难平。

也许这段期间，景和对她的心灵伤害太大，尽管她也知道景和说的是实情，对她没有半点欺瞒，但她对他还是怨气冲天。犹如手里拿着一只漂亮的碗不意中被碰打了，当然感到懊恼和惋惜，又有点心疼！这会儿，她就像一个任性而赌气的小姑娘似的，固执地噘着嘴，对他嚷道：“你不要再辩解，我知道，你早对我变了心！这次回河南就是谈对象的！对象没有谈成，才又回来找我……”

话说得越来越难听，越来越刻薄，句句都像尖刺扎在他的心上。景和听了简直哭笑不得，但他的态度却很淡定。既然如此，他觉得也没有必要对她再作解释，任她发火任她责备，他一句话也不愿多说，只保持沉默的态度。他心里明白，他和她之间的那些事也该结束了，这正是一个求之不得的最佳时机。

景和正准备离开，这时，一个年轻人走了进来，年轻人嘴里叨着烟卷，迈着八字步，一副很随便的样子。看得出来，年轻人和业嫱的关系非比寻常。

景和的猜想不错，年轻人正是业嫱新结识的男朋友。业嫱在火箭公社当上代课教师之后，尽管消除了心中的担忧，但她久无景和的消息，未免感到痛苦和迷茫，一时间陷入了难以自拔的感情危机。恰在这时，眼前这个年轻人便趁虚而入，闯入了她的心扉。年轻人也姓刘，他在火箭公社机耕队开拖拉机。工余时间不断来找业嫱，向她献殷勤。她虽对他不太中意，和景和相比，感觉他身上欠缺点什么，不是她心目中理想的那种男孩子，真和他谈对象，总有点心不甘。但小伙子忠厚老实，是个能够依靠的人，禁不住小伙子的死缠烂打，向她发起的进攻，便答应和他保持朋友关系……

景和打量了面前的小伙子一眼，他有一张黝黑的脸，个子高大，明显带有山东人长相的特点。

年轻人看出景和和业嫱的关系不一般，便大咧咧说：“吃饭了！吃饭了！”话音里果然透出一副山东腔。

“叫么子哒？”业嫱皱起眉头，没好气地对进来的年轻人抢白说，年轻人没敢吱声，知趣地出去了。

景和觉得再待下去也没有意思，站起身来准备告辞。业嫱止住了他，说："已到吃饭时候了，你要去哪里？难道饿着肚子走么？我去公社食堂买饭，你吃了饭再走。"

景和看了看业嫱忧郁的脸，只好答应留下来。

业嫱带着饭盒出去了，景和坐在房间里，不由得回想起了和她在一起的往事，一幕幕在脑海浮现，在水渠边玩水时不小心滑倒在他身上的一刹，包子出笼时，喂他吃包子的情景，傍晚送他出门时相拥想抱时惊心动魄的一幕……可这一切而今已成为泡影，再不复存在，他不由有点伤感……

正在这时，业嫱从食堂打了饭菜回来了。她把饭菜在桌上放好，递给景和一副筷子，淡淡地说："吃饭吧，没什么菜。"

景和接了筷子，拿起一个馒头坐在业嫱对面吃起来，他没说一句话，只顾低头吃饭，而业嫱却不时朝景和脸上偷看一眼，把菜不住地往景和碗里挟。看得出来，业嫱对景和充满了难以割舍的感情。见景和一直不和她说话，沉闷地只顾低头吃饭，眼里渐渐凝满了泪花……

第九章　奔赴三线

似火的热情

1964 年，国际形势骤然紧张，中央高层判定外国帝国主义随时都有对华发动侵略战争的可能，有必要提前做好抵御外国侵略应对战争的准备。在毛主席的指示下，作出了加强三线建设的紧急部署.。

1965 年 10 月，邓钟文所在的中南一公司接到了上级的通知，全体职工将撤离洛阳，奔赴大西北参加三线建设。中南一公司随之撤销，改名为建工部七局七公司。

七公司要去的地方是青海省。

尽管青海地处青藏高原，属高寒地区，荒凉落后交通闭塞，条件十分艰苦，但是"毛主席的战士最听党的话，哪里艰苦哪安家"已成了人们思想的信条，行动的准则。尤其像邓钟文这样的年轻人，心中奔涌着青春的激情，燃烧着战斗的火焰。早就渴望着到艰苦的环境去摔打去战斗。他多么羡慕那些革命前辈，碰上了革命战争年代，有机会在枪林弹雨中去拼杀，在血风腥雨中去为国牺牲。他不止一次地设想过，如果他也生长在那样的年代，也会毫不犹豫地冲锋在前，连眉头都不会皱一下……

这次终于盼来了这一难得的机会，岂能轻易错过？生怕公司开赴大西北的消息不可靠，去不了大西北似的，有点心神不宁，四处打探消息。名江交往的人比较多，消息比较灵通，他便找到名江："去青海的消息是真的吗？"

名江叽笑他说："你着什么急呀？那么想去青海呀？"

钟文说："你说我急，你不急呀，你不想去吗？"

"当然想去了。"

"你说，这消息可靠吗？"

"有可能是真的，我听大家都在说这事呢！"

直到公司召开了奔赴大西北参加三线建设的动员大会，大家的心才放下来。

其实，何须动员？全公司整建制跨省区搬迁到一个新地方，对公司的老职工来说，已不是头一次，早如家常便饭习以为常。而况这次搬迁的意义非同小可，是毛主席亲自部署的，具有重大的战略意义，是一项无比光荣的任务。当公司领导在动员大会上宣布完这一消息，会场上顿时爆发了雷鸣般的掌声。职工们欢腾起来，口号声振天动地。像革命战争年代，部队的战士接到重要的战斗任务一样，不由群情激昂热血沸腾。散会之后，大家意犹未尽，纷纷走进党支部办公室，拿出纸笔表决心订保证，有的还咬破指头写了血书。夜深了，大家的情绪仍无法平静，不去睡觉，纷纷摊开信纸写信，把这一好消息告诉家人和亲友。钟文和名江也兴奋得睡不着，在一起议论着去青海的事。他俩看见别人都写决心书，备受鼓舞，也从办公室找来一张红纸，商量了一下，写了一首诗（顺口溜）贴在墙上来抒发自己的情怀：

革命战士最听党的话，

哪里艰苦哪安家！

我们的热血已经沸腾，

我们的豪气直冲干云。

党向我们发出了号令，

加强三线建设，

备荒备战为人民！

看！红旗在迎风招展，

指引着我们奔向征程。

听！战鼓已经擂响，

我们满怀豪情，

热血已经沸腾。

不怕冰雪严寒，

不畏风暴沙尘！

甘洒热血献青春。

我们是毛主席的战士，

我们是革命事业接班人！

战天斗地不怕苦，

三线建设建奇勋！

依依惜别情

马上就要离开洛阳，第二天，钟文怀着激动的心情把开赴青海的确切时间告诉了春明。其实，在此之前，钟文就向春明透露了公司将开赴大西北参加三线建设的消息。春明是个重感情的人，当他听说钟文很快就要离开洛阳，有点恋恋不舍。是啊，通过几年来的相处相交，他俩已成了同心相求，同气相投，心心相印比亲兄弟还亲的朋友。他们一起学习，一起相伴。在一起度过了多么美好的时光！彼此为对方的进步而高兴，为对方的痛苦而难过，钟文这一离开，两人从此就要远隔天涯，千里迢迢，关山阻隔，见一面也不容易……

晚上，春明失眠了，怎么也睡不着。窗前杨树婆娑的枝叶在月光下不停地晃动，朦胧的月色如水似的流进房里。他一向睡眠很好，躺在床上头一挨枕头就能入睡，而这天他却一直在床上翻腾。

好几天了，春明一直思考着给钟文送件礼物作为临别纪念。想来想去没有合适的东西。突然灵光一现有了主意——他决定把那本王力先生撰写的《汉语诗律学》送给钟文。他知道钟文最喜欢这本书，也很需要这本书。

——这本《汉语诗律学》是他特地从上海买来的。

半年前，他在班上切割玻璃的时候，左手食指不慎被玻璃划伤了一根筋。伤治好之后手指还有点变形，拿东西不方便，想要完全恢复，本地医院没有好的办法，医生建议他到上海瑞金医院去看看。经过厂领导同意，他专程去了趟上海，在瑞金医院看好了受伤的手。准备返回的时候，逛了逛附近的一家新华书店。在书架上他眼前一亮，惊喜地发现了王力先生编撰的《汉语诗律学》，他毫不犹豫地掏出口袋里仅有的钱，买下了这本书。他把这本书当作宝贝似的放在枕头边，每天都要看几页。一天，钟文来他宿舍，发现了这本书，惊喜得如获至宝地将书拿在手里翻看起来。春明看他着迷的样子，对他说："你想看就拿去先看吧。"

钟文喜孜孜把书带到了宿舍，如饥似渴地读起来。那会儿他对古诗词产生了浓厚的兴趣，读了这本书加深了对诗词的理解，兴之所至便模仿着写几首。还将他写的诗词拿给春明看，春明时不时写一首诗词和他唱和。

春明尽管对这本书也很喜爱，但他知道，钟文更需要这本书，他正钻研古体诗词呢，这本书对他更有用，他觉得这是送给钟文最好的礼物，是最珍贵的纪念品！

于是，拿起钢笔在书的扉页上恭恭敬敬写了临别赠言："赠给我最亲爱的朋友，钟文！"

　　他特地抽了个空，把书送到了钟文手里。钟文接了书感动得不知说什么好，想不到春明会把这么珍贵的礼物送给他，无异于雪中送炭雨中送伞！这些年来，他除了认真阅读中外现当代文学之外，还涉猎了中国古代文学，尤其是古典诗词，捧着沉甸甸砖头一样厚的书，抚摸着书页，看着扉页上写的赠言，内心非常激动，不知怎样感激朋友的情义？

　　他想着也要给春明回赠点东西，可想了半天，觉得没有什么东西可以表达自己心意的，便把自己的一个矿石收音机送给了春明。那台矿石收音机是他从商店买了电子原件，向施工队一个洛阳籍小伙学做的，经过好几个星期天的努力才弄成，尽管只能够收听中央台的音乐，声音也不很清晰，但他对那台矿石收音机非常喜爱……

　　老天像是要为钟文送行似的，在出发的前两天，纷纷扬扬下起了春雪。雪越下越大，由飘飘洒洒的小雪变成了鹅毛大雪。不一会儿，街道、树木、建筑物都披上了一层厚厚的银妆，天地间变成了白茫茫一片，洛阳城披上了洁白的素装。第二天，雪停了，天空露出晴霁，缕缕阳光洒在雪地上，到处闪烁着耀眼的光芒，林荫道两边的梧桐和杨柳树在温暖阳光的照射下，冒出了新的嫩芽。

　　钟文早几天就和春明约好，临别时到王城公园拍照留影。这美丽的雪景恰为他们的离别合影提供了理想的背景。钟文想起王名江和张小虎，便拉了他们两人同去，张小虎和春明虽不熟悉，但春明常来工地找钟文，都见过面，彼此并不陌生。于是一行四人，踏着嘎嘎作响的积雪说说笑笑来到了王城公园。

　　一进公园大门，四个年轻的朋友就开心得像顽童似的在雪地打开了雪仗。雪粉在头上抛洒，冰块在空中飞舞。他们在雪地翻滚嬉戏。玩够了，几个人来到照相馆找到了摄影师，想要照相留影。摄影师很热情地为他们服务，也理解他们几个年轻人的心情，为他们寻找着最佳的背景。摄影师领着他们来到了一片杏树林，说：“就这里吧，你们看，这里的景色怎样，美不美？”

他们抬眼一看，无不为被摄影师寻找到的这片美景拍手叫好！这是一片不大的杏树林。杏花正含苞怒放，是那种令人欲醉的红杏，皑皑白雪压满枝头，杏花的瘦枝从积雪的缝隙间伸出来，枝条上露出红杏娇嫩的笑脸，组成了白雪红杏的佳景。

他们欢呼起来，纷纷称赞着：“好！这地方风景好美！”

“师傅真有眼光！这里真是太美了！”

摄影师举起相机，按动快门，开始为他们拍照。把这春意盎然的美景留在照片上，也刻进了他们的脑海……

开拔大西北的日期很快到了，出发的日子是 1966 年 3 月 6 日。

那是一个明媚的晴天，太阳刚刚出来，放射出万道红光，天窗湛蓝湛蓝的，像洗过一样干净，整个东方的天空晕染在美丽的朝霞中。地上的积雪还没有完全消融，房前屋后，建筑物的背阴处，林荫道的树底下，还残留着一堆堆积雪的痕迹，流淌着残雪消融后的水迹。水迹在地上画着各种不规则的图形。

职工们早早起了床，吃了早饭，焦急地等待着接送他们的汽车开过来。被子箱子等笨重行李几天前就已经打包运走，宿舍只保留着随身携带的路上用的东西。钟文提着网兜刚从宿舍出来，就一眼看见春明来了——春明是特地来为他送行的。

“你要上班，叫你不要来，你还是来了。”

春明说：“我当然要来，得送送你。不要紧，我向车间请了假。咱俩这一别，不知重逢在何时？”

春明的话说得有点动情。钟文听了也感到心里涌上无限的离愁，但他还是安慰春明说：“别难过，我还有探亲假呢，路过洛阳，我一定先来看你，咱俩肯定有见面的机会。”

"钟文，那里气候寒冷，环境恶劣，缺少氧气，注意保重身体，记得到了那里就给我写信！"

"我会的，你也要给我多写信！"

两个好朋友就要远别，心里不是滋味，临别的嘱咐话不知说了多少遍，再说便显得多余，他们相互对望了一下，又把视线移开。

这时，等得着急的职工们在宿舍里走出走进，突然，不远处传来了汽车开过来的隆隆的马达声和喇叭声。

"矍矍……"集合的哨声急促地响起来。等待已久的人们拎着各自的行李纷纷从宿舍走出来，以班组为单位开始排队集合。

分手的时候到了，钟文只好和春明握别，站到了自己班组的队列里。

不一会儿，一辆接一辆的公交车依次开了过来。每辆公交车的前头都用红纸写着编号，职工们按事先安排的车次编号很有次序地上了汽车。

汽车一声鸣叫，徐徐开动了，钟文坐在靠窗的位置，望着站在那里不停向他挥手的春明，他也向春明挥着手，直到汽车开出老远，看不见他瘦削的身影……

豪情满怀

洛阳车站热闹非凡，锣鼓喧天，彩旗飘舞，广场前边悬挂着一条巨大的红色横幅，横幅上写着几个醒目的大字：热烈欢送参加三线建设的职工们奔赴三线岗位！这热烈壮观的场面在洛阳有史以来还是第一次。旁边的旅客和行人都纷纷驻足观看，看见大横幅上写的字才明白是怎么回事。

这次中南一公司开赴大西北参加三线建设，洛阳市委市政府非常重视，几个主要领导都前来为他们送行。郑州铁路局为了表达对三线建设的支持，还为他们派出了专列。职工们一个个都像出征的战士，情绪激动心潮澎湃。在公司有关领导的统一指挥下，职工们秩序井然地开始进站上车，登上了西去的旅程……

他们到达西宁的时间是第二天下午二时。

职工们一下火车，就感受到了热列欢迎的气氛。跟在洛阳上车时一样，西宁车站广场也是彩旗招展鼓乐齐鸣。西宁巿领导为三线建设者的到来举行了隆重的欢迎仪式，市领导还发表了热情洋溢的讲话。欢迎仪式结束后，职工们没有在市区停留，就马不停蹄直奔各自的工地。前来接送他们的客车一辆接一辆，望不到尽头。当满载三线建设者的车队在西宁市浩浩荡荡穿城而过的时候，街道两旁的群众，无不驻足观望，纷纷向他们行注目礼。

职工们又一次感受到了那种无以言说的荣耀和豪迈，大家的情绪都无比的兴奋和激动，人人都豪情满怀。

车队开到"大十字"的时候，坐在钟文和"法螺"旁边的"泡子"突然惊诧地指着车外尖声喊叫着："看！骑马哩！"

大家顺着"泡子"所指的方向一看，果然有几个穿着藏袍的藏族同胞骑在高头大马上正昂首阔步在大街上骑行。马蹄在水泥路上发出踢嗒踢嗒有节奏的声音。大家从街道两边的行人中看见，除穿普通衣服的汉族人之外，还有穿别的服装的少数民族同胞，以及戴着黑白蓝三色头巾的回族妇女。

"泡子"卖弄地对旁边看得入迷的苗大嫂说："看见了吗，真有围三色头巾的妇女哩！"

苗大嫂不屑地朝"泡子"翻了翻眼，没理他。坐在"泡子"旁边的"法螺"揶揄说："别人都没看见，就你头上的泡子照得亮，让你看见了！"

在出发之前，各个班组曾学习过青海小数民族的习俗和习惯，西宁附近回民同胞居多，回民跟别的小数民族同胞一样，有许多规矩，在这里工作不能坏了人家的规律。尤其回族妇女，头巾很有讲究，可以根据所系头巾颜色的不同来区别妇女的身份——围黑色头巾的是奶奶级的妇女，围白色头巾是已婚妇女，蓝色头巾则是未婚姑娘。

大家拿"泡子"开着玩笑，兴致勃勃地说着那些少数民族的时候，车队已经驶离了市区，道路狭窄起来，汽车行驶起来有点颠簸。

三线建设的原则是"靠山、隐蔽、分散"。工厂的布局不像内地，一个工厂所有的车间都建在一起，连成一片，而三线工地则是各个车间分散在不同地点。全公司数千职工便按照工厂的规模，车间的大小，安排施工人数。基本上是一个工程处负责一个工地，也有单独一个施工队负责一个工地的。公司机关自然安置在西宁市区，二处安排到大通县，三处的工地在湟源县。钟文所在的一处安排在西宁市郊区，地名叫安达。汽车经过一个多小时的颠簸，终于开到了目的地，摇摇晃晃在一幢破败没有窗玻璃的孤立的三层红砖楼前停下了。

有人喊了一声："到了！都下来吧！"

人们便拖着疲惫酸困的身子晃晃荡荡从汽车上跳下来，有几个上年纪的老工人从汽车上下来的时候，跌跌撞撞的差点站不稳身子。人们伸了伸腰肢，活动了一下筋骨，才适应过来。七手八脚从车上把各自随身携带的行李卸下。大家站在楼前，伸长脖子朝面前的这座旧楼观看着。暮色中，小楼孤立在旷野中，显露出一种沧桑。看来，面前这幢孤楼便是他们暂时安身的宿舍了。小楼四周是一片平坦的河滩地，远处是弯弯曲曲流淌着的湟水，附近是那种干燥的土地，很明显是农民的庄稼地，零星杂乱的庄稼棵子在寒风中摇摆着。

钟文站在黄昏的暮霭里，转过身来朝西北方向望了一下，在他的眼前竟然出现了一座白皑皑的雪峰！仿佛天上的琼楼玉宇，在空中闪闪发光！他感到无比惊喜，抬眼看去，何等美妙而又神秘的雪峰呀！上边是蓝莹莹的天空，下边是亮晶晶的雪峰。看起来很远，又像是很近，朦胧的雪山闪烁着银色的光辉，就像童话世界一样！这是什么雪峰？他心里暗自嘀咕着，想问旁人，转念一想，别人也和他一样未必清楚。后来他才听说，面前他所望见的便是拉鸡山雪峰。

这时，有人招呼大家说："这座楼就是你们的宿舍，大家赶紧把帐篷里各自的行李拿上去吧！"

职工们便纷纷拥进旁边的帐篷，里面放着一摞摞的铺盖卷和箱子，这是早先运到放在帐蓬里的。人家辨认着自己的东西，扛着各自的行李开始往楼里进。

原来这幢残破的旧楼是 1958 年大跃进时留下的"遗迹"。宿舍楼的后边，曾是一个工厂的旧址。厂房的基槽尚未挖好，那场罕见的大饥荒便不期而至，工程随即停工下马，人员只好撤离。如今又成了三线建设的一个工地。倒也不错，楼虽残破，总比露宿荒野强了不知多少！

这里的气候和大家事先预料的差不多，虽是阳春三月，但出现在大家眼前的仍是一片隆冬景象，见不到一棵青草，一片绿叶，杨树的枝杆上还是光秃秃的。阵阵冷风刮来，大家感觉到了一股寒意。好在先期到达的先遣分队为他们解决了水电，搭建了伙房，做好了饭菜，烧好了热水，房间亮着电灯，也打扫得很干净。满身疲惫的职工在楼下的临时伙房吃到了热乎乎的饭菜，自然非常满意。补充了能量，浑身来了精神，除了连日的旅途疲劳和较低的气温，感觉和在内地的任何一次工地搬迁没有什么两样。

大家的心情不错！

现在惟一需要的是休息，赶紧躺下来舒舒服服睡一觉——他们实在太困了。施工队领导立即为职工安排了房间，以班组为单位，钟文这个班安排了三个房间。房间窗户没来得及安玻璃，空空的，一股寒风嗖嗖地刮进来。地板倒打扫得很干净，大家也不说什么。立即动手把早准备好的稻草袋铺在地板上，将铺盖卷解开。然后掂着水壶，到下边的老虎灶掂了热水，拿出脸盆毛巾胡乱擦了把脸，烫了烫脚，赶紧把床铺铺好就钻进被窝。不一会儿，就进入了梦乡。

建设者们在这里安顿下来，斗志昂扬，做好了克服困难进行施工的准备，但青海高原酷烈的风沙和沙尘暴完全超出了他们的想象。在接下来的施工过程中，真切地感受和体验了风沙和沙尘暴的威力。

工地在连绵逶迤的群山之下，山上没有一棵树，也看不见一根草，满眼尽是一片焦燥的褐色，仿佛一片不毛之地，从来就没有存在过生命似的。天空看起来很高很蓝，太阳却毫无亮光，晕黄晕黄的像喝醉酒一样。说不定什么时候，远处的山脚下突然卷起一股沙尘，随之便弥漫成一片灰黄色的大幕，无边无沿遮天蔽日，呼啸着滚滚而来。不一会儿，工地便被淹没在漫无边际的沙尘里。对于这些刚从风和日丽气候湿润的内地搬迁来的三线建设者来说，无疑给他们来了个下马威！刚栽上的电线杆不一会便被风刮得东倒西歪，有的干脆被强风折断，架好的电线被大风刮得七零八落掉落在地上。在风沙里干活，帽子必须系紧，否则一阵风刮来，帽子会被刮得满地乱飞，一眨眼就无踪无影。人在狂暴的沙尘里干活睁不开眼，站不稳脚，直不起身子，举步维艰，连呼吸都十分困难，嘴里灌满了灰沙，嘴唇打起了潦泡，嗓子眼发痒发疼……

但是，三线建设者没有向风沙低头，顶风冒沙迎难而进，与恶劣的天气进行了顽强的斗争。施工队早准备了风镜，沙尘刮来的时候，职工们便戴上风镜。戴着风镜干活，眼睛实在不好受，眼框被箍得紧紧的。时间一长，眼睛周边的肌肉就会发胀发疼，眼睛发酸，头也发晕。不戴风镜，人在风沙里睁不开眼，干不了活。职工们只好坚持着戴上风镜干活。人戴上风镜的样子非常可笑，一些人便把风镜戏称为"驴眼罩"，大家都成了磨道里拉磨的驴。嘻嘻哈哈，相互间闹着笑着，并不把苦当一回事……

经过大家的艰苦奋斗，被大风刮倒的电线杆重又架起来，水管也已安装好；推土机轰响着打破了高原的寂静，道路终于畅通；人们忙着支起搅拌机，开始搅拌混凝土浇灌厂房基础……

当草木复苏大地泛绿的时候，三线工地的厂房基础已经在建设者的努力下初具规模……

第十章　文革烈火

"泡子"并没吹牛

正当七公司全体职工在三线工地战天斗地和风沙作斗争，施工紧张繁忙的时候，无产阶级文化大革命已经轰轰烈烈地开始。

文化大革命是从北京开始的，首先行动起来的是青年学生。年轻人涉世不深，最容易受到鼓动和蛊惑，学生们很快充当了文化大革命的急先锋。北京的大专院校随之全面停课，不久，中学生也开始跟着行动。学生们群情激愤，斗志昂扬，大造老师和校长的反。贴标语，喊口号，撒传单，开批斗会。那些平时给他们上课的老师，一个个成了众矢之的，那些在学术上卓有成就的大师，成了"反动的学术权威"，成了批斗的重点对象。社会上那些有问题的人也成了"专政对象"。学生们毫不留情地抄了他们的家，把他们拉出来游街示众，要他们低头认罪。戴高帽，画鬼脸，挂牌子，任意戏弄侮辱，甚至用铜头皮带进行抽打！这些学生不光在自己学校造反，还纷纷走向社会，向别的城市发展，进行串联，上街游行呼口号，撒传单，张贴大字报，宣传鼓动革命群众一起行动起来，"向黑帮开火！""向资产阶级反动权威开火！”大破“四旧”，大立“四新！”“横扫一切牛鬼蛇神……”

毛主席曾对马克思主义进行过精彩的总结和诠释：“马克思主义千头万绪，归根结底就是一句话：造反有理！”

“造反有理”便成了文革的根据和口号。

毛主席还在各种场合，对学生的这种狂热的造反行动和造反精神予以鼓励和推动。老人家对我国的政治、经济、文化等方面的现状极为不满。对中宣部，文化部，卫生部进行了严厉的批评，说中宣部是“闫王殿”，“文化部是才子佳人部，戏剧舞台全被死人洋人统治着”，卫生部是“城市老爷部”。尤其骇人听闻的是，老人家还说，中央存在着走资本主义道路的当权派，存在着赫鲁晓夫式的人物，存在着资产阶级司令部，贴出了“炮打司令部”的大字报……

毛主席的话就是最高指示，就是进军的号令。造反！造反！造反！造一切反动学术权威的反，造一切当权派的反，造一切反动派的反！开火！开火！向一切反革命开火，向黑帮开火！向反动权威开火，向一切反动派开火，涤荡一切污泥浊水，捍卫毛主席，捍卫毛主席的革命路线，将无产阶级文化大革命进行到底……

文革烈火开始漫延，很快席卷全国。

青海尽管地处偏僻之地，交通落后信息闭塞，但是无产阶级文化大革命的熊熊烈火还是无可阻挡地燃烧到了西宁。

一个星期天，张二亭去了一趟西宁，看见了红卫兵在西宁市进行的“破四旧”行动，有点目瞪口呆。回工地后，便在班组对邓钟文、“法螺”几个卖弄说：“乱了！乱了！西宁街上全乱了！学生们已经不上课，满大街撒传单，张贴大字报，说是破啥‘四旧’，立啥‘四新’！你是没看见哩，我的个娘吔！红卫兵凶着哩！用绳子捆绑着一些人，押着那些人在大街上游行示众，让他们戴着纸糊的高帽，敲打着脸盆，说他们是啥‘牛鬼蛇神’……”

张二亭说到这里，感觉口干，舔了下嘴唇，见大家都在听他说，停了一下，便继续说下去："还有哩，主要街道，人多的地方到处都有拿剪子的学生。看见妇女有留长辫子的就要剪，甭管人家愿意不愿意，上去就是一剪子；发现穿绷紧屁股蛋窄裤管的人，拦住就'咔嚓'……"

张二亭说的这些消息人家从没有听说过，确实令人震惊，同时也让人困惑，谁也弄不明白是怎么回事？都没有打断他，瞪着眼睛听他说下去。

张二亭见别人非常认真地听他说话，蹭足了眼球，越发得意，吐沫星子喷到人的脸上，越说越来劲："这还不算，还有哩，我的个娘胎吧，你是没看见，成捆成堆的线装书放在广场焚烧，烧得烟气腾腾火光冲天！许许多多的古董被砸得稀巴烂。了不得呀，那些红卫兵还说要封清真寺，不准阿訇讲可兰经哩，人家回民不答应，闹得凶着哩，差点打起来……"

红脸"法螺"一向瞧不起张二亭，听他越吹越邪乎，便日骂到："吹吧，吹吧，西宁大街上的牛和马都是你'泡子'吹死的！"

"泡子"不服气地把眼睛一瞪："谁说我吹？我一点没有吹！我捣你是这个！"说完，他在"法螺"面前伸出两只手，然后重叠在一起，变成老鳖爬的样子，"我亲眼看见的，还有假？一个妇女梳两条油光光的大辫子垂到屁股蛋，刚走到'大十字'，硬是被几个学生拦住不让走，拽住辫子走上去就是一剪子，那妇女还伤心地哭哩！"

"泡子"说到这里，嘴一撇，声音小下来，说："瞧咱们施工队那几个上海小赤佬，个个都穿着紧包着屁股蛋的裤子，这回有他们的好瞧，看他们再漏蛋不……"由于得意，他的头摇晃着，不多的几根头发在轻轻地颤动。

听"泡子"一说完，"法螺"几个面面相觑，不知究竟发生了什么事？难道世道要变了？

也难怪"法螺"们一头雾水，那会儿许多有水平的老干部老革命在这突如其来的大变革面前尚且张皇失措，不知所以，何况封闭在工地一天到晚进行紧张施工埋头干活的"法螺"们。

公司搬迁到青海以后，职工们尽管仍像在内地一样，政治学习抓得很紧，各班组在党支部的统一安排下，读报纸学文件，学"毛著"。但"法螺"几个都是对政治不大关心的那一类工人。平时以班组为单位的政治学习，他们因识字不多，对学习往往掩耳盗铃，这边耳朵进，那边耳朵出。对外面的世界，国家大事，尤其文化大革命的形势知之甚少了解不多。听了"泡子"的话，自然一愣一愣的，觉得有点不可思议。

而旁边的邓钟文听了，却不足为奇！他几乎每天都看《青海日报》（每个班组都发有一份青海日报），尤其关注文化大革命的发展趋势。从姚文元的《评新编历史剧·海瑞罢官》到《评'三家村'》，他都认真阅读过。对于文化大革命的发展态势，了解得很清楚。北京的文化大革命，首先是从"破四旧"，"立四新"，"批判资产阶级反动学术权威"开始的，以各大专院校造反学生为主体，形成了声势浩大的群众运动。然后由北京影响到全国其他城市和省区，如今这股燎原烈火势不可挡地烧到了西宁。可以想见，要不了几天，这股烈火势必燃烧到三线工地。他想起自己的家庭出身，难免不受影响。历次政治运动受到伤害最深的，首先就是知识分子和那些家庭出身不好的人，他敏感地意识到自己将会深受其害，不免忧心忡忡。

果然不出钟文所料，大破"四旧"之风没几天就刮到了工地。首当其冲的正如"泡子"所说的那些上海籍青工。平时，这些人爱出风头，动不动就"阿拉上海人哪能哪能"，时时处处总要显示出他们与众不同的身份和优越意识。平时好理"飞机头"，好穿紧绷绷的窄脚裤以及别的什么时尚衣服，以标榜他们上海人的优越感和洋派。

好在是在单位，文革之火又刚刚在工地燃起，才冒出点轻烟，尚是一点微弱的火苗，没有燃烧成冲天烈焰，和社会上"破四旧"的强大阵势毕竟不同。即便思想再激进锋芒再毕露的人，也不敢像西宁市街上那些学生一样抓破脸皮蛮不讲理。不管三七二十一跑到人家宿舍抄东西，打家伙，抓住衣服就剪。他们不过是嘴里嚷嚷而已。那些上海青工也很自觉，听见风声，赶紧悄没声儿跑到理发室把梳得光亮的飞机头剪平了，窄脚裤和时髦衣服收起来放到箱底。那些留长辫子的姑娘，也不得不含着眼泪，照着镜子，拿起剪子把自己多年来蓄成的秀发自我了断。这事虽有点揪心，一时下不得手，总比别人当作"四旧"强行按住，把辫子剪掉光彩。因而，"破四旧"之风在三线工地虽有影响却波澜不惊。不像西宁市那样，弄得鸡飞狗叫人心惶惶。

工地出现大字报

三线工地尽管跟平常一样，以生产为主。工人们发扬"一不怕苦二不怕死"精神，争分夺秒和帝国主义抢时间，争速度，加紧施工。百年大计，质量第一！而文革的浪潮却无可阻挡地在工地暗地里涌动，随着文化大革命的深入发展，这股潮涌也开始在工地不安地躁动，开始酝酿着一场风暴。

没过几天，风暴终于来临，工地食堂门口的墙壁上出现了一张大字报。题目是《鸳鸯戏水》，副标题是《揭露周××的资产阶级腐朽思想》。大字报署名为革命群众。这是工地出现的第一张大字服——第一张大字报无异于第一颗原子弹爆炸，立即在工地引起了震撼，产生了轰动效应。人们去食堂吃饭的时候，纷纷站在大字报前观看，大字报前围满了人，人多得挤扛不动，后来的便挤在人群的后边踮着脚伸着脖子。看大字报的人谁都不说话，大气都没敢吭一声，脸上都带着凝重的表情，空气紧张得令人窒息。

钟文买了饭，也挤过去看了大字报，钟文心里清楚，周××就是周达山，他是一处的技术员，江苏无锡人，长着一张白白胖胖的脸，一副斯斯文文的样儿，像一个儒雅书生。公司南方人普通话一般都说不好，而周达山的普通话却说得非常标准，声音宏亮，吐字清晰。他喜欢诗朗诵，工程处组织的文艺晚会，哪一次都少不了他的诗朗诵节目，这让钟文钦佩不已。周达山喜欢和钟文说话，喜欢钟文的诗。钟文曾让他看过他写的一本诗稿。

他对钟文的诗稿看得非常认真，对诗稿里他认为比较满意的诗，还认真地画了圈，有几首还在诗稿的边上写了评语，这使钟文很感动。

钟文虽和周达山交往不多，却从内心把他当作自己的朋友。大字报上所写的是发生在洛阳的事儿。周大山好游泳，是个游泳迷。夏天的时候，王城公园游泳池是他常去光顾的地方。钟文和胜生也是游泳迷，在警卫队那会儿，因为住处离王城公园近，也办了张游泳证，常常中午不午睡而去游泳。周达山水性好，人缘也好，一些不会游泳的女孩子想学游泳，便缠住他要他当教练教她们游泳。每次游泳，周达山总要带几个学游泳的女孩子一起去。这本是正常的事儿，但在这火热的革命斗争年代，男男女女穿着泳装在水里游泳，肌肤相触，娇声笑语，在一些人眼里，当然是不堪入目的行为，是小资产阶级思想和小资情调的表现。这是和无产阶级火热的革命斗争情怀格格不入的，只有满脑袋资产阶级腐朽思想的人才能干这样不堪的事儿。大字报上纲上线对这事进行了分析和批判。

一石击起千重浪，大字报写开了头，起了表率作用。一些人生怕落在别人后边，怕别人说自己不积极，对文化大革命的态度不端正，便拿起政治放大镜和政治显微镜开始寻找别人的缺点和问题。于是这一类大字报便接二连三贴了出来，不几天，食堂墙壁上的大字报便张贴得满满的。大字报的内容都差不多，全是一些偷鸡摸狗男女关系鸡毛蒜皮的事儿。

过了几天，大字报的内容渐渐有了变化，由揭露职工的作风不正，变成了揭露思想问题。"法螺"、"泡子"竟也被别人贴了大字报。"法螺"的罪名是他进单位以来，思想一贯落后，目无组织纪律，大闹无政府主义。先是煽动新工人闹退工，后又拉帮结派，大讲哥们义气，这都是封建帮会的那一套作派。"泡子"的大字报是说他私下买卖布票粮票，从中牟利，进行投机倒把活动。

紧接着，又出现了张小虎的大字报。

这让钟文吃惊不小——张小虎是他要好的朋友！

张小虎是广东吴川人，也是水泥工。只不过他和钟文不在一个班组。张小虎年纪个头和钟文差不多，长着一张黧黑的脸，两眼深陷鼻子挺直，带有广东人长相的特征。看起来身材单薄，却有一身好力气。

开始，邓钟文和张小虎只不过一般关系，引起钟文注意是他从警卫队回施工队上班不久。有一天，他见"法螺"几个和张小虎闹着玩儿——"法螺"仗着自己有一身蛮力气，可以随意摆治别人而从没有吃过亏，那些人都对他服服帖帖的。"法螺"早听说张小虎力气大，只是没有较量过，不知是真是假？便有心要和他比一比。他趁着和张小虎开玩笑的机会，和张小虎闹腾开了。不曾想，"法螺"和张小虎刚交上手，只三两下就被张小虎摔倒在地。"法螺"不服气，爬起来又来一次，同样没几下就被摔得四腿朝天。"法螺"从没有这么狼狈过，面子上挂不住，从地上爬起来走了出去。不一会儿，叫来了和他一起从矿上来的那几个哥们，众人一哄而上，想把张小虎掀翻，可张小虎一使劲儿，那几个前仰后翻纷纷倒地，"法螺"几个这才对张小虎心服口服，从此再不敢惹他。

站在旁边的钟文恰看见了眼前发生的一幕，简直惊呆了，不由得暗自吃惊：身材单薄的小虎何以有一身非凡的力气，莫不是他练过拳习过武？后来才知道，他并没有练过拳脚，只不过练过哑铃而已。从那以后，钟文便对小虎刮目相看，和他接触便渐渐多起来。他发现小虎不单力气大，还喜欢看书学习，尤其喜欢画画，他画的是油画。还写得一手漂亮的钢笔字，这更让钟文佩服。小虎为人慷慨大方，很对钟文脾气，两人说话也很投机，不多久两人就熟悉了，成了要好的朋友。

小虎父母都有工作，没有经济负担，挣的工资自个儿花。但他在穿着上却不讲究，虽是南方人，却和那几个上海青年大相径庭，几乎没添置什么像样的衣服，平时总穿一身工作服，一月的工资人多花在吃饭上。

一到星期天，就拉上钟文下馆子，会账时总不让钟文插手。钟文是那种从小节俭惯了的人，不管花谁的钱都觉得心疼，而况他又不愿沾人家的便宜，小虎再叫时他便借故不去。只有小虎叫他到洛阳的九府门饭店吃河粉他才欣然答应。因为九府门饭店的河粉既好吃又便宜，五角钱就能买一盘，还能吃饱……

不多久，小虎向钟文透露了一桩心事，他不愿干水泥工，想要调换工种。他说："我对水泥工简直腻烦透了。"

钟文说："你不想干水泥工，当初为什么还选水泥工呢？"

原来，小虎刚参加工作那会儿，和"法螺"的想法有点相似，想挑一个技术工种，可技术工种有三年学徒期，他嫌学徒期间那十多元钱的津贴不够花，无奈之下便干了水泥工。当时他也没有想那么多，脑子一热，稀里糊涂就报上了。

之所以突然提出调换工作，说起来挺有趣。

春节期间，他回家探亲的时候，偶然间在街上碰见了他的一位初中女同学，他和这位女同学在学校时彼此还玩过互递纸条的把戏。如今人家已经出落成了窈窕的大姑娘，他也成长为一个胸肌挺拔青春焕发的小伙子。久别重逢，相互间立即迸发出了爱的火花，两人很快就确立了恋爱关系。他买了礼品去了姑娘家，姑娘父母对小虎也很满意。但姑娘父母问起小虎在建筑公司所干的工作时，他回答说，他干的水泥工。姑娘父母一听，当时脸色就变得难看——原来他嫌小虎这个未来的女婿工作不好，水泥工既没有技术，劳动强度又大，将来不会有什么出息。随之便来了个棒打鸳鸯，要女儿和小虎断绝关系！为此，小虎探亲回来之后就闹开了情绪，三番五次要求领导给他调换工种。

人事调动哪有那么容易？要求改变工种是建筑公司普遍存在的难题，在水泥班的青工中尤为突出。牵一发动全身，只要开了口子，就像洪水决堤想堵也堵不住。人事科干脆一个也不批，无论谁如何闹腾都不予理会。时间一长，一些人看看闹腾不出什么结果，便偃旗息鼓鸣金收兵。而况那会儿正开展轰轰烈烈的学"毛著"活动。毛主席的战士最听党的话，党叫干啥就干啥。不安心本职工作闹调动的苗头便销声匿迹。

　　然而，小虎却不是那么容易改变主意的。他生就一副倔强的个性，想到自己亲爱的姑娘因这倒霉的工种要和他拜拜，就心烦意乱丢了魂似的。活学活用"毛著"，并没有解决他的实际问题。姑娘不催他，他便忘了这档子事，姑娘在信上向他一提起这事，他就心里就像猫抓一样，想法在工地生事……

　　大字报写的就是他闹腾调换工种的事儿，说他个人主义严重，不安心本职工作，达不到目的，就迟到早退借故泡病假消极怠工云云。

　　没过几天，施工队被贴大字报的人越来越多，甚至职工中有谁说过错话，做过错事，抑或受过处分历史上有过污点的，都被贴了大字报，被"揪"了出来……

　　这阵势使钟文忧心忡忡，生怕别人以他的家庭出身为题，贴他的大字报，小心翼翼一直没有行动。

　　一个星期天，"苗大嫂"神秘兮兮来宿舍找钟文："小邓，在干啥哩？"

　　钟文一向对苗大嫂不感冒，除了上班干活，很少和他接触。见他进来，便有点奇怪，不等钟文回答，苗大嫂又说："小邓，你咋还不动哩？"

　　钟文不解其意："我动什么？"

　　"苗大嫂"说："大家都动起来了，都写了大字报，你咋不写哩？"

　　钟文对写大字报并非没有考虑过，可又不知写什么好？既然"苗大嫂"今儿找到他，猜想他一定有了目标，便试探着问："写谁呢？"

　　"苗大嫂"探头看了看门外，眨巴着两眼，放低声音向钟文说："就写凌有财。"

　　凌有财就是班组的凌师傅，四十多岁，他的名字虽然看起来很富有，可那只是爹妈对他的美好期望，实际上却事与愿违，家里穷得叮嚓响。凌师傅生下来就苦命，十六岁流落到上海，给人修过皮鞋干过小工，解放后才有一个固定的工作。凌师傅很有趣，不像别的师傅那样对新工人一本正经的，而他总爱说笑打趣，还爱说一些酸故事。他说的酸故事很吸引这些刚参加工作的年轻人。

凌师傅说的一个酸故事，钟文也听过——说是有一个老中医，养了一只画眉。老先生对这只画眉非常珍爱，老先生走到哪就把画眉带到哪，一刻不看见画眉就不放心。一天，他被请去给一个姑娘看病，到了病人家，便把画眉笼子放在旁边的桌子上。他担心主人家有猫，一边给小姑娘把脉，一边轻轻地问："有猫吧？有猫吧？"姑娘听完老先生的话，完全领会错了老先生话的意思，粉脸羞成了一块红布，低着头不吭声。

姑娘妈在旁边提醒姑娘说："女儿，有什么害臊的，病不讳医，先生问你，你就给先生说吧。"

姑娘听了她妈的话，这才红着脸小声说："稀不拉几根……"

老先生一听，大惊失色："嗨，你怎么说这……"

一帮青春盛年二十多岁的青皮后生，荷尔蒙正旺盛，对异性带着神秘和渴望，听了这样的故事，自然兴奋不已，身体的某个部位立即起了反应。哈哈！大家顿时哄笑起来。

难道"苗大嫂"想要在大字报上写凌师傅这类事？钟文便问道："他都什么问题？"

"他的问题多哩。""苗大嫂"说着，眨巴了一下眼睛，嘴一撇："他思想下流，资产阶级思想严重，常向我们新工人说一些不三不四的下流故事，腐蚀我们的思想。"

钟文有点不屑："当初你不是也听得津津有味吗？"但他没有说出来。

"苗大嫂"看钟文还在犹豫，又说道："你还犹豫什么？大家差不多都写了大字报，你再不写就晚了。怕要弄到你头上哩！"

这后一句话最让钟文惊心！他担心的就是这，这是最厉害的攻心炮弹！"苗大嫂"看钟文有点动心，立即回到他的宿舍，拿来了一张他早就写好的大字报要钟文签名。钟文看了看大字报，内容基本和"苗大嫂"说的差不多，字写得歪歪斜斜的，还有几个错别字，他稍迟疑了一阵儿，还是把名签上了。"苗大嫂"又找了另外几个人在大字报上签了名，就把大字报贴了出去。

一向笑呵呵的凌师傅见人家贴了他的大字报，脸上再也没有笑容，整个人立即冷下去，钟文看见凌师傅一脸黯然的神色，感到十分惭愧，不敢看他的脸。

"后台老板"

被革命群众"揪"出来的人，凡问题严重的，就要对他进行"批斗"，要他们老实交代自己的"罪行"。七嘴八舌向他进行质问，围攻，稍加辩解，就被斥之为"狡猾抵赖，负隅顽抗"，一旁的人就会群起而攻之，被推过来搡过去，踉跄着跌倒在地，一旁的人便会哈哈大笑。一些人还会上去按住头使劲往下压。有时在义愤填膺的时候，还会对这些人罚跪甚至拳脚相加，以表现他们坚定的革命立场和无比的义愤！批斗对象只有被质问得面红耳赤张口结舌狼狈不堪，不顾事实坦白交代自己的"罪行"，才符合人们的心愿，这才是批斗者所想要达到的效果。

一个人在单位工作几年十几年，谁没有说过一句错话？谁没有做过一点错事？因而在这种高压形势下，人人感到紧张和恐惧，生怕有一天别人一张大字报把自己也揭露出来。这时，人们普遍产生了一个相同的心理：为了证明自己思想好，无限忠于毛主席，忠于毛泽东思想，在揪斗别人的时候，就会越加不遗余力。这一来，人人感到自危，人际关系骤然紧张。人们都相互提防相互猜忌。夫妻反目朋友生疑，整个社会笼罩在一片恐怖的气氛里。无产阶级革命派希望达到的就是这种效果和气氛，他们十分得意地将这种恐怖与当年国民党在白区造成的白色恐怖进行比较，还给起了一个冠冕堂皇的名字——"红色恐怖"。

钟文的心情这时也紧张到了极点，每天都提心吊胆地过日子。

这会儿，他已无心看书，也没有什么书可看，春明送给他的那本《汉语诗律学》被名江借去，他也无心要回。他心里清楚，这次文化大革命的矛头所指，首先倒霉的是文艺界。那些他一向所敬重的现当代作家，一个个已被打翻在地，又踏上了一双脚，他所敬重的几个作家如老舍傅雷都先后遇难。一切文学书籍都被贴上了"封、资、修"的标签，都在被查禁之列。他自由体诗写得少了，只偶尔模仿着写几首旧体诗。他倒不怕别的，大字报上所揭发的问题，他几乎不存在。他生在旧社会，长在红旗下，思想纯正热情开朗积极向上为人正派。工作不怕苦不怕累，从不说那些低级趣味的话，也从没做过越轨的事儿，属于那种阳光青年。唯一使他担心的是他的家庭出身，他从警卫队被清退的事儿已是公开的秘密，他担心别人会以此做文章，说他隐瞒家庭成份。然而，钟文所担心的事儿倒没有出现，偏在别的方面出了问题。他和张小虎的交往竟被别人贴了大字报，题目是《揪出张小虎的后台老板——邓钟文》。

单看题目，就有点触目惊心，这是他万万想不到的。

钟文感到十分憋屈。他并没有对小虎说过消极的话，支持他闹调动。他清楚，张小虎是三代工人出身，兄弟刚参军一年，就做了广州军区一位首长的警卫员，所谓根红苗正。一些人看小虎被贴了大字报竟也没事人一样毫不在乎，就拿钟文撒气。他一看大字报的字迹，就知道大字报是唐之宫写的。这些天，唐之宫像打了鸡血似的无比亢奋，劲头十足，走路都扬着脸，腰杆挺得笔直，显得神气活现傲气十足。和钟文面对面碰见的时候，爱理不理的，有时还会从鼻子里哼一声……

钟文心里十分紧张和不安，无论走到哪里，好像发现有无数双眼睛在向他窥视，禁不住内心发虚。

别看"法螺"几个平时胆子挺大，别人不敢干的事他们敢干，别人不敢说的他们敢说，有"四大金刚"之称，可这会儿他们也都格蔫了，失去了平时的泼皮劲儿。大字报贴出来以后，一个个都冷了半截，走路低着头顺着眼。在工地干活也老老实实规规矩矩的，不管累活脏活都干得十分卖力。在食堂买了饭就赶紧回到宿舍悄没声儿地吃，生怕别人找他们的岔儿寻他们的事儿。

和这几个形成鲜明的对照，张小虎就像什么也没有发生一样，全不把贴他大字报当回事儿。走路挺着胸昂着头，一副桀骜不驯的样子。每逢星期天不上班，就往西宁市区跑。他去西宁也没有什么事，只是在街上观看大字报和搜集红卫兵撒发的传单，了解文化大革命的动态。他看人家贴了钟文的大字报，知道钟文心理压力很大，一副心事重重的样子，觉得是自个儿连累了他，很对不起他似的，便对他安慰说："小邓，一张大字报算什么？鸟！这没有什么了不起的，你不必害怕，他们不能把你怎样！你要知道，目前咱们工地出现的这种工人之间相互贴大字报的现象是不正常的！这是我们公司走资本主义道路当权派耍的一个阴谋，他们这是在挑动群众斗群众，企图转移斗争大方向！"

听到这话，钟文暗自诧异，他虽然也天天看报纸，关注着文化大革命的发展趋势，但却没有小虎那样的洞察力，小虎的话虽有点偏激，却也不无道理，不由令他耳目一新。

小虎看钟文注意在听，继续说道："小邓，你知道吗？'六·三'社论马上就要平反了，把'六·三'社论打成大毒草，完全是青海省委书记杨植霖和省长王昭耍的阴谋，他们害怕无产阶级革命派把文化大革命的烈火燃烧到自己头上，就采取了转移斗争大方向的伎俩……"

小虎说的"六·三"社论钟文非常清楚，是 1966 年 6 月 3 日《青海日报》发表的一篇社论，题目是《大反击大进攻大革命》，钟文曾很认真仔细地阅读过这篇社论，读完之后印象极深。这篇社论的篇幅不长，却语言精炼，充满战斗的激情和火药味，简直就是文化大革命的进军号角和讨伐走资派的战斗檄文。可是不几天，这篇社论竟被青海省委宣布为反党反社会主义的大毒草。全省上下开展了对"六·三"社论的声讨和批判。他们班组也在施工队党支部的布置下，参加了对"六·三"的批判讨论。虽然班组在讨论的时候，大家也说不出所以然，只不过把报纸上的批判文章读一遍而已。

"六·三"社论被批判之后，钟文曾拿着报纸将这篇文章反复看了几遍，无论怎样也找不出错误之所在。当时的主流媒体差不多都是这种基调，"六·三"社论到底错在哪里？他实在不知所云。但钟文自有他的评判标准，当他对一件事儿的对错吃不准时，便会进行自我反省，既然上面说是毒草那就是毒草，人家打成毒草自有打成毒草的道理。他看不出其中的问题，只能说明自己的理论政策水平太低，毛泽东思想学得不好，无产阶级觉悟不高，对香花毒草缺乏识别能力……

听了小虎的一席话，谁能想到，这其中还有如许复杂的政治背景！小虎的话，如同拨亮了他心中的灯，他的眼前豁然一亮，头脑也变得清醒，充满感激地对小虎说："小虎，谢谢你告诉我这些事！"

小虎笑着说："看你，说什么谢呀！"

钟文也笑了："好！不谢不谢！"

停了停钟文又问："，小虎，你常去西宁看大字报吗？"

小虎回答说："我星期天差不多都去。这些天，西宁市街上到处张贴着为'六三'社论翻案的大字报，北京来串联的红卫兵和西宁市的红卫兵还联合举办了为'六三'社论翻案的辩论会，和青海省委的当权派进行了面对面的交锋，斗争非常激烈。"

小虎的这番话就像一道阳光似的照进了钟文的心扉，顿然开朗起来。

小虎又关切地说："小邓，你不要只闷在工地，哪儿也不去。你应该抽空到西宁去看看，你看过之后，就可以开拓眼界，提高对文化大革命的认识！"

小虎的话说到了钟文的心里。近一个时期以来，由于心情郁闷，思想包袱太重，他哪儿也没有去，一直把自己关在家里，对西宁的情况一无所知，恍若与世隔绝似的。

星期天到了，钟文约了名江一起去了一趟西宁。

他俩还没有走进市区，老远老远就听到了高音喇叭震耳欲聋的广播声和毛主席语录歌的播放声，感受到了无产阶级文化大革命轰轰烈烈的紧张热烈的气氛。

来到街上，只见安着高音喇叭的宣传车来来往往在大街上轰然而过，撒发传单的红卫兵把一摞摞传单撒向人群，各色传单雪片似的在空中飞舞，人们奔跑着去抢，去拾，有些人手里捡了一大叠。钟文也走过去拾了几张，展开一张传单一看，不禁目瞪口呆，题目竟然写着："刘少奇是中国最大的走资派！"另一张传单上的标题也是差不多的内容："《打倒中国的赫鲁晓夫—刘少奇》！"

这是怎么回事？刘少奇可是国家主席呀！他怎么成了中国最大的走资派？怎么是中国的赫鲁晓夫？实在有点匪夷所思。在他的头脑中，刘少奇怎么也和这两者扯不上关系，可传单上明明是这样写的。真有点乱套了，他实在搞不懂。带着惊奇的心情来到青海省委门口，这里就更热闹了。省委大门两侧的高墙上贴满了大字报，单看标题就有点吓人，再看内容更加叫人瞠目结舌！里面全是一些过去的政治内幕和当权者的个人隐私，所揭露出的事闻所未闻，有些还属于党和国家的机密。写大字报的怎么知道得那么清楚？这些人真是手眼通天啊！钟文和名江满怀激动的心情，饶有兴味地看下去。大字报太多，内容太丰富，一时难以看完，他俩便只拣重要的内容看。他们发现，这里简直就是两军对垒的战场，各色人物在这里亮相，各种政治势力在这里较劲儿。无产阶级革命派，红卫兵，亲省委的保皇派纷纷在这里演讲，辩论。各种各样内容的大字报连绵不断铺天盖地。一些大字报的标题还带着腾腾杀气和浓浓的火药味：《打倒杨植霖》！《质问王昭》！《打倒以杨植霖、王昭为首的青海省委》、《"六·三"社论的案翻定了》……一些大字报还点了西北局书记刘澜涛的名，说他完全执行了一条资产阶级反动路线……

在这里说话得格外小心，如果观点不同，看法不一，就会遭到别人的反驳，甚至会招来一场唇枪舌战的辩论。钟文和名江带着疑惑的心情浏览着大字报，他们谁也弄不清无产阶级文化大革命究竟向何处发展？最终结果是什么？不过有一点他俩都弄明白了，那就是毛主席发动的这场文化大革命的目的，决不是针对群众，更不是整群众，而是针对比省委更大的走资本主义道路的当权派。为什么要打倒刘少奇呢？刘少奇不是和毛主席一起打江山的亲密战友吗？这太复杂了！以他们那时的政治水平，这是一个无法解开的谜！

风向大变

钟文从西宁回工地之后，心里有了底，情绪再不像以往那样紧张和消沉，态度变得坦然，可他的内心却不平静，仿佛燃烧着一股激情，工地的文化大革命与西宁市的情况实在相距甚远，很明显偏离了方向，是"群众斗群众"。觉得有必要写一张大字报，扭转一下工地文化大革命的方向。于是和张小虎王名江商量了一下，便一起写出了《提高革命警惕，严防转移斗争大方向》的大字报，然后张贴在大食堂门口的墙上。

一石击起千重浪。大字报贴出之后，前来围观的人特别多，很快在工地引起了强烈的反响。人们纷纷写大字报表示响应。这一来，为一些鸡毛蒜皮，群众相互之间乱贴大字报的现象便减少了。

没几天，青海省委果然宣布了为"六·三"社论平反的决定，《青海日报》刊登了这个消息。八月初，中共中央在北京召开了八届十中全会，发布了《关于无产阶级文化大革命的决定》，也就是"十六条"。"十六条"为无产阶级文化大革命指明了前进的方向。公布了毛主席写的《我的一张大字报——炮打司令部》，"炮打司令部"如同一颗重磅炸弹在全国炸响。

很显然，七公司前阶段文化大革命犯了方向路线错误。七公司党委也执行了一条资产阶级反动路线。工地出现的那些群众斗群众的大字报，完全是他们操纵的。必须对他们进行清算，对当权派进行批判斗争。

风向大变。

"广大革命群众团结起来，停止内战，向走资本主义道路的当权派开火！"

"向资产阶级反动路线开火！"

"公司党委必须彻底坦白交待执行资产阶级反动路线，镇压广大革命群众，对抗毛主席无产阶级革命路线的罪行！"

"……"

革命群众明确了目标，去掉了身上的包袱，又有以毛主席为首的党中央的支持，各地成立了造反派组织，三线工地的革命职工和西宁市的革命群众一样，也先后成立了几个造反组织。革命群众造反热情格外高涨。

从施工队到公司党委一把手，无一例外都成了"走资本主义道路的当权派"。他们一个个先后被打倒。刚接替李文秀担任一处二队指导员的凌有根也受到了一些人的围攻和大字报的质问。一些人推推搡搡把凌指导员拉到办公室前边的空地上，叫喊着要他低头认罪。

钟文对凌指导员的印象不错，他是木工出身，是从生产班组提拔上来的工人干部，尽管职务变了，当上了指导员，却依然保持着工人本色，说话和气，没有架子。平时总穿一身褪色的工作服，背着工具包在工地和工人一起挥汗劳动。有一段时间曾和钟文住过一个宿舍，他睡的是下铺，钟文睡上铺，和钟文像朋友一样说话谈心。凌指导员很喜欢钟文勤奋学习的习惯，鼓励他去掉身上的思想包袱，努力工作。有时他在工作上还征求钟文的意见，要他谈谈对施工队工作的看法。

这会儿，凌指导员神色非常紧张，在一群气愤填膺气势汹汹的职工的包围中，听着周围响起一片吆喝声和质问声，有点惊慌失措，不知怎么回答好，低着头站在那里，神色十分狼狈。

"说，为什么把矛头对准群众？"

"老实交待！你秉承了谁的旨意？"

众多的质问声嘈杂混乱，就像春天稻田里嘈夏的蛤蟆在鼓噪，听不清人们说些什么？也不知回答谁好，只是无奈地低着头，目光茫然脸色苍白。人们当然不满意他的态度，情绪更加激昂和愤怒。

"说，为什么挑动群众斗群众？你是怎么布置的？赶快老实交待！"

"我没有布置，那些大字报都是群众自发写的……"

凌指导员说的是实情，他从来没有布置过群众写大字报。但他的话没说完就被大家打断，响起一片怒吼声："狡辩！你这是狡辩！"

人们围攻了一阵，并没有什么结果，便泄下气来，一时出现冷场。这时，人群中突然响起一个尖利的声音："我来揭发！"话一说完，一个瘦个子男人拨开众人挤到了前边。

大家惊愕之余，抬眼一看，说话的是唐之宫，他两手插腰，嘴撇了撇，向凌有根质问道："你休想狡猾抵赖，把责任推得干干净净的！我问你，对我队职工分类排队是不是你干的？"

竟然还有这种事，这消息极具爆炸性！从来没有人提起过这事，人们立即质问道："说，到底是怎么回事？"

"赶快交待你的罪行……"

"你是怎么将职工分类排队的？"

凌指导员看见揭发他的是唐之宫，十分震惊。这个唐之宫，怎么是这样的人？当时他不也参加了会议吗？真是知人知面不知心！他深知，这个问题太敏感，一揭出来，必定惹起众怒。一时有点犯难，不知怎么回答，紧张得张口结舌，脸上额上涔涔地冒出了汗粒，蓬乱的头发一绺绺披散下来，和着汗水紧紧地贴在额头上。

原来，文化大革命开始之后，全公司各施工队党支部曾在上级党委的授意下，将职工在单位的一贯表现按照一定的政治思想标准进行评判，然后分类排队，拟订了一个名单，表现最好的是一类，最差的排在四类。就像一九五七年反右时有些单位领导所做的那样，被列入第四类名单的人将作为这次运动的重点整治对象。

潘大奇张小虎就是被排在这一类。

唐之宫觉得他的揭发击中了凌有根的要害，非常得意，便当着群众的面将这事一一揭了出来。

"还真有这事！太恶毒了，真是岂有此理！"

"这不是对群众的迫害是什么？"

唐之宫的揭发，无异是投向革命群众的一颗重磅炸弹。这是最为职工所气愤的，尤其那些被排在三四类的职工，更是气愤填膺，怒火中烧，声讨资产阶级反动路线的滔天罪行的口号声此伏彼起……

愤怒的群众一拥而上，按头的按头，下腰的下腰。凌指导员脸上额头上的汗雨点般流出来，头发披散着，有一绺头发紧贴在眼睛上，脸变成了一片死灰……

钟文见此情景，他想不明白怎么会是这样，心里感到惋惜而难过，可又爱莫能助，只远远地站在圈外。

正当大家把矛头集中到各施工队支部书记头上，进行穷追猛打的时候，传来了上边的新精神新指示。施工队党支部毕竟是最基层组织，他们只不过是路线觉悟不高，上当受骗，盲目执行了上级的指示。上一级党委才是罪魁祸首。这笔帐要算在一小撮走资派的头上，革命群众不要把精力分散在他们身上，以干扰斗争大方向。

待这些人作过触及灵魂的检查之后，便不再追究，凌指导员仍担负着施工队的领导工作。

工程处这一级党委是不能放过的，二处党委书记李文秀受到了严厉的批斗。批斗结束之后，李书记被押送到锅炉房，被勒令和一个小青年一起烧开水。一边监督劳动，一边继续交代问题，接受群众批判。

青海的冬天天寒地冻，接连下了几天雪，冷风呼呼地刮。工程处造反派又一次召开了对李书记的批斗大会。

人们受不了这种寒冷。对李书记的批斗大会只好安排在工地一个大棚子里进行，棚子能容纳数百人——这是架子工几天前用毛竹搭建的。

棚子门口挂着横幅，里面贴满了标语，标语口号的内容触目惊心。

李书记还没拉到台上，一顶纸糊的高帽已戴在他的头上，胸前还挂着一块薄木板做的牌子，牌子上用墨汁写了"走资派李文秀"几个大字，李文秀三字还用红笔打着 X。

会议主持人穿着一身旧军装，胸前戴着烧饼大的像章，神气活现地站在麦克风前，用尖利的声音大喊一声："把走资派李文秀押上来！"

话音刚落，李书记便被人架着双臂按住脖子，以"喷气式飞机"的方式被推到台子中央。身子弯曲成虾米状，额头差点触到脚面。接着便有人开始呼口号：批倒批臭走资本主义道路的当权派李文秀。他的头被按得太低，感觉非常难受，头稍往上抬了抬，有人吆喊着又将他的头往下按。

早在二十多年前，毛主席在湖南搞农民运动的时候，对地主豪绅就使用了这种方式。这种方式确实管用，不伤及皮肉，比严酷的刑罚更触及灵魂，更能使他们威风扫地。这些人平时高高在上，颐指气使作威作福，是最要颜面的。如今在大庭广众之下，像戏台上的小丑一样被戴上高帽，低头弯腰向人民群众认罪。这是比什么体罚都要大快人心。既然有了革命的范本，革命群众哪有不效仿的？有些地方还有创新，将被揪斗的对象剃成阴阳头，或用黑墨水涂成鬼脸……

李书记的批斗会正在进行，声浪一浪高过一浪。"打倒"、"批臭"的口号声在会场上此落彼起声震席棚。

"你知道我们今天批斗你是为什么吗？"

"赶快交代你的新罪行！"

李书记低声地回答了一句："我最近什么也没干呀。"

"真的什么也没干？"

"我除了在锅炉房烧开水，哪儿也没去。"

唐之宫走过来厉声质问道："我问你，你要孟召贵给你干了什么？"

李书记说："没干什么呀。"

唐之宫铁青着脸："你还不老实！"回过头大声叫道："叫孟召贵揭发！"

话声刚落，孟召贵便气昂昂地从台下走上来："我来揭发！"

孟召贵是和李书记一起烧锅炉的青年，他走到李书记跟前，抓住他的衣领，问道："你这个死不改悔的走资派，你要我替你买鸡蛋！是不是有这事？"

李书记明白了，他因吃不下饭，浑身没有一点劲，身体虚弱得连拿铁锨铲煤都气喘吁吁。他想买点鸡蛋滋补一下身体。可他又不能出去，他拿钱给了看起来淳朴厚道的孟召贵，要他帮他到老乡那里买了些鸡蛋。

唐之宫得意地说："你现在还有什么话说？"

"为什么要这样？思想动机是什么？"

"我身体不好，想补充点营养……"

"不要狡猾抵赖！你是贪图享受，这是你资产阶级本性的大暴露！"

唐之宫又说："你还做了什么？"

"没做什么。"真的没做什么？"

孟召贵走上去说："你为了腐蚀拉拢我，还给了我两个鸡蛋！"

李书记愣住了，想不到这个小孟真是这样的人！

唐之宫看李书记一时无语，便喝叫道："快说，有没有这事？"

李书记回答说，"有这事，我看小孟给我跑腿买鸡蛋，便给了他两个鸡蛋作为答谢。"

"好一个答谢，这分明是对革命群众的拉拢腐蚀！"

　　李书记不知回答什么好。

　　唐之宫趁机对李书记喝斥说："你这是想把革命群众接下水，可革命群众立场坚定，及时识破了你的诡计。向我们专案组报告了你的阴谋！"

　　两人一唱一和，钟文看了从心里感到别扭。他不想再看台上的丑恶表演，只好低下头。别人喊口号的时候，他便把手举起来，心不在焉地跟着喊。他的声音很小。突然想起滥竽充数的故事，他目前不就是那个充数的滥竽么？他始终认为，李书记和别的领导不同，没有一点架子，同工人说话就像谈家常一样。回想在洛阳时，李书记给了他那么大的帮助，这是令他难以忘怀的。他对那个神气活现在台上声嘶力竭领头喊口号的唐之宫十分反感。过去他在李书记面前点头哈腰低声下气，像狗一样温顺。而文革开始，这个人却表现出了一副令人作呕的小人得志的神气。

　　还有那个孟召贵，想不到竟然是一个阴险的小爬虫！这会儿在批斗会上，更是指手划脚上蹿下跳，表演得十分充分。一会儿对李书记大声吼叫，一会儿对李书记推推搡搡。有好几次，李书记没站稳，身子差点跌倒！钟文不忍看下去，感到脑袋发炸发疼，耳边是一片嗡嗡的声音。他抬头望了一下四周，突然瞅见了不远处的王名江，名江也跟钟文一样，因出身不好，在文革中小心谨慎，对批斗会也没有多少兴趣。钟文便向他使了一个眼色，两人便悄悄地从会场溜了出来。

　　不一会儿，万胜生也跟了出来——钟文从警卫队出来不久，全国的经警奉命解散，万胜生也回到原先的施工队，分在钢筋班干钢筋工。他们站在门口背风的地方，小声地交谈着。话题仍离不开文化大革命，无非是公司和外地文化大革命的一些情况和听来的小道消息。

　　批斗会结束了，各自便分了手。

逍遥派

随着文化大革命的形势迅猛发展，造反派组织如雨后春笋。一些人以革命的名义各拉人马各立山头，纷纷打着革命造反的旗号，扩充自己的势力。一时之间，"城头变幻大王旗"，造反派组织多如牛毛各显神通，什么毛泽东思想造反先锋队，什么红卫战斗队，什么反倒底兵团……

七公司也跟全国其他地方一样，在大联合的指示下，众多造反派组织合并成了两个，一个是"8·18红卫战斗队"，一个是"红旗战士"。这两个造反派组织尽管联合的口号都喊得非常响亮，却仍然尿不到一个壶里。

随着七公司"8·18红卫战斗队"和西宁市"8·18红卫战斗队"进行了联合，势力大增，各工程处成立了"8·18"中队，各施工队成立了"8·18"分队，这一来，和"红旗战士"相比，"8·18"在人数上占了压到优势，他们组织人员写材料，发传单，开批斗会，搞得热火朝天如火如荼。

一些在前阶段受到资产阶级反动路线迫害的人，身份大变，一夜之间成了造反英雄，如北京的聂元梓、蒯大富，青海的徐国源等，他们外联内合翻云覆雨，纵横捭阖，尽显造反本色。七公司前些时受到当权派打击和迫害的一些人，也因祸得福，一个个成了各造反组织的骨干。

张小虎却与之不同，看起来他对文化大革命非常关心，又有自己独到的见解，本应该参加造反派成为造反派的骨干。几个造反派组织也都相继前来拉他，并许以重任。但他毫不为之所动，就像一个看破红尘超然物外的老道，面对那些诱惑，竟然嗤之以鼻，什么组织也不参加，对文化大革命采取了冷眼旁观的态度，成了自由自在的逍遥派。

文化大革命开始以后，他和家乡的那位姑娘仍保持着书信联系，没有任何进展。姑娘的父亲不松口，小虎也没有办法。这会儿要调换工作已不可能。原先的领导大都"靠边站"，单位处于瘫痪状态，人事关系已经冻结，一切全由文革领导小组说了算，他不再为调换工种的事浪费时间。

他每天只醉心于画他的画。大家都在忙于革命，而他却背着画夹四处写生，有时拉上钟文，有时他独个儿出去，他的绘画技艺有了很大提高。

他似乎格外走运，这会儿的政治环境出人意外地为他的绘画提供了有利条件，他的绘画才能得到了充分施展——他被七公司的文革领导小组从班组抽调出来专职画毛主席画像——他画的毛主席画像非常传神，临摹的一副油画《毛主席去安源》深得原作的神韵，得到人们的赞赏。

这会儿，画毛主席画像或涂写毛主席语录已成了一种时尚和一项政治任务，成了单位或头头们向毛主席表忠心的重要标志和分水岭。想方设法不惜工本争相在一些显眼位置和重要地段，矗起毛主席塑像，或是画一幅毛主席画像，抑或涂写一段毛主席语录。头儿们谁也不敢落后稍有懈怠，生怕落个对毛主席不忠的罪名。这一来，全国上下变成了一片红色的海洋，到处闪耀着毛主席的思想光辉。

三线工地虽然偏僻，也争相效仿。建筑工地绘画人才极少，绘画能拿得出手的少之又少。而画毛主席画像更是不同寻常，是一项了不起的政治任务，必须出身好历史清白的人才能担当此任。张小虎正合乎这个条件。这一来，他便成了香饽饽，他从一处二队被抽调到了公司，从这个工地请到那个工地。从又脏又累的水泥工的岗位上被抽调出来，干这既轻松又体面的活儿，在别人看来简直是一件求之不得的美差，可小虎倒并不怎么特别在意。他画毛主席画像就像他平时干别的事一样率性而为，不允许别人对他有丝毫的干涉和限制。他想什么时候画就什么时候画，想什么时候休息就什么时候休息，画快画慢别人不容置喙。那些人只好把他像大爷似的供着，唯唯诺诺，笑脸相迎，生怕他撂挑子不干拍屁股走人……

那会儿，公司的政治空气十分紧张，斗批走资派的大会人人都得参加，不能无故缺席。可小虎想参加就参加，不想参加就不参加。造反派为所欲为，想揪谁就揪谁，想给人安个什么罪名就安个什么罪名。奇怪的是却没有人去找张小虎的麻烦，寻他的茬。七公司数千职工，文革期间，像张小虎这样无拘无束逍遥自在的，唯独他一个。

　　"天天读，雷打不动"，"早请示晚汇报"活动，谁也不能违背。张小虎却有点例外，全不把这些禁令放在眼里，我行我素。他和钟文不同，钟文不睡懒觉，哪怕睡得再晚，清早都不会恋床，而他则好睡懒觉。当别的职工拿着红宝书，向毛主席像进行三鞠躬呼完万岁，念完毛主席语录，他才懒洋洋从床上爬起来。睁着惺忪的睡眼去拿着毛巾牙具去洗漱，然后慢腾腾趿拉着鞋子去食堂买早饭。吃完饭，提着颜料桶从宿舍走出来，不急不躁地来到搭好的脚手架前，站在画像前左瞅瞅右看看，打量半天才爬上脚手架，再坐在脚手架上吸一根烟，望着天边的白云出一会神，思索一会儿才拿起画笔开始调色，可画不上几笔，就要下班了。

　　唐之宫现在是红卫造反队的中队长，以为多了不起似的，眼睛长到了额头上，对人说话颐指气使，非常牛气。对张小虎画毛主席画像的进度很不满意。见他画得如此之慢，心里未免光火，便催促他说："喂，我说小张，你看看这幅画画了多少天了，什么时候才能画好？你能不能抓紧点，画快一点？"说完翻着两眼望着小虎。

　　小虎望着唐之宫头上梳得溜光的黄毛，回答说："唐队长，你催什么呀催，有你这样的吗？"

　　张小虎称呼唐之宫为唐队长带有嘲讽的意味，唐之宫听不出小虎对他的揶揄，说："看你磨洋工的样子，一幅画哪要画这么久啊？"

　　小虎回怼道："什么磨洋工？我说唐队长，你官不大，说话怎么这么难听？你当我不着急呀，我恨不能一下子给你画出来，画画是变戏法的吗？常言说，慢工出细活，你懂不懂，告诉你，这不是搬砖头，这是艺术，艺术，你懂不懂？跟你说这些也是白搭！画毛主席像必须特别郑重，能随随便便马马虎虎画吗？你一个劲儿地催，催命鬼似的，万一出了毛病，你敢负责吗？"

　　唐之宫碰了钉子，气得脸刹白，朝站在脚手架上的小虎直翻白眼，手指都在颤抖。自文化大革命以来，他当了造反派头头，人们都对他毕恭毕敬笑脸相迎，从没有人用这样的口气和他说话。

"你……你，牛逼什么啊？会画画就了不得了，老虎屁股摸不得呀？"

"喝，唐队长，你说什么？你说我牛逼，谁有你牛逼啊！看你现在这个神气样子，你才厉害，老虎屁股摸不得呢！"

"张小虎，你有什么了不起，你以为离了你就不行了！"

"那行呀，你来画吧？量你也没有这本事！你咋咋呼呼可以，干这种活不行。"

唐之宫气呼呼地走了。

不准参加

邓钟文却没有张小虎洒脱，他胸中涌动着满腔的激情，准备时刻投身到文化大革命中去，可是，因为他的家庭出身，连参加造反派组织都遭到拒绝——

像往常一样，这天清早，吃了早饭，韩师傅手里拿着一本手掌大的红宝书——《毛主席语录》，早早来到了班组学习室，郑重其事领着班组同志开始作三件事——念毛主席语录。带领大家敬祝毛主席万寿无疆，敬祝林副主席身体健康……

三件事做完，大家才在小木凳上坐下来。

韩师傅开始布置班组同志参加造反组织的事："班里许多同志想要参加造反派组织，现在正是机会，我们公司有两个造反派组织正在扩充力量，吸收新鲜血液，想参加的同志现在就可以报名啦！"

韩师傅的话一说完，大家私底下便议论开了。这个说参加"8·18"，那个说参加"红旗战士"。韩师傅拿出笔和纸，要大家填写表格。全班除个别人参加"红旗战士"外，大多数都愿意参加"8·18"，钟文也满怀希望地报了"8·18"。

第二天。红袖套发下来了，韩师傅领了一摞子红袖套来到学习室，他拿着笔记本，念一个名字便发一个红袖套。名字念完了，钟文没有听见韩师傅念他的名字。他已经明白是怎么回事——他参加造反组织没有得到批准！心里顿感失落，他就像一棵霜打的茄子秧格蔫在角落里。

班组同志凡领到了红袖套的，都兴高采烈地把鲜红的袖套戴在臂上，用别针别上，说着笑着，相互炫耀着。苗大嫂拿着袖套来到钟文面前，露出两个黄牙歪着头故意问道："小邓，坐在这里发啥子呆呀，人家都有，咋没有你的呀？"

苗大嫂的话明显是小人得志，当面挖苦他，看他的笑话。钟文感到吃了苍蝇一样恶心，又好像有人拿着一根针在心上扎。他真想给她一个耳光，但他没理她，把头一扭，当作没听见站起身准备走开。这情景被韩师傅看见了，对他说："小邓，别灰心呀，'8·18'一中队暂时没有批准你参加，争取下次吧。"

"还有下次吗？"钟文心里说。他清楚，一中队反对他参加"8·18"的，一定是中队长唐之宫，是他从中作梗。唐之宫对他的成见由来已久。钟文从警卫队回到工地之后，唐之宫就对他戴上了有色眼镜，对他总是阴阳怪气的。对他的入团申请一直置若罔闻。这使他格外苦恼。一个青年追求进步的标志便是成为共青团员。王名江和他一样也是家庭出身不好，可人家早入了团。每当名江来找他的时候，看着名江胸前挂着亮晶晶的团徽，便打心眼里羡慕。起先他以为团组织是在考验他，并没有怎么灰心，觉得自己应该经得起考验，尽一切努力向团组织靠拢。很想再写一份入团申请，可一看见唐之宫那副阴沉的面孔他就望而却步。他是那种自尊心很强又有自知之明的人，见唐之宫对他如此态度，就不再找他。不能成为共青团员，便成了他终生的遗憾。想不到这次他参加"8·18"，唐之宫又加以阻拦！

钟文听了韩师傅的话，明白这是韩师傅在宽慰他，他没有说话，只是对着韩师傅苦笑笑。

其实，"8·18"一中队并不是所有的头儿都反对邓钟文加入该组织，还有几个人认为邓钟文各方面表现不错，又会写文章，同意他参加"8·18"。

"邓钟文能加入'8·18'多好啊，'8·18'将增添有生力量。"

"是呀，他会写文章，他加入进来，我们写批判稿就不用发愁了！"

但唐之宫的态度非常坚决，他板着脸说："他凭什么参加？他有什么资格参加？你们糊涂，中央文革小组有明文规定，黑五类子女不准参加造反组织！"

那几个人还要再说时，唐之宫铁青着脸撇着嘴，从鼻子哼了一声："哼！邓钟文想参加造反派？休想！他造谁的反？"

从此钟文觉得自己被打入了另册，失魂落魄地每天生活在彷徨中。他突然想起鲁迅先生小说里的阿Q，阿Q很想革命，特地跑到假洋鬼子家表示自己想要参加革命，但是假洋鬼子不屑地看了看他，鄙视地举起文明棍，毫不客气地把阿Q赶了出去，对他喝斥说："滚！"

他自己目前的处境和阿Q何其相似？他觉得有点滑稽。

其实，他心里非常清楚，他想参加造反派组织，并不是真的急于去"造反"，去革谁的命，也不是想要将文化大革命进行到底，而是把这看作一种政治待遇。

钟文低落的情绪被班长沈师傅看在眼里。在工地上班干活的时候，沈师傅趁没人注意时，放下手里的铁锹，走过来安慰他说："小邓，干什么闷闷不乐呢？那有什么，扯淡！不让参加就不参加，不参加造反派组织照样革命！"

这个时候，听到沈师傅这样暖心的话，心里充满了感激。

话虽如此，但钟文心里的疙瘩仍难以解开。

活生生的现实摆在眼前。开大会的时候，别人都带着红袖章，唯独他和一些有问题的人，或被揪出来的"牛鬼蛇神"及"四类分子"胳膊上是光光的，他仿佛感到自己也成了异类。他这人又极其敏感，极要面子。无论走到哪里，他总觉得一些人看他的眼神都有点异样。尤其"苗大嫂"和张二亭，脸上总带着一种不屑的神情，眼里像是带着锥子，锥得他心里发疼。每当这时，他就特别难受，心理压力越大。他话说得少，对人爱理不理的。他更怕见到司慧梅，见了司慧梅也不愿理睬，不想和她说话。有时无意间和司慧梅碰见，和她擦肩而过时，便低着头只当没看见。他为曾经对司慧梅有过那种非份之念感到羞愧，不由脸皮发烧。最好的办法是躲避，和她拉开距离……

王名江则比钟文走运，尽管他跟钟文一样，也出身不好，却参加了造反派组织。不过王名江参加的不是"8·18"，而是"红旗战士"。他听说了钟文想参加造反派组织遭到拒绝的事，对钟文的境遇十分理解和同情。抽空找到钟文，对钟文进行了劝慰。还特地和"红旗战士"的一个关系不错的头儿，说了说钟文的事儿，那个头儿曾读过钟文写的诗和文章，对他印象很好，对他非常赏识，同意邓钟文参加该组织，于是让名江给钟文捎来了一个红袖章。

钟文理解朋友的良苦用心，十分感激地从名江手中接过了那个红袖章。可他并不怎么开心，他觉得那个红袖章是人家施舍给他的。他把那个红袖章压在枕头下边，从没有拿出来，一次也没有在手臂上戴过……

小虎也听说了钟文的情况，非常理解钟文的心情，特地回了一次工地，找着钟文，安慰钟文说："小邓，看你心事重重的样子，何必呢，凡是都应该想开点！你看我，不是什么组织也没有参加吗？我才不在乎呢！你看那些人自以为不可一世，人模狗样的，其实在我眼里，什么也不是！"

钟文叹了一口气，说："你和我不一样，我怎么能和你相比？"

"小邓，你怎么说这种话？咋和我不一样？其实你比我聪明，文章写得那么好，我对你是打心眼里佩服的。你就是家庭出身差一点，这算什么呀？又不是当官，都是干苦活的工人，还不都一样！亏你读了那么多书，连这点都看不透，你看那些功劳那么大，拼着生命干革命的老干部，一个个都被打成了走资派，被人家批斗得那样惨，有的甚至丢了性命！不让参加造反派，这算什么呀？在这乱纷纷的世界，你首先要保持定力，应该自己看得起自己，尊重自己，千万不要妄自菲薄，你哪点比别人差？在我眼里，你是最值得尊敬的人！"听到朋友的鼓励，钟文豁然开朗，心里热乎乎的！

小虎继续发表着自己的宏论："你看那些造反派，人五人六的，其实那些人并不是人人都是好人，有些人算什么东西？我才看不起他们呢！就说那个唐之宫，呸！简直小人一个，还有那个出卖张书记的孟召贵，典型的小爬虫，变色龙……"

经过小虎这样一劝导，他的心情舒畅多了，心里多少得到了一些宽慰。

第十一章　祸不单行

稀里糊涂成了小偷

刘景和从业嫦那里回到二小队没有几天，发生了一件连他自己都意想不到的事儿，他又一次倒了大霉，稀里糊涂成了小偷——他以后的人生轨迹又一次被改写！

事情的起因是一辆自行车，是他向老乡借的一辆自行车！

那天，他把自己的住处整了整，把房子的破洞堵了堵，用报纸把墙重新糊了糊。房子虽小，却干净整洁，再添置些东西就可以像模像样过日子。他是个不知忧愁的人，再大的事都不会放在心上，乐天知命是他一向的性格，他已经忘记了以往的不幸和失恋的痛苦。准备到伊宁买些东西，将自己的生活好好安置一下。过些时间再找老吴去和大胡子队长说说情，他准备在生产队继续上工算了。

　　去伊宁的路有点远，他想起一个河南老乡家里有一辆自行车，何不借他的自行车骑骑呢？他跑去对老乡一说，老乡满口答应："自行车正好空着哩，你骑吧！"

　　也许他很久没有骑过自行车，平常去哪里都是凭着自己的"11号"汽车。今天，猛一骑上自行车，感觉特别轻松。水泥路光洁平坦，路上行人稀少，车辆也少，自行车骑得风快。这天的天气也很好，阳光白亮亮的照在地上。他一路走，一路欣赏着沿途的风景，公路两边的白杨树和柳树已经长满了嫩绿的叶子，满眼都是长势喜人的庄稼。在太阳的照射下，庄稼肥壮的叶子在阳光下闪烁。一望无际的棉田长势旺盛，绿色麦苗已经返青，微风刮过，掀起一阵波浪。看来又是一个好收成……

　　迎面吹过来一阵凉风，凉爽舒适。骑马的感觉也是如此吧？他想起刚去二小队的时候，曾向大胡子队长要求放牧，放牧能够骑马，他很想体验一下骑马的感觉。结果第一次骑马就从马背上摔下来，好在没有摔伤，从此他便断了骑马的念想。骑马哪有骑自行车舒服？人骑在马背上一颠一颠的，屁股也会颠得生疼。骑自行车多方便呀！他在心里盘算着——等过些日子安顿下来之后，想办法也买辆旧自行车（买新车要票）。他一路骑着自行车一路瞎想着，很快就骑出了老远。

　　伊宁很快到了，他望见了远处稀稀落落的房子。一阵猛蹬，加快了脚下的速度，骑到了伊宁街上。来到一个商店门口，行人多起来，熙熙攘攘的。他许久没有骑车子，在没人的公路上倒还骑得顺当，而骑在车水马龙的大街上就不由有点心慌，担心车子撞在人身上。越着急越是紧张，车把扭来扭去把握不稳，身子东倒西歪。这时，正好一个中年人迎面走过来，他一慌张，糟了，车子前辖辘正撞在那人的腿上！

　　那人大为光火，凶巴巴地向他吼道："你这人咋骑的车子？"

　　"对不起！"景和赶紧向那人道歉。可那人火气不消，瞪着眼睛继续和景和吵嚷："你咋骑的车子？硬往我身上撞！没长眼呀！"

景和见那人的态度如此蛮横，也很生气，没好气地说："你怎么这样说话？我又不是故意的，向你道歉了还不行吗！"

那人把头一歪，两眼一瞪："看你说得倒轻巧，把我撞得这么疼，说一声对不起就完了？"

景和觉得这人不可理喻，生气地说："那你还要咋样？"

"你骑车撞了人倒有理了，这么气粗！"

景和不想和他纠缠，推上车子准备走人。

那人见景和要走，拉住他的车子，火气更大了："你别走，今天你得给我个说法！"

"怎么？你想怎样？路上人这么多，我不小心撞了你，你自己也没看好路呀？"景和声音也大起来。

"你这人，强词夺理，撞了人还怨我呀？"

那人对景和不依不饶，不让景和离开，继续和景和纠缠。这时，街上的路人看两人吵得不可开交，都围过来看热闹。景和也是火暴脾气，见那人不让他走，心里未免有点窝火，也张大喉咙怼回去："大家都听见了，是你凶还是我凶？"

那人说："你撞了我，还说我走路不对，让大家伙评评这个理！"

"好呀，大家伙来评评理……"

附近一个民警闻声赶了过来，了解情况后批评了景和几句，要他以后在大街上骑车小心点，注意安全。然后指挥围观的群众说："大家都散了！散了！"

就在景和推着车子将要离开的时候，民警突然发现，景和骑的自行车没有牌照，便虎起脸向景和喝叫道："你别走！"

景和停住车子疑惑地望着警察："咋了？"

"你这辆自行车是怎么回事？牌照呢？"

"牌照？什么牌照？"

警察黑着脸说："装什么傻？自行车牌照！"

景和睁着两眼望着警察，一头雾水："自行车牌照？我不知道，自行车是我借来的……"

景和吱吱唔唔说不清楚，警察便怀疑自行车是他偷来的。口气便严厉起来："牌照都不知道？说得轻巧！借来的也应该有牌照。不行，你不说清楚不能走，你跟我到派出所走一趟！"

不由分说，民警便把他连人带车弄到了派出所。警察拿出所里丢失自行车的报案纪录一查，景和所骑的那辆自行车，正是报案人丢失的车子！这下麻烦了，经过一番盘问，民警又了解到景和是没有新疆户口的盲流。一些盲流在新疆确干过不少偷鸡摸狗的坏事，令民警非常头疼，这些人在民警眼里一向没有好印象。如今又有被盗的自行车这个铁证，景和再怎么解释和分辨，也无法让警察信服，民警认定他就是偷窃自行车的嫌疑犯。民警对他毫不客气，要他交待盗窃自行车的经过。

"快说，这辆自行车你是怎么偷来的？"

景和一听，像是受了奇耻大辱似的，大呼冤枉！

"你说啥？我偷自行车？笑话！别说偷自行车，我这辈子连别人一丁点的便宜都没有沾过！你们去打听打听，我刘景和是什么人？"

这种人民警见的多了，以为景和是在故意装无辜，不但不低头认罪，还狡猾抵赖！哪肯相信？这车子派出所明明登记在案，正是人家丢失的那辆车子！人赃俱获，你还有什么说的？赶快交待作案经过！

景和懵了，这究竟是怎么了？他稍稍冷静了一下，转而想了想，车子难道真是老乡偷来的？可他立即对自己的想法予以否定。借他车子的老乡决非这种人，为人淳朴正直，景和百分之百敢打保票。可他又有点不解，民警也不会说假话，这辆车子既然是人家丢失的车子，怎么会到了老乡的手里呢？他只得实事求是把情况向民警又进行了解释和说明，说自行车确实是向别人借来的，要是不信，可以去火箭公社三大队去调查。但民警哪肯相信他的话，一个盲流什么事干不出来？任他怎么解释也是枉然，民警不想和他多费唇舌。

真是天有不测风云，人有旦夕祸福。就这样他被派出所关了起来。派出所为了弄清楚刘景和的真实身份，按照他所说的原籍地址，向前进矿拍了外调电报。

这时，远在数千里之外的田书记正愁找不到整治景和的法子呢，这封外调电函正好给了他们这难得的机会。回电当然对景和没有好言语，添油加醋在他身上罗列了一大堆罪名——说他出身恶霸地主，反动军官家庭，父亲被镇压，本人思想一贯反动，流窜到新疆完全出于政治目的，如此等等……

这一来，景和即便浑身长着嘴也说不清楚了，人家派出所当然相信单位的。不过派出所对那些虚无缥缈没有证据的事不感兴趣，他们只关心自行车的事儿，于是就将景和当作偷窃自行车的嫌疑犯进行处理。

偷窃一辆自行车不够判刑，通常是劳动教养。

没几天，刘景和便被关进一辆汽车里，被押送到了特克斯县的马纳斯劳教农场，劳教期两年。

逃出马纳斯

时候正是夏天，热辣辣的太阳照在头顶，辽阔的新疆到处都是碧绿的庄稼地，马纳斯农场也跟火箭公社一样，被淹没在一片绿海里。景和被押送人员带下了汽车，吆喊着把他送进了马纳斯农场的场部，就这样他不明不白成了劳教犯。开始了他的劳教生涯。

劳教和劳改毕竟不同。农场对劳教人员的监管自然不像劳改农场那样严厉，劳教农场施行的是劳教人员自己管理自己。劳教人员有较多的自由活动空间，比劳改农场的犯人自由得多，但景和在这里仍然感受到了极度的压抑和苦闷。他做梦都没有想到，他竟然成了小偷，他觉得这是他人生蒙受的最大的冤屈和耻辱，一辈子都将无法抹去。自行车明明不是他偷的，却硬说他是偷的，硬将小偷的罪名加到他的头上，把他当劳教犯关在这里，要他在这里度过漫长的两年劳教生活。正所谓葫芦僧乱判糊涂案！他当然打心眼里不服，也想不通！他怎么这么倒霉？人一倒霉喝口凉水也碜牙！

劳教农场的那些劳教犯，看见景和被关进来，都带着异样的眼光围过来，纷纷向他发问："新来的，你犯了什么事？"

景和看见那些蓬头垢面的同类，不想多理睬，又不想得罪他们，便将经过简单对他们说了说。原来被关进这个劳教农场的，有真正犯过案子的，如偷窃、打架斗殴使人致伤、投机倒把，还有政治上有问题的等等，也有像他这样不明不白被冤枉送进来的。那些被冤枉关进来的都跟景和一样，怀着极端的不满情绪，背着管教，常常牢骚满腹，怪话不断。景和更是满腹憋屈，他从被关进来的那天开始，就没有打算老老实实在农场待下去。他感到在这里多待一天，就是对他肉体上的折磨和精神上的摧残。无论如何他得想办法逃走！但他以极大的克制力，不让自己的不满情绪有所外露，以免让人察着而打草惊蛇。

通过几天来的出工劳动，景和对这个劳教农场有了一个大致的了解。农场座落在马纳斯河上游的一个山沟里。两边是山，河滩两边是一望无垠的庄稼地。弯弯曲曲的马纳斯河从中间穿过。这个劳教农场大约关有三百多个劳教人员。这些劳教人员绝大多数都是从内地来新疆讨生活的盲流。就跟生产建设兵团的农场一样，土地广袤肥沃，大部分都是使用拖拉机耕种，地里种有玉米、小麦棉花和别的农作物，庄稼长势茂盛。

这会儿，春耕春播已经结束，他们每天的工作是到地里进行农作物的田间管理，给庄稼除草、施肥，或给棉花打杈。干的农活就像在火箭公社一样，劳动强度倒也不大，不觉得怎么累，但景和一天也不愿意在这里待下去，伺机寻找着逃跑的机会。

但是想要逃出去也非易事。劳教人员都是集体活动不许单独行动，几个人分成一个小组，劳动、吃饭、学习都在一起，相互监视得很严，要是有人逃跑就要负连带责任而受到处罚，无论干什么都有人厮跟着，没有单独行动的机会。

他注意到，也有几个不安分的人试图逃跑，但都没有成功，相继被抓了回来。被抓回来的人都受到了严厉的处罚，或被关禁闭，或被罚干重活，抑或被劳教人员戴着高帽轮番批斗——那会儿，文化大革命的熊熊烈火已经燃烧到了新疆，劳教农场自然也受到了影响，社会上对牛鬼蛇神的斗争方式不可避免地传到了这里，监管人员如法炮制，对那些犯有过错的劳教人员毫不手软。

时间过去了一个多月，正是初秋季节，麦苗抽穗了，棉花结铃了，玉米长高了，满山遍野都是一人多高的青纱帐。这些绿色的庄稼就像大海的波涛一样，一眼望不到尽头，人一钻进去一眨眼就消失得无影无踪⋯⋯

一些伺机逃跑的人看到机会来了，逃跑的心思便开始蠢蠢欲动。景和也开始寻找着逃跑的机会。

然而，就在这时，一个企图逃跑的劳教人员被抓了回来。

那人是在地里劳动的时候，趁人不注意一下子钻进了玉米地。和他一起劳动的人发现少了一个人，便张开喉咙大声叫喊起来：“来人啦！有人逃跑了！有人逃跑了！”

那人听见喊声，利用青纱帐作掩护，撒开脚丫子不顾一切朝玉米地奔逃。然而，他跑得再快也没有用，监管人员一边组织人在后面撵，一边骑着快马在前边堵，等那人满头大汗气喘吁吁从玉米地钻出来的时候，人家早已经以逸待劳守株待兔等候在那里了，把他逮了个正着。

天气渐渐凉爽起来，阵阵秋风刮来，让人感到了秋天的寒意，树叶也渐渐变黄，扑簌簌往下掉落。景和的心随着天气的转凉，变得更加焦躁。马上就要收割秋庄稼，再不想法逃走，青纱帐一倒，今年就没有了逃跑的机会，还要在这里多受一年的熬煎……

想到这儿，景和不由着急万分。经过几天的思考，总结了前段时间别人逃跑失败的经验，景和终于想出了了一个较为成熟的方案。

那天他瞅准了一个机会，在地里劳动的时候，趁人不备，一下子钻进了玉米地。和他一起干活的那些劳教同伙，发现景和钻进玉米地，以为他大便去了，也没在意，可等了好一会儿不见他回来，便觉得坏事，张开喉咙大喊起来："不好了！快来人啦，刘景和跑了！刘景和跑了！"

听见喊声，看管人员立即布置一些人骑着快马到前边路上堵截，另一些人开始在后面搜寻。搜寻的人向着前方的玉米地前进。搜索了一会，没有发现目标，看不见前边的玉米棵子摇动——（人在前边跑，必定会带动玉米棵子晃动，并发出声音。）大家停下脚步，站在那里屏声静气听了一会，什么声音都没有，玉米地里死一样寂静。搜索的人失去了目标，一时茫然无措，不知往哪寻找好？

"刘景和，快出来！刘景和，快出来。"

"我们看见你了！还不赶快出来！"

搜寻他的人虚张声势在地里叫喊着想要把他诈出来。

这是一片一望无际一人多高的青纱帐，绵延逶迤几十里，人一钻进去，就如同一颗石子扔进大海，被掩没在汹涌的波涛里。人的目光所及，只能看见几米开外密集的玉米棵子，要在这漫无边际的庄稼地里找一个人，无异于大海里捞针。他们茫无目的地在玉米地乱找乱搜了一阵，只得失望而归。而在前边堵截的那几个骑快马的在路边等了许久，也不见有人从玉米地钻出来，也一无所获……

其实，这时，景和并没有走远，他还在刚开始干活的那块玉米地不远的地方猫着呢。

——上次那人没有逃脱成功的关键是跑得太快。快步跑动必会带动玉米棵子摇摆，玉米棵子相互碰撞还会发出声音，这正好给追赶的人指明了目标。再说，人家追赶的人都骑着快马，人跑得再快也没有马跑的快。景和吸取了这个教训，他见有人追赶，就像地老鼠似的爬在玉米地里不动。即便人家找到了也不要紧，他早想好了说词——他并没有逃跑，他蹲在玉米地里屙呢……

等那些追赶他的人吆喊着渐渐远去了，他仍蹲在原地没动。监管人员盲无目标地吆喊着，大家又胡乱寻找了一阵，只好收兵回营。

景和这才从玉米地站起身，准备钻出玉米地。四处是密林般的玉米棵子。他辨别不出方向，也不知往哪里走？眼下最要紧的是赶紧离开这里，被人发现再抓回去可就麻烦了。他小心翼翼摸索着向前行进。好在他对这里的地形早就仔细观察过，又在这一带干过活，对这里的地形比较熟悉。往前走不远就是马纳斯河，他便顺着马纳斯河下游的方向走去。大约走了四五里地，他已累得筋疲力尽。在玉米地里行走和平常在平地走路完全不同。玉米地全是粗壮高大的玉米棵子，阻挡着视线，人走动时被玉米棵子阻挡住，每走一步都要费很大的劲儿。玉米叶子的边沿像刀子一样锋利，割得脸生疼，脸被割出了一道道的口子。太阳正盛，玉米地密不透风，像蒸笼似的闷热难耐，气喘吁吁虚汗直冒，汗水潺湿了衣服。挣扎着往前走了一会，没有听见人的声音，他便小心地从玉米地走出来，迈上了机耕道。他站在那里喘了口气，四处望了望，看是否有人发现。四周寂静无声，只有凉风轻轻地掠过玉米棵子，宽大的叶片发出沙沙的摩擦的声音。

他觉得确实安全了，一颗心才放下来。他站起身向远处看了看，发现前边不远处就是马纳斯河。他稍稍思考了一下，觉得应该从马纳斯河横渡过去，那边有一条通向伊宁的公路。

河水并不深，清清的河水汩汩地流淌着，河滩铺满了大大小小磨得圆溜溜的石头。河水在太阳的照射下，发出银色的闪光。他实在渴极了，就坐在一块石头上，掬起河水，也不管河水冰凉浸牙，喝了个够。用袖子擦了擦嘴上的水渍，卷起裤管摸索着过了河。这时，他实在走不动了，一点力气都没有。早上吃的两个玉米窝头早已消化殆尽，肚子饿得直抽搐。他便在河湾处没人瞧见的地方寻了块光滑的石头坐下来，准备喘喘气歇歇脚再走。

肚子又开始抽搐，他看见旁边的玉米地密不透风的玉米棵子上结着粗大的穗子。他也顾不得了，便钻进玉米地掰了几穗嫩玉米，三两下把外壳剥了，把缨须拔掉，起急慌忙用牙啃着嫩玉米吃起来。嫩玉米甜甜的，他啃得有滋有味，嘴角上粘满了玉米浆汁和青色的玉米糁。

喂饱了肚子，坐在石头上简单想了一下，对下一步的打算有了一个初步的思路——他准备先回火箭公社，自己的东西还在那里呢。

他来到公路边，一辆运货汽车开了过来，他向司机摆了摆手，运气不错，汽车在他前面停下了，司机让他坐上了汽车。这辆汽车正好是往伊宁去的，他一路坐车到了伊宁。

失信的盲流

景和从伊宁一路跋涉，回到火箭公社，没有先回二小队他住的那间土屋，而直接去了借他自行车的老乡家。

一敲开老乡家的门，景和出现在面前的时候，老乡看见景和一副蓬头秽面胡子拉茬的狼狈样儿，瞪着两眼，打趣说："你怎么这个模样？简直像个逃犯！"

景和说："你算是说对了，我就是逃犯！"

老乡看他不像是开玩笑："这些日子你哪去了，我到处找你也找不着你，一下子就失踪了，叫人好不着急！你从哪拱出来的？怎么弄成这样？到底怎么回事……"

景和面对老乡一连串的疑问，顾不上回答，打断他说："你快给我拿点东西让我吃了，我再慢慢跟你说，我都快饿死了！"

老乡连忙从厨房给景和拿了一块馕，又从暖水瓶倒了一杯水递给他："就这些东西，先抵住饥吧。"

景和接过馕和水大口大口地吃起来，吃得太猛，有几次差点咽住，喝了口水才下去。吃完了，用手抹了抹嘴，才把事情的经过说了一遍，他望着老乡生气地说："你这家伙，害得我好苦！你那辆破自行车到底咋回事？人家硬说是偷来的，难道车子真是你偷的？人家让我为你顶了罪，我不清不楚成了小偷！人家把我弄进了劳教农场，我是从马纳斯劳教农场逃出来的……"

老乡诧异地说："你说的可是真？"

"我难道捣你不成，车子到底咋回事？"

老乡说："哪里呀，车子真不是我偷的！是我买来的！"

"你买来的？我说嘛。"景和似乎明白了。

"是这么回事，"老乡说："有一天，我去公社办点事儿，办完事走出公社不远，在路边看见一个人推了辆车子在卖，我问他为啥卖车子？他说他急等着钱用，只好把车子卖了，谁想要车子，随便给他点钱算了。我没有车子，你知道的，买车子要车子票，我见他又说得怪可怜的，也有点贪小便宜，给了那人八十元钱，便把车子推回来了，谁承想车子竟是偷来的……"

既然已经这样，还能说什么呢？景和苦笑着说："别说了，已经这样了，算我倒霉！"

吃饱喝足，景和有了精神，便回到了二小队他的住处。

半年多没有进家，当他推开门走进那间小屋，里面的空气差点让他窒息。房间里简直不能进人，屋里到处积满了厚厚的尘土，墙角挂满了蛛网，一股浓重的土腥气直扑鼻子。他把门打开，在屋角找着了一把掉了毛的扫帚稍稍打扫了一下，找到了一块旧抹布把锅灶的灰尘抹了抹，把锅子擦拭干净，又去井上担了担水，烧了点开水，一边喝水，一边坐在那里出神。

这时，他不由感到一阵凄凉，他怎么这么不走运啊，无缘无故成了小偷，遭此大罪！他莫名其妙突然想起了业嫱，她在干什么呢？也许在教室给孩子们上课吧？临分手时从她的眼神看出她的内心对他充满了哀怨。别怨我，业嫱，我是不得已而为之，我心里其实是爱你的，我不得不这样做！你也许难以理解，我这样做，完全是为了疼你爱你！你知道我心里多么难过多么痛苦吗？这一辈子再也无法把你从我心里抹去！我知道，我再也遇不上你这么优秀的姑娘……

想到这，他感到心里酸酸的不是滋味，眼泪差点流出来。

他原以为早将她忘了，从心里把她抹去了呢！可是，事实并非如此，她仍藏在他的心里。看来，要忘记一个人并不容易！但他意识到自己的选择是对的。这样优秀的女人，如果和她结婚，他能给她什么啊？他只不过是一个亡命天涯的盲流。这样也好，孤身一人走天涯，无挂无牵倒也心净。经过这次波折，原打算继续留在火箭公社当社员的想法开始动摇，觉得在火箭公社再待下去也没有什么意思，见了老吴也不好面对，还不如离开这里，到别处碰碰运气……

他忽然想起京红学，有一段时间没有见他了，有许多话憋在心里，很想找个人说说。他还有一些衣服之类的东西放在他那里。天气一天天变冷，他应该把衣服取回来。可是当他赶到一小队的时候，出乎意料的是京红学竟没了踪影！他问了别的社员，人家都说不知道。

"小京失踪了！有好几个月不见他了！"

"他去哪儿了？"景和问。

"谁知道他哪去了！"

"他已经好长时间没有在生产队上工了。"

景和感到好生奇怪："这家伙到底哪去了？"

他只得悻悻而归。但他始终放心不下京红学，马上就要过冬了，他得拿回他的衣服……

　　他坐在小土屋那条小木凳上，心事重重，双眉紧皱，不知怎么办好？京红学是否回他父母那里了呢？他知道他父母家的地址，很想去他父母家找找他。

　　第二天，他出去找一个熟人的时候，突然得到一个消息：三大队有几个盲流想要离开火箭公社，准备到青河县去。景和跟那几个盲流彼此认识，还说过话。他正想离开火箭公社呢，去青河正合他的心意。于是立即找到了那几个盲流，并向他们问了问情况。

　　那几个盲流很热情地对他介绍说："青河好着哩，环境优美，土地宽广肥沃，工分值比这里高，收入非常可观！"

　　景和听那几个人把青河说得天花乱坠，便产生了去青河的念头。

　　"好呀！你们去青河，我也去！"

　　"行，没问题！咱们一起去，我们这两天就出发，你回去准备吧。"

　　景和回到住地就开始作着去青河的准备。他一边收拾东西，一边想着放在京红学那里的衣服，他觉得应该去京红学父母家一趟。一是让小京父母知道他儿子已离开了火箭公社。二是看看小京是否把他的衣服放在他父母那里——他对那些衣服实在有点不舍得，其中就有一件特意在洛阳做的呢子服。可去小京父母家，往返得两天时间，他怕耽搁了去青河的行期，不免有点犹豫。心里思忖："还是先去青河吧，等在青河安顿下来之后，再想办法去农四师小京父母家。"

　　去青河的时间已经确定，景和开始打点行李，自己在天山挖药挣的钱还没有用完，没处存放，他就放进了大衣口袋里。行李捆扎好了，他怕误事，提前把行李扛到了他熟悉的那个盲流的住处。

　　没见着京红学毕竟是他一块心病，在和那几个盲流聊闲话的时候，聊起了这事。他说，他本来想去农四师的，但他担心耽搁行期只好不去了。那人非常关心地对景和说："你怎么不去呀，去吧！"

　　"你们不是明天就要出发去青河吗？我怕来不及，耽误你们的事！"

那人真切地对他说："看你这人，这有什么？去青河又不是什么关紧的事，早一天晚一天有什么要紧？"

景和说："耽搁大家的行期总归不好。"

那人非常理解地说："去吧，去吧！那有什么？我们等你！"

景和听那人说得这么恳切，便打消了心中的顾虑，说："那就谢谢了，我去农四师会尽快赶回来，最迟在后天晚上赶到这里，无论怎样，你们等我一天！"

"一定，一定！我们一定等你，你放心去吧！"

景和是那种待人实诚的人，心里毫不设防，为了表示他的诚意，也觉得行李扛来扛去太麻烦，没将行李拿回他在二小队自己的住处，仍放在那几个盲流那里。便迈开脚步急匆匆赶往农四师的驻地。

害人之心不可有，防人之心不可无，只因他过于相信别人，结果他全部物品及钱财损失殆尽！

他忍着饥渴和腰腿酸疼赶到了农四师，见到了京红学的父母，却扑了个空，小京早已经离开新疆，回他江苏老家去了！

当他向他妈问起小京替他保管的衣服，他妈说："红学没留下什么东西呀，哪有什么衣服？"

看来，他那些衣服也被京红学带走了！

"妈的！他怎么能这样？太不仗义了！"

刘景和不由得愣在那里，真想骂出粗话，但他还是忍住了。心想：这人做什么事极有心机，一向独来独往，他爸妈未必知道，也没和他妈多说什么。想着去青河的那几个人还在等他回去呢，不敢稍有耽搁，就急急忙忙告辞出来，然后迈开大步往回赶路。

然而，待他紧赶慢走，累得大汗淋淋赶到那几个人的住处，他傻眼了！已是人去屋空，他的行李也没了踪影！他被人打了一闷棍似的，脑子嗡地响了一下！那可是他在新疆的全部家当啊！一下子就没有了！他如今成了光身一人，比来新疆的时候还惨！怎么会这样呢？那些人说得好好的，说要等他的，为什么出尔反尔言而无信，连他的行李也被拿走！景和就像木桩似地站在那里……

他必须把那些行李拿回来！不然他今后怎么生活？怎么过冬？他刘景和也不是好欺负的！走到天涯海角也要找到你！不能让那些恶棍得逞！

第二天清晨，他玩命似的搭车赶到了青河。可是，找遍了青河县城的大街小巷，那几个盲流就像从地面上蒸发了似的了无踪影！这帮王八蛋！狼心狗肺的傢伙！流氓！坏蛋！骗子！他气得心里直喷火，抑制不住大骂了一通。骂完，虽然解气，可又空落落感觉痛心！东西已经没了，骂有何用？

景和茫然地站在青河县街头，又饥又渴疲惫不堪，像条丧家犬似的心里冷冷的。他感觉自己全身的血液仿佛已被抽干，两腿发软，成了一具空空的躯壳！

如今他什么也没有了，两手空空，连晚上睡觉的铺盖也没有，真所谓孑然一身！他不知往何处去？他越想越感到窝火和悲哀，这算什么事儿呢？他怎么这么倒霉？他无助地在路上踯躅着，街上零星冷寂的房屋在夕阳下显得那么苍白，稀稀落落的行人在面前匆匆走过，谁也没有注意他。只有秋风索索地掠过路面，扫起阵阵沙尘和落叶，扑打在景和单薄的身上，他感到了一股寒意。他把自己的衣领扣了扣，又抱紧了胳膊，以抵挡袭人的寒风。

冬天马上就要到了，所有过冬的衣被都已丧失殆尽，连一件御寒的棉衣也没有，他新添置的上天山挖药时穿过的那件大衣，还有那些钱，也成了那些盲流的猎物。他心里禁不住涌起一股说不出的惆怅和苍凉。这个世界怎么了？世上的人怎么这样龌龊？处处充满尔虞我诈，充满着陷阱。他不知怎么办好，不知将去哪里容身？怎么度过新疆这漫长而寒冷的冬季？回想自己来新疆两年来的经历，心中五味杂陈，不由得感到鼻子酸酸的，他真想痛哭一场！但是，他还是忍住了，没让眼泪流出来。他明白，哭是没有用的，没有人相信眼泪！他一辈子还从没有哭过呢，即便受到再大的委屈，再苦再难，也只有打碎牙齿带血吞！在他看来，男人痛哭流泪是丢人的事儿。他不能被眼前的困难和挫折所吓倒⋯⋯

景和在冷清的街上踯躅了一会儿，恢复了一些的神气，开始往回赶⋯⋯

只得回家

景和忍饥挨饿，回到了火箭公社，在几个熟人那里东一顿西一餐地过了些日子。

天气越来越变得阴冷，不时刮着冷嗖嗖的西北风，阴沉沉的天空不时飘下雪花，好像要下雪的样子。人们早已换上了厚厚的冬装，而景和身上还是那身秋天穿的衣服，使劲把身子裹紧还像没穿衣服一样，禁不住索索发抖。好在他身体棒，有较强的抵抗力，要不他早被冻感冒了。无能怎样他得想法弄件棉衣，万一一场雪下来，他会被冻死的！

他到哪去弄衣服呢？自然想到了老吴，只有老吴能够帮他解决这个困难。可他又有点不好意思去找老吴，这实在有伤他的自尊心。他毕竟是堂堂男子汉，从没有向人服软过，向人乞求在他看来是一种耻辱。但到了这个时候，还顾及什么脸面呢？犹豫了好几天，实在受不了寒冷的侵袭，他只好硬着头皮去了三大队。

老吴猛看见景和这副样子，感到非常吃惊！

景和把情况对老吴说了说，很明显，他感觉老吴对他的态度变得冷淡，再没有过去那种亲兄弟般的热情。他知道，他伤老吴的心实在伤得太深！他那么热情地把自己的亲侄女许给他，而他却避而远之，辜负了他的一片好意，残酷无情地拒绝了这桩美事！其实，他哪里知道他心中的苦楚呢？

他心中的痛只有他自己知道，他不想对老吴解释。这事已经过去，就让他过去吧，让他背负着这副沉重的十字架前行吧……

老吴留他吃了中午饭，把自己的一件旧棉衣送给了他。

回来之后，他又想法从别人那里弄了一条旧绒裤穿上，方才感到身上稍微有了些暖意。

但这毕竟不能解决他的根本问题。如果继续待在新疆，单靠身上这些衣服，无论如何是对付不了新疆的严冬的。弄不好他会被冻死在这里，他就亲眼见过盲流被冻死的情景。

还是先回渑邑再说吧。

——渑邑毕竟是他的家，那里有他的母亲和继父，还有他的妹妹们……

人常说，家是避风的港湾，母亲是一棵挡风遮雨的大树。人无论走到哪里都不会忘记自己的家，不会忘记母亲。有了危难困厄首先想到的是家，是母亲。只有母亲才能给予自己无比的温暖和无私的爱。哪怕孩子再落泊，再倒霉，母亲也不会嫌弃……

可景和在这个时候又特别不想回去，怕母亲看见他这个样子伤心，更不愿让前进矿看他的笑话，一想起前进矿那几个人看他的眼神，他就心里难受，甚至恐惧！如今自己这副落泊的惨状，正是他们所希望见到的，他们一定会幸灾乐祸。可他现在正处在危难之际，不得不回去。他也顾不得那么多了，硬着头皮也得回去，除此之外他已别无他途！

命运真会捉弄人！他奋力挣扎，拼力想冲出禁锢他的樊篱，可是画了一个圆圈，又回到了原点。就好像被一只无形的手把他拉扯着，怎么努力都挣脱不了那只手的束缚，难道这就是命运么……

这时，景和即便想返回河南，也非易事！

他身无分文，离家数千里之遥，他拿什么买车票？这么远的距离，买车票的钱对他来说无异是天文数字！正在他左右为难走投无路之际，他从别人嘴里听到了有关文化大革命的一些情况——红卫兵正进行大串联，坐火车不要钱！

这真是一个天大的好消息——他有了主意。

他先扒汽车来到了乌鲁木齐。

果如人们所说的那样，文化大革命的熊熊烈火已经燃遍了乌鲁木齐。大街小巷口号振天，彩旗飞舞，喇叭声声。宣传车开来开去，到处是造反派游行示威的队伍。大字报、标语铺天盖地，传单似雪片般撒落。景和明显感受到了文化大革命的火热气氛。火车站也贴满了大字报，高高地悬挂着触目惊心的大幅标语——打倒新疆的走资本主义道路的当权派王恩茂……

景和睁大吃惊的眼睛看着眼前的这一切，不知发生了什么事？之前，他在劳教农场听说过文化大革命，但他不热心这事，后来他还隐约听人说起过这，但他得到的不过是一鳞半爪的消息。对他来说，无异是天外来客。难道世事要变了？会往哪个方向发展？眼前是一片迷雾，他搞不清楚究竟怎么回事？他没有精力也没有必要搞清眼前这扑索迷离的政治形势，他迫切要做的是坐车回家……

果然，车站进进出出都是进行串联的红卫兵，他不敢在车站多停留，赶紧想办法混进车站——回家要紧。

在拥挤的人群中，景和来到车站候车室，弄清了东去列车的车次，悄悄地混杂在进站的旅客队伍里，装做红卫兵的样子，没有受到盘查，一路畅通无阻上了火车。只是车上人太多，车厢里拥挤不堪，连站脚的地方也没有。到处是人，洗漱间的过道上，人多得挤扎不动，行李架上也是或坐或躺的旅客，连厕所间也挤得满当当的。车厢里的人为了寻找一个立足之地，互相拥挤互相碰撞。每到一个车站，就要发生一次混战。车上的人还没下去，要上车的人就像攻城略地死命拼杀的勇士，奋不顾身地往上冲。下车的人下不了车，拼出吃奶的力气往下挤。这会儿再也没有学雷锋做好事的人出现，哪怕旅客中有人生病晕倒或尿裤子也没有人理会……

火车上最多的是进行大串联的红卫兵和学生，每一站都有上不完的人，互相叫骂着推挤着谁也不相让，只看谁有力气。身体弱的被挤得东倒西歪地从队伍中被挤出来，望着火车直跺脚，嘴里骂骂咧咧的。列车只好晚点，无限期地晚点。景和从乌鲁木齐坐上火车，在路上整整走了五天，才到达西安。这简直是笑话，从火车发明以来，也许还没有这样的纪录。人们只好承受着饥渴疲劳心理及生理的痛苦的折磨，以最大的耐力支撑着坚持着。景和年轻，这两年又经过恶劣环境的磨练，有了极强的耐力和忍受力，凭着随身带的几块馕一点水坚持着……

一路上听不到列车员报站，只有列车到站时，列车员才从自己的小屋里走出来打开车门。到了什么站，上车下车全凭旅客自己掌握，坐过了站也不知道。

列车终于开到了三门峡，停了几分钟，便开动了。景和生怕坐过了站，精神高度集中地注视着车窗外面的地形，凭着自己对渑邑地形地貌的印象，感觉渑邑快到了，他神经高度紧张地向窗外观察着，生怕下不了车。

列车终于在渑邑车站停下来。

景和费尽全身力气，带着浑身的酸痛、疲乏和饥饿，昏昏沉沉随着拥挤的旅客来到车厢门口，他几乎是被后面的人推下来的。

头昏眼花的他挣扎着刚走到站台上，过度的饥饿和疲劳，加上猛然被照射过来的阳光所刺激，他差点栽倒在地。跌跌撞撞爬起身，高一脚低一脚走出车站，悬挂在车站大门上方的巨幅横额标语使他大吃一惊，上面倒写着渑邑矿务局第一书记兼局长杨和堂的名字，名字还用红笔打着大×，"油炸"、"火烧"全是杀气腾腾带着血腥味的字眼。他意识到渑邑跟全国其他地方一样，正进行一场翻天覆地的文化大革命……

景和原本对文化大革命知之不多，通过这一路来在火车上的所见所闻，对文化大革命已经有了较深的了解。他根据自己有限的经历，感觉到无产阶级文化大革命对他这种家庭出身的人不会有什么好处，他应该离得远远的，而且越远越好。

景和忍着难耐的饥饿，沿着矿区的运煤铁道艰难地往家走去。这条路景和走过了无数次，可他从没有感觉到这条路如此漫长如此难走，每走一步都耗费全力。他带的馍还不到西安就吃完了，实在饿得难受，他几乎是一步一蹭地走着。往前走了不多远，他心跳的频率顿时加快，他似乎预感到家里出了什么事儿，有点六神无主！

快到前进矿大门的时候，悬挂在大门上方的一条大横幅标语，又一次使他产生了无比的震撼。横幅上写着前进矿那个曾经掌握他生杀大权的领导人的名字。也跟他在车站门口看到的那条横幅的写法一样，倒写的名字下用红笔打着×！

田书记呀田书记，你也有今天！你把我害得好苦！景和从心里感到一阵解气。

景和顾不上多想，想到马上就要见到母亲，见到可爱的妹妹，心里禁不住一阵激动，加快了脚步。然而，越是接近自己的家，他越是感到紧张，母亲现在怎样了呢？隐藏在心里的那个不祥的念头越发让他担心！他的心不由哆嗦了一下。

忐忑不安地来到了工人村，仍是过去的模样，路两边稀稀落落的杨树和梧桐树叶子已经落尽，个别焦黄的残叶在树梢上随风颤动，发出索索的声音。跟前进矿门口一样，工人村房前屋后，到处张贴着红红绿绿的标语，道路两边走不多远就悬挂着一幅大幅横额，上边全是惊心动魄的话语！他双脚沉重，好像绑上了沙袋，有点迈不动步子。终于望见自己的家了，一排排红砖平房出现在他眼前。然而，就在这一刻，他的脑袋仿佛被子弹射中似的，"嗡"地响了一下——预感中的事终于发生了。

他一眼就瞅见了贴在他家山墙上的一副标语——一长串的罪恶头衔之下，清清清楚楚地写着母亲的名字……

凄凉的家境

母亲的情况比景和原先在路上意料的还要糟糕。从标语横幅上可以猜测到，母亲已被前进矿群众专政小组关进了牛棚，受到了批斗。

当景和一脚踏进家门的时候，一下子被眼前的情景惊呆了！

三个年幼的妹妹在屋里嗷嗷嘈嘈哭成一团。她们一个个蓬头散发，鼻涕滴溜得老长，脸上积满污秽——看来多日没洗脸了。房间里一片狼藉，地上乱七八糟已几天没有收拾过。被子像鱼网似地散乱在床上，衣服扔得到处都是，鞋子横七竖八扔得东一只西一只。扫帚倒在一旁，地上散着纸屑。煤炉里的煤灰堆得老高，他几乎找不到下脚的地方……

母亲被抓走，只有继父带着三个妹妹。继父又是那种闷嘴葫芦，几天不说一句话的老实圪瘩，平常只知下矿井弯腰挖煤出死力，从没有做过家务，饮食起居全靠母亲照顾，生活能力极差，哪会料理家务照看孩子？

也许小小年纪经受了太多的惊吓和刺激，当屋门被景和推开的那一刻，姐妹仨缩成一团，毅怵着身子，不约而同地睁大了惊恐的眼睛。大妹首先认出了走进屋来的是她们的哥哥，脸上顿时露出了笑，立即扑过来，惊喜地叫着："哥！哥，是你呀！"

二妹随后也走了过来："哥！哥！"惊喜地叫着。小妹已认不出景和，景和离家时，她才三岁，见景和走过来拉她的手，身子害怕地往后退缩着。

不一会儿，小妹又呜呜地哭起来，一边哭一边喊叫妈妈。

大妹说："哥，你可回来了，妈被那些人弄走了！我们好害怕！小妹她老哭着要妈妈，我咋哄也哄不住！"

景和鼻子一酸，眼泪差点掉下来，走过去安慰小妹："甭哭了，小妹，哥抱抱你！"可小妹有点害怕，瞪着两眼惊恐地望着景和，摇动着双臂，身子往后退缩着。

景和回头向大妹二妹问道："爸呢？"

二妹抢着回答说："哥，爸出去了。"

这时，小妹哭得更狠了，满脸泪花花的，再用小手一抹，弄得整个脸像只小花猫。大妹连忙上前哄着小妹，可怎么也哄不下，大妹说："哥，小妹老是哭，咋办哩？"

景和坐下来，把小妹拉过来，他想找个什么玩具哄哄她，可是什么也没有。四处瞅了瞅，家里也没有哄小孩的玩具。他只得伸出两手，轻轻地把小妹揽在怀里，柔声地对小妹说："小妹，你已经长大了，甭哭，甭哭！哥哥抱你，妈妈过两天就会回来的。"

小妹终于不哭了，瞪着两只眼睛骨碌碌望着景和。景和转过身对大妹说："大妹，妈不在家，你是她们的姐姐，你要好好照顾好妹妹们。你已经十二了，马上就是大人了，家里的事你要多做点。起床的时候，把被子叠叠，把地扫扫，把屋里弄得整洁一些。你看看，煤灰快堆成山了，也不倒掉！这屋里还能下脚吗？"

他又对二妹说："二妹，你也大了，又不去学校上课，平时也要帮家里做些家务。"

景和突然想起什么似地对大妹说："大妹，妈不在家你们是咋吃饭的？"

大妹说："哥，我们是在大食堂买的馍。我做的汤。"大妹亲切地看着景和说："哥，你走了这么长时间不回来，我可想你了，你回来就好了！"

二妹说："哥，你不走了吧？"

景和听了妹妹的话，不知怎么回答好。想了想觉得还是不让她们知道的好，说："嗯，哥哥不走了。"

景和抬头看了看桌上的闹钟，才只有四点钟。这时，肚子又绞痛起来，他实在太饿了，迫不及待地走进厨房，看看有什么能吃的？正好，案板上放着一个开了裂的干馍，碗里还有一小块黑乎乎的咸菜萝卜条，他便拿起那个干馍，就着咸菜萝卜条啃起来。很快吃完了，觉得好像跟没吃一样，肚子还是空空的，像饿狼似的两眼在厨房继续搜寻着。忽然发现厨房角落里还放着几根胡萝卜，他也顾不了许多，拿起一个稍光滑些的胡萝卜，放水龙下冲了冲，拿在手里便大嚼起来，"咔巴咔巴"一阵脆响。他觉得胡萝卜又脆又甜，好像吃水果一样既抵饥又解渴。

肚子填饱了，有了神气，这时，他突然萌生了一个想法：文化大革命开始了，那些挤兑他的当权派被打倒了，前进矿无故注销他户粮关系的事是否有了转机呢？

正这样想的时候，屋门被推开了，继父弓着腰袖着手从外头回来了。

继父是一张黑瘦的苦脸，看起来又老了些。老头猛看见房里的景和，稍稍表现出一副惊讶的神色。目光在景和脸上停了停，很快就移开了，眉头微微皱了皱，随之苦笑了一下，见景和叫了他一声"爸"，便答了句"你回来了？"没有别的话，然后坐下来只顾巴哒巴哒吸他的烟。

他的烟瘾似乎又重了。

景和知道，继父闲下来除了吸烟便没有别的事儿。以前还喜欢听听豫剧，现在戏也不听了。随着烟卷一明一灭，烟雾在房间里缭绕，发出阵阵难闻而呛人的气味。

景和了解继父的个性，一辈子都是这样，无论什么时候，总是一副冰冷的苦脸。在他的印象里，继父似乎很少开心地笑过。他和母亲刚来到继父家，见到继父的时候，对继父那副凛然的面孔感到害怕，不敢和他亲近，也不叫"爸"。但时间一长，他才感觉到，继父冷若冰霜的外表下，却有一颗宽厚善良的心。任他怎么顽皮，继父从不骂他，更没有动过他一指头。继父过足了烟瘾，便抬起头望着景和，似乎有话要对景和说。

景和先叫了继父一声"爸"，便问道："爸，你上的什么班？"

继父看了他一眼，眉头皱了一下，说："现在还上啥子班？天天闹文化革命，开批斗会。这不，我才开完会回来。"他抬起头，望着景和，生气地说："你大概已经知道了，你妈被人家弄走了！这些人恶啊！连个女人都不放过！一个女人家，她那时也不当家，知道啥子？你妈被整惨了！这是啥世道！这日子让人咋过哩！"

景和听了继父的话，颇感诧异，他第一次听见继父和他说这么多话！他一辈子说的话加起来也没有这次说的话多！

天色渐渐暗下来，景和看见屋里乱糟糟的，又打量了一下围在他身边三个年幼的妹妹，犹如有一把刀在剜他的心。

他对大妹二妹说："咱先把屋子收拾一下吧！"

说着便拿起搓斗，叫上大妹二妹，一起把火炉边的煤灰清了清，用扫帚稍稍打扫了一下，然后洗了把脸，人变得干净了，屋子变得敞亮了。这时，肚子咕咕地叫了，到该吃晚饭的时候了。于是景和吩咐大妹去职工食堂买馍，他站起来把煤炉捅开，用钢精锅接了点水放煤炉上座好，从面布袋挖了点面勾了点面汤，又胡乱炒了点白菜，全家人便围着小桌吃起饭来。

因为景和的不期而归，姐妹仨显得异乎寻常的兴奋。小妹一边吃饭还一边唧唧喳喳地说着话。景和突然想起被关在牛棚的母亲，饭哽在喉咙无法下咽，胡乱扒拉了几口便放下了饭碗。

吃完饭，一家人坐在火炉旁烤火的时候，继父卷起一支喇叭筒烟放嘴里吸着，突然问景和："这个时候你还回来做啥子？"声音听起来很平静，但内心却明显透露出一种焦虑和不安。

景和说："我想找矿上再说说户口的事。"

继父停止了吸烟，用那双干涩的小眼，惊奇地望了他一下，好像在说：你怎么会有这个想法？然后轻轻地说："没用的！你跑也是白跑！"

这情况景和自己也想到了。怎么办呢？可他仍不死心！不管怎样，他必须见见有关人员，问问情况。文化大革命开始了，走资派被打倒了，他的户粮关系是否还有挽回的余地？今儿已经晚了，等明天再说吧。让大妹安排好小妹睡下，他也早早地躺到了床上。

第二天，景和起了个大早，吃了点稀饭和馍，填饱了肚子，便去了矿上，找到了管理户籍的人，谈了自己被无故注销户口的事。

景和说："我的户粮关系被无故注销，这是前进矿走资派对革命群众的迫害，如今走资派被打倒了，你们应该恢复我的户粮关系！"

但是没有一点作用。果如继父所说的那样，管户籍的看了看他，以不容置疑的口气对景和说："是不是当权派对你的迫害，不是由你说了算，即便注销你的户口是错的，现在也不能改过来，中央文革小组有规定，凡以前的遗留问题必须等到文革后期才能处理。"

对方的回答冠冕堂皇，挑不出任何毛病，文件上也是这样说的，可话说得再好，他还得吃饭啊！这事能等到文革后期吗？说着容易，不让你吃饭你等等试试，真是站着说话不腰疼！景和不想把事情闹僵，便把溜到嘴边的话咽回去了。这样的结果，其实也早在他的意料之中，他也不想再费唇舌，说了几句无关紧要的话，便回家了。

怎么办呢？生活是实实在在的事，人活着，就得吃饭，一顿也省不了。现如今国家分配给每个人的口粮都是经过计算，有定量的，免免强强够一口人填饱肚子。你吃了，别人就不得吃。现在他在家只有吃家人的。吃几顿几天可以，长此下去怎么办呢？这是摆在景和面前不能回避的问题。等到文革后期才解决？文革后期？什么是文革后期？文革后期还要多久？扯淡！等不到那时，恐怕他早饿死了！

他坐在房间的小木凳上，感到喉咙发干嗓子眼里像要冒出火来，脸上的表情非常难看。姐妹仨不知哥哥发生了什么事，在一旁怯怯地望着他，谁也不敢吭声。景和猛抬头看见了冷兮兮站在身边的妹妹，猛然一惊：母亲不在身边，她们受够了惊吓，够可怜的了，再不能惊扰她们，于是他极力克制着内心的痛苦，将自己燃烧在内心的愤怒扑灭，立即换成了笑脸，轻柔地把小妹拉过来，抚摸着小妹的头，对小妹说："小妹最乖了，哥哥最喜欢小妹。"小妹在哥的爱抚下，终于笑出了声。

吃饭毕竟是个大问题，是不容回避的。

晚上，景和在床上翻烧饼，思前想后，不知怎么办好？他将到哪里去？

哪里能容他安身？这是个实实在在亟待解决的问题。他苦苦地思考着今后的出路，很久都没有想出主意。但他并没有绝望，年纪轻轻的他，毕竟经历了太多的坎坷，太多的磨难，具有了坚忍不拔的性格。在景和的字典里找不到"害怕"两个字，经过几天的痛苦之后，他又恢复了平静，有了主意。他觉得他不能一直待在家里，他得出去。他们不想让他活，想要他饿死，但他偏不信邪，偏要活下去，而且还要活得好好的！天下之大，不信没有他的容身之处，没有他吃饭的地儿。新疆是暂时去不了了，新疆现在正值隆冬季节，冰雪严寒滴水成冰。现在最好往南走，南方气候温暖物产丰富，是最适合人生存的地方。他还没有去过南方呢，何不去南方闯闯，见识见识！不是说，"黑了北方有南方吗"？他的自信心又重新树立起来，重又燃起了生活的希望。

景和决定在离家之前，要和母亲见上一面。

他打听了母亲被关押的地方。在去见母亲的半路上，忽见一群人被人粗声粗气吆喊着向工人村俱乐部的方向走来。他一边走一边用眼睛搜寻着，被吆喝的那些人有男有女，头上戴着纸糊的高帽，胸前挂着牌子，很显然，这些人是被押解着去参加批斗会的！景和想着母亲兴许就在里面，便在路边停住脚步，寻找着母亲的身影。果然在队伍中，母亲单薄的身躯出现在他的眼帘。母亲又显老了一些，瘦小的身躯显得非常单薄，寒风吹过，披拂着她额前的头发……

母亲猛一扭头，恰瞧见站在路边的景和，苍白的脸上露出惊愕的表情，景和随即感到一阵撕心裂肺的疼痛……

他在家待了几天，向妹妹吩咐了几句，就揹着简单的背包，在渑邑车站搭上了东去的火车。

第十二章　有国难投有家难归

一路南行

　　郑州车站，也跟别处一样，热闹非凡。到处悬挂着打倒 XXX 的巨额横幅，墙上张贴着大字报，这些大字报有揭批河南省委的，也有声讨全国最大的走资派的，散发着文化大革命浓烈的硝烟气味。候车室声音嘈杂，到处都是乱哄哄等待坐车的旅客，人们或立或坐，慌乱地跑过来走过去。为了维持治安和秩序，不时有穿军装挎手枪臂戴红袖章的军人巡逻队走过。那些在候车室等车的旅客有穿老粗布棉衣扛着铺盖卷的农民，有穿军装的军人，也有穿夹克衫和蓝色劳动布工装的工人。更多的是臂戴红袖套的年轻人——红卫兵。他们差不多都是黄军装或是蓝色学生服，背着军用挎包，胸前佩戴着各色各样的毛主席像章。他们一个个精神抖擞，斗志昂扬，显示出红卫兵小将战天斗地大无畏的英雄气概……

　　刘景和很有运气，在渑邑车站扒上火车，畅通无阻地来到了郑州车站。他在候车室悬挂的列车时刻表前查看了往南的车次，正好有一趟从北京开往南宁的五次特快就要进站，他觉得扒这趟车往南去比较合适。他便安然地找了一个座位坐下，等待那趟南下的列车到来。突然，车站的播音员广播了列车运行的信息，他要坐的那趟列车晚点了两小时。如今火车晚点已是家常便饭，人们显得很有耐性。景和也不着急，坐在座位上，茫无目的地观察着周围的一切。

这时，他听见旁边座位上几个学生模样的人在有说有笑地大声交谈，他们说的是普通话，带着广西口音。他听了一会儿，便听出那几个年轻人是玉林师专的学生。原来他们刚从北京过来，这些学生在郑州附近的一些名胜古迹玩了玩，准备在郑州转车前往武汉。那几个人谈兴正浓，景和听了他们之间的对话，对他们的话题产生了兴趣，便趁机和其中一个戴眼镜的四方脸学生接上了话头，和他交谈起来。四方脸戴眼镜的口才很好，很显然是在文化大革命中锻炼出来的。他的看法颇有见地，好像是这几个学生的中心人物。戴眼镜的四方脸看景和长得白白净净的，把景和当成了红卫兵，便和景和攀谈起来。渐渐地两人谈得非常投机。景和问起北京文化大革命的情况，是否受到了毛主席的接见？"眼镜"却对文化大革命并不怎么关心，不屑地回答说："我们只在北京看了看，没参加什么活动。他们搞他们的，管那么多干什么，我们只管玩儿。"

另几个学生对文化大革命似乎也没有多大兴趣，倒对各地的风景名胜情有独钟，说到某地的风景便兴致勃勃神采飞扬。

景和听了颇感诧异。

他哪里知道，进行大串联的学生，其实并不是人人都那么热心文化大革命，都抱着将文化大革命进行到底的决心。其中很多人则是趁着红卫兵大串联的大好时机出来游山玩水，游览风景名胜，他们的目的不过是玩儿——学校已经停课，又没有别的事干，出来旅游正是求之不得的事，又不要自己掏钱买车票，住宿吃饭也全由红卫兵接待站负责，这种免费旅游的美事何乐而不为呢？景和所遇见的这几个学生，就是这一类人。

从谈话中景和才知道，他们六月份就从家出来了，全国各地差不多转了个遍。刚从家出来时天气还很炎热，人都穿着短袖衫，眼下天气渐渐转冷，所带的衣服比较单薄，万一一场雪下来，那就麻烦了，非冻出毛病不可，他们才准备乘车南下回广西的家。

景和和他们谈得非常开心，天南地北聊起来没个完。景和问他们这次是否去洛阳看过龙门石窟？那几个回答说："去了，我们今天刚从洛阳回来。洛阳说起来名气很大，其实好玩好看的只有两个地方——龙门和白马寺。"

眼镜接着说："你还别说，古迹虽然不多，洛阳在中国的影响还是很大的，洛阳是九朝古都呀！从石窟的规模来说，除了燉煌石窟，就数龙门石窟，尤其龙门石窟的奉先寺卢那卡尔佛像更为有名，据说这尊佛像是根据武则天的样儿雕凿的，工艺非常宏伟而精美，非常了不起！"

他们又聊起了白马寺，那几个也纷纷称赞。景和说："你们去的不是时候，如果春天去的话，还可以观赏到洛阳牡丹了，洛阳牡丹佳天下，你们应该看看洛阳牡丹！"

眼镜说："那就明年去！顺带再去西安玩玩。"

景和问他们是否去过新疆？他们回答说，他们还没有去过新疆呢。景和说，应该去新疆看看，新疆是很值得看的。"眼镜"说，他们在北京时本来是想去新疆的，但天气冷起来了，今年是去不成了，明年再说吧。

"眼镜"看景和懂得这么多，突然问道："你是哪个大学的？"

景和听了哈哈大笑："我上的是社会大学！"

那几个愣了愣随即明白了，也跟着笑了。景和说："我哪上什么大学？我连高中都没有上。"

"看不出来，你懂得挺多的！"

景和谦虚地说："啥呀！和你们大学生比，其实我就是文盲！"

"眼镜"对景和产生了兴趣，问道："你准备去哪？"

景和说："我跟你们一样，也是出去玩儿。一个人在家闷得慌，想出去散散心。"

"去哪玩呢？"

景和说："没有具体地点，准备往南去。"

"哦，巧了，我们也往南去。"

景和说："咱们的'大方向是一致的'。""眼镜"几个听了这句流行一时的话，又被逗得哈哈笑起来。

"眼镜"说："好呀，我们一路走吧。"

景和说："我正愁一个人坐车没人做伴呢，和你们一起走，那太好了，我可沾光了。"

"眼镜"立即慷慨地说："放心吧，不管走到哪里，吃住包在我们身上，我们的串联证明开的是五个人，其中一个同学去了别的地方，你正好补上他的缺。"

听了这话，景和当然乐意。想起前年去新疆的情景，正因为在路上遇上了好心人的帮助，他才顺当地在那里得到了安置。没想到，这次出门仍然这么顺利，这是上苍有意安排还是偶然的巧合？不管怎样，能有个好的开始，毕竟是令人高兴的事。他是那种容易忘记痛苦和烦恼的人，刚从家出来时的种种担忧和郁闷已被抛之九霄云外。他又想起了那句老话：天无绝人之路，活人不会被尿憋死！

不多久，景和和玉林师专的那几个学生就打得一片火热。一路上，尽管火车不断晚点，车厢拥挤不堪，但他们仍说说笑笑非常开心。景和同"眼镜"他们一道下车到了武汉，游览了珞珈山，参观了武汉大学，从武汉大学出来，又拐到东湖，在那里划了船，登上了长江大桥、龟山、蛇山等名胜风景……

白天在外面游玩，晚上回到红卫兵接待站安排的旅社睡觉休息。吃饭又不要自己掏腰包，真所谓优哉游哉忘乎所以。直到玉林师专的那几个学生觉得在武汉再没什么值得玩的地方了，他们一行才从武汉坐车到了长沙。他们登上了岳麓山，观看了岳麓书院，游览了桔子洲，烈士公园，参观了长沙一师，清水塘，瞻仰了毛主席故居韶山。然后坐车到了南宁。在南宁玩了两天，他们畅游了人明德天瀑布，登临了花山……

去越南看打仗

下一站往哪里去呢？

他们从花山游览回来，准备离开南宁的那天晚上，吃过晚饭，回到旅社的时候，玉林师专的那几个学生为下一步的去向发生了争执。

那几个的家都在玉林附近，有的主张回家看看再说。他们从家出来已经半年多了，反正快过元旦了，春节也一天天临近，过了年再出来也行。但是有的却反对说，离春节还有一个多月，还早呢，这么早就回去窝在家里，没地方去，还不把人憋闷死？

"这附近没有好玩的了，还是先回去吧。"

"不好，离过年还早呢，现在回去多没劲儿！"

"是啊，再玩几天回家也不迟呀！大家想想，还有好玩的地方没有？"

"……"

双方意见争执不下，景和在一旁听着他们的对话，他不好插嘴。

此刻，他的心像邕江的波涛，汹涌澎湃，不能平静。他对这些大学生好生羡慕！他们简直就是天之骄子！他们生活得多么幸福安逸。无忧无虑，自由自在无拘无束，想怎样就怎样？无论走到哪儿，走多远，玩多久，他们都有家，最终都要回家去。而他呢，已经流离失所无家可归，丧家犬似的还得继续四处飘泊亡命天涯！一个多月以来，他和这些可爱的大学生在一起，确实感到无比的快乐。他一辈子没有享受过这样的待遇，不用自己掏腰包花一分钱，有吃有喝还有睡觉的地儿。无忧无虑地看花赏景，游山玩水，大饱了眼福，增长了见识。同是中国人，为什么差别这样大呢？说实在的，他巴不得这些大学生晚点回去，他可以跟着他们一起再玩几天。有吃有住，红卫兵接待站的伙食尽管都是大米饭，不怎么合他的口味，没有他喜欢的北方面食，菜也很平常，但味道倒也不错。无论在长沙，武汉，或是南宁，下饭的菜或多或少有些荤腥，有时是豆腐，有时是土豆丝，有时有几片肉，有时是鱼。鱼有时是鲜鱼，有时是醃制的咸鱼，吃起来都不错，很有味儿。一个多月来，他已经适应了这种口味。看来，这种无忧无虑的生活很快就要结束，他不知将向何处去，何处安身？哪是他的家？这会儿，他怔怔地站在窗前，望着窗外的夜景，默默地出神……

旅社紧靠邕江边，月亮刚刚升起，外面是一片朦胧的月色，窗外显现黑黝黝的树影，他也分别不出是什么树？和北方的树绝然不同。北方的树这时早已落叶，树枝上光秃秃的。而南宁的树，仍然枝叶浓密。月亮一会儿躲进云里，一会儿从云里钻出来，银色的月光从窗玻璃透进来，把房间的地弄得斑斑驳驳的。窗外影影绰绰出现邕江的轮廓，江水静静地流淌着，不时有航船上的点点灯火在暗夜里闪光，间或从空中传来汽笛的嘀鸣……

这时，"眼镜"坐在床边，就着昏黄的电灯光心不在焉地翻看着一张《广西日报》，听了同学们的对话，一直没有做声。忽然报纸上的一则有关越南人民抗美救国的消息引起了他的注意。他认真地读起来，就像一位战前对着地图冥思苦想难作决断的将军，突然来了奇思妙想一样，头脑里有了主意，把报纸往床上一拍，说："我们就去越南！"

"什么？去越南？"那几个听他一说，都惊奇地瞪大了眼睛。

"眼镜"说："对！去越南。整个中国我们差不多走遍了，只是还没有去过国外。"

"眼镜"这一说，立即得到了热烈的响应。

"好主意，对，我们也去外国看看。"

"这个主意不错，说不定我们去越南还能看到打仗呢！"

"是呀，看打仗太过瘾了！"

年轻人立即欢呼起来……

南宁的天气真是不错，像秋天一样暖和。在武汉，晚上还能穿棉衣，而在南宁，天气像秋天一样，白天出去参观游览的时候，穿着单衣还全身冒汗。这会儿，这几个年轻的大学生们，情绪激昂，头脑膨胀，热血都要沸腾起来，拿定了去越南的主意。

"大家先别乐，咱们怎么出去呢？"

正在大家七嘴八舌为"眼镜"出国的主意欢呼时，"眼镜"提出的问题一下子把大家问住了。很显然，去越南有两条途径———一是通过官方准许办理出国护照，堂而皇之地出去，二是私下里越境。通过官方途径出去是不可能的，他们不够资格！那唯一的办法只有偷偷摸摸地越过边境。说得难听点就是偷越国境！

"偷偷地越过边境去越南，你们敢不敢？"眼镜提高声音问大家。那几个想都没想，觉得偷越边境很刺激，是很有趣的事。便说："怎么不敢，敢！这才有趣呢！"

有人提出怀疑："被边防军发现了怎么办？"

"怕什么？越南是我们的友好邻邦，同志加兄弟的关系！又不是敌人？"

"管他呢！出去看看再说！"

"眼镜"见大家都同意他的意见，都想越境去越南看看，心里自然很开心，他见景和立在旁边一直没有做声，便转过身来问道："小刘，你打算怎么办？你去不去越南玩？"

景和冷不防眼镜对他发问，愣怔了一下，回答说："去越南好啊！我当然去！"

其实，在"眼镜"们议论下一步打算的时候，他只是坐在一旁静静地听。当听见他们打算去越南的时候，他不禁为之怦然心动。前进矿已开除了他的国籍，残酷无情地把他扔进了茫茫尘海，使他走上了流亡之路。他连自己也说不清将往何处去？将来怎么办？去哪里安身？他只能走一步看一步，过一天算两晌。跟着"眼镜"走，不过临时混口饭吃，实在是无奈之举。因为命运不掌握在自己手里，他只能听天由命……

去越南正合他的心意，这和李建波所许诺去的那个国家显然不同，中国和越南十分友好，亲如一家，所谓"同志加兄弟"。现在中国政府正全力以赴支援越南人民的抗美救国斗争。如果真能去越南，不正可以帮助越南兄弟打仗吗？"眼镜"他们去越南，他跟着过去，岂不是绝好的机会？没承想这难得的机会如今竟然被他意外地等来了。真是天遂人愿！退一万步说，即便不参加越南的抗美救国战争，在那里找点事做，混口饭吃总是可以的。这和李建波帮苏联做间谍有着本质的区别。因而景和听"眼镜"们谈论这事的时候，他就暗自下定了决心，当"眼镜"问起他的打算，他便毫不犹豫地说："去，怎么不去？咱们一起去越南！"

走出了国境

从南宁去越南当然从凭祥出去最合适。

这些人都学过地理，当然知道凭祥离越南最近。他们一行坐火车从南宁来到了凭祥。

凭祥是 5 次特快列车（北京—凭祥）的终点站。5 次特快是国际列车，那时中国有两列国际列车，除 5—6 次列车之外，还有 3—4 次列车，3—4 次列车是从北京开往苏联去的，终点站是满洲里。

在凭祥车站下了火车已是黄昏，在朦胧的暮色里，他们先找旅社，准备先住下来再做越境的打算。他们走出火车站不远，发现了两家门面低矮的旅社，一家旅社上方挂着胜利旅社的牌号，一家旅社挂的牌子是友谊旅社，他们几个在门口停住了脚步，相互商量了一下，眼镜说："不走了，就这家吧！"

一行人便来到友谊旅社，走了进去。晕黄的电灯光下，一个扎着两条小辫子负责登记的年轻姑娘抬起头，朝着"眼镜"们打量了一下，"眼镜"说："我们是来串联的，要住你们的旅社。"说着便从黄色背包里掏出红卫兵进行串联的证明。负责登记的姑娘也可能接待过同样的学生，接了证明看了看，什么话也没说，就在登记簿上挨个写上了他们的名字，把证明又交还了"眼镜"。没有向他们要住宿费，便安排了他们的房间，

四个人一共安排了两个房间，景和和"眼镜"住在一起。他们在房间里安顿下来之后，洗了把脸，就去吃饭，伙食也是免费的。稍稍休息了一会，就在凭祥的街上转起来。凭祥的街道十分破旧，店铺早已打烊，街上很少行人，除了火车站附近稍热闹些，别处都冷冷清清的，连路灯都没有开。他们非常扫兴，只好返回旅社。说了一阵闲话，便各自回房间休息，准备明天再找当地人了解一下去越南的途径。

第二天，吃了早饭，他们从旅社出来，想打听一下有关边境的事。昨晚因为是夜晚，只在街上走了走，没走多远，什么也没看见。这会儿，他们行走在大街上，才仔细观看凭祥的市容。凭祥说是一个县级市，又是国际列车终点站，其实十分简陋破旧，没有像样的房子，店铺也稀稀落落的，里面没有什么商品。跟内地别地方一样，文化大革命的气氛倒很热烈。"将无产阶级大革命进行到底"的标语口号，毛主席语录，毛主席画像随处可见，在较高的房屋和主要街道，打倒刘XX，批倒批臭XXX的横幅随风招展。"眼镜"对这些不感兴趣，而对凭祥四周的风景却赞不绝口。跟广西的山一样，这里的山同样圆润挺拔青葱秀丽。远处的山连绵不断，云雾缭绕，仿佛画家笔下的水墨画。凭祥河汩汩流过，流水清清，澄碧见底。两岸绿树成荫，最多的是热带地方常见的榕树和高大挺拔的椰子树。

他们在凭祥街上转了转，很快就将凭祥街道走完了。他们试探着想和

街上的行人了解一下边境的有关情况，但边境地区的老百姓警惕性极高。当他们问起越南边境的事，人家便用审视的目光盯住他们打量，不耐烦地反问说："你们问这干嘛？"问路边干活的人，也一个个讳莫如深，三缄其口。凭祥当地话非常难懂，不知当地老乡对"眼镜"的话真不懂还是装不懂，对他们的问话总是连连摇头，唔唔啦啦听不出说的什么？半天也没有打探出有关走出国境的具体位置。倒打听到了友谊关离凭祥不远，只有十几里路。他们决定先到友谊关参观游览一下，看看情况再说。

"眼镜"们从历史课本知道友谊关过去叫"镇南关"和"睦南关"，解放以后才改为"友谊关"，如今"友谊关'三个大字还是陈毅元帅访问越南回来之后亲自题写的。

他们吃过中午饭就出发了。

广西的天气真暖和，和北方到底不一样。在北方早已是雪花飘飘天寒地冻的隆冬季节，而在这里却温暖如春。农作物照样生长，山上的树木呈现出一派勃勃生机，枝繁叶茂蓬勃葳蕤，有些树还开着满树红花，散发着迷人的芬芳。山下的庄稼地一片碧绿。水田里，人们正弯着腰在插稻秧。他们站在路边放眼看去，目光所及全是令人心醉神怡的绿色。真所谓山清水秀……

景和是头一次来广西，头一次来南方，置身于这秀美的山水，几乎陶醉了，不由得连声称赞："风景真美！"

他站在那里向越南的方向望过去，目光所及的地方也都郁郁葱葱，云山雾罩，全是高耸翠绿的山岭。那边的情景怎样呢？那边正在打仗，也许这会儿正是炮火连天，硝烟弥漫，火光熊熊，死了很多人吧？他没有见过打仗，打仗一定非常激烈而且残酷。从电影上看，死的人像谷个子似的。他模模糊糊地记得，解放前夕，他躺在母亲怀里，听见城外的枪声像崩炒豆般响过不停，间或还响起猛烈的爆炸声。听家里人说，解放军打过来了，包围了临汝城，快天亮的时候，枪炮声稀疏下来，只见父亲带着满身血迹回来了，父亲很快又慌张地走了，父亲再没有回来……

"看！友谊关！"

正在他陷入沉思的时候，走在前边的一个学生的喊声打断了他的思绪。

抬眼一看，友谊关已遥遥在望，和他想象的差不多。友谊关的建筑巍峨而雄伟。大家加快脚步往前走了一阵。太阳光照在身上，热辣辣的，头上身上冒出了汗珠，一个个只好脱了外衣搭在胳膊上。他们想走近一点看看。可是，正当他们兴致勃勃往前走去的时候，几个当地老乡走了过来，用当地话问道："你们去哪里？"

"眼镜"他们尽管也是土生土长的广西人，但听了那两个广西老乡的话如听鸟语，又打手势又摇头，不知说的是什么意思？两个老乡又鸟哇了一阵，"眼镜"有点不耐烦，不理会那两个老乡，继续往友谊关走。没走几步，便被那两个老乡使劲拦住。

眼镜生气地说："我们要去友谊关看看，你们拦住我们干嘛？走开！"

那两个老乡说出话也不好听，态度极不友善，打着手势阻止他们前行："友谊关禁止参观，你们赶快回去！"

"眼镜"几个年轻气盛，又仗着自己是红卫兵，耍起了造反派的脾气，要和他们吵。

"走开，你们拦住我们干吗？我们要去友谊关参观！"

"不准去你们偏要去，你们识相点，不要没事找事！"对方的口气非常严厉。

那几个年轻人仍然坚持要去，对拦住他们的老乡骂道："你们这些个鸟人，不要惹老子生气！"于是硬往前闯。

听见争吵声，从附近的庄稼地里又赶来了几个老乡，口气十分严厉地对他们说："你们想干什么？不让你们去你们就不要去，你们个要在这里惹麻烦！"

景和见势头不对，便对"眼镜"说："走吧，走吧！不让去算了，和他们吵没意思。"

他们只得原路返回，一路发着牢骚，骂着粗话。

"什么鸟人？说的什么鸟语，叽里咕噜的，一句也听不懂！"

"去友谊关看看都不准，又不是什么军事重地，莫名其妙！"

"真是没劲！"

"……"

尽管出境初次受挫，但他们出国看打仗的主意已定，谁也阻挡不了他们，不信找不到出境的办法，于是他们在凭祥延宕下来。

他们在街上行走的时候，发现凭祥街上不时走过一些越南打扮的人。这些人和凭祥当地人的长相明显不同，除穿着不一样之外，个子也很低矮，黑瘦黑瘦的。通过向当地人了解，才知道那些越南打扮的人是从越南过来的边民，他们是来这边"赶街"的。原来，中越边境许多边民世代友好相处，有着长期的通婚通商历史，两国边民在边界往来不受限制。凭祥附近就有好几个农村集市。一到赶街的日子，中越双方前往集市赶街的边民便络绎不绝……

"眼镜"他们知道这个情况之后，就像发现新大陆一样差点蹦起来。

通过观察，终于掌握了通往边境集市的路径。他们几个把简单的行李整理好，做好了通往边境的准备。那天清早，他们在旅社吃了早饭，就出发了。来到边境，他们装着去赶街的样子，跟在几个赶街的边民身后，说说笑笑，翻山越岭，终于来到一个集市。他们发现，这里赶街就像内地农村集市一样，还真热闹。赶街的人很多，人头攒动，肩挑人扛，集市上都是一些农产品，还有不少山货，他们惊奇地发现，集市上还有买卖蛇、狐皮、山鸡、穿山甲等珍稀动物的，还有许多中草药之类的植物的根茎和叶子，价钱也不贵。

"眼镜"他们满怀兴趣地在那里看了看，在集市绕了几圈，没有任何人注意他们。他们不买任何东西，这里看看，那里走走，只留心着通往越南方向的小径。他们发现，通往越南方向的小路不止一条。他们观察了一下，终于确定了出境的路线。趁机跟在几个越南边民的身后，往边境线走去。走了不大一会，便来到一个山口，密林中出现一条通道，在通道旁边，竖立着一块界碑。

他们来到界碑前，好奇地停下来观看了一会儿，那几个玉林来的学生还用手在界碑上抚摸了几下。界碑是用普通石灰石刻成的，面向中国的一侧用汉字刻着"中华人民共和国"几个字。面向越南一侧是用越文刻的，他们都不认识，估计是越南共和国。

这时，景和回望了中国一侧的山峦，重重叠叠，连绵逶迤，全是碧绿的山林，远处云雾缭绕，一片朦胧。不知为什么，景和心里却莫明其妙地涌动起一股说不出来的情愫，突然感觉自己的心跳加快，两条腿也如灌了铅似的迈不动步子。他不知道自己为什么会这样？回头看了看"眼镜"，"眼镜"们却像赶街一样高兴，嘻嘻哈哈打打闹闹的，而他为什么偏偏是这种心情？

渐渐地他终于找到了答案——他和他们毕竟不一样。他们不过是去那边玩儿，而他则是跑过去讨生活的。尽管越南和中国友好，毕竟属于两个国度。他这一步跨过去，就离开了祖国，也许就很难回来了。他将会在越南长期生活。想到这，心中不是滋味。不禁想起了母亲，想起了妹妹，还有那个老实巴交的闷嘴继父。不知他们现在怎么样呢？母亲还在牛棚关着吗，妹妹谁照顾呢？他还能和他们见面吗……

想到这里，不由得眼睛涩涩的。如今他已别无选择，只有硬着头皮跟着他们往前闯了。这样一来，他的内心倒平静下来。

"小刘，站在那里发什么呆呢？快点走呀！"

那几个个大学生已走出国境线很远了，回过头还见景和傻傻地站在那里不动，便叫了他一声。

"来了！"他答应一声，快步跟了上来

被越南人扣留起来

　　他们跨过国境，探索着向越南方向慢慢走去。

　　一路上，出乎意外地顺利。没看见一个越南人。四周静悄悄的，抬眼望去，全是那种高高低低满眼苍翠的山岭，和凭祥那边的山差不多。只不过越南这边的山看起来更雄伟更高峻，莽莽苍苍，连绵不断没入云天。近处的山怪石高耸，直如刀劈，林木稠密茂盛，从没有砍伐似的。沿着崇山峻岭是一条狭窄的山谷，一条小道可以行走，可能很少有人走过。小道基本荒芜，两边的树木密布，葛藤缠绕，杂草把小径挤满。山谷低洼处，到处都长着一种叫海芋的阔叶植物。枝叶肥大，长势茂盛。他们行走起来非常吃力。走了好一会儿，也没有发现村庄和行人，眼前的一切是那么安然和静谧，好像走进了一个渺无人迹的荒岛，静寂得有点让人恐惧。只有林间唧唧啾啾的鸟叫声，才打破了这可怕的沉寂。景和吃惊地发现，那些鸟叫声和内地的鸟的叫声没有什么区别。所不同的，有一种鸟的叫声有点怪怪的，像是什么动物的吼叫，声音尖利而凄切……

　　忽然，叮铃铃！一阵悦耳的牛铃声传进耳里，他们顿然一阵振奋——有牛的地方就会有放牛的人——正想找个老乡问问路呢。可是他们踮起脚伸长脖子站在那里等了好一会，往四处打量，也没有看见有村落，也没有放牛人出现，而耳边的牛铃声还在叮叮地响。他们仔细听了听，牛铃声是从山上的密林里传出来的。他们感到好生奇怪，怎么只听牛铃声不见放牛人？他们哪里知道，原来，越南这边放牛是让牛自己在树林里吃草，不要人看管的。

　　沿着小径又走了一会儿，他们发现山脚下有一条弯弯曲曲的公路，像飘带似的在逶迤的山岭中盘旋。这条公路很可能是从友谊关方向通过来的，不时传来汽车的轰鸣声。几个人商量了一下，山路走着太吃力，脸和手臂不时被锋利的茅草叶片割得生疼，他们决定从公路走。于是从丛林中钻出来，下了土坡便来到公路上。公路十分逼窄，且坎坷不平，有的地方被山洪冲塌，下边是很深的沟壑。他们便顺着公路朝南走去。

正行走之间，迎面走过来几个越南打扮的人，他们朝"眼镜"看了看，立即看出了问题。尽管中国和越南人都是黄皮肤黑头发，但"眼镜"他们的衣着装束相貌肤色和越南当地人仍有明显的差别。那几个越南人自然很快看出来，立即用越语向他们问了几句，他们几个谁也不懂越语，瞪着两眼不知对方说的什么。

那几个越南老乡不知通过什么方式，很快便和当地的边防驻军取得了联系。不一会儿，来了几个穿军装戴圆形凉帽的军人。其中一个军官模样的人十分客气地向"眼镜"盘问起来。无非你们是从哪里来的？要到哪里去？可是"眼镜"几个仍是一头雾水。只看见人家嘴在动却不知发出来的吱吱咕咕的声音是什么意思。弄得边防军人又打手势又是比划也无济于事。军人并没有对他们发火，打着手势把他们带到了路边不远处的一座房子里。房子是用红砖砌的，看起来很结实，景和猜想这可能是越南靠近中国边境的一个边防站。又有几个军人对他们进行了盘问，仍是语言不通，双方都听不懂彼此的话。

越南人停止对"眼镜"们的盘问，把他们带上了一辆全封闭的厢式汽车，越南军官也不对他们说什么，就吩咐他们上车。他们不能不听，一个跟一个上了汽车。车厢里没有坐的地方，他们只能站立着。只听见"哐当"一声，车厢门关上了，里面顿时一片漆黑。军官模样的人拉开驾驶室的门，坐到了副驾驶的座位上。对司机嘀咕了几句，随之，汽车发动机隆隆地发动起来，司机脚踩油门，汽车便朝着谅山方向开去。被关进车厢里的人什么也看不见，只从汽车不断的颠簸中他们判断出汽车可能在山路上行驶。路况很不好，有的地方汽车颠簸得非常剧烈，车上的人被颠得站不住脚东倒西歪的，头都有点发晕！汽车开行了三个多小时，也不知开了多远，开到了哪里，突然停了下来。不一会儿，车厢门被打开，几个穿便服的向他们走过来。他们下了汽车，伸了伸酸麻的腿。也不知这是什么地方？观看了一下四周，感觉置身在一片丛林之中，周围全是遮天蔽日的树木，连天空都显得狭小。阳光从树叶间筛漏下来，把山坡照得光光斑斑，晃人眼睛。景和仔细往前一看，树阴下出现几座低矮的房子。

带他们来的边防军人向那两个穿便服的人用越语说了几句什么，指了指"眼镜"几个，很可能是介绍情况，进行交接。交接完了，"眼镜"几个便被带进了一间房子里。又从别的房里来了两个穿便服的，对他们所带的行李一一进行了认真的检查。他们别无他物，无非是几件换洗的衣服，毛主席语录，有关文化大革命的传单和材料，没有发现违禁的东西，便把东西交还给了他们。

这时已到吃中午饭的时候了，两个穿便服的越南人给送来了饭菜——跟凭祥的饭菜差不多，主食是米饭，菜是炒土豆片。他们这才感觉肚子早已饿了，不管三七二十一，他们端过饭菜狼吞虎咽吃起来。

下午，检查"眼镜"行李的那两个越南人又走进了"眼镜"们的房里，后边跟着一个五十多岁的老头，老头中等个儿，脸色红润，两只眼睛很有神，看起来很有气质。原来，那老头是越南人找来的翻译。景和听他说话的声音，明显是中国人。两个越南人把"眼镜"他们分开，一个个单独进行了讯问。无非是了解他们的真实身份以及他们此行的目的——这会儿，越战正在关键时刻，美国连吃败仗，为了挽回败局，美国中情局向越南派遣了大批间谍搜集越南的军事情报。越南人对这几个贸然越境的年轻人不敢掉以轻心。在他们的身份没有得到确认之前，当然不会轻易相信他们的话，对他们盘问得非常认真，生怕漏掉任何细节。"眼镜"几个看这架势，也不敢隐瞒，都老老实实作了回答。

他们说他们是中国的红卫兵，他们来越南没有别的目的，只不过是为了玩儿。从没有见过打仗，听说这里正在打仗，很想看看打仗！说到这里，翻译笑了。把话照翻过去，那两个越南人也忍不住想笑。为看打仗？真是吃饱了撑的！但他们听不懂说些什么。

　　轮到景和了，越南人把景和也当成了红卫兵。但是景和尽管这两年在新疆经历了摸爬滚打和风霜雨雪的人生历练，但他直率纯朴的天性并没有多大改变，他实打实地对越南人说："我不是红卫兵，我和他们不一样，我是一个社会青年。"他当然没有把自己被前进矿注销户口走投无路的情况说出来。

　　"那你来我们这里干什么呢？"

　　景和回答说："越南同志，是这样的，我除了想来越南看看，还想在你们这里找点事做。你们不是正在抗美救国吗？和美国鬼子打仗，牺牲了很多人，很需要人手，我年轻，能吃苦也不怕死，我可以为你们的抗美救国出力！"

　　越南人听翻译把景和的话翻译完，开心地笑了，通过翻译对景和说："你的心意我们领了，我们对你们国家的帮助十分感激，但我们国家不接受任何个人的帮助。"

　　景和听了这话感到有点失落。

　　挨个儿被讯问完了，越南人并没有立即把他们遣返回国，而是把他们扣押下来。

　　翻译对他们说："你们不要着急，你们在这里还得再住几天。"

　　原来越南人对他们仍不放心！他们得将情况反映给他们的上级，等上级的处理意见下来以后再作处理。究竟要住多久？越南人没有告诉他们。

　　"眼镜"几个深感懊恼，来这里看什么打仗？好在越南人没有为难他们，也没有限制他们的人身"自由"，住地附近既没有铁丝网，也没有哨兵放哨，他们可以在那里随意活动。但是，那几个越南人又叮嘱他们说，你们尽量不要乱走，这山上十分危险，弄不好就会出事！

　　也许这不是越南人故意吓唬他们，说不定在山林的四周埋着地雷。他们便小心谨慎不敢乱动，安分守己待在越南人给他们划定的活动范围之内，

老老实实地住了下来

在生活上，越南人对他们还算照顾，安排他们吃的住的。只是住地蚊虫太多，晚上，蚊虫成群结队在人的身上乱撞乱飞，嗡嗡声在耳边轰响，听起来犹如雷鸣。有一种极小却能飞的小虫子，大白天也会冷不防飞到人身上叮人，一叮一个疱。

这么多蚊虫怎么睡觉？越南人给他们拿来蚊香让他们驱蚊，还有冲凉间让他们冲凉洗澡。伙食还算可以，每天三餐是大米饭，下饭的菜大都是蔬菜，跟广西差不多——土豆、茄子、豆角，有时菜里还有几片薄薄的肉。

第十三章　工地轶事

偷窥女厕所的人

七公司一处在西宁市郊的工程渐渐接近尾声。除留下小数职工在那里扫尾，大部分职工又奉命搬迁到了新的工地。

新工地在乐都北面的一个山沟里（祁连山的余脉）。钟文所在的村庄叫王家庄，王名江那个施工队的驻地在王家庄下边的马家湾。

这是一个几十公里长的大山沟。

沿着山沟两面是连绵起伏锯齿形的山，山上寸草不生光秃秃的，峰峦陡峭，怪石嶙峋。大山两边的中间是一条弯弯曲曲带子一样的小河，河水早已断流，有的地方是一汪碧清的水洼，有的河段形成了潺潺的溪流。大部分河段都是干枯的河滩，裸露着或大或小的鹅卵石。河沟的两岸生长着杨树和柳树，柳丝绵长，杨柳依依，杨柳随风披拂，环境优美。村子旁边的空地上还种着许多杏树，正是春天杏花开放的时节，雪白的杏花漫天飞舞，空气中飘荡着沁化的香气。在青海高原的深山沟里竟还有如此秀美的山村，让人惊喜不已。

职工们在河湾处一个较为平坦的土坡上安营扎寨。二队在河东，三队在河西，两个施工队隔河相望。刚开始的时候，条件十分简陋，职工们都住在用毛竹搭成的大棚或临时搭建的像蒙古包似的毡棚里。

一个小山村猛然开进来这么多施工队伍，物资自然供应不上，生活非常艰苦。职工们吃不到新鲜蔬菜和肉类，只有一些发芽的土豆和放烂的白菜萝卜。干活的工人们嘴里淡出鸟来，很想弄些肉菜吃。他们将目光瞄向了附近老乡家养的鸡，隔三岔五便买几只鸡，偶尔还能弄到一些狗肉拿回来解解馋，打打牙祭。老乡家的鸡很快吃光了。正在无计可施的时候，人们有了新的发现。眼尖的人们发现，每天傍晚，一群群灰褐色鸽子在山沟上空飞来飞去，狭窄的天空被鸽子群遮挡住。

"看！鸽子！"人们惊叫道。

"哪来那么多鸽子？"

有人发现头上飞翔的鸽子不像是人家里养的鸽子，说："家鸽哪有这么多，好像是野鸽子！"

"是野鸽子！"

他们哪里知道，在这青海高原东部，气候温暖适宜，人烟稀少，最适宜野鸽子生长繁殖。陡峭的岩石下边的山洞里，便栖息了成群的野鸽子。天长日久，野鸽子越来越多，一到傍晚，野鸽子归巢的时候，就会成群结队，像云团似的在天空飞翔，成了这一带山谷奇特的风景。

既然是野鸽子，不是人喂养的，一些饕餮之徒不禁馋涎四溢，把目光瞄上了那些小精灵，打起了捕捉野鸽子的主意，相约着上山捕捉野鸽子。一些人尝到了野鸽子的美味，人们便纷纷效仿。

太阳一落山，他们便带着事先准备好的网套，亮着手电筒，猿猴似地爬上野鸽子栖息的岩壁。找着野鸽子进出的山洞。他们先在外面用网套将洞口盖住，以防野鸽子逃遁。然后捉捕者深入洞穴，用手电筒照着亮，悄没声儿前行，摸索着找到了野鸽子栖息的地方，挤在一起的野鸽子在手电光的照射下，傻傻地一动不动呆立在那里。这些饕餮之徒一抓一个准，这些野鸽子妥妥地进了捕捉者带来的网兜里，人们便带着一兜兜的战利品满载而归。

有了野鸽子的弥补，三线工地职工没肉吃的苦恼被抛之脑后。

——西宁原就偏僻，乐都离西宁又有那么远距离，消息闭塞。尽管外边的文化大革命开展得轰轰烈烈，而这里却是风平浪静——除小数造反派忙着斗批走资派，职工们偶尔坐着卡车顶风冒寒驱车一百多里，参加西宁市的走资派批斗大会之外，外面热火朝天的文化大革命好像与他们无关一样，这里简直成了世外桃源。生产照旧进行，按部就班有条不紊地加紧施工……

经过一番努力，人们在工地架起了电线，亮起了电灯，打出了水井，各种机器陆续开了进来。白天机器轰响，晚上灯火通明。与世隔绝寂静的山沟顿时变成了喧哗与骚动的世界。引得附近的汉、藏、回、土族老乡怀着新奇的眼光前来工地探望。这些人一辈子没有走出过大山，连汽车都没见过。如今猛然看见大山深处来了这么多人，开山劈石惊天动地，自然感到新鲜。尤其晚上，当工地拉上映幕放映电影的时候，他们就会扶老携幼不惜走十多里的山路前来观看，这时工地就像过节一样热闹……

这自然为当地一些青年男女相互交往表达爱慕之情提供了理想的场所和大好的机会。每当电影开映以后，银幕以外的树阴下，土坡旁，工地的某个角落，便可以看到别样的风景——一对又一对青年男女在一起或搂或亲，听得见他们啃嘴的吧唧声和欢爱时的叫喊声。

时间一长，这些风流韵事就像传染病一样影响着三线工地的职工。他们大都是精力旺盛的单身汉，长期和老婆分居，没有女人的亲热和抚慰，积聚起了充沛的精力和澎湃的青春热力，多余的荷尔蒙无处发泄。在这种环境下，尽管有严肃的组织纪律约束着，对一些人仍无济于事，不起作用，不可避免地发生一些故事。

首先出事的是邓钟文所在班里的"苗大嫂"。

中南一公司在 1964 年所招的那批新工人中，除了"泡子"，就数"苗大嫂"的年龄大。还在洛阳的时候，他就不知羞耻地常常一个人躺在床上打"手铳"自慰，弄得一屋子令人作呕的腥臊气。后来这事被"法螺"几个捣蛋鬼知道了，几个人一嘀咕，就拿他寻开心。等师傅们出去的时候，七手八脚把他按在床上摆治他。抓起他的家伙进行揉搓，弄得他乱哼哼，洋相出尽。好在没过多久，"苗大嫂"由别人介绍，和洛阳郊区一个农村姑娘结了婚，打"手铳"自慰的毛病才稍稍消停了一阵子。可到青海之后，他这老毛病又犯了。极端的性压抑，使他成了性变态，下作得一门心思想着偷看女人。偷看女人通常是在女厕所。可他是个男的，不能随便进入女厕所，只好采取下作的手法在外边暗地里进行窥视。开始的时候，他只不过用小刀或小木棍把女厕所的泥墙捅一个小洞在男厕所这边偷窥。但洞孔太小，朦朦胧胧看不清什么，心里猫抓似的着急，便有了更大胆的行动——决定来个男扮女装直接偷跑进女厕所。

这是他偶然想到的。

一次，他在西宁市百货商店闲逛的时候，发现商店里挂着几副妇女用的假发套，感觉稀奇。想起戏台上男扮女装的故事，灵机一动突发奇想：假如买下一个假发套戴在头上，岂不成了妇女？钻女厕所多方便呀，谁也不会对他怀疑！他为自己能想出这绝妙的主意高兴得差点笑出声。腆着脸立即叫营业员将柜台里的假发套拿给他，他怕营业员笑话，假发套试都没试就掏钱买了下来。走在街上，见前面走着一个穿花衣裳的妇女，得到启发——他觉得光有假发套还不足以安全行事，随后又从商店买了件妇女穿的花衣服。回到工地，他想看看效果怎样？趁住室没人的时候，假发套往头上一戴，花衣服往身上一穿，摇身一变就成了女人！他乐颠颠拿着镜子照了照，你还别说，还真有点像呢！苗大嫂本来走起路来就有点扭腰，一副女人胎子，这一来自然更像女人了。他不由为自己的装扮暗自得意，有了这套行头，钻进女厕所绝不会引起怀疑。只是他觉得自己皮肤粗糙，脸有点黑，看起来像个黄脸婆。

他急不可待地开始行动！

兔子不吃窝边草，这点规矩苗大嫂还是懂的。

星期天，苗大嫂便带着这套行头跑到了乐都县城，找了个僻静之处先把行头换上，然后找了个厕所，一头钻了进去。

其实，钻进女厕所也不能遂愿，只能看见女人白花花的屁股，别的什么也看不见，心里未免着急。但他还是小心翼翼，有所收敛，没有引起别人注意，屡屡得手。时间一长，胆子越来越大，想方设法看女人的私处，直看得眼睛发直，哈拉子流出来多长。忘乎所以的时候，终于露出了马脚。入厕的妇女发现他低下头目不转睛盯着她私处看的怪样子，吓了一跳，终于认出盯着她看的是个男人！就像被蛇咬了一样，女人发出了一阵尖叫："啊！流氓！流氓！"

"苗大嫂"知道坏事，拔腿就跑，可他刚跑出厕所，正好外面有人经过，听见了厕所里妇女的叫喊声，明白了怎么回事，立即把他抓了个正着！附近的人闻声跑过来，把他按在地上，七手八脚将他扭送到派出所。

在世人眼里，这种事是比干什么坏事都要下作，最丢人现眼令人痛恨的！派出所对他进行了审讯，知道了苗大嫂的工作单位。派出所一个电话打到工程处。专政小组立即派人来到派出所，把他从派出所领了回来。几个人用一根绳子将他捆了个结结实实，使劲按着他的脖子，把他扭到了施工队住处的空地上。星期天职工都不上班，许多人围上来看热闹。

"苗大嫂"身上仍穿着那件花衣服，头上戴着两条粗辫子的假发套。这不伦不类的模样，人们无不感到滑稽可笑，就像看耍猴一样，对着他指指戳戳十分开心——工地许久没有这么热闹过了。

不一会，专政小组又把一顶纸糊的高帽戴到了他的头上，有人找来了一块厚纸板，上面用黑墨水写了"钻女厕所的大流氓XXX"几个字，名字还用红墨水打了三个叉。一群人如同斗批走资派牛鬼蛇神一样把他围斗了一番。

　　斗批走资派和牛鬼蛇神是政治问题，气氛严肃而紧张，人们都义愤填膺非常认真。而此刻，人们却嘻嘻哈哈忍俊不禁，极尽捉弄调笑之能事。苗大嫂本来人缘不好，犯了这种事，更没人同情他。被耍弄过后，事情并没有立即结束，革命群众觉得还不过瘾，还没有耍够，便用一根绳子牵着他，开始让他在几个工地游行示众。

　　大家前俯后拥牵着"苗大嫂"没走出多远，一个声音在后头响起："要他拿着这个！"

　　专政小组的人回头一看，说这话的原来是"泡子"。"泡子"本就好瞎逗能，这种场合当然少不了他。不知他从何处弄来了一个破脸盆和一截木棍，要往"苗大嫂"手里塞，非要"苗大嫂"一边走一边敲打不可。

　　"苗大嫂"抬起头看见前来摆治他的是"泡子"，自然有点不屑，眼睛朝他瞪了瞪，推推搡搡不肯轻易就范。但是，这会儿已经由不得他。这种场合，任何一个人的小小建议，往往都会得到热烈的响应。专政小组见"苗大嫂"不肯敲打脸盆，立即对他一阵呵斥："老实一点！"

　　有了专政小组的命令，"苗大嫂"不敢不从，老老实实接过脸盆和木棍，叮叮咣咣无可奈何地敲打起来……

"泡子"的艳遇

　　接着出事的是"泡子"。

　　那天，工地上映《红灯记》。《红灯记》"泡子"已经看过无数遍，看多了自然觉得乏味，又没有别的事干，为了消磨时间，他便磨磨蹭蹭去得比较晚，站在银幕后边有一搭没一搭地看着李玉和准备和磨刀人接头。

　　就在这时，他身旁走过来一个妇女。就着银幕映过来的亮光，只见那妇女中等个子，有一张宽宽的稍胖的脸，看样子年纪在三十岁左右，从穿着上看，明显是当地人。就像无数当地妇女一样，脸孔红红的，脸蛋两边各有一个紫红色的疤（这是高原紫外线照射的缘故，青海的女人大多如此）。这本没有什么事，但过了一会，"泡子"发现旁边看电影的妇女有点异样，她的两只眼睛不往银幕上瞧，却不安份地在"泡子"身上睃来睃去。

"泡子"本就不是一个安份的主儿，这会儿被那女子撩拨得眼神迷乱心里发慌。于是也大起胆子，把目光回望过去。"泡子"发现那妇女对他投过去的目光一点也不躲避，看他的眼神越发火辣辣直勾勾的，于是他便肆无忌惮地和她对起眼来。"泡子"觉得有戏，便向女人身边靠近了一步。女人不但不躲开，还有意用胳膊蹭了他一下，泡子心里一热，侧过头和那女子搭讪起来。

"看电影呀！"

女子立即回了他一句："嗯，你也看呀！"

"泡子"问："你家住哪？"

女子很热情地回答说："山那边。"

"你男人没和你一起来呀？"

"他有事，今晚没来……"

"《红灯记》没看过吗？"

"嗯，你看过吧？"

"……"

一来二去，两人便搭讪着说上了话。可没说几句话，那女子的身子竟向"泡子"挨近了一点，胳膊有意无意地触碰他一下，"泡子"被撩拨得触电一般浑身麻酥酥的，不由一阵心跳，大起胆子用手触了触女人的腰，等待女子的反应。女子毫不责怪，反而越加靠近了他的身体。"泡子"顿感呼吸紧张，心跳加速。女子深深地望了"泡子"一眼，不知为什么？屁股一扭竟转身走了。"泡子"感到有点失望，不知哪句话说得不对，惹恼了那女子？正琢磨时，那女子却在不远处站住了，回过头两眼仍那么直勾勾地望着他不迈步子。"泡子"别的事反应迟钝，而这时他却格外灵醒，他明白那女子在招呼他过去。"泡子"兴奋极了，像公狗见了母狗摇尾巴似的，一颗心越发咚咚地跳起来，呼吸也越发急促。他悄悄地朝着女子走了过去。女子见"泡子"跟了过来，也不答话，转身又走。"泡子"会意，欣喜不已，跟在那女子身后，于是两人一前一后慢慢走出了露天放映场电灯光照射不到的范围，进入了黑暗的世界——黑暗真是奇妙，一些人靠了黑暗，进行了多少密谋，干了多少见不得人的罪恶勾当，也成就了多少轰轰烈烈惊天动地的伟业。同时，黑暗也成全了多少青年男女可歌可泣的风流韵事！

他们悄悄地摸索着走进了搅拌机棚。

这时，除了远处电影场上扩音机播放的音乐，棚子里一片寂静，只有野地里夏虫发出的唧唧啾啾的低吟——这是最动听的爱情伴奏曲。他俩什么也没有说，也不必说，一切语言似乎都显得多余。彼此都是过来人，此刻都知道彼此最需要什么？无须任何铺垫，两个人便搂抱到了一起，嘴对嘴相互啃咬起来，两人嘴里发出呜噜的声音。啃咬了一阵，"泡子"的手插进了女人的衣服里，开始在那女人身上乱摸乱揉，女子的乳房很丰满，很温热，软软的像面包富有弹性。"泡子"浑身发热，心咚咚直跳。女子被"泡子"揉搓得喘着粗气，差点瘫软在"泡子"怀里。"泡子"感到全身火烧火燎，不顾一切地把那女子放倒在地，然后开始手忙脚乱地剥她身上的衣服。女子不等"泡子"把身上的衣服脱完，两只胳膊像蛇一样缠住了他的脖子。"泡子"抓住她那两只肥大的奶子，揉捏了一阵，然后用嘴含住乳头吮吸起来，女子受不了这个刺激，忍不住低沉地叫出了声，下边湿漉漉早成了一片沼泽地。"泡子"便把那东西顶了进去，女子发出一声欢叫，在身子下边扭动起来……

完事之后，电影开始散场，场上你呼我叫，响起一阵混杂的招呼回家的声音，"泡子"和那女子从沉醉中惊醒过来。

直到这时，他俩还不知道对方是谁，姓什么叫什么？但彼此对刚才的行为感到非常满足和满意。尤其那女子，还沉浸在酣畅淋漓的欢乐中，依偎在"泡子"怀里不想离开。但她还要走十多里的山路才能到家，不敢久待，女子推开泡子的怀抱，急急地说了句："阿哥，我得走了，下次看电影还在这等我。"便匆匆地离开了"泡子"的拥抱，身影消失在暗夜里……

"泡子"喜兴坏了，吃了蜜似的为这艳遇晕乎了好几天，走路都是轻飘飘的。心里一直惦记着他的情人，做梦似的一直回味着和那女子在一起的甜蜜时刻。在宿舍常常情不自禁地用他那破锣似的嗓子哼着那首酸歌：

"阿哥阿妹的情义长，好像那流水日夜响，

流水有时也会尽，阿哥永远在我心上……"

他天天盼望着工地放电影的日子快点到来，好和他的情人相会。等待的日子实在难熬，正所谓望断秋水。

好不容易又等来了公司电影队来工地放映电影的日子。

下班之后，"泡子"洗过了脸，换上干净衣服。时间还早，他从枕头边拿着一面小镜子开始梳头，左照照右瞅瞅，一会儿把头上的帽子（还是洛阳戴的那顶尼龙丝纱帽）取下，一会儿又把帽子戴上。他对镜子里的形象总是不太满意，问题出在他的头上。这怨他小时候生了疥疮，父母没钱给他医治，头上疤疤瘌瘌的，头发就像贫瘠土地上生长出来的稀稀拉拉的荒草，任怎样梳也梳不整齐。好在这会儿房里只他一个人，要是同宿舍的邓钟文在，一定又要拿他打趣逗笑了，他当然不会花这么长时间细心地收拾自己。这会儿邓钟文出去了，恰给了他细心收拾自己的机会，他要尽可能把自己的头发梳得满意。摆弄了好一会，可还是没有达到令他满意的效果，稀疏的头发盖不住头上的疤癞。

"泡子"想到和红脸女子见面的时机马上就要到了，心里禁不住一阵慌乱，怀里的那只小鹿又开始蹦跳。他放下手里的那面小圆镜，抬头看了看窗外。这会儿，天已经完全黑下来，外面的电影场上已经响起了音乐，都是一些老歌曲，还有毛主席语录歌。"泡子"约摸着那个红脸女子已经来了，也许早就在那里等候他了，心里不由得火烧火燎，心怦怦直跳。

"算了，算了！黑灯瞎火的，人家未必看清我的头发，何必这么精细哩！"

临出门的时候，由于缺乏自信，他还是把那顶发着汗臭的帽子扣到了头上。做贼似地四下瞅了瞅，见没人注意，就朝着悬挂银幕的地方走去。

约好见面的地点仍是在搅拌机棚。"泡子"走到离搅拌机棚没多远，只见棚子旁边的暗影里，一个人已经立在那里。泡子一阵亢奋，向那黑影走过去——等待他的果然是那红脸女子！

两个人没说一句话，心领神会，就饿虎扑食般搂到了一起。

女子说："你可来了！"

"我的乖乖，我的心肝宝贝……"

"泡子"话没说完，嘴就被对方肉嘟嘟热乎乎的舌头堵住，嘴里发出呜呜喇喇的声音。"泡子"急不可待，一双手忙不迭地伸进了女人的怀里，抓住了那一团柔软，一阵揉搓，女人酥软地哼叫了一声，便像一摊泥似的倒在"泡子"怀里。"泡子"赶忙去脱身上的衣服。女子喘着粗气，挺起身子自己动手脱自己身上的衣服，衣服很快就脱掉了，露出白光光的身子，两人相拥在一起，立即动作起来……

四周是一片黑幕，月亮诡秘地在云层里时隐时现，把迷蒙的月光洒在地上。电影还没有散场，电影的音乐声还在上空震响，人物的对话声时断时续在耳边嗡嗡作响。满头大汗气喘吁吁完事之后，两人才站起来开始说话。各自报了自己的姓名，这才知道对方的名字和彼此的一些情况。原来，红脸女子叫菊子，丈夫是山那边的农民，她和丈夫结婚三年了，也不知是谁的原因，至今还没有孩子。菊子说她很想要一个孩子。"泡子"逞能说："你放心，你多来几次，我一定会给你种上的！"

"你小子好在搞的汉民"

那天晚上，两人幽会结束后，趁着电影还没有散场，两人开始说话。"泡子"搂着菊子说："咱俩相会太难了，相隔时间太长，晚上老想你，想得觉都睡不着。"

菊子听了"泡子"的话，望着"泡子"说："我也是，白天总是出现你的影子。"说完，摸着"泡子"的头（她已经知道他是秃子，却一点不在乎），轻轻拍打着他的头，脑子里蹦出了一个主意："那你干脆去我家找我吧！"

"泡子"一听，开心得搂住菊子，在她的脸上呷了一下，"我的好乖乖，你真好，真理解人！"说完，他未免又有点担心："去你家行吗？你爱人在家呀，他知道了，还不把我活剥了！"

"当然不能让他知道，咱俩可以瞅机会呀！"

张二亭一听，高兴得连声答应："行！行！"苦瓜脸笑成了一朵花。

张二亭是星期天去的菊子家。去之前专门跑到乐都县城，买了一斤鸡蛋糕和一盒桃酥，装在小背包里。

菊子家离工地有十多里，在大山的那一边。看起来很远，走着倒不觉得——离工地不远有一个山坳，翻过山坳再走一会儿就到了。

快到菊子家的时候，"泡子"有点紧张，一颗心抑制不住砰砰乱跳。也巧了，菊子正从屋里走出来，一眼看见了走在屋门口的"泡子"，说："你来了！"脸颊上两块紫红色的疤显得分外鲜嫩。

菊子家的房子也跟王家庄社员家住的房子差不多，下半部是用石头垒起来的，上半部窗户以上是土坯砌的土墙。"泡子"一走进屋里，就闻到一股浓烈的烟火气和土腥气——这是常年烟熏火燎房屋又不通风的原故。

菊子丈夫是个老实巴交性情憨厚的农民，穿一身脏兮兮黑色的对襟棉袄。当地人对内地来的三线职工非常尊重。见二亭来他家做客，简直有点受宠若惊。一点没有察觉出这是黄鼠狼给鸡拜年——给他戴绿帽子，对二亭的到来欣喜有加。

"你来了。"菊子丈夫憨厚地咧着厚嘴唇笑着和二亭打着招呼。他已经听过菊子的介绍，知道了他的身份。

菊子也热情地邀请二亭说："快进家吧。"

二亭便跟着菊子进了家。

大山深处的农民，贫困程度难以想象。房子低矮而狭小，共有两间，房屋的墙壁黑黢黢的，到处都是灰尘。尤其那股土腥气有点冲鼻子。靠里边一间是一个土炕，没有一件像样的家具，真可谓家徒四壁。其实张二亭老家的情况比这也好不了多少，他对菊子家的简陋没有觉得不爽。很大方地从包里把点心拿出来，递到菊子男人手上。菊子和她男人哪见过这样的好东西，惊奇得瞪着两眼，简直把二亭当成了大财主！但过分的殷勤也非常麻烦，菊子男人不离他的左右，他和菊子除了眉目传情，却成就不了好事，两人心中的爱火再熊熊燃烧也烧不到一起去，心里只有干着急。

接连两个星期天，张二亭去菊子家，都碰上菊子男人在家。跑十多里山路去和心上人幽会，却弄不成事，望着情人热辣辣的目光，张二亭心里火急火燎，着急得犹如热锅上的蚂蚁。他平时脑子虽木，这时却很机敏，脑子忽然闪出了一个主意——他从衣袋里掏出一把零钱，装作慷慨大方的派头对菊子男人说："兄弟，咱弟兄俩有缘分，平时难得见面，今儿个咱弟兄俩一定要在一起喝两杯！我来的时候走得比较急，没顾上买酒。我对这里不熟悉，也不知哪里有小卖部。这样吧，兄弟，你拿着这些钱到小卖部买点酒和烟，再买点猪头肉和别的下酒菜，咱弟兄俩今天好好喝两杯，乐乎乐乎……"

有这样的好事，菊子男人哪有不答应的？接过张二亭手中的钱高高兴兴出门去了。菊子早就会意，等自己的男人一走出门，立即把门关了，两人就像干柴遇上了烈火，搂到了一起，去掉一切繁文缛节，各自脱了衣服，在土炕上扑腾起来……

正当张二亭把菊子压在身下，两人赤条条在炕上颠鸾倒凤的时候，菊子丈夫买了东西回来了。推开门恰好看见了眼前的一幕，禁不住鼻孔冒烟，两眼喷火，肺都气炸了，抡起一根木棍就上来拼命。张二亭吓得光着腚忽地从炕上站起身，躲过对方抡过来的棍子，两人便扭在了一起。

张二亭笨虽笨，个子比菊子男人高一头，有一身蛮力气，菊子男人被摔倒在地上。这时菊子赶紧跑过来拉住自己的男人，张二亭这才得以脱身，赶紧把衣服穿上，慌慌张张逃了出来……

第二天，菊子丈夫把这事告到了施工队。

这还了得！这分明是耍流氓！而且还不是一般的耍流氓！严重破坏了工农关系，性质十分恶劣！施工队专政小组的那些人一向疾恶如仇，光天化日之下发生了这样伤风败俗的事，哪有不气愤填膺的？当即把张二亭押起来进行审问，要他交待耍流氓的事实经过。到了这个时候，张二亭也不敢隐瞒，只好灰孙子似的，苦着张脸，把自己和菊子所干的事一五一十竹筒倒豆子，全坦白出来。

事实弄清楚之后，那些人就像对付"苗大嫂"一样，把张二亭弄到了施工队前边的空地上，对他进行了批斗。革命群众尽管气愤，但他的模样滑稽又觉得非常可笑，于是嘻嘻哈哈，按头的按头，拉胳膊的拉胳膊，耍猴似的把他戏弄了一阵。接着专案组整了材料上报到了公司。处理结果很快批下来了，对这样的流氓行径决不能姑息迁就，必须加以严惩，以儆效尤！给张二亭作了开除公职遣返原籍的处理。专案组的那几个人宣布完对他的处分决定后，对他说："你小子还算有运气，好在搞的汉民，要是搞到小数民族女人头上，够你喝一壶的！"

张二亭整个人格蔫下来，原就是一张苦瓜脸，这会儿，越发显出了一副苦相，眼皮搭拉着，灰头灰脸的，就像生了一场大病。他在班里没有人缘，加上又犯的这种错误，实在丢人现眼！大家都对他嗤之以鼻，很少有人拿正眼看他，苗大嫂更是得意，想起他逞能要他敲打破脸盆的事，分外解气！和他同住一个宿舍的邓钟文，见他一个人默默地收拾行李，一副可怜样儿，倒觉得有点过意不去，认为公司对张二亭作这样的处理未免重了点。

钟文清楚，他的老家在江苏桐山县，那里是黄河故道，风沙盐碱，十年九旱，是个兔子拉屎不长草的苦逼之地，条件很差生活很苦，颇为同情地对他说："你找工程处头儿再好好说说，看能不能不回农村？"

张二亭苦着脸说："没有用的，都这样了，还能咋样？人家谁会理你？"

第二天，张二亭背着简单的行李离开工地灰溜溜走了。

然而谁也想不到，过了半个月，一天早上，张二亭又出现在宿舍门口。

钟文从食堂吃完早饭回宿舍，看见张二亭哭丧着脸蹲在宿舍门口，墙根下扔着那卷极其简单的铺盖卷。

他感到奇怪，问："张二亭，是你？怎么？你啥时回来的？"

张二亭抬起淤肿的眼皮，望着钟文说："唉，不回来咋办哩？"

钟文看他那副可怜兮兮的样子，把他叫进宿舍，给他倒了杯水递给他，又从食堂给他买了饭菜。张二亭十分感激，他早饿了，拿起馒头猛啃起来。吃完饭，张二亭这才向钟文说了他这次回家的经过。

原来，张二亭在回桐山老家之前，先回到了渑邑搬运站他哥那里（是他哥把他从老家弄出来的）。他哥看到他那副狼狈相儿，生气地问他怎么回事？张二亭办了这样的丑事，自觉丢人打家伙，苦着脸唧唧扭扭半天说不出成句的话。他哥追问得紧了，才把实情说了出来。他哥一听说张二亭犯的是男女关系的错误，气得鼻孔生烟两眼冒火，耳巴子差点搧到他的脸上，然后一顿臭骂："你个不争气的东西！你咋这么混哩！你想找死哩！还有脸来见我？你忘了当初的日子了吗，我是怎么把你从老家农村弄出来的？求爷爷告奶奶，费了多大的劲儿，才把你从老家迁出来变成了'农转非'。你好不容易有了个工作，不老老实实干工作，竟然干了这样丢人现眼的事！你咋还有脸回来哩，咋不找块石头碰死哩？你咋对得起你媳妇？回去咋有脸见你孩子……"

狗血淋头把他狠狠痛斥了一顿，二亭自知犯了错，低着头大气也不敢吭一声，任他哥痛骂恶训。毕竟是兄弟，训斥完了，他哥递给他一条板凳，让二亭坐下，要他嫂子给他弄饭让他吃了吃。

他哥到底比他有头脑，知道张二亭犯的错误只不过是思想意识上的问题，属于内部矛盾；他又是贫下中农出身，单位对他作这样的处理实在太过分处理得太重。回老家农村种地决不是办法！那是个苦逼之地，因为他在老家实在无法生存，才想办法把他的户口迁到了矿区，成了吃商品粮的城里人，又帮他娶上了媳妇，有了孩子。如果这个样子回去，他将咋样生活？咋养活全家？媳妇非和他闹离婚不可，他这个家就散了！于是，第二天，赶紧给张二亭买了张火车票，打发他尽快赶回三线工地，嘱咐他回去好好找领导说说，好好向领导承认自己的错误，向领导求求情，无论怎样给他一个重新做人改正错误的机会……

张二亭没走之前，钟文原就有这种想法，听了张二亭的话，钟文便说："你哥说得在理，你再找凌书记说说这事。凌书记人不错，还是好说话的，你找他说说会有用的。"

上午，张二亭找到了凌书记，哭哭啼啼向凌书记说了他内心的想法。央求说："凌书记，我知道我错了，我不该做这样的事，给单位丢了脸抹了黑，但我也是苦出身，我求求你，无论怎样，给我一个吃饭的地方，让我痛改前非重新做人……"

凌书记是个富有同情心的人，觉得张二亭的错误毕竟属于内部矛盾，而况这事双方都有责任。看张二亭一把鼻涕一把眼泪说得确实可怜，动了恻隐之心，答应到上边给他反映反映。说："你先回去吧，这事行不行我也不敢打保票，最后还得看工程处和公司领导的意见。这几天，你还住你原来的宿舍吧。我让食堂管理员先借给你一些饭菜票，你先吃着。"

张二亭对凌书记真是千恩万谢。

　　凌书记在工程处有较高的威信，他的意见得到工程处领导的重视。很快把意见反映到公司，公司对张二亭的问题进行了重新处理——由开除公职遣返原籍劳动，改为开除留用一年。留用期间没有工资，只发给每月二十元的生活费。

禁不住的诱惑

　　"泡子"老老实实夹着尾巴做人，苦巴苦熬，终于度过了他的"留用期"，熬到了恢复公职的一天，恢复了他二级工的工资待遇。公司职工在青海还套用上海地区的工资标准，加上青海的高原津贴，同样级别的工资比河南高了不少。他乐滋滋领了工资，给家里寄了些回去，余下的钱留作生活费和日常开支，还能有一些节余，口袋里有了钱心情自然舒畅，时不时在食堂买个甲菜，又去小卖部买点散装"一毛烧"，便在宿舍独斟独酌。

　　一个星期天的傍晚，张二亭又独个儿在宿舍喝酒。忽然，门外一个声音在高声叫他："二亭！收音机你想不想要了？不想要，我卖给别人了！"二亭酒正喝得畅快的时候，听见门外有人叫他。

　　他停下手中的杯子，答应一声，便走了出去："要！怎么不要？"

　　原来，施工队一个职工有台收音机想要卖掉，二亭看卖家出的价特别便宜，生怕别人买走了，可他还想把价钱往下压压："再便宜些嘛，你这收音机买了这么久了。"

　　那人说："什么呀，这收音机买了不到一年，根本就没有收听。这么便宜，你还不想要，算了算了，别人等着要买呢！"

　　"泡子"一听，有点着急，不买下就吃了大亏似的，说："我又没说不要，你怎么好卖给别人？我买我买！"于是立即回到屋里，拿着钱从那人手里将那台收音机买了回来。

　　收音机不错，名牌产品，他像得了个珍宝一般，乐呵呵地拿着收音机在几个宿舍走来窜去，给这个看看，给那个瞅瞅，炫耀着新买的收音机，说他买的收音机有多美，有多合算！

"看！这台收音机上的商标字还是崭新的，锃明发亮！"

"你听听，收音机的声音多清晰，一点杂音也没有！"

"法螺"不耐烦地翻他一眼，揶揄说："你是谁？你是张二亭，你张二亭多能，精明得很，全世界独一无二！做事哪会吃亏？"

"泡子"受到法螺的抢白和嘲笑，自觉无趣，拿着收音机悻悻地回到自己宿舍，躺在床上自顾自摆弄着，声音唧唧呱呱乱响。他很想和钟文说话，很希望钟文也夸赞他一句，可钟文躺在床上看书，顾不上理他。过了一会儿，忍不住抬起头对钟文炫耀说："小邓，你看看，我这收音机多美，听着真得劲，哼！现在人家就是出我一百五十元钱我也不会卖给他！"

钟文看见张二亭那副得意样儿，不想扫他的兴，说："你这收音机确实不错，买得一点不亏。"

其实，钟文心里明白，这台收音机是别人玩腻了不想要了，才以极便宜的价钱卖给他的。这会儿，文化大革命正在势头之上，文化艺术已被扫荡得稀里哗啦荡然无存。电台广播除了播放文化大革命的消息和八个样板戏以及一些语录歌，其他的都成了"封、资、修"的毒草，别的节目自然什么也收不到，收音机便成了聋子的耳朵——摆设。更要命的，稍不注意，万一收听到了外国广播电台的节目，更是了不得的罪名——报纸广播上就常有偷听敌台的反革命分子被揭露出来的消息报道———一些家庭出身不好，社会关系复杂，或者本人多少有点问题的，早些时候买下的收音机自然成了包袱，成了烫手的山药。为了避嫌，这些人纷纷把收音机转让给别人。"泡子"就是在这种情况下花一百元钱买了这台收音机的。而木脑壳的张二亭却蒙在鼓里，洋洋得意自以为捡了一个天大的便宜。

收音机刚买到手，张二亭自然感到新鲜，当成宝贝似的爱不释手，躺在床上把收音机放在耳朵边听得津津有味。但时间一长，老是那几个样板戏和语录歌，听多了就感到乏味，渐渐地他便厌倦了。不停地把收音机调频扭过来扭过去，企图收听到好听的节目。这时全国所有的电台广播都是一个声音，一样的节目，他从一个台转换到另一个台都没有收听到他感兴趣的节目，不免有点心烦，收音机被他摆弄得吱吱哇哇乱响，发出阵阵刺耳的声音，闹得同一宿舍的钟文心烦意乱，不得安宁。

钟文捧着书，正被书里的故事所吸引，却被这刺耳的噪音所干扰，心里不由直冒火。

"张二亭，你是怎么搞的？真是烦人！求求你，别把收音机拨过来拨过去！吵得人耳朵疼！"

刚开始，"泡子"听了钟文的话，还会收敛一下，把声音调小一档。但时间一长，说得多了，嫌钟文啰索，便不买钟文的账。"泡子"以为钟文咋着不了他，把钟文的话当成耳旁风，我行我素。有时还强词夺理呛钟文一顿："就你事多，我听收音机，吵你啥了？你看你的书，我听我的收音机，谁也别管谁……"

钟文弄得毫无办法，为了看书不被干扰，无奈之下，他只好用棉絮把耳朵塞上。

入夜之后，"泡子"躺倒床上没别的事情干，仍摆弄他的宝贝收音机，将收音机频道拨来拨去。

有一次，"泡子"偶然之间收听到了收音机里播放的与平常不一样的音乐。这种音乐他从来没有听过的，他觉得特别好听，令人心旷神怡，便入神地听起来。音乐播送结束，报台的时候，他才知道原来是外国电台的广播。他心里猛然一惊——这分明是报纸广播上所说的敌台！"泡子"担心刚才的广播被钟文听见，偷偷瞅了瞅钟文，随即便神经兮兮地赶紧把收音机关了。可外国音乐太好听太诱人了！"泡子"尽管只读过几年小学，勉强能写家信，不懂音乐为何物？更不懂得欣赏音乐。但音乐本身所具有的那种特有的魅力是不分对象的，也不分年龄和文化的。只要是人，具有正常的感官，对美妙动听的音乐都会从内心产生一种共鸣，一种震撼！再加上长期以来，对优美音乐的封锁和禁播，一天到晚耳边尽是那种千遍一律重复的声音，耳朵早磨出了茧子，再好听的声音也成了噪音。而今，猛一听见这优美的旋律，犹如长途跋涉在沙漠中的旅行者，四周是一望无际毫无生气而枯燥的漫漫黄沙，在人走得极端疲乏的时候，眼前突然出现了一块绿洲，一眼清泉，一蓬野花；又仿佛在极度的酷热天气里，猛然刮来了一阵清风，喝了一杯冷饮，顿感到周身的清凉，热汗全消，怎不令人感到惊喜，怎能抵挡住这强大的诱惑？不被吸引住呢？一股无法抗拒的力量促使"泡子"听下去，管他哪国电台呢！

"泡子"的脑子尽管有点木，不过收听了一会，他还是从沉迷中清醒过来——毕竟生活在严酷的现实生活中，偷听敌台的禁令和后果他是清楚的，如果被人发觉，那可不是一般的罪名，那他就完了。他生怕钟文知道他在收听"敌台广播"，便把收音机的音量压得低而又低，可声音太小，听不清晰，只好将收音机贴近耳朵。收听一会儿，便警觉地往钟文床上瞅瞅，看钟文是不是在注意他。有时，待钟文出去了，他就把收音机的音量放大，把自己关在宿舍偷偷地收听。钟文一从外面回来，他像做了什么见不得人的事似的，神情紧张地赶紧将收音机关了或扭到别的台。钟文见他这副鬼鬼祟祟的样子，有点莫明其妙，不知"泡子"在搞什么鬼？

一个晚上，夜已经很深了。张二亭又躲在被窝里拨弄他的宝贝收音机。钟文并没有入睡，突然听见对面床上传来了一阵动人的音乐。好像从没有听过的，他竖起耳朵听了一会，很像俄罗斯的芭蕾舞曲《天鹅湖》，钟文在观看电影《列宁在十月》时听过的。当时，他很喜欢这个旋律，觉得非常优美。对面床上传来的音乐不一会就播放完了，报台的时候，"莫斯科广播电台对华广播"，一串清脆悦耳的女声传到了钟文的耳里。钟文心里一惊，连呼吸都差点屏住！

这个"泡子"，真是胆大妄为，竟敢收听起"敌台"来了！

　　文革开始以来，上边多次下发通知：除了中央人民广播电台和各地方广播电台能收听之外，所有的外国广播电台都被称之为"敌台"，都是被禁止收听的，连音乐也不例外，音乐被称作黄色歌曲，腐朽的资产阶级的靡靡之音。擅自收听外国广播电台的节目，就以收听"敌台"论处，尤其《美国之音》、《莫斯科广播电台》和台湾广播，被禁止得更加严厉。这小子活得不耐烦了，收听起"敌台"来了……

　　他本想予以制止，然而，随着音乐的播放，美妙的旋律在房间轻轻回响，钟文激烈的心跳慢慢平稳下来。他听出播放的音乐像是莫扎特的《小夜曲》，随着舒缓轻松的音乐旋律，钟文感到自己身心渐渐放松。仿佛感觉到一对情人携着手来到了洒满月光的小河边。两人坐在小河边的石头上，含情脉脉地对望着，聆听着小河汩汩的流水声。水波在月光的辉映下，发出粼粼的闪光。一阵微风从小河边的桦树林子吹过来，树叶发出沙沙的声音。月光如水，四周是那么安详静谧，夜空像是披上了一层朦胧的薄纱，从密林深处不时传来夜莺清悦的叫声——他不由沉醉在美妙的音乐旋律里，尘世的一切烦恼、忧愁和痛苦都忘于脑后……

　　这时，眼前不由得出现去年秋天，他和名江一起畅游苍家峡的情景。那次去苍家峡游玩，还有司慧梅及别的几个关系不错的年轻人。他早听说过苍家峡的风景很美，想不到苍家峡的风景比想象的还要令人陶醉。很有江南景色的意韵——峡谷两边的山上全是茂密葳蕤的原始森林，乱石耸立，流水碧清，浪花飞溅。深深浅浅的树木就像油画大师笔下的风景画，色彩被点染得五彩缤纷。山花在林间开放，鸟儿在枝头啭鸣，山鸡在林间穿越。泉水在耳边流淌，明媚的阳光照在山坡上，闪闪烁烁直耀人眼，从林子低凹处升腾起一缕缕一团团紫色的雾岚……

　　"钻林海，踏雪原……"

　　突然，高亢的声音打破了钟文美好的心境，把他的思绪又拉回到现实里。原来，张二亭听了一会外国音乐，担心被人发现，又把调频旋扭扭到了中央台，扰人心烦的样板戏的唱腔重又开始在房间里轰鸣。

从那以后，钟文一到晚上，就躺在被窝里支楞起耳朵等待着张二亭收听音乐。希望那美妙动听的音乐在耳边响起。每当柴可夫斯基的提琴协奏曲响起来的时候，他就沉醉在一种说不出的美妙的感觉里。可是一曲终了，当他从音乐中清醒过来的时候，又禁不住一阵紧张和担忧——他意识到，这是在参与收听敌台广播！万一东窗事发，那可麻烦了。张二亭可不是那种敢做敢当的人，如果出事，非拉扯上他不可。和他在一起，得格外小心谨慎。他既希望张二亭收听到那个台的音乐，又怕他收听到那个台。

就这样，钟文陷入极度矛盾的漩涡里……

小道消息

1967 年一月，文化大革命进入到白热化阶段，腥风血雨，你死我活，造反派开始"夺权"。上海的造反派组织率先夺了上海市委市政府的权，在上海成立了"革命委员会"——这就是有名的"一月风暴"。"一月风暴"由上海影响到全国，各造反派组织纷纷效仿，以毛泽东思想为武器，开展夺权斗争。这是你死我活的较量，为了各自的利益谁也不相让，彼此之间开展了殊死搏斗。文斗不行就诉诸武力，有的打出了"文攻武卫"的旗号。大刀、长矛、棍棒一齐上，死人的事经常发生，流血惨案不断出现。发展到后来，有些地方还动用了枪炮，甚至出动了坦克，进行了惨烈的厮杀。这已不是放映电影，而是真枪实弹的战斗！

青海也不平静，刚刚发生了震惊全国的"2·23"惨案。这事在群众中引起了强烈的反响，掀起了一阵旋风。有关的小道消息满天飞，说什么的都有。二线工地闭塞，平时没有什么误乐，工人们在工作之余便以小道消息作为消遣。这会儿人们聊得最多的便是"2·23"事件。

钟文探亲返回工地之后就听说了这事。

原来，在上海"一月风暴"的影响下，青海"8·18"红卫兵司令部"等二十七个造反派组织，开始向青海省委省政府夺权，他们接管了《青海日报》。

但是，青海军区副司令员赵永夫却不认可"8·18"，看不惯"8·18"的行为，将"8·18"打成"反革命组织"，并宣布对"8·18"占据的《青海日报》社实行军管。1967 年 2 月 2 3 日晨，赵永夫亲自指挥部队，武装占领《青海日报》社。但"8·18"造反派组织也不是酿茬，他们自以为是响当当的造反派，是誓死捍卫毛主席的红卫兵，哪吃这一套？头可断，血可流，《青海日报》社不能丢！拒不接受赵的命令，组织人员死守报社决不撤出。下午一时，赵永夫下令部队向阻拦接管报社的造反派开枪，经过一个晚上的激烈战斗，终于占领了《青海日报》社，死人无数，造成了闻名于世的"2·23 惨案"。

具体细节报纸上没有刊登，多数人都不清楚，但私下里传播的小道消息却传得令人毛骨悚然，血腥而恐怖。

职工们在工地上班干活的时候，谈论最多的就是"2·23 惨案"。

"你知道'2·23'事件死了多少人吗？"

"法螺"神秘地对旁边干活的人发问。

他常去西宁，消息比较灵通。钟文不是红卫兵，他只是看报纸，跟其他人一样只对"2·23"事件了解个大概，许多细节并不清楚。其他几个老师傅虽然参加了"8·18"，但春节期间都已回家探亲，对"2·23"事件具体情况了解不多，听法螺聊"2·23"惨案的时候，自然都很感兴趣，听得津津有味。

"法螺"说："我的妈吔，你是不知道，吓人着哩，死的人多着哩！'8·18'被打死的人横七竖八倒在报社门口。地上，路上，都躺满了尸体！谷棵子似的！报社门口的血把路都染红了！一排排尸首倒卧在血泊之中，沾满血迹和尘埃的衣服、鞋、帽，散落得到处都是，有的挂在树梢上，有的被风一刮飞到低矮的屋顶上。听说拉的死人装满了一卡车，死尸横七竖八撂在车上。受伤的不算，光打死的就有一百六十多个……"

旁边的一位师傅听了，吐着舌头："我的妈呀，打死那么多呀？部队的人真敢开枪啊？"

"法螺"说："可不是，赵永夫下的命令。军令如山倒，下边的人谁敢违抗？听说赵永夫调动了十三个连的兵力，架着机枪，把报社包围得铁桶似的。命令'8·18'的人撤出报社，那些军人用大喇叭向据守在报社里的人喊话。守卫报社的'8·18 队员'也真有种，他们硬是不撤，手拿红宝书，高声朗读着毛主席语录就往外冲。我的妈呀，枪就响了，前排的一倒下，后排的又冲上去，谁都不怕死……"

潘大奇越说越带劲，像是亲自到过现场似的，大家听得目瞪口呆，简直太血腥了！

"法螺"的话一完，凌师傅也万分感叹地说："听说死得最多的是汽车五场和六场的工人，青海毛纺厂的工人也死了不少。好在我们公司的职工都回家探亲，人走光了，要是不走，一定会被'8·18'总部召去守卫报社，那就惨了！"

"可不是，我们真是走运！"

大家唧唧喳喳说个不停，接着，话题又转到别的方面。

那会儿，越南共和国主席胡志明刚刚逝世，中央广播电台和《青海日报》都报道了这一消息，大家的话题自然又扯到了胡志明逝世的事儿上。

"胡志明真伟大，为了越南的解放，听说一辈子都没有结婚，打了一辈子光棍！真是了不起！"

"是呀，可他为什么不结婚呢？朝鲜的金日成不是结婚了？结婚也不影响他革命啊！论他的条件，什么样的女人他找不来呀！"

"所以人家才伟大呀！哪像你，一天到晚想老婆！"

"你不想？光说别人！"

"哈哈！"

严肃的政治话题，被人一打岔便变了味儿，粘上了庸俗味儿。大家嘻嘻哈哈说笑着打闹着。这时，不甘寂寞的"泡子"一直没有做声，他心里早憋着一个惊天的秘密，不说出来心里就难受，不显他有多能似的。可他一直插不上嘴，等大家笑完了，他才抢过话头向大家卖弄说："奇怪呀，中国和越南那么友好，胡志明死了，我们国家为他下半旗默哀三天。"说到这里停了停，然后他又神秘地问大家："你们知道苏联默哀几天吗？"

大家都面面相觑，苏联早已变成了社会帝国主义，关于苏联的消息，报纸广播一概封锁着，自然谁也回答不上来。但大家都对"泡子"的话题感到好奇，着急地问："咋不说了？喉咙被驴毛塞住了！"

"泡子"看大家都想听他的小道消息，故意不立即说出来，他想吊吊大家的胃口："你们猜猜看！"

"法螺"忍不住日骂道："有话就说，有屁就放，看你那屌样！"

"泡子"挨了骂，一点不生气，反倒十分得意地说："连这都不知道！苏联默哀七天哩！"

大家一听无不感到意外，眼里露出惊讶的神情。是呀，在人们的心目中，中国和越南是"同志加兄弟"的关系，比苏联和越南的关系还铁呀，怎么会这样呢？人家默哀七天，而我们却只默哀三天！这是为什么呢？这可是从来没有听说过的！

"泡子"看大家为他提供的爆炸性新闻所吸引，感到非常得意，似乎得到了一种满足，显得他多有能耐似的。

一旁的钟文听了也为"泡子"提供的消息颇感吃惊。也感到这事有点蹊跷！报纸上天天都说中越关系如何亲密无间，中国对越南的支持总是不遗余力。越南的抗法战争以及目前进行的抗美救国战争，中国帮越南出人出物，竭尽全力，可从对胡志明逝世的悼念上看，苏联对越南的关系似乎比中国更铁！这是怎么回事呢？

　　起先，他也跟班组其他人一样被带入了单方面的思维陷阱里，为"泡子"说出的小道消息感到迷茫，没有往深处想，只是觉得新奇。搞不懂两国对胡志明的态度何以相差如此之大？可就在这一瞬间，钟文突然意识到"泡子"提供的小道消息肯定和他收听莫斯科电台的广播有关！不然，他是怎么知道的？他的小道消息来源极其有限，这样的消息不是一般人所能接触到的。

　　想到这，钟文不由吓出了一头冷汗！

　　这小子胆子忒大了，真是胆大妄为，吃豹子胆了！活腻烦了，想找死呀，真敢把收听"敌台"得来的消息拿出来当众炫耀！好在这个时候，小道消息多如牛毛，什么希罕事都不足为奇。加上班组的工人大多是不识字的大老粗，话说过去只当耳旁风，谁也不往深处想，"泡子"的话自然没人深究，这边耳朵听那边耳朵出。如果有人真要往下追问：你咋知道的？你的消息从哪听来的？那他就抓瞎了，非露出马脚不可！

　　钟文越想越后怕，心想：再不能和张二亭"和平共处"干这种傻事了！尽管收音机是人家的，可他俩同住一个宿舍，张二亭收听敌台，他知情不报就是同案犯。公司别的地方就有过这样的例子。到时候，即便长一百张嘴也说不清了！

　　钟文当然不可能向专案组报告，这不是他一向的为人。而况一旦把这事向外抖露出去，张二亭就将陷入没顶之灾，钟文不忍心这样做。他打算好好说说他，只要他改正过来不再收听也就算了。

　　然而，他哪知道，张二亭已不听他的劝告，为此差点闹翻！

　　当张二亭再一次收听莫斯科广播电台的时候，钟文便好心地对他说："张二亭，你不要再收听这个台了，老这样会出事的！"

　　谁知张二亭对钟文的好心劝告竟不买账！引起了他的反感和抵触情绪！

　　自文化大革命以来，钟文因家庭成份问题，连造反派组织都不准他参加，在张二亭的眼里他早掉了价，他有什么资格说他？于是把两眼一瞪：

"我收听啥台了？我会出啥事？"

钟文见"泡子"如此不知好歹，心里也憋着一股火，说话的口气便有点冲："你咋这个样儿？你收听啥台你不知道，还要我说出来吗？我好心好意劝你，你不但不听，还这个态度，真是狗咬吕洞宾，不识好人心！"

这一次，虽然闹了个不愉快，"泡子"还是把收音机调到了别的频道。钟文也不再说什么。但张二亭收听外国电台已收听上了瘾，全不把同宿舍的钟文放在眼里，隔三差五总要扭到那个频道上，听得津津有味。

那天晚上，又是如此，钟文非常担心，生怕出事，又加以制止："张二亭，我对你说过多次了，要你别收听那个台，你咋不听劝呢？"

钟文的好心，张二亭以为他在和他作对，跟前几次一样，不但不接受，反说了钟文许多不是。

"你能个啥？你管好你自己得了，你有啥资格管我，也不洒泡尿照照……"

钟文听了这无理的话，一股火从脑门窜上来，他从床上猛然坐起，提高声音对张二亭说："我怎么了？你收听外国电台倒还有理了！不能说你了，到时出了事，不要连我也牵扯上……"

"我收听啥外国台了？我出啥事呀我出事？"

"你这个人咋这样，无理还要强三分！"

"我咋了？"

两人便吵起来……

——他们的住宿条件比刚来乐都新工地住毡包大棚时，已经有了很大改善。住的是那种为三线工厂职工建造的两居室职工宿舍，水电已经安装完毕，只是红砖墙尚未粉刷而已。里间住着邓钟文和张二亭，外间住着政治宣传员韩师傅，门都开着，里面吵闹的声音自然传到了韩师傅的耳朵里。

韩师傅见里面的吵闹声越来越响，越来越激烈，先还不知是怎么回事。听了一会，终于听明白了事情的原委。政治宣传员是负责班组政治思想工作的，对班组同志的政治思想问题负有责任。再加上他年纪大，社会经验丰富，觉得他也和张二亭住在一个套间里，万一出事，他也脱不了干系，当然不能允许这种事发生。何况他知道"泡子"的德性，怕"泡子"到时耍赖不认账，便没有吱声，当即跑到专政小组报告了这事。

这事非同小可！专政小组的人听韩师傅一说完，哪敢懈怠？就像发现阶级敌人在现场作案一样，一帮人火速来到房里。"泡子"还在涨着脖子和钟文吵呢！忽然见人冲进来，惊慌地关了收音机，将收音机放在床边的箱盖上。专案组来到房里，二话没说，随手抓起箱盖上的收音机，打开开关一听，正是莫斯科广播电台华语广播——抓了个现行！

张二亭本来脑子就木——刚才他只顾和钟文争吵，见专政小组人进来，有点惊慌，关了声频，而忘了扭转调频。一听到自己收音机播出"莫斯科广播电台"的广播，脸刷一下白了！

人桩具获，不由分说，张二亭被拉到专政小组关了起来。

第二天早上，专政小组又组织了对他的批斗。

他头上那顶肮脏的破帽被人扔到了旁边的臭水沟里，一顶纸糊的高帽戴在他的头上。还把一块写着"偷听敌台的反革命分子张二亭"的纸牌挂在他的脖子上。揪斗了一阵之后，一些好事者纷纷在一旁支招："给他挂上电灯泡！"

专政小组的人得到提醒，说："快，去拿电灯泡来！"于是，立即有人从电工班找来了一个工地照明用的一千瓦的大电灯泡。大家七手八脚一阵忙碌，用铁丝扎牢，把电灯泡挂在了张二亭的头上。人们早已忘了这是严肃的阶级斗争，嘻嘻哈哈就像耍猴一样，把张二亭好一阵摆治。

还好，专案组并没有对张二亭作更严厉的处分，他的贫下中农成份又次救了他。只在大会上对他批判了　番，要他写了份检查算完事儿。

事后，张二亭不但不反省自己的问题，还把自己被专案组当场拿获挨批斗的事，归结到钟文头上，自此，他便和钟文结下了仇气……

第十四章　　相诉时难别亦难

青春似火

在这闹哄哄的世界里，邓钟文成了一个无所适从的散兵游勇，一只无处栖息的孤雁。除了和名江、胜生在一起玩，说说话，只有书籍才是他的陪伴，才能排解他的忧愁和寂寞。业余时间，他将自己沉浸在书籍里。这时，好看的书也不容易搞到。名江知道他爱书，只要弄到一本好看的书就给他送来。

大多数时间，钟文阅读《中国文学史》，这套书是在洛阳买的。可他苦于找不来文学史里所列举的范文，读起来犹如隔山打牛，感觉乏味。

他特别想念春明，怀念和春明在一起的日子。没事的晚上，他便给春明写信。把给春明写信当作一大乐事儿，一种愉快的消遣。每接到春明的信就像接到心爱的姑娘写给他的情书，心里如沐春风。他总要立即回信，哪怕不睡觉，也要将自己的思念化作文字倾注在信纸上。尽管春明回信及时，他总觉得春明的回信太慢，每天给他写一封信才好呢。他把自己对朋友思念融进了一首诗里：

谁最知我心？天下唯明君。

爱情价虽高，不及同志情。

他们在信里无拘无束海阔天空地谈诗，谈思想谈友谊，谈得更多的则是文化大革命。钟文在信上把青海文化大革命的情况告诉春明，春明回信的时候把河南和洛阳的文化大革命的情况写给钟文，彼此交流着对文化大革命的看法。两个血气方刚的年轻人，忘乎所以地在信笺上指点江山激扬文字，表达着火一样的青春热情……

钟文仍迷恋诗歌，几乎天天沉浸在诗歌的狂热里。不过，他对自己以往喜欢的那种所谓"自由体诗"已没有多少兴趣，而深深地喜爱上了古体诗，差不多每天都要写一首。春明赠他的那本《汉语诗律学》成为他学习古诗词最好的老师。学到了许多过去不懂的知识，理论上有了一定的提高。尽管他写的古体诗还不合平仄韵律，对仗也不工整，却挡不住他对古诗词的酷爱。找不来书看的时候，他就背诵古诗词，一本《唐诗三百首》成了他的至宝。"熟读唐诗三百首，不会写诗也会吟。"

钟文每写出一首诗就拿给名江看，自然得到了名江的肯定和应和。名江过去虽也写古诗词，但写得较少，只不过偶尔为之。这会儿，受钟文的影响，古体诗明显写得多起来。他把《汉语诗律学》借去读了读。写的诗比过去大有长进，字里行间表现出一股灵气，读起来很有韵味，给人一种清新自然的感觉。

而钟文的诗仍保持着抒发情怀表达青春豪情的特色。他和钟文相互赠答相互唱和，这更激发了钟文写诗的热情。钟文还把自己所写的诗寄给了春明，春明对钟文的诗本就十分欣赏，对他的古体诗给予了极高的评价和赞赏。

这一来，钟文的脑子又飘飘然起来。

一个晚上，不甘寂寞的钟文突然产生了一个异想天开的想法，想要创办一个油印的诗歌刊物——在他看来，每天无所事事打发日子，等于白白地耗费自己的青春和生命！他为自己突然产生的这个想法激动不已，一连几个晚上都没有睡好觉。他抽空去了一趟河西，把自己的想法告诉了名江。

想不到名江连声赞成："好好，这主意不错！我举双手赞成！小邓，真为你的精神感动！"

名江说的是真话。他清楚，前段时间，因为没让钟文参加"8·18"，他思想上曾经一度消沉，名江曾为钟文这种抑郁的精神状态感到担忧。现在好了，他终于从消极低沉中挺过来了，确实为他高兴。

钟文见名江赞成他的主意，受到了鼓舞，似乎又有点不好意思："你说我这个想法是不是不合时宜？有点头脑发热？"

"哪里？这才是你小邓应有的生活态度，我为你感到高兴，年轻人就应该有这种进取精神！"

两个志同道合意气风发的年轻人情绪高昂，他俩想起了好友万胜生，也想拉他参加。晚上，他们找到了胜生，把打算办刊物的意见对他说了说。胜生性格一向沉稳，考虑问题比较周全，听钟文名江说完之后，既没有赞成也没有反对。思考了一会，才说："只是……"胜生说到这里，停下来看了看钟文又看看名江，说："这个想法好是好，可创办刊物不是简单的事，应该多想想。"

这无疑给两人头上浇了点冷水，他们对创办刊物的事又进行了认真的思考。胜生说的很有道理，创办一个刊物可不是那么简单的，存在许多问题，是应该多想想。不过两人没有灰心，办刊物的决心没有动摇。

过了几天，胜生终于同意了两人创办刊物的意见，并且乐意参加，但他提出了自己的建议："我们的刊物不应办成单一的诗歌刊物，还应该刊登一些歌颂文化大革命或学习毛主席著作的短文。"

胜生的意见得到了赞同。

以什么名义来办刊物呢？在这动辄得咎的年代，稍有点差池就会被人抓住小辫子，三个人凑在一起挖空心思进行了认真的讨论。还是名江的脑瓜子快，提议说："就用'毛泽东思想学习小组'的名义。"

胜生笑着点点头说："这主意很好，不过，我觉得改为'毛主席著作学习小组'好，又通俗，又不会产生歧义。"

钟文名江听了都拍手叫好。但在刊物名称上发生了分歧。钟文主张刊物名称应起得稍为响亮些，带一点文学色彩，但名江和胜生则表示反对，最后依了名江的意见，将刊物起名《学习》。

有了办刊宗旨和刊物名称只是第一步，还有许多具体事儿要做。诸如组稿，刻写腊纸，油印，纸张之类的问题。但这些困难都难不倒三位热血青年，他们早已成竹在胸。稿子不成问题，他们自己都会写，多用几个笔名就是。油印机问题也不大，印刷传单的油印机各施工队有的是，不难搞到。只是油印刊物的纸张有点困难。那会儿，写大字报用的都是一整张的大白纸，领这种大白纸不受限制，谁都可以领来，要多少有多少。而裁成十六开的书写纸却比较难搞。名江人缘好人头熟，钟文提议由名江去搞，名江答应了。名江还主动承诺弄来刻腊纸的钢板。文字编辑工作自然落在钟文头上，发刊词也由他执笔。这几个人就数胜生的字写得好，刻蜡纸也只好由他负责。

说干就干，三人分头行动，钟文的工作最先做好，很快就写出了一篇热情洋溢且词语优美的发刊词，名江看了大为称赞。《学习》第一期的稿子一定要好要精，他从自己所写的诗歌和名江胜生的稿子中挑选了一些最为满意的作为备选稿子。

名江如期弄来了蜡纸和钢板，胜生便动手刻起来。刻蜡纸的工作量很大，一首诗或一篇文章要先计算好字数，然后再按字数多少划好版再刻在蜡纸上。他是头一次做这事儿，没刻多久，手腕酸疼叫苦不迭。钟文便主动帮他刻写。他的字写得不怎么样，这会儿终于找到了练字的机会。钟文是那种不服输的个性，并且很有韧性，干什么事务求臻美。尽管他刻写得手腕酸疼，熬夜熬得两眼通红，刻废了好几张蜡纸。经过几个晚上的努力，皇天不负有心人，不久便练出了一手过得去的仿宋字。

余下的便是封面了。封面是刊物的门脸，总得装饰一下，尤其第一期，一定要弄得光鲜漂亮。可他们三人没有一个人会写美术字。钟文想起了张小虎，要是小虎在这里就好了。这会儿他正在别处写语录牌画毛主席像呢。创刊号不能草率从事，名江自告奋勇说："这事交给我吧，我找个人帮着把封面设计好。"

第二天，名江兴冲冲拿来了刻好字的蜡纸封面，大家看了十分满意。上面有一支含苞盛开的梅花，下边有一丛挺立的兰草，中间是两个漂亮的美术字《学习》！

钟文和胜生争抢着拿在手里欣赏着，齐声夸赞封面设计得不错，有水平！

他们立即行动，油印的油印，装订的装订，散着油墨清香的创刊号《学习》终于诞生了！

爱的苦恼

钟文抚摸着散发出油墨清香的心爱的刊物，就像一个刚刚分娩完婴儿的母亲，抑制不住内心的喜悦和激动。刊物分发的时候，他第一个想到的便是司慧梅。

来到三线工地，两人虽经常接触，也单独说过话，司慧梅仍时不时向钟文借书看，但他俩的感情并没有进一步的发展。文革开始，钟文背上了沉重的思想包袱，总是有意无意躲避着她，不敢和她接近。可他内心深处却从没有忘记过她。只要有几天在工地没看见她，就心猿意马，满脑子都是她的影子。好像丢失了什么东西似的，心里有许多话想对她说。特别在遇到难处心情郁闷的时候，更想找个机会，向她倾诉，可见了她又不敢面对。为什么会这样？这难道就是所谓的爱情？他不得不承认，他的的确确喜欢上了这位姑娘！爱上了她！可他又觉得自己的想法十分可笑，简直不知天高地厚！分明在作一个不切实际的桃色的梦！也许三十年代小说和外国小说看多了！他非常清楚，在整个七公司，她是那么优雅，优秀，施工队多少年轻人都为之倾倒。而他呢？在人家眼里，只不过是一个异类……

就这样，钟文陷于无边的苦恼之中。刊物出来之后，他那颗不安份的心又活跃起来，想着给司慧梅送去一份，趁此机会和她说说话。

钟文瞅了个没人的机会，拿着《学习》来到了司慧梅的宿舍——他俩都住在同一幢宿舍楼，这幢宿舍楼有两层，他俩都住在一层，只是不一个门洞而已。其实，他和她只是"一墙之隔"，说句玩笑话，这边敲墙那边都能听见。

司慧梅见钟文来了，惊喜之中又有点诧异。

通过几年来的相处和了解，她不得不承认，她对钟文也一直怀有一种说不清道不明的特殊的感情。她一直关注着钟文。从她内心来说，她也是喜欢他的。觉得他与别的男孩子不一样，他有理想，有志气，能吃苦耐劳，尤其爱学习。平时虽然不大多说话，还有点害羞，可他的内心世界却非常丰富，这从他写的诗可以感觉出来。尤其钦佩他写的文章。希望他在文学创作中搞出成果。的确，在这批同龄人中，他应该是出类拔萃的。

姑娘们到了青春妙龄，自然也跟男孩子一样，会对男孩子产生某种想法，会在心里将工地那些男孩暗地里进行比较，给那些男孩子打分。在她的心目中，钟文是得分最高的。可这个邓钟文却总是躲着她，不敢和她多说话。而她呢，思想也放不开。她是那种思想内敛，感情不轻易外露的女孩子。她见钟文不主动，自然也退而却步。当钟文猛然来到她宿舍的时候，在欣喜之余，未免有点诧异，不禁唤起了她潜藏在内心深处的情愫。除了那次采访，这可是他第一次主动来到她的宿舍啊！

"稀客！稀客！你怎么舍得来了？"说着，满脸带笑地站起身。

钟文说："姑娘的闺房是随便进的么？"

“就你有那么多讲究……”司慧梅红着脸瞪他一眼，拿了一个小木凳递过去让钟文坐。

钟文便在司慧梅递过来的小凳上坐下，心里不由有点紧张，望着司慧梅，笨拙地说："你最近怎样？很忙吧？"

"哈，天天在一个工地干活，我咋样，你不知道呀？"

他迷瞪着两眼，咂摸着司慧梅话里的意思？不知如何回答好？

司慧梅看他愣怔着眼，脸色有点尴尬，便说："你平常见了我都不说话，为啥总躲着我……"

钟文明白了，不由深深叹了口气。是啊，人家说的何尝不是呢？半年多了，由于思想低沉，情绪失落，总感觉自己低人一头，害怕见她。只是近来，和名元胜生创办了《学习》，他才多少恢复了一点自信，苦闷的心情才有所释放，才敢来到她的宿舍和她说话。这会儿，他的内心十分复杂，有许多话想说，却又不知从何处说起，怎样开口。是呀，说什么呢！他素来不善言辞，尤其在女孩子面前，就更加嘴笨。稍稍平缓了一下自己的情绪，想说点什么，嘴张了张，一时却不知说什么合适？羞涩地望了一眼司慧梅，又迅即把视线移开，低下头，说："哪里呀？看你说的，我都不好说什么了。"

司慧梅打量了一下钟文，转换口气说："看你，和你开玩笑哩，你呢，都好吧？"

"还不是那样，你都知道的，还能怎样，混日子吧。"

司慧梅非常感慨地说："是呀，这个时候，别说你了，谁的日子都不好过。"

钟文知道她话里的意思，近一个时期以来，司慧梅也经受着巨大的思想压力。

她是活学活用"毛著"积极分子，在职工中很有影响。公司刚成立造反派组织的时候，"8·18"和"红旗战士"都争着拉她入伙。可司慧梅对哪一派都不感兴趣，迟迟没有行动。她生性恬淡，不好张扬，也不爱多说话。她被评为学"毛著"积极分子，她自己在思想上并不认同。她认为她只不过做了应该做的事。文化大革命开始以来，他看见那些造反派对当权派进行揪斗，从内心感到茫然，不知谁对谁错？可无产阶级文化大革命是毛主席他老人家亲自发动的，她身为学毛著积极分子，不参加任何组织也说不过去。观望了一阵，觉得"红旗战士"比"8·18"讲究略策，不那么激进，于是她便参加了"红旗战士"。"红旗战士"很多人拥戴她担任该组织的头头，被她婉言拒绝。她说，我学习毛主席著作还远远不够，无产阶级觉悟不高，造反精神不强，怎么能当造反派组织的领导？因而一些人便说她思想跟不上形势，革命意志消沉。她听说之后，毫不在意一笑置之……

"小邓，前段时间，听说没有让你参加造反派组织，你思想上很苦恼。其实，这有什么呢？不让参加才好呢！自由自在，当一个逍遥派，多好啊！我就不想参加任何组织，你也许不相信。"

钟文说："你说的不错，我的几个朋友也这样劝说过我，我也知道，但我心里总过不去这个坎，我的情况和你们毕竟不一样！"

"你说的我知道，我能理解。但啥事也要看开点，眼光放长远点，现在大家都这样，都小心谨慎地生活着。"

这个时候能听到如此发自肺腑的话，确实令钟文感动，这说明她没有把他当外人，他心里暖暖的，正想说两句表示感谢的话。这时，司慧梅看见钟文手里拿的刊物，"呃，你拿的什么？"

"哦，这是我们办的刊物，你看，这是我专门送给你的。"钟文这才把手里的刊物递到司慧梅手里。

司慧梅接了刊物，认真地翻了翻，以惊喜的眼神望着钟文："小邓，这是你办的？"

钟文说："我们几个人办的，业余时间没有什么事干，感到无聊，我们就搞了这个小刊物。"

“你真能干，你干什么都行。”司慧梅由衷地称赞说。两只深黑的眸子深情地望着钟文，钟文迎着司慧梅的目光，捕捉到了一丝柔情，司慧梅也感受到了钟文灼热的目光，脸上显现出一抹淡淡的红晕。

钟文不好意思地说：“唉，我们初次弄这个，没有经验，水平不高，你看过以后，一定给我们提意见，我们以后好改正。”

“我哪有那个水平，我什么也不懂！”

“看你，总那么谦虚！真的，你感兴趣的话，也可写点这方面的稿子给我们。”

“我哪会写什么稿子，以后你可要多多帮助我呀，请你当我的老师……”这番话听起来是客气话，其实话里包含着一种深意，明显是向钟文传达一个信息：我好喜欢你！

可钟文并没有领会：“你太客气了。我哪里能当你的老师？”

“不是客气，我说的是真话。”

司慧梅像是突然想起似的对钟文说“呃，小邓，以前我经常找你借书看，有一段时间没有看书了，感到好无聊。不知你那里现在还有书吗？我正想着从你那里借书看呢！”

听了这话，钟文巴不得呢。她来找他拿书的时候，就有机会和她说话了：“我那里书不多，只有几本，现在书不好找，有些书还不准看！我都是偷偷看的，你想看就去我那里拿吧！”

正说着，司慧梅同宿舍的姑娘回来了，钟文说了几句话，便起身告辞。

钟文回去以后，司慧梅的影子在他眼前再也挥之不去，内心就像煮沸的开水无法平静，回想着她说的每一句话。他觉得，和她认识三年多来，她的形象已经深深刻进他的心里。她不但外表长得端庄清秀，而且性格文静，说话总是轻声细语的，见了人未说话就脸红。看起来那么娇柔，却又能吃苦耐劳，这在女孩子中是很难得的。他真想找个机会，向她坦露自己的心迹，把对她的爱痛痛快快向她说出来。可他不敢，没有这个勇气，心里顾虑重重。人家怎样想呢？人家心里根本没有那个意思，也许这完全是自作多情，是自己一想情愿的单相思！

不向她表白，人家怎么知道呢？

他表面看起来很坚强，而他骨子里却非常自卑。

就这样，他处于这种矛盾之中，苦苦地折磨着自己，忍受着痛苦的煎熬……

暖暖的毛线衣

钟文自那天给司慧梅送去《学习》，答应借书给她看，先后借了几本书给她。

说也奇怪，文化大革命开始以后，文学书籍尽管遭到了查禁，可职工手里仍保留着不少文学书籍，有些还是中外名著。隔不了多久，钟文总能找来一些文学书籍，如饥似渴地躲在宿舍看得津津有味。这些书有些是从名江那里转借的，也有从别人那里借来的。他只要能够弄来好书，就没忘了司慧梅，总要转借给司慧梅看。他见司慧梅从他这里拿到书的那股高兴劲儿，就觉得浑身舒坦。凭着书籍，两人往来多了起来。钟文心里总想着她，总想和她多说说话，和她多待一会儿。可他脸皮薄，没事去找她说话实在难为情。司慧梅也和他怀着同样的心思，她来给钟文还书，把这当成两人见面说话最佳的机会。但话题仍停留在交流读书的感受上，感情没有深一步发展，谁也没有大胆往前多走一步。

转眼冬天到了，寒风凛冽，职工宿舍都安装了取暖火炉，职工们开始生火取暖。外面天寒地冻，室内却温暖如春。工地已经停止施工，职工们无事可作，施工队便开始组织职工进行冬训，学毛著，学文件。

这天傍晚，钟文吃过晚饭，正坐在床前看书，忽听见门外的走廊里传来一阵悦耳的声音："小邓！小邓……"

他倾耳一听，是司慧梅的声音——她还书来了。钟文心里顿时掠过了一阵春风，连忙开了屋门，走出去迎着她："进来吧。别站在外面，外面冷，进屋吧，屋里暖和。"

司慧梅往常向钟文借书或者还书是不进钟文宿舍的——跟工地的女宿舍一样，男职工宿舍也是姑娘们的禁区。以前，她来借书或是还书的时候，总是站在宿舍外边的走廊里，对着钟文的房门，跟刚才那样向钟文轻轻叫几声，等钟文答应一声从房里出来，然后把书交给他，或是从钟文手里接过她要看的书，简单说几句话，然后便离开了。

这天，正巧宿舍里其他人都不在，钟文才敢邀请她进自己的宿舍。

司慧梅有点不好意思，犹豫着是进去还是不进去，她用眼瞅了瞅门里，见房里没有其他人，屋中间的火炉燃烧得正旺，煤炉的炉壁烧得通红，座在火炉上的水壶吱吱地冒着热气。屋里暖意融融，她站在门口感到了一股扑面的热气。

钟文说："没事，进来吧，就我一个人，他们都出去了。"

司慧梅这才跟着钟文进了宿舍。

钟文说："外面好冷，快坐火炉旁烤烤手吧。"

司慧梅说："不冷！我戴着手套呢！"但她还是坐在火炉边的小凳子上，把手套摘了，伸出手在火炉边烤着。一边烤一边用眼扫了扫四周，屋里有点乱，放着两张床，"泡子"床上的被子没有叠，在床上散乱着。钟文的被子倒叠得整整齐齐的，床里边还放着一包枣红色毛线。

钟文说："看看，我这宿舍有多乱，哪像你们女宿舍什么时候都是干干净净的……"

司慧梅笑着说："哪里，都一样……"

直到这时，钟文才发现司慧梅手里拿着一个鼓囊囊用报纸包着的包裹。

她见钟文注视她手里拿着的小包，便把小包递给钟文："给，给你的……"

钟文好奇地问："什么？"

司慧梅用温柔的眼神看着他："你打开就知道了！"

钟文狐疑地打开纸包，除借他的那本书外，那鼓囊囊的东西原来是一顶崭新的皮帽子！是那种长毛兔帽子，长长的柔软的绒毛，有点像狐皮，颜色是深棕色的，手一摸，毛皮柔柔的滑滑的。

"这……"钟文感到有点意外，满眼都是惊喜。

司慧梅说："这是我前不久去西宁买的帽子，买得大了点，我戴着不合适，我看你戴差不多，就给你拿来了，你试试。"

说着，直起身子拿着帽子就戴在了钟文头上。不想钟文戴着正合适，不大不小，专为他买的一样。钟文戴上毛绒绒的兔皮帽，感到暖烘烘的，还平添了几分英武之气。

"小邓，你看看，正好！你戴上这顶皮帽好帅！还真有点像《智取威武山》的杨子荣哩！你拿镜子瞧瞧……"司慧梅说这话的时候，眼睛闪出了一种波光，显现出脉脉柔情。

钟文听了司慧梅的话，脸顿时红了，激动得不知说什么好，慌乱中说了句："多少钱？我给你……"

"说什么呢？什么钱不钱的！"

"那怎么合适？这……"

"怎么不合适？我看你戴着满合适的……"说完便格格地笑了，弄得钟文脸红到了脖颈。

此刻，钟文的心里暖暖的，甜甜的，不知说什么好，笨嘴笨舌地说了句："谢谢你……"

司慧梅看见她那副窘迫相，开心地笑了。

钟文红着脸，傻傻地望着她，想说什么又说不出来，心里翻滚着波浪。今天是什么日子，真是喜从天降！他怎么也没有想到她会送他这么漂亮的帽子？送他帽子是什么意思？他一直在咂摸着刚才司慧梅说的话的意思。

帽子真是她为自己买的吗，她戴着不合适才送给他戴的吗？可他又觉得不像，自己挑选的帽子怎么会不合适呢？他宁愿相信，这顶帽子是司慧梅专为他买的，她说戴着不合适只不过是一个托词。唉，姑娘的心实在不好琢磨。

不管怎样，这顶帽子是她送给他的，而且是她亲手戴到了他的头上，这是多么美妙的事啊！这是他这辈子第一次收到一个姑娘的礼物！可见这顶帽子是多么珍贵！他久久地抚摸着皮帽上柔软的绒毛，心里很不平静，像翻滚着一锅开水，泛着阵阵涟漪，感觉有一股热流在身上奔涌。他又看了她一眼，光洁妩媚的脸上，带着微笑，一双眼睛闪动着秋波，在灯光下越发显得楚楚动人。他简直陶醉了，感觉自己仿佛沉浸在梦幻之中。这难道是真的？难道她真的喜欢他？对他有意？对方就坐他的身边，触手可及，听得见她的呼吸。他好想拉拉她的手，她的手一定很柔软；好想亲亲她的脸，吻吻那花骨朵似的小嘴。但他还是控制了自己的感情，痴痴地不知说什么好？他想起刚才对她说"谢谢"，他觉得说"谢谢"确实有点生分。一时又找不来合适的词，便笨拙地吧唧着嘴："这……"

司慧梅看他那副激动的傻样儿，把话头岔开了，说："你还有书吗？我想从你这里再借本书看。"

钟文从窘迫中解脱出来，连忙回答说："我正好从别人那里借了本《契可夫短篇小说选》，不知你是否看过？"

然后从枕头边拿起书递到了司慧梅手里。

"好啊！这本书我还没看过呢！"

她接了书随便翻了翻，又说了些别的，自然少不了聊文革的事儿，中央谁谁被揪出来了，哪里发生了武斗，动枪动炮的……

司梅慧准备告辞的时候，忽然瞅见了钟文放在床里边的那包毛线："哟，小邓，这毛线什么时候买的？颜色真不错呢！"

毛线是钟文上个月托人从西宁买回来的。天气冷起来了，他在洛阳买的那件毛衣是混纺的，袖子已被磨得脱了线。来青海之后，听说青海毛纺厂生产的毛线是纯羊毛的，价钱也适中，许多职工都买了毛线织毛衣。钟文便托人买了这些毛线想织件新的。这些天，他正想找机会向司慧梅说说，要她帮他织毛衣，可又不好意思去女宿舍直接找她，只好等待她来还书的时候再说吧。于是，买回的毛线在宿舍一放就放了一星期……

他见司慧梅问起毛线，便回答说："想织一件毛线衣呢，正想找你呢……"

其实，司慧梅已经明白他的意思，便说："你呀，总那么多讲究，有事也不对我说，拿来吧，我帮你织！"

"哪里呀，我看你那么忙……"

司慧梅说："你这人，总是这样，再忙还能不给你织毛衣？我经常给人织毛衣的……"

"那就谢谢你了！"

"又说谢了，以后不许说谢！"

"好好！不谢！不谢！"

司慧梅说着就要走，顺手把钟文的毛线拿在手里，然后对钟文说："你别出来，外边冷。"说完便登登地走了。

过了一个多星期，正值寒流袭来的时候，司慧梅就把毛衣织好了。趁着还书的机会，把织好的毛衣给送到了钟文宿舍。

钟文打开毛衣一看，毛衣织得真好，式样非常漂亮，松软柔和，还精心在胸前加了几个漂亮的图案。很显然，她编织这个图案时颇费了一点心思。因为添加了图案，毛衣更显得大方雅致，很上档次。他穿上毛衣顿感觉身上暖暖的。拿着镜子照了照，不长不短不松不紧，刚刚好，整个人好像长了精神。

惺惺相惜

　　《学习》连续印发了几期，在工地引起了不少的反响。人们看久了冲冲杀杀火药味十足的传单和大字报，猛一看见这样清新的刊物，写的都是全新的内容，不由得眼前一亮，大有耳目一新的感觉，许多人争抢着想看。可惜油印得太少，只印了两百多份，根本不够发的。在河西，名江拿去的刊物很快就被争抢完了。刊物受到如此欢迎，名江也没有想到，感到脸上光采，心情振奋，他来到了河东，把这一消息告诉钟文，想和钟文商量下一期刊物的打算，再适当多印一些，再向公司及别的施工队发发。

　　一走进钟文的宿舍，电灯光下，只见炉子上座着的水壶，咪咪地冒着热气，壶盖被开水一下一下顶起来。钟文坐在火炉旁拿着本书在看，可他的目光却不在书上，显然思绪被什么事所困扰，正木呆呆地发怔，一副心事重重的表情。名江吃了一惊，随口而出："我的夫子，一个人坐在屋里，发什么呆呀？一副失恋的样子。"

　　名江尽管对钟文非常了解，钟文也曾对名江谈起过他的心事，知道自己的朋友深深爱恋着司慧梅，但他并不知道钟文这天晚上心中的秘密，只不过他好开玩笑，好拿钟文打趣，无意间触到了他的心事。

　　直到这时，钟文才从痴迷中清醒过来，赶忙从床底下拿出一个小木凳叫名江坐。

　　"快过来烤烤火！"

　　"这鬼地方，这么冷！"名江把帽子摘下，脱下手套，一并放在钟文床上，一边搓手，一边嘟哝着。便在钟文递过来的小凳子上坐下，伸出冻僵的手，在炉子前一边烤火一边搓着手。

　　钟文拿出一个小铁盒，捏了点茶叶放进一个罐头瓶做的茶杯里，然后冲上开水，放在火炉边上。对名江说："喝杯茶吧，暖暖身子！"

　　名江双手把瓶子棒在手里，倒腾着，身上渐渐暖和起来。

　　这时，他忽然发现钟文床里边放着一顶深棕色的皮帽子，随手拿在手里，欣赏一件艺术品似的，连声称赞着："嘿！这么漂亮的帽子！什么时候买的？你最近去西宁了？"

　　钟文听名江这样一说，眼睛里露出异样的光彩："我没去西宁，人家送的……"

　　名江听了，颇感意外："哦，谁送的？这么漂亮的帽子！"

　　钟文笑而不答，说："你猜猜！"

　　名江正想说："我猜不着。"话未出口，随之改口说："不是司慧梅送的吧？"其实，名江并没想到是司慧梅送的，他是故意那么打趣他的，想不到歪打正着竟然被他懵对了！

　　钟文一听乐了！说："你这家伙，真是鬼！怪不得你武汉老乡叫你'拐子'！"

　　名江说："你的眼睛告诉我的！"

　　钟文掩饰不住心中的喜悦，说："她说帽子买大了，不能戴，才送我的。"

　　名江一听，哈哈笑了："我的夫子，你真老实得可爱！人家说买大了，就真是买大了？她这是不好意思，故意这样说的，借口而已。"

　　钟文说："真的？"

　　"当然真的！你这么聪明的人，还不明白这个道理，你呀！快请客吧！交桃花运了"

　　名江仍忘不了打趣他一下。

　　钟文说："我也这样想过，可她为什么要给我买帽子呢？"

　　"问你自己吧？"

　　钟文看了看名江，叹了口气，"哎，难道她真的对我有意？怎么会呢？"

　　名江十分老道地回答说："怎么不会，世上事谁说得准呢？一切皆有可能。"

“我也弄不清楚。”

名江学着上海人说话的腔调说：“这事你自己拎不清，我更拎不清！”

钟文沉默了一会，忽然若有所思，说：“名江，爱情是什么？你说说看。”

名江说：“这是几千年的老话题，谁也说不清楚。小邓，我知道你的心事，你做什么事都有勇气，也有魄力，为什么在这件事上却畏首畏尾？一点没有男子汉的冲劲。”

名江的话说到了钟文的心坎上，这也是他曾经多次苦思过的。他真诚地望着自己这位挚友，说：“这不是有没有冲劲的问题，人贵有自知之明啊！假如人家眼里没有你，你却自作多情，岂不是被人耻笑……”

名江喝了一口茶，望着钟文：“当然，你是当事人，你的感觉最真切，她对你究竟怎样，有没有那层意思，只有你自己最清楚。不过，从她送你帽子这件事来看，她对你是有意思的。一般来说，女孩子是不会随便送东西给她不喜欢的男孩子的。你看了那么多爱情小说，难道连这点都想不明白？你再好好想想是不是！”

钟文听了名江的话，陷入沉思之中。房里安静下来，炉子上的水壶冒着热气，壶嘴和壶盖上冒出的白色热雾在室内弥散。因为外边寒冷，宿舍的窗玻璃上结成厚厚的冰晶，这些不规则的冰晶在窗玻璃上凝结成各种形状的窗花，显得神秘而又美丽。月光照在窗玻璃上，显得朦朦胧胧的……

好一会儿，钟文没有说话，名江说：“你在想什么呢？”

钟文抬起头来，望着名江：“说实在的，要说没有一点意思也不是，可人家为什么会看上我，她是那么优秀，而我却……”

“你呀，别那么自卑，其实，爱情真的是很难说清的！”

钟文不做声了，端起茶杯喝了几口，望着名江：“有时，我也感觉她对我挺好的，很亲热似的，和对别人有点不一样……”

“那就是呀！”名江说，“那你还不赶快行动，还犹豫什么？在这方面男孩子得采取主动，总不至于要人家女孩子先来找你？先下手为强，万一有别的男孩抢在你之前出手，你悔之晚矣！"

钟文被名江的话逗笑了："你这傢伙，说起别人来，口若悬河滔滔不绝，可你自己的事呢？说说看，你的事进展得怎么样了？"

钟文的话无疑将了名江一军。

名江也跟钟文一样，爱上了一个人，是一个油漆工，一个地道的上海姑娘。钟文见过那位姑娘，还和那姑娘说过话。姑娘开朗大方，爱笑，人长得也不错，带有上海姑娘的洋气，一举手一投足都惹人喜爱。那姑娘对名江很好，喜欢名江的聪明和才气，对名江也有那层意思。别看名江在钟文面前说起来头头是道，一套一套的。可他内心也跟钟文差不多，顾虑重重。在一切"以阶级斗争"为纲的年代，家庭出身不好的人，即便再优秀的男孩也属于殘次品，在单位挺不起腰杆，说话不硬气。

名江看钟文提起他的事，也许触动了他的心事，说："看看你这人，好心当作驴肝肺，人家帮你出主意，你不感激我，还拿我打趣。"

"不是，我哪敢呀，我知道你心里咋想的！其实，咱俩是同命相怜！"

名江说："等等看吧，也用不着太悲观，婚姻之事，勉强不得，顺其自然吧，我还是相信缘分的……"

有好朋友陪着说话，一起喝着热茶，毕竟是愉快的事。渐渐地钟文的心情舒展起来。两人又谈了一些刊物的事，这时张二亭从外边回来了，名江看看时候已经不早便告辞了。

冷寂的月光从窗玻璃上透进来，把一方朦胧的光屏抛洒在床前的红砖地上，映得室内一片朦胧。张二亭已经发出了鼾声。而钟文却无法入眠，眼前总是闪现司慧梅的影子。她是那样优雅娴静，犹如一位风姿绰约的仙女。她离他似乎很近，可又是那么遥远，可望而不可即。怎么办呢？就这样把自己对她的一片赤情不声不响地闷在心里吗？他又做不到；而要他把自己的心思向姑娘倾诉出来，又缺乏勇气。

"总不能叫人家姑娘先来找你……"

名江对他说的这句话突然在他的耳边响起。对呀，怕什么呢，人人都有爱和被爱的权利，这是上天恩赐的。这算不得丢人的事。即便不被接受，他也要试试！钟文终于下了决心。

用什么方式向人家表白呢？一时又成了难题。当面向她说出来当然不错，可他实在说不出口，他见了她就会脸红，心跳，嘴又有点笨，真要硬着头皮说出来，他觉得害羞，拉不下脸皮。万一遭到人家拒绝那多难堪！尽管他曾阅读过许多爱情小说，他对小说里人物的一些求爱方式惊叹不已。可他自己真要付诸行动，却又摸不着北了。他暗骂自己无能，就这样翻来覆去，直到快天亮的时候，才想出了一个主意——写信，这是他的拿手戏。

"对，给司慧梅写一封信！"

在洛阳的时候，他曾读过郭沫若的书信体小说《落叶》，在阅读的时候，多次被感动得伤心落泪。他也要给她写一封信，把自己对她的一片赤情尽情地表白出来……

风声鹤唳

邓钟文给司慧梅的信还没写好，"清理阶级队伍"运动的狂飙就开始横扫中国大地，在全国各地如火如荼地开展起来！

"为了巩固无产阶级文化大革命的伟大成果，夺取无产阶级文化大革命的全面胜利，必须彻底把隐藏在革命队伍内部的阶级敌人统统挖出来！"

"千万不要忘记阶级斗争，阶级斗争一抓就灵！"

到处张贴的标语口号都是这些内容，报纸广播几乎每天都有这方面连篇累牍的报导。今天这里揪出了一个叛徒，明天那里挖出了一个特务，今天这个单位挖出了一个隐藏很深的阶级异己分子，明天那个地方破获了一个反革命集团。风声鹤唳草木皆兵，仿佛无产阶级掌握的政权，成了群魔乱舞的天下，闹得人心惶惶，人人自危……

　　七公司各工程处紧跟全国形势，也召开了清队动员大会，传达了上边的文件。为了制造出所谓的"红色恐怖"气氛，震慑敌人，三线工地到处张贴着雷人的标语、大字报，悬挂着横幅。为了造成强大的声势，还把一些早已定性的走资派和"牛鬼蛇神"拉上台进行批斗。警告那些隐藏在革命队伍内部的阶级敌人，坦白从宽，抗拒从严，尽快向人民群众交待他们的反革命罪行！

　　动员大会开过之后，各施工队立即行动起来，开展了揭、批、查、深挖活动。那些历史上有过这样那样问题的人，便成了这次清队运动的重点对象。一处二队首先揪出来的是一个材料员，叫史天青。这人四十来岁，瘦高个子，人长得还不错，只是脸上长着一个鹰钩鼻。脸上总带着一种令人捉摸不透的笑，给人一种老谋深算的感觉。他是江苏盐城人，年轻的时候，虽然家境贫寒却读过几天私塾，能认一些字，加上脑子灵活善于交际，在镇上混出了一点小小的名气。那会儿，盐城正是敌我双方短兵相接的前沿，共产党和国民党双方的队伍在这里进行着拉锯战。盐城一会儿被共产党占领，过几天国军打过来又成了国军的地盘，镇长自然也像走马灯似地被换来换去……

　　面对如此乱局，镇长当然不好当，干这个镇长不是什么好差使。国民政府的官员当官为的是发财，没有油水，捞不到好处，谁还愿意当这个劳什子的官？盐城镇长的位子便成了烫手的山芋，谁都不愿意接手。上峰掰着指头挑来挑去，找不着合适的人选。正在犯难的时候，有人向他推荐了史天青。正所谓"世无英雄，遂叫竖子成名"。史天青便成了盐城镇长的最佳人选。史天青那会儿毕竟年轻，头脑简单，他以为镇长大小是个官，当上镇长是件露脸的事儿，在人前说话也响亮。被人家一哄抬一撺掇，脑瓜子一热就不假思索地答应了。然而，镇长当了不满三天，镇长的位子还没坐热，共产党的队伍又打了过来。从此，史天青就成了"伪镇长"，档案里这个伪镇长的身份再也去不掉。

文化大革命刚开始，他就被革命群众贴了大字报，接着又被当作牛鬼蛇神被揭了出来。

这次旧事重提，罪名是"历史反革命"。

经过阶级斗争教育的革命群众，无不为揪出史天青这样的国民党反动镇长而欢欣鼓舞！

乖乖！国民政府的镇长，你想想那是多大的官呀，拥有多大的权利呀！他们平时欺压群众八面威风，对革命群众可是无恶不作的——革命群众看过许多革命题材的电影，按照电影上的情景，便发挥了联想——根据地的革命武装力量一撤退，老百姓往往就会遭殃。敌人卷土重来的时候，这些家伙就会组织还乡团。还乡团多么恶毒，多么血腥，光名字听了就吓人！必然张牙舞爪，对革命群众实行反攻倒算，对革命群众进行屠杀报复！就像《闪闪的红星》里那个胡万山，张牙舞爪磨刀霍霍，凶相毕露地对革命群众叫嚣着说："凡拿我的要还给我，吃我的要给我吐出来……"

专案组的同志个个阶级觉悟极高斗争性极强，当然不会麻痹大意，不会轻易让敌人滑过去，不放过任何一个疑点，对史天青当然毫不留情，勒令他老实交待他当伪镇长组织还乡团镇压革命群众的罪行。

"说，你是怎样组织还乡团的？"

"老实交待你组织还乡团屠杀革命群众的罪行！"

史天青哭丧着脸低垂着头，拒不承认有这样的事，他说"哪有这事呀，我当镇长还不到三天，新四军又打了过来，哪组织过什么还乡团？屠杀过老百姓？"

但大家不相信他的鬼话，说他负隅顽抗，为了让他知道无产阶级专政的威力，便将他关进牛棚，下班之后打扫卫生。

钟文所在班组的大老张，也在这次清队中被"挖"了出来。他竟有苏修"特务"的嫌疑！说他在苏联工作期间认识的一个俄罗斯姑娘娜塔莎是他的接头人。

在班组会上，班组人要他坦白交待。大老张涨红着脸连连为自己叫屈。

原来，他在苏联工作期间，和一个叫娜塔莎的俄罗斯姑娘在一个班组工作，干的都是钢筋工。大老张虽然文化不高，但他脑子灵活，不多久就会说俄语。他人长得高大帅气，那时还没有结婚，娜塔莎便喜欢上了大老张。相处时间长了，两个年轻人碰撞出了爱的火花。大老张也喜欢娜塔莎，彼此产生了爱慕之情。苏联因卫国战争，牺牲了许多男人，女多男少，许多姑娘找不来对象。苏联姑娘的开放是出了名的，娜塔莎对大老张紧追不舍，达到了谈婚论嫁的程度。按照苏联当时的规定，大老张如果和娜塔莎结婚，就不能回国，必须加入苏联国籍。但大老张家里还有一个老妈，他是家里的独生子，他不可能抛下老妈去当外国女婿。最后只好含着眼泪和娜塔莎分手。娜塔莎非常多情，挑了一张照片送给大老张作为纪念，还送给大老张一条领带系在他的脖子上，说他只要看见领带和照片就会想起她——可她哪知道，中国的老百姓根本不穿西装，当然不会结领带。

大老张回国探亲的时候，和家乡一位姑娘结了婚。很可能难以忘却那段刻骨铭心的初恋，来中南一公司工作后，一直把那条领带在身边。那个年代的年轻人，大多没有见过西装领带。一天，和他同住一个宿舍的年轻人看大老张开箱拿衣服的时候，看见了大老张箱子里的领带，自然希罕得不得了，嚷嚷着要看领带。

"嘿！你箱子里还有领带呀！快拿出来给我看看吧！"

"是呀，我们还没见过真领带呢！"

大老张当时也没有往那上面多想，被年轻人纠缠不过，便把领带拿出来让那几个年轻人看了看，还系在脖子上进行了演示，领带的质地是丝绸的，蓝地带条纹的图形看起来美观而大方。

"嘿嘿，张师傅，你打上领带，好帅哦！"大家拍着手齐声称赞着。

——这本是过去的事了，但经过文化大革命的洗礼，提高警惕擦亮眼睛的革命群众，发挥了革命的联想——苏修特务无孔不入，大老张一定是苏修特务，娜塔莎一定是大老张的接头人。于是，有人把这事告发到清队专案组。

在专案组召开的澄清会上，人们要他交待问题的时候，大老张精神差点崩溃！他涨红着脸，着急地分辩说："我哪是啥子特务？我不是特务！我只不过和娜塔莎谈过恋爱，犯过男女关系的错误，哪有你们所说的那种事？这事当时组织上是作了结论的！"

大老张说的没错，当时组织上对这批出国人员要求很严，禁止他们在国外和苏联姑娘谈情说爱，更不允许和苏联人结婚。他和娜塔莎的事明显违反了组织纪律，因而受到了记大过处分。大家盘问了一阵，见盘问不出特务的事，便要他交待他和娜塔莎恋爱的细节。大老张为过去的事羞于启口，支支唔唔就像挤牙膏似的人家问一句他说一句，弄了好几个晚上都没有结果，大家都说他不老实！

随着清队运动的不断深入，阶级斗争的弦越绷越紧，火药味越来越浓，人人都胆颤心惊，生怕有一天灾难会落到头上！全公司各工程处各施工队都程度不同地深挖深查出了一些隐藏在革命队伍内部的阶级敌人。这些人的身份各有不同，有曾是反动会道门的骨干，有漏网的反动军官，还有逃亡地主……

钟文怎么也没有想到，班长沈师傅也有问题！

人们私下议论说，他曾当过解放军的逃兵——原来沈师傅的老家在苏北农村，父亲很早就因病去世，母亲把他抚养长大。十六岁那年新四军来到他的家乡，他便投奔了新四军。由于作战勇敢不怕牺牲，很快由战士提为班长，不久又提为排长，而后又当了连长。

沈师傅参军走后，母亲因为想念儿子，担心儿子的安危，对儿了日夜牵挂，常常以泪洗面，以至哭瞎了双眼，完全丧失了劳动能力。无依无靠的老人生活无着，只得乞讨要饭……

当解放大军向大上海进军，准备解放大上海的时候，部队途经他的家乡，沈师傅听说了老妈在家的凄惨情景，心如刀绞，再也无法平静，眼前时刻闪现母亲的影子，情急之下，他便开小差回了家，当了逃兵……

尽管专案组没有找沈师傅说事，但沈师傅却感受到了越来越大的精神压力，他为脱离革命队伍的可耻行为感到寝食难安，后悔不已！他害怕被革命群众把这事揭发出来，苦着张脸，一天到晚紧张得要死，生怕别人突然向他发难！在坦白从宽抗拒从严的强大威力下，心理堤防差点崩溃——他便自个儿跑到专案组坦白了这事。专案组倒也没有怎么为难沈师傅，只让他在班组范围内说了说情况，进行了一番自我批判，算过了关，仍干他的班长。

钟文回想到自己的家庭成份，幸好在警卫队的时候主动向组织谈了出来，要是放到现在，那问题可就大了，不由感到后怕，后脊梁都有点发凉！

曾经的"错误"

然而，邓钟文仍然没有躲过清队这一关，一个巨大的危机正降临他的头上。危机来自他的老家——乌塘大队。

这事要回溯到 1962 年。

那一年，邓钟文小姑的丈夫因病去世，小姑无儿无女，那时才 30 多岁，小姑长得漂亮，有一张粉嫩的脸，两个小酒窝，弯弯的柳叶眉。她觉得自己年纪还轻，有改嫁的念头。于是回到了乌塘邓家大院钟文大叔那里，想要哥嫂帮她物色个对象。不承想钟文的婶婶是个很有心机的人，这时便打开了小算盘，动开了歪脑筋。

在乌塘大队，屈姓大多是贫下中农，不是担任大队支书大队长就是担任治保主任，都是实权人物。而邓姓大多成份较高，不是地主就是富农，抑或是别的较高的成份，所谓的专政对像。为了改善自己在政治上的不利处境，想以小姑子为筹码，把小姑介绍给乌塘的屈长庚。

屈长庚是何许人？他是乌塘大队的一个瞎子。

这人可不简单，虽然双目失明，看起来却不像瞎子。走路不用棍子探路而走得风快，还能下地干活，记的是全劳力的工分。还有一张能说会道的嘴，大会小会，都少不了他参加，说起话来一套一套的，在大队是个举足轻重的人物。因为觉悟高斗争性强，那些地富分子无不对他惧怕三分。这还不算，还会拉一手胡琴，经常参加大队文艺宣传队演出。可奇怪的是，这样一个活跃人物，却找不来媳妇。三十多岁了，还是光棍一人，也许年龄到了那个份儿上，精力又十分旺盛，忍受不了单身汉的寂寞，常常半夜摸到那些家庭出身不好的年轻妇女房门前敲门，吓得那些女人紧闭门户，不敢出声。

钟文婶婶一向精明，她便在心里盘算：邓姓人在乌塘大队地位低下，常受欺压，如果小姑子能嫁到屈家，和屈长庚结婚，邓屈两家岂不成了亲戚，两姓的矛盾岂不是得到缓解？就跟电影《夺印》里的那个地主婆的想法一样。所不同的是《夺印》里那个何支书及时识破了地主婆的诡计，拒绝地主婆介绍的婚事。而屈长庚则没有那么高尚，他早知道钟文小姑长得好，听钟文婶婶一说，真是想瞌睡就有人递来枕头，哪有不答应的？巴不得马上就和钟文小姑结婚，吩咐婶婶赶快玉成这桩好事儿："好好！这事你得抓紧，夜长梦多，事情办成了，我会谢你！"

钟文婶婶听了长庚的话，信心满满地说："你一百个放心，这事包在我身上，你就等着作你的新郎官吧！"

屈长庚听了钟文婶婶这番话，别提心里有多舒坦，翻着白眼珠，连咽了几口口水。然而，钟文婶婶设想的美事，只是她个人的一相情愿，她给小姑子介绍完瞎子的情况之后，却遭到了小姑的反对。小姑涨红着脸，生气地对钟文婶婶说，"嫂嫂，你怎么帮我介绍这么个人？人家再能干，毕竟是个瞎子！天底下再没有男人了，要我嫁个瞎子！我就那么差吗？找不到合适的人，我不嫁就是了！"

　　钟文婶婶并不死心，千方百计做小姑子的工作，把屈长庚的诸多优点和长处在小姑耳边信口胡喷："你呀，真是死脑筋！看你说的什么话呀？嫂嫂是为你好，才为你介绍的。屈长庚哪像你想的那样差劲？你看见过的，他走路风快，做事麻利，不告诉你是瞎子，谁知道他是瞎子呀？他身体棒得很，有一身力气，能干哩！在生产队出工，记壮劳力一样的工分，干活比明眼人还强哩！"

　　婶婶看小姑不吱声了，继续劝说道："你今年三十二了，屈长庚今年才三十一岁，比你还小一岁，他又没结过婚。多好的条件呀，你嫁了他肯定不会吃亏，更不会吃苦！听嫂嫂的，嫂嫂不会害你！"

　　小姑在钟文婶婶的极力劝说下，一时没了主意。怎么办呢？顺从嫂嫂吧，总有点不甘心，说起来也不好听，没人要了，嫁了个瞎子……

　　小姑突然想到钟文母亲，母亲一向深明大义，且处事有方极有见地，想听听钟文母亲的意见，要钟文母亲帮她拿拿主意。小姑便来到了米塘冲，见了钟文母亲。钟文母亲听小姑把情况说完，非常生气，极力反对这门亲事，还把钟文婶婶数落了一顿。

　　"这人怎么能这样啊，哪有这么办事的？太不够意思了！为了讨好姓屈的，把自己的小姑子当筹码，把亲人往火坑里推！这种事亏她做得出来！屈长庚是什么人？他有什么好？一个瞎子，能有什么本事？既然条件那么好，为什么到现在没有一个女人愿意嫁他？他是什么人，乌塘人谁不知道？心狠手辣，只要他恨的人，抓住了就往死里打，打得鼻青脸肿也不丢手。在附近干尽了坏事，没有背后不捣他脊梁骨的！有权有势怎么了？能一辈子强势下去吗？如果是我，讨米都隔开他的门，离开他远远的！嫁给他不是找死呀？千万不要听信她的馊主意！你年纪又不大，长相也不错，不信找不来一个好男人！"

　　小姑听了母亲的话，立马回绝了屈长庚。屈长庚正做梦娶媳妇呢，见好事不成，简直气坏了，找到钟文婶婶兴师问罪。翻转着两只白眼珠子，连质问带恐吓："究竟怎么回事？你给我说清楚！原先说得好好的，这事包在你身上，你耍的什么花招？你当我是好欺骗的吗？"

钟义婶婶被屈长庚一吓唬，脸顿时变得蜡黄，连忙向瞎子说好话："长庚叔呀，我哪敢欺骗你，借我十个胆也不敢啊。是我那小姑子不知好丑，不愿意你，我苦口婆心劝了她的，死妹子就是油盐不进。我狠狠骂了她一餐，你如不听嫂嫂的话，以后再不要回乌塘，回来我们也不认你！"

"你开始不是说，你小姑不是愿意吗？这里面一定有名堂，你以为我不知道是吧？你到现在还不老实，还想耍我，在我面前打马虎眼，我是那么好耍弄的吗？老实告诉我，是不是有人在当中点我的烂药？"

这时，钟文婶婶为了洗脱自己的责任，也顾不得妯娌情分，把母亲抛了出去，承认是母亲在这件事上确实打了"拦头"。从此，屈长庚对母亲恨得咬牙切齿……

这事本与钟文无关，那时他还小，还在齐云桥读初中，压根不知道这事儿，怎么着也和他牵扯不上关系。然而，在事隔一年多之后，钟文回了一次乌塘老家，致使他和屈长庚直接发生了一场正面冲突！

事情的起因是上面来了新政策，钟文继父听说了这个新政策，要钟文回乌塘收取房租。

一天，继父兴冲冲对钟文吩咐说：

"钟文，你去乌塘大队收房租吧。"

钟文有点丈二金刚摸不着头脑，睁着两眼疑惑地望着继父。他从小就对大队干部感到怵头，想想都有点害怕，哪还去收什么房租？继父看他一副畏缩样子。对他说："你去吧，没事的，上边有政策哩！"

继父说完，便对钟文进行了解释。

原来，为了纠正共产风的偏差和错误，中央在 1962 年出台了一个文件，对于在三年自然灾害，"一平二调"共产风中遭受损失的社员，酌情予以一定的补偿。社员在大炼钢铁大办食堂时被公家拆掉的房子，应补偿其一部分损失，占住别人的房屋也要给房主补交一定数额的租金。继父在雷公堂被拆掉的房子这时已从公社领到了适当的补偿金。

钟文在乌塘的房屋曾被乌塘大队一个姓屈的支书占住多年——这是公社化刚开始时的事（奶奶还健在）。屈支书看钟文和奶奶住的两间房子比较宽敞通透，光线好，环境也好。便要奶奶把房子腾出来让给他家住。大队支书发了话，奶奶哪敢不依从，当天就和俏妹搬到了另一家的一间小灶屋里（奶奶就是在那间小灶屋去世的）。屈支书在他家住了几年。大饥荒袭来的时候，共产风受到遏止，屈支书无奈地搬了回去。

按中央文件规定，屈支书应该给钟文补交一定数额的租金。继父得到这消息，自然高兴得没法说。家里正缺钱用呢，有这样的好事岂能错过？多少能要来点租金补贴家用也是好的，他便吩咐钟文赶紧回乌塘收取房租。

钟文从小对乌塘的大队干部心存畏惧，一听继父说要他回乌塘收房租就有点头皮发怵。担心到时收不到房租，还要被人骂一顿——他可不想挨骂！

他迟疑地对继父说："他会给我房租吗？"

"会的，这是上面政策规定的，公社拆掉我雷公堂的房子已给我补了钱，补助金我都领到了！你不用害怕，大着胆子去要！"

继父说得非常肯定，再不去的话，不光继父生气，还会被继父小瞧，说他这点事都办不成，还有什么出息？他只得按照继父的吩咐，硬着头皮来到屈家院，找到了屈支书。

还好，人家到底是大队支书，有政策摆在那儿，听他说明了来意倒没说什么，愿意付给他房租。吩咐他老婆给他拿钱。只是屈支书老婆——一个脸色发黄眼泡有点淤肿的女人回里屋拿钱的时候，哭丧着脸向钟文啰啰嗦嗦地说："你哪里知道呀，我家日子也很难啦，要花钱的地方太多，手边哪有钱啊？"说完便进到里屋，好一会儿，磨磨蹭蹭出来了，向钟文又是一阵诉苦："你看，我在屋里找来找去，就只有这些了！"然后，苦巴巴拿了张五元的票子递给钟文——其实这点钱只不过是那几年房租的零头。

钟文看人家说得那么难，也就没有再说什么，只得接了那五元钱，放进衣兜便出来了——房租虽然没有收到顶期的数目，总算没空手回去，对继父也算有了交待。

屈家院离邓家大院很近，翻过一个小山坳便到了。

邓钟文从山坳下来，就望见了邓家大院高大气派的槽门。槽门两旁大青石立柱在阳光下闪闪烁烁。立柱两旁那副熟悉得不能再熟悉的对联呈现在眼前。不知为什么，这时他的内心有点激动，虽然分别才两年，就好像分别多年一样。这里曾是他生活的乐园，从童年到少年，尽管他一直生活在贫困和压抑中，但小孩快乐的天性，使他忘记了忧愁。一天到晚没心没肺地和小伙伴们在大院里玩耍追逐，在乌塘洗澡游泳，在田里摸鱼捉虾捡螺丝，在山上捉鸟掏鸟窝。稍大一些了，和妹妹一起在地里种庄稼种红薯，还在屋后的山上放牛挣工分，过早地挑起了生活的重担，这里曾留下了他的足迹……

自奶奶过世之后，他再没回过乌塘，没有见过大叔。大叔的房子也是在大炼钢铁时拆掉的，现住着他和奶奶的房子。他突然想起，应该进去看看大叔。

钟文进了大槽门，走过二槽门，穿过大天井，来到大厅的时候，听见有人向他打招呼："钟文，回来看你大叔呀！"

他转过头一看，只见一个姓曾他平时叫"满满"的人正在大厅里边的角落里和一个人在推谷（将稻谷去壳）。另一个推谷的就是屈长庚。钟文很有礼貌地回答说："嗯，你们正忙呀！"

那人突然想起来似的问钟文："钟文，你满姑怎么不嫁给长庚了？"

钟文猛一听到这话，一时愣住了。

姓曾的"满满"以为钟文没听清他说的话，把刚才的话又重复了一遍，钟文仍不明白是怎么回事？以为那人是在向他打趣，农村人拿这种事相互打趣逗乐是常事，便回答："我不晓得这事呀！"

这时，姓曾的"满满"也许平时和屈长庚说笑惯了，竟拿屈长庚开涮起来："钟文，你是不晓得，长庚想你满姑都得了相思病，晚上觉都睡不着哩。"

这话当着钟文的面说出来，不光钟文感到不好意思，屈长庚尤其尴尬，觉得这是在打他的脸，心里早憋着一股气，这时便拉长了脸，白眼珠不停地翻动着，可他又不敢和姓曾的"满满"较真，为了挽回面子，生气地说："呸！他满姑想嫁给我我都不要哩！"这话虽是对那人说的，钟文听了却觉得非常别扭和刺耳。

那人不管不顾，依然不依不饶继续拿屈长庚逗弄："你不要嘴硬，你不要他满姑？怕你做梦都梦见他满姑哩！"

屈长庚一听这话无异于当着钟文的面打他的脸，更加无地自容，火气很冲地说："我梦见他满姑？他满姑是什么好货！谁希罕！"

话说到这儿，味道全变了，相互间的打闹取笑，变成了针对第三者的攻击和辱骂，钟文既感到尴尬又有点恼火，便说："你们开玩笑归开玩笑，不要牵扯别人！"

屈长庚一直想借题发挥找茬儿，这时，听见钟文接了话茬，说话的口气又很冲，两只白眼珠朝他一翻，气势汹汹地说："你个地主崽子，牵扯你了，你想怎么？"

钟文也是年轻气盛，平白无故受到这样的呵斥，当然很憋气，回道："你有理说理，不要动不动就以势压人！"

屈长庚是何许人？他在邓家大院的地富及其子女面前，从来就是说一不二的赫赫尊神，往往他鼻子里哼一下，别人大气都不敢出一声，老鼠见猫似的。钟文离开乌塘邓家大院才几天，竟敢对他如此不恭，公然顶撞他，而且他心里早就压着一股恶气，不由得恼羞成怒："压你怎样，你想翻天？"

嘴里嚷着便抓起放在墙边的拐棍，噌噌蹿向钟文，举棍就打过来。

钟文要是过去遇到这事儿，决不会与之正面交锋。然而这时，他已长成了一个体格健壮自尊心很强的小伙子。当棍子打到头上的时候，他没有退让，身子往旁边一侧，屈长庚的棍子落了空。当第二下又打来的时候，他灵活地冲上去，一把抓住了棍子的一头，一使劲便把棍子夺了过来，将棍子"咣当"一声丢在地上。

屈长庚哪吃过这个亏，人没有打着棍子反而被夺去，这无疑使他颜面扫地，比打他耳光还要难受。简直反了天了！不知道马皇爷三只眼！扑上来就拽住钟文进行撕打。正撕拽不开的时候，钟文大叔永奎及本家哥闻声赶来了。连忙向屈长庚赔礼道歉，说好话。

"长庚满，这孩子不懂事，你大人不记小人过，不要和他小孩子一般见识……"

然后，又回过头对钟文一顿训斥："你这孩子，怎么跟你长庚满满闹起来了？一点规律都没有！书读到狗肚子里了！还不快向你屈长庚满认错！"

屈长庚找回了面子，风波才算平息……

澄清

文革一开始，屈长庚便成了乌塘大队的风云人物，他既是乌塘大队造反组织的主要成员，又是清队专案组副组长。开始在大队呼风唤雨好不威风。他原本就对解放以后邓家大院的人陆续外出参加工作的现状十分不满，并为此愤愤不平。常发牢骚说，解放前，这些人作威作福不劳而获，过着优裕的剥削阶级生活。无产阶级掌权的今天，他们仍吃国家粮拿工资。冬天冷不着，夏天晒不着。哪像我们贫下中农，五黄六月都要在庄稼地里出大力流大汗，累死累活戳牛屁股；寒冬腊月，还要修水库挑塘泥，压得肩膀生疼。这太不公平太不合理了。必须把他们统统弄回来，跟贫下中农一样种地，接受贫下中农监督劳动！

一旦权在手，就把令来行。屈长庚看看时机来了，便对大队干部说："不能再让这些人安逸，过舒服日子，得统统把他们弄回来耍耍泥巴！五黄六月出出红汗！"他的提议立即得到响应，开始行动起来。

乌塘大队最先被弄回来的是邓钟文的大叔邓永奎。邓永奎在齐云桥小学教书，近在咫尺，只是举步之劳，很轻易便把他弄了回来。抹掉了他的教师资格，停发了他的工资。老实本分的大叔便依照那些人的指令，开始在生产队当社员，"耍泥巴"，挣工分，动不动遭到呵斥，灰头灰脸全没了斯文样儿。其他人则远在数千里之外，都是有单位的，须人家单位同意才行，鞭长莫及。但他们有的是办法，整材料当然是最好最有效的途径，花八分钱邮票把材料一寄就解决问题。几个人凑在一起，拿起政治放大镜和政治显微镜，以革命的名义，挖空心思寻找罪证。于是，邓家大院凡在外面工作的，无论什么人，过去有没有问题，他们统统给整了材料，贴上邮票，寄到了这些人所在的工作单位……

整钟文的材料写得尤为严重。说他小小年纪就思想反动，对贫下中农怀有刻骨的仇恨。1962 年，趁着国内外阶级敌人反华反共之际，蠢蠢欲动，蹿回乌塘大队向贫下中农反攻倒算进行阶级报复。向贫下中农收取房租和殴打屈长庚就是活生生的事例。

除此之外，他们就连邓钟文小时候如何顽皮的事儿，也上纲上线罗列进材料里。材料最后，还严正要求单位把邓钟文遣返原籍，交给老家的贫中农监督劳动。材料整好，一时不好邮寄，他们不知道邓钟文的工作单位在哪？他们只知道他在一个大建筑公司工作。这家公司如今在青海，具体地址他们并不清楚。他们有的是办法，发动群众寻找线索。屈长庚的本家偕有一个初中同学和邓钟文的继父住在一个生产队，通过他便轻而易举地打听出了邓钟文工作单位的通讯地址。

远在青海七公司一处二队文革领导小组的凌指导员收到了来自乌塘

大队寄来的揭发信。初看材料，罪名大得吓人。但什么事被夸张得太大太离谱就有点失真。

凌指导员对钟文还是了解的。

有一段时间干部要和工人"同吃同住同劳动"，曾和钟义住过一个宿舍，还是上下铺。凌指导员对钟文的印象一直不错。钟文在政治上要求进步，工作上不怕苦不怕累。可以说他是看着他进单位的，他的一举一动都看在眼里，决不至于像材料里所说的那样"反动透顶"，"骨子里仇恨共产党"。材料里罗列的罪名虽多，但有事实依据的只有两条，那就是邓钟文向大队支书收取房租以及和屈长庚打架的事儿。但贫下中农的呼声又不能不予以重视。为了慎重起见，他决定让邓钟文先写一份 1962 年在老家的有关材料，他又想法查阅了 1962 年党中央有关退赔政策的文件，通过看材料查文件，终于对贫下中农写的材料上的事有了一定的了解，其实问题的性质并不严重，收房租是有政策规定的，而况是他继父要他去的，邓钟文那时还是一个刚刚初中毕业的毛孩子，思想单纯。决定让邓钟文在班组范围内对自己的问题进行"澄清"，提高思想认识算完。

班组澄清会安排在晚上，在班组的学习室进行。

吃了晚饭，班组职工在韩师傅的安排下，每人拿着一个小木凳，陆续来到学习室。小小学习室十来个人靠墙围坐了一圈，人们都穿着厚厚的棉衣。刚下过一场雪，外边气温很低，房里生着火炉，窗玻璃上结着厚厚的冰花。

沈师傅来得早，揭开火炉盖子看了看，炉火燃得不是很旺，便取下挂在火炉旁的铁钩捅了捅，把火炉的死灰掏了掏，又挟了几块碎煤放进火炉，然后把水壶重新座上。火炉慢慢燃旺起来，水壶吱吱地冒出了热气。一支 60 瓦的电灯泡挂在房间中央，是因为电压不足还是怎么的，灯光晕黄晕黄的。掏出的细灰还没有散尽，在室内飞扬着，像蠓虫似的在灯光下上下沉浮。

这时，人人都显得严肃而认真，谁也不说话，有几个人在吸烟，灰色的烟雾在灯光下缭绕弥漫，充满了呛人的劣质烟的气味。邓钟文灰着脸心神不安地坐在角落里，像个做了错事的孩子，低着头不敢看人。

因为是澄清会的头一个晚上，凌指导员亲自参加了会议，凌指导员也是坐的小木凳。韩师傅看人到齐了，望了望旁边的凌指导员，说了声"开始吧"。然后跟往常开会一样，翻开"红宝书"，领着大家念毛主席语录："领导我们事业的核心力量是中国共产党，指导我们事业的理论基础是马克思列宁主义！"

"千万不要忘记阶级斗争！"

大家跟着韩师傅念了一遍。语录念完了，韩师傅转过头向凌指导员看了看，凌指导员会意，脸转向大家，以平静的口气说："今天班组同志开会，主要帮助小邓同志澄清问题，提高认识。1962 年，他在老家和贫下中农发生了一些不该发生的事，也可以说犯了严重错误。他老家的贫下中农对他很有意见，大家要本着毛主席他老人家教导的'治病救人'的原则，从思想上帮助他认识以往的错误，提高觉悟。"

凌指导员的话不多，却客观公正。实际上为钟文的问题定了调子，称呼他为"小邓同志"，很显然，他的问题属于人民内部矛盾。

钟文听了凌指导员的话，紧张的心情稍稍放松了一点。凌指导员的讲话一完，学习室一时沉默下来，谁也不想第一个发言。只有火炉上白铁壶的盖子被热汽顶得嘭嘭作响的声音。凌指导员把脸转向韩师傅，韩师傅清清喉咙，说了几句话，然后望着钟文，说："那，小邓先谈谈吧，究竟是怎么回事？你要端正思想，以老实的态度，一五一十把过去所犯的错误说出来。"

韩师傅的话一说完，底下好几个声音跟着说："是呀，先叫他自己谈！"

凌指导员也说："小邓，你先谈谈吧！"

钟文以诚恳的态度，向大家说了说 1962 年他在老家收取房租以及和屈长庚打架的经过。然后，对照毛主席的教导作了检查，从思想深处寻找根源。他的话刚说完，就有人对他的检查提出了尖锐的批评，火力很猛。说他的检查不深刻不到位，回避要害问题，没有触及灵魂，必须深挖思想根源。

一个晚上自然解决不了问题，澄清会还得继续。

凌指导员还有别的事，接下来的会他不再参加，由韩师傅主持。

在以后几天的澄清会上，韩师傅和沈师傅及其他几个师傅的发言都比较客观，本着团结——批评——团结的方针，采取说理的方式对钟文进行了耐心的帮助。批评他对贫下中农缺乏感情，在思想上没有和剥削阶级家庭划清界线，才发生和贫下中农打架这样严重的错误。钟文听了这些意见觉得还能接受，虚心地又作了检查。

但是也有一部分人在小组澄清会上对他的问题无限上纲。

"邓钟文，你不要避重就轻，对要害问题进行回避。你和贫下中农打架，这件事并不是孤立的。1962 年，趁着我国遭遇暂时困难之际，帝修反联合进行反华，蒋介石叫嚣反攻大陆，这个时候你趁机跳出来，你的思想动机是什么？"

说这话的是凌师傅。

文革初期，钟文曾贴过他的大字报。听了凌师傅这样的质问，钟文脑子里"嗡"地响了一下，就像头上挨了一棍子。什么呀？他那时哪知道蒋介石反攻大陆啊！他失学回到继父家，每天累死累活在生产队挣工分。连报纸都看不到，哪知道什么国际国内形势？哪知道蒋介石反攻大陆的事？收房租是继父叫他去的，他本不想去，继父催了几次，他不能不去。继父对他说，是中央下了文件的，怎么是反攻倒算呢？和屈长庚打架，他也是迫不得已，他并不想和他对抗，是人家举起棍子先打他，他气不过才夺了对方的棍子。要说打，也是人家先动的手，他当时只是夺了人家手里的棍子，把棍子扔在地上，是他扭住他不放，要打他，他并没有打呀。怎么是殴打呢？参加工作之后，通过学习毛主席著作和政治思想教育，他也曾无数次反思自己那次和屈长庚打架的事，觉得非常后悔，真不应该和贫下中农发生那样的冲突，完全是自己年轻气盛，一时冲动，要是当时躲开他，不是什么事也没有了……

从他内心说，他从小害怕乌塘大队的干部，包括屈长庚，见了那些人总像老鼠见猫似的，惟恐躲之不及，哪敢找他们报复啊！

面对凌师傅的质问，他不知怎样回答才好？涨红着脸，着急地分辩说："我没有，我那时哪知道那些事？哪敢去找贫下中农反攻倒算啊！我当时什么也不知道，什么都不懂……"

钟文的话没说完，就遭到一些人的迎头痛击："什么没有？邓钟文，你什么态度？不谈实质问题，休想蒙混过关，快说说你的思想动机！"完全是对付阶级敌人的态度和口气。

钟文听见这话，头脑有点懵。他谈的就是事实求是，没有半点隐瞒和掩饰。

一旁的"泡子"也想趁火打劫，插上去说："是呀！你咋不吭声了？你的动机是啥……"

好在"泡子"的话还没说完，韩师傅便向他瞪了一眼："有你什么事？"意思是说你偷听敌台的事还没完呢，自己屁股上的屎还没擦干净呢！

"泡子"不吭声了，知趣地赶紧低下了头。

接着继续有人向他发出严厉的质问，火力很猛，口气很冲，仍是重复了无数遍令钟文无法回答的话。硬说他向屈支书收房租是反攻倒算！和屈长庚打架是殴打贫下中农！

房间的火炉燃烧得正旺，水壶盖子吱吱作响，卟卟地冒着热气，钟文的心也像壶里被烧沸的开水，如烤如煮。

天天晚上都是如此，翻来覆去都是一样的内容。大家对他的检查不满意，说他的检查不深刻，没有谈到实质问题，没有触及灵魂，休想滑过去……

钟文如坐针毡似的承受着班组同志的拷问。对那些上纲上线的质问有点无所适从，不知该怎么回答才好。他是个性格耿直的人，性子又有点偏，没有的事，当然不承认，以屈从别人。他只有从思想深处寻找根源作深刻检查。他只承认对贫下中农没有感情，毛主席著作学得不好，没有改造好思想，没有和剥削阶级家庭划清界线，才发生和贫下中农打架的事。对于他去收房租的事，决不承认是反攻倒算。他说："这是中央文件规定的。怎么是反攻倒算呢？"也不承认殴打贫下中农："是他先打的我！我只不过夺了他的棍子！我和他并没有打架，是他扭住我不放手，举起拳头要打我，我只不过用手挡住他，不让他打倒我身上，怎么说我殴打贫下中农？"

这样的回答，班组人自然非常不满，得不到他们的谅解，澄清的时间便拖延下来。

一些人见他这样顽固，便不依不饶，加大火力对他进行炮轰。说他企图蒙混过关，顽抗到底！批判的口气就像对待牛鬼蛇神一样。钟文感到委屈憋闷，心里难受，眼泪差点流出来。但最后几天他吸取了教训，对于别人的无端的指责和上纲上线的批判不再解释，也不反驳，无论别人说什么，言辞如何激烈，口气多么严厉，哪怕人家指着他的鼻子骂他，说他如何反动，他都不回嘴，极力抑制住自己的情绪，老老实实低着头坐在那里，终于度过了那段如煮如烤的时间。

在指导员的安排下终于过了关。

躲避

钟文在班组澄清问题，不几天，可慧梅就得知了消息。她当然不相信他会有什么事，但她仍免不了为他担心。她知道钟文心思重，没让他参加"8·18"情绪都低落了好些日子，这次又遇上了这档子事，心里还会好受？

几次想找他说说话，劝他放下包袱。可她也很忙，白天黑夜都要参加班组的清队学习班，帮别人澄清问题，还要教人跳"忠字舞"，简直忙得不可开交，很少有闲下来的时候，很少见到钟文。有时在食堂和钟文碰见了，钟文又故伎重演，低着头不愿理人。她也是一个腼腆而矜持的女孩，脸皮薄。主动找一个男孩子说话毕竟有点不好意思，一直找不到和钟文说话的机会，事情便拖延下去了。

正所谓世事难料，司慧梅万万没有想到，她又交了好运——失散多年的父亲费尽九牛二虎之力，终于找到了她，很快就要和父亲团聚！

那天，三线工地来了一位年轻的军人。年青军人径直走进了凌指导员的办公室，自我介绍说，他是昆明军区某师首长的警卫员，他来这里是想找一个叫司慧梅的姑娘。说着便从兜里拿出介绍信。凌指导员听军人说完，接过介绍信看了看，很快明白了，热情地给他递了一杯水，然后立即打发人去工地叫司慧梅。

随着文化大革命的深入发展，职工们的政治活动不断翻新。除"天天读"、"早请示，晚汇报"、"三忠于"、"四无限"之外。为了迎接党的"九大"胜利召开，全国又开展了跳"忠字舞"活动。施工队找不来会跳舞的人，司慧梅喜欢唱歌，为了完成这项重要的政治任务，只好矮子里头挑将军，临时指派了她，叫她教职工跳"忠字舞"。她在公司的"忠字舞"训练班学习了几天，回来后便担任了跳"忠字舞"的老师。

外边尽管天气寒冷，冻手冻脚，职工们一个个穿着厚重的棉衣，戴着棉手套，穿着大皮靴，但学跳"忠字舞"的热情仍非常高涨，毕竟是老胳膊老腿又都是从事重体力劳动的人，跳舞的时候，笨手笨脚丑态百出。彼此看见对方的动作都止不住笑得前俯后仰……

司慧梅望着面前的这些学生，不由连连摇头。

来人走到司慧梅跟前，对她说："小司，别教了，指导员叫你马上回去！"

　　小司听了那人的话，有点诧异：什么事呢？这么紧急？她只好叫大家解散休息，跟着来人来到了支部办公室。

　　司慧梅一脚踏进办公室，看见椅子上坐着一个穿四个兜军装的年青军官，她不知怎么回事。等凌指导员将年青军官给他作了介绍，她惊喜得一颗心咚咚直跳。年轻军人打量了一眼司慧梅，很热情地向她说明了情况，司慧梅听完，愣怔了好久，才明白是怎么回事，激动得许久都说不出话，泪水在眼眶里打着转，差点流出来。

　　原来司慧梅的亲生父亲在邙山的那次激烈的战斗中并没有牺牲，只是受了点伤，被一个同志救下来，将他隐蔽在一个农民家里。伤养好之后，他又回到了邙山游击队。不久便参加了陈赓的部队攻打洛阳。攻下洛阳后，游击队战士又编入正规部队，然后随着解放大军南下作战，辗转到了云南。全国解放后，生父所在的部队驻扎在昆明。生父曾托人回老家寻找过她和母亲。帮他打听消息的人得知她妈已带着年幼的她改嫁他人，只得失望而归。从那以后，生父便另找一个姑娘成了家。生父如今已是一个堂堂正师级军官。随着年龄的增长，思女心切，父亲越发想念失散多年的女儿，常常夜不能寐。几经波折多方寻找，终于打听到了女儿的下落，特地派了自己的一个参谋从大西南来到了大西北，准备把女儿接到自己身边。父亲为了给女儿弥补曾经失去的父爱，千方百计为女儿在昆明工学院争取到了一个工农兵学员的名额。过罢春节，司慧梅就要到昆明工学院上学读书……

　　消息很快就在工地传开了。人们无不羡慕司慧梅有个好爸爸，她很快就将和亲生父亲团聚，更可喜的是她将成为一名大学生！上大学多好啊，这是多少年轻人梦寐以求的事啊。在建筑工地风吹日晒，受苦受累，终于苦尽甘来，再也不用东奔西跑风餐露宿当建筑工人！

　　司慧梅人缘好，施工队无论领导还是班组同志，或是新老工人，都为她感到高兴，为她祝福！一些人还给她送了纪念品，如笔记本，围巾、手套之类。嘱咐她以后多联系常来信，别忘了工地的老同事。那几天，人们围在她的身边，像公主似的把她簇拥着，走到哪，都会迎来人们钦羡的目光……

和司慧梅的境遇形成反差，钟文深感命运不济，为自己的不幸暗自叹息！他仿佛已陷入一个烂泥坑，身上的污秽再也洗不干净。每天话说得很少，眉头紧戚，脸上再也没有笑容，惟有在繁重的劳动中，才忘记自己的痛苦和烦恼，忘记自己的存在，他几乎成了一架干活的机器……

《学习》已停办。他不明白当初哪来那么大的兴趣？哪有那么大精力？着了魔似的全心身投入到办刊之中。如今，他什么都不想干，万念俱灰，感觉做什么都没有意思，诗也写得很少。虽然不时还有诗兴冲动，但写出来的诗却有点不合时宜，带有很大的怨气。万一被人发现，弄不好又是问题。他想付之一炬却又于心不忍，只得把心中汹涌澎湃的感情掐灭，尽可能不写或少动笔。

钟文从职工嘴里得知了司慧梅的这一喜讯，发自内心为她高兴！为她和父亲团聚以及能有机会上大学而默默地祝福！

他很想和她说说话，向她表示祝贺。可他却害怕碰见司慧梅。在她面前，感觉有点自惭形秽。每次在工地碰见时，看见她投过来的热辣辣的目光，心里就有点发虚。她送他的那顶帽子他只戴过几次便没有再戴，把帽子藏在箱里。他暗自庆幸自己没有给她写那封求爱信。要是真给她写了那封信，他的丑就丢大了！他心里清楚，他俩的差距太大，犹如云泥。她是一位高贵的公主，而他只不过是一个被打上耻辱印记的贱民，一个异类。明知不可为而为之是愚蠢的，将会引来别人的耻笑，说他"癞蛤蟆想吃天鹅肉"，必将自取其辱。还是老老实实地接受现实，服从命运的安排吧。其实，他们之间什么也没有发生，完全是他自作多情，是他的一种单相思！把这份感情掩藏在自己内心深处，永远不要讲出来反而更好，将是一段美好的回忆……

他知道：她和他分手的时候到了。猜想司慧梅会来找他，为了不至于在分别时太难过太伤心，让心爱的姑娘把他从心头尽快抹去，他牙一咬便躲了起来。

得知司慧梅动身的那天，钟文特意向沈师傅请了假。

他不知到哪里去？工地就那么大，惟有离开工地，才能使他隐身。他心事重重地慢慢走出了工地。前边是一条河谷，顺着河谷正好是一条南北方向的公路，往北走到尽头是苍家峡，向南走是乐都县城。他没有多想，顺着公路，低着头茫茫然走着。

天阴沉沉的，铅灰色的云层布满了天空，低低地压在头顶，憋闷得让人窒息。河滩两边的庄稼地，玉米和青稞早已收割完毕，高高低低的土地呈现出灰褐色。一群黑色的老鸹在远处盘旋，一会儿慢慢向下降落，企图寻找河滩上剩余的草籽。似乎受到什么惊吓，又猛然飞向天空，在空中发出尖利的叫声，声音听起来格外瘆人。

他开始走得很慢，渐渐加快了脚步。走着走着，发现自己怎么跑到铁路边来了？这条铁路是为三线工厂的交通运输从乐都县城的方向修建过来的，有些地段已经铺上了铁轨，只是目前工厂还没建好，尚未通车，铁轨日晒雨淋已锈迹斑斑。他在枕木上深一脚浅一脚地走着。

这时，四野显得空旷寂寥，只有远处一些农民在往地里送粪。一阵风刮过，扬起的灰尘像灰色的大幕四散开来。

没有任何人注意他打扰他。为了宣泄心中的郁闷，他沿着铁路线奔跑起来。一边狂奔一边扯起喉咙叫喊，啊——啊——

他从没这样疯狂过。他感觉自己仿佛成了一只受伤的野兽，声音在山野间久久回响。他拼尽全身力气跑着喊着，直跑得大汗淋漓喉咙发干发疼，全身筋疲力尽，终于支撑不住了，虚脱似的在铁路边的山崖边坐下来。他背倚着土崖大口地喘着粗气。喘了一会儿，慢慢地缓过神儿来，重又想起那些伤感的事，泪水溢满了他的眼眶……

他尽量克制着不去多想，闭着眼睛懒懒地躺在土崖下，昏昏沉沉在那里躺了整整一下午。天快黑的时候，他才从地上爬起来，亦步亦趋回到工地。

这时，司慧梅已经走了，她走得有点失落——

这些天来，因为找到了亲生父亲，突如其来的喜讯，使她兴奋得头脑有点发晕，觉也睡不安稳，天天处在梦幻之中。打她懂事以来，就想念着亲生父亲，寻找到父亲是她一辈子最大的心愿，也是一生中最大的幸福！如今父亲来找她了，接她到父亲身边！亲生父亲长得怎么样呢？她无数次在头脑中想象过。听母亲说，父亲长得高大帅气。如今老了吗？有白发了吧……让她高兴的还有，她很快就要成为一名大学生，她从没有想过会上大学，这是多么不可思议的事啊！这对她来说，无异是双喜临门……

她很想让钟文分享她的幸福，可是这个书呆子却躲避着她，不和她说话，有意和她拉开距离。这使她感到失望和失落。说实在的，进公司工作几年来，在她所接触的男孩子中，钟文给她的印象是最好的。他有理想有抱负，喜欢看书学习，吃苦耐劳，积极向上。除了家庭出身不好之外，在施工队再也找不出来比他更优秀的男孩子！她虽然对钟文没有作过明确的表示，但在她心中却占有重要的位置。她从他看她的眼神中，真切地感觉到钟文也是喜欢她的。可是因为他的家庭出身，接连遭遇挫折，受到沉重打击，一直存在着自卑心理。她这一走，也许这辈子和他再难见面。

她将行李及调离手续一切事情弄好之后，也没见到钟文的身影。心里好难过，禁不住有点伤感！无论怎样，临走之前，要和他说说话——她知道，钟文不可能来找她。就这样不声不响走了么？她不甘心！她应该主动找找他才对。临出发那天，她打破了自己固有的矜持，来到了钟文的宿舍，可是却扑了个空！他究竟哪去了？她站在那里不知所措。正巧沈师傅走过来，从沈师傅嘴里，她才知道，钟文竟没上班，借故躲了起来。她怎么也想不到钟文竟会是这样！竟然这么绝情！

车票已经买好，行期紧迫，不能耽搁，她只好带着无比遗憾，恋恋不舍地离开了三线工地……

第十五章　"叛国投敌"的罪名

被越南人送出了国境

刘景和和"眼镜"他们被越南人扣押起来。

其实，说扣押并不完全确切，应该说在越南住下来。有吃有喝，还能随意走动，越南人对他们很客气。

每天无所事事，吃了饭就在住地附近或走或坐或站，消磨时光。他们的住处四周是一片森林，方圆一公里左右是一块坡度不大的平地，远处是层层叠叠的崇山峻岭。一条弯弯曲曲的小河顺着山势流向远方。一眼望去，满眼尽是密密的丛林，四周林木繁茂，浓荫蔽日，空气清新，到处都能听见悦耳的鸟叫声和潺潺的流水声。

开始的时候，他们对这些都感到新奇，感觉这里的环境就像休养所一样幽静。可以听听鸟叫，看看风景，还可以玩玩扑克——四个人正好一桌。为了寻找刺激，谁输了就往谁脸上贴纸条。往往是输家愈输，输家脸上耳朵上贴满了纸条，让人惨不忍睹，笑得眼泪汪汪腰都直不起来。可天天都是这种日子，再好的游戏也会乏味。在这窄小的天地，每一棵树，每一根草差不多都能数过来，自然会感到腻歪。就像坐牢一样，心里十分憋屈和烦闷。很想到远处走走。可又不敢去森林深处，到处有蚊虫，蚊虫不只个儿人还很多，不光晚上乱飞，白天也会叮人，只要落在皮肤上就会起一个疱，奇痒难忍。树林里还有叮人的蚂蟥，蚂蟥非常可怕。中国南方只有水田里才有蚂蟥，而越南山林里也有很多蚂蟥。蚂蟥个头还大，稍有不慎，蚂蟥钻到人身上，使劲扯都扯不掉，皮肤被蚂蟥吸过的地方鲜血直流，吸的时间长了，蚂蟥还会钻进肉里！除此之外，还有索索爬动的蛇。有时蛇还会出现在他们住室。有几次他们睡觉的时候蛇从门缝钻进来，差点爬到床上，他们被惊吓得乱喊乱叫。景和尤其怕蛇，见了蛇就头皮发麻。那些越南人却不怕蛇，还爱吃蛇。跟广东广西人一样，捉了稍大的蛇就把皮剥了吃蛇肉，吃得很有味。有时，他们无聊的时候，就好奇地站在旁边看越南人杀蛇剥蛇皮。将蛇从头上用刀拉开一条缝，然后剥开头上的皮往下一拉，白森森的蛇肉就出来了——这个惨状，不敢再看。这里雨水也多，三天两头下雨，空气十分潮湿，身上的衣服粘糊糊的，景和最烦这种天气，好像身上发了霉似的。

有几次，他们几个人实在腻味了，便商量着想往远处走一走，看一看，但越南人不许他们走远，对他们警告说："不行，你们不要去远处，那里很危险。"

他们便不敢贸然行动。

虽说越南人没有限制他们自由，但他们意识到，再怎么走，也摆脱不了越南人的掌控，就像孙悟空给唐僧划的那个圈。语言不通，又不了解周围的情况，只得老老实实待在越南人指定的范围内活动，大有画地为牢的意味。

时间一天天过去，眼看着快过春节了，眼镜他们特别想家，想妈妈，想亲人，巴望着早点回家，和亲人团聚，简直归心似箭。这时候，他们才后悔当初脑子发热，来越南看什么打仗！

　　"来这里看鬼呀，真是吃饱了撑的！"

　　"没有看到打仗，自己却成了越南人的俘虏！"

　　"真是倒霉透了！"

　　不几天，他们便要求越南人放他们回去。

　　"马上过春节了，扣了我们这么久，我们又不是坏人！放我们回去吧。"

　　"我们不想看打仗了！"

　　"我们从家出来快一年了，爸妈不知我们在哪儿，不知他们多着急呢！"

　　但越南人不理睬他们，他们再着急也没有用。他们在越南过了一个索然无味的春节。

　　春节过后十多天。清早起来的时候，一个看起来像头儿的越南人对"眼镜"说："你们今天可以回国了。"

　　玉林师专的那几个学生听到这话，立即欢呼起来："真的吗？我们可以回家了！"

　　"回家了！好高兴啊！"

　　他们在这里实在待腻了，听说马上就要放他们回国，得到赦令似的，巴不得立即就走。

　　而刘景和听了这个消息，与"眼镜"们的态度截然不同。此刻他的心情非常复杂，从越南回去，对他来说，并没有多大意义。他清楚："眼镜"们都有自己的家，他们都是造反有理的红卫兵。而他呢，却是一个被注销了户口，开除了国籍，剥夺了生存权利的流浪汉。在这里有人管吃管住，别的什么也不用操心，多美的事啊！回国就意味着继续流浪，他将到哪里去呢？他为此感到忧心。

　　"眼镜"见景和并不怎么开心，阴郁着脸没有做声，便问道："小刘，你怎么？好像不高兴似的。你在这里还没有待够呀？还想看打仗啊？"

　　景和说："你说的什么呀？"景和说完便苦笑笑，敷衍着说："回国当然好了，出来这么久，可以和家人团聚了！"

他当然不可能把心里想的对"眼镜"说出来，更不能对越南人说，这是他内心的秘密，只得把自己内心的伤痛隐藏在心里。人家国家不接纳你，何必强求呢？何况他又听不懂越南人说的话，越南人也听不懂他的话，离了翻译就寸步难行。人家叫回去就回去吧。他还是相信那句话：车到山前必有路，活人不会让尿憋死……

就像来时一样，越南人派一辆厢式汽车把他们送出了国境。

他们这回是从友谊关进来的。越南方面的汽车在离友谊关不远的地方停下了，越南人从汽车驾驶室走出来，和友谊关的边防军进行了交接，交接手续完成之后，他们便被两名中国边防军带进了友谊关。

这一次，他们十分清晰地看见了陈毅元帅在友谊关上的亲笔题字。友谊关的城门很宽很厚，建筑雄伟巍峨。进关之后，广西边防站又把他们移交给了广西公安厅。这种不值一提的案子广西公安厅觉得不屑于接手，随后便把他们移交给了南宁市公安局。玉林师专的几个学生，被南宁公安局的人教育了一番，当天就让他们回家去了，然而景和却被扣留下来。

景和不解地对南宁公安说："他们都放回去了，你们怎么不放我走，还把我扣在这里？"

一个瘦个子公安回答说："你呀，我们现在还不能放你！"

景和不解地问："为什么？"

瘦个子公安对他态度倒很和气，向他解释说："你和玉林师专的学生不一样，他们都是学生，你不是。你没有任何东西能证明你的身份。"

景和这才明白，因为在越南时，他想在越南找工作，才对越南人说了实情。越南人把这一情况移交给了广西边防站。

景和的身份得不到确认。尽管他老老实实向南宁市公安局说了自己的情况，但口说无凭。在那风声鹤唳草木皆兵的政治环境下，凡从境外过来的人，在他的身份没有弄清楚之前，是不能有丝毫麻痹和轻敌思想的。

于是细致的调查工作开始了。

一天，南宁市公安局负责景和审查工作的那个瘦个子把他叫进了讯问室。那人开始讯问他老家亲属的情况，问得详细而认真。

"刘景和，你原籍是哪里？"

"河南临汝。"

"老家还有什么人？"

景和感觉奇怪，怎么问起老家人来了？但他仍作了回答："老家除了我一个大娘，没有别的人。"

"张大柱是你什么人？"

景和怔了怔，回答说："是我爷！"

接着又问了几个人的名字，景和见都没见过，早在解放前就死了，只不过听母亲说过而已。他十分犯疑：这些情况南宁公安局是怎么知道的？他睁大眼一看，只见讯问他的瘦个子拿着一本厚厚的有点发黄的线装书，念一个名字问他一句，他这才意识到那人拿的是他们老张家的家谱！

真厉害呀！追到祖宗三代！这不光是祖宗三代了。南宁市公安方面担心出错，让敌特分子钻了空子，竟然从几千里外的老家把他们老张家的家谱都找来了。他不能不对公安人员这种严肃认真的态度感到吃惊。

南宁公安局终于结束了对刘景和长达半年多的审查。他们本想在审查结束后就把景和解送回河南的。可是从广西到郑州沿途武斗不断，尤其广西的武斗更为激烈，流血事件不断发生。铁路停运，路上极不安全，公安生怕出事，便耽搁下来。直到 1968 年临近元旦的时候，景和才被南宁市公安人员送回了渑池。仔细算来，他在南宁被关押了将近一年！

他原以为回到渑池马上就会被释放，谁知他竟在渑池县公安局拘留所被关押起来。

关押他的这个监室不足十平米。监室紧靠着一个土坡，里面是一个小土窑。紧靠土窑的是青砖接出来的房屋的外间，房中间砌着一个供犯人睡觉的大土炕。土炕前面是一个不大的空地，这是犯人活动的空间，正好够他们几个人站立。墙壁草草用石灰刷了刷。监房靠近拘留所大门，通过墙上的一个小窗洞，踮起脚便可以看见大门进出的人。因为大小便都在土窑里解决，土窑又连通着外间，景和一走进监房就闻到一股大小便的臭气。

监房里已经关押了三个人，犯人的年纪比景和大，都有四十多岁。景和被送进来的时候，三个人对他都很冷淡，只用冷冷的眼神看着他，谁也不和他搭腔。景和曾听说过监牢里有狱头，新进来的犯人会受到狱头的欺负，他在心里小心提防着。通过几天相处，这三个人对他的态度倒并不恶劣，态度竟然慢慢和善起来。不但没有欺负他，还对他比较关心。景和跟这几个人熟悉之后，了解了他们的身份。原来，这三个人其中有一个是从谓南押回来的逃亡地主，一个惯偷犯，一个是前国民党军官。前国军军官走起路来一瘸一瘸的，这个人很有些来头。原来他曾当过张伯英属下的营长，在对日作战的中条山战役中，作战英勇，杀死了不少日本兵。在组织冲锋的时候，被日军的炮弹炸伤了一条腿。因为抗战有功，解放以后，一直受到政府的优待和照顾。文革刚开始，却因国军军官的身份，被当作国民党的残渣余孽被关押起来。

景和直犯嘀咕：自己年纪轻轻，清清白白的，怎么和这些人关在一起呢？

刚开始的时候，看守对他的态度还不错，不像对别的犯人那样，动不动就加以训斥或处罚。他被抽调出来，在院子里干一些诸如打扫卫生清理厕所之类的杂活，可以自由活动，伙食也相对比别人要好，同室那几个犯人每天都是所谓的"八大两"，而他却可以多要一些，起码不饿肚子。

监房的那三个人由于年纪大，关押的时间长，有了一定的经验，他们根据看守对景和的态度，对景和说："小刘，你的问题不大，看样了很快就会放你出去。"

景和从那几个狱友的话里得到了一点宽慰，心里坦然了许多。奇怪的是，过了些日子，景和并没有被释放。他心想：渑池公安局之所以没有马上释放他，是因为他们要和前进矿取得联系。反正快了，再等几天又有什么关系？他并不着急，在这里有饭吃，多住些日子也好，他出去还得四处流浪呢。

案情升级

刘景和在渑池公安局拘留所一关又是半年多，并没有被释放的迹象。他心里充满了疑惑：渑池离渑邑只有二十多里，一天可以打几个来回，怎么这么费事？工作效率怎么这么低下？这么长的时间他的身份还没有落实？他不由暗自着急。

他向前国军军官问道："我也不知怎么回事，这么长时间了，还被关在这里，你帮我分析分析。"

前国军营长也说不出原因："是呀，这事真不好说。按理说，你的身份早弄清楚了，早该放你了，真搞不懂！"

天气由热转凉，眼看着冬天就要到了。监外刮起了西北风，飘起雪花。令景和不解的是看守们对他的态度突然发生了变化，对他再没有好脸色，动不动加以呵斥。对他的看管变得严厉起来，取消了他在院子里打杂的差使，把他关了起来。在狭窄的监室里，他跟那几个被关押的犯人一样，除了规定的放风时间，只能在监室活动。接着，伙食也被扣减。开饭的时候，别的犯人有两个窝窝头，轮到他的时候，只给了他一个黑窝窝头和一碗稀玉米面糊糊。他年轻，饭量大，一个窝窝头几口就啃完，他只能吃个半饱，熬不到开饭时间，就饿得肚子咕咕直叫唤。更有甚者，看守检查内务的时候，故意找他的茬儿。动作稍慢一点或什么东西放得不恰当，就会遭到一顿喝斥或辱骂。

景和是那种倔性子，又毫无心理准备，哪受得了这个，心里便老大不愿意，总憋着一股气，不想越是这样越是招来看守的不满，说他态度恶劣，顽固不化，总想着法子摆治他。

一次，一个高个子看守冷不防向他踹了一脚，疼得他眼冒金星差点跌倒在地。

"你踢我干啥？我咋了你？"

他爬起来和高个子看守争辩，但是被前国军营长拉住了。事后，国军营长小声地劝告他说："小刘，和看守对抗没有你好果子吃的，千万要忍着点！"

第二天，看守对他的虐待越发加剧。

"刘景和，你出来！"景和听见那个高个子看守对着监房在恶声恶气叫他。他心里很不服气，没有立即答应，动作慢腾腾的。谁知刚走出监室，便遭到一阵辱骂："你他妈是咋的了？你耳朵被驴毛塞住了？蔫不拉几的样儿！"

景和瞪着两眼望着看守，火气很冲地说："你们凶啥凶，不会好好说话！"

高个子看守见景和竟敢当面怼他，态度更凶了."你他妈反动透顶，刘景和，你瞪啥眼？不服气是咋的？你给我老实站好了！"

接连好几天，他都莫明其妙地受到了看守的处罚。尤其一个长着一张娃娃脸的年轻看守，好像和他有着深仇大恨似的，对他恨得牙齿痒痒，动不动和他过不去——或找由头对他责骂，或趁他不备踢他一脚，痛得他呲牙裂嘴。

这天的天气特别阴冷，外边又刮起了凛烈的西北风，天空时不时飘下些雪花。看守们穿着厚实的棉军大衣都缩着脖了，不停地呵手。而景和穿的仍是那件单薄的小棉衣，早被冻得全身索索发抖。

景和瞅一眼窗外，正是那个"娃娃脸"看守在值班。别的看守外出开会去了。景和的目光和"娃娃脸"相遇的那一刻，"娃娃脸"狠狠地瞪了他一眼，不好！他预感到"娃娃脸"今天肯定要寻他的事儿！心里一阵紧张，一颗心在突突地跳。

果然，预料的事发生了。

他正不安地和那个瘸腿的前国军军官说闲话，忽听见监房铁门上的大铁锁嚯啷啷打开了，一个长得粗黑的囚犯头儿站在门口，对他叫道："刘景和！你出来！"

刘景和跟这犯人头儿没住一起，没有多少接触，平时并没有找过他的茬儿，今天因为什么事找他？他走出监房，疑惑地问道："干嘛？"

囚犯头儿板起脸，冷着脸没有吭声。这时，一个粗暴的声音突然在头顶上空响起："刘景和，老实一点！"

他心里猛然一惊！声音是从房顶上发出来的，景和抬头一看，只见在房顶站岗的那个"娃娃脸"正用枪指着他，对那个囚犯头儿命令说："你，把他拉到院里！"

囚犯头儿得到指令，有了邀功的机会，凶狠地连推带拉把景和弄到了院子空地中间，两手握拳以挑衅的目光望着景和，准备随时挥拳出击。面对囚犯头儿的蛮横，景和当然不服气，两眼冒着火星，眼睛一眨不眨地瞪着对方。

"娃娃脸"见景和昂着头，便大声吆喝说："刘景和，把衣服脱下来！"

刘景和意识到那个娃娃脸是要处罚他。天气这么冷，脱了衣服还不冻坏！景和站在那里，倔强地望着"娃娃脸"，呶着嘴一动不动。

囚犯头儿见刘景和站着不动，显得异常兴奋，两手握拳，走上去对准刘景和的脸上就是一拳，打得他眼前一阵发黑，鲜血从鼻孔流出来。景和本能地攥紧拳头，准备给囚犯头儿当头一击。但他很快便冷静下来，意识到抗拒只会带来更大的报复，他已经成了砧板上的鱼，只得忍着冻开始脱衣服。一件又一件，只剩下了一件贴身衣服，景和在寒风中冻得索索发抖。

看守用枪指着景和："脱，继续脱！脱光！"

最后只剩下一条短裤。

西北风呼呼地刮着，不时扑打在景和的脸上和身上，景和光着身子站在地上，就像无数条鞭子往身上抽打，钻心的寒冷，使得他的声音都变了腔，牙齿得得地打着颤。

他对"娃娃脸"看守乞求说："我冷得不行，受不了……"

但是"娃娃脸"全然不为所动。继续叫他站在那里，景和只得忍受着寒冷的折磨……

刘景和过去受到的是正面教育。解放以后，国家对囚犯早已取消了体罚，不许以任何方式虐待犯人。为什么现实中说的和做的却不一样？谁给他们这样的权利，他究竟犯了什么罪？为什么对他采取这种残忍的处罚？他在读小学的时候，曾看过卓亚和舒拉的故事。卓亚由于参加了反抗法西斯德国的游击队，不幸被德国人捉住。德国人用酷刑逼迫她交出游击队员名单，脱光她的衣服要她在雪地里行走……他生长在社会主义的中国，为什么平白无故也受到这样的刑罚？

刘景和如同站在冰窖里一样，咬紧牙关忍受着，他感觉全身已经冻僵硬，冷风和冷气往他的皮肉里钻，往骨头缝里刺。旁边的囚犯头儿，看着刘景和嘴唇乌青全身发抖的模样，条件反应似的打了个冷颤，用两臂抱紧了身子，似乎也感觉到了寒冷。景和牙齿打颤，嘴唇哆索，话已说不成句："冷……冷……"

此刻多么希望"娃娃脸"良心发现，发发善心，让他穿上衣服。可是，"娃娃脸"无动于衷，哪怕他立马冻成冰块也是活该。"娃娃脸"就在他头顶的土坡上站立着，怀里抱着枪，刺刀朝下，用轻蔑而仇恨的眼神睨视着下边的人。景和感到越来越冷，身上似乎已没有热气，连血液都要凝固，但他的意识还清醒。他不明白"娃娃脸"何以如此铁石心肠？看他的年龄可能比他还小，大约十八九岁，参军不久。脸上明显带着一股孩子般的稚气，而眼里却闪烁着仇恨的火光。这仇恨是怎么来的？很显然，"娃娃脸"已把他当成了十恶不赦的阶级敌人。

"对待敌人就要像严冬一样寒冷，像秋风扫落叶一样的残酷无情。"这是当时社会上最流行也是最为人效仿的一句名言。

难道他真成了罪犯，成了敌人了吗？他所犯何罪？

随着时间一点点过去，刘景和身上的热气在渐渐地消散，他的脸开始发青嘴唇发乌，身上没有一丝热气，就要成为玻璃人，再也支持不住，倒下去就会跌得粉碎！这时，拘留所的头儿和其他看守开会回来了。看见了眼前的情景，立即制止了"娃娃脸"的作法，让刘景和穿上了衣服。景和抖抖索索回到监房，半天都没有缓过劲儿……

为什么看守对他突然改变了态度？对他进行如此惨无人道的虐待？景和预感到事情有些不妙。他猜想，他的案情一定发生了重大变化。

究竟怎么回事呢？他实在参不透其中的玄机。和他同住一室的那几个人悄悄提醒他说："小刘啊，看来你的问题变得严重了。以前他们对你的态度，是属于人民内部矛盾的处理办法。而现在，他们明显把你犯的事儿当作敌我矛盾对待了。你已成为他们眼里的阶级敌人！你要作好思想准备啊！"

欲加之罪

刘景和听了同监室那几个人的话，终于明白过来，渑池公安局肯定将他的问题升了级。联想到前进矿以往对他的种种迫害，这事肯定与前进矿有关，是前进矿在从中捣鬼！前进矿一些人给他捏造了罪名，他才被拘押在这里，遭此虐待。

果然，就在他被"娃娃脸"罚冻之后没几天，前进矿军管会专案组一行二人来到了渑池县拘留所，提审了刘景和。

提审刘景和为首的是李三新。

文革开始以后，李三新领着一帮人打着"造反有理"的大旗，上蹿下跳，造了矿党委的反，因造反有功，他摇身一变，成了前进矿专案组组长。这人算得上是景和的老冤家，1964 年，灵宝某部队来渑邑招收军工的时候，景和找他开政审证明就是被他拒绝的。以后，他又参与了注销他户粮关系的事……

当刘景和被看守带到审讯室的时候，李三新已经坐在那里了。他穿一身不知何处搞来的旧军装，洋洋得意地坐在椅子上，长条脸往下拉着，居高临下用目光在景和身上扫来扫去，然后阴阳怪气地对景和说："刘景和，想不到吧，我们在这里又见面了。你到底还是落到了我们手里！你以为你老能，别人没办法治你。告诉你，再能也能不过无产阶级专政！想当初，前进矿就是想管着你，不要你离开渑邑，可你偷偷地离开了渑邑，逃到了新疆，脱离了我们的控制。可是，孙猴子再厉害也翻不过如来佛的手掌心！呵呵！"

听了李三新的话，景和倒也不在意，这一切他早已经猜想到了。但他刘景和光明正大，不怕你污蔑陷害！你能把我咋着？

李三新看景和满不在乎的样子，把脸一拧，声音严厉地说："你别以为这一次你能蒙混过去，告诉你，休想！我早看出你不是什么好鸟。果然如此，如今你竟干出了叛国投敌的勾当！你还当没事人似的。我警告你：你要老实交待你叛国投敌的罪行……"

"叛国投敌"？景和听到这里，脑子"轰"地响了一下。"叛国投敌"？好大的罪名，好大的帽子！亏他们想得出来！

他曾无数次想过前进矿会构陷他，会在他头上罗织莫须有的罪名，可从没想到会是这样的罪名！即便是南宁市公安局，也没有给他的行为予以这样的认定，他的行为不过是非法越境而已。和他同时越境的那几个人早就放回去了，什么事也没有。

"我只不过去了一趟越南，怎么是投敌？越南是我们的友好邻邦，是同志加兄弟的关系，你敢说越南是敌国，越南人是敌人？"

"刘景和，你给我端正态度，不要不服气！现在是我们在审问你！"

刘景和意犹未尽，继续向李三新质问道："我敢说，这个问题你不敢回答，既然越南不是敌国，我叛的什么国？我投的什么敌？"

李三新一时被说住了，脸涨得通红，但他很快反应过来，把桌子使劲一拍："刘景和，你老实一点！休要狡辩！"

说完他又装模作样地盯着景和说："你想狡辩也狡辩不了，事实摆在那里，到时候有你哭的。当然，你不承认也并不奇怪，你想负隅顽抗，继续与无产阶级专政为敌。你之所以叛国投敌，是由你的反动阶级本质决定的！"

李三新接着又拿腔拿势地说："告诉你刘景和，党的政策从来都是坦白从宽，抗拒从严！你叛国投敌的事实已经非常清楚，不承认也罢，我们照样治你的罪！你要老实交待你叛国投敌的反动思想动机。今天我们审问你，主要要你交代你在新疆组织反革命同盟军的事，你要从实招来……"

"反革命同盟军？"

景和又一次被李三新的话弄懵了。

一年多以前，当他从新疆回渑邑办理户粮关系时，李三新就给他安了这样一个罪名。想不到，前进矿编造的谎言事隔两年之后，竟然变成了整他构陷他的罪证！怪不得人家说，谎言重复一千遍就成了真理！这是多么滑稽可笑啊！更离奇的是竟然给他捏造出来的所谓反革命组织，起了这么一个莫明其妙的名字。这些人实在是联想丰富啊！他们怎么不去写小说呢？

景和不屑地回答说："我不知道你说的啥？更不知道啥子'反革命同盟军'！这些话，两年前你们就说过了，我都回答过你，现在还是那句话：不知道，还是不知道！"

李三新把眼一瞪："你说啥？你不知道？那我们冤枉你了？"李三新又使劲拍了一下桌子："告诉你，刘景和，你不要给我装糊涂！老实给我交待！我们不掌握你的罪行，不会来找你！"

　　景和明白了，前进矿为了达到置他于死地的目的，千方百计给他罗织罪名。不惜采取诬陷的手段。他感到无比的愤怒，但他还是抑制住了自己心中的气愤，只淡淡地说："我不知道什么'反革命同盟军'，我一辈子清清白白的，没有参加过任何组织。"

　　李三新说："你承认也罢不承认也罢，对你都是一样的。我们不会逼迫你承认，你自己还是好好想想后果吧！"

　　景和以为对他的审讯结束了。然而并没有完，只见李三新慢慢地又从提包里掏出一个红色朔料皮笔记本。景和一看，红色塑料皮笔记本是那样熟悉，这不是春明送给他的那个本子吗？64年，他去新疆之前，春明特地从商店买了这个本子送给他作为离别留念。几年来，他将这个红色小本子一直带在身边。那年冬天，他去广西之前，怕笔记本弄丢失，便把笔记本放在家里。如今怎么到了他手里？景和突然意识到：前进矿这些人一定抄了他的家！这个笔记本一定是抄家抄出来的。但他并不胆怯，他和春明的友谊是纯正的，笔记本抄去就抄去吧。

　　景和说："是我的笔记本，怎么？"

　　李三新晃了晃手中的本子，对景和说："这上面写着你的名字，谅你不敢不承认！我问你：杨春明和你是什么关系？你和杨春明在一起都搞了啥子反革命活动？除他之外，还有啥人和你有联系？也就是说，你的同党还有谁？你要老实给我交待清楚！"

　　景和愣住了，不知怎么回答好。这些人怎么会这样无耻，这样罔顾事实？

　　"我没有组织啥子反革命组织，也没有啥子同党，我是我，与任何人没有关系。你们不能胡乱猜疑！"

　　李三新猫戏老鼠似地望着景和，得意地说："谅你也回答不了！你不回答也不要紧，我们有的是办法，我们会弄清楚的。你们这帮人妄想变天，蚍蜉撼大树，可笑不自量！无产阶级专政不是吃素的！"

母亲也被关进了监狱

刘景和陷入极端的迷茫之中，怎么会这样呢？就因为他出身不好，有一个有罪的父亲，就应该受到如此的对待吗？他想不通。几天来，他经常做噩梦，梦见了血淋淋的父亲，父亲在前边走，他在后边跟，父亲也不和他说话，不知父亲要将他带到何处去。他很想离开父亲往回走，可他却不知来时的路，似乎被一股力量促使着，深一脚浅一脚地走着。突然来到了一个河边，仿佛是黄河边，对，是黄河。滚滚的波浪朝岸边涌来，他害怕极了。这时父亲突然不见了，景和正疑惑间，脚下一滑，整个人掉进了河水里，他拼命地挣扎，叫喊，河水从他张开的嘴里灌进来，呛得他的肺都快爆炸了，就在这时，他醒了，才知是梦。

他从来没有梦见过他的父亲，怎么突然做这样的梦呢？他不由对父亲产生了一种怨恨。你把我带到这个世界上，没有给我带来任何好处，却要我代替你偿还你所作的罪恶！

他突然想起母亲，母亲现在怎样呢？他遭此大难，想必母亲的情况更加糟糕！那次离家前，很想和母亲见上一面，可他在路上见到的是那样的惨景，只好不辞而别。想起来心里都有点发疼……

他怎么也想不到，母亲竟也被送进了拘留所！

景和所在的这个监室离拘留所大铁门不远。监室上方有一个小窗，透过小窗，大门便可收入眼里。感到无聊的时候，常常站在窗口往外观望，借以打发漫长而难熬的时光，这渐渐成了他们的一种习惯。

这天，他们几个人站在窗前朝外观望的时候，忽然看见从大门外又送进来几个人。

惯偷犯眼尖，指着押送进来的人说："看！还有一个老婆哩！"

刘景和跐起脚仔细一看，眼睛被强电光刺了一下似的，随之心口一阵急跳。屏住呼吸又重新看了一眼，顿感到眼前天旋地转，差点站不住身子

——那个头发有点蓬散的女人正是他日思夜想的母亲！她老人家怎么也被关进来了？母亲在文革开始不久不是被关进牛棚了么？为什么也被送进了监狱？

几年不见，母亲明显地变老了，脸色焦黄，满脸憔悴，眼角刻满了细细的皱纹。她老人家这几年真是受苦了！景和的心在颤抖在流血……

母亲到底因为什么问题被关到这里？母亲生性胆小怕事，因为亲生父亲的包袱，平时总是谨小慎微，战战兢兢，连掉下一片树叶都怕砸着头。从不乱说一句话，一心只知做家务，侍候继父和孩子们。景和实在想不出母亲被关进来的原因，难道还是因为生父的问题？

他很想找个机会和母亲见见面说说话，问问情况，可是却找不到和母亲见面说话的机会。从电影《红岩》上看到，监狱里的地下工作者在放风的时候彼此还可以见面打招呼，甚至悄悄地说几句话。可在这里，看守对他们的控制比渣滓洞还要严格。放风时间不在一起，一个监房一个监房轮流进行。放风的地方还被高墙遮挡着。不同牢房的人永远都见不着面。母亲也许还不知道他被关在这里——这样也好，省了母子俩在这种场合见面的尴尬和痛苦，省了母亲对他的担心。

但景和对母亲实在放心不下，接连好几天都没有睡着觉。他终于有了一个主意，为什么不让惯偷犯帮他打听打听？惯偷犯会点木工手艺，常被看管人员叫去干一些修补桌椅板凳或修理宿舍门窗之类的木工活。和看管人员接触的机会多，应该有办法打听到这方面的消息。不几天，惯偷犯又被看管人员叫去干活去了。

晚上回来的时候，景和对惯偷犯说："老哥，我想托你点事，咋样？"

"啥事？只要我能办到！"惯偷犯常被同室人瞧不起，如今景和托他办事，以为有了脸面，答应得如同鸡叨米。

景和说："你给打听一下，前几天关进来的那个老太婆。到底犯了啥事？"

　　惯偷犯犹豫起来，这类闲事还是不管为好，弄不好会惹出麻烦，便推脱说："你问这干球？真是咸吃萝卜淡操心！不要没事找事！"

　　景和笑笑说："也没什么，我看着有点面熟，好像是我的一个亲戚，不知为啥关进来了？"

　　惯偷犯见刚才已答应了人家，又不好立即推却，想了想，才说："哦，那我就帮你一下，给你打听一下试试看。不过，你也不要抱太大的希望，不一定给你打听得着，你到时不要埋怨。"

　　景和说："哪会呢！看你说的啥？谁不知你老哥的真本事！"

　　过了几天，惯偷犯还是把母亲被关的原因打听出来了。惯偷犯对景和说："你那个亲戚犯的罪可是不轻！"

　　"究竟犯了什么罪？"

　　"她书写反动标语。"

　　景和一听，脸上的肌肉一阵剧烈地抽动，眼里冒着火光，诬陷！诬陷！又是诬陷！他差点喊出声来。如果别的罪名，景和的反应不会那么强烈，惟独书写反标，景明百分之百确定母亲是冤枉的！母亲虽然多少识一些字，但她生性胆小怕事，借她十个胆，也不会干这种事，哪敢写什么反标？这纯是子虚乌有的捏造和陷害！

　　景和哪里知道，母亲虽然自己不会做这样的事，可他小妹已经七岁，开始上小学，小孩子在学校刚学会几个字，觉得很稀奇，往往喜欢用粉笔在墙上或是地上乱涂乱画。蒙昧的孩子在墙上写了几个什么不该写的字，也在所难免，这本来是正常的事，可在那火药味十足的年代，人人都将阶级斗争的弦绷得紧而又紧，到处都是警惕的眼睛，有人便将这事举报给了专案组。专案组正想找茬呢，有了这个举报便如获至宝。经过那些人鸡蛋里挑骨头上纲上线的分析，便认定小妹写的是反标。可孩子太小不懂事，又不能治罪，人家自然把这个罪名加到母亲的头上，硬说这是母亲唆使的，于是母亲被打成现行反革命，被关了进来……

过了几天，景和忽然听见窗外传来一阵看守的吆喊声，随着声音，他抬头一看，发现母亲被几个看守带离了这个院子。过了好几天不见母亲回来。景和心里直犯嘀咕：母亲被带到哪里去了？难道母亲出狱了？正疑惑的时候，惯偷犯偷偷告诉他说："你那亲戚被判下来了，她七岁的女儿写了反标，据说是她指使的，被判了五年徒刑……"

"扯淡！诬陷！可耻！"

他们为什么要这样？不惜捏造罪名对母亲进行加害？这很可能是冲他来的。长期以来，前进矿一些人就把他看作眼中钉，肉中刺，一而再再而三地对他进行挤兑和迫害，恨不能将他置之死地而后快。过去，他们没有机会，对他的指控和迫害还有所节制，无产阶级文化大革命开始以后，他们终于掌握了对他的生杀予夺之权，他们对他的迫害便开始变本加厉为所欲为……

第十六章　寒冷的旅程

挚友相逢

1969 年春节将要临近，职工们盼望已久的一年一度的探亲假即将开始。公司按照国家规定，给享受探亲假的职工每人二十天的假期回家和亲人团聚。远离父母，远离亲人，那种对老婆孩子及亲人的思念不是亲身经历是很难想象的。短暂二十天的假期，对这些三线职工来说是多么珍贵，胜过任何隆重的节日。

过了"10·1"，职工们就开始做探亲的准备。尽可能多攒些钱，多准备些家乡少有的土特产带回去。工资就那么多，这个时候或者更早的时间，职工们就开始俭省。在伙食里挤，牙缝里抠，食堂的甲菜不吃了或尽量少吃。老酒也不像往常那样天天喝，尽可能买便宜点的"一毛烧"意思意思就行。当探亲假就要来临，那种久别亲人的焦渴，即将和亲人团聚的喜悦情愫更加炽烈，归心似箭的心情很难以语言来描述。人人欢欣鼓舞，情绪激昂，笑逐颜开，交流着回家的时间和车次，一些关系好的同事相约着一起走，旅途中也好相互有个照应。

火车票已经买好，是单位给买的团体票。邓钟文、张小虎、万胜生登记的是同一天的火车票。和邓钟文同一天走的还有班组的一些人——反正青海的冬天天寒地冻不能施工，职工们没有事干，大部分职工凡有探亲条件的一律都走。

钟文本想和名江一起走——自到青海以后，每次探亲，他俩都是坐的同一车次的车，跟着名江先到武汉玩几天再回湖南老家。可这次名江不打算回去，想留在青海过春节。一路上没有名江做伴，钟文感觉有点扫兴，好在还有小虎和胜生和他一起走，便不感到寂寞。临走的时候，名江交给他一封信，托他顺道到武汉时把信交给他二哥，钟文认识他二哥，他二哥是武昌国棉二厂的工人。钟文去汉口找名元玩的时候就是住在二哥家。

钟文来青海以后，这样的探亲假已经享受了两次，这是第三次，但他的心情仍那么激动。他刚刚经历了"清队"，专案组结束了对他的审查，组织上已经对他老家的问题作了结论。凌指导员找他谈了话，说他属于思想认识问题。凌指导员勉励他认真学习毛主席著作，努力改造世界观，彻底和自己的剥削阶级家庭划清界线，不必再背思想包袱。钟文对凌指导员充满了感激。他觉得自己就像洗了一个澡，去掉了身上的灰尘和污秽，心情变得轻松和愉快。好长时间了，他一直被阴霾笼罩着，情绪低落沮丧，心上有一种无形的压力。如今这种压力卸去了，他的前面仿佛又变得阳光灿烂，一片光明。

清队开始以后，钟文就把老家整他材料的事儿，写信告诉了春明，春明对他非常牵挂。几天前钟文又给春明写了封信，他说，通过这次清队，思想觉悟得到了提高，如今他已顺利过关，马上就要回家探亲，路过洛阳一定下车看望他。在信上钟文还说了探亲假的大概日期，春明早盼着和钟文见面，连忙回信说，他在洛阳等待他的到来……

回家探亲的三线职工如期坐上了火车，钟文和张小虎及万胜生三个人的座位正好在一起。他们一边说着话，一边望着窗外的景色，抑制不住和亲人团聚的兴奋。

火车在咣当咣当地行进。

他们坐的是 36 次快车，列车开至兰州，就开始晚点。速度比慢车还慢，走走停停，列车没开几站，不知怎么的，说停就停了，人们只好坐在车厢里等，等得叫人心烦。

自文化大革命开始，铁路运输就陷入混乱，再没有正点过。坐车难，坐车难，难于上青天！也不知哪来那么多乘车的人，无论哪趟列车旅客总是挤得满当当的，车厢里连站脚的地方都没有。火车一到站，站台上黑压压的人群就大呼小叫一窝蜂似地往车上挤。挤不上车就抓住车门死不丢手，有的旅客干脆用扁担把车窗撬开，硬往车厢里钻。火车无法按时开行，只有无限期地晚点再晚点。从西宁至洛阳正点三十多小时，可走了三十多小时才到西安。坐车时间一长，人被夹在车厢里就像罐头里的沙丁鱼，身子不能动弹，双腿肿胀得像面包，旅客们以极大的耐力和毅力支撑着。

钟文他们毕竟年轻，又是干重体力劳动的，多少还能坚持。而那些上了年纪身体不好的旅客，还有那些女同胞就惨了。体力经不住长久的消耗，一个个像奄奄一息的瘟鸡。可是谁也没有办法，这个时候谁也帮不了谁，一切全靠自己，拼着毅力和耐力咬牙坚持。人人急切地盼望着火车赶快开动。在人们的意识里，火车即将开动时汽笛发出的鸣叫声是那样扣人心弦令人激动；火车轮子发出的咣当声，仿佛是世界上最美妙动听的音乐……

　　列车喘着粗气终于开进了洛阳站。万胜生和张小虎还要在郑州转车，钟文只好和他们道别，提着行李袋随着拥挤的人流走出检票口。

　　洛阳刚刚下过一场大雪，到处是厚厚的积雪，马路上的积雪还很厚。气温很低，雪被冻得硬梆梆的，人走在雪地上脚下发出咔嚓咔嚓的声音。公共汽车站牌下站满了挤车的人。钟文看见挤车就头疼，玻璃厂离火车站不远，有等车的功夫早走到了，他又没带多少行李，思友心切，踏着积雪迈步就走。

　　半个小时钟文就来到了玻璃厂大门。他从春明的来信中得知，春明如今已不在切装车间上班。前年，他因上班切割玻璃，手指受伤，被调到厂保卫处当门卫。钟文满以为春明在门卫室值班，谁知这天他不当班。钟文扑了个空。

　　值班门卫看钟文远道而来，没见着春明，一副失落的样子，便热情地对他说："你别着急，去他住处找吧。"然后很详细地向他说了春明住的地方。

　　"春明的家不远，很好找的！往左拐，有一片临时家属房，走五分钟就到了。"

　　钟文说声谢谢！按照值班门卫所说的方向走去。果然，不一会就找到了。

　　这是一片红砖砌墙油毡盖顶的简易平房。一溜排共有十多间——这是厂里为"一头沉"的单职工盖的临时宿舍。钟文找着了门卫所说的那一间，用手敲了敲门。

　　门开了，出现在门口的是一个白白胖胖长着一双忽闪大眼睛的年轻女子。

　　不用介绍，钟文猜想面前的这位年轻女子一定是春明的新婚妻子杏芬——春明在信上多次给他介绍过杏芬，还告诉过他和杏芬的恋爱经过——

他俩的恋爱故事曲折而又浪漫，简直就是一篇充满传奇色彩的爱情小说。

那是春明刚调到门卫室不久。

他在门卫室值班的时候，常看见一队年轻姑娘拉着架子车给玻璃厂送包装玻璃用的稻草。这些年轻姑娘是从孟津老城来的。那里靠近黄河，有广阔的滩涂，有水，适宜种植水稻。玻璃厂包装玻璃需要大量稻草，便和老城公社签订了稻草收购协议。每隔几天这些姑娘就要给厂里送一回稻草。玻璃厂离那里有四十多里，姑娘们拉着一车小山似的稻草走那么远的路，非常辛苦。卸完稻草之后，她们要休息一会儿。常到门卫室找汽筒给车子打气，或进门卫室喝点热水，吃点东西。时间一长，春明便和那些送稻草的姑娘熟悉了。其中一个大眼睛白皮肤的姑娘引起了他的注意。春明发现那个大眼睛姑娘性格活泼开朗，爱说爱笑，笑起来的时候声音格格的，眼睛笑成了一弯明月，样子十分迷人。春明便被这位爱笑的大眼睛姑娘迷住了，动了心思。为了获得姑娘的好感，春明对她特别热情。每逢她来送稻草的时候，便把门卫室打扫得干干净净，把茶水准备得足足的。

随着冬天来临，天气一天天变得寒冷。春明知道姑娘们要来送稻草的时候，总要早早准备好开水，招呼姑娘们进来喝水，把煤炉捅得旺旺的让她们进来坐坐，烤烤火暖暖手。这时，他便趁机和大眼睛姑娘拉上了话。春明文雅的气质和体贴人的态度很快获得了大眼睛姑娘的好感。每次到玻璃厂送稻草的时候，她都要走进门卫室和春明说几句话，两只忽闪忽闪的大眼睛看得春明心里热热的一颗心乱扑腾。春明越来越喜欢这位姑娘，恨不得马上把自己的心思向姑娘表白出来。但和姑娘一起送稻草的人太多，当着那么多人的面实在说不出口。万一人家不愿意岂不是弄个大长脸，那多丢人。怎么办呢？春明晚上失眠了。躺在床上，脑子里总是晃动着大眼睛姑娘的面影，那双美丽迷人的大眼睛总在他面前闪烁，耳边响起她那爽朗快乐的笑声……

必须先打听出姑娘的住址和名字。

春明通过几次谈话，终于探听出了她的名字和所在生产队的地址。

姑娘们拉架子车往玻璃厂送稻草，为了手不被冻伤，都戴着手套。

春明突然想到了一个主意——

那天，当杏芬送完稻草，像往常一样，和其他几个姑娘走进门卫室休息，烤火，喝水，吃东西。春明热情地将椅子拉过来让杏芬她们坐，让她们就着开水吃带来的干粮。彼此已经熟悉了，杏芬一边喝水吃干粮，一边和春明说话。这时，春明发现，杏芬把手套摘了随手就放在旁边的桌上。春明瞅准机会，趁杏芬不注意的时候，把她的一只手套给藏了起来。

说了一会话，杏芬和那几个送稻草的姑娘喝了水，吃完干粮，准备离开门卫室往家走的时候，发现她的手套少了一只，着急地四下里寻找："我的手套呢？咋只有一只了，明明两只放在一起的，那一只咋找不见了？"

春明装作着急的样子也帮着她找，找来找去自然找不着。

"杏芬，你磨蹭啥呀，快走吧！"同伴们在外边等急了，催促她快走，她只得戴上一只手套拉着架子车悻悻地走了。

第二天，聪明的春明按照杏芬所说的地址，以送手套为名，骑着自行车赶了四十多里路来到了杏芬家。杏芬很是意外，她的父母看见一个陌生的年轻人站在家门口，也很吃惊，向春明问道："你找谁？"

春明很有礼貌地叫了一声"伯"，然后回答说："我找杏芬。"

　　"你找她干啥？"

　　春明说："伯，你别吃惊，我叫杨春明，我是洛阳玻璃厂的，我是来给杏芬送手套的！杏芬的手套我给找到了，天气太冷，没手套可不行！"

　　杏芬父亲在旧社会当过兵，走南闯北是个见过世面的人。一个男孩骑自行车跑几十里路给一个女孩送一只手套，决不是他表面说的那么简单。如果真是为送手套，下一次女儿去玻璃厂送稻草时再给她也不迟呀？何至于跑这么远路呢？一定还有别的意思！老人何等精明，心里明镜似的立即猜透了春明的心思，便热情地请春明进家："快请进家，外边冷，屋里暖和，进屋说话吧！"

　　春明也不客气，跟着老人进了家。说了一会儿话，杏芬爸便直奔主题，说："小杨，你骑车跑这么远路来送手套，一定还有别的事吧，不妨说出来。"

　　春明听了杏芬爸的话，脸顿时红了，有点难以启口，犹豫了一会儿，也顾不得脸皮发烧，向老人承认说："伯，你老既然看出来了，真人面前不说假话。你老说得对，不怕你老笑话，我是看上了你家杏芬！"

　　老人说："哦？你看上了杏芬？她有什么值得你喜欢的？你是工人，城市户口，她是农民，要一辈子在家种地，有句话怎么说来着？'脸朝黄土背朝天'你想过这些吗……"

　　老人故意把条件说得很差，试探小伙是否真心喜欢自己的女儿。春明连忙实诚地回答说："你说的这些我都知道，也想过。现在，城里人找农村姑娘结婚的多哩，他们不都过得很好吗？再说，我看中的是杏芬这个人，我喜欢她，和她成了家，再苦再难，我也心甘情愿！"

　　老人听了春明这番表白，确实发自他的内心，不会有假，自然满心欢喜，但老人毕竟老于世故，心想：小伙自己愿意，小伙父母是否也同意呢？

"小杨，我相信你是真诚的，你是真喜欢我闺女。但不知你家里人是否愿意呢？是否同意你找一个农村闺女结婚呢？"

春明回答说："伯，这个你放心，我父母会同意的！"

"不一定吧，你还没对你父母说哩，万一他们反对呢？"

春明坚定地回答说："伯，你放心，我都这么大了，参加工作几年了，婚姻自主，这件事我还是能做主的！"

在杏芬爸和春明说话的当儿，杏芬妈也在一旁观望着，见小伙长得白白净净，文质彬彬的，又在玻璃厂上班，自然非常满意。她赶紧起身去探问自己的闺女，看她对小伙是啥想法？杏芬早就对春明中意，当她妈走过去问她意见时，便红着脸点头答应。

这事便决定下来。没过几天，春明向车间领导说了他要结婚的事，于是玻璃厂给春明安排了一间临时宿舍作新房。

不久春明便和杏芬领了结婚证……

钟文对他们的结合感叹不已，他早就想见见杏芬。如今杏芬猛一出现在他面前，自然有说不出的高兴："你是杏芬吧？"

年轻女子也可能见过钟文的照片，立马认出了他："你是小邓？"

"是。"

钟文说完，杏芬扭头就朝里面喊："春明，你的好朋友小邓来了！"

回头她对钟文说："接到你的信，春明天天念叨着，说你要来，高兴得连觉都睡不着……"

春明闻声迎了出来，两人便紧紧地搂在了一起，激动得不知说什么好。杏芬在一旁笑着说："两个老大人还像孩子！高兴成这样子！"

两人相视笑笑，春明便拉着钟文的手坐下，说："钟文，这一年你受苦了。”

杏芬知道钟文还没有吃中饭，赶忙把炉子捅开，添锅为钟文做饭。

政治色盲

钟文坐了这么长时间的车，旅途劳乏，满面汗尘，很想洗个澡。他知道春明厂里有澡堂，吃完中午饭，便对春明说：“你看我浑身脏死了，你先领我去洗个澡吧！”

春明说：“好呀，今天正好是星期天，人不多，走吧。”

钟文拿着换洗的衣服，随春明来到车间。几年前，他曾在这里施工，在车间二楼住过。放眼一看，曾经杂乱的工地已无迹可寻，厂房整洁，道路全都硬化，空地种上了绿化树，路边还有整齐的绿化带，绿色的冬青修整得整整齐齐……

钟文无比感慨，觉得自己毕竟为这里的建设出过力，一种自豪感油然而生。

澡堂在一楼，真不错。走进去感觉暖烘烘的，还非常干净。有澡池，有淋浴，比建筑工地不知强了多少。三线工地的职工生活条件太差了，大冬天职工们想洗个澡都不容易！工地没有澡堂，寒冷的冬季，只能从老虎灶接点热水，在宿舍擦擦身泡泡脚。人长久没有洗澡，实在受不了。为了解决职工的洗澡问题，施工队领导只好安排在一个刚完工的大房间里，架起一个大汽油桶当火炉，把房间烧热了，让大家进去洗澡。洗澡的人还得用水壶从老虎灶提了热水进到房间里冲洗，哪有澡池里泡澡痛快？

钟文在春明的安排下，在澡池的热水里泡得非常过瘾，人又少，可以自由自在，泡得浑身发热头上额上冒出了热汗，泡得差不多了，然后用淋浴冲洗干净。钟文从洗澡堂出来，就像卸掉了身上厚重的盔甲，感到浑身轻松和通泰。跟着春明回到住处，一阵睡意袭上来，呵欠一个接着一个，简直有点难以自制。春明知道钟文一路旅途劳顿十分困倦，连忙安排钟文睡觉，钟文也不客气，便在春明的床上躺下，不一会儿就进入了梦乡⋯⋯

这时，一团政治阴云正笼罩在他们的头上，危机在一点点靠近而他们却浑然不觉。

也不知什么时候，钟文在睡梦中朦朦胧胧听见一阵轻轻的说话声，他睁开醒忪的睡眼一看，房里坐着一位五十多岁穿旧劳动布工作服满脸沧桑的老人。钟文觉得有点面熟，很快想起来了，老人是春明的继父。他揉揉眼睛，连忙从床上坐起身。

老人看钟文醒来了，向钟文说了声"你来了"，算是打了招呼。

老人表情严肃，和钟文打招呼也显得有点勉强，脸上毫无笑意，回头和春明又说了几句话，转身就要走。春明也不挽留，跟在继父后边出了门。钟文感到十分纳闷，老人好像有什么心事，什么事呢，才来就要回去？

这时，春明送走继父回来了，不等钟文说话，脸色阴郁地对钟文说："小邓，景和出事了！"

钟文吃了一惊！

自那年夏天，景和来洛阳和他见了一面，已经四年多了，就再没有他的音讯。不知他是否还在新疆？也不知他在干什么？钟文曾在给春明的信中问过景和的情况，春明回信说他也不知道。钟文是个重情重义的人，尽管他在前进矿和景和相处的时间很短，但钟文仍时常想起他们三人一起度过的那段难忘的时光。在那些离家想家的日子里，是景和和春明陪伴着他，给了他无比的温暖和友谊，才使他摆脱了离家想家的寂寞和孤独。

从春明继父刚才的态度和春明脸上忧郁的表情，钟文预感到景和的问题很严重。他连忙问："景和他怎么啦？"

春明回答说："我爸刚才急匆匆从渑邑赶来是特地给我报信的！他也说不清楚景和到底犯了什么事，反正挺严重的，人已经被逮起来了！"

"哦？这么严重，景和究竟犯了什么事？"

"具体犯了什么事我爸也不清楚，很可能是参加了什么反革命组织。我爸说，凡是前进矿和景和有过联系，相处不错的人都受到了牵连，被抄了家，我家也被专案组查抄了，别的没查抄出什么，只是拿去了我几本笔记本……"

怎么会这样呢？久别重逢的两个年轻人，正沉浸在相聚的欢乐中，这突如其来的坏消息犹如一声闷雷在头上炸响，一下子陷入到沉闷不安的阴影里。他们都猜不透景和到底犯了什么事？参加了什么反革命组织？

"不会有咱俩的事吧？"钟文忧心忡忡地问。

这会儿，他心里很是不安——他的家庭出身总使他比别人多出一些忧患意识。他凭直感觉得景和的事将会对他们产生不利影响。

但他毕竟年轻，思想单纯，没经见过什么事，对政治毫无敏感，对政治斗争的残酷性和复杂性缺乏认识。加之又沉浸在和春明久别重逢的欢乐之中，没有意识到一场政治危机正在向他靠近。尤其春明，挚友到来的喜悦使他头脑鼓胀，明知渑邑的家已被查抄，却毫不在意。不想让心中的阴影破坏与好友相逢的快乐气氛，把潜在的威胁全都丢到了脑后。见钟文有点闷闷不乐，尽力安慰说："小邓，管他呢，咱俩都是热爱党，热爱社会主义，热爱毛主席的热血青年。我们什么也不怕！想这些烦人的事做啥子？咱俩苦等苦盼了一年，好不容易见面了，我们要痛痛快快地玩，好好说说话。我们还要旧地重游，过两天，我陪你去游龙门、白马寺……"

春明这番热情激扬的话，不由深深感动了钟文，使他越发感受了友谊的无价，情义的可贵，朋友的真诚。并为有这么一个肝胆相照的朋友而感到自豪，忘掉了心中的不快。

春明看钟文脸上露出了笑容，自然高兴，接着对钟文说："你知道吗？小邓，我知道你要来洛阳，早就攒了几天调休假，现在正好用上。下午我就到门卫室说一声，陪你去玩儿。"

钟文也是一个热情爽朗的人，见春明心情这样好，对他这么真情，又安排得这么周到，不由受到了感染，盘旋在头上的乌云无形中消散了，心情开朗起来。春明说得对，好友千里重逢，毕竟是件值得高兴的事儿，想那些烦人的事干嘛？是呀，身正不怕影子斜！这样一想，心中的阴霾为之一扫，颇有兴致地从旅行包里拿出一个本子——这是他这一段时间写的诗，递给了春明。春明接过钟文的诗稿，欣喜不已，一边翻一边由衷地称赞说："小邓，你真了不起！你的诗越写越有意境了。"

说完，春明也找出了他写的几首诗拿给钟文看。两个青春焕发热情洋溢的年轻人忘记了向他们一步步逼近的政治危机，头脑不由得飘飘然起来。

说了一会儿诗，春明便问起他和司慧梅的事——钟文在给春明的信中曾将自己喜欢司慧梅的事告诉过他。见春明问起，他不好在好友面前隐瞒，便把司慧梅的情况说了说。

接着他深深叹了口气，十分伤感地说："春明，我为自己写了副对联，我念给你听听，你看写得像不像？"于是他以低沉的声音念起来：" '娇小女郎千两价；薄命才人半文多！' "

春明听钟文念完，感到了深深的震撼："小邓，你写的这副对联真好，非常工对，但我觉得内容有点偏颇。确切地说，上联是对的，非常好，下联写错了。"

"哦？你说说。"

“先说上联吧，上联确实写得好，你利用《隋唐演义》里的一句诗‘三岁孩童千两价，’巧妙地改成了‘娇小女郎千两价’，用这个上联来比喻小司，确实形象而贴切。而下联我觉得你写得不对。你太妄自菲薄，轻看自己了！”

“怎么不是呢？你是知道的，我是心比天高命比纸薄！”

春明理解钟文的心境，面前这位才华横溢的朋友心思太重。家庭出身的包袱，一连串的打击，在他心里已刻下了一道道的伤痕，留下了深深的阴影，才对自己的前途和命运产生了这样的悲观情绪。他轻声地对钟文说：“小邓，千万不要这么说，世上事谁也说不清楚的，应该忘掉过去的不快。不是我俗气，我觉得，婚姻有时是需要缘分的。对吧？你这么优秀，天下好闺女多的是，还怕找不来满意的对象？是不是？有道是‘天涯何处无芳草’？”

钟文感叹地说：“像我这种家庭出身的人哪还有什么芳草？”

春明说：“小邓，千万别那样想，眼下就有一个不错的闺女！”

钟文有点不解：“哦？”

“感到奇怪吧？”

“谁呀？”

春明笑着说：“杏芬的表姐！”

钟文从没有听春明说起过这事，不由瞪大了两眼，疑惑地望着春明。

原来杏芬的姨家有一个女儿叫桂英。比杏芬大几个月，高挑的身材，白皙的皮肤，也跟杏芬一样长着一双杏仁般的大眼睛。不过她的文化比杏芬要高，杏芬上完初中就辍了学，而桂英却上过高中。虽是农村姑娘，却喜欢文艺，爱看小说，生活很有品位。街坊邻居隔三差五去她家说媒，可姑娘对别人给她介绍的对象非常挑剔。二十二三了，还没有找到婆家，家里人正为此感到着急呢。杏芬和春明结婚后，多次听春明提起钟文，也见过钟文的照片，看过他写给春明的信，自然对钟文有了充分的了解，便产生了把表姐介绍给钟文的想法，觉得这两人非常般配。当她听说钟文探亲途中要来洛阳一趟，杏芬就将这事给春明提了出来，春明听了当然满心赞成。可那时钟文的心思正在司慧梅身上，他不便在信上向钟文提起这事。如今，他和司慧梅之间的关系已经结束，正是时机……

听了春明的话，钟文不能不为好友的热情关怀所感动，答应先和姑娘见见面。

晚上，春明和杏芬商量了一下，杏芬说："小邓的假期有限，在洛阳时间不长，干脆明天去我家，把我表姐叫过来，让她和小邓见见面。"

春明当然赞同："好好！这事宜早不宜迟！"

钟文也表示同意："我听你们的！"

事情就这样定下来了。

杏芬的家在孟津县的黄河边，钟文读过《封神演义》，知道八百诸侯会孟津的典故，孟津老城是个很有名的古镇，那里还有刘秀坟。正好趁这机会去那里看看呢。他的兴致顿时提了起来。

风云骤起

第二天一早，天刚蒙蒙亮，钟文就起来了——他本来就有早起的习惯。这时，杏芬已做好了早饭。杏芬叫醒了春明，他们抓紧时间吃完早饭就出发了。准备步行到西关，然后从西关搭车去孟津老城——杏芬家。

走在路上，尽管天气寒冷，有点冻手，鼻子里呼出的热气很快变成了一股白雾，眉毛上结成了白霜。抬头看天，却是个难得的晴天，没有风，太阳像个巨大的红艳艳的灯笼挂在东方的天边。天空显得格外蓝格外明净，远处空地上未消融的积雪显得一片洁白，直晃人的眼睛。大家的心情很好，尤其钟文，昨天晚上休息得不错，体力得到恢复，脸上看起来红扑扑的，走起路来脚步轻盈有力。今天要去相亲——和杏芬的表姐见面，恰遇上了这样难得的好天气，确是个好兆头，心情开朗，脸上堆满笑容。春明小夫妻俩也很开心，一边走一边和钟文说话。路上的积雪尚未消融，人走在上面，发出咯吱咯吱的声音。脚下还有点打滑，杏芬有几次差点跌倒，春明赶紧上前扶住了她。一次没来得及扶，杏芬还是摔了一跤。钟文打趣说："春明，你这个保镖不称职啊！"说完，三人都发出了哈哈的笑声。

正谈笑风生地走着，忽然，一阵吹吹打打的乐器声从不远处传了过来。钟文放眼一看，原来是一队送葬的队伍向这边缓慢地行进。白色的招魂幡在前边飘忽着引路，一群身穿白色孝服头戴孝帽的人簇拥着一副黑色的棺木向这边缓缓移动。披麻戴孝的人群中，不断响起女人悲伤的恸哭声，抛撒的白色纸钱在空中飞舞……

钟文心里一沉，今天要去相亲，出门却遇见这种事——尽管他不信迷信，但这毕竟不是吉兆，不免感到有点晦气。见此情景，春明脱口而出："出门见喜，大吉大利。"话一说完，三个人都笑了，钟文阴郁的心情得到了缓解。

他们一行三人赶到了西关长途汽车站，很顺利地买上了至孟津老城的汽车票，倒没有耽搁，很快坐上了汽车。

汽车行驶在公路上，积雪尚未化尽，背阴的地方还有很厚的积雪，路面滑溜溜的。汽车加了防滑链也无济于事，稍有点坡，车轮便打滑空转。司机非常紧张，生怕出事，紧把方向盘，踩着刹车，小心驾驶着汽车在路上慢行。汽车开到邙山岭上的时候，因为公路坡度太大，加上积雪很厚，汽车将冰雪碾压得非常结实，路面就像抹了油一样光滑，汽车轱辘在路面老是打滑空转。司机费了九牛二虎之力，才让汽车开到岭上。下坡的时候，司机更是提心吊胆，生怕一不小心，刹不住车，滑进旁边的深沟里。只好小心谨慎，把着方向盘，不敢开得太快。本来一小时的车程，经过两个小时才到杏芬家。

杏芬父母见女儿女婿回来了，还来了女婿的好友，自然高兴得合不拢嘴，就像迎接贵客似的，对钟文格外客气，又是端茶又是拿烟。杏芬和她母亲手忙脚乱开始在厨房准备中午饭。

春明岳父专门陪着钟文和女婿说话。

老人五十多岁，戴一顶栽绒帽，慈眉善目的样子，钟文在和老人的简短交谈中感觉出，老人是一个明事理见过世面的人。

春明喜欢象棋，说了一会话，就乐呵呵从岳父房里拿来了一副象棋，要和钟文对奕。两人便把棋盘摊开，摆开战场，乒乒乓乓对杀起来。

一局刚刚杀完，中午饭已经做好了，饭菜端了上来。菜除了炒鸡蛋之外便是白菜萝卜加粉条，主食是白生生的大米饭。这里产大米，杏芬家从生产队分了不少大米。杏芬知道钟文是南方人好吃米饭，给母亲说了说，特地做了米饭。只是这里人做米饭做得不得法，是怕把米饭烧糊，还是不喜欢吃太干的米饭？米饭做得很稀，就像南方的稠稀饭，粘粘的。杏芬母亲给钟文用那种当地人叫"格辘碗"的黑粗大陶碗满满盛了一大碗递过来。钟文知道，这是河南农村特有的待客礼数。他们待客都是用这种大"格辘碗"给客人盛饭，以表示主人的大方及对客人的真诚。他不好推却，很恭敬地接过碗，大家坐齐了，便吃起来。

正吃着饭，忽听见外面有嘈杂声夹杂着人的说话声传进屋里，钟文忽然听见门外有人喊了一声："有人找杨春明！"

春明听见声音放下饭碗出去了。

屋里吃饭的人不知谁小心地问了一句："谁找春明？"

"说是洛阳玻璃厂来的。"门口有人这样回答。

钟文听了有点纳闷：春明来的时候已向厂里请了假，什么要紧的事，刚回来就到家叫来了？钟文心里有点纳闷。

过了好大一会功夫，不见春明回来。钟文已吃了饭。门外突然传来交头接耳低低的说话声。这时，一个三十多岁穿旧军大衣脸孔有点偏的男人走了进来，对着屋里吃饭的人扫了扫。看钟文的衣着和其他人不一样，目光便落在钟文身上："你是跟杨春明一起从洛阳来的？"

钟文感到有点贸然，回答说"是的，什么事？"

"偏脸"男人一脸严肃，对钟文说："你出来一下。"

钟文心想，反正饭已吃完了，春明出去这么长时间没有回来，他很想探个究竟，便跟着那人走了出去。

"你叫我出来干啥？"钟文一边走一边问。

"偏脸"男人瞪了钟文一眼，不耐烦地说："别废话，到地方自然会对你说。"态度很不友好。

钟文心里'格登'了一下，没再说话，只好在后边跟着，钟文估摸着找他的人和找春明的人肯定是一伙的。他们是干什么的？他实在捉摸不透，一边走一边观看着四周，外边没有春明，他到哪里去了？因为什么事呢？钟文有点疑惑，感觉情况不妙。他突然联想到春明继父所说的景和出事的事儿，莫不是与景和有关？

不一会，"偏脸"竟领着钟文来到不远处的老城公社，从大门走了进去，在公社的院子里停下来。这是一个北方常见的那种四合院，里面整齐地排列着几排黑瓦青砖的平房。不一会，从一个办公室走出来一个人，"偏脸"和那人彼此交换了一下眼色，并没有把钟文往办公室领，而是来到房子外边的山墙跟，对钟文进行了盘问。先问姓名、年龄、家庭成份和单位。当钟文说出工作单位的时候，"偏脸"露出了惊喜的笑，以为意想不到地捕到了一条"大鱼"。

"偏脸"紧接着追问道："你从青海那么远地方来这里干啥？"

钟文平静地回答说："我是回湖南探家，顺路下车看望朋友的！"

钟文说完，怕"偏脸"不信，还特地把单位开的盖着大红公章的探亲证明从衣袋里掏出来递给了"偏脸"。

"偏脸"接过来看了看，似乎有点失望，把纸条还给了钟文。然后又问道："你咋不回家跑到这里来了？"

钟文有点羞于启口，犹豫了一下还是实打实说了原因："春明给我介绍对象。"

"你和杨春明是啥关系？"

"朋友关系。"

至此，钟文还不知道盘问他的人是什么身份，只估摸着是玻璃厂来的，和春明有关。尽管他心里有几分不快，但他是老实人，心想：人家毕竟是一级组织。反正他邓钟文没干什么违法的事，行得稳坐得正！他不怕别人盘问。因此，别人问什么他回答什么。

冬天天黑得早，渐渐接近黄昏。"偏脸"看看时间不早了，准备返回洛阳。当钟文提出要见春明，和春明一起走时，他还不知道他已经失去了自由，连杏芬的家也不准返回！

"不行，马上回洛阳！"

"回洛阳？"钟文觉得有点意外，对"偏脸"说："我得给他们说一声！不能不辞而别！"

"不行！"拒绝得非常干脆。

钟文不满地望着"偏脸"："为什么？"

"偏脸"两眼一瞪："少啰嗦！"

钟文非常生气，马上把眼瞪回去："我还有东西在那里！"

“偏脸”脸一沉：“你甭管，我们去替你拿过来。”

“偏脸”说完，便指令另一个人去杏芬家拿东西。

不一会儿，那人便把钟文放在杏芬家的那个军用挎包拿来了。钟文打开一看，买给杏芬家的两包点心竟然还在挎包里，这事做得太过分了！

不由多说，他被带到了一辆卡车前，上了卡车。钟文这才发现，春明早蹲在卡车里了，眼神和钟文相交的那一刹，犹如一只惊恐的兔子！钟文预感到问题的严重。事情肯定与景和有关！可景和的违法与春明有什么关系呢？钟文的脑子以极快的速度进行运转，凭着他对春明的了解，他坚信春明决不会干什么违法越轨的事儿，莫不是因为景和的事而牵扯到了他？想起春明说的继父家被抄的事，他越想越觉得有可能……

偏脸对着驾驶窗向司机说了声：“开车。”汽车便开动了。

天渐渐黑下来。

因为白天的太阳将路上的积雪晒融化，又是下坡路，汽车开的速度很快，耳边只听见呼呼的风声。气温已经下降，掀起的寒风直往身上扑，往骨头缝里钻，他又没有戴帽子，头发被刮得呼啦啦像一蓬乱草。来的时候只想着相亲，没想别的，为了给姑娘一个好印象，衣服穿得单薄。上身只穿着一件黑条绒夹克，下穿一条蓝卡机布裤子，里面是毛衣毛裤，大衣放在春明家里。这会儿，凛烈的寒风直往他身上扑，他就像赤身裸体站在野地里一样。迎面而来的寒风，像刀片在脸上割，似利箭往身上钻，刺骨的寒冷刺进了骨头缝里，耳朵快要冻掉了。他看了春明一眼，春明的衣服也穿得单薄，龟缩着身子蹲在车档板下边，牙齿格格打颤。那几个押送的人虽然都穿着厚厚的棉军大衣，也冷得缩着脖子……

快到吧！快到吧！怎么还不到呢？他心里暗自期盼着，念叨着。

但是，前边望不见一点灯光，满眼都是白莹莹的雪光。汽车还在邙山上驰行。四周是一片白皑皑的雪原，在朦胧的月光下看起来颜色一片惨淡。风在他身上无情地刮，冷气直往他脖子和袖口里灌。身上已没有热气，手脚渐渐变得麻木，全身马上就要冻僵。突然，钟文发现天边出现了几点灯光，灯光越来越多，渐渐连成了稠密的一片，洛阳终于到了！

军管小组的讯问

邓钟文和杨春明被带进了玻璃厂办公大楼。大楼门口悬挂着军管小组的牌子。军管小组办公室的人分头把他们带进了二楼的办公室，里面摆放着两张办公桌，亮着明晃晃的电灯，靠办公桌横档的位置生着一个大火炉，白铁皮烟筒通到窗外，煤炉烧得很旺，火炉壁都烧红了。钟文一走进去，顿感到一股扑面的热气，冻僵的身子暖和了不少，他也不管三七二十一，径直就往炉前靠，伸出冻僵的双手在火炉上烤起火来。

这时，从门外走进来一个四十多岁的军人和一个二十岁左右穿军装的小青年。小青年的军服没有领章，很可能是厂里的工人，军装是那时的标配，既时髦又革命，小青年表情看起来非常神气。

军人大约四十来岁，长着一张赤红色的脸膛，面相很敦厚的样子。如果脱去军装和一般的工人农民没有区别。红脸军人在办公桌前坐下之后，打量了钟文一下，开门见山向钟文进行盘问。钟文的心情十分平静，红脸军人问一句，他回答一句，年轻人在作着记录。红脸军人的态度倒也和善，问话不是那种居高临下的口气。钟文对他产生了一种信任感。也跟"偏脸"一样，红脸军人一上来先问他姓名、年龄、家庭成份、工作单位，而后问他来洛阳的目的以及和杨春明什么关系？什么时候认识的？钟文觉得自己没干什么越轨的事，心里十分坦然，他急于想把事情弄清楚，因此，他是有问必答。

钟文看看红脸军人，以为问得差不多了，正要问："为什么把我抓来？"钟文的话还未出口，红脸军人突然向钟文问道："你认识刘景和这个人吗？"

钟文听了这话，心里一怔，他原先的猜想得到了证实——果然是因为刘景和的事！但他却显得十分淡定——无论刘景和干了什么，犯了多大的罪，都与他毫不相干。他和他分开已经三年多，他们之间没有任何联系，不知道他在哪里，也不知道他在干什么？于是，他以平静的口气回答红脸军人说："认识。"

"怎么认识的？"红脸军人又问。

钟文毫不隐瞒也没有必要隐瞒，把在前进矿和刘景和认识的经过一五一十说了一遍。

红脸军人听钟文说完，又问："他现在什么地方？"

其实钟文已经知道刘景和在哪，春明的继父昨天来的时候，就告诉了他，当然不能说出来。只好说："我不知道。听说他在新疆。"

"你们联系过没有？"

钟文说："我们从来没有通过信。"

"你觉得这个人怎样？"

钟文照实回答说："在前进矿支架厂干临时工的时候，我觉得他人还不错，待人诚恳，喜欢学习，没有做什么越轨的事。我们很谈得来，常在一起说话。后来，他去了新疆，我们再没有联系。也不知他在哪里？在干什么？"

红脸军人看钟文说完了，似乎没有得到他所需要的东西，不禁有点失望："就这些？"

钟文说："知道的我都说了。"

红脸军人说："小邓，你不要一副满不在乎的样子，甭说你和刘景和的事，单是你写给杨春明的那些诗，你自己都解释不了！"

钟文听到这话，不由大感惊诧！他怎么知道他写的诗？他写的什么诗他自己解释不了？难道他读了他的诗……正在他百思不得其解的时候，忽然意识到，也许玻璃厂军管小组已经抄了春明的新家，在春明家里发现了他那本诗稿。但钟文心里仍很坦然，他热爱党热爱毛主席热爱社会主义，他的那些诗都表现了这一主题，就是那些歌颂友谊的诗也是热情洋溢节奏明快健康向上的。

他说："我写的诗我自己怎么解释不了？完全经得起检验的！"

军人看钟文说得那么自信，便从桌子抽斗翻出一个本子，向他扬了扬。钟文朝红脸军人拿着的本子瞅了一眼，他的目光被电光烧灼了一下似的，看见他手里拿的正是一年前他送给春明的那本诗稿。他大感诧异，但很快，他就明白了。

红脸军人慢慢翻开本子里的一页，念道："《赠春明君》，'谁最知我心，天下唯明君……'"

军人念到这里停下了，抬眼审视着钟文，板着脸问道："我问你，君是啥？臣是啥？过去有句老话：'君叫臣死不得不死，'你称呼春明为君，那他就是皇帝啰，那么你是啥哩？那无疑你就是臣了！你们是不是想要密谋推翻共产党的政权，妄想坐江山？"

"哈哈！"听到这话，钟文乐了！但他强忍着没有笑出声来。他简直不敢相信，对面的红脸军人怎么会对这首诗作出如此荒谬的解释？看他的年纪，大约四十多岁，很可能是一个营级干部，想不到竟是这种文化水平！钟文只好给他临时补一下语文课，便说："'君'字在汉语里有两种意义，既可以当君王讲，也表示一种尊称，这首诗里的'君'是后一种用法……"

钟文的话自然扫了红脸军人的面子和自尊，红脸军人的神色有点尴尬，但这只是一瞬间的表情，很快就恢复了平静，向钟文摆摆手，不耐烦地打断他说："我现在不想听你解释，到时候会有人叫你解释的！"

军人说完，打了一个长长的呵欠，抬起手腕看了看表，说："时候已经不早了，今天就到这里吧。"

他转过头看了看一旁作纪录的助手，助手会意，站起来对钟文说："起来吧，送你去休息。"

这时，钟文确实又乏又困，脑子恍恍忽忽昏昏沉沉的，眼皮也有点发粘，巴不得躺在床上睡一觉，于是站起了身。这时，红脸军人把他叫住："先别走！"

钟文不解地问："还有什么事？"

"你得把你的车票和钱掏出来！"

钟文听了，猛然一愣，这是什么意思？难道他们怕他逃跑？他像受到侮辱似的，心里很不是滋味，笑话！他们把他邓钟文看成什么人了？他又没有犯法？他为什么要逃跑？他来得光明去得正大，决不会干那种偷偷摸摸的事儿。何况，他被弄到这里，不给个说法他是不会离开的！于是昂然地把衣袋里的钱和车票掏出来交到了红脸军人手里。

红脸军人说："你的挎包里都有啥？"

钟文说："没有啥，有日记本和钢笔，还有点心。"

红脸军人说："这些东西你都不能带走。还有你戴的手表，也得抹下来。"

钟文大惑不解，也有点生气：扯淡！这不是脱裤子放屁！用得着如此小心吗？不就是去招待所睡觉吗？为什么连这些都不让带？钱和车票，你们怕我逃跑，我已经掏出来给了你们，笔记本和手表，为什么也不让带？他自参加工作以来，就养成了记日记的习惯，基本上没有间断过。带上钢笔和笔记本又不犯什么法！便生气地向红脸质问道："为什么？连钢笔和日记本都不让我带？"

红脸军人被问得张口结舌，一时无法回答，但一旁的年轻人见钟文如此理直气壮，以为他态度嚣张，口气严厉地说："少废话，不让带就是不让带！你以为你是来作客的吗？"

钟文也毫不相让："我犯了什么法？笔记本都不让带？不行！我非带不可！"口气十分坚决。

钟文是那种倔强的个性，他认为不输理的事儿决不退让："你们平白无故把我弄到了这里，我都配合你们了，要说的我都说了，钱和车票都交给了你们，你们还想咋？唯独这事不能听你们的！写日记是我多年的习惯！手表我要掌握时间！"口气强硬，一点不肯妥协的样子！

于是，一时僵在那里。

红脸军人看看面前这个小伙子的架势，没有退让的余地，一时愣住了。看来，不答应他是不行的，况时候已经不早，再僵持下去也不是个事，谅他也翻不起大浪，随后还是答应了，对那青年挥挥手说："算了，让他带去吧！"

原来是拘留所

送邓钟文住宿的有两个人，其中一个就是刚才坐在办公桌前作记录的那个年轻人。他们要钟文走在中间，生怕钟文跑了似的将他挟裹得紧紧的。钟文感觉有点不对劲儿，可他也没有多想，他太困乏了，脑子懵懵的，走路的脚步都有点踉跄，先睡觉要紧。

一阵冷风刮来，他的脑子清醒了一些，他突然想起春明，他怎样了呢？很想向那两人问问春明的情况，但是话到嘴边又咽回去了。

看这两人对他的那副架式，此时此刻问也白搭，必然会碰一鼻子灰！何必自讨没趣呢？他估摸着春明的遭遇比他好不到哪儿。

三个人谁也没有说话，在路上默默地走着。钟文一直在想：他们要送他到哪里去呢？他们已经走出了玻璃厂，来到了中州路。路灯光下，行人道旁高大的梧桐树枝光秃秃的，没落尽的干绒球在寒风中摇曳着，青灰色的马路朝前延伸，在路灯光下显得朦朦胧胧。

时候已是深夜，寒气袭人。钟文仍是那身单薄的衣服，抵挡不住深夜的寒冷，毂簌着身子往前走着。前几天的那场雪下得真大，几天了，背阴的地方积雪尚未融化完，这会儿已经冻结成结实的冰碴，踩在上面发出咔嚓咔嚓的声音。走了好一会儿，路上见不到一个人影，只有横挂在马路中央写着"打倒XXX"，"批臭XXX"的大幅横标在寒风中抖动着，发出哗哗啦啦的声音。幽暗的路灯光把他们的身子一会儿拉长一会儿缩短。寒风一阵阵刮过，如刀割似的扑打在他的脸上，钻进脖子里。

钟文实在忍耐不住，问道："你们要把我带到哪？怎么还不到？"

"快了！快了！"作记录的年轻人回答说。

钟文忽然发现，他们竟然走到百货楼后边的小街来了。这个地方他再熟悉不过，小街是西工区最繁华的街市。这里有许多小吃，洛阳浆面条，豆浆、油条、豆腐脑，麻球，还有蒜浆面。在洛阳玻璃厂施工的时候，星期天不上班，他常和名江、张小虎光顾这里，他最喜欢吃蒜浆面，香喷喷的，味道不错，分量足，价钱又便宜，一毛钱一碗便可以吃饱。可是如今却是黑灯瞎火的……

钟文突然意识到什么似的，不由得纳闷：玻璃厂就有招待所，附近也有旅社，怎么送他走这么远，来到了小街，他们到底要送他去哪里……

不一会儿，走在前边的那人领着他拐进了一条小巷，又走了一段路，在里面一个黑黢黢的大铁门前停下来。钟文在朦胧的夜色中，看见大铁门旁边挂着一块木牌，上面的字有点模糊，隐隐约约看出是"洛阳市文攻武卫接待站"。

钟文心里直犯嘀咕，他们为什么把他送到这里呢？但他也的确太累了，管他呢，好赖找个睡觉的地方休息一晚。他也没有多在意，就跟着那人走进了大铁门。

靠门口的一间突出来的房子像是值班室，门口挂着厚厚的棉布门帘。走在前边的那人掀开门帘走了进去。钟文冷得不行，赶紧跟了进去，后边送他的那人也紧跟着进到了里面。值班室有两个人，两人都戴着棉帽，穿着厚重的棉大衣，钟文猛然一怔。一个满脸络腮胡长着一脸凶相的人走了过来，带他来的年轻人对他交待了几句，便掀开门帘走了。

值班室十分简陋，四周的墙没有粉刷，青一色的红砖，露出粗糙的砖缝，屋里充满难闻的烟味。因他刚从雪地进来，双手已被冻僵，见值班室中间用红砖垒着一个四方形火炉，便想向前烤烤火，以暖和一下冰冷的身子。可他把冻僵的手刚伸到火炉边，不想竟遭到值班的大胡子一顿喝斥："爬一边去！向火倒向得怪紧！"一口地道的洛阳话。

钟文正等待值班室的人安排他去住宿呢，却无端遭到如此粗暴的喝斥，有点恼火，对大胡子回怼道："你咋这样说话？什么态度？"

大胡子惊奇地打量了一下钟文："怼你咋了？你知道这是啥地方？"

钟文不解地瞪着大胡子，反问道："啥地方？不是招待所吗？"

大胡子一听哈哈笑了："你做梦吧？还招待所哩！想得怪美！告诉你吧，这是洛阳市西工小街拘留所！"

钟文听了大胡子的话，犹如有人冷不防从他头上泼了一盆凉水，瞌睡顿时消失得无影无踪！天呐！这他妈算是怎么回事？这些家伙怎么把他送到了这里？他到底犯了什么罪，怎么胡乱抓人？怪不得走在路上，两人把他看得那么紧，生怕他半路上溜走……

"他们怎么把我送进了拘留所？"钟文差点崩溃，心里直冒火，瞪着两眼向大胡子问道。

可是值班的大胡子不理会他满腹的委屈和满腔的怒火，反而给了他好一顿冲："你嚷啥哩？你问我，我问谁？你犯了啥事儿，你自己知道！你就老老实实在这待着吧……"

这会儿，他稍稍冷静了一下。是呀，送他来的人已经走了，他被送到这里，与大胡子毫不相干，冲他发火有什么用呢？他这才感觉上当受骗，有苦无处诉，有理无处说！早知道送他来这种地方，凭他的个性，他是怎么也不会答应的！他茫然无助地望着冰冷的墙壁发愣。

大胡子不再理睬钟文，任凭他坐在椅子上发愣，他便坐在一旁的椅子上开始打盹。钟文落寞地坐了一会，一颗心慢慢平静下来，他将今天发生的事，在脑子里反反复复过了一遍，看来事情并非他原先想象的那么简单，其中充满了许多变数，对此必须要有思想准备。

钟文猜想的不错，前进煤矿专案组查抄了春明的家之后，突然发现春明继父去了洛阳玻璃厂。怀疑杨春明干了什么见不得人的事，他继父给他通风报信去了！必须立即将杨春明捉拿归案！专案组马不停蹄赶到洛阳，得知春明去了孟津。案情紧急，渑邑专案组连同洛阳玻璃厂军管小组几个人一起开车赶到了孟津，在那里竟又意外地发现了钟文，把他逮个正着，以为抓住了大鱼，大获全胜……

钟文坐在火炉边的椅子上，愁绪万端。这会儿说什么也没有用了，只好等天亮再说吧。

他控制住自己的情绪，在值班室的木椅上坐了一会儿，感觉肚子有点饥了。中午吃过饭到现在水米没有沾牙，肚子一阵阵抽搐。想起挎包里的点心，便取出一块吃起来。但口干舌燥，嘴里发苦，喉咙里直冒青烟，又没有水，点心放在嘴里犹如咀嚼木屑似的无法下咽，他只好把点心重又放进挎包里。

渐渐地一阵瞌睡袭上来，他坐在椅子上打起了盹儿。这会儿，那个大胡子大汉多少改变了他的态度，再不那么粗暴，指着值班室里面一个挂着厚门帘的房间，走过来口气平和地对钟文说："你坐在这儿不中，要被冻感冒的，你还是到里屋睡吧！"

钟文迟疑了一下，也好，值班室实在太冷了，到里屋暖和暖和身子吧。便站起来按照大胡子说的，也为好奇心所驱使，他想看看里面房间究竟啥情况，于是走到门口，掀起门帘探头一看，人未进去，一股难闻的气味冲进鼻子！这是体臭、脚臭、汗臭、屁臭……各种臭气混合在一起的那种难闻的气味。他被熏得直恶心，差点呕出来！稍稍屏息了一下呼吸，臭气又扑面而来。他想看过究竟，只好强忍着刺鼻的臭气，用眼向里面扫了扫。朦朦胧胧看见屋地上横七竖八躺满了人，连个插脚的地方也没有！里面的人见门帘掀开，透进亮光，纷纷探起头向他观望。他赶紧将门帘放下，倒退了几步。心想：里面怎么那么乱，那么臭？里面睡的都是些什么人呢？难道都是所谓的罪犯？钟文立马打消了在里面睡觉的念头，重又坐回到那把木椅上，靠着火炉打盹……

火炉已被封住，厚厚的炉砖围着一个小火口，半死不活的，只有一豆蓝色的小火苗在不停地在炉中心跳动，冒出极有限的热气。随着夜色愈加深浓，室外的寒气不遗余力地向着值班室袭逼，值班室越加寒冷，犹如一个冰窖，寒冷使得窗玻璃上凝结了厚厚的冰晶。大胡子穿着厚实的大棉衣，缩着脖子坐在值班室的桌子旁，似睡非睡，不时打量钟文一眼。

钟文实在抵御不了刺骨的寒气，他被冻醒了，身子索索发抖，他把手伸向火炉的一星火苗，炉壁红砖太厚，火被封死，热气透不出来，火炉四周冷冰冰的，感觉不到一点热气，他只得将手缩回去，重又插进裤兜里。值班的大胡子见此情景，又向他走过来，十分友善地对钟文说："你身上穿的这么单薄，挺不过这一夜的，要冻出病来的，还是到里面睡吧！"

钟文说："里面没有下脚的地方，怎么睡？又没有被子。"

大胡子爽快地说："走！我给你找地方。"

钟文被大胡子的友好态度所感动，便站起身，跟在大胡子身后，走进了里屋，大胡子对着窗口下边一个呼呼大睡的人吭吭就是两脚，恶声恶气地喊："让开！让开！"

就着朦胧的光影，钟文看见睡在那里被看守踢屁股的是一个胖圆脸的年轻人。年轻人睡得正酣，猛地被大胡子用脚踢醒，非常生气，嘴里不干不净地骂起来："妈那脚！谁呀？谁踢我？想死呀！"呼一下坐起身，就要干架，睁开眼一看，见是值班的，便不敢吱声了，身子连忙往一边挪了挪，大胡子指着小伙子挪出来的地方对钟文说："你就睡这里吧！"

屋里太臭，大胡子受不了臭气的熏烤，说完鼻子一掩，赶紧出去了。

钟文只好和衣躺下来，把那床又脏又臭看不清什么颜色的被子拉一点盖在自己的身上。钟文这才发现：和他伙盖一床被子的青年胖乎乎的身子竟然一丝不挂赤条条的躺在地铺上，翻了一个身便又酣然入睡。钟文不想贴着小伙子赤裸的身子，尽可能隔开一点距离。可是，不一会，他感觉靠近小伙子身躯的部位竟有一股强大的热流向他身上传送过来，非常温暖舒服。他冻得冰冷的身子开始有了些暖意，靠了这股热流，僵冷的身子渐渐得到复苏。他非常惬意地向他的身子又靠了靠，以吸取小伙子身上的热量。

　　人真是有点奇怪，这时，房里的臭气尽管依然如旧，但钟文却不像开始那样感到那么恶心，那么无法忍受。这时，他忽然想起那句古语：久入鱼肆不闻其臭。还真有点道理呢！

拘留所见闻

　　钟文尽管很困，脑袋瓜发沉发疼，却怎么也睡不着。似睡非睡地躺在地铺上，总感觉有一股难闻的臭气往鼻孔里飘。在朦胧的睡梦中，也总会时断时续地闻见那股气味。

　　过了一会，他忽然听见房里有叽叽哝哝的说话声。

　　——原来也有人睡不着觉，在交头接耳小声地说话呢。也许说话声影响了房里其他人的瞌睡，猛然响起一声粗声粗气的喝叫声："不许说话！"听口音吆喊的是个洛阳人。房里睡着的人没被那几个小声说话的声音吵醒，倒被那个洛阳口音的吆喊声惊醒了。

　　从此，钟文再也没有睡意。紧靠钟文另一边的一个年轻人把头凑过来，轻轻地问："你是怎么进来的？"

　　钟文没有答理他，把头扭到了一边。年轻人忽然看见了钟文腕上闪亮的手表，好像发现天上来客似的。十分惊奇："你进来还让你戴手表？"

　　钟文没有搭理，那人讨好说："你真中！"

　　随后，又问道："几点啦？"

　　钟文淡淡地说："五点。"

　　钟文看他年纪不过十七八岁，怎么也被关进了这种地方？于是好奇地问："你是什么问题？"

　　年轻人用右手比成了一个"八"字，在他眼前晃了晃，说："枪。"

　　钟文明白了，文化大革命中，各造反派组织之间的派性闹得非常厉害，武斗不断，许多造反派组织都发了枪。武斗越发激烈，有的甚至打死了人，闹到了无法收拾的地步。于是，上头便下令在全国范围内收缴枪支。有些地方收缴枪支的时候由于不规范，出现了许多问题。有些把枪交了，有些没有交，有些交得不明不白没有手续。

钟文问道："你交了吗？"

对方回答说："当然交了。"

大约他是属于不明不白交枪的那类人吧。

窗口渐渐发白，天快要亮了。

忽然，门外的院里响起一阵尖利的哨子声，有人喊："集合！集合！"

房里的人就像训练有素似的，听见喊声，从地上一跃而起，骨碌碌很快穿好了衣服，生怕落后似地纷纷从门口往外跑，动作非常麻利。钟文迟疑了一下，是出去还是不出去？但很快他决定还是出去——他没有睡懒觉的习惯。屋里空气污浊，臭烘烘的，出去呼吸点新鲜空气，看看情况也好。他没有脱衣服睡觉，于是一骨碌爬起身就往外走，等他赶到院子的时候，人员差不多到齐了。

天还不是大亮，天色灰蒙蒙的，启明星还在围墙上方眨着眼。他四下里看了看，院子不大，大约二三亩见方，四周全是红砖砌成的高墙，墙上拉着铁丝网。就和电影里监狱的情景差不多。

在值班人员的指挥下，乱哄哄的人群很快排好了队列，领头的叫声"报数"，从队列第一个开始，一、二、三开始报起数来，声音响亮，中间只个别人稍打了点顿，报得都很齐，大约一百多人。

这会儿，全国所有地方所有单位每天早上人人都要"天天读"——先向毛主席三鞠躬，再祝毛主席万寿无疆，林副主席身体健康。三是读毛主席语录。无论刮风下雨，有事没事，这三件事每天都必做不可的，所以叫做"雷打不动"！

钟文没想到，这里也不例外，在值班人员的带领下，大家认真地开始"天天读"。接下来便在"班长"的带领下开始在院子里"一二一"跑起操来。大家跑得气喘吁吁，跑了一头大汗才停下来。

时间尚早，离开饭还有一段时间，班长叫大家回到监房里学习毛主席著作。大家按各人晚上睡觉的位置在地铺上席地而坐。

在这里学习"毛著"也跟七公司各班组学"毛著"一样。先由人念一段，然后各人依照毛主席的教导谈心得体会。差不多都发了言。从人们的发言中，钟文多少了解了这些人的一些情况。

原来，班长就是昨晚喝叫不准说话的那个洛阳人。他家住在老城，是一个惯偷犯。解放后政府给他安排了工作，让他到街道的纸盒厂和老娘们一起糊纸盒。他嫌糊纸盒工资低，单调重复的工作更使他感到腻烦，有事情还得请假，被人管束着，哪有当三只手自由自在舒服？他便三天两头旷工在家，后来干脆不去上班，一直在社会上游荡，靠"钳工"手艺养活自己。文革开始了，他还不肯丢手，时不时干上一票。无产阶级专政哪会让他那么逍遥法外？在一次作案时被发现，人们便把他弄了进来。

还有一个重婚犯——那人和他的一个女同学相爱了好几年，可那个女同学家庭成分太高，父母坚决反对，另给他找了个姑娘结了婚。可婚后夫妻感情一直不好，那人一直思念着过去的恋人，并和那位女同学保持着密切联系，商量着私奔。两人在住旅社的时候，因为没有结婚证明，被派出所发现，连同那个女的被抓了进来，说他是重婚犯。

和钟文伙盖一床被子的圆脸青年也是因为偷了什么东西被关了进来。其余的历史有问题的，有打坏了毛主席塑像，还有在游行时喊错了口号的，也有平时不注意说了错话的，五花八门不一而足。

最后班长要钟文谈："新来的，你也谈谈。"

　　大家的视线便聚焦到钟文身上，见他穿着时髦干净，皮鞋黑亮，人又长得白净，况还戴着手表，在这里便特别显眼，都猜测他很有背景，大有来头。钟文是那种率真的个性，他觉得自己不明不白被关进这样的地方，心里充满委屈满怀怨气，没必要隐瞒自己的身份，事实求是地把自己稀里糊涂被送进来的情况说了说。

　　大家都说完了，早饭还没有送来，大家便东拉西扯说着闲话。昨晚和钟文伙盖一床被子的圆脸青年眼睛特尖，发现钟文腰带的钥匙串上还挂着一把精致的指甲刀，眼里兴奋地闪着亮光："你带着指甲刀！"说着，便以渴求的目光望着钟文说："借你的指甲刀用用吧？看，我的指甲！"怕钟文不相信，伸出长着长指甲的手让钟文看。

　　钟文从钥匙串上退下指甲刀递了过去，那人便咔咔地剪起指甲来，指甲碎片乱飞，有的正好落在钟文的裤腿上，那人赶紧把碎屑弹到了地铺上。

　　这时，周围一圈人看见圆脸青年用指甲刀剪指甲，都眼巴巴看着，也希望用指甲刀把手上的长指甲剪剪。钟文发现，那些人的指甲差不多又长又黑，里面还藏着污垢。

　　圆盘脸一剪完，指甲刀立即被另一个人要了去，咔咔地剪起来。一圈人的指甲还没有剪完，院子里突然一阵哨子响，原来早饭送来了。

　　班长叫人抬进来一桶稀玉米糊糊，一筐像黑炭似的红薯面窝窝头，还有一碗切碎了的黑褐色咸得发苦的萝卜片。玉米糊糊一人一碗，红薯面窝窝头一人两个，咸萝卜片一人几小片。

　　钟文没有一点食欲，嘴里发苦，肚子满满的没有一点胃口。只要了一碗玉米糊糊，两个黑窝窝头放在一边没有动。想起挎包里放着的糕点，便从挎包里把点心拿出来，就着玉米糊糊吃起来。那些人看见钟文在这里竟有点心吃，无不感到惊奇，瞪大眼睛望着钟文。

尤其那个和他伙盖一床被子的小偷，分到手的两个窝窝头不几口就吃完了，一双眼不错珠地望着钟文没吃的两个窝窝头，哈拉子流得老长。终于忍不住对钟文说："窝窝头你咋不吃呀？"

钟文想起昨天晚上从他身上得到了那么多温暖，让他冻僵的身体很快得到了复苏，便说："你没吃饱，想吃就拿去吃吧。"

年轻人生怕别人也想向钟文要似的，赶紧把那两个窝窝头抓在手里，狼吞虎咽起来，几口就把一个窝窝吃进了肚子……

开完饭，没有事情做，大家都坐在被窝里东拉西扯说闲话。钟文无心和那些人闲聊，只闷闷不乐地在一边想心事。

坐在钟文对面的一个三十多岁的青年是这里的中心人物，那人长得白白胖胖的，两只眼睛看起来很有神，亮闪闪的。他是这里的"副班长"。惯偷犯班长似乎很看重他，把他的话很当回事。钟文发现，副班长之所以得到别人的尊重，是因为他口才好，分析问题很到位，对事情的看法颇有见地，说起话来颇有政策水平。能根据一个人的案情，判断出这个人在这里待多久。

原来那人是洛阳 407 厂医院的医生，曾在洛阳造反派总指挥部当过侦察员，之所以被关进来也是因为枪。

他说："我把枪交了，他们硬说没有交，要我拿出交枪的手续，我交枪那会哪有啥子手续？大家霍啦啦把枪一交完事。可他们说，拿不出交枪证，就是没有交！你说讲理不讲理？球！总不能叫我再屙出一支枪来！我当时只想着把枪交了就没我的事了，谁知还有这么多球事！现在就是浑身长嘴也说不清楚。不过我不怕，这事迟早会弄清楚的！"

旁边的人听他说完，一时没人再说话，房里静下来。过了一会，惯偷犯对他说："你当过侦察员，当时很风光吧？"

副班长笑着说："说起我在指挥部当侦察员那会，确实风光过。"

"所以，你很有水平，看问题很准。"

"嗨！哪里呀？其实我也没有啥水平。"

惯偷犯说："你帮他们分析分析，看他们在这里还要待多久？"

副班长听了这话很是受用，想了想，便指着那个晚上和钟文说话问他几点的青年说："他今天可能要出去。"那青年一听，高兴得脸上露出了笑容。

副班长又对那个三只手班长说："你可能要在这里过春节。"

那个重婚犯对他说："我呢？"

"你呀，至少判两年刑！"说得那人低下了头。

那个吃了钟文窝窝头的小青年为了讨好钟文，代替钟文问道："他呢？"

副班长想了想，说："他呀，很难说。他是属于政治问题，在中国，一牵扯上政治问题就令人头痛，最麻烦，很难说清楚。尤其他的家庭出身又不好，在这里的时间可能比谁都长……"

钟文一听，头上挨了一棍似的。

出了拘留所

其实，407厂那人说得并不准确。

钟文正和那人说话，忽听见一个声音在门口喊："谁是昨天晚上玻璃厂送来的？"

钟文连忙答应一声："是我！"

"走，跟我出去！"

钟文不知什么情况？迟疑地站起来，望了望叫他的人，但那人没和他说一句话。钟文也没有多想，掀起门帘走了出去。来到值班室，钟文发现，昨晚上送他来的两个年轻人已等在那里了。钟文心里明白，他们很可能要把他带回玻璃厂，二话不说，便背上自己的挎包跟着那两人走出大门，很快来到了小街。

外面的天气很好，满眼全是金色的阳光，到处亮闪闪的有点刺眼。衣服穿得单薄，太阳照在身上，顿感到太阳照过的部位暖烘烘的。街上车水马龙，人来人往，人们悠然自在地在街上走来走去，钟文尽管在那种地方只待了一夜，在他的感觉里，就像过了一年似的，他深深体会到，自由对一个人来说，多么重要！平常不觉得怎样，一旦失去了，才感到特别宝贵！

很快来到了百货楼旁边的街道上，行人多起来，熙熙攘攘的，尤其百货楼门口，进进出出的人像蜂巢的蜂似的拥挤成了一团。那两人神经立即紧张起来，生怕钟文趁着人多一下子钻到人群里溜走，高度警觉地把他挟持在中间，并且加快了脚步，想尽快走出这片危险地段。钟文看他们那副紧张神色就觉得有点可笑，就调侃地对他们说："请放心吧，别那么紧张，问题不弄清楚，我是不会走的！"

那两人听见他这样说，用奇怪的眼神看了他一眼。

一会儿就来到了玻璃厂，两人把钟文带进了昨晚讯问他的办公室。红脸军人早等在那里了。钟文一看，办公桌旁边还坐着另外两个人：一个竟是凌指导员，一个是韩师傅！

原来，中南一公司为了参加三线建设，虽然从洛阳搬迁到了青海，但公司职工的家属还留在洛阳，公司便在洛阳设立了"留守处"。凌指导员和韩师傅也是这次和钟文一起坐火车回洛阳探家的。昨天夜里，红脸军人通过连夜讯问，虽没有找到钟文与刘景和有牵连的证据。无法认定他和刘景和进行过反革命活动，但从杨春明宿舍查抄出的诗稿来看，他的问题不小。他们觉得这个案子比较复杂，一时难以弄清，还是交给本人单位处理合适。

昨晚讯问钟文的时候，钟文说了公司在洛阳的留守处的地址，恰和玻璃厂是一墙之隔的近邻。清早上班的时候，红脸军人试着打了个电话联系了一下，想不到竟然联系上了。留守处负责人连忙找到凌指导员把情况说了说，于是凌指导员又找到韩师傅，一同来到了玻璃厂。

钟文猛一看见凌指导员和韩师傅，心情激动，就像一个在外受到欺负满腹委屈的孩子，见到母亲见到家人一样，鼻子一酸，眼泪不由自主夺眶而出。然而，万没想到却遭到了韩师傅当头一顿喝斥："看你做了多光彩的事，还有脸哭哩！"说罢，阴沉着脸望着钟文。

邓钟文听了韩师傅的话，心里不是滋味，韩师傅刚才的话比打他耳光还要使他难受，只好把眼泪擦了，一声不响低头站在那里。

凌指导员和韩师傅交换了一下眼色，指着桌上的东西，对钟文说："这是你放在你朋友那里的东西吧，你拿着吧。"钟文一看，正是他放在春明那里的大衣围巾等物，他走过去穿上大衣，围上围巾，立即寒意顿消，感觉全身暖烘烘的。

凌指导员站起身和红脸军人说了几句话，便领着钟文走出办公室。

钟文默默地跟在他俩的身后，走出了玻璃厂大门，回到了留守处。凌指导员对钟文说："小邓，你到底怎么回事？清队时，你口口声声表示说：要接受教训，可没有几天，你看你，又出了这档子事！"

钟文满腹委屈地说："凌指导员，韩师傅，请你相信我，这次我确实没干什么对不起党对不起人民的事！"

韩师傅说："有许多事你是说不清的……"

钟文望了一眼韩师傅，没有做声，心想："我什么事也没做啊！怎么说不清呢？"

凌指导员对钟文说："小邓，你打算怎么办？"

钟文愣了一下，一时没听明白凌指导员这句话的意思。过了一会才说："我老老实实接受组织审查……"

凌指导员打断他说："审查固然要审查，我的意思是说，眼下，你的探亲假还没有过完，你是打算继续回家探亲还是回青海？你自己考虑考虑。”

钟文尽管因为出身不好，经历了比一般人不一样的磨难，但突然遭遇这么大的变故，思想上一下子还是接受不了。而况他的思想又那样纯正，一贯追求进步。而今，突然被推到了自己内心孜孜以求的反面，竟然和反革命沾上了边！这是多么可怕的事啊！这是他怎么也想不到的。此时此刻，他怎不张皇失措呢？恨不能把自己的心剖出来让大家看看是红的还是黑的！哪还有心思回家探亲？他只想马上回到青海接受组织上的审查，把他的问题立即弄清楚，讲明白，还他以清白。因此凌指导员的话一说完，他就回答说：“不，我不想回家探亲了，准备马上回青海。”

凌指导员态度和蔼地说：“那也行。没回青海之前，你就住在留守处招待所吧，留守处食堂还开着伙，可以在那里吃饭。”

钟文感激地答应一声，从留守处办公室出来，来到招待所登记了一个床位。

负责登记的师傅姓李，上海人，人很和气，拿着钥匙开了一个房间的门，招待几句就离开了。他拿着牙刷牙膏到水龙边刷了刷牙，洗了把脸。一看洗过脸的毛巾，吓了一跳，毛巾变得黑乎乎的，没想到一天一夜的折腾，脸这么肮脏，全是污垢，像刚从井底下上来的窑工。他用肥皂洗涮了好几遍，才把毛巾洗干净。回到房间，一看手表，已经十二点，正是留守处食堂开午饭时候。来到食堂，向食堂的大师傅要了一副碗筷，买了一碗米饭，再买了一份菜，吃饱了，便回到了招待所。下午，他去洛阳火车站去买返回西宁的火车票。西去的旅客不多，火车票很好买，很轻易地买到了难得的座位票。

晚饭仍是在留守处大食堂吃的。从食堂回到招待所，躺在床上感觉心里堵得慌，心里很不是滋味。明天就要离开洛阳，返回三线工地。他的心上就像压着一块沉甸甸的石头，两天来发生的事就像电影镜头一样在他的脑海一一闪现……

好端端的朋友聚会，怎么会这样呢？他暗自后悔自己反应太迟钝，头脑太简单，没有一点政治敏感。要是春明父亲来洛阳报信的当天下午，他立即离开洛阳，就什么事也不会发生了！可是，他很快又释然了。他又没干见不得人的事，有什么好害怕的？"彻底的唯物主义者是无所畏惧的。"他不由想起了毛主席的这段语录。他觉得，毛主席他老人家这段话仿佛是专门对他说的，他感到了无比的力量，不禁倍感亲切。是的，他邓钟文行得稳坐得正，不怕逆风和骇浪，经得起狂风暴雨的考验。他也同样相信春明也跟他一样，决不会干对不起党对不起人民的事。

春明如今怎么样了呢？他眼前突然闪现了昨晚在汽车上和春明猛一相见时那惊恐的眼神倚靠车厢板茫然无助被寒风吹刮得索索发抖的瘦弱的身子……

他安全无事吗？今日一别，不知何时才能相逢？在离开洛阳之前，无论怎样应该去他那里走一趟，去看看他，和他见上一面……

这样一想，便从床上坐起来，把大衣穿好，围上围巾走出了招待所。

天色已经暗下来，天空灰蒙蒙的像是弥漫着一层薄雾。上午天气还很晴朗，临近傍晚却又阴沉起来，天上厚重的云像铅块似的压在头顶，像要变天的样子，莫非还要下雪？一阵寒风扑面而来，钟文感觉冷嗖嗖的。缩着脖子向前走去。路上的积雪还未化尽——这场雪下得真够大的。几天了，背阴的地方还是东一片西一堆尚未化尽的残雪。林荫道的树底下到处流淌着残雪融化的灰白色的痕迹。寒气渐渐升上来，冷风直往领脖里钻。钟文把大衣领子拉紧，还禁不住发冷。

他慢慢来到春明所住的那片临时家属区。四周一片寂静，路上连个人影也见不到。几个房间的窗户里透出淡淡的灯光。他缩着脖子，往前走了几家，悄悄地来到春明住的房子跟前，看见油毡顶棚上还覆盖着皑皑的积雪。放眼朝门口一看，不由屏住了呼吸。他发现：门上挂着一把冰冷的锁！

他只得怅然而归。

如临大敌

上午，邓钟文子然一身来到洛阳火车站，准备搭 35 次快车返回青海。他的行李十分简单，除了随身所携带的那个黄挎包，便是一个绿色帆布旅行包，里面放着他随身换洗的几件衣服。

这会儿，他的心情沉重而复杂，仿佛做梦似的，头脑有点恍惚，两条腿踩在棉花堆上一样虚飘飘的。怎么会这样呢？他实在想不明白刘景和到底干了什么反革命活动？以前他可不是这样的，怎么一下子就变了啊？他也惦记着春明，昨天傍晚去住处找他，却扑了个空，门上挂着锁，这会儿在哪里呢？他一定跟他一样牵挂着他，也为他担心吧？

他更牵挂着在家着急地等着他回去的母亲。他早写了信告诉母亲他马上就要探亲回去的消息，连到家的时间都写了。母亲知道他这两天就要回来，一定准备了许多他爱吃的东西急切地盼着他回去。这两天，兄弟一定会去齐云桥汽车站去接他。母亲会天天站在家门前的高坡上向远处眺望。他没有回去，母亲心里不知怎么着急啊！一定是望眼欲穿，望断秋水⋯⋯

组织上怎么审查他呢？他从书上读过抗战期间延安对从敌占区来的同志的审查文章，延安的审查是很严格的。唉，如今这种事竟让他碰上了！真倒霉！钟文这样想的时候，不由后悔起来，他应该先回去看看母亲，然后再返回青海接受审查，着什么急呢？可后悔已经晚了——车票已经买好，又对凌指导员作了保证，事已如此，已经由不得他了，看来还是自己太年轻，头脑太简单……

他心事重重地来到了候车室，离检票的时间尚早，想找个座位坐下。候车室人很多，离过年没有几天，人人归心似箭，都急着赶回家去和亲人团聚。中国的春节，人人都想回家过年，这是一次全国性的人口大迁涉，不论离家多远，千里万里千难万难都要千方百计赶回去。

候车室里等车的人挤扎不动，人声嘈杂，人头攒动。座位上都坐满了人。有人干脆在地上铺了一张席，几个人在上面或坐或躺。他只好先站在一边等待着。渐渐地他感觉腿都快站麻木了，又酸又疼。昨晚没有睡好，头有点懵懵的。好不容易看见一个人从旁边的座位上站起身，掮着行李离开了。他立即补充上去，占住了那个座位。钟文在座位上舒展了一下身子，将两条肿胀的腿伸了伸，舒了口气。

他突然发现候车室的气氛有点异样：在候车室各个角落的不同方位，有一些人在向他这边探头探脑地注视。

不大一会儿，一个年轻人挤到他的旁边主动和他搭讪，闲聊起来。钟文心里直犯嘀咕：这是些什么人呢？钟文敏感地意识到：这些鬼头鬼脑关注他的人肯定是冲他来的！前来监视他的！这些人又不像是公司留守处派来的，留守处的人没有必要这样做。多半是玻璃厂和渑邑派来的人！钟文不由暗自好笑："哈哈！他们把我当成什么人了？竟然如临大敌出动这么多便衣对我进行监视！"

那个和钟文闲聊的年轻人和钟文东拉西扯了几句，便装作不经意的样子向钟文问道："你到哪？"

钟文正要回答说"青海"，但就在这一刻，把尚未说出口的"青海"两字咽了回去，头脑里产生了一个恶作剧的念头，故作神秘地小声回答说："我去——北京。"

年轻人一听北京，再也立不住了。不一会儿，就从钟文身边走开了，来到不远处的一个人那里，附着那个人的耳朵低声嘀咕了几句什么。一时间，候车室的气氛顿时紧张起来。人影晃动，几双不安的眼睛在暗处闪烁。和钟文说话的那个年轻人又慢慢来到钟文身边，正要向钟文问什么话，35 次列车进站的铃声叮叮地响了。车站服务员套着喇叭筒，叫喊着 35 次列车即将进站的消息："35 次检票了！"话音一落，检票的大铁门"哗啦"一声拉开了，检票开始了。钟文站起来，提着行李包便朝检票口走去。那几个见钟文走向剪票口，方才松了口气。

钟文上了火车，空座位很多，车厢空荡荡的。中国地域辽阔，西北比较落后，人口稀少。春节期间，熙熙攘攘往东南去的人多，往西去的少，车上旅客寥寥无几，尽管如此，列车到达乐都的时候，仍晚点了好几小时。

钟文下车时已是后半夜，当他孤零零提着行李从站台走出来的时候，猛然感到了逼人的寒气，仿佛走进了冰窟。身上厚厚的棉衣也抵挡不住室外的严寒，迎头刮过来一阵寒风，直往脖子里钻，他不由打了一个寒颤，清鼻涕流了出来，赶紧把身上的衣服裹紧，把围巾系好。走出车站，来到通往工地的路口。

乐都县城离工地还有十多里山路，其实钟文没有必要急于赶回工地，完全可以先找一个旅社住下来等到天亮再走。但他是个急性子，心里装着事，心乱如麻，火烧火燎的，胸腔里有一股火在那里燃烧，像要爆炸一样。他一刻也不想耽搁，恨不能马上赶回工地，尽快把他的问题弄清楚，把他身上的污秽洗涮干净。多拖一天对他都是一个沉重的包袱，一种精神负担和套在身上的枷锁。

他站在路边向工地的方向看了看，远处的山峦在灰暗的夜色下，显得黑魁魁的，就像一头静卧在天幕下的怪兽。通往工地的公路带子似的在怪兽的脚下穿过。四周出奇的寂静，显露着一种阴森和恐怖，可他一点没有怯意。

他顾不上多想，提着旅行包大步朝着通往工地的公路走去。

这时，天地间灰蒙蒙的，如同罩着一层薄纱。下弦月活像一把闪亮的弯刀高高地悬挂在天空，向四野散发着森人的寒光。地上一片死寂，没有一点声息，已经睡着了似的，给人一种神秘而森冷的感觉。钟文不禁有点毛骨悚然。突然，他似乎听见身后有什么声音在响，心一下子被束紧，神经紧绷着回头看了看，什么也没有！身后只有看不见尽头的灰白色的公路。他突然明白过来——原来是夜里太过寂静，刚才"踏踏"的声音是自己大步走路时发出的脚步声……

这时，他的脑际突然打开了记忆的闸门——走夜路有生以来钟文并非第一次。

他记得，1960 年大饥荒袭来的时候——他还在齐云桥附中读书。天天吃不饱肚子，常常饿得魂不守舍。一天晚上，他躺在寝室的床上饿得实在难受，肚子猫抓似的发出一阵一阵的抽搐。他也顾不了许多，无论怎样，得弄点东西填塞肚子。便悄悄地从寝室摸了出来，走出了学校。趁着朦胧的月光，翻山越岭走了十来里的山路，回到了米塘冲母亲那里。母亲见儿子半夜跑回来，不知发生了什么事，非常着急："崽呀，你何解半夜跑回家来呀？瞧你这个样子！"

钟文无法张口说自己饥饿，他的口粮已经交到学校，回来要吃家里人的粮食，口里嗫嚅了半天，才说："妈妈，我，我饿……"听了儿子的话，母亲心疼得直掉眼泪，可又拿不出粮食煮给儿子充饥。只好弄了点萝卜缨子，淘洗干净后用水煮了煮，放了点盐，便端过来递给他，对他说："崽呀，全家都在生产队大食堂吃饭，家里没有一粒米，只好煮点萝卜缨给你吃了。"

钟文端过母亲递过来的水煮萝卜缨子，狼吞虎咽起来，味道很不错，吃得津津有味。其实，煮熟的萝卜缨子只放了点盐而已。明天还得上课，得赶回学校。奇怪的是他从学校往家赶的时候，一点不知道害怕。而填饱了肚子，倒有点胆怯起来，生怕从山上蹿出一个不祥之物。还是继父送他翻过了那座山，他才回到了学校。

有人说，人活在世上，往往有两种情况胆子最壮最无畏，一是饥饿，一是危急，大约他目前正处在危急状态，才忘了害怕，只想尽快赶回工地。

他不再东顾西看，加快脚步急匆匆赶路。刚下车时，还感到刺骨的寒冷，走了这一段路，这会儿身上却热起来了，额上还冒出了细细的汗珠。他把围巾解下来，将大衣的领扣解开，一股凉气透进来。可不一会儿又感到寒冷。他担心感冒，只好重又将扣子扣紧。迈开大步朝前走去。灰蒙蒙巍峨的山影，灰白色长长的路，灰褐色的庄稼地，朦胧的河滩……被他一一抛在身后。

渐渐地钟文望见了工地的灯光，心里豁然一亮，产生了一种到家的感觉……

钟文走进工地，四周静悄悄的，人们早以进入梦乡。不一会，他来到自己的宿舍楼前，掏出钥匙开了门锁，随即拉亮了电灯。虽然他出门没几天，但在他的感觉里，就像离开这里很久一样，感觉房里的一切是那么亲切那么温馨。尤其当他躺进自己洁净的被窝，感觉软软的暖暖的，那么贴身，还闻见一股肥皂的香气，那种舒适的感觉简直难以用言语来形容。他伸开四肢，躺到床上，很想痛痛快快睡一觉，可他躺下之后，却又无法入睡。几天来发生的事，如电影镜头似的又开始在他眼前乱闪，理不出一个头绪……

"他是属于政治问题，在中国，这事很难说清……"

“有许多事你是说不清的……”

他的耳边突然响起 407 厂那个医生以及韩师傅对他说的话，仿佛有一张巨大的网把他罩在里面，又将他裹住，越裹越紧，任怎么挣扎，也休想逃出那张大网的束缚。

他的自信心无形中开始动摇，不由产生一种恐惧。自文化大革命开始以来，他目睹了许许多多的人和事，还不是人家说什么是什么，不都是糊里糊涂被弄假成真了吗？尽管他和刘景和分手之后没有联系，可他的家庭成份，人家会相信他说的吗，以后的结果究竟会怎样……

这样想着，脑子迷迷糊糊直到天亮都没有合眼……

9 781990 872662